本書出版得到國家古籍整理出版專項經費資助

中國古典文學基本叢書

韓昌黎詩集編年箋注

上册

〔清〕方世舉 撰
郝潤華
丁俊麗 整理

中華書局

圖書在版編目(CIP)數據

韓昌黎詩集編年箋注/(清)方世舉撰;郝潤華,丁俊麗整理. —北京:中華書局,2012.5(2023.10 重印)
(中國古典文學基本叢書)
ISBN 978-7-101-08588-4

Ⅰ.韓…　Ⅱ.①方…②郝…③丁…　Ⅲ.唐詩-注釋
Ⅳ.I222.742

中國版本圖書館 CIP 數據核字(2012)第 057687 號

責任編輯:馬　婧　郁震宏
責任印製:陳麗娜

中國古典文學基本叢書
韓昌黎詩集編年箋注
(全二册)
〔清〕方世舉 撰
郝潤華　丁俊麗 整理
*
中 華 書 局 出 版 發 行
(北京市豐臺區太平橋西里 38 號　100073)
http://www.zhbc.com.cn
E-mail:zhbc@zhbc.com.cn
大廠回族自治縣彩虹印刷有限公司印刷
*
850×1168 毫米 1/32 · 23⅜印張 · 4 插頁 · 500 千字
2012 年 5 月第 1 版　2023 年 10 月第 5 次印刷
印數:7501-8500 册　定價:78.00 元

ISBN 978-7-101-08588-4

目録

韓昌黎詩集編年箋注卷一

韓昌黎詩集編年箋注卷二

韓昌黎詩集編年箋注卷三

韓昌黎詩集編年箋注卷四

韓昌黎詩集編年箋注卷五

韓昌黎詩集編年箋注卷六

韓昌黎詩集編年箋注卷七

韓昌黎詩集編年箋注卷八

韓昌黎詩集編年箋注卷九

韓昌黎詩集編年箋注卷十

韓昌黎詩集編年箋注卷十一

韓昌黎詩集編年箋注卷十二

前言

清方世舉韓昌黎詩集編年箋注十二卷，是在總結前人注本基礎上完成的一部集大成的韓詩注本，是韓集注本中質量最好者。該書不僅開創了韓詩編年編排的體例，箋注方法也具有清人注釋的時代特色，具有很高學術價值。後世注本，如錢仲聯韓昌黎詩繫年集釋、童第德韓集校注、屈守元韓愈全集校注等均對其箋注成果有大量借鑒引用。正如章學誠韓昌黎詩集編年箋注書後云：「……是亦攻韓集者不可不備之書也。」以下即對方世舉及其韓昌黎詩集編年箋注試做出綜合論述。

一

方世舉（一六七五——一七五九），字扶南，晚自號息翁，桐城（今安徽桐城市）人，康熙監生，居室號水木清華，方世舉蘭叢詩話云：「水木清華，余寓居也。」①方氏爲桐城華族，冠蓋相望，文化傳統深厚。方世舉與從弟貞觀（一六七九——一七四七，世稱南堂先生）皆以詩聞名於當時。方世舉天性高曠，一生不求仕達，未曾有過一官半職，不汲汲於名利，畢生致力於讀書治學，博學多聞，於書無所不讀，尤工於詩，宗杜、韓。陳詩尊瓠室詩話云：「先生爲朱竹垞門人，博學篤行，詩宗杜、韓。近時選家多稱其近體，余獨愛其古詩，如長江大河，波瀾不窮，是真得杜、韓之法乳者。」②方世舉「讀書均有評論於書本上下、左右，本行已滿則加别紙條記」③，又善作文，「年八十餘猶於廣座燈紅酒緑中，伸紙濡墨，頃刻數十百言，而精采曾不少減」④。方世舉「性好佛，又不喜赴人飲。華亭王司農題其寓居爲獨坐齋。巢寄齋司寇初訪，堅以病辭。司寇重之，爲致粟焉」⑤。

① 方世舉蘭叢詩話，載清詩話續編，上海古籍出版社一九八三年版。
② 陳詩尊瓠室詩話，載清詩紀事乾隆卷，江蘇古籍出版社一九八九年版。
③ 清蕭穆跋息翁漢書辯注，載敬孚類稿卷五，續修四庫全書本，上海古籍出版社二〇〇二年版。
④ 符葆森國朝正雅集，載錢仲聯清詩紀事乾隆卷，江蘇古籍出版社一九八九年版。
⑤ 楊鐘羲雪橋詩話餘集卷三，北京古籍出版社一九九二年版。

康熙年間，方世舉北游京師達十年之久，與賢豪長者多有唱和，且常在一起質疑辨難。「臨川李紱督部尤推重焉，嘗以先生所賦長篇險韻張諸廣座，誇耀同人」①。此後方世舉名譽日起。康熙五十年（一七一一），發生了轟動朝野的「戴名世南山集案」。此案因書中多采方孝標滇黔紀聞中所載南明桂王時事而牽連原作者方孝標，方孝標是方世舉從祖父，人已死，卻被掘墓戮尸。方氏後代因之多人坐死，牽連至數百人。方世舉亦是其中之一，被累隸旗籍，遠戍塞外。雍正元年（一七二三）恩詔放歸田里。乾隆元年（一七三六）朝廷方開博學宏詞科，某侍郎欲薦方世舉，世舉婉謝不就。方世舉晚寓揚州，卒於乾隆二十四年（一七五九），享年八十四。

方世舉生平事跡在正史中無記載，因此有關交游情況只能從其詩歌作品、雜史及書序中找出零星痕跡。

與方世舉交游的學者中對他最有影響的是朱彝尊。方世舉年輕時師從朱彝尊，多見古書秘本，這對他日後注釋韓詩幫助很大。蘭叢詩話云：「初從朱竹垞先生游，值友人顧俠君箋注昌黎詩集注新出，凡宋人有説皆收之……少年率爾，遂貿貿指摘於先生前，先生

① 清蕭穆方息翁先生傳，載敬孚類稿卷十二，續修四庫全書本，上海古籍出版社二〇〇二年版。

不責而喜之，且慫勇通考，以爲異日成書。」①方世舉客居京城十年，時人將其與大學者李紱並稱。李紱爲理學名家，宗主陸、王。其詩詞采豐腴，自見風標。方世舉與李紱交往密切，曾寫有寄李穆堂四十韻，收入春及草堂詩集中。方世舉在京師十年，李紱非常推重其詩歌，常以方世舉長篇詩賦誇耀於同時之人。方世舉與何焯、顧嗣立、陳鵬年、徐昂發、張大受、盧見曾、馬曰琯、馬曰璐、程夢星等人也多有交往。這些人或是大學者，或是藏書家，對其箋注韓詩幫助很大。

方世舉學識淵博，治學勤奮，一生著述甚豐，除韓昌黎詩集編年箋注外，另有春及草堂詩集四卷、江關集一卷、漢書辯注四卷、世説考義、家塾恒言、蘭叢詩話等，可惜大多已散佚。上述著作之外，尚有李義山詩集箋注，目前作者有方世舉、程夢星之爭議。此處不贅。由於以上條件，方世舉才得以順利完成韓詩注釋這樣的艱巨任務。

二

方世舉韓昌黎詩集編年箋注是韓愈詩集的一個單行注本，是在宋朱熹韓昌黎先生集

---

① 方世舉蘭叢詩話，載清詩話續編，上海古籍出版社一九八三年版。

考異、魏仲舉五百家注音辯昌黎先生文集、世綵堂昌黎先生集、明蔣之翹輯注韓昌黎集、清顧嗣立昌黎先生詩集注諸書基礎上編撰而成。方世舉合併唐代李漢所編正集四十卷中的十卷詩和外集、補遺的詩，然後編年排次爲十二卷，總收詩四百一十一首，包括後附辨贋詩二首。其中略去前注本中年譜，列入自序、盧見曾序、凡例；每卷先列目録，目録後繫年，注明這是某年至某年的作品，接着是此卷收詩數，並略述幾年中韓愈的仕履事迹，然後按時次列詩，詩題下或有題解，詩後摘字爲注，注中引書及前人注，皆一一注明出處或「某云」，方世舉自己的考辨分析，則加一「按」字區别。其中引東雅堂本因其删去注者姓氏，便空一格，書中凡出現「□云」者即引東雅堂本文字。詩後間附前人的多種詩話評論，較爲豐富。

方世舉充分吸收前人注釋成果，據筆者統計，注中引用舊注約七百零八條，其中東雅堂注本約一百六十七條，方崧卿約一百二十三條，洪興祖約二十九條，樊汝霖約三十六條，韓醇約二十六條，祝充約六條，魏仲舉約五條，孫汝聽約七十條，程俱約一條，王伯大本約一百一十六條，朱熹約五十九條，蔣之翹注本約三十八條，顧嗣立注本約二十八條，

① 魏本在注文引「蔡曰」，但卷首有蔡夢弼、蔡元定、蔡居厚三人，究竟指誰，較難分辨。

蔡約五條。在引用前人注釋時，方世舉不僅標明注家和書名，還作了進一步考證，糾正了舊注中的一些錯誤，最後擇善而從，從而形成一部箋注嚴謹細密，並體現自己詩學觀的集大成的韓詩注本，在韓集注本中具有承前啓後的作用。概括言之，本書有以下幾個方面的價值：

首先是對韓詩的編年考證。

在此注本之前，雖然宋人有韓詩繫年，但歷代韓集注本基本按體裁編排，對詩歌創作年代的考證也顯粗疏。「唐人詩集宜編年者莫若杜、韓，杜之編年多矣，韓則僅見於此。是固論世知人之學，實亦可見。詩文之集，因爲一人之史，學者不可不知此意。爲詩文者篇題苟皆自注歲月，則後人一隅三反，藉以考正時事，當不止於不補而已」[①]。爲此，方世舉對韓詩作出比較細緻的編年，用力頗深。後來錢仲聯的韓昌黎詩繫年集釋就受到方世舉編年的啓發，多參照方注本編排韓詩。清人楊倫說：「詩以編年爲善，可以考年力之老壯，交游之聚散，世道之興衰。」[②]馮應榴亦說：「編年勝於分類。」[③]方世舉爲韓詩編年，對

① 章學誠韓昌黎詩集編年箋注書後，章學誠遺書，文物出版社一九八五年版。

② 楊倫杜詩鏡銓，上海古籍出版社一九八〇年版。

③ 馮應榴蘇文忠公詩合注凡例，載蘇文忠公詩合注卷首，上海古籍出版社，二〇〇一年版。

後世解讀、研究韓詩具有重要作用。

方世舉在編年過程中，「大抵援新、舊兩書以正諸家，援行狀、墓誌以正兩史之誤」①，或用文集相發明的方法，對韓詩創作年代作了深入扎實的考證。如卷三答張十一功曹，洪興祖所作韓愈年譜繫此詩於貞元末。韓愈因被讒言所中，外放南方做縣令，直至永貞元年後，才徙江陵掾。而詩署名爲「張十一功曹」，則必然在張署徙江陵掾之後所作。方世舉依據韓愈張署墓誌和祭文糾正了洪興祖觀點，確定此詩創作時間在永貞元年之後，就較爲合理。卷十一送侯喜，韓醇考證此詩與雨中寄張博士籍侯主簿喜同時期作，即長慶元年。方世舉在韓醇考證基礎上，又依據詩中「直到新年衙日來」斷定爲元和十五年冬作，非長慶元年作，更適合詩意。屈注本從方世舉，列在元和十五年。山石、題張十一旅舍三咏、海水、馬厭穀、醉贈張秘書等詩，方世舉都對宋人注本做了糾正，考證出了韩詩的準確創作時間，並得到後世注本的認可。

除上述注本外，選本方面如陳邇冬韓愈詩選也充分吸取了方本編年考證成果，如在

① 盧見曾韓昌黎詩集編年箋注序，載韓昌黎詩集編年箋注卷首，續修四庫全書本，上海古籍出版社二〇〇二年版。

條山蒼一詩下，陳注曰：「方世舉韓昌黎詩集編年箋注編入長慶二年。余初疑爲韓愈早年之作，然細玩詩意，蒼涼老勁，似非新手所能。末句『松柏在山岡』有自況之意。李憲喬批云：『尋常寫景，十六字中見一生之概。』（程學恂韓詩臆説亦襲其語）可知非其少作。故從方世舉説。」又如青青水中蒲三首，陳注曰：「方成珪韓集箋正列在無可考内，方世舉韓昌黎詩集編年箋注列爲元和二年分司東都時作，姑從後者。」可見方注本在韓詩編年方面的價值得到了後人的充分肯定。

正如章學誠所説：「桐城方世舉扶南氏，撰韓昌黎詩集編年箋注十二卷，每卷之首標列篇目，篇目之下標明出處、時世，觀者但考十二篇目，而洪氏年譜辨證、程氏曆官之記，皆可列眉而指數焉。德州盧氏見曾爲之訂正復舛而刻以行世，是亦攻韓集者不可不備之書也。」①爲韓詩編年不僅便於讀者閲讀韓詩，而且有利於讀者更好地「知人論世」，瞭解韓愈所處時代，挖掘韓詩詩旨，研究韓愈文學思想。

其次是對字詞典故的訓釋。

由於方世舉生活之年代正是清代考據學興盛之時期，不僅文字、音韻、訓詁等專門學

---

① 章學誠韓昌黎詩集編年箋注書後，章學誠遺書，文物出版社一九八五年版。

問異常發達，就連地理、職官之學的研究也隨之興旺。方世舉依據自己深厚的小學及天文、地理、職官知識，對韓詩中詞語詳細注解，包括文字、典故、天文、地理、名物、風俗、職官等，凡史事之來源，綴文詁訓，奇辭奥旨，遠溯其源，務斯昭晰，無有所隱。引書繁富，考證細密嚴謹。如卷六崔十六少府攝伊陽以詩及書見投因酬三十韻中「彪」、「虥」二字，注曰：

> 說文：彪，虎文也。爾雅釋獸：虎竊毛謂之虥貓。注：竊，淺也。按：說文、玉篇皆以「彪」爲虎文，不云獸名。考新唐書張旭傳：北平多虎，裴旻善射。一日得虎三十一，休山下。有老父曰：此彪也，稍北有真虎，使將軍遇之且敗。旻不信，怒馬趨之。有虎出叢薄中，小而猛，據地大吼。旻馬辟易。弓矢皆墜。則乃大於虎而力稍弱也。

方世舉對「彪」、「虥」二字的解釋廣搜博取典籍，追根溯源。引用說文、玉篇考證「彪」本義爲「虎文」，又引新唐書考釋「彪」字演變出的其他意義，即指獸名，補充了字書記載之缺。據此注釋，讀者可推知此字在當下詩文中的取義，同時也掌握了此字原本之義。此種注釋不限於就詩注字，還連帶考證字義的演變及多義性。這正是方世舉具有深厚小學功底的表現，也是乾嘉樸學精神的展現。

又如卷十瀧吏中「儂幸無負犯」一句注曰：

按：「儂」字不止稱我，如子夜歌「郎來就儂嬉」、「負儂非一事」、「許儂紅粉粧」，皆所謂我儂也。如尋陽樂「雞亭故儂去，九里新儂還」，讀曲歌「冥就他儂宿」，皆所謂渠儂也。此詩「儂幸無負犯」、「儂嘗使往罷」，皆自稱也。「亦有生還儂」，則指他人也。此詩中，「儂」字出現三次，方世舉考證了「儂」字在古代詩歌中出現的不同指代含義，即指第一人稱「我」或第三人稱「他」。並對此詩中三處「儂」字進行歸類，確定各自的意思，較爲細緻全面。而魏本中引韓醇注曰：「吴人稱我曰儂，音農。」文讜注曰：「儂，我也。音奴冬切。今作側聲，讀從南音。」這種注釋顯然含糊不清，又缺乏考證。通過方世舉的注解，則可對此字字義有全面的掌握，也有助於理解詩意。錢注本、屈注本都吸納了方注本成果。

再如卷五城南聯句中「蹙繩」、「鬬草」兩詞注曰：

荆楚歲時記：寒食：打球鞦韆之戲。古今藝術圖云：鞦韆，此北方山戎之戲，以習輕趫者。五月五日四民並蹋百草，又有鬬百草之戲。按：申培詩説：芣苢，童兒鬬草、嬉戲、歌謡之辭。則鬬草其來甚古。

通過方世舉注，我們可以掌握古代娛樂文化形式及民間風俗習慣，熟知各種文化史知識。

再次，詩意箋釋，深入獨到。方世舉認爲創作詩歌要有理，蘭叢詩話曰：「詩要有理，……一事一物皆有理，只看左傳臧孫達之言『先王昭德塞違者』，『如昭其文也』之類，皆是說理，可以省悟於詩。」方世舉持此詩學觀對韓詩探幽抉微，在注釋典故及語句出處時，往往能從中探知作者的心緒，如卷十一琴操十首之將歸操：

狄之水兮，其色幽幽。我將濟兮，不得其由。涉其淺兮，石齧我足。乘其深兮，龍入我舟。我濟而悔兮，將安歸尤？歸兮歸兮！無與石鬭兮，無應龍求。

詩後箋曰：

按：涉淺、乘深四句，從屈原九章「令薜荔而爲理兮，憚舉趾而緣木，因芙蓉而爲媒兮，憚褰裳而濡足，登高吾不說兮，入下吾不能」化出。「無與石鬭」、「無應龍求」，即危邦不入，亂邦不居之義也。

方世舉指明韓愈該詩對九章句子的化用，旨在說明此時的韓愈與屈原有同樣的遭際與情緒。

韓詩與杜詩一樣具有善陳史事的特點，有時所描述的史實比較隱晦，就需要箋注者去用心挖掘。方世舉熟讀史書，對唐代歷史比較熟悉，所以，他能够勾深探隱，挖掘出韓詩所藴含的深刻主旨。如韓愈南山有高樹行贈李宗閔、詠雪贈張籍等詩，方世舉即作了詳箋，指出其中的譏刺成分。再如，卷二雜詩四首其二：

鵲鳴聲楂楂，烏噪聲擭擭。爭鬭庭宇間，持身博彈射。黄鵠能忍飢，兩翅久不擘。蒼蒼雲海路，歲晚將無獲。

方箋曰：

按：烏鵲爭鬭，謂韋執誼本爲王叔文所引用，初不敢相負，既而迫公議，時有異同，叔文大惡之，遂成仇怨。是自開嫌釁之端也。黄鵠指賈耽，以先朝重望，稱疾歸第，猶冀其桑榆之收也。

此詩看似寫鳥類之間的爭鬭，實則暗射中唐韋執誼與王叔文之間矛盾鬭爭這一史實。此類詩歌，讀者如果不瞭解詩歌背景就很難正確理解詩意。方世舉運用歷史史事箋注詩歌，使史實與詩歌互釋，能使讀者深入理解作者創作時的「今典」與詩歌的真正旨意。又如卷二題炭谷湫祠堂，詩後箋曰：

按：胡渭曰：公咏南山云：「拘官計日月，欲進不可又。因緣窺其湫，凝湛閟陰獸。」此爲四門博士時事也。「時天晦大雪，淚目苦矇瞀」，此赴陽山過藍田時事也。題炭谷湫詩蓋貞元十九年京師旱，祈雨湫祠，而往觀焉，故曰「因緣窺其湫」。「因緣」

謂以事行，非特游也。篇中饒有諷刺。時德宗幸臣李齊運、李實、韋執誼等與王叔文交通，亂政滋甚，故公因所見以起興。湫龍澄源喻幸臣，魚鱉禽鳥及群怪喻黨人也。此説是。又云：秋懷欲詈寒蛟，而是詩恨不血此牛蹄，剛腸疾惡，情見乎詞。劉、柳泄言，群小側目，陽山之謫，所自來矣，上疏云乎哉！此説則非。秋懷之蛟，乃喻王承宗。

胡渭認爲此詩是爲王叔文、韋執誼黨人所作，方世舉對此觀點示以肯定，後世注本也承此論。但胡渭認爲秋懷詩其四與此詩是影射同一事實，這一觀點則被方世舉所否定。方氏認爲秋懷詩其四是爲王承宗蓄謀叛逆而作，且引舊唐書憲宗紀詳加考證，釐清了韓詩的創作主題取向。

當然，方氏的箋釋有時也不免有穿鑿附會之處，如譴瘧鬼詩，方世舉曰：

> 按：此爲宰相李逢吉出爲劍南東川節度而作也。舊唐書李逢吉本傳，爲貞觀中學士李立道之曾孫。新唐書宗室世系表載其出姑臧房，爲興聖皇帝之後，蓋其人名家子也。然本傳言其天性奸回，妒賢傷善，則名家敗類矣，故詩借瘧鬼爲顓頊不肖子，以刺之。

方世舉引用新、舊唐書人物傳考證此詩爲李逢吉所作。看似此詩蓋有所指，符合史實，但鄭珍跋韓詩卻指出：「此詩公實因病瘧而作……方氏又以移之李逢吉，究是臆度。要之名門子孫，不修操行，以忝厥祖父者，比比而是。公自嬉罵瘧鬼，而使不肖子讀之，自知汗背，此即有關世道也，何必定指斥某人耶？」①方世舉注本中類似問題也都被後世研韓集者所發現並加以糾正，所幸無多。

最後是徵引文獻問題。

由於求新求變，韓愈詩歌中出現大量典故、輿地、職官、名物制度等，因而要求箋注者具備深厚廣博的古代文化史知識，廣徵博引。方世舉博學多才，喜好讀書，每一個注釋都能引經據典。據筆者統計，方世舉韓昌黎詩集編年箋注中引用文獻約四百四十種，遍涉經、史、子、集及佛、道典籍等，所徵引文獻不僅數量多，而且内容豐富，具有很高價值。

韓愈一生恪守儒家思想，提倡重新建立儒家道統，越過漢以後的經學而復歸孔、孟，故韓詩中時常有經學内容。正如魏源所説：「當知昌黎不特約六經以爲文，亦直約風騷以成詩。」②因而在韓昌黎詩集編年箋注中，方世舉相應引用大量經部文獻對韓詩進行闡釋。

① 鄭珍跋韓詩，巢經巢文集卷五，民國遵義鄭徵君遺著本。
② 陳沆（應爲魏源）詩比興箋，上海古籍出版社一九八一年版。

因此在其注本中經部書籍出現頻率極高，尤其是周禮、禮記、詩經。如卷六元和聖德詩，共徵引文獻二十六種，引用總次數約爲一百一十四次。其中經部五種共約三十九次，以禮記、詩經爲最頻繁；史部九種共約四十次，新唐書、舊唐書引用次數最多；子部二種共約五次；集部十種共約三十次，多是唐以前詩賦。例如對其中「百禮」一詞，方世舉注曰：「詩經賓筵：『烝衎烈祖，以洽百禮。』」又如「駕龍十二」一詞，注曰：「周禮夏官校人：尊王馬之政，天子十有二閑。又庾人：掌十有二閑之政教，馬八尺以上爲龍。」文中諸如此類，不勝枚舉。

由於方世舉注重以史實箋釋韓愈詩意，或考證韓詩中職官、地理、名物、典章制度，因此，書中引用了大量的史部文獻，包括唐及唐以前的史學著作。如，卷十晉公破賊回重拜台司以詩示幕中賓客愈奉和中「三司」一詞，注曰：

按：漢書百官公卿表：以司馬主天，司徒主人，司空主土，爲三公。司馬初名太尉，武帝元狩四年，初置大司馬，冠以將軍之號，位在司徒上。後漢書百官志云：以衛青數征伐有功，以爲大將軍，置大司馬官號以尊寵之。其後霍光、王鳳等皆然。是大將軍之貴壓三司也。至車騎將軍，則儀同三司。此始自鄧騭，見騭傳。

方世舉注解「三司」這一制度的來歷，並將其與大將軍、車騎將軍職位作比較，使讀者瞭解不同朝代職官制度的演變，同時在比較中更清晰地把握「三司」這一職官制度。又如次潼關上都統相公中「堂印」一詞：

按：新唐書百官志：初，三省長官議事於門下省之政事堂。其後裴炎徙政事堂於中書省。張說爲相，又改政事堂爲中書門下。程异傳：异爲宰相，自以非人望，久不敢當印秉筆。是宰相之印爲堂印也。韓弘以宣武節度使，累授檢校司徒、同中書門下平章事，拜淮西行營都統，故曰「暫辭堂印執兵權」也。

引用新唐書百官志及程异傳，考證「堂印」即宰相之印。又結合當時韓弘所擔任職務作出闡釋，既解釋「堂印」這一詞語在詩中的特殊意思，又暗示「暫辭堂印執兵權」這句詩的意義。方世舉對唐代及唐以前歷史十分熟悉，對韓詩中職官、典章制度等注解得極爲透徹。

方世舉也引用一些子部書籍，包括法家、道家、農家、醫家、藝術、小説家、釋家等各類古代文獻。當然，引用最多的還是集部。方世舉在爲詩句找出處及注釋典故時，引了大量先秦至魏晉南北朝時期到初盛唐的詩賦作品，這些作品有些源於文選，有些源自文人、詩人的别集、總集。方注本中還引用了大量詩話文獻，也是其一大價值。對於宋代詩話也多有引用，如李頎古今詩話（已佚，有郭紹虞宋詩話輯佚本）、蔡絛西清詩話（已佚）等。

此外，方世舉性好佛，對佛經著作較熟悉，因而對韓詩中涉及到佛、道方面的詞語進行了詳細注解。如卷一謝自然詩中「吹螺」一詞，注曰：「南史婆利國傳：『其導從吹螺擊鼓。』法顯佛國記：『那竭國有精舍，每日出則登高樓擊大鼓，吹螺敲銅鈸。』」卷九聽穎師彈琴注後所附的西清詩話、許彦周詩話，記載了宋代關於此詩描寫音樂的一些爭論，按語中又引了嵇康琴賦、李肇國史補，不僅溯源古代描寫琴聲較早的作品，還使讀者對古詩中描寫音樂的手法有較多的瞭解。再如調張籍中「李杜文章在，光焰萬丈長，不知群兒愚，那用故謗傷」句下，注引臨漢隱居詩話、後山詩話、竹坡詩話等，記載宋人評價李杜的言論，便於讀者對唐以降關於李杜優劣的爭論情況有一定的把握。

總之，方世舉注本按年代順序編排韓詩，考證過程嚴謹細密，並彙集了相當豐富的資料，具有較高的價值，在當時就受到學者的高度評價。王鳴盛曰：「余家藏朱文公校昌黎先生集四十卷，蓋仿宋閒所刻，合晦庵先生考異、留畊王先生音釋爲一書……魏仲舉五百家注音辨昌黎先生文集四十卷，前有諸儒名氏五百家者，約略云爾，非其實也。東雅堂昌黎先生集四十卷，每卷有『東吴徐氏刻梓家塾』篆字印，後有遺文一卷，宋版無。惟傳叙、書後、廟碑及外集與宋版同。顧嗣立昌黎先生詩集注十一卷。以上四種，詩皆李漢所編，顛倒錯亂，全無次序。最後方世舉箋注十二卷，編年爲次，最有條理。」①迮鶴壽評：「其詩集，自李漢編次以下，考證詳明，則以方扶南爲最。」②這些評論充分肯定了方注本的價值。

三

方世舉在蘭叢詩話中叙述了注韓的緣由。不滿意顧嗣立昌黎詩集箋注，而欲加以補證，是其注韓詩的主要原因。

韓昌黎詩集編年箋注完成具體年代不詳，只知刻成於乾隆二十三年（一七五八），屬方世舉晚年著述。

方世舉一生不求仕進，潛心於學問，中年又遭「南山集案」牽連，晚年寓於揚州田園，故一生貧寒，他的著作多爲他人刊刻後方才流傳於世。如春及草堂詩集、蘭叢詩話，皆是其殁後從侄方觀承取而刊刻。韓昌黎詩集編年箋注成書後方世舉無力刊刻，其友人盧見曾爲之刊行。盧見曾説：「扶南老矣，將售是書以爲買山計，余既歸其貲，且付剞

① 王鳴盛蛾術編，商務印書館一九五八年版。
② 王鳴盛蛾術編，商務印書館一九五八年版。

刪。」[1]盧見曾，字抱孫，號雅雨，山東德州人，康熙六十年（一七二一）進士，雍正三年（一七二五）爲四川洪雅知縣，故以「雅雨」自號。盧見曾是乾嘉時代著名學者，嘗受學於王士禛、田雯，名聲早著。乾隆十九年（一七五四），任兩淮鹽運使，其間曾與惠棟等名流交往甚密，卒年七十九。盧見曾善接納文人，愛才好士。方世舉「早年交游爲顧嗣立、何焯、陳鵬年……中年以後爲趙執信、張大受、盧見曾、馬曰琯、馬曰璐」[2]。可知，方世舉中年以後與盧見曾有過交游。盧見曾在刊刻此書過程中，對其進行了訂正校勘，且在書前加入舊唐書韓愈傳。盧見曾序云：「扶南學問浩博，然未免有貪多之病，其注之重複者、習見者、以詩注復以賦注者、不須注者，盡删之；訛舛者，更正之。不知扶南以爲何如也。」方世舉亦稱：「盧雅雨使君爲刻韓詩箋注垂成，零星樣本寄來正訛，未遑答也。」[3]盧見曾用錢買下這部書稿，訂正校勘後加以刊刻，此書刻成後，書牌上署：「德州盧雅雨商定，桐城方扶南通考韓昌黎詩集編年箋注，春及堂藏版。」實質上仍是雅雨堂刻本，而非春及堂刊刻，春及堂

① 盧見曾韓昌黎詩集編年箋注序，載韓昌黎詩集編年箋注卷首，續修四庫全書本，上海古籍出版社二〇〇二年版。

② 袁行雲春及草堂集叙録，載清人詩集叙録，文化藝術出版社一九九四年版。

③ 方世舉蘭叢詩話，載清詩話續編，上海古籍出版社一九八三年版。

是方世舉的書室名。

此書經盧見曾刊刻後，只此一種版本。清代一些公私書目著録此書基本一致。趙爾巽清史稿藝文志著録編年昌黎詩注十二卷，張之洞書目答問著録編年昌黎詩注十二卷，云：「方世舉撰，乾隆戊寅雅雨堂本，此即春及堂本。」近代孫殿起販書偶記著録韓昌黎詩集編年箋注十二卷，云：「桐城方世舉考訂，乾隆戊寅雅雨堂刊。」范希曾書目答問補正亦著録編年昌黎詩集注十二卷，上海掃葉山房據雅雨堂本影印。施廷鏞中國叢書綜録續編著録雅雨堂叢書別行本韓昌黎詩集編年箋注十二卷，續修四庫全書據浙江圖書館藏乾隆二十三年（一七五八）盧見曾雅雨堂刻本影印。

鑒於韓昌黎詩集編年箋注一書至今尚無整理本，我們對此進行了整理，交由中華書局付梓。我們以續修四庫全書影印乾隆二十三年（一七五八）盧見曾雅雨堂刻本爲底本，在基本保留原書原貌的基礎上，作標點、校勘整理，並在校改之後撰寫校勘記。其中參考的書目有：周易集解，中華書局一九九一年版；詩三家義集疏，中華書局一九七四年版；爾雅，北京大學出版社二〇〇五年版；爾雅注疏，北京大學出版社二〇〇〇年版；釋名疏證補，中華書局二〇〇八年版；漢書，中華書局一九六二年版；北史，中華書局一九七四年版；舊唐書，中華書局一九七五年版；新唐書，中華書局一九七五年版；淮南鴻烈解，明萬曆刊本；世説新語，中華書局一九八四年版；楚辭章句補注，吉林人民出版社二〇〇五年版；王粲集，中華書局一九八一年版；鮑參軍集注，上海古籍出版社一九八〇年版；嵇康集校注，人民文學出版社一九六二年版；李太白全集，中華書局一九九七年版；杜詩詳注，中華書局一九七九年版；蘇軾文集，中華書局一九八六年版；文選，上海古籍出版社一九八六年版；藝文類聚，上海古籍出版社一九八二年版；先秦漢魏晉南北朝詩，中華書局一九八三年版。爲了使讀者能清晰閱讀注釋，我們特意在原注釋前增補了序號，並在人名、地名等語詞下加標專名號，對書中明顯的文字錯誤作了校改。注者避清人諱而改前代人名、地名、官名、書名之類，一律回改。爲了統一全書體例及方便閱讀，我們將原書組詩中分散在每首詩後的注釋全部集中在一起，又收集了一些關於韓昌黎詩集編年箋注的評論資料，附入書後。書前撰寫前言，對方世舉生平及其韓昌黎詩集編年箋注作較深入系統的探討，便於讀者了解該書價值。希望此書出版後能爲更多的韓愈研究者閱讀利用。由於時間倉促，書中錯誤在所難免，祈請同行方家批評指正！

整理者

序

唐李漢編昌黎先生集得古詩二百一十，聯句十一，律詩一百六十，不以年次。宋計有功唐詩紀事於昌黎雖有編年，而詩或從略。嗣是注韓詩者輩出，而吕大防、程俱、洪興祖、方崧卿各撰年譜，樊汝霖又作年譜注。國朝顧氏嗣立參考新、舊兩書，取諸家之譜，增訂譌略，閲者便之。然以詩繫年與諸家不無小異，舛譌亦時有，而轉注故實，尤多所未備。夫知人論世，當細核其迴翔中外仕路升沉，與夫藩鎮宦豎朋黨紛乘之故，乃可句櫛字梳、年經月緯而無忒。朱子於韓集用功最深，考異一書，學者尚有疑竇，後世可率臆而爲之説歟？吾友方扶南先生撰昌黎編年詩注，博極群書，詳考事實，大抵援新、舊兩書以正諸家之誤，援行狀、墓誌以正兩史之誤，俾讀者顯顯然如與籍、湜輩親登其堂，斯真昌黎之功臣也已。扶南老矣，將售是書以爲買山計。余既歸其貲，且付剞劂。扶南學問浩博，然未免有貪多之病。其注之重複者〔一〕、習見者〔二〕、以詩注復以賦注者〔三〕、不須注者〔四〕，盡删之；譌舛者〔五〕，更正之。不知扶南以爲何如也？乾隆二十三年戊寅六月德州盧見曾序。

〔一〕如「湯湯」字，首卷古風既注堯典，二卷龍宫灘詩復注之類。

〔二〕如「淄磷」，以論語注，不能以孟子注之類。

〔三〕如「絲竹」字，既以蘇武詩注，復以任昉賦注之類。

〔四〕如「浩浩」、「悠悠」、「開卷」、「低頭」之類。

〔五〕如魏都賦「肅肅階闟」作「蕭蕭階闥」，後漢書「輜軿柴轂」作「輜軿紫轂」之類。

序

唐詩之有可箋注者，莫如杜、韓二家。杜有千家注，韓有五百家注，皆宋人所裒集，廣收博采，用力勤矣。然其説多有不當，辭而闢之者，已歷有之，杜千家注姑不論，韓五百家注自朱子考異出而遂廢。考異之後，又有不著姓名者，宗朱子而廣之。明季東吴徐氏刊以行世，世所稱東雅堂本。其書甚當，顧辨注者多，而箋事者少。凡朱子指爲有爲而作，未及細箋者，亦遂無所發明。嗟乎！朱子之意，安知其不望後人耶？觀於尚書不自注而屬西山，可類推也。明人蔣處士之翹、近時顧庶常嗣立，繼有增注，其於箋亦皆未詳。注而不箋，則非子夏三百篇小序之旨，又不得孟子「以意逆志」、「知人論世」之義。夫「以意逆志」，須精思；「知人論世」，必詳考。善哉！司馬遷之言曰「好學深思，心知其意」，此精思之謂也。班固之言曰「篤學好古，實事求是」，此詳考之謂也。深思始可箋注，求是則必編年。不得其時，而漫爲箋注，知其意，求其是也難。韓詩本有年月可尋，編者壻李漢又公門人，必得公次第本意。其中閒有小舛，亦或公隨手所録。如杜過張隱居二首，一七律，一五律，語氣分明兩時。杜彙之，而宗武仍之。李漢編韓亦或此例耶。然有詩在後而編在前，讀之易知者，如元和聖德詩，事在元和二年，而今以壓卷。此非舛誤，蓋題目重大，非前不可。時事又著明，詩中無庸箋，而年可考。今非韓之時，變而移置元和二年，以順編年之例易易耳。其有年未明編，遂誤箋説者，如南山有高樹行贈李宗閔，乃憫其謫出遠州，以規諷擠之者，事在穆宗長慶之初。時宗閔有令名，無敗行。韓公素與交好，又嘗同爲裴度幕官，故有此詩，詩之結語不平可見。今箋者以爲刺之，蓋因文宗三年，宗閔爲相，黨局始興。七年復相，穢迹大著，君子不黨，詩必刺之。而不考韓公殁於長慶四年，其時相去甚遠。且隔敬宗一朝，何由而預知其非，早爲譏刺之詩乎？此大謬也。又有年已明編，猶誤箋注者，如效玉川子月蝕詩。盧開手便書元和庚寅，韓詩亦書新天子即位五年，是爲王承宗不庭之時。時從裴度言用兵，詔四面行營討之，諸將畏怯，逗遛不前，以故詩中以東西南北星文比而刺之。箋者不審明書之五年爲承宗時，乃以元和十二①年暴崩於中官之手當之，又大謬也。大者如此，細者必多。年不重編，詩終多晦。今一一考諸

【校記】

① 二，疑作「五」。

史，證諸集，參諸旁見側出之書，以詳其時，以箋其事，以辨諸家之説。敢自謂知其意得其是乎？聊出而就正於世之好學深思、篤志好古，以上通孟子之説詩者。或有取於一知半解，而論去其大謬，斯余之厚望也夫！桐城方世舉謹序。

凡例

一、李漢原編十卷，今合諸本以及外集、拾遺，編十二卷。

二、目録彙次，從來在前，簡帙徒多，無關尋檢，杜、白之集可見。今既編年，以每年之目領每年之詩，分别每卷，乃易檢閲。

三、注爲前人已有者，悉依考異及東雅本，仍著「某云」。其東雅堂不著名者，於「云」字上空一字，如顧本例。其爲愚見則書曰「按」。

四、凡注引古，只當取最古、最前之書。然亦有後世承用而小異者，義無戾於古書，字有關於本文，今輒增之，備參考也。

五、箋凡説一詩之旨者，繫於題後。凡辨一句一字之是非者，繫於句下，皆有「按」字。

六、奇奇怪怪不主故常，公自道也。舊本收遺詩中有嘲鼾睡二首，宋人以公不信佛，詩中用内典必非，此見非也。嘲者爲僧，有何不可？公雖不宗佛教，安見不泛閲佛書？朱子集中亦有晨起誦佛經小五古一首。古人凡書不遺也。二詩奇崛古奥，三唐中無此一手。同時孟郊、盧仝亦最好奇，孟有其凝練而不能舒長，盧有其舒長而不能凝練。周紫芝指爲僞作，此寡見多怪之論也。今訂爲真。

七、有載在李漢原編而實非公作者，凡二排律，一和李逢吉攝事南郊，一和杜元潁太清宫紀事陳誠上李逢吉。其稱老子道過禹稷，其頌逢吉不啻杜、房，誣累韓公甚矣。今特辨之，箋有長言，例不多及。

八、有自來諸本未經訂正之字句，而必不可不辨者，如答張徹詩「結友子讓抗，請師我慙丁」，舊注相因，皆以「抗」爲陸抗，「丁」爲公孫丁，殊不思上下文氣何取乎？對壘之羊祜、陸抗，交綏之尹公、公孫丁也。師友故事多矣，用此了無關涉。今訂爲虚字，「抗」乃抗禮之抗，「丁」乃當也。言我以子爲友，子謙讓不敢抗禮，子以我爲師，我又慙愧不敢當也。此一定之文理也。

九、舊本韓集前皆未列年譜，近日顧本有之，以爲增訂洪氏、方氏年譜，而不知元豐閒之吕大防、崇寧閒之程俱皆有之，皆宋人，皆可取，紛紛收入甚苦繁冗。今約而編年，則每年之時事出處，皆繫於每卷目録之下，逐卷瞭然。年譜可以不用，並新、舊二史本傳，亦不必列前矣。凡讀書者，寧不知之？

舊唐書　韓愈傳

韓愈字退之，昌黎人〔一〕。父仲卿，無名位〔二〕。愈生三歲而孤，養於從父兄〔三〕。愈自以孤子，幼刻苦學儒，不俟獎勵〔四〕。大曆、貞元之閒，文士多尚古學，效揚雄、董仲舒之述作，而獨孤及、梁肅最稱淵奧，儒林推重。愈從其徒游，鋭意鑽仰，欲自振於一代。洎舉進士，投文於公卿閒，故相鄭餘慶頗爲之延譽，由是知名於時。

尋登進士第，宰相董晉出鎮大梁，辟爲巡官。府除，徐州張建封又請爲其賓佐〔五〕。愈發言真率，無所畏避，操行堅正，拙於世務。調授四門博士，轉監察御史。德宗晚年，政出多門，宰相不專機務。宫市之弊，諫官論之不聽。愈嘗上章數千言極論之，不聽，怒貶爲連州陽山令。量移江陵府掾曹〔六〕。元和初，召爲國子博士，遷都官員外郎〔七〕。時華州刺史閻濟美以公事停華陰令柳澗縣務，俾攝掾曹。居數月，濟美罷郡，出居公館，澗遂諷百姓遮道索前年軍頓役直。後刺史趙昌按得澗罪以聞，貶房州司馬。愈因使過華，知其事，以爲刺史相黨，上疏理澗，留中不下。詔監察御史李宗奭按驗，得澗贓狀，再貶澗封溪尉。

以愈妄論，復爲國子博士。愈自以才高，累被擯黜，作進學解以自喻曰：

國子先生晨入太學，召諸生立館下，誨之曰：「業精於勤荒於嬉，行成於思毀於隨。方今聖賢相逢，治具畢張，拔去凶邪，登崇俊良。占小善者率以録，名一藝者無不庸。爬羅剔抉，刮垢磨光。蓋有幸而獲選，孰云多而不揚？諸生業患不能精，無患有司之不明；行患不能成，無患有司之不公。」

言未既，有笑於列者曰：「先生欺予哉！弟子事先生，於兹有年矣。先生口不絶吟於六藝之文，手不停披於百家之編。記事者必提其要，纂言者必鉤其玄。貪多務得，細大不捐。燒膏油以繼晷，常矻矻以窮年。先生之業，可謂勤矣。觝排異端，攘斥佛、老，補苴罅漏，張皇幽眇。尋墜緒之茫茫，獨旁搜而遠紹；障百川而東之，迴狂瀾於既倒。先生之於儒，可謂有勞矣。沈浸醲郁，含英咀華，作爲文章，其書滿家。上規姚、姒，渾渾無涯。周誥、殷盤，佶屈聱牙。春秋謹嚴，左氏浮誇。易奇而法，詩正而葩。下逮莊、騷，太史所録，子雲、相如，同工異曲。先生之於文，可謂閎其中而肆其外矣。少始知學，勇於敢爲；長通於方，左右具宜。先生之於爲人，可謂成矣。然而公不見信於人，私不見助於友，跋前躓後，動輒得咎。暫爲御史，遂竄南夷。三爲博士，冗不見治。命與仇謀，其敗幾時。冬煖而兒號寒，年豐而妻啼飢。頭童齒豁，竟死何裨？不知慮此，而反教人爲？」

先生曰：「吁！子來前。夫大木爲宋，細木爲桷，欂櫨侏儒，椳闑扂楔，各得其宜，施以成室者，匠氏之工也。玉札丹砂、赤箭青芝、牛溲馬勃、敗鼓之皮，俱收并蓄，待用無遺者，醫師之良也。登明選公，雜進巧拙，紆餘爲妍，卓犖爲傑，校短量長，唯器是適者，宰相之方也。昔者孟軻好辯，孔道以明，轍環天下，卒老於行。荀卿守正，大論是宏。逃讒於楚，廢死蘭陵。是二儒者，吐辭爲經，舉足爲法。絕類離倫，優入聖域，其遇於世何如也？今先生學雖勤，不繇其統；言雖多，不要其中；文雖奇，不濟其用；行雖修，不顯於衆。猶且月費俸錢，歲靡廩粟。子不知耕，婦不知織。乘馬從徒，安坐而食。踵常塗之促促，窺陳編以盜竊。然而聖主不加誅，宰臣不見斥，此非其利哉！動而得謗，名亦隨之。投閑置散，乃分之宜。若夫商財賄之有無，計班資之崇庳。忘量己之所稱，指前人之瑕疵。是所謂詰匠氏之不以杙爲楹，而訾醫師以昌陽引年，欲進其豨苓也。」

執政覽其文而憐之，以其有史才，改比部郎中、史館修撰。踰歲，轉考功郎中、知制誥，拜中書舍人。

俄有不悅愈者，摭其舊事，言愈前左降爲江陵掾曹，荆南節度使裴均館之頗厚。均子鍔凡鄙，近者鍔還省父，愈爲序餞鍔，仍呼其字。此論喧於朝列，坐是改太子右庶子〔八〕。元和十二年八月，宰臣裴度爲淮西宣慰處置使，兼彰義軍節度使，請愈爲行軍司馬，仍賜金紫。淮蔡平〔九〕，十二月，隨度還朝，以功授刑部侍郎，仍詔愈撰平淮西碑，其辭多叙裴度事。時先入蔡州擒吴元濟，李愬功第一，愬不平之。愬妻出入禁中，因訴碑辭不實，詔令磨愈文。憲宗命翰林學士段文昌重撰文勒石。

鳳翔法門寺有護國真身塔，塔内有釋迦文佛指骨一節，其書本傳法，三十年一開，開則歲豐人泰。十四年正月，上令中使杜英奇押宫人三十人，持香花，赴臨皋驛迎佛骨，自光順門入大内，留禁中三日，乃送諸寺。王公士庶，奔走捨施，唯恐在後。百姓有廢業破産、燒頂灼臂而求供養者。愈素不喜佛，上疏諫曰：

伏以佛者，夷狄之一法耳。自後漢時始流入中國，上古未嘗有也。昔黄帝在位百年，年百一十歲；少昊在位八十年，年百歲；顓頊在位七十九年，年九十八歲；帝嚳在位七十年，年百五歲；帝堯在位九十八年，年百一十八歲；帝舜及禹年皆百歲。此時天下太平，百姓安樂壽考，時中國未有佛也。其後殷湯亦年百歲。湯孫太戊在位七十五年，武丁在位五十年，書史不言其壽，推其年數，蓋不減百歲。周文王年九十七歲，武王年九十三歲，穆王在位百年。此時佛法亦未至中國，非因事佛而致此也。

漢明帝時始有佛法，明帝在位纔十八年耳。其後亂亡相繼，運祚不長。宋、齊、梁、陳、元魏已下，事佛漸謹，年代尤促。唯梁武帝在位四十八年，前後三度捨身施佛，宗廟之祭，不用牲牢，晝日一食，止於菜果，其後竟爲侯景所逼，餓死臺城，國亦尋滅。事佛求福，乃更得禍。由此觀之，佛不足信，亦可知矣。

高祖始受隋禪，則議除之。當時群臣識見不遠，不能深究先王之道、古今之宜，推闡聖明，以究斯弊，其事遂止。臣嘗恨焉！伏惟皇帝陛下，神聖英武，數千百年以來未有倫比。即位之初，即不許度人爲僧尼、道士，又不許別立寺觀。臣當時以爲高祖之志，必行於陛下之手，今縱未能即行，豈可恣之轉令盛也！

今聞陛下令群僧迎佛骨於鳳翔，御樓以觀，舁入大內，令諸寺遞迎供養。臣雖至愚，必知陛下不惑於佛，作此崇奉以祈福祥也。直以豐年之樂，徇人之心，爲京都士庶設詭異之觀、戲玩之具耳。安有聖明若此而肯信此等事哉？然百姓愚冥，易惑難曉，苟見陛下如此，將謂真心信佛。皆云天子大聖，猶一心敬信，百姓微賤，於佛豈合惜身命。所以灼頂燔指，百十爲群，解衣散錢，自朝至暮，轉相倣效，唯恐後時。老幼奔波，棄其生業。若不即加禁遏，更歷諸寺，必有斷臂臠身以爲供養者。傷風敗俗，傳笑四方，非細事也。

佛本夷狄之人，與中國言語不通，衣服殊制。口不道先王之法言，身不服先王之法行，不知君臣之義、父子之情。假如其身尚在，奉其國命，來朝京師，陛下容而接之，不過宣政一見，禮賓一設，賜衣一襲，衛而出之於境，不令惑於衆也。況其身死已久，枯朽之骨，凶穢之餘，豈宜以入宫禁！孔子曰：「敬鬼神而遠之。」古之諸侯，行弔於國，尚令巫祝先以桃茢，祓除不祥，然後進弔。今無故取朽穢之物，親視之，巫祝不先，桃茢不用，群臣不言其非，御史不舉其失，臣實恥之。乞以此骨付之水火，永絶根本，斷天下之疑，絶後代之惑。使天下之人，知大聖人之所作爲出於尋常萬萬也，豈不盛哉！豈不快哉！佛如有靈，能作禍祟，凡有殃咎，宜加臣身。上天鑒臨，臣不怨悔。

疏奏，憲宗怒甚。間一日，出疏以示宰臣，將加極法。裴度、崔群奏曰：「韓愈上忤尊聽，誠宜得罪，然而非内懷忠懇，不避黜責，豈能至此？伏乞稍賜寬容，以來諫者。」上曰：「愈言我奉佛太過，我猶爲容之。至謂東漢奉佛之後，帝王咸致夭促，何言之乖剌也？愈爲人臣，敢爾狂妄，固不可赦。」於是人情驚惋，乃至國戚諸貴，亦以罪愈太重，因事言之，乃貶爲潮州刺史。

愈至潮陽，上表曰：

臣今年正月十四日，蒙恩授潮州刺史，即日馳驛就路。經涉嶺海，水陸萬里。臣所領州，在廣府極東，去廣府雖云二千里，然來往動皆踰月。過海口，下惡水，濤瀧壯猛，難計期程，颶風鱷魚，患禍不測。州南近界，漲海連天，毒霧瘴氛，日夕發作。臣少多病，年纔五十，髮白齒落，理不久長。加以罪犯至重，所處又極遠惡，憂惶慙悸，死亡無日。單立一身，朝無親黨，居蠻夷之地，與魑魅同群。苟非陛下哀而念之，誰肯爲臣言者？

臣受性愚陋，人事多所不通，唯酷好學問文章，未嘗一日暫廢，實爲時輩推許。臣於當時之文，亦未有過人者，至於論述陛下功德，與詩、書相表裏，作爲歌詩，薦之郊廟，紀太山之封，鏤白玉之牒，鋪張對天之宏休，揚厲無前之偉蹟，編於詩、書之策而無愧，措於天地之閒而無虧。雖使古人復生，臣未肯多讓。伏以大唐受命有天下，四海之内，莫不臣妾，南北東西，地各萬里。自天寶之後，政治少懈，文致未復，武剋不綱。孽臣姦隸，外順内悖，父死子代，以祖以孫，如故諸侯，自擅其地，不朝不貢，六十七年。四聖傳序，以至陛下，躬親聽斷，干戈所麾，無不從順。宜定樂章，以告神明，東巡泰山，奏功皇天，使永永萬年，服我成烈。當此之際，所謂千載一時不可逢之嘉會，而臣負罪嬰釁，自拘海島，戚戚嗟嗟，日與死迫，曾不得奏薄伎於從官之内、隸御之閒，窮思畢精，以贖前過。懷痛窮天，死不閉目！瞻望宸極，魂神飛去。伏惟陛下，天地父母，哀而憐之。

憲宗謂宰臣曰：「昨得韓愈到潮州表，因思其所諫佛骨事，大是愛我，我豈不知？然愈爲人臣，不當言人主事佛乃年促也。我以是惡其容易。」上欲復用愈，故先語及，觀宰臣之奏對。而皇甫鎛惡愈狷直，恐其復用，率先對曰：「愈終大狂疏，且可量移一郡。」乃授袁州刺史。

初，愈至潮陽，既視事，詢吏民疾苦，皆曰：「郡西湫水有鱷魚，卵而化，長數丈，食民畜產將盡，以是民貧。」居數日，愈往視之，令判官秦濟炮一豚一羊，投之湫水，咒之曰：

前代德薄之君，棄楚、越之地，則鱷魚涵泳於此可也。今天子神聖，四海之外，撫而有之。況揚州之境，刺史縣令之所治，出貢賦以共天地宗廟之祀，鱷魚豈可與刺史雜處此土哉？刺史受天子命，令守此土，而鱷魚睅然不安溪潭，食民畜熊鹿麞豕，以肥其身，以繁其卵，與刺史爭爲長。刺史雖駑弱，安肯爲鱷魚低首而下哉？今潮州大海在其南，鯨鵬之大，蝦蟹之細，無不容，鱷魚朝發而夕至。今與鱷魚約，三日乃至七日，如頑而不從，須爲物害，則刺史選材伎壯夫，操勁弓毒矢，與鱷魚從事矣！

咒之夕，有暴風雷起於湫中。數日，湫水盡涸，徙於舊湫西六十里。自是潮人無鱷患。

袁州之俗，男女隸於人者，踰約則没入出錢之家。愈至，設法贖其所没男女，歸其父母。仍削其俗法，不許隸人。

十五年，徵爲國子祭酒，轉兵部侍郎。會鎮州殺田弘正，立王廷湊，令愈往鎮州宣諭。愈既至，集軍民，諭以逆順，辭情切至，廷湊畏重之。改吏部侍郎〔一〇〕。轉京兆尹，兼御史大夫。以不臺參，爲御史中丞李紳所劾。愈不伏，言準勅仍不臺參。紳、愈性皆褊僻，移刺往來，紛然不止。乃出紳爲浙西觀察使，愈亦罷尹，爲兵部侍郎。及紳面辭赴鎮，泣涕陳叙，穆宗憐之，乃追制以紳爲兵部侍郎，愈復爲吏部侍郎。

長慶四年十二月卒，時年五十七〔一一〕，贈禮部尚書，謚曰文。

愈性宏通，與人交，榮悴不易。少時與洛陽人孟郊、東郡人張籍友善。二人名位未振，愈不避寒暑，稱薦於公卿間，而籍終成科第，榮於禄仕。後雖通貴，每退公之隙，則相與談讌，論文賦詩，如平昔焉。而觀諸權門豪士，如僕隸焉，瞪然不顧。而頗能誘厲後進，館之者十六七〔一二〕，雖晨炊不給，怡然不介意。大抵以興起名教宏奬仁義爲事。凡嫁内外及友朋孤女僅十人〔一三〕。

常以爲自魏、晉已還，爲文者多拘偶對，而經誥之指歸，遷、雄之氣格，不復振起矣。

故愈所爲文，務反近體，抒意立言，自成一家新語。後學之士，取爲師法。當時作者甚衆，無以過之，故世稱「韓文」焉〔一四〕。然時有恃才肆意，亦有盩孔、孟之旨。若南人妄以柳宗元爲羅池神，而愈撰碑以實之；李賀父名晉，不應進士，而愈爲賀作諱辨，令舉進士；又爲毛穎傳，譏戲不近人情：此文章之甚紕繆者。時謂愈有史筆，及撰順宗實録，繁簡不當，叙事拙於取捨，頗爲當代所非。穆宗、文宗嘗詔史臣添改，時愈壻李漢、蔣係在顯位，諸公難之。而韋處厚竟别撰順宗實録三卷。有文集四十卷〔一五〕，李漢爲之序。

子昶，亦登進士第。

〔一〕新唐書：鄧州南陽人。朱子考異云：李白作韓文公父仲卿去思碑云「南陽人」。而公嘗自稱昌黎。李翺作公行狀亦云「昌黎某人」。皇甫湜作墓志不言鄉里，又作神道碑乃云：上世嘗居南陽，又隸延州之武陽。而舊書亦但云「昌黎某」。今按：新書蓋因李碑而加「鄧州」二字也。然考漢書地理志有兩南陽，其一河内修武，即左傳所謂晉啓南陽也；其一南陽堵陽，即荆州之南陽郡，字與赭同，在唐屬鄧州者也。方崧卿增考年譜云：今孟、懷州皆春秋南陽之地。自漢至隋，二州皆屬河内郡。唐顯慶中，始以孟州隸河南府。建中中，乃以河南之四縣入河陽三城，使其後又改爲孟州。今河内有河陽縣，韓氏世居之。故公每自言歸河陽省墳墓。而女挐之銘亦曰「歸骨於河南之河陽韓氏墓」。張籍祭公詩亦云「舊塋盟津北」。則知公爲河内之南陽人。詳此，南陽之爲河内修武無可疑，而新書鄧州之誤斷可識矣。

〔二〕新書：七世祖茂有功於後魏，封安定王。父仲卿爲武昌令，有美政，即去，縣人刻石頌德。終秘書郎。

〔三〕新書：愈生三歲而孤，隨伯兄會貶官嶺表。會卒，嫂鄭鞠之。

〔四〕新書：愈自知讀書，日記數千百言。比長，盡能通六經百家學。

〔五〕新書：會董晉爲宣武節度使，表署觀察推官。晉卒，愈從喪出，不四日汴軍亂，乃去。依武寧節度使張建封辟府推官。

〔六〕新書：改江陵法曹參軍。

〔七〕新書：元和初，權知國子博士分司東都，三歲爲真，改都官員外郎。公神道碑除尚書都官郎中，分司判祠部。

〔八〕新書：初，憲宗將平蔡，命御史中丞裴度使諸軍按視，及還，具言賊可滅，與宰相議不合。愈亦奏言淮西連年侵掠，得不償費，其敗可立而待。然未可知者，在陛下斷與不斷耳。執政不喜，會有人詆愈在江陵云云。

〔九〕新書：度宣慰淮西，奏愈行軍司馬。愈請乘遽先入汴説韓弘，使協力。公墓誌云：公以右庶子兼御史中丞、行軍司馬，宰相軍出潼關，請先乘遽至汴，感説都統，師乘遂和，卒擒元濟。公行狀云：公爲行軍司馬，從丞相居於郾城，公知蔡州精卒聚界上，以拒官軍，守城者率老弱，且不過千人，亟白丞相，請以兵三千人間道以入，必擒元濟。丞相未及行，而李愬自唐州文城壘提其卒以夜入蔡州，果得元濟。又云：蔡州既平，布衣柏耆以計謁公，公與語，奇之，遂白丞相曰：淮西滅，王承宗膽破，可不勞用衆，宜使辯士奉相公書，明禍福以招之，彼必服。丞相然之。公口占爲書，使柏耆袖之以至鎮州。承宗果大恐，上表請割德、棣二州以獻。

〔一〇〕新書：詔愈宣撫，既行，衆皆危之。元稹言：韓愈可惜。穆宗亦悔，詔愈度事從宜，無必入。愈曰：安有受君命而滯留自顧。遂疾驅入。庭湊嚴兵迓之，甲士陳庭，既坐，庭湊曰：所以紛紛者，乃此士卒也。愈大聲曰：天子以公爲有將帥材，故賜以節，豈意同賊反邪？語未終，士前奮曰：先太師爲國擊朱滔，血衣猶在，此軍何負朝廷，乃以爲賊乎？愈曰：以爲爾不記先太師也。若猶記之，固善，且爲逆與順，利害不能遠引古事，但以天寶來禍福爲爾等明之。安禄山、史思明、李希烈、梁崇義、朱滔、朱泚、吴元濟、李師道，有若子若孫在乎？亦有居官者乎？衆曰：無。愈曰：田公以魏博六州歸朝廷，官中書令，父子受旗節。劉悟、李祐皆大鎮，此爾軍所共聞也。衆曰：弘正刻，故此軍不安。愈曰：然爾曹害田公，又殘其家矣，復何道？衆乃讙曰：侍郎語是。庭湊恐衆心動，遽麾使去。因泣謂愈曰：今欲庭湊何所爲？愈曰：神策六軍之將，如牛元翼比者不少，但朝廷顧大體不可棄之，公久圍之何也？庭湊曰：即出之。愈曰：若爾則無事矣。會元翼亦潰圍出，庭湊不追。愈歸奏其語，帝大悦。轉吏部侍郎。

〔一一〕墓誌云：長慶四年十二月丙子薨，明年三月癸酉葬河南河陽。

〔一二〕新書：愈成就後進士，往往知名，經愈指授，皆稱韓門弟子。

〔一三〕新書：凡内外親若交友無後者，爲嫁遺孤女而恤其家，嫂鄭喪，爲服朞以報。

〔一四〕新書：愈每言文章，自漢司馬相如、太史公、劉向、揚雄後，作者不世出，故愈深探本元，卓然樹立，成一家言。其原道、原性、師説等數十篇，皆奥衍閎深，與孟軻、揚雄相表裏，而佐佑六經云。至它文，造端置辭，要爲不襲蹈前人者。然惟愈爲之沛然若有餘，至其徒李翱、李漢、皇甫湜從而效之，遽不及遠甚。

〔一五〕行狀云：有集四十卷，小集十卷。

韓昌黎詩集編年箋注卷一

卷一凡三十五首，起少時作，迄登第後佐董晉於汴、佐張建封於徐諸詩。其貞元八年登第試帖爲明水賦、御溝新柳詩、不貳過論。集中今惟載論，其賦尚見外集。惟御溝新柳詩無所見，今不入目。

芍藥歌〔一〕

丈人庭中開好花，更無凡木爭春華。翠莖红蕊天力與，此恩不屬黄鐘家〔二〕。温馨熟美鮮香起，似笑無言習君子〔三〕。霜刀翦汝天女勞〔四〕，何事低頭學桃李？嬌癡婢子無靈性〔五〕，競挽春衫來比並。欲將雙頰一晞紅，緑窗磨遍青銅鏡〔六〕。一樽春酒甘若飴，丈人此樂無人知。花前醉倒歌者誰？楚狂小子韓退之〔七〕。

〔一〕一本作「王司馬紅芍藥歌」。

〔二〕不屬黄鍾家：月令：仲冬之月，律中黄鍾。按：黄鍾，宫音，宫者，君也。句言「不屬」，當謂王司馬本爲朝士，以不得於君，出爲司馬。其用之芍藥者，埤雅釋草「芍藥榮於仲冬，華於孟夏」。

〔三〕習：晉書：王恭語王忱：丈人不習恭。温嶠論陶侃：傒狗我所習。皆謂深知熟習也。君子：謂王司馬。

〔四〕霜刀：杜甫詩：「饔子左右揮霜刀。」天女：史記天官書：織女，天女孫也。

〔五〕婢子：左傳：僖公二十二年，寡君使婢子侍執巾櫛。

〔六〕青銅鏡：辛延年詩：「遺我青銅鏡。」

〔七〕楚狂小子：建中、貞元間，公避地江漬，在古爲楚地，故用接輿歌鳳語意，以爲王司馬歎其德衰也。結意與「不屬黄鍾」語相應。

按：王伯大云：「此詩恐是公少作。」此説是也。又云：「據公與邢尚書書，自稱七歲而讀書，十二而能文，此篇才情縱逸，瓌奇溢目。」此語亦是。又云：「見夫天之所以與我者，非凡木之匹儔，可比德於君子，而非兒女所能彷佛，其自命固已不凡。」是則誤解。按：「何事低頭學桃李」以上，皆指王司馬，其「婢子」以下語，乃刺軟美逢時者，以爲王司馬瀉憤，與自命何與哉？「一樽」以下結賞花耳。

出門〔一〕

長安百萬家〔二〕，出門無所之。豈敢尚幽獨？與世實參差。古人雖已死，書上有遺辭。開卷讀且想，千載若相期。出門各有道，我道方未夷〔三〕。且於此中息，天命不我欺。

〔一〕易同人卦：出門同人。又隨卦：出門交有功。按：公年十九始來京師，此詩語氣係未第時作。

〔二〕長安：三輔黄圖：漢高祖有天下，始都長安，欲其子孫長安都於此也。注：長安本秦之鄉名，高祖作都於此。

〔三〕未夷：北史劉炫傳：「世故未夷。」夷，平也。

北極一首贈李觀〔一〕

北極有羈羽，南溟有沈鱗〔二〕。川原浩浩隔，影響兩無因。風雲一朝會〔三〕，變化成一身〔四〕。誰言道里遠，感激疾如神〔五〕。我年二十五，求友昧其人。哀歌西京市〔六〕，乃與夫子親。所尚苟同趨，賢愚豈異倫。方爲金石姿〔七〕，萬世無緇磷。無爲兒女態〔八〕，憔悴悲賤貧〔九〕。

〔一〕列子湯問篇：岱輿、員嶠二山流於北極，沉於大海。按：新唐書李觀傳：「觀，字元賓，貞元中舉進士、宏辭，連中，授太子校書郎。卒年二十九。觀屬文不旁沿前人，時謂與韓愈相上下。」又按：科名記：「是年陸贄主司，愈與觀同登進士。」詩正其時。上邢君牙書云「二十有五而擢第」，與詩語合。又按：新唐書歐陽詹傳：詹與韓愈、李觀、李絳、崔群、王涯、馮宿、庾承宣聯第，皆天下選，時稱「龍虎榜」。

〔二〕南溟：莊子逍遥游：南溟者，天池也。沈鱗：抱朴子勖學篇：沈鱗可動之以聲音。

〔三〕風雲會：班固答賓戲：「彼皆躡風雲之會。」

〔四〕一身：蘇武詩：「況我連枝樹，與子同一身。」

〔五〕疾如神：易繫辭：惟神也，故不疾而速，不行而至。

〔六〕西京：三輔黄圖：漢高祖始都長安，實曰西京。新唐書地理志：上都初曰京城，天寶元年曰西京。

〔七〕金石：阮籍詩：「如何金石交，一旦更離傷。」

〔八〕兒女態：後漢書來歙傳：呼巨卿，欲相屬以軍事，而反效兒女子涕泣耶。

〔九〕憔悴：屈原漁父篇：「顔色憔悴，形容枯槁。」

落葉一首送陳羽〔一〕

落葉不更息，斷蓬無復歸〔二〕。飄飖終自異，邂逅暫相依〔三〕。悄悄深夜語，悠悠寒月輝。誰云少年別〔四〕？流淚各霑衣。

〔一〕陳羽，江東人，登貞元進士第，歷官樂宫尉佐。漢武帝落葉哀蟬曲：「落葉依於重扃。」以起句「落葉」二字命題，仿三百篇，與前北極同。

〔二〕斷蓬：司馬彪詩：「秋蓬獨何辜，飄飖隨風轉。」

〔三〕邂逅：詩蔓草：「邂逅相遇，適我願兮。」

〔四〕少年别：沈約詩：「平生少年日，分手易前期。」此詩蓋翻其語。

按：蔣云：「晚唐人律詩如此，入古體覺别自有致。」此誤因舊編云然。此即五律，孟郊集亦有五律，而後人誤同古詩，殊不辨音節。

岐山下一首〔一〕

誰謂我有耳，不聞鳳皇鳴？朅來岐山下〔二〕，日暮邊鴻驚。丹穴五色羽〔三〕，其名曰鳳皇。

昔周有盛德，此鳥鳴高岡〔四〕。和聲隨祥風〔五〕，窅窕相飄揚〔六〕。聞者亦何事？但知時俗康。自從公旦死，千載閟其光。吾君亦勤理，遲爾一來翔〔七〕。

〔一〕按：此篇亦有分二首者，非。
〔二〕朅來：朅，丘揭切，又去謁切。説文：朅，去也。曾子歸耕操：朅來歸耕，歷山盤兮。岐山下：詩緜：「率西水滸，至于岐下。」水經注云：岐山在扶風美陽縣西北。新唐書地理志：鳳翔府扶風郡岐山縣，有岐山，屬關内道。
〔三〕丹穴：爾雅釋地：距齊州以南，戴日爲丹穴。南山經：丹穴之山有鳥焉，其狀如雞，五采而文，名曰鳳皇。
〔四〕鳴高岡：詩卷阿：「鳳皇鳴矣，于彼高岡。」
〔五〕和聲：左傳：鳳皇于飛，和鳴鏘鏘。又：和聲入于耳，而藏于心。祥風：王褒聖主得賢臣頌：恩從祥風翔，德與和氣游。
〔六〕窅窕：窅，烏皎切，一作「窈」。説文：窅，深目也。窈，深遠也。窕，深肆極也。按：窅、窕亦相近可通，然與「窕」字相連，宜作「窈窕」，以詩經爲正。
〔七〕遲爾：遲，去聲。後漢書章帝紀：朕思遲直士。注：遲，猶希望也。來翔：魏志管寧傳：振翼遐裔，翻然來翔。
按：宋人程俱編年譜：公游鳳翔，以書抵邢君牙，不得意，去。此詩題「岐山下」，正其時也，非汎汎作。朱子亦訂爲至鳳翔時。

謝自然詩〔一〕

果州南充縣〔二〕，寒女謝自然。童騃無所識〔三〕，但聞有神仙。輕身學其術，乃在金泉山。繁華榮慕絶，父母慈愛捐〔四〕。凝心感魑魅〔五〕，慌惚難具言。一朝坐空室，雲霧生其間〔六〕。如聆笙竽韻，來自冥冥天。白日變幽晦，蕭蕭風景寒。簷楹暫明滅，五色光屬聯〔七〕。觀者徒傾駭，躑躅詎敢前〔八〕。須臾自輕舉〔九〕，飄若風中烟。茫茫八紘大〔一〇〕，影響無由緣〔一一〕。里胥上其事，郡守驚且歎〔一二〕。驅車領官吏，甿俗爭相先〔一三〕。入門無所見，冠屨同蜕蟬〔一四〕。皆云神仙事，灼灼信可傳。余聞古夏后，象物知神姦〔一五〕。山林民可入，魍魎莫逢旃〔一六〕。逶迤不復振，後世恣欺謾〔一七〕。幽明紛雜亂，人鬼更相殘。秦皇雖篤好，漢武洪其源〔一八〕。自從二主來，此禍竟連連〔一九〕。木石生怪變，狐狸騁妖患〔二〇〕。莫能盡性命〔二一〕，安得更長延？人生處萬類，知識最爲賢。奈何不自信，反欲從物遷〔二二〕。往者不可悔，孤魂抱深冤。來者猶可誡，余言豈空文〔二三〕。人生有常理，男女各有倫。寒衣及飢食，在紡績耕耘。下以保子孫，上以奉君親。苟異於此道，皆爲棄其身〔二四〕。噫乎彼寒女，永託異物群。感傷遂成詩，昧者宜書紳。

〔一〕太平廣記：謝自然，孝廉謝寰女。集仙録：謝自然居果州南充縣，年十四，修道不食，築室於金泉山。貞元十年十二月十二日辰時，白日昇天，士女數千人咸共瞻仰。須臾，五色雲遮亘一川，天樂異香散漫。刺史李堅表聞，詔褒美之。白帖：謝自然，女道士也，果州人。居大方山頂，常誦道德經、黄庭内編，於開元親授紫虚寶經於金泉山。一十三年，晝夜不寐，兩膝上忽有印，四壖若朱，有古篆六字，粲如白玉。忽於金泉道場有雲氣，遮匝一山，散漫彌久，仙去。

〔二〕果州南充縣：舊唐書地理志：果州，隋巴西郡之南充縣。武德四年，割隆州之南充、相如二縣置。因果山爲名。天寶元年，爲南充郡。乾元元年，復爲果州，領南充縣，屬劍南道。

〔三〕童騃：騃，音呆。廣雅釋詁：僮騃，癡也。

〔四〕慈愛捐：謝靈運曇隆法師誄：母氏驚其心，姊弟申其操。遂相許諾，出家求道。終古恩愛，於今仳别矣。

〔五〕凝心：齊書劉虯傳：退不凝心出累，非冢間樹下之節。魑魅：魑，丑知切。魅，音媚。

〔六〕雲霧生：郭璞游仙詩：「雲生梁棟間，風出窗户裏。」齊書劉虯傳：正晝有白雲徘回檐户之内，又有香氣磬聲。

〔七〕屬：之欲切。

〔八〕傾駭：史記大宛傳：令外國客遍觀各倉庫、府藏之積，見漢之廣大，傾駭之。躑躅：音擲蜀。

〔九〕輕舉：屈原遠游：「悲時俗之迫阨兮，願輕舉而遠游。」

〔一〇〕八紘：紘，音宏。淮南子墬形訓：九州之外有八夤，八夤之外有八紘。

〔一一〕無由緣：曹植與吴質書：天路高邈，良無由緣。

〔一二〕歎：平聲。

〔一三〕甿俗：甿，同氓。南史王訓傳：訓作詩云：「旦奭匡世功，蕭曹佐甿俗。」又虞玩之傳：自頃甿俗巧僞。

〔一四〕蜕蟬：蜕，音脱。王褒九懷：「濟江海兮蜕蟬。」神仙傳：王方平過吴，教蔡經尸解。經入室以被自覆，忽然失之，視其被内，惟有皮、頭、足具，如蟬蜕也。

〔一五〕象物：左傳：鑄鼎象物，使民知神姦。

〔一六〕魍魎：音罔兩。

〔一七〕謾：音蠻。

〔一八〕秦皇、漢武：沈約游道士館詩：「秦皇御宇宙，漢帝恢武功。寧爲心好道，直由意無窮。」

〔一九〕連連：莊子駢拇篇：又奚連連如膠漆纆索？

〔二〇〕木石：魯語：孔子曰：木石之怪曰夔魍魎。狐狸：晉書郭璞傳：暨陽人任谷，因耕息於樹下，忽有一人著羽衣就淫之，谷遂有娠。將産，羽衣人復來，以刀穿其陰下，出一蛇子，便去。遂成宦者，詣闕上書，自云有道術。帝留谷於宫中。璞上疏曰：任谷所言妖異，無有因由。臣愚以爲陰陽陶蒸，變化萬端，亦是狐狸魍魎，憑陵作慝。願採臣言，即特遣谷出。

〔二一〕盡性命：嵇康養生論：導養得理，以盡性命。

〔二二〕物遷：書君陳：因物有遷。齊語：其心安焉，不見異物而遷焉。

〔二三〕空文：鹽鐵論：賢者處實而效功，亦非徒陳空文而已。

〔二四〕棄身：阮籍詩：「輕蕩易恍忽，飄飄棄其身。」

華山女〔一〕

街東街西講佛經〔二〕，撞鐘吹螺鬧宮庭〔三〕。廣張罪福資誘脅〔四〕，聽衆狎恰排浮萍〔五〕。黄衣道士亦講説〔六〕，座下寥落如明星。華山女兒家奉道，欲驅異教歸仙靈〔七〕。洗妝拭面著冠帔〔八〕，白咽紅頰長眉青〔九〕。遂來昇座演真訣〔一〇〕，觀門不許人開扃〔一一〕。不知誰人暗相報，訇然振動如雷霆〔一二〕。掃除衆寺人跡絶，驊騮塞路連輜軿〔一三〕。觀中人滿坐觀外，後至無地無由聽。抽釵脱釧解環佩〔一四〕，堆金疊玉光青熒〔一五〕。天門貴人傳詔召〔一六〕，六宮願識師顔形〔一七〕。玉皇頷首許歸去〔一八〕，乘龍駕鶴來青冥〔一九〕。豪家少年豈知道〔二〇〕，來繞百帀腳不停〔二一〕。雲窗霧閣事慌惚〔二二〕，重重翠幔深金屏〔二三〕。仙梯難扳俗緣重，浪憑青鳥通丁寧〔二四〕。

〔一〕此詩事無可考，姑以類附。

〔二〕佛經：魏書釋老志：劉歆著七略，班固志藝文，釋氏之學，所未曾紀。哀帝元壽元年，博士弟子秦景憲受大月氏王使伊存口授浮屠經，中土聞之，未之信了也。後漢明帝遣郎中蔡愔、博士弟子秦景等使於天竺，寫浮屠遺範。愔仍與沙門攝摩騰、竺法蘭東還洛陽，得佛經四十二章。隋書經籍志：佛經者，西域天竺迦維衛國淨飯王太子釋迦牟尼所説。

〔三〕撞鐘：左傳：撞鐘舞女。吹螺：南史婆利國傳：其導從吹螺擊鼓。法顯佛國記：那竭國有精舍，每日出，則登高樓，擊大鼓，吹螺敲銅鈸。

〔四〕罪福：何承天答宗居士書：有道含沙門，相爲説罪福起滅之驗。洛陽伽藍記：人死有罪福。李邕普光寺碑：搆之者罪花雕落，信之者福種萌生。

〔五〕狎恰：方云：狎恰，唐人語，白樂天櫻桃詩：「洽恰舉頭千萬顆。」或作「恰似」，非是。

〔六〕黄衣道士：唐六典：凡道士、女道士衣服，皆以木蘭青碧皂荆黄緇之色。

〔七〕仙靈：鮑照詩：「結友事仙靈。」

〔八〕帔：披義切。劉熙釋名：帔，披也，披之肩背，不及下也。程大昌演繁露：唐睿宗召司馬承禎問道，遂賜絳霞紅帔。

〔九〕白咽：咽，音烟。易林：青牛白咽，呼我俱田。長眉：司馬相如上林賦：「長眉連娟。」

〔一〇〕昇座：梁書武帝紀：高祖升法座，爲四部衆説大涅盤經義。北史劉焯傳：每昇座，論難鋒起，皆不能屈。真訣：隋書經籍志：陶弘景撰登真隱訣，以證古有神仙之事。

〔一一〕觀：音貫。樓觀本記：周穆王尚神仙，因尹真人草制樓觀，遂召幽逸之人，置爲道士。唐六典：凡天下觀，總一千六百八十七所。一千一百三十七所道士，五百五十所女道士。每觀觀主一人，上座一人，監齋一人。扃：蔡琰詩：「夜悠長兮禁門扃。」左思魏都賦：「肅肅階闢，重門再扃。」

〔一二〕訇：音轟。張衡東京賦：「旁震八鄙，砰磕隱訇。」如雷霆：詩常武：「如雷如霆，徐方震驚。」

〔一三〕驊騮：穆天子傳：天子命駕八駿之乘，右服驊騮而左緑耳。輜軿：輜，楚持切。軿，音瓶。劉熙釋名：有邸曰輜，無邸曰軿。後漢書袁紹傳：輜軿柴轂，填接街陌。神仙傳：采女少得道。殷王奉事之於掖庭，爲立華屋紫閣，飾以金石。乃令采女乘輜軿往問道於彭祖。

〔一四〕抽釵脱釧：釧，穿，去聲。釋寶月詩：「拔儂頭上釵。」梁簡文帝詩：「開函脱寶釧。」南史扶南國傳：簡文帝設無礙大會，王后妃主百姓富室所捨金銀環釧等珠寶充積。解環佩：列女傳：衛姬脱簪珥，解環佩。

〔一五〕青熒：揚雄羽獵賦：「玉石嶜崟，眩曜青熒。」善注：青熒，光明貌。

〔一六〕天門：屈原九歌：「廣開兮天門。」六宮：禮記昏義：古者天子后立六宮。

〔一七〕顔形：蔡琰詩：「頓復起兮毁顔形。」

〔一八〕頷首：頷，胡感切。左傳：逆於門者，頷之而已。

〔一九〕乘龍駕鶴：莊子逍遥游：藐姑射之山，有神人居焉。乘雲氣，馭飛龍。何劭游仙詩：「連翩御飛鶴。」青冥：屈原九章：「據青冥而攄虹。」

〔二〇〕豪家：梁簡文帝七勵：「五陵金穴，六郡豪家。」

〔二一〕帀：子荅切。

〔二二〕雲窗霧閣：後漢書梁冀傳：窗牖皆有綺疏青瑣，圖以雲氣仙靈。揚雄甘泉賦：「乘雲閣而上下。」

〔二三〕金屏：傅縡詩：「翠帳金屏玳瑁牀。」

〔二四〕青鳥：西山經：三危之山，三青鳥居之。郭璞曰：三青鳥主爲西王母取食者。

按：捫蝨新話：「退之嘗有詩云：『我能屈曲自世間，安能從汝巢神山？』故作謝自然、誰氏子等詩，尤爲切齒。然於華山女詩乃獨假借，末句云：『仙梯難攀俗緣重，浪憑青鳥通丁寧。』與記夢詩語便不同，不知何以得此也？」此説甚非，所謂以詞害意也。朱子曰：「或怪公排斥佛老不遺餘力，而於華山女獨假借如此，非也。此正譏其衒姿色、假仙靈以惑衆，又譏時君不察，使失行婦人得入宫禁耳。觀其卒章，『豪家少年』、『雲窗霧閣』、『翠幔』、『金屏』、『青鳥』、『丁寧』等語，褻慢甚矣。豈真以神仙處之哉？」是爲得之。

馬厭穀〔一〕

馬厭穀兮，士不厭糠籺〔二〕；士被文繡兮〔三〕，士無裋褐〔四〕。彼其得志兮不我虞，一朝失志兮其何如〔五〕？已焉哉，嗟嗟乎鄙夫！

〔一〕劉向新序：燕相得罪將出，召門下諸大夫曰：有能從我出者乎？三問莫對，燕相曰：嘻！亦士之不足養也。大夫有進者曰：凶年飢歲，士糟粕不厭，而君之犬馬有餘穀粟；隆冬烈寒，士裋褐不完，而君之臺觀幃幨錦繡，飄飄而弊。財者君之所輕，死者士之所重，君不能施君之所輕，而求得士之所重，不亦難乎？

〔二〕糠籺：史記陳丞相世家：人或謂陳平曰：貧何食，而肥若是？其嫂嫉平之不視家生産，曰：亦食糠覈耳。徐廣曰：覈，音核。孟康曰：麥糠中不破者也。

〔三〕士被文繡：前漢書賈誼傳：庶民牆屋被文繡。三輔黄圖：木衣綈繡，土被朱紫。

〔四〕裋褐：列子力命篇：衣則裋褐，食則粢糲。前漢書賈誼傳：貧者裋褐不完。師古注：裋，布長襦也。褐，編枲衣也。

〔五〕失志：揚雄逐貧賦：「惆悵失志。」

按：此三上宰相書不報時作。全用燕相語事。左傳：季文子相君三世，妾不衣帛，馬不食粟。

皆命意所在。下苦寒歌同。

苦寒歌

黄昏苦寒歌〔一〕，夜半不能休〔二〕。豈不有陽春〔三〕？節歲聿其周。君何愛，重裘兼味養大賢〔四〕，冰食葛製神所憐〔五〕。填窗塞户慎勿出，暄風暖景明年日〔六〕。

〔一〕黄昏：屈原九章：「昔君與我成言兮，曰黄昏以爲期。」淮南天文訓：薄於虞淵，是謂黄昏。

〔二〕夜半：甯戚飯牛歌：「從昏飯牛薄夜半。」

〔三〕陽春：宋玉九辯：「無衣裘以御冬兮，恐溘死而不得見乎陽春。」

〔四〕重裘：魏志王昶傳：救寒無若重裘。兼味：穀梁傳：君食不兼味。大賢：易鼎卦：大烹以養聖賢。

〔五〕冰食：魏武帝苦寒行：「斧冰持作糜。」葛製：南史任昉傳：昉子西華，冬月著葛帔練裙。

〔六〕暄風：王融詩：「暄風多有趣。」

長安交游者一首贈孟郊〔一〕

長安交游者，貧富各有徒。親朋相過時，亦各有以娱。陋室有文史〔二〕，高門有笙竽〔三〕。何能辨榮悴〔四〕？且欲分賢愚。

〔一〕新唐書孟郊傳：郊，字東野，湖州武康人。少隱嵩山，性介少諧合。韓愈一見爲忘形交。按：公撰貞曜先生墓誌云：「年幾五十始以尊夫人之命來集京師，從進士試。」此蓋相遇於長安而作也。

〔二〕文史：晉書張華傳：家無餘財，惟有文史。

〔三〕高門：史記騶奭傳：齊王爲開第康莊之衢，高門大屋，尊寵之。笙竽：左思詩：「南鄰擊鐘磬，北里吹笙竽。」

〔四〕榮悴：潘岳閑居賦：「雖末士之榮悴兮，伊人情之美惡。」

按：郊集有長安羈旅行云：「十日一理髮，每梳飛旅塵。三旬九過飲，每食惟舊貧。失名誰肯訪？得意爭相親。」又長安道云：「家家朱門開，得見不可入。高閣何人家？笙簧正喧吸。」此詩云「貧富各有徒」，蓋以郊有怨誹之言，故以此廣其意。

孟生詩〔一〕

孟生江海士〔二〕，古貌又古心〔三〕。嘗讀古人書，謂言古猶今〔四〕。作詩三百首，窅默咸池音〔五〕。騎驢到京國〔六〕，欲和薰風琴〔七〕。豈識天子居？九重鬱沉沉〔八〕。一門百夫守〔九〕，無籍不可尋〔一〇〕。晶光蕩相射〔一一〕，旗戟翩以森。遷延乍卻走，驚怪靡自任〔一二〕。舉頭看白日，泣涕下沾襟。朅來游公卿，莫肯低華簪〔一三〕。諒非軒冕族〔一四〕，應對多差參〔一五〕。萍蓬風波急〔一六〕，桑榆日月侵〔一七〕。奈何從進士〔一八〕？此路轉嶇嶔〔一九〕。異質忌處群，孤芳難寄林〔二〇〕。誰憐松桂性？競愛桃李陰。朝悲辭樹葉，夕感歸巢禽。顧我多慷慨，窮簷時見臨〔二一〕。清宵靜相對，髮白聆苦吟。採蘭起幽念〔二二〕，眇然望東南。秦吳修且阻〔二三〕，兩地無數金。我論徐方牧〔二四〕，好古天下欽。竹實鳳所食〔二五〕，德馨神所歆。求觀衆丘小，必上泰山岑。求觀衆流細，必泛滄溟深〔二六〕。子其聽我言，可以當所箴。既獲則思返，無爲久滯淫〔二七〕。下和試三獻〔二八〕，期子在秋碪〔二九〕。

〔一〕□云：登科記，東野及第在貞元十二年，此詩以其下第，送之謁張建封於徐也。貞元四年，建封鎮徐州，李習之嘗以書薦東野，有曰：郊將爲他人所得，而大有立於世。與其短命而死，皆不可知。二者將有一於郊，他日爲執事惜之。

〔二〕江海士：莊子刻意篇：就藪澤，處閑曠。此江海之士，避世之人，閑暇者之所好也。

〔三〕古心：按：郊詩有云「詩老失古心，至今寒皚皚」，即用其字也。

〔四〕古猶今：列子楊朱篇：五情好惡，古猶今也；四體安危，古猶今也；世事苦樂，古猶今也；變易治亂，古猶今也。韓詩外傳：聖人以己度人者也，以情度情，以類度類，古今一也。

〔五〕窅：音杳。咸池：記樂記：大章章之也，咸池備矣。屈原遠游：「張樂咸池，奏承雲兮。」注：咸池，堯樂。

〔六〕騎驢：後漢書向栩傳：少爲諸生，卓詭不倫，或騎驢入市。京國：江淹詩：「辨詩測京國，履籍鑑都鄙。」

〔七〕和：去聲。薰風琴：家語：舜彈五絃之琴曰：南風之薰兮，可以解吾民之愠兮。

〔八〕沉沉：史記陳涉世家：涉之爲王沉沉者。應劭曰：沉沉，宮室深邃之貌。

〔九〕百夫：書牧誓：千夫長百夫長。

〔一〇〕無籍：古今注：籍者，尺二竹牒，記人之年名字物色，懸之宮門。案省相應，乃得入焉。三輔黃圖：宮之門閣有禁，非侍衛通籍之臣不得妄入。新唐書百官志：司門郎中、員外郎掌門關出入之籍。凡有召者，降墨敕，勘銅魚木契，然後入。

〔一一〕晶光：玉篇：晶，精光也。廣韻：晶，光也。

〔一二〕自任：蔡邕九惟文：居處浮灟，無以自任。

〔一三〕華簪：陶潛詩：「聊用忘華簪。」

〔一四〕軒冕：莊子繕性篇：不爲軒冕肆志。

〔一五〕差參：藝苑雌黄：古詩押韻，或有語顛倒而理無害者，如退之以「參差」爲「差參」，以「瓏璁」爲「璁瓏」是也。漢皋詩話：韓愈、孟郊輩才豪，故有「湖江」、「白紅」、「慨慷」之句，後人亦難仿效。顧嗣立引胡渭云：漢書揚雄傳「和氏瓏璁」與清、傾、嚶、成爲韻。文選左思雜詩「歲莫常慨慷」與霜、明、光、翔、堂爲韻。是「璁瓏」、「慷慨」，前古已有顛倒押韻者，非創自公也。按：地天、坤乾古已然矣。元和詩人皆好顛倒，如盧仝有「揄揶」，白居易有「摩揣」，大抵兩字兩義者可，兩字一義者不可。

〔一六〕萍蓬：潘岳西征賦：「飄萍浮而蓬轉。」

〔一七〕桑榆：淮南天文訓：日西垂，景在樹端，謂之桑榆。曹植詩：「年在桑榆間，影響不能追。」侵：范蔚宗詩：「年力互頹侵。」

〔一八〕進士：李肇國史補：進士爲時所尚久矣，俊乂實集其中。由此出者，終身爲聞人。故爭名常切，而爲俗亦弊。

〔一九〕嶇嶔：嶔，音區欽。王褒洞簫賦：「嶇嶔巋崎。」善注：山險峻之貌。

〔二〇〕孤芳：顔延之弔屈原文：物忌孤芳，人諱明潔。

〔二一〕窮簷：按：方云：「『簷』或作『閻』，考荀子、史記子貢傳，作『閻』字爲正。」此説非，其所引皆閭閻之窮簷，此但謂窮居之屋簷耳。

〔二二〕採蘭：束晳補亡詩：「循彼南陔，言採其蘭。」

〔二三〕秦吴：梁昭明太子啓：暫乖語默，頓隔秦吴。江淹别賦：「況秦吴兮絶國。」王云：秦，長安；吴，東野所居。修阻：蔡琰胡笳十八拍：關山阻修兮行路難。

〔二四〕徐方牧：詩常武：「震驚徐方。」□云：謂張建封也。

〔二五〕竹實：詩卷阿箋：鳳凰非梧桐不棲，非竹實不食。

〔二六〕泰山、滄溟：李斯諫逐客書：「泰山不讓黄壤，故能成其大。河海不擇細流，故能就其深。王者不卻衆庶，故能明其德。」此爲建封喻，言容納賢豪也。

〔二七〕滯淫：晉語：文公在翟十二年，狐偃曰：戾久將底，底箸滯淫。

〔二八〕卞和三獻：韓子和氏篇：楚人和氏得玉璞楚山中，獻之厲王，王使玉人相之，曰：石也。王以和爲誑，刖左足。及武王即位，又獻之，玉人又曰：石也。刖其右足。及文王即位，和乃抱其璞而哭於楚山三日三夜，王使玉人理其璞而得寶焉，遂命曰和氏之璧。

〔二九〕秋碪：按：李賀詩「他日還轅及秋律」，謂秋爲試期也。「律」字與此「碪」字皆便文。

利劍〔一〕

利劍光耿耿〔二〕，佩之使我無邪心〔三〕。故人念我無徒侶〔四〕，持用贈我比知音〔五〕。我心如冰劍如雪〔六〕，不能刺讒夫〔七〕，使我心腐劍鋒折〔八〕。決雲中斷開青天〔九〕，噫！劍與我俱變化歸黃泉〔一〇〕。

〔一〕曹植詩：「利劍不在掌，結友何須多。」

〔二〕耿耿：宋玉大言賦：「長劍耿耿倚天外。」

〔三〕無邪心：越絶書寶劍篇：一曰湛盧，二曰純鉤，三曰勝邪，四曰魚腸，五曰巨闕。古今注：吴大帝有寶劍六，三曰辟邪。

〔四〕無徒侣：前漢書東方朔傳：今世之處士，魁然無徒，廓然獨居。何遜詩：「合岸喧徒侶。」

〔五〕知音：古詩十九首：「不惜歌者苦，但傷知音稀。」

〔六〕劍如雪：魏文帝詩：「歐氏寶劍，何爲低昂？白如積雪，利若秋霜。」

〔七〕讒夫：荀卿成相篇：讒夫棄之。

〔八〕心腐：史記荆軻傳：樊於期曰：此臣之日夜切齒腐心也。揚雄太玄：其心腐且敗。劍鋒折：趙國策：馬服君曰：吴干之劍，薄之柱上而擊之，則折爲三。
〔九〕決雲：莊子説劍篇：上決浮雲。
〔一〇〕變化：吴越春秋：莫耶曰：神化之物，須人而成。干將曰：昔吾師鑄劍，夫妻俱入冶爐中。今吾作劍，不變化者，其若斯耶？　黄泉：左傳：不及黄泉，無相見也。

重雲一首李觀疾贈之〔一〕

天行失其度〔二〕，陰氣來干陽〔三〕。重雲閉白日，炎燠成寒涼。小人但咨怨〔四〕，君子惟憂傷。飲食爲減少，身體豈寧康〔五〕？此志誠足貴，懼非職所當〔六〕。藜羹尚如此〔七〕，肉食安可嘗〔八〕。窮冬百草死，幽桂乃芬芳〔九〕。且況天地間，大運自有常〔一〇〕。勸君善飲食，鸞鳳本高翔〔一一〕。

〔一〕陶潛詩：「重雲閉白日。」
〔二〕天行：易乾卦：天行健。記月令：司天日月星辰之行，宿離不貸，無失經紀。失度：班彪北征賦：「夫何陰曀之不陽兮，嗟久失其平度。」
〔三〕陰氣：賈誼旱雲賦：「陰氣辟而留滯。」

〔四〕咨怨：書冏命：夏暑雨，小民惟曰怨咨。

〔五〕寧康：前漢書敘傳：民用寧康。

〔六〕職所當：張衡同聲歌：「賤妾職所當。」

〔七〕藜羹：莊子讓王篇：藜羹不糝。

〔八〕肉食：左傳：曹劌曰：肉食者鄙，未能遠謀。說苑：晉獻公之時，東郭民有祖朝者，上書獻公。獻公曰：肉食者已慮之矣，藿食者尚何與焉？對曰：設使肉食者一旦失計於廟堂之上，若臣等之藿食者，寧得無肝腦墮地於中原之野乎？

〔九〕幽桂：淮南小山招隱詩：「桂樹叢生兮山之幽。」

〔一〇〕大運：史記天官書：其發見固有大運。

〔一一〕鸞鳳：廣雅釋鳥：鸞鳥，鳳皇屬也。埤雅釋鳥：說文云：鸞，赤神靈之精也。鳴中五音，一曰青鳳爲鸞。高翔：賈誼惜誓：「獨不見夫鸞鳳之高翔。」

送汴州監軍俱文珍〔一〕

奉使羌池靜，臨戎汴水安〔二〕。沖天鵬翅闊〔三〕，報國劍鋩寒〔四〕。曉日驅征騎，春風詠采蘭。誰言臣子道？忠孝兩全難〔五〕。

〔一〕韓云：董晉爲宣武軍節度使，俱文珍爲監軍，公爲觀察推官。文珍將如京師，作序並詩以送之。序云：「今天下之鎮，陳留爲大。其監統中貴，必材雄德茂，然後爲之。監軍俱公，輟侍從之榮，受腹心之寄，遇變出奇，先事獨運，偃息談笑，危疑以平。十三年春，將如京師，相國隴西公飲餞於青門之外，命其屬咸作詩，以鋪繹之。」

〔二〕羌池、汴水：新唐書宦者傳：「劉貞亮本名俱文珍，性忠强，識義理。平涼之盟，在渾瑊軍中會變被執，且西。俄而得歸，出監宣武軍。」羌池謂在瑊軍，汴水謂在晉軍。

〔三〕沖天：屈原九歌：「高馳兮沖天。」鵬翅闊：莊子逍遥游：鵬之大，不知其幾千里也。怒而飛，其翼若垂天之雲。

〔四〕劍鋩寒：魏文帝詩：「越氏鑄寶劍，出匣吐寒芒。」

〔五〕忠孝：漢書王尊傳：尊遷益州刺史，行部至邛郲九折坂，問吏曰：此非王陽所畏道耶？叱其馭曰：驅之，王陽爲孝子，王尊爲忠臣。晉書潘京傳：京爲州所辟，謁見問策，探得「不孝」字。刺史戲京曰：辟士爲不孝耶！京舉版答曰：今爲忠臣，不得復爲孝子。世説：桓公入峽，歎曰：既爲忠臣，不得復爲孝子，如何？

按：此詩不入正集，李漢以文珍故爲公諱也，樊汝霖曾有此説。然公奉董晉之命而作，序文甚明，非出己意。況唐書本傳稱其「性忠强，識義理」，則其人或不必拒。

答孟郊〔一〕

規模背時利，文字覷天巧〔二〕。人皆餘酒肉〔三〕，子獨不得飽。纔春思已亂〔四〕，始秋悲又攪〔五〕。朝餐動及午，夜諷恒至卯〔六〕。名聲暫羶腥〔七〕，腸肚鎮煎煼〔八〕。古心雖自鞭〔九〕，世路終難拗〔一〇〕。弱拒喜張臂，猛拏閒縮爪〔一一〕。見倒誰肯扶〔一二〕？從嗔我須齩〔一三〕。

〔一〕王云：東野集有汴州別韓愈詩，此詩未見贈答之旨，但「名聲暫羶腥」句，似指郊得第以後。按：郊擢第即東歸，此在汴所答也。

〔二〕覷：七慮切。廣雅釋詁：覷，視也。

〔三〕餘酒肉：史記霍去病傳：重車餘棄粱肉，而士有飢者。

〔四〕春思亂：鮑照詩：「秋心不可蕩，春思亂如麻。」

〔五〕攪：詩何人斯：「祇攪我心。」

〔六〕夜諷：吴越春秋：越王朝書不倦，晦誦竟夜。

〔七〕羶腥：莊子徐無鬼篇：蟻慕羊肉，羊肉羶也。舜有羶行，百姓悦之。

〔八〕腸肚：釋名：腸，暢也，通暢胃氣，去滓穢也。廣韻：肚，腹肚。煎煼：廣雅釋詁：煎煼，曝也。爾雅釋草郭璞注：豨首可以熁蠶蛹。

〔九〕鞭：□云：「鞭」字蓋用莊子「從其後而鞭之」。

〔一〇〕拗：於絞切。張衡渾天儀：拗去其半。

〔一一〕拏：女加切。縮爪：古諺：「將奮者足跼，將噬者爪縮。」

〔一二〕誰扶：論語：顛而不扶。

〔一三〕齩：五巧切。賈誼論積貯疏：易子而齩其骨。説文：齩，齧骨也。

古風〔一〕

今日曷不樂？幸時不用兵。無曰既蹙矣〔二〕，乃尚可以生。彼州之賦，去汝不顧〔三〕。此州之役，去我奚適？一邑之水，可走而違〔四〕。天下湯湯〔五〕，曷其而歸〔六〕？好我衣服，甘我飲食。無念百年，聊樂一日〔七〕。

〔一〕樊云：安史亂後，方鎮相望於內地，大者連州十餘，小者不下三四，兵驕則逐帥，帥强則叛上，不廷不貢，往往而是。故託古風以寓意。觀詩意當在德宗之世，與烽火詩意相表裏云。顧嗣立曰：胡渭云：「幸時不用兵。」此必貞元十四年以前作。十五年則吴少誠反，而大發諸道兵以討之矣。

〔二〕蹙：詩節南山：「我瞻四方，蹙蹙靡所騁。」

〔三〕去汝：詩碩鼠：「逝將去汝，適彼樂土。」

〔四〕違：論語：棄而違之。違，避去也。

〔五〕湯湯：湯，音商。書堯典：湯湯洪水方割。

〔六〕曷其而歸：書五子之歌：「嗚呼曷歸？予懷之悲。」

〔七〕聊樂一日：詩山樞：「且以喜樂，且以永日。」

天星送楊凝郎中賀正〔一〕

天星牢落雞喔咿〔二〕，僕夫起餐車載脂〔三〕。正當窮冬寒未已，借問君子行安之？會朝元正無不至〔四〕，受命上宰須及期〔五〕。侍從近臣有虛位〔六〕，公今此去歸何時？

〔一〕新唐書楊凝傳：凝，字懋功，弘農人。遷右司郎中，宣武董晉表爲判官。晉卒，亂作。凝走還京師。闔門三年，拜兵部郎中。以痼疾卒。□云：公時與同佐董晉幕，凝自汴朝正於京，以詩送，時貞元十四年十二月。

〔二〕牢落：司馬相如上林賦：「牢落陸離，爛熳遠遷。」喔咿：音握伊。屈原卜居：「喔咿嚅唲。」李白雉子班曲：「喔咿振迅欲飛鳴。」

〔三〕僕夫：詩出車：「召彼僕夫，謂之載矣。」載脂：詩泉水：「載脂載舝，還車言邁。」

〔四〕會朝元正：傅休奕朝會賦：「采秦漢之舊儀，肇元正之嘉會。」新唐書禮樂志：皇帝元正受群臣朝賀而會，前一日，有司設群官客使等，次於東西朝堂，又設諸州朝集使位。

〔五〕上宰：謝靈運詩：「上宰奉皇靈。」

〔六〕虚位：任昉爲蕭揚州進士表：養素丘園，台階虚位。

忽忽〔一〕

忽忽乎余未知生之爲樂也，願脱去而無因！安得長翮大翼如雲生我身〔二〕，乘風振奮出六合〔三〕，絶浮塵！死生哀樂兩相棄，是非得失付閑人〔四〕！

〔一〕前漢書司馬遷傳：居則忽忽，若有所亡。王褒傳：苦忽忽善忘不樂。按：舊唐書董晉傳：「行軍司馬陸長源好更張云爲，務從刻削。判官孟叔度輕佻好慢易，軍人皆惡之。晉卒後未十日，汴州大亂，殺長源、叔度等。」此詩作於晉未死之前，蓋逆知亂本之已成，而義不可去，故其自憂如此。以下諸詩，皆貞元十五年作。

〔二〕長翮、大翼：翮，音覈。晉書陶侃傳：侃夢生八翼飛而上天。述異記：王次仲變蒼頡書爲隸書，秦始皇遣使徵之，不至。始皇怒，檻車囚之，路次，化爲大鳥，出車飛去，至西山乃落。二翮一大一小，遂名其落處爲大、小翮山。如雲：莊子逍遥游：怒而飛，其翼若垂天之雲。

〔三〕乘風：南史宗慤傳：叔父少文問其所志，答曰：願乘長風破萬里浪。振奮：司馬相如上林賦：「振鱗奮翼。」六合：莊子齊物論：六合之外，聖人存而不論。史記司馬相如傳：六合之内，八方之外。

〔四〕是非得失：阮籍詩：「是非得失閒，焉足相譏理。」

汴州亂二首〔一〕

汴州城門朝不開，天狗墮地聲如雷〔二〕。健兒爭誇殺留後〔三〕，連屋累棟燒成灰。諸侯咫尺不能救，孤士何者自興哀？

母從子走者爲誰？大夫夫人留後兒。昨日乘車騎大馬〔四〕，坐者起趨乘者下〔五〕。廟堂不肯用干戈，嗚呼奈汝母子何！

〔一〕王云：汴州自大曆後多兵，董晉卒，行軍司馬陸長源總留後事。八日而軍亂，殺長源等。監軍俱文珍密召宋州刺史劉逸準使總後務，朝廷從之，賜名全諒。公是時已從晉喪出汴四日，實貞元十五年。二詩蓋譏德宗姑息之政云。

〔二〕天狗：史記天官書：天狗狀如大奔星，有聲。其下止地，類狗。所墮其地方千里，破軍殺將。又：吴楚七國叛逆。彗星數丈，天狗過梁野。聲如雷：後漢書天文志：大流星如缶，有聲隱隱如雷者，兵將怒之徵也。

〔三〕健兒：古樂府折楊柳歌辭：「健兒須快馬，快馬須健兒。」唐六典兵部郎中條下云：天下諸軍有健兒。注：舊，健兒在軍皆有年限，更來往。開元二十五年敕：自今以後，諸軍鎮置兵防，健兒於諸色征行人内及客户中召募，取丁壯情願，健兒長住邊軍者，每年加常例給賜。

〔四〕大馬：莊子讓王篇：子貢乘大馬，軒車不容巷。鹽鐵論：當路於世者，高堂邃宇，安車大馬。

〔五〕坐者起、乘者下：古今注：兩漢京兆河南尹及執金吾司隸校尉，皆使人導引傳呼，使行者止，坐者起。

贈河陽李大夫〔一〕

四海失巢穴〔二〕，兩都困塵埃〔三〕。感恩猶未報〔四〕，惆悵空一來。裘破氣不暖，馬羸鳴且哀〔五〕。主人情更重，空使劍鋒摧。

〔一〕按：舊注謂李大夫是李芃，此詩乃大曆十四年隨嫂歸河陽時作，時年十二。引公自言十三能文爲證，穿鑿附會，其説難通。據此日足可惜詩「假道經盟津」、「主人願少留」云云，與詩語無不吻合。舊唐書德宗紀：「貞元十五年三月，以河陽三城節度使李艽爲昭義節度使。」則汴州亂時，艽正爲河陽。此詩乃贈艽之作無疑。

〔二〕巢穴：後漢書龐公傳：鴻鵠巢於高林之上，暮而得所棲。黿鼉穴於深淵之下，夕而得所宿。夫取舍行止，亦人之巢穴也。

〔三〕兩都：按：班固有兩都賦，鮑照詩：「備聞十帝事，委曲兩都情。」新唐書地理志：上都初曰京城，天寶元年曰西京，至德三載曰中京，上元二年復曰西京，肅宗元年曰上都，顯慶二年曰東都，光宅元年曰神都，神龍元年復曰東都，天寶元年曰東京，上元二年罷京，肅宗元年復爲東都。塵埃：屈原漁父篇：「安能以皓皓之白而蒙世俗之塵埃乎？」

〔四〕猶：作由。未報：前漢書劉向傳：況重以骨肉之親，又加以舊恩未報乎？

〔五〕馬羸：古樂府幽州馬客吟歌辭：「黃禾起羸馬。」

此日足可惜一首贈張籍〔一〕

此日足可惜，此酒不足嘗。捨酒去相語，共分一日光。念昔未知子，孟君自南方〔二〕。自矜有所得，言子有文章。我名屬相府〔三〕，欲往不得行。思之不可見，百端在中腸。維時月魄死〔四〕，冬日朝在房〔五〕。驅馳公事退，聞子適及城。命車載之至，引坐於中堂。開懷聽其説，往往副所望。孔丘殁已遠，仁義路久荒。紛紛百家起〔六〕，詭怪相披猖〔七〕。長老守所聞〔八〕，後生習爲常。少知誠難得〔九〕，純粹古已亡〔一〇〕。譬彼植園木，有根易爲長。留之不遣去，館置城西旁。歲時未云幾，浩浩觀湖江。衆夫指之笑〔一一〕，謂我知不明。兒童畏雷電，魚鱉驚夜光〔一二〕。州家舉進士〔一三〕，選試謬所當〔一四〕。馳辭對我策〔一五〕，章句何煒煌〔一六〕。相公朝服立〔一七〕，工席歌鹿鳴〔一八〕。禮終樂亦闋〔一九〕，相拜送於庭〔二〇〕。之子去須臾，赫赫流盛名〔二一〕。竊喜復竊歎，諒知有所成。人事安可恒，奄忽令我傷。聞子高第日〔二二〕，正從相公喪。哀情逢吉語〔二三〕，惝怳難爲雙〔二四〕。暮宿偃師西〔二五〕，徒展轉在牀。夜聞汴州亂，繞壁行徬徨。我時留妻子〔二六〕，倉卒不及將。相見不復期，零落甘所丁〔二七〕。嬌女未絶乳〔二八〕，念之不能忘。忽如在我所，耳若聞啼聲。中途安得返，一日不可更。俄有東來説，我家免罹殃。乘船下汴水，東去趨彭城〔二九〕。從喪朝至洛，還走不及停。假道經盟津〔三〇〕，出入行澗岡〔三一〕。日西入軍門〔三二〕，羸馬顛且僵〔三三〕。主人願少留〔三四〕，延入陳壺觴。卑賤不敢辭，忽忽心如狂。飲食豈知味？絲竹徒轟轟〔三五〕。平明脱身去，決若驚鳧翔〔三六〕。黄昏次汜水〔三七〕，欲過無舟航。號呼久乃至，夜濟十里黄〔三八〕。中流上灘潬〔三九〕，沙水不可詳。驚波暗合沓〔四〇〕，星宿爭翻芒。轅馬蹢躅鳴〔四一〕，左右泣僕童。甲午憩時門〔四二〕，臨泉窺鬬龍。東南出陳許，陂澤平茫茫〔四三〕。道邊草木花，紅紫相低昂。百里不逢人，角角雄雉鳴〔四四〕。行行二月暮，乃及徐南疆。下馬步堤岸，上船拜吾兄〔四五〕。誰云經艱難？百口無夭殤〔四六〕。僕射南陽公〔四七〕，宅我睢水陽〔四八〕。篋中有餘衣，盎中有餘糧。閉門讀書史，窗户忽已涼。日念子來游，子豈知我情？别離未爲久，辛苦多所經。對食每不飽，共言無倦聽。連延三十日〔四九〕，晨坐達五更。我友二三子，宦游在西京〔五〇〕。東野窺禹穴〔五一〕，李翺觀濤江〔五二〕。蕭條千萬里，會合安可逢？淮之水舒舒，楚山直叢叢。子又捨我去，我懷焉所窮。男兒不再壯，百歲如風狂〔五三〕。高爵尚可求，無爲守一鄉。

〔一〕按：舊唐書張籍傳：「貞元中登進士第。性詭激，能爲古體詩，有警策之句傳於時。調補太常寺太祝，轉國子助教，秘書郎，以詩名。當代公卿如裴度、令狐楚，才名如白居易、元微之，皆與之游，而韓愈尤重之。累授國子博士，水部員外郎，轉水部郎中，卒，世謂之張水部云。」又按：新唐書張籍傳：「籍，字文昌，和州烏江人，仕終國子司業。」舊書云「卒於水部」，非也。又按：唐中書舍人張洎編次司業集云：「蘇州吴人，貞元十五年渤海公下及第。」與韓集中吴郡張籍之説合，則又非和州人也。□云：「籍嘗爲公所薦送。貞元十五年，公時在徐，籍往謁公。未幾，辭去，公惜别，故作是詩以送之。」以下皆在徐州作。

〔二〕孟君：指東野。

〔三〕相府：董晉罷相後爲宣武軍節度，表公爲觀察推官，故曰「名屬相府」。

〔四〕月魄死：書武成：惟一月壬辰，旁死魄。前漢書律曆志：死魄，朔也。

〔五〕在房：記月令：孟冬之月，日在房。

〔六〕百家：荀卿成相篇：慎墨季惠，百家之説誠不詳。莊子天下篇：百家往而不返，道術將爲天下裂。

〔七〕詭怪：何遜詩：「詭怪終不測。」披猖：屈原離騷：「何桀紂之昌披。」南史褚照傳：彦回少立名行，不意披猖至此！

〔八〕長老：史記五帝本紀贊：長老皆各往往稱黄帝、堯、舜之處，風教固殊焉。

〔九〕少知：賈誼治安策：因使少知治體者，得佐下風。

〔一〇〕純粹：易：純粹，精也。

〔一一〕衆夫：後漢書邊讓傳：衆夫寂然。

〔一二〕夜光：蔡邕漢津賦：「明珠胎於靈蚌兮，夜光潛乎玄洲。」述異記：南海有明珠可以鑑，謂之夜光。

〔一三〕州家：吴志太史慈傳：慈仕郡奏曹，會郡與州有隙，州章已去。慈晨夜到洛陽，取州章截敗之，因通郡章，州家更有章，不復見理，由是爲州家所嫉。舉進士：新唐書選舉志：每歲仲冬，州縣館監舉其成者送之尚書省。而舉選不由館學者，謂之鄉貢，皆懷牒自列於州縣。試已，長吏以鄉飲酒禮會屬僚，設賓主，陳俎豆，備管絃，牲用少牢，歌鹿鳴之詩。

〔一四〕選試：□云：汴州舉進士，公爲考官，試反舌無聲詩，籍中等。

〔一五〕對策：前漢書蕭望之傳注：師古曰：對策者，顯問以政事經義，令各對之，而觀其文辭，定高下也。

〔一六〕章句：前漢書揚雄傳：雄少而好學，不爲章句。

〔一七〕相公：王云：指董晉。

〔一八〕工席：儀禮鄉飲酒禮：設席於堂廉東上。注：工布席也。

〔一九〕樂闋：闋，音缺。記文王世子：有司告以樂闋。

〔二〇〕拜送：記鄉飲酒義：賓出，主人拜送。

〔二一〕盛名：李固遺黄瓊書：盛名之下，其實難副。

〔二二〕高第日：史記儒林傳：一歲皆輒試，其高第可爲郎中者，太常集奏。孫云：貞元十五年，高郢知舉，籍登第。是歲二月，晉卒，公護其喪行。

〔二三〕吉語：漢書陳湯傳：不出五日，當有吉語聞。

〔二四〕惝怳：屈原遠游：「怊惝怳而永懷。」

〔二五〕偃師：新唐書地理志：偃師，畿縣，屬河南道。按：董晉本盧鄉人。公送喪歸至河中，故宿偃師西也。

〔二六〕留妻子：按：陳倶云：「晉薨，隨晉喪出。四日而汴州亂，公家在圍中，尋得脱，下汴東趨彭城。」

〔二七〕丁：詩雲漢：「耗斁下土，寧丁我躬。」爾雅釋詁：丁，當也。

〔二八〕嬌女：左思有嬌女詩。絶乳：古樂府前溪歌：「寧斷嬌兒乳。」

〔二九〕彭城：新唐書地理志：徐州彭城郡，屬河南道。孫云：公妻子先往徐州。

〔三〇〕假道：周語：定王使單襄公聘於宋，遂假道於陳，以聘於楚。左傳：華元曰：過我而不假道，鄙我也。盟津：史記索隱曰：盟，古孟字。

〔三一〕澗岡：鮑照詩：「岡澗近難分。」

〔三二〕軍門：左傳：胥甲趙穿當軍門呼。

〔三三〕顛且僵：左傳：杜回躓而顛。漢書：行觸寶瑟僵。

〔三四〕主人：□云：時李芃爲河陽節度，主人謂芃也。

〔三五〕絲竹：蘇武詩：「絲竹厲清聲。」轟轟：北史李元忠傳：轟轟大樂。

〔三六〕決：莊子逍遥游：我決起而飛，搶榆枋。

〔三七〕氾：説文：詳里切。左傳注：音凡。

〔三八〕十里黄：漢書地理志：陳留郡外黄縣有黄溝。

〔三九〕灘潬：潬，音但。爾雅釋水：河有灘。又：潬沙出。注：今河中呼水中沙堆爲潬。舊唐書李光弼傳：河陽有中潬城。地理通釋：河陽三城，其中城曰中潬，黄河兩派貫於三城之間。秋水汎溢時，南北二城皆有濡足之患，唯中潬屹然如故。

〔四〇〕驚波：王粲浮淮賦：「飛驚波以高騖。」合沓：鮑照詩：「瀾漫潭洞波，合沓崿嶂雲。」

〔四一〕轅馬：李陵録别詩：「轅馬顧悲鳴。」躑躅：易垢卦：羸豕孚躑躅。

〔四二〕甲午：按：甲午为是年二月乙亥朔，甲午，二十日也。時門：左傳：鄭大水，龍鬬于時門之外洧淵。注：時門，鄭城門也。

〔四三〕陂澤：詩陳風：「彼澤之陂。」傳：陂，澤障也。

〔四四〕角：音古，見集韻。

〔四五〕吾兄：洪云：公有三兄，皆早世。見於集中者，雲卿之子俞，紳卿之子岌，皆公從兄。

〔四六〕百口：列子説符篇：利供百口。晉書周顗傳：王導呼顗曰：伯仁，以百口累卿。

〔四七〕南陽公：謂張建封也，詳見後詩。

〔四八〕睢水陽：祝云：公與孟東野書云：「主人與余有故，居余於符離睢上。」即此也。

〔四九〕連延：枚乘七發：「蒲伏連延。」善注：連延，相續貌。

〔五〇〕宦游：漢書司馬相如傳：王吉曰：長卿久宦游不遂。

〔五一〕禹穴：史記太史公自序：上會稽探禹穴。

〔五二〕濤江：即浙江。越絶書：銀濤白馬。言潮也。

〔五三〕風狂：方作「狂風」。朱子曰：方亦强用古韻之過，不如只作「風狂」，語勢猶健。

六一詩話：退之工於用韻，得韻寬則波瀾横溢，泛入旁韻，乍還乍離，出入回合，殆不可拘以常格，如此日足可惜之類是也。得韻窄則不復旁出，而因難見巧，愈險愈奇，如病中贈張十八之類是也。譬如善馭馬者，通衢廣陌，縱横馳逐，惟意所之。至於水曲蟻封，疾徐中節，而不少蹉跌，乃天下之至工也。

洪云：此詩雜用韻，又疊用韻。□云：此詩與元和聖德詩多從古韻，讀者當始終以協聲求之，非所謂雜用韻也。押二「光」字，二「城」字，二「鳴」字，二「更」字，二「狂」字。胡仔謂退之好重疊用韻，以盡己之意，蓋不恤其爲病也。

顧嗣立曰：俞瑒云：古庚、陽二韻原自通，觀鹿鳴、采芑之詩自見，卻非俗説通用轉用之例也。其入東韻者，桑中之詩亦然。少陵飲中八仙歌，嘗疊用韻。

按：此篇用韻，全以三百篇爲法。如楚茨「濟濟蹌蹌」一章，蹌、羊、嘗、亨、將、祊、明、皇、饗、慶、疆，是庚、陽二韻也。瞻彼洛矣末章，泱、同、邦，是陽、東、江三韻也。鳧鷖首章，涇、寧、清、馨、成，是庚、青二韻旁及侵韻也。四章潨、宗、降、崇是東、冬、江三韻也。諸如此類，不可枚舉。此詩用東、冬、江、陽、庚、青六韻，蓋古韻本然耳。至於疊韻，亦非始於老杜。自老杜以前，焦仲卿詩疊用甚多，而亦本於三百篇。如七月第五章，「九月在户」、「塞向墐户」，皆韻也。伐木首章用兩「聲」字，正月第三章用兩「禄」字，十月之交第六章用兩「向」字，卷阿末章用兩「多」字，彼皆短篇，猶用疊韻。至商頌那一章二十二句，而連用三「聲」字爲韻。烈祖一章二十二句，自「既載清酤」以下，亦用庚、陽爲韻。凡押二「疆」字，二「將」字，論者讀韓詩則震而驚之，讀詩經則習焉弗察，何也？又按：史記龜筴傳「乃刑白雉及與驪羊」一段，凡二十六韻，雜用東、江、陽、庚、元、寒、先、真諸部，間見錯出，如歐陽子所謂「乍離乍合」者，是此用韻之祖也。洪景伯隸續謂本漢平輿令薛君碑銘亦是，但碑爲延熹間文，又未必不因史記。至疊用韻，焦仲卿詩後，又有陳思王棄婦詞等篇。顧寧人日知録言之，然未言三百篇，亦疏。

贈張徐州莫辭酒〔一〕

莫辭酒，此會固難同。請看工女機上帛，半作軍人旗上紅。莫辭酒，誰爲君王之爪牙〔二〕？春雷三月不作響，戰士豈得來還家？

〔一〕舊唐書張建封傳：建封，字本立，兖州人。慷慨負氣，以功名爲己任。貞元四年，爲徐州刺史、徐泗濠節度使。十二年，加檢校右僕射。在彭城十年，軍州稱理。又禮賢下士，文人如許孟容、韓愈皆爲之從事。

〔二〕爪牙：詩祈父：「予王之爪牙。」諸葛亮心書：勇悍善敵者爲爪牙。
按：公以二月暮至徐，此云「春雷三月不作響」。舊唐書德宗紀：貞元十五年三月甲寅，吴少誠寇唐州，殺監軍，掠居民千餘而去。未聞建封有請討之舉，故以大義動之。

齪齪〔一〕

齪齪當世士〔二〕，所憂在飢寒。但見賤者悲，不聞貴者歎〔三〕。大賢事業異，遠抱非俗觀。報國心皎潔，念時涕汍瀾〔四〕。妖姬坐左右，柔指發哀彈〔五〕。酒肴雖日陳，感激寧爲歡〔六〕。秋陰欺白日，泥潦不少乾〔七〕。河隄決東郡〔八〕，老弱隨驚湍〔九〕。天意固有屬，誰能詰其端？願辱太守薦，得充諫諍官〔一〇〕。排雲叫閶闔〔一一〕，披腹呈琅玕〔一二〕。致君豈無術？自進誠獨難。

〔一〕按：舊唐書德宗紀：貞元十五年秋七月，鄭、滑大水。公時在徐。

〔二〕齪齪：齪，初六切。史記貨殖傳：其民齪齪。當世士：漢書司馬遷傳：羞當世之士。

〔三〕歎：平聲。

〔四〕汍瀾：汍，音丸。馮衍顯志賦：「淚汍瀾而雨集。」

〔五〕柔指：詩碩人：「手如柔荑。」劉琨詩：「化爲繞指柔。」哀彈：潘岳笙賦：「輟張女之哀彈。」

〔六〕感激：阮籍詩：「感激生憂思。」

〔七〕不少乾：宋玉九辯：「皇天淫溢而秋霖①兮，后土何時而得乾？」

〔八〕河隄決東郡：史記河渠書：孝文時，河決酸棗，東潰金隄，於是東郡大興卒塞之。舊唐書地理志：滑州隋東郡，武德元年改爲滑州。

〔九〕驚湍：潘岳詩：「驚湍激巖阿。」

〔一〇〕諫諍官：漢書鮑宣傳：何武薦宣爲諫大夫，常上書諫爭曰：「臣官以諫爭爲職。」

〔一一〕叫閶闔：屈原離騷：「吾令帝閽開關兮，倚閶闔而望予。」注：閶闔，天門也。

〔一二〕琅玕：書禹貢：厥貢惟球琳琅玕。

【校記】

①「霖」，原作「霽」，據楚辭章句補注改。

汴泗交流贈張僕射〔一〕

汴泗交流郡城角，築場千步平如削〔二〕。短垣三面繚逶迤〔三〕，擊鼓騰騰樹赤旗〔四〕。新秋朝涼未見日，公早結束來何爲〔五〕？分曹決勝約前定〔六〕，百馬攢蹄近相映。毬驚杖奮合且離，紅牛纓紱黄金羈〔七〕。側身轉臂著馬腹〔八〕，霹靂應手神珠馳〔九〕。超遥散漫兩閑暇〔一〇〕，揮霍紛紜爭變化〔一一〕。發難得巧意氣粗〔一二〕，讙聲四合壯士呼。此誠習戰非爲劇，豈若安坐行良圖？當今忠臣不可得，公馬莫走須殺賊。

〔一〕王注：貞元十五年，公在徐州張建封幕。汴水，徐之西，泗水，徐之南。故以名篇。□云：公集有諫張僕射擊毬書，此詩云「此誠習戰非爲劇，豈若安坐行良圖」，蓋諷之也。按：張有酬韓校書愈打毬歌，即酬此詩。

〔二〕築場：詩七月：「九月築場圃。」此但築馳場也。

〔三〕短垣：吴語：君有短垣而自踰之。

〔四〕樹赤旗：新唐書禮樂志：凡講武，擊鼓舉赤旗爲鋭陣。

〔五〕結束：古詩十九首：「何爲自結束？」

〔六〕分曹：宋玉招魂：「分曹並進，遒相迫些。」

〔七〕紱：音弗。黄金羈：吴筠詩：「白馬黄金羈。」

〔八〕側身轉臂：顧嗣立曰：按：曹子建白馬篇：「仰手接飛猱，俯身散馬蹄。」杜詩：「走馬脱轡頭，手中挑青絲。捷下萬仞岡，俯身試搴旗。」詩意本此。馬腹：左傳：伯宗曰：雖鞭之長，不及馬腹。

〔九〕霹靂：南史曹景宗傳：昔在鄉里，騎快馬如龍，拓弓絃作霹靂聲，箭如餓鴟叫。神珠：王邕内人蹋毬賦：「毬體兮似珠。」

〔一〇〕超遥：宋玉九辯：「超逍遥兮今焉薄？」廣雅釋詁：超遥，遠也。散漫：謝惠連雪賦：「其爲狀也，散漫交錯。」

〔一二〕揮霍：張衡西京賦：「跳丸劍之揮霍。」曹植七啓：「凌躍超驤，蜿蟬揮霍。」

〔一三〕發難得巧：顧嗣立曰：「發難得巧」即雉帶箭所謂「將軍欲以巧伏人，盤馬彎弓惜不發」是也。舊注「難」作去聲，引張良發八難解，大謬。讙：呼官切。

按：擊毬亦武事之一，劉向别録：「蹵鞠，兵勢，所以陳武事也。」唐時有毬場，憲宗嘗問趙宗儒：人言卿在荆州，毬場草生，何也？此蓋問其軍政不修。宗儒不知，對曰：死罪有之。雖然，草生不妨毬子往來。上爲之啓齒。此唐時武場擊毬之明證也。此詩規之，似失事宜。但此時吴少誠已阻朝命，則講武者不止於此，故末有殺賊之語。若後來裴度平蔡，則贈詩勸其「鐘鼓樂清時」矣。

雉帶箭〔一〕

原頭火燒靜兀兀〔二〕，野雉畏鷹出復没〔三〕。將軍欲以巧伏人，盤馬彎弓惜不發〔四〕。地形漸窄觀者多，雉驚弓滿勁箭加〔五〕。衝人決起百餘尺〔六〕，紅翎白鏃隨傾斜。將軍仰笑軍吏賀〔七〕，五色離披馬前墮〔八〕。

〔一〕王云：此詩公佐張僕射於徐從獵而作。

〔二〕火燒：世説：顧愷之曰：火燒平原無遺燎。

〔三〕出復没：梁武帝詩：「出没看飛翼。」方本作「伏欲没」。朱子曰：雉出復没，而射者彎弓不肯輕發，正是形容持滿命中之巧，毫釐不差處，改作「伏欲」，神采索然矣。

〔四〕盤馬：鄧粲晉記：王湛就蟻封盤馬。世説：杜預之荆州，朝士悉祖，楊濟不坐而去。和長輿曰：必大夏門下盤馬。往大夏門，果大閲騎。彎弓：阮籍詩：「彎弓掛扶桑，長劍倚天外。」勁箭：司馬相如子虚賦：「左烏號之雕弓，右夏服之勁箭。」

〔五〕加：詩：「弋言加之。」子虚賦：「雙鶬下，玄鶴加。」

〔六〕決起：莊子逍遥游：蜩與鷽鳩笑之曰：「吾決起而飛，搶榆枋。」

〔七〕仰笑：楚國策：楚王游於雲夢，有狂兕牂車依輪而至，王親引弓而射，一發而殪。王抽旃旄抑兕首，仰天而笑曰：樂矣，今日之游也！

〔八〕五色：爾雅釋鳥：雉五采皆備成章曰翬。離披：宋玉九辯：「奄離披此梧楸。」注：離披，分散也。

嗟哉董生行〔一〕

淮水出桐柏山〔二〕，東馳遥遥千里不能休〔三〕。淝水出其側〔四〕，不能千里，百里入淮流。壽州屬縣有安豐〔五〕，唐貞元時，縣人董生召南隱居行義於其中。刺史不能薦〔六〕，天子不聞名聲。爵祿不及門，門外惟有吏，日來徵租更索錢。嗟哉董生朝出耕，夜歸讀古人書，盡日不得息。或山而樵，或水而漁。入廚具甘旨〔七〕，上堂問起居〔八〕。父母不慼慼〔九〕，妻子不咨咨。嗟哉董生孝且慈。人不識，惟有天翁知，生祥下瑞無休期。家有狗乳出求食〔一〇〕，雞來哺其兒〔一一〕。啄啄庭中拾蟲蟻〔一二〕，哺之不食鳴聲悲。彷徨躑躅久不去〔一三〕，以翼來覆待狗歸〔一四〕。嗟哉董生，誰將與儔？時之人夫妻相虐，兄弟爲讎，食君之祿，而令父母愁。亦獨何心？嗟哉董生無與儔〔一五〕！

〔一〕王云：董召南，壽州安豐人。公嘗有送董生游河北序，且曰：「董生舉進士，連不得志於有司。」而此詩叙其孝且慈如此。按：送董召南序當在憲宗之世，故云「明天子在上，凡昔時屠狗者，皆可出而仕矣」。此詩云：「刺史不能薦，天子不聞名聲。」在董生未應舉之時，大抵徐州所作。徐與壽相近，故稔聞其行義如此。「狗乳」一段，即公文中記北平王家貓相乳之意。

〔二〕桐柏山：書禹貢：導淮自桐柏。注：桐柏山在淮揚之東。水經：淮水出淮陽平氏縣胎簪山，東北過桐柏山。

〔三〕遥遥：左傳：童謡曰：「遠哉遥遥。」

〔四〕淝水：水經：淝水出九江成德縣廣陽鄉，西北入於淮。

〔五〕壽州：新唐書地理志：壽州壽春郡，本淮南郡，天寶元年更名。領縣五：壽春、安豐、盛唐、霍丘、霍山，屬淮南道。安豐：新唐書地理志：安豐縣，武德七年省小黄、肥陵二縣入焉。

〔六〕刺史：後漢書百官志：外十有二州，每州刺史一人，六百石。

〔七〕甘旨：記内則：慈以旨甘。

〔八〕問起居：按：此三字雖出後漢書岑彭傳，而問父母者，則自文王世子「雞初鳴，至寢門外，問内竪，今日安否？何如」云云，與晨昏定省者同。其時無「起居」字，而起居之義具在。

〔九〕不慼慼：漢書揚雄傳：不慼慼於貧賤。

〔一〇〕狗乳：乳，去聲。北史孝義傳：郭世儁家門雍睦，七世同居。犬豕同乳，烏鵲同巢，時人以爲義感之應。

〔一一〕哺：薄故切。漢書東方朔傳：聲謷謷者，鳥哺鷇也。

〔一二〕蟲蟻：史記五帝本紀：淳化鳥獸蟲蛾。正義曰：蛾，魚起反，蚍蜉也。

〔一三〕傍徨：李陵録别詩：「褰裳路踟躕，傍徨不能歸。」

〔一四〕翼覆：詩生民：「鳥覆翼之。」

〔一五〕無與儔：朱子曰：上句「誰將與儔」，疑而問之之詞也。此句云「無與儔」，答而決之之詞也。

按：「雞狗」一段，形容物類相感，其説理本易中孚「信及豚魚」。其行文設色，又用史法李廣射虎、蘇武牧羝，細碎事極爲鋪張。此所謂人所應有，我不必有，人所應無，我不必無也。然其實總在三百篇，如「我徂東山」，歎恤士卒三年未歸者，正言不過一二，而瓜敦、熠耀、鸛垤、鹿場，娓娓言之。漢樂府猶得此法，如上留田之「瓜蔕」是也。

鳴鴈〔一〕

嗷嗷鳴鴈鳴且飛〔二〕，窮秋南去春北歸〔三〕。去寒就暖識所依，天長地闊棲息稀。風霜酸苦稻粱微〔四〕，毛羽摧落身不肥〔五〕。徘徊反顧群侶違〔六〕，哀鳴欲下舟渚非〔七〕。江南水闊朝雲多，草長沙軟無網羅〔八〕。閑飛靜集鳴相和，違憂懷惠性匪他，淩風一舉君謂何〔九〕？

〔一〕王云：公在徐州，與孟東野書有曰：「去年脱汴州之亂，遂來於此。主人與余有故，居余符離睢上。及秋，將辭去」云云。主人謂建封，公在徐不得志，見於書與詩者如此。按：十五年秋，欲去而被留以職事。然去志已決，明年夏即去徐居洛，不待秋矣。

〔二〕嗷嗷：詩鴻鴈章：「鴻鴈于飛，哀鳴嗷嗷。」鳴鴈：詩：「雝雝鳴鴈。」

〔三〕窮秋：鮑照詩：「窮秋九月荷葉黄，北風驅鴈天雨霜。」秋南、春北：管子：桓公曰：鴻鴈春北而秋南，不失其時。

〔四〕風霜：鮑照代鳴鴈行：「辛苦風霜亦何爲？」稻粱：韓詩外傳：田饒謂魯哀公曰：「黄鵠止君園池，啄君稻粱。」劉峻廣絶交論：分鴈鶩之稻粱。

〔五〕毛羽摧落：古樂府豔歌何嘗行：「吾欲負汝去，毛羽何摧頹？」

〔六〕徘徊：蘇武詩：「黄鵠一遠別，千里顧徘徊。」反顧：屈原遠游：「乘閒維以反顧。」群侶：豔歌何嘗行：「躊躇顧群侶。」

〔七〕洲渚：屈原九章：「望大河之洲渚。」

〔八〕網羅：鮑照空城雀詩：「下飛畏網羅。」

〔九〕凌風：楚國策：奮其六翮而凌清風。一舉：史記留侯世家：上歌曰：「鴻鵠高飛，一舉千里。」

駑驥〔一〕

駑駘誠齷齪〔二〕，市者何其稠？力小苦易制，價微良易酬。渴飲一斗水〔三〕，飢食一束芻〔四〕。嘶鳴當大路，志氣若有餘。騏驥生絶域〔五〕，自矜無匹儔〔六〕。牽驅入市門〔七〕，行者不爲留。借問價幾何？黄金比嵩丘〔八〕。借問行幾何？咫尺視九州。飢食玉山禾〔九〕，渴飲醴泉流〔一〇〕。問誰能爲御？曠世不可求。惟昔穆天子〔一一〕，乘之極遐游。王良執其轡〔一二〕，造父挾其輈〔一三〕。因言天外事〔一四〕，茫惚使人愁〔一五〕。駑駘謂騏驥，餓死余爾羞。有能必見用，有德必見收。孰云時與命？通塞皆自由〔一六〕。騏驥不敢言，低徊但垂頭〔一七〕。人皆劣騏驥，共以駑駘優。喟余獨興歎，才命不同謀。寄詩同心子〔一八〕，爲我商聲謳〔一九〕。

〔一〕唐本有「贈歐陽詹」字，或作「駑驥吟示歐陽詹」。洪云：詹集有答韓十八駑驥吟。新唐書歐陽詹傳：詹，字行周，泉州晉江人。舉進士，與韓愈、李觀、李絳、崔群、王涯、馮宿、庾承宣聯第，皆天下選。與愈友善，詹先爲國子監四門助教，率其徒伏闕下，舉愈博士。卒年四十餘。按：公爲歐陽生哀辭云：十五年冬，余以徐州從事朝正於京師，詹將舉余爲博士，不果上。

〔二〕駑駘：駘，音臺。宋玉九辯：「卻騏驥而不乘兮，策駑駘而取路。」相馬經：凡相馬之法，先除三羸五駑。

〔三〕齷齪：音渥促。司馬相如難蜀父老：豈特委瑣齷齪。

〔四〕一斗水：莊子外物篇：君豈有升斗之水而活我哉？

〔五〕一束芻：詩白駒：「生芻一束。」

〔六〕騏驥：屈原卜居：「寧與騏驥亢軛乎？將隨駑馬之迹乎？」絶域：李陵答蘇武書：出征絶域。

〔七〕匹儔：古樂府傷歌行：「悲聲命儔匹。」

〔八〕市門：齊國策：蘇代説淳於髡曰：人有駿馬欲賣之，見伯樂曰：比三旦立於市，人莫與言。古今注：闤，市垣也。闠，市門也。

〔九〕嵩丘：潘岳懷舊賦：「前瞻太室，傍眺嵩丘。」

〔一〇〕玉山禾：西山經：玉山，是西王母所居也。又海内西經：崑崙之墟，高萬仞，上有木禾，長五尋，大五圍。注：木禾，穀類也。

〔一一〕醴泉：記禮運：天降膏露，地出醴泉。白虎通：醴泉者美泉，狀如醴。

〔一一〕穆天子：史記秦本紀：周穆王得驥、温驪、驊騮、緑駬之駟，西巡狩，樂而忘歸。裴駰曰：郭璞紀年：穆王十七年，西征於崑崙丘，見西王母。

〔一二〕王良：韓子：王良佐轡，則身不勞而易及輕獸。張晏曰：王良，郵無恤也。

〔一三〕造父：屈原九章：「勒騏驥而更駕兮，造父爲我操之。」史記秦本紀：造父以善御幸於周繆王，繆王以趙城封造父。挾輈：左傳：潁考叔挾輈以走。杜預曰：輈，車轅也。

〔一四〕天外事：揚雄羽獵賦：「木仆山還，漫若天外。」拾遺記：始皇好神仙之事，有宛渠之民，乘螺舟而至曰：臣少時躡虚卻行，日游萬里。及其老也，坐見天地之外事。

〔一五〕茫惚：茫，一作「恍」，或作「荒」。方云：詹集作「慌」，古慌與茫通。司馬相如上林賦：「茫茫恍忽。」淮南原道訓：昔者馮夷大丙之御也，乘雲車入雲蜺，游微霧，鶩怳忽。朱子曰：古書如「荒忽」、「茫忽」之類，皆一字也，意義多相近。

〔一六〕通塞：易節卦：不出户庭，知通塞也。

〔一七〕垂頭：鹽鐵論：騏驥負鹽車，垂頭於太行之坂。

〔一八〕同心：易繫辭：二人同心，其利斷金。

〔一九〕商聲謳：莊子讓王篇：曾子曳縱而歌商頌，聲滿天地，若出金石。

贈族姪〔一〕

我年十八九，壯氣起胸中。作書獻雲闕，辭家逐秋蓬。歲時易遷次，身命多厄窮。一名雖云就，片禄不足充。今者復何事？卑棲寄徐戎。蕭條資用盡，濩落門巷空。朝眠未能起，遠懷方鬱悰。擊門者誰子？問言乃吾宗。自云有奇術，探妙知天工。既往悵何及，將來喜還通。期我語非佞，當爲佐時雍。

〔一〕上或有「徐州」字。

按：某注藍關詩謬引此詩以作證佐，於第十卷中既嘗辨之矣。此詩更與藍關之事無涉。「探妙知天工」者，不過如星士之言，故云「既往悵何及，將來喜還通」也。詞淺意陋，或非公作。

河之水二首寄子姪老成〔一〕

河之水，去悠悠。我不如，水東流〔二〕。我有孤姪在海陬〔三〕，三年不見兮，使我生憂。日復日，夜復夜。三年不見汝，使我鬢髮未老而先化。

河之水，悠悠去。我不如，水東注〔四〕。我有孤姪在海浦〔五〕，三年不見兮，使我心苦。采蕨于山〔六〕，緡魚于淵〔七〕。我徂京師〔八〕，不遠其還。

〔一〕韓滂墓誌云：滂祖諱介，一命率府軍佐以卒。二子百川、老成。老成爲伯父起居舍人會後，未仕而死。有二子，曰湘、滂。按：祭十二郎文云：「吾佐董丞相于汴州，汝來省吾。止一歲，請歸取其孥。明年，丞相薨，吾去汴州，汝不果來。」是年，吾佐戎徐州，使取汝始行，吾又罷去，汝又不果來。」十二郎，即老成也。取孥之行在十四年至十六年春，則三年不見矣。「我徂京師，不遠其還」，謂朝正畢即歸也，此乃自京寄懷之作。

〔二〕東流：蔡琰胡笳十八拍：「河水東流兮心是思。」十六國春秋：隴上壯士歌：「西流之水東流河，一去不還奈子何。」

〔三〕陬：音鄒。説文：陬，阪隅也。

〔四〕東注：詩有聲：「豐水東注。」

〔五〕浦：廣韻：風土記：大水有小口別通曰浦。

〔六〕采蕨：詩草蟲：「陟彼南山，言采其蕨。」

〔七〕緡魚：音民。詩何彼襛矣：「其釣維何？維絲伊緡。」六韜：緡隆餌重，則嘉魚食之。緡綢餌芳，則庸魚食之。

〔八〕我徂京師：公羊傳：京師者何？天子之居也。京者何？大也。師者何？衆也。天子之居，必以衆大之辭言之。

歸彭城〔一〕

天下兵又動〔二〕，太平竟何時？訏謨者誰子〔三〕？無乃失所宜。前年關中旱〔四〕，閭井多死飢〔五〕。去歲東郡水，生民爲流尸。上天不虚應〔六〕，禍福各有隨。我欲進短策，無由至彤墀〔七〕。刳肝以爲紙，瀝血以書辭〔八〕。上言陳堯舜，下言引龍夔。言詞多感激，文字少葳蕤〔九〕。一讀已自怪，再尋良自疑。食芹雖云美〔一〇〕，獻御固已癡。緘封在骨髓〔一一〕，耿耿空自奇。昨者到京師，屢陪高車馳〔一二〕。周行多俊異〔一三〕，議論無瑕疵〔一四〕。見待頗異禮，未能去毛皮〔一五〕。到口不敢吐，徐徐俟其巇〔一六〕。歸來戎馬閒〔一七〕，驚顧似羈雌〔一八〕。連日或不語，終朝見相欺。乘閑輒騎馬，茫茫詣空陂。遇酒即酩酊〔一九〕，君知我爲誰？

〔一〕王云：公作歐陽詹哀詞云：貞元十五年冬，余爲徐州從事，朝正於京師。而此詩曰「歸彭城」，則明年自京歸徐也。

〔二〕兵動：新唐書德宗紀：貞元十五年三月，彰義軍節度使吴少誠反。九月，宣武、河陽、鄭滑、東都汝、成德、幽州、淄青、魏博、易定、澤潞、河東、淮南、徐泗、山南東西、鄂岳軍討吴少誠。十二月，諸道兵潰於小溵河。

〔三〕訏謨者誰子：詩抑：「訏謨定命。」新唐書宰相表：貞元十四年七月壬申，趙宗儒罷，工部侍郎鄭餘慶爲中書侍郎、同中書門下平章事，崔損爲門下侍郎。

〔四〕關中旱：新唐書德宗紀：貞元十四年冬，無雪，京師飢。

〔五〕閭井：左傳：子産使都鄙有章，閭井有伍。

〔六〕不虚應：後漢書順帝紀：咎徵不虚，必有所應。

〔七〕彤墀：班婕妤自悼賦：「俯視兮丹墀。」

〔八〕刳肝、瀝血：拾遺記：浮提國獻神通、善書二人，出肘間金壺，壺中有黑汁如浮漆，灑地及石，皆成篆隸科斗之字。及金壺汁盡，二人刳心瀝血，以代墨焉。

〔九〕葳蕤：音威緌。陸機文賦：「紛葳蕤以馺遝。」善注：葳蕤，盛貌。

〔一〇〕食芹：列子楊朱篇：宋有田父曰：「負日之暄，以獻吾君。」里之富室告之曰：「昔有甘芹萍子者，對鄉豪稱之。豪取而嘗之，蜇於口，慘於腹。衆哂而怨之，其人大慙。」嵇康與山濤絶交書：野人有快炙背而美芹子者，欲獻之至尊，雖有區區之意，亦以疏矣。

〔一一〕緘封：班婕妤擣素賦：「書既封而重題，笥已緘而更結。」骨髓：董仲舒賢良策：臧於骨髓。

〔一二〕高車：古諺：「高車駟馬帶傾覆。」

〔一三〕周行：左傳：君子謂楚于是乎能官人。詩：「嗟我懷人，寘彼周行。」能官人也。俊異：任昉求薦士詔：思求俊異，協贊雍熙。

〔一四〕瑕疵：左傳：楚文王謂鄭申侯曰：「惟吾知汝，余取余求，不汝瑕疵也。」

〔一五〕去毛皮：左傳：虢射曰：皮之不存，毛将安傳？

〔一六〕巇：音羲。法言：巇可抵乎。注：巇，罅隙也。

〔一七〕戎馬：左傳：范文子立於戎馬之前。

〔一八〕羈雌：枚乘七發：「暮則羈雌迷鳥宿焉。」善注：羈，無偶也。

〔一九〕酩酊：晉書山簡傳：山簡出爲征南將軍，鎮襄陽，時有童子歌曰：「山公出何許？往至高陽池。日夕倒載歸，酩酊無所知。」

幽懷〔一〕

幽懷不能寫，行此春江潯〔二〕。適與佳節會，士女競光陰〔三〕。凝妝耀洲渚，繁吹蕩人心〔四〕。閒關林中鳥〔五〕，亦知和爲音。豈無一罇酒？自酌還自吟〔六〕。但悲時易失〔七〕，四序迭相侵。我歌君子行〔八〕，視古猶視今〔九〕。

〔一〕按：此詩編年無可明據，但以「我歌君子行」揣之，或朝正歸徐春間所作。觀其上張僕射書，辨晨入夜歸之不可，則於其幕僚有不相合者。故感春鳥和鳴而自酌自吟，歎人之不如鳥也。題曰「幽懷」，蓋有不可明言者歟？

〔二〕江潯：淮南原道訓：江潯海裔。枚乘七發：「弭節乎江潯。」

〔三〕士女：詩溱洧：「維士與女。」宋玉招魂：「士女雜坐。」

〔四〕吹：尺僞切。蕩人心：枚乘七發：「陶陽氣，蕩春心。」

〔五〕閒關：詩車舝：「閒關車之舝兮。」水經注：時禽異羽，翔集閒關。

〔六〕自吟：顔氏家訓文章篇：自吟自賞，不覺更有旁人。

〔七〕時易失：漢書蒯通傳：時者難值而易失。

〔八〕君子行：按：古樂府有君子行。

〔九〕古猶視今：莊子知北游篇：冉求問於仲尼曰：未有天地可知耶？仲尼曰：古猶今也。

贈鄭兵曹〔一〕

罇酒相逢十載前，君爲壯夫我少年〔二〕。罇酒相逢十載後，我爲壯夫君白首。我材與世不相當，戢鱗委翅無復望〔三〕。當今賢俊皆周行〔四〕，君何爲乎亦遑遑〔五〕？杯行到君莫停手〔六〕，破除萬事無過酒。

〔一〕□云：鄭，或以爲鄭通誠。張建封節度武寧時，通誠爲副使，公爲其軍從事。樽酒相逢，在其時歟？白樂天哀二良云「祠部員外郎鄭通誠」，此云兵曹，所未詳也。按：舊唐書張建封傳：「十六年五月建封卒，判官鄭通誠權知留後事，軍亂殺通誠。」此詩作於將去之時，故有「戢鱗委翅」之語，見機可謂早矣。凡人歷官不一，兵曹、祠部互見，未足爲疑也。

〔二〕壯夫：曲禮：三十曰壯。法言：壯夫不爲也。按：公去徐時年三十三，前十年在京師，蓋嘗與鄭往還也。

〔三〕戢鱗：屈原九章：「魚戢鱗以自別兮，蛟龍隱其文章。」

〔四〕賢俊：顏氏家訓勉學篇：漢時賢俊皆以一經宏聖人之道。

〔五〕遑遑：列子楊朱篇：遑遑爾競一時之虚譽，規死後之餘榮。

〔六〕杯行：王粲詩：「合坐同所樂，但愬杯行遲。」

韓昌黎詩集編年箋注卷二

卷二凡三十八首，起貞元十六年，去徐居洛，十七年從調京師，十八年爲四門博士，十九年拜監察御史，迄二十一年春，爲陽山令時作。

海水〔一〕

海水非不廣，鄧林豈無枝〔二〕？風波一蕩薄〔三〕，魚鳥不可依。海水饒大波〔四〕，鄧林多驚風。豈無魚與鳥，巨細各不同〔五〕。海有吞舟鯨〔六〕，鄧有垂天鵬〔七〕。苟非鱗羽大〔八〕，蕩薄不可能。我鱗不盈寸，我羽不盈尺〔九〕。一木有餘陰〔一〇〕，一泉有餘澤。我將辭海水，濯鱗清泠池〔一一〕。我將辭鄧林，刷羽蒙蘢枝〔一二〕。海水非愛廣，鄧林非愛枝。風波亦常事，鱗羽自不宜。我鱗日已大，我羽日已修。風波無所苦，還作鯨鵬游。

〔一〕鶡冠子道端篇：海水廣大，非獨仰一川之流也。按：此篇蓋辭去徐州之時，海水、鄧林以比建封，魚鳥自喻也。

〔二〕鄧林：列子湯問篇：夸父追日影於隅谷之際，未至，道渴而死。棄其杖，尸膏肉所浸，生鄧林。鄧林彌廣數千里焉。

〔三〕風波：李陵詩：「風波一失所，各在天一隅。」

〔四〕大波：爾雅：大波之神曰陽侯。

〔五〕巨細：列子湯問篇：湯問：物有巨細乎？

〔六〕吞舟鯨：賈誼弔屈原文：彼尋常之汙瀆兮，豈容吞舟之魚？吴都賦：「長鯨吞航，修鯢吐浪。」

〔七〕垂天鵬：莊子逍遥游：怒而飛，其翼若垂天之雲。

〔八〕鱗羽：鍾嶸詩品：鱗羽之有龍鳳。

〔九〕盈尺：莊子山木篇：異鵲自南方來，翼廣七尺。

〔一〇〕一木：慎子：廊廟之材，非一木之枝。世説：和嶠曰：元裒如北夏門，拉攞自欲壞，非一木所能支。

〔一一〕濯鱗：北史司馬休之傳：唐盛言於姚興曰：使休之擅兵於外，得濯鱗南翔，恐非復池中物也。清泠池：莊子讓王篇：北人無擇，自投清泠之淵。

〔一二〕刷羽：沈約詩：「刷羽同摇漾，一舉還故鄉。」蒙蘢：張華鷦鷯賦：「翳薈蒙蘢，是焉游集。」

烽火〔一〕

登高望烽火，誰謂塞塵飛？王城富且樂〔二〕，曷不事光輝？勿言日已暮，相見恐行稀。願君熟念此，秉燭夜中歸〔三〕。我歌寧自感，乃獨淚沾衣。

〔一〕史記周本紀：有寇至則舉熢火。正義曰：晝日燃烽以望火烟，夜舉燧以望火光也。□云：時吴少誠敗韓全義，兩都甚擾擾，公詩以此作。顧嗣立曰：胡渭云：按全義之敗在貞元十六年五月，敗於廣利城。七月又敗於五樓。時公去徐居洛，故以王城爲言。

〔二〕王城：後漢書地理志：河南，周公所城洛邑也，春秋時謂之王城。

〔三〕秉燭：古詩十九首：「晝短苦夜長，何不秉燭游？」

暮行河隄上

暮行河隄上，四顧不見人。衰草際黄雲〔一〕，感歎愁我神。夜歸孤舟卧，展轉空及晨。謀計竟何就，嗟嗟世與身。

〔一〕黃雲：謝靈運詩：「河洲多沙塵，風悲黃雲起。」

薦士〔一〕

周詩三百篇，雅麗理訓誥〔二〕。曾經聖人手，議論安敢到？五言出漢時〔三〕，蘇李首更號。東都漸瀰漫〔四〕，派別百川導〔五〕。建安能者七〔六〕，卓犖變風操〔七〕。逶迤抵晉宋〔八〕，氣象日凋耗。中間數鮑謝〔九〕，比近最清奧。齊梁及陳隋，衆作等蟬噪〔一〇〕。搜春摘花卉，沿襲傷剽盜。國朝盛文章，子昂始高蹈〔一一〕。勃興得李杜〔一二〕，萬類困陵暴〔一三〕。後來相繼生，亦各臻閫奧〔一四〕。有窮者孟郊，受材實雄驁〔一五〕。冥觀洞古今，象外逐幽好。横空盤硬語，妥帖力排奡〔一六〕。敷柔肆紆餘〔一七〕，奮猛卷海潦。榮華肖天秀，捷疾逾響報〔一八〕。行身踐規矩，甘辱恥媚竈。孟軻分邪正，眸子看瞭眊。杳然粹而清，可以鎮浮躁。酸寒溧陽尉〔一九〕，五十幾何耄〔二〇〕？孜孜營甘旨，辛苦久所冒。俗流知者誰？指注競嘲慠。聖王索遺逸，髦士日登造〔二一〕。廟堂有賢相〔二二〕，愛遇均覆燾〔二三〕。況承歸與張〔二四〕，二公迭嗟悼。青冥送吹噓〔二五〕，强箭射魯縞〔二六〕。胡爲久無成，使以歸期告。霜風破佳菊，嘉節迫吹帽。念將決焉去，感物增戀嫪〔二七〕。彼微水中荇，尚煩左右芼〔二八〕。魯侯國至小，廟鼎猶納郜〔二九〕。幸當擇珉玉〔三〇〕，寧有棄珪瑁〔三一〕。悠悠我之思，擾擾風中纛〔三二〕。上言愧無路，日夜惟心禱。鶴翎不天生，變化在啄菢〔三三〕。通波非難圖〔三四〕，尺地易可漕〔三五〕。善善不汲汲〔三六〕，後時徒悔懊〔三七〕。救死具八珍〔三八〕，不如一簞犒〔三九〕。微詩公勿誚〔四〇〕，愷悌神所勞〔四一〕。

〔一〕王云：薦東野於鄭餘慶也。東野貞元十一年爲溧陽尉，時鄭餘慶尹河南，公作是詩以薦之。顧嗣立曰：餘慶以元和元年拜河南尹，東野爲溧陽尉，餘慶尚未尹河南也。公詩云「廟堂有賢相」，其薦於餘慶爲中書侍郎時乎？按：舊唐書德宗紀：「貞元十四年七月，以工部侍郎鄭餘慶爲中書侍郎，同平章事。十六年九月，貶郴州司馬。」又按：孟郊墓誌：「年幾五十始以尊夫人之命來集京師，從進士試，既得即去。間四年，又命來，選爲溧陽尉，迎侍溧上。去尉二年，而故相鄭公尹河南，奏爲水陸運從事。」郊以貞元十二年登第，「間四年」當貞元十六年。此詩蓋作於郊既選溧陽之後，即餘慶貶郴州之月也。又郊以元和九年卒，年六十四，逆泝至貞元十六年，正詩中「五十」時也。

〔二〕雅麗：或作「麗雅」。班固楚辭序：宏博麗雅爲辭賦宗。理：或作「埋」。朱子曰：二字皆未安，恐必有失誤。

〔三〕五言：鍾嶸詩品序：夏歌曰「鬱陶乎余心」，楚騷曰「名余曰正則」，雖詩體未全，然是五言之濫觴也。逮後李陵始著五言之目矣。

〔四〕東都瀰漫：謂韋孟父子四言長篇，後有焦仲卿五言，蔡文姬七言，皆大作也。前所未有，故曰瀰漫。

〔五〕派別百川：左思吴都賦：「百川派別，歸海而會。」

〔六〕建安：孫云：建安，漢獻帝年號也。魏文帝典論：今之文人，魯國孔融文舉、廣陵陳琳孔璋、山陽王粲仲宣、北海徐幹偉長、陳留阮瑀元瑜、汝南應瑒德璉、東平劉楨公幹，斯七子者，於學無所遺，於辭無所假，後世稱建安七子。

〔七〕卓犖：犖，吕角切。左思詩：「卓犖觀群書。」善注：猶超絶也。

〔八〕晉宋：詩品：晉宋之際，殆無詩乎。義熙中，以謝益壽、殷仲文爲華綺之冠，殷不競矣。文心雕龍：晉世群才，稍入輕綺，采縟於正始，力柔於建安。或析文以爲妙，或流靡以自妍，此其大略也。江左篇製，溺乎玄風，嗤笑殉務之志，崇盛無穡之談。宋初文詠，體有因革。莊老告退，而山水方滋。儷采百字之偶，爭價一句之奇，情必極貌以寫物，詞必窮力而追新，此近世之所競也。

〔九〕中間：江表傳：蔣幹曰：中間別隔，遥聞芳烈。鮑謝：詩品：輕薄之徒謂曹、劉爲古拙，謂鮑照羲皇上人，謝朓古今獨步。孫云：鮑照、謝朓也，或曰謝靈運，蓋二謝通稱。

〔一〇〕蟬噪：楊泉物理論：虛無之談，尚其華藻。此猶春蛙秋蟬，聒耳而已。

〔一一〕子昂：新唐書陳子昂傳：子昂，字伯玉，梓州射洪人。唐興，文章承徐庾餘風，子昂始變雅正，爲海内文宗。

〔一二〕李杜：新唐書杜甫傳：少與李白齊名，時號李杜。昌黎韓愈於文章慎許可，至歌詩獨推李杜。

〔一三〕陵暴：爾雅釋言：彊，暴也。注：彊梁陵暴。史記仲尼弟子傳：子路冠雄雞，佩豭豚，陵暴孔子。

〔一四〕閫奥：漢書班固叙傳：究先聖之壼奥。

〔一五〕驁，音傲。

〔一六〕妥帖：陸機文賦：「或妥帖而易施。」許彦周詩話：退之云「横空盤硬語，妥帖力排奡」，蓋能殺縛事實，與意義合，最難能之。知其難則可與論詩矣，此所以稱東野也。力排奡：按：諸葛亮梁甫吟：「力能排南山，文能絶地紀。」此句以力能排奡爲義。

〔一七〕紆餘：司馬相如上林賦：「紆餘逶迤。」

〔一八〕捷疾：詩品：張思光縱有乖文體，然亦捷疾豐饒。

〔一九〕溧陽尉：新唐書地理志：昇州溧陽縣，屬江南道。又孟郊傳：郊爲溧陽尉，縣有投金瀨、平陵城，林薄蒙翳，下有積水。郊間往坐水旁，裴回賦詩，曹務多廢。令白府以假尉代之，分其半俸。

〔二〇〕耄：記曲禮：八十九十曰耄。

〔二一〕髦士：詩甫田：「烝我髦士。」又思齊：「譽髦斯士。」登造：記王制：命鄉論秀士，升之司徒，曰選士。司徒論選士之秀者而升之學，曰俊士。升於司徒者，不征於鄉；升於學者，不征於司徒，曰造士。大樂正論造士之秀者，以告於王而升諸司馬，曰進士。

〔二二〕賢相：王云：謂鄭餘慶也。

〔二三〕覆燾：燾，徒到切。廣韻：燾，覆也，同幬。

〔二四〕歸張：王云：郊嘗爲歸登、張建封所知。按：王説未允，冠歸於張之上，必其名位在建封之前，疑是登父崇敬也。舊唐書德宗紀：「貞元十五年，特進、兵部尚書歸崇敬卒。十六年，右僕射張建封卒。」追而溯之，稱曰二公，固其宜也。登雖嘗與韓、孟周旋，然按登傳，德宗時，纔至兵部員外郎，充皇子侍讀，史館修撰，不應並稱二公，又在張上也。崇敬，字正禮，蘇州吴郡人。新、舊史皆有傳。

〔二五〕吹噓：後漢書鄭泰傳：清言高論，噓枯吹生。

〔二六〕魯縞：漢書韓安國傳：强弩之末，力不能入魯縞。師古曰：縞，素也。曲阜之地，俗善作之，尤爲輕細。

〔二七〕戀嫪：嫪，郎到切。廣韻：嫪，悋物也。聲韻：婟嫪，戀惜也。

〔二八〕左右芼：詩關雎：「左右芼之。」爾雅釋言：芼，搴也。

〔二九〕納郜：左傳：取郜大鼎於宋，納太廟。

〔三〇〕珉玉：記聘義：子貢問於孔子曰：敢問君子貴玉而賤瑉者，何也？爲玉之寡，而瑉之多歟？

〔三一〕珪瑁：書顧命：太保承介珪，上宗奉同瑁。周禮考工記：天子執瑁四寸以朝諸侯。

〔三二〕風中纛：纛，音導。爾雅釋言：翢，纛也。注：今之羽葆幢。又：纛，翳也。注：舞者所以自蔽。

〔三三〕啄菢：菢，音暴。方言：北燕、朝鮮、洌水之間，謂伏雞曰菢。廣韻：菢，鳥伏卵也。

〔三四〕通波：班固西都賦：「與海通波。」

〔三五〕易可漕：漕，在到切。史記河渠書：徑易漕。

〔三六〕善善：公羊傳：君子之善善也長。霍光傳：善善及後世。

〔三七〕懊：懊，音奥。爾雅釋言：懊，忨也。

〔三八〕八珍：周禮天官：膳夫珍用八物。又：食醫掌和八珍之齊。

〔三九〕一簞：三略：昔者良將用兵，人有饋一簞醪者，使投之於河，令將士迎流而飲之。

〔四〇〕勿誚：書金縢：王亦未敢誚公。

〔四一〕愷悌：詩旱麓：「豈弟君子，遐不作人。」又：「豈弟君子，神所勞矣。」勞：去聲。

按：孟子之論道統，至孔子而止，言外自任。昌黎之論詩，至李、杜而止，言外亦自任。李、杜論詩，卻有不同。杜有諸絶句不廢六朝、四傑。李古風開章則專漢魏風騷。昌黎此詩與奪主李，故其自爲，恒有奇氣，欲令千載下凛凛如生，不肯淹淹如九泉下人。劉貢父議其本無所解，但以才高。此釋家見山是山，見水是水，見地未到「見山不是山、見水不是水」地位。仰面唾天，自污其面，甚爲貢父惜之。歐陽子以唐人多僻固狹陋，無復李、杜豪放之格，所以能好昌黎之不襲李、杜而深合李、杜者。王半山選唐百家詩，後又特尊李、杜、韓、白四家。白之與韓，迥乎不同，韓亦易白，往來者少。白寄韓詩，有「户大嫌甜酒，才高笑小詩」，頗得韓傲兀之情。然白實學杜鋪陳，時取李之俊逸。學韓者當以半山兼羅并收爲準。東坡比山谷詩美如江瑶柱，多食卻發頭風，韓固亦異味也。

送僧澄觀〔一〕

浮屠西來何施爲〔二〕，擾擾四海爭奔馳。構樓架閣切星漢，誇雄鬬麗止者誰？僧伽後出淮泗上〔三〕，勢到衆佛尤恢奇〔四〕。越商胡賈脱身罪〔五〕，珪璧滿船寧計資。清淮無波平如席〔六〕，欄柱傾扶半天赤〔七〕。火燒水轉掃地空〔八〕，突兀便高三百尺。影沈潭底龍驚遁，當晝無雲跨虚碧。借問經營本何人，道人澄觀名籍籍〔九〕。愈昔從軍大梁下，往來滿屋賢豪者。皆言澄觀雖僧徒，公才吏用當今無〔一〇〕。後從徐州辟書至，紛紛過客何由記？人言澄觀乃詩人，一座競吟詩句新〔一一〕。向風長歎不可見，我欲收斂加冠巾〔一二〕。洛陽窮秋厭窮獨，丁丁啄門疑啄木〔一三〕。有僧來訪呼使前，伏犀插腦高頰權〔一四〕。惜哉已老無所及，坐睨神骨空潸然〔一五〕。臨淮太守初到郡，遠遣州民送音問。好奇賞俊直難逢，去去爲致思從容〔一六〕。

〔一〕□云：澄觀建僧伽塔於泗州，以詩語詳之，公貞元十六年秋在洛陽作。

〔二〕浮屠：隋書經籍志：釋迦捨太子位出家學道，勤行精進，覺悟一切種智而謂之佛，亦曰佛陀，亦曰浮屠，皆胡言也。華言譯之爲淨覺。

〔三〕僧伽：伽，音笳。李邕泗州普光王寺碑：僧伽者龍朔中西來，嘗縱觀臨淮，發念置寺。既成，中宗賜名普光王，以景龍四年三月二日示滅於京。洪云：李太白僧伽歌云：「此僧本是南天竺，爲法頭陀來此國。」又云：「嗟余落魄江淮久，罕遇真心①説空有。」蓋相遇於江淮也。顧嗣立曰：按紀聞録：「僧伽大師，西域人，姓何氏。唐龍朔初，隸名於楚州龍興寺。後於泗州臨淮縣信義坊乞地施標，掘得金像一軀，上有『普照王佛』字，遂建寺。中宗聞名，遣使迎入薦福寺。景龍四年，端坐而終。中宗令於寺建塔，俄而大風飈起，臭氣滿長安。近臣奏僧伽化緣在臨淮，恐欲歸。中宗心許，其臭頓息，奇香馥烈。五日送至臨淮，起塔供養。」即今塔也。

〔四〕衆佛：隋書經籍志：天地一成一敗，謂之一劫。自此天地以前，則有無量劫矣。每劫必有諸佛得道，出世教化，其數不同。今此劫中，當有千佛。自初至於釋迦，已七佛矣。恢奇：史記公孫弘傳：弘爲人恢奇多聞。

〔五〕脱身罪：王筠詩：「習惡歸禮懺，有過稱能改。」「翹②心蕩十惡，邈誠銷五罪。」

〔六〕無波：屈原九歌：「令沅湘兮無波。」

〔七〕傾扶：漢書揚雄傳：炕浮柱之飛榱兮，神莫莫而扶傾。師古曰：言舉立浮柱而駕飛榱，其形危竦，有神於冥冥之中扶持，故不傾也。

〔八〕火燒水轉：按：李翱泗州開元寺鐘銘序云：維泗州開元寺，遭罹水火漂焚之餘，僧澄觀與其徒僧若干，復舊室居，作大鐘。貞元十五年，厥功成。於是隴西李翱書辭以紀之。劉貢父詩話：泗州塔，人傳下藏真身，後閣上碑，道興國中塑僧迦像事甚詳。退之詩曰「火燒水轉掃地空」，則真身焚矣。掃地：漢書揚雄傳：刮野掃地。師古曰：言無遺餘也。

〔九〕籍籍：説文：籍籍，語聲。

〔一〇〕公才：晉書虞駿傳：王導常謂駿曰：孔愉有公才而無公望，丁潭有公望而無公才，兼之者，其在卿乎！吏用：按：顧注引漢書酷吏傳「爲縱爪牙之吏任用」，非也。「吏用」言有爲吏之用耳。

〔一一〕一座：史記司馬相如傳：相如不得已，强往，一座盡傾。

〔一二〕收斂加冠巾：顧嗣立曰：公送靈師詩：「方將斂之道，且欲冠其顛。」語與此同。

〔一三〕丁丁：詩兔罝：「椓之丁丁。」啄木：爾雅翼：斲木口如錐，長數寸，常啄枯木，取其蠹。頭上有紅毛，如鶴頂紅。人呼爲山啄木。

〔一四〕伏犀：後漢書李固傳：貌狀有奇表，頂角匿犀。注：伏犀也，謂骨當額上入髮際隱起也。高頰權：中山國策：司馬喜曰：若其眉目，準頞權衡，犀角偃月。曹植洛神賦：「靨輔承權。」善曰：權，兩頰。

〔一五〕潸然：詩大東：「睠焉顧之，潸焉出涕。」

〔一六〕去去：陶潛詩：「去去欲何之？」從容：楚辭惜誓：「樂窮極而不厭兮，願從容乎明神。」

【校記】

① 「心」，李太白全集作「僧」。

② 「翹」，原作「熱」，據先秦漢魏晉南北朝詩改。

從仕〔一〕

居閑食不足，從仕力難任〔二〕。兩事皆害性〔三〕，一生恒苦心〔四〕。黄昏歸私室，惆悵起歎音。棄置人間世〔五〕，古來非獨今。

〔一〕□云：貞元十七年，公始從調京師。
〔二〕難任：晉書王沈傳：人薄位尊，積罰難任。
〔三〕害性：莊子駢拇篇：其於殘生傷性均也。
〔四〕苦心：陸機詩：「志士多苦心。」
〔五〕人間世：莊子有人間世篇。

將歸贈孟東野房蜀客原注：蜀客名次卿。〔一〕

君門不可入，勢利互相推〔二〕。借問讀書客，胡爲在京師。舉頭未能對，閉眼聊自思〔三〕。倏忽十六年，終朝苦寒飢。宦途竟寥落，鬢髮坐差池〔四〕。潁水清且寂，箕山坦而夷〔五〕。

如今便當去，咄咄無自疑〔六〕。

〔一〕顧嗣立曰：胡渭云：貞元二年丙寅，公年十九，始至京師。此詩云「倏忽十六年」，則是歲爲十七年辛巳，公在京師調選，三月將東還。故賦此詩以贈也。按：蜀客，房武之子。公爲房武墓誌云：「生男六人，其長曰次卿。次卿有大才，不能俯仰順時。年四十餘，尚守京兆興平尉。然其友皆曰：『房氏有子也。』」外集又有祭房蜀客文，但是年東野爲溧陽尉，不當在京師，此又不可解也。

〔二〕勢利：漢書刑法志：上勢利而貴變詐。

〔三〕閉眼：水經注：吴猛手牽弟子，令閉眼相引而過。

〔四〕坐：□云：晉陶侃曰：老子婆娑，正坐君輩。「坐」字原此也。差：音雌。

〔五〕潁水、箕山：高士傳：堯讓天下於許由，不受而逃去，遁耕於中岳潁水之陽，箕山之下。

〔六〕咄咄：後漢書嚴光傳：帝曰：咄咄子陵，不能相助爲理耶！

贈侯喜〔一〕

吾黨侯生字叔起〔二〕，呼我持竿釣温水〔三〕。平明鞭馬出都門〔四〕，盡日行行荆棘裏〔五〕。温水微茫絶又流，深如車轍闊容輈〔六〕。蝦蟆跳過雀兒浴〔七〕，此縱有魚何足求。我爲侯生不能已，盤針擘粒投泥滓〔八〕。晡時堅坐到黄昏〔九〕，手倦目勞方一起。暫動還休未可期，蝦行蛭渡似皆疑〔一〇〕。舉竿引綫忽有得，一寸纔分鱗與鬐〔一一〕。是日侯生與韓子，良久歎息相看悲。我今行事盡如此，此事正好爲吾規。半世遑遑就舉選，一名始得紅顔衰。人間事勢豈不見，徒自辛苦終何爲？便當提攜妻與子，南入箕潁無還時。叔迉君今氣方鋭，我言至切君勿嗤。君欲釣魚須遠去，大魚豈肯居沮洳〔一二〕？

〔一〕按：公與祠部陸員外書云：「有侯喜者，其家在開元中衣冠而朝者兄弟五六人，及喜之父仕不達，棄官而歸。喜率兄弟耕於野，以其耕之暇，讀書爲文。文章學西京，舉進士十五六年矣。」是書作於貞元十八年，而喜以十九年中進士第，仕終國子主簿，亦韓門弟子中一人也。又按：與盧郎中論薦侯喜狀云「進士侯喜，其爲文甚古，立志甚堅。家貧親老，無援於朝，在舉場十餘年，竟無知遇。愈與之還往，歲月已多。去年愈從調選，本欲攜持同行，適遇其人自有家事，迍邅坎坷，又廢一年。及春末自京還，怪其久絶消息。五月初至此，自言爲閣下所知」云云。是書正十七年作，温水之游在其年七月，有題名可考。

〔二〕迉：古文「起」字。

〔三〕持竿：宋玉釣賦：「今察元洲之鈎，未可謂能持竿也。」温水：王云：洛水，在河南縣北。易乾鑿度曰：王者有盛德之應，則洛水先温。故號温洛。

〔四〕平明：任昉詩：「長泛滄浪水，平明至曛黑。」

〔五〕荆棘：東方朔七諫：「荆棘聚而成林。」

〔六〕輈：考工記：輈人爲輈。

〔七〕蝦蟆跳：跳，音條。藝文類聚：風俗通云：蝦蟆一跳八尺，再丈六。

〔八〕盤針擘粒：擘，博戹切。列子湯問篇：詹何以獨繭絲爲綸，芒鍼爲鉤，荆條爲竿，剖粒爲餌，引盈車之魚於百仞之淵。宋玉釣賦：「鉤如細鍼。」廣雅釋言：擘，剖也。泥滓：史記屈原傳：皭然泥而不滓者也。

〔九〕晡時：晡，音逋。淮南天文訓：日至於悲谷，是謂晡時。迴於女紀，是謂大遷。經於泉隅，是謂高舂。頓於連石，是謂下舂。爰止羲和，爰息六螭，是謂懸車。薄於虞淵，是謂黄昏。

〔一〇〕蝦蛭：蛭，之日切。賈誼弔屈原文：「偭蟂獺以隱處兮，夫豈從蝦與蛭螾」。

〔一一〕一寸：庾信小園賦：「一寸二寸之魚，三竿兩竿之竹。」鱗鬐：鬐，音耆。一作「鰭鬐」，通。司馬相如上林賦：「揵鬐掉尾，振鱗奮翼。」郭璞曰：鰭，背上鬣也。

〔一二〕大魚：齊國策：君不聞大魚乎，網不能止，鉤不能牽，蕩而失水，則螻蟻得意焉。沮洳：詩魏風：「彼汾沮洳。」箋：沮洳，水浸處。□云：蘇東坡記儋耳上元：「放杖而笑，過問：『何笑？』曰：『自笑也。』然亦笑韓退之釣魚無所得，更欲遠去，不知走海者未必得大魚也。」蓋公作此詩時年三十四，去徐居洛，方有「求官來東洛」之語。而東坡則晚歲儋耳，發於憂患之餘。覽者無以爲異。

山石〔一〕

山石犖确行徑微〔二〕，黄昏到寺蝙蝠飛〔三〕。 昇堂坐階新雨足，芭蕉葉大支子肥〔四〕。 僧言古壁佛畫好，以火來照所見稀。 鋪牀拂席置羹飯〔五〕，疏糲亦足飽我飢〔六〕。 夜深靜卧百蟲絶〔七〕，清月出嶺光入扉。 天明獨去無道路，出入高下窮烟霏。 山紅澗碧紛爛漫〔八〕，時見松櫪皆十圍〔九〕。 當流赤足蹋澗石〔一〇〕，水聲激激風吹衣〔一一〕。 人生如此自可樂，豈必局束爲人鞿〔一二〕？ 嗟哉吾黨二三子，安得至老不更歸！

〔一〕按：外集洛北惠林寺題名云：「韓愈、李景興、侯喜、尉遲汾，貞元十七年七月二十二日，魚於温洛，宿此而歸。」前詩云「晡時堅坐到黄昏」，此詩云「黄昏到寺蝙蝠飛」，正一時事景物。

〔二〕犖确：确，音確。 按：廣雅釋山：「嶽，确也。」玉篇：「磽，确，亦作埆。」郭璞江賦：「幽磵積阻，礐硞礐礭。」善曰：「皆水激石，嶮峻不平之貌。」又按：廣雅：「礐碓，石相扣聲。」想與此通用。 後「巴山犖礐」、「熱石犖硞」音義亦相近。

〔三〕蝙蝠：音邊福。 爾雅釋鳥：「蝙蝠服翼。」注：「或謂之仙鼠。」

〔四〕芭蕉：南方草木狀：「甘蕉望之如樹，株大者一圍餘，葉長一丈，或七八尺，廣尺餘二尺許，花大如酒杯形，色如芙蓉，著莖末甘美，一名芭蕉，或曰芭苴。支子肥：酉陽雜俎：諸花少六出者，惟梔子花六出，即西域薝蔔花也。梔與支同。

〔五〕羹飯：漢古詩：「羹飯一時熟，不知貽阿誰。」

〔六〕疏糲：糲，音勵，又洛帶切。列子力命篇：食則粢糲。史記太史公自序：糲粱之食。張晏曰：一斛粟、七斗米爲糲。瓚曰：五斗粟、三斗米爲糲。服虔曰：糲，麁米也。

〔七〕靜卧：陶弘景授陸敬游十賚文：可以安身靜卧。

〔八〕山紅澗碧：王融詩：「日汩山照紅，松映水華碧。」梁簡文帝詩：「垂花臨碧澗，結翠依丹巘。」□云：東坡詩云：「犖确何人似退之，意行無路欲從誰？宿雲解駁晨光漏，獨見山紅澗碧時。」皆采公此篇詩中語也。爛熳：沈約詩：「爛熳蜃雲舒，嶔崟山海出。」

〔九〕松櫪：櫪，音歷。張衡南都賦：「其木則檉松楔㮶。」「楓柙櫨櫪。」善曰：櫪與櫟同。

〔一〇〕赤足蹋：蹋，徒盍切。釋名：蹋，榻也。榻，著地也。

〔一一〕激激：古樂府戰城南：「水聲激激，蒲葦冥冥。」風吹衣：蔡琰詩：「翩翩吹我衣，肅肅入我耳。」

〔一二〕局束：漢書灌夫傳：廷論局趣效轅下駒。鞿：古羈字。離騷：「余雖好修姱以鞿羈兮。」注：韁在口曰鞿，革絡頭曰羈。

歸田詩話：元遺山論詩三十首，內一首云：「有情芍藥含春淚，無力薔薇卧晚枝。拈出退之山石句，始知渠是女郎詩。」初不曉所謂，後見詩文自警一編，亦遺山所著，謂「有情芍藥含春淚，無力薔薇卧晚枝」，此秦少游春雨詩也。非不工巧，然以退之山石句觀之，渠乃女郎詩也。

送陸歙州詩〔一〕

我衣之華兮，我佩之光〔二〕。陸君之去兮，誰與翱翔〔三〕？斂此大惠兮，施于一州。今其去矣，胡不爲留？我作此詩，歌于逵道〔四〕。無疾其驅，天子有詔〔五〕。

〔一〕方云：陸傪也。公序云：貞元十八年二月十八日，祠部員外郎陸君出刺歙州。朝廷夙夜之賢，都邑游居之良，齎咨涕洟，咸以爲不當去。歙，大州也。刺史，尊官也。由郎官而往者，前後相望也。當今賦出於天下，江南居十九，宣使之所察，歙爲富州。宰臣之所薦聞，天子之所選用，其不輕而重也較然矣。如是而齎咨涕洟，以爲不當去者，陸君之道行乎朝廷，則天下望其賜。刺一州，則專而不能。咸謂先一州而後天下，豈吾君與吾相之心哉？於是昌黎韓愈道願留者之心而泄其思，作詩曰。

〔二〕佩光：張衡思玄賦：「佩夜光與瓊枝。」

〔三〕翱翔：詩同車：「將翱將翔，佩玉瓊琚。」

〔四〕逵道：詩兔罝：「肅肅兔罝，施于中逵。」釋名：一達曰道，九達曰逵。

〔五〕有詔：言將有詔還之也。

按：顧嗣立本于集中詩，既無不收，不當獨遺此首，故增入之。

夜歌〔一〕

靜夜有清光，閑堂仍獨息〔二〕。念身幸無恨，志氣方自得〔三〕。樂哉何所憂？所憂非我力。

〔一〕按：「閑堂獨息」當是十八年爲四門博士之時，不以家累自隨也。參調無成，始獲一官，何遽自得？然以一身較之天下，則一身爲可樂，而天下爲可憂。其時伾、文漸得寵，殷憂方大。而身居卑末，又非力之所能爲，故托于夜歌以見意。夜歌者，陰幽之義，言不敢明言也。

〔二〕獨息：詩葛生：「誰與獨息？」

〔三〕自得：屈原遠游：「漠虛靜以恬愉兮，澹無爲而自得。」

苦寒〔一〕

四時各平分〔二〕，一氣不可兼。隆寒奪春序，顓頊固不廉〔三〕。太昊弛維綱〔四〕，畏避但守謙。遂令黄泉下〔五〕，萌牙夭勾尖〔六〕。草木不復抽，百味失苦甜〔七〕。凶飇攪宇宙〔八〕，芒刃甚割砭〔九〕。日月雖云尊，不能活烏蟾〔一〇〕。羲和送日出〔一一〕，恇怯頻窺覘〔一二〕。炎帝持祝融〔一三〕，呵嘘不相炎。而我當此時，恩光何由沾〔一四〕？肌膚生鱗甲〔一五〕，衣被如刀鐮〔一六〕。氣寒鼻莫齅〔一七〕，血凍指不拈〔一八〕。濁醪沸入喉〔一九〕，口角如銜箝〔二〇〕。將持匕箸食〔二一〕，觸指如排籤。侵鑪不覺暖，熾炭屢已添〔二二〕。探湯無所益〔二三〕，何況纊與縑〔二四〕？虎豹僵穴中〔二五〕，蛟螭死幽潛〔二六〕。熒惑喪躔次〔二七〕，六龍冰脱髯〔二八〕。芒碭大包内〔二九〕，生類恐盡殲〔三〇〕。啾啾窗間雀〔三一〕，不知已微纖。舉頭仰天鳴〔三二〕，所願晷刻淹。不如彈射死〔三三〕，卻得親炰燖〔三四〕。鸞皇苟不存〔三五〕，爾固不在占〔三六〕。其餘蠢動儔〔三七〕，俱死誰恩嫌。伊我稱最靈〔三八〕，不能女覆苫〔三九〕。悲哀激憤歎，五藏難安恬〔四〇〕。中宵倚牆立，淫淚何漸漸〔四一〕。天王哀無辜！惠我下顧瞻〔四二〕。褰旒去耳纊〔四三〕，調和進梅鹽〔四四〕。賢能日登御，黜彼傲與憸〔四五〕。生風吹死氣，豁達如褰簾〔四六〕。懸乳零落墮〔四七〕，晨光入前簷〔四八〕。雪霜頓銷釋〔四九〕，土脈膏且黏〔五〇〕。豈徒蘭蕙榮？施及艾與蒹〔五一〕。日萼行鑠鑠〔五二〕，風條坐襜襜〔五三〕。天乎苟其能，吾死意亦厭〔五四〕。

〔一〕王云：此詩意蓋有所諷。貞元十九年春，公爲四門博士作。□云：詩謂「隆寒奪春序」而肆其寒，猶權臣之用事；太昊之畏避，猶當國者畏權臣，取充位而已。其下反覆所言，無易此意。末謂「天王哀無辜」，則望人主進賢退不肖，使恩澤下流，施及草木。其愛君憂民之意，具見於此。按：舊唐書韋渠牟傳：「自陸贄免，德宗不復委權於下，宰相充位，行文書而已。所倚信者，裴延齡、李齊運、王紹、李實、韋執誼與渠牟等，其權侔人主。」此詩所以諷也。顧嗣立曰：胡渭云：唐書五行志：「貞元十九年三月，大雪。」豈即所謂苦寒耶？

〔二〕平分：宋玉九辯：「皇天平分四時兮。」

〔三〕顓頊：記月令：孟冬仲冬季冬之月，其帝顓頊。不廉：梁書朱異傳：沈約戲異曰：卿年少，何乃不廉？

〔四〕太昊：記月令：孟春仲春季春之月，其帝太昊。維綱：班固十八侯銘：御國維綱，秉統萬機。

〔五〕黄泉：淮南天文訓：陰氣極則北至北極，下至黄泉，萬物閉藏。

〔六〕萌牙：記月令：安萌牙。方云：或作「芽」。按：漢書如「朱草萌牙」事，有「萌牙」，無用「芽」字。勾尖：記月令：勾者畢出，萌者盡達。廣韻：尖，鋭也。

〔七〕苦甜：張衡南都賦：「酸甜滋味，百種千名。」

〔八〕凶飈：飈，甫遥切。記月令：孟春行秋令，則飈風暴雨總至。

〔九〕芒刃：漢書賈誼傳：釋斧斤之用，而欲嬰以芒刃。割砭：砭，悲廉切。揚雄太玄：達於砭割。

〔一〇〕烏蟾：淮南精神訓：日中有踆烏，而月中有蟾蜍。

〔一一〕羲和：書堯典：乃命羲和欽若昊天，歷象日月星辰。

〔一二〕恇怯：恇，音匡。北史虞世基傳：卿是書生，定猶恇怯。窺覘：覘，尹廉切。南史江謐傳論：令和窺覘成性，終取躓於險塗。

〔一三〕炎帝祝融：記月令：孟夏之月，其帝炎帝，其神祝融。

〔一四〕恩光：江淹詩：「宵人重恩光。」

〔一五〕肌膚：漢書賈誼傳：飢寒切於民之肌膚。黄帝素問：肌膚甲錯。鱗甲：孔明與蔣琬董允書：孝起爲吾説正方腹中有鱗甲。

〔一六〕刀鐮：鐮，音廉。釋名：鐮，廉也。體廉薄也。

〔一七〕齅：音臭。漢書叙傳：不齅驕君之餌。説文：齅，以鼻就臭也。

〔一八〕拈：釋名：拈，黏也。兩指翕之，黏著不放也。

〔一九〕濁醪：左思魏都賦：「濁醪如河。」

〔二〇〕銜箝：公羊傳：圉者箝馬而秣之。

〔二一〕匕箸：蜀志劉先主傳：先主方食，失匕箸。

〔二二〕熾炭：左傳：寺人柳熾炭於位。韓非内儲説：奉熾爐，炭火盡，赤紅而炙熟。

〔二三〕探湯：列子湯問篇：「日初出，滄滄涼涼。及其日中，如探湯。此不爲近者熱，而遠者涼乎？」

〔二四〕纊縑：纊，音曠。縑，音兼。南史齊陳皇后傳：冬月猶無縑纊。北史邢峙傳：文宣賜以被褥縑纊。

〔二五〕虎豹：西京雜記：元封二年，大寒。雪深五尺，野鳥獸皆死。

〔二六〕蛟螭：揚雄羽獵賦：「薄索蛟螭。」

〔二七〕熒惑：史記天官書：熒惑曰南方火，主夏日丙丁。喪：去聲。

〔二八〕六龍：易乾卦：時乘六龍以御天。脱髯：史記封禪書：黄帝鑄鼎於荆山，龍垂胡髯下迎，黄帝上騎。餘小臣，悉持龍髯，龍髯拔墮。

〔二九〕碭：音蕩。大包：淮南原道訓：大包群生。

〔三〇〕殲：詩黄鳥：「彼蒼者天，殲我良人。」

〔三一〕啾啾：啾，即由切。秦嘉詩：「啾啾雞雀，群飛赴楹。」

〔三二〕仰天鳴：陶潛詩：「馬爲仰天鳴，風爲自蕭條。」

〔三三〕彈射：漢書宣帝紀：元康三年，令三輔毋得以春夏擿巢探卵，彈射飛鳥。

〔三四〕炰燖：燖，徐鹽切。詩閟宮：「毛炰胾羹。」廣韻：炰，含毛炙物也。説文：燖，湯中瀹肉也。

〔三五〕鸞皇：屈原離騷：「鸞皇爲余先戒兮。」注：鸞，俊鳥也。皇，鳳雌也。以喻仁智之士也。

〔三六〕不在占：按：左傳：「懿氏卜妻敬仲。其妻占之曰：吉。是謂鳳皇于飛，和鳴鏘鏘。」今雀之么麽，豈在占也。合上句自明。

〔三七〕蠢動：十洲記：其仁也，愛護蠢動。傅休奕陽春賦：「幽蟄蠢動，萬物樂生。」

〔三八〕最靈：書泰誓：惟人萬物之靈。

〔三九〕覆苫：苫，失廉切。左傳：披苫蓋，蒙荆棘。晉書郭文傳：倚木于樹，苫覆其上而居焉。

〔四〇〕五藏：藏，去聲。史記扁鵲傳：漱滌五藏，練精易形。

〔四一〕淫淚：屈原九章：「涕淫淫其若霰。」漸漸：漸，音尖。劉向九歎：「留思北顧，涕漸漸兮。」

〔四二〕惠我：詩烈文：「惠我無疆。」顧瞻：詩匪風：「顧瞻周道。」

〔四三〕旒纊：記玉藻：天子玉藻，十有二旒。

〔四四〕梅鹽：書説命：若作和羹，爾惟鹽梅。

〔四五〕慠儉：儉，音僉。書益稷：無若丹朱慠。

〔四六〕豁達：史記：高祖豁達大度。劉楨詩：「豁達來風涼。」

〔四七〕懸乳：謂簷下垂冰也。

〔四八〕晨光：景福殿賦：「晨光内照，流景外烻。」

〔四九〕銷釋：記月令：時雪不降，冰凍銷釋。

〔五〇〕土脈：周語：土乃脈發，太史告稷曰：陽氣俱蒸，土膏其動，弗震弗渝，脈其滿眚。

〔五一〕艾蒹：爾雅釋草：艾，冰臺。注：今蒿艾。又釋草：蒹蒹。注：似萑而細，江東謂之蘆。

〔五二〕日萼：謝脁詩：「朝光映紅萼。」鑠鑠：南方草木狀：朱槿花日光所鑠，疑若焰生。

〔五三〕風條：鹽鐵論：太平之時，風不鳴條。襜襜：司馬相如長門賦：「飄風迴而赴閨兮，舉帷幄之襜襜。」劉向九歎：「裳襜襜而含風。」注：摇貌。

〔五四〕厭：漢書刑法志：雖文致於法而人心未厭者，輒讞之。廣韻：懕，安也。

題炭谷湫祠堂〔一〕

萬生都陽明，幽暗鬼所寰。嗟龍獨何智〔二〕，出入人鬼閒〔三〕。不知誰爲助？若執造化關。厭處平地水，巢居插天山〔四〕。列峰若攢指，石盂仰環環〔五〕。巨靈高其捧〔六〕，保此一掬慳〔七〕。森沈固含蓄〔八〕，本以儲陰姦〔九〕。魚鱉蒙擁護，群嬉傲天頑〔一〇〕。翾翾棲託禽〔一一〕，飛飛一何閑。祠堂像侔真，擢玉紆烟鬟〔一二〕。群怪儼伺候，恩威在其顔。我來日正中，悚惕思先還。寄立尺寸地，敢言來塗艱。吁無吹毛刃〔一三〕，血此牛蹄殷〔一四〕。至今乘水旱，鼓舞寡與鰥。林叢鎮冥冥，窮年無由删。妍英雜艷實，星瑣黄朱班。石級皆險滑〔一五〕，顛躋莫牽攀〔一六〕。尨區雛衆碎〔一七〕，付與宿已頒。棄去可奈何？吾其死茅菅〔一八〕。

〔一〕說文：湫，隘下也。一曰有湫水，在周地。安定朝那有湫泉。原注：「時公在京師。」歐云：湫在京兆之南，終南之下，祈雨之所也。南山、秋懷詩皆見之。□云：按陸長源辨疑志：「長安城南四十里有靈母谷，俗呼爲炭谷」。宋敏求長安志則云：「炭谷在萬年縣南六十里。」又云：「澄源夫人湫廟，在終南山炭谷。」公南山詩有云「因緣窺其湫」，即此湫，龍所居也。

〔二〕龍智：左傳：龍見於絳郊，魏獻子問於蔡墨曰：蟲莫智於龍，信乎？對曰：人實不智，非龍實智。

〔三〕出入：晉書鳩摩羅什傳：龍者陰類，出入有時。

〔四〕巢居：水經注：民井汲巢居。

〔五〕環環：列子湯問篇：濱北海之北，其國曰終北。有山，名壺嶺，狀若甗甀，頂有口，狀若員環。有水湧出。古樂府石城樂：「環環在江津。」

〔六〕巨靈：張衡西京賦：「巨靈贔屓，高掌遠蹠。」郭緣生述征記：華山對河東首陽山，黄河流於二山之間。古語云：此本一山，當河，河水過之而曲行。河神巨靈以手擘開其上，以足蹈其下，中分爲兩，以通河流。

〔七〕一掬：詩采緑：「終朝采緑，不盈一掬。」慳：若閑切。

〔八〕森沈：水經注：寒水被潭，森沈駭觀。

〔九〕陰姦：王云：謂龍也，猶南山詩所謂「凝湛閉陰獸」也。

〔一〇〕群嬉：王褒洞簫賦：「春禽群嬉，翱翔乎其顛。」

〔一一〕翾翾：翾，許緣切。法言：朱鳥翾翾。廣韻：小飛貌。

〔一二〕擢：直角切。

〔一三〕吹毛刃：杜甫詩：「匣裏雌雄劍，吹毛任選將。」□云：魯季欽引吴越春秋「干將之劍，能決吹毛游塵」。今吴越春秋無此語。

〔一四〕牛蹄殷：殷，烏閑切。淮南俶真訓：牛蹄之涔，無尺之鯉。左傳：左輪朱殷。杜預曰：今人謂赤黑爲殷色。孫云：言我豈無吹毛之劍，血此牛蹄之涔之水令殷乎？言欲殺此龍也。

〔一五〕石級：水經注：層松飾巖，列柏綺望。西側一處，得歷級升陟。險滑：孫綽天台山賦：踐莓苔之滑石，搏壁立之翠屏。必契誠於幽昧，履重險而逾平。

〔一六〕顛躋：書微子：今爾無指告予顛隮，若之何其？

〔一七〕尨：莫江切。

〔一八〕茅菅：菅，音姦。詩白華：「白華菅兮，白茅束兮。」

按：顧嗣立注本胡渭云：「公詠南山云『拘官計日月，欲進不可又。因緣窺其湫，凝湛閟陰獸』，此爲四門博士時事也。『時天晦大雪，淚目苦矇瞀』，此赴陽山過藍田時事也。題炭谷湫詩，蓋貞元十九年京師旱，祈雨湫祠，而往觀焉，故曰『因緣窺其湫』。『因緣』謂以事行，非特游也。篇中饒有諷刺。時德宗幸臣李齊運、李實、韋執誼等與王叔文交通，亂政滋甚，故公因所見以起興。湫龍澄源喻幸臣，魚鱉禽鳥及群怪喻黨人。」此説是。又云：「秋懷欲罾寒蛟，而是詩恨不血此牛蹄，剛腸疾惡，情見乎詞。劉、柳泄言，群小側目，陽山之謫，所自來矣，上疏云乎哉！」此説則非。秋懷之蛟，乃喻王承宗。余有箋，與此迴別。

龍移〔一〕

天昏地黑蛟龍移，雷驚電激雄雌隨〔二〕。清泉百丈化爲土〔三〕，魚鱉枯死吁可悲〔四〕！

〔一〕王云：此詩謂南山湫也。湫初在平地，一日風雷，移居山上。其山下湫，遂化爲土。公題炭谷詩云：「厭處平地水，巢居插天山。」

〔二〕雷驚電激：班固西都賦：「雷奔電激。」雄雌：或作「雌雄」。左傳：蔡墨曰：有夏孔甲，帝賜之乘龍，河漢各二，各有雌雄。拾遺記：虞舜時，南潯之國獻毛龍，一雌一雄。

〔三〕百丈：鮑照詩：「鑿井北陵隈，百丈不及泉。」

〔四〕枯死：神仙傳：宅旁有泉水，水自竭，中有一蛟枯死。

按：王伯大以此詩爲南山移湫之事，而引公炭谷詩「厭處平地水，巢居插天山」爲證，此見非也。凡詩叙怪異事，旁帶以爲點染則有之，如杜湯東「青白二小蛇」，如白悟真寺「化作龍蜿蜒」，皆游戲及之，未嘗實賦。炭谷實賦，則必有詆斥之語，所以云「吁無吹毛刃，血此牛蹄殷」。蓋欲如荆、佽、蜚諸人斬蛟以絶語怪，焉得此篇信其事而實賦之？誠如王説，則此詩了無意味矣。以愚推之，此是寓言，乃爲順宗傳位而作。「天昏地黑」謂永貞時朝事，「蛟龍移」謂内禪，「魚鱉枯死」謂伾、文以及黨人皆斥逐也。

哭楊兵部凝陸歙州參〔一〕

人皆期七十，纔半豈蹉跎〔二〕。併出知己淚〔三〕，自然白髮多。晨興爲誰慟？還坐久滂沱〔四〕。論文與晤語〔五〕，已矣可如何！

〔一〕楊凝、陸參俱見前。「參」，一作「傪」。李翺陸歙州述：吳郡陸傪，字公佐，生五十有七年，由侍御史入爲祠部員外。二年出刺歙州，卒於道，貞元十八年四月也。□云：柳子厚楊凝墓碣云「貞元十九年正月卒」。參先凝一年而卒，公乃同時哭之。蓋參佐主司時，公嘗以書薦侯喜等，及出刺歙州亦有序送之，又嘗有行路難一篇，爲參設也。凝則與公嘗佐董晉汴州，皆知己者。去年參死，今年凝又死，此公所以因凝而併哭之。

〔二〕纔半：□云：公生大曆戊申，至是貞元十九年癸未，則年三十有六矣。豈非七十之半乎？

〔三〕知己：漢書司馬遷傳：蓋鍾子期死，伯牙終身不復鼓琴，何則？士爲知己者用。

〔四〕滂沱：詩彼澤之陂：「涕泗滂沱。」

〔五〕晤語：詩東門之池：「可與晤語。」

落齒〔一〕

去年落一牙，今年落一齒〔二〕。俄然落六七，落勢殊未已。餘存皆動摇，盡落應始止。憶初落一時，但念豁可恥。及至落二三，始憂衰即死。每一將落時，懔懔恒在己〔三〕。叉牙妨食物，顛倒怯漱水〔四〕。終焉捨我落，意與崩山比〔五〕。今來落既熟，見落空相似。餘存二十餘，次第知落矣。儻常歲落一，自足支兩紀〔六〕。如其落併空，與漸亦同指。人言齒之落，壽命理難恃〔七〕。我言生有涯〔八〕，長短俱死爾。人言齒之豁，左右驚諦視〔九〕。我言莊周云，木鴈各有喜〔一〇〕。語訛默固好〔一一〕，嚼廢軟還美。因歌遂成詩，持用詫妻子〔一二〕。

〔一〕按：公與崔群書云：「僕無以自全活者，從一官於此，轉因窮甚，思自放於伊潁之上，當亦終得之。近者尤衰憊，左車第二牙無故動摇脱去，目視昏花，尋常間便不分人顔色，兩鬢半白，頭髮五分亦白其一，鬚亦有一莖兩莖白者。僕家不幸，諸父諸兄皆康强早世，如僕者又可以圖於久長哉？」是書作於十八年爲四門博士未謁告歸洛之時，而此詩云：「去年落一牙，今年落一齒。」則爲十九年作矣。

〔二〕牙齒：釋名：牙，樝牙也，隨形言之也。齒，始也，少長之别，始乎此也。六書故：齒當脣，牙當車。

〔三〕懔懔：書泰誓：百姓懔懔。

〔四〕漱水：記内則：雞初鳴，咸盥漱。

〔五〕崩山：列子湯問篇：初爲霖雨之操，更造崩山之音。

〔六〕兩紀：書畢命：既歷三紀，世變風移。孔注：十二年曰紀。

〔七〕壽命：古樂府西門行：「自非仙人王子喬，計會壽命難與期。」

〔八〕生有涯：莊子養生主篇：吾生也有涯，而知也無涯。

〔九〕諦：列子湯問篇：王諦料之。説文：諦，審也。

〔一〇〕木鴈：見莊子山木篇。又按「木鴈」二字，亦非創用。南史王彧傳：张單雙灾，木鴈兩失。梁元帝玄覽賦：「混木鴈而兼陳。」古人用字必有所本。

〔一一〕語訛：詩沔水：「民之訛言。」

〔一二〕詑：丑亞切。莊子達生篇：有孫休者，踵門而詑子扁慶子。司馬相如子虛賦：「子虛過詑烏有先生。」張揖曰：詑，誇也。

早春雪中聞鶯〔一〕

朝鶯雪裏新〔二〕，雪樹眼前春。帶澀先迎氣〔三〕，侵寒已報人。共矜初聽早，誰貴後聞頻？暫囀那成曲，孤鳴豈及辰〔四〕。風霜徒自保，桃李詎相親。寄謝幽棲友，辛勤不爲身〔五〕。

〔一〕蔣云：北地春晚方聞鶯，此詩蓋南遷時作也。

〔二〕朝鶯：何遜詠春雪寄族人詩：「朝鶯日弄響，暮條行可結。」

〔三〕澀：江總詩：「新人未語言如澀。」

〔四〕孤鳴：劉孝綽詩：「孤鳴若無對，百囀似群吟。」

〔五〕不爲身：漢書揚雄傳：動不爲身。

按：明人蔣之翹以此爲南遷時作，謂北地無早鶯，此似是實非。詩詞暇豫，絕無悲傷。詩體是排律，詩格是試帖，必應試之作也。若以非時之物而言，則當如丙吉問牛之論氣候，邵康節天津聞杜鵑之驚風移，公立言僅爾爾耶？惟其試題不敢高論，且安見當時不偶有此事耶！嶺南無鴈，而徐浩嘗以鴈至廣州爲奏，杜子美又有五律詩可以類推。

湘中〔一〕

猿愁魚踊水翻波〔二〕，自古流傳是汨羅〔三〕。蘋藻滿盤無處奠〔四〕，空聞漁父叩舷歌〔五〕。

〔一〕按：公祭張署文叙遷謫陽山時事云：「南上湘水，屈氏所沈，二妃行迷，淚踪染林，山哀浦思，鳥獸叫音，余唱君和，百篇在吟。」今此詩語氣自是初過湘中而作。所謂唱和百篇，或一時興至之談，未必有之，亦或率爾不存，不可見矣。

〔二〕魚踊：馬融長笛賦：「魚鱉禽獸聞之者，莫不張耳鹿駭，拊譟踊躍。」

〔三〕汨羅：水經注：汨水又西爲屈潭，即羅淵也。屈原懷沙自沈於此。

〔四〕蘋藻：詩采蘋：「于以采蘋？」「于以采藻？」

〔五〕漁父：屈原漁父篇：「漁父莞爾而笑，鼓枻而去。」王逸注：鼓枻，叩船舷也。

貞女峽〔一〕

江盤峽束春湍豪〔二〕，雷風戰鬬魚龍逃〔三〕。懸流轟轟射水府〔四〕，一瀉百里翻雲濤〔五〕。漂船擺石萬瓦裂〔六〕，咫尺性命輕鴻毛〔七〕。

〔一〕水經注：溱水出桂陽，南至四會，溪水下流，歷峽南出，是峽謂之貞女峽。峽西岸高巖名貞女山，山下際有石如人形，高七尺，狀如女子，故名貞女峽。古來相傳，有數女取螺於此，遇風雨晝晦，忽化爲石。溪水又合溱水，溱水又東南入陽山縣。

〔二〕峽束：杜甫詩：「峽束滄江起。」春湍：李白詩：「青春流驚湍。」

〔三〕雷風：易繫辭：雷風相薄。

〔四〕懸流：水經注：崩浪萬尋，懸流千尺。水府：木華海賦：「爾其水府之内，極深之庭。」任昉述異記：闔閭搆水精宮，尤極珍怪，皆出自水府。陶弘景水仙賦：「漳渠水府，包山洞臺。」

〔五〕一瀉百里：郭璞江賦：「倏忽數百，千里俄頃。」

〔六〕漂船擺石：水經注：激石雲洄，澴波怒溢，水流迅急，破害舟船。

〔七〕輕鴻毛：漢書司馬遷傳：死或重於太山，或輕於鴻毛。

次同冠峽〔一〕

今日是何朝，天晴物色饒。落英千尺墮〔二〕，游絲百丈飄〔三〕。泄乳交巖脈〔四〕，懸流揭浪標〔五〕。無心思嶺北，猿鳥莫相撩〔六〕。

〔一〕顧嗣立曰：按胡渭云：今廣州府陽山縣西北七十里，有同冠峽，接連州界。疑即此同冠峽也。

〔二〕落英：離騷：「餐秋菊之落英。」

〔三〕游絲百丈：庾信詩：「洛陽游絲百丈連。」

〔四〕泄乳：水經注：孔山下有鐘乳穴，穴出佳乳。巖脈：水經注：枝經脈散。

〔五〕揭摽：摽，音飄。説文：揭，高舉也。摽，擊也。

〔六〕猿鳥：陶弘景答謝中書書：曉霧將歇，猿鳥亂啼。

同冠峽

南方二月半，春物亦已少〔一〕。維舟山水間，晨坐聽百鳥。宿雲尚含姿〔二〕，朝日忽升曉〔三〕。羈旅感和鳴，囚拘念輕矯〔四〕。潺湲淚久迸〔五〕，詰曲思增繞。行矣且無然，蓋棺事乃了〔六〕。

〔一〕春物：謝朓詩：「春物方駘蕩。」

〔二〕宿雲：張正見詩：「灎灎宿雲浮。」

〔三〕升曉：康孟詠日詩：「金烏升曉氣。」

〔四〕囚拘：賈誼鵩鳥賦：「愚士繫俗兮，攌如囚拘。」

〔五〕潺湲：屈原九歌：「横流涕兮潺湲。」

〔六〕蓋棺：鮑照詩：「闔棺世業埋。」了：廣雅釋詁：了，訖也。

宿龍宫灘〔一〕

浩浩復湯湯〔二〕，灘聲抑更揚。奔流疑激電，驚浪似浮霜。夢覺燈生暈〔三〕，宵殘雨送涼。如何連曉語，一半是思鄉〔四〕。

〔一〕陽山縣志：龍宫灘在縣西十五里。

〔二〕浩浩、湯湯：湯，音傷。書堯典：湯湯懷山襄陵，浩浩滔天。

〔三〕生暈：暈，音運。王褒詩：「灰寒色轉白，風多暈欲生。」

〔四〕思鄉：世説：陸平原在洛，夏月忽思齋東頭竹篠中飲，語劉寶曰：吾思鄉轉深矣。黄庭堅云：退之裁聽水句尤見工，所謂「浩浩」、「湯湯」、「抑更揚」者，非諳客裏夜卧飽聞此聲，安能周旋妙處如此耶？

縣齋讀書〔一〕

出宰山水縣，讀書松桂林。蕭條捐末事〔二〕，邂逅得初心。哀狖醒俗耳〔三〕，清泉潔塵襟。詩成有共賦，酒熟無孤斟〔四〕。青竹時默釣〔五〕，白雲日幽尋。南方本多毒，北客恒懼侵。謫譴甘自守〔六〕，滯留愧難任。投章類縞帶〔七〕，佇答逾兼金〔八〕。

〔一〕舊唐書地理志：陽山漢縣，漢屬桂陽郡，神龍元年移於洭水之北，今縣理是也。按：下皆陽山作。

〔二〕末事：潘岳秋興賦：「雖末事之榮悴兮。」

〔三〕哀狖：狖，音右。屈原九歌：「猿啾啾兮，狖夜鳴。」謝靈運詩：「乘月聽哀狖。」異物志：狖，猿類，露鼻，尾長四五尺，居樹上，雨則以尾塞鼻。建安臨海北有之。俗耳：晉書：戴仲若春日攜雙柑斗酒，人問何之，往聽黄鸝聲。此俗耳針砭，詩腸鼓吹。

〔四〕孤斟：陶潛詩：「春秫作美酒，酒熟吾自斟。」

〔五〕默釣：顧嗣立曰：胡渭云：陽山縣志：「釣魚臺，在縣東半里塔溪之右。」韓愈送區册序云：「與之蔭嘉林，坐石溪，投竿而漁，陶然以樂。」宋嘉定初，簿尉丘熹始作臺磯上。

〔六〕自守：漢書揚雄傳：有以自守泊如也。

〔七〕投章：鮑照詩：「投章心藴結。」縞帶：左傳：吴公子札聘於鄭，見子産，如舊相識，與之縞帶，子産獻紵衣焉。

〔八〕兼金：陸機詩：「愧無雜佩贈，良訊代兼金。」

蔣云：翹嘗聞先正云：公嘗言：「陽山，天下之窮處，城郭無居民，官無丞尉，小吏十餘家。」審此則有「共賦」、「無孤斟」，其誰與乎？蓋是時遠方來從游，如區弘、劉師命輩，户外屨常滿矣。又云：此詩當是贈人望報章也。一結可見。

送惠師〔一〕

惠師浮屠者，乃是不羈人〔二〕。十五愛山水，超然謝朋親。脱冠翦頭髮〔三〕，飛步遺蹤塵。發跡入四明〔四〕，梯空上秋旻〔五〕。遂登天台望〔六〕，衆壑皆嶙峋〔七〕。夜宿最高頂〔八〕，舉頭看星辰。光芒相照燭〔九〕，南北爭羅陳。兹地絶翔走，自然嚴且神。微風吹木石，澎湃聞韶鈞〔一〇〕。夜半起下視，溟波銜日輪〔一一〕。魚龍驚踊躍，叫嘯成悲辛〔一二〕。怪氣或紫赤，敲磨共輪囷〔一三〕。金鵶既騰翥〔一四〕，六合俄清新。常聞禹穴奇，東去窺甌閩〔一五〕。越俗不好古〔一六〕，流傳失其真。幽踪邈難得，聖路嗟長堙〔一七〕。迴臨浙江濤〔一八〕，屹起高峨岷〔一九〕。壯志死不息，千年如隔晨。是非竟何有，棄去非吾倫。凌江詣廬嶽〔二〇〕，浩蕩極游巡〔二一〕。崔崒没雲表〔二二〕，陂陀浸湖淪〔二三〕。是時雨初霽，懸瀑垂天紳〔二四〕。前年往羅浮〔二五〕，步戛南海濱〔二六〕。大哉陽德盛〔二七〕，榮茂恒留春。鵬騫墮長翮〔二八〕，鯨戲側修鱗。自來連州寺〔二九〕，曾未造城闉〔三〇〕。日攜青雲客〔三一〕，探勝窮崖濱。太守邀不去，群官請徒頻。囊無一金資〔三二〕，翻謂富者貧。昨日忽不見，我令訪其鄰。奔波自追及〔三三〕，把手問所因。顧我卻興歎，君寧異於民〔三四〕。合離自古然，辭别安足珍。吾聞九疑好〔三五〕，夙志今欲伸。斑竹啼舜婦〔三六〕，清湘沉楚臣〔三七〕。衡山與洞庭〔三八〕，此固道所循。尋嵩方抵洛〔三九〕，歷華遂之秦〔四〇〕。浮游靡定處〔四一〕，偶往即通津。吾言子當去，子道非吾遵。江魚不池活，野鳥難籠馴〔四二〕。吾非西方教〔四三〕，憐子狂且醇。吾嫉惰游者〔四四〕，憐子愚且諄。去矣各異趣，何爲浪沾巾？

〔一〕□云：詩云「自來連州寺」，當在陽山時作。陽山，連屬邑也。惠名元惠。公爲王弘中作宴喜亭記，謂其在連州與學佛之人景常、元惠者游，即惠師也。

〔二〕不羈：漢書鄒陽傳：使不羈之士與牛馬同皁。師古曰：不羈，言才識高遠，不可羈繫也。

〔三〕脱冠：謝靈運詩：「歸客遂海隅，脱冠謝朝列。」翦頭髮：魏書釋老志：服其教者，則剃落鬚髮，釋累辭家。隋書經籍志：魏黄初中，中國人始依佛戒，剃髮爲僧。

〔四〕四明：謝靈運山居賦自注：天台、四明相接連，四明、方石，四面自然開窗。王云：四明，山名，在明州。

〔五〕秋旻：旻，音珉。爾雅釋天：秋爲旻天。

〔六〕天台：孫綽游天台山賦序：天台山者，蓋山嶽之神秀也。涉海則有方丈、蓬萊，登陸則有四明、天台，皆元聖之所游化，靈仙之所窟宅。支遁天台山銘序：余覽内經山記云：剡縣東南有天台山。韓云：天台山在台州。

〔七〕嶙峋：音鄰荀。揚雄甘泉賦：「岭巆嶙峋，洞無厓兮。」

〔八〕最高頂：謝靈運有登石門最高頂詩。

〔九〕光芒：史記天官書：填星，其色黄，光芒。

〔一〇〕澎湃：澎，音烹，又音彭。湃，普拜切。司馬相如上林賦：「沸乎暴怒，洶涌澎湃。」司馬彪曰：澎湃，波相戾也。韶鈞：書益稷：簫韶九成。史記趙世家：簡子曰：我之帝所甚樂，與百神游于鈞天，廣樂九奏萬舞，不類三代之樂。

〔一一〕日輪：梁簡文帝大愛敬寺銘：日輪下蓋，承露上擎。

〔一二〕叫嘯：木華海賦：「更相叫嘯，詭色殊音。」

〔一三〕輪囷：囷，去倫切。史記天官書：若烟非烟，若雲非雲，郁郁紛紛，蕭索輪囷，是謂卿雲。

〔一四〕金鵶：康孟詠日詩：「金烏升曉氣，玉檻漾晨曦。」

〔一五〕甌閩：史記東越列傳：閩越王無諸及越東海王摇者，皆越王勾踐之後也。秦併天下，以其地爲閩中郡。漢五年，復立無諸爲閩越王。孝惠三年，立搖爲東海王，都東甌。

〔一六〕越俗：莊子逍遥游篇：宋人資章甫而適諸越，越人斷髮文身，無所用之。

〔一七〕聖路：蔣云：「聖路」謂舜、禹南巡之路。

〔一八〕淛江濤：淛，同浙。越絶書：子胥死，王使人捐于大江口，發憤馳騰，氣若奔馬。威凌萬物，歸神大海。彷佛之間，音兆常在。後世稱述，蓋子胥水仙也。水經注：浙江水流於兩山之間，江水急濬，兼濤水晝夜再來，來應時刻，常以月晦及望尤大，至於二月八月最高，峨峨二丈有餘。

〔一九〕峨岷：按：峨嵋、岷山至高。水經注：「當抗峰岷、峨，偕嶺衡、嶷。」言水勢也。

〔二〇〕廬嶽：水經注：王彪之廬山賦序曰：廬山，彭澤之山也。雖非五嶽之數，穹窿嵯峨，實峻極之名山也。山圖曰：山四方，周四百餘里，疊鄣之巖萬仞，懷靈抱異，苞諸仙跡。王云：廬山在江州。

〔二一〕浩蕩：屈原九歌：「登崑崙兮四望，心飛揚兮浩蕩。」

〔二二〕崔崒：揚雄蜀都賦：「崔崒崛崎。」雲表：三輔黃圖：銅仙人捧銅盤玉杯，以承雲表之露。

〔二三〕陂陀：爾雅釋地：陂者曰阪。注：陂陀，不平。淪：詩伐檀：「寘之河之漘兮，河水清且淪猗。」爾雅釋水：大波爲瀾，小波爲淪。

〔二四〕懸瀑：水經注：廬山之北，有石門水，水出嶺端，懸流飛瀑，近三百許步，下散漫千數步，上望之連天，若曳飛練於霄中矣。天紳：方云：宋之問詩：「雨巖天作帶，雲壑樹披衣。」孟東野詩亦嘗用「天紳」字。

〔二五〕羅浮：後漢書地理志：南海郡博羅有羅浮山，自會稽浮往博羅山，故置博羅縣。

〔二六〕海湣：班固東都賦：「西盪河源，東澹海湣。」善曰：湣，厓也。

〔二七〕陽德：傅休奕詩：「陽德雖普濟，非陰亦不成。」

〔二八〕騖：虚言切。

〔二九〕連州：舊唐書地理志：連州，隋熙平郡。武德四年，平蕭銑，置連州。

〔三〇〕城闉：詩出其東門：「出其闉闍。」傳：闉，曲城也。

〔三一〕青雲客：郭璞詩：「尋我青雲友，永與時人絶。」

〔三二〕一金：漢書東方朔傳：其賈畝一金。班彪王命論：夫餓饉流隸，飢寒道路，所願不過一金。韋昭曰：一斤爲一金。

〔三三〕奔波：仲長統昌言：救患赴難，跋涉奔波者，憂樂之盡也。

〔三四〕民：按：民，惠師自稱也。晉人自稱民者甚多。如世説：「陸太尉與王丞相箋云：『民雖吴人，幾爲傖鬼。』」又：「羅友曰：『民已有前期。』」王右軍官奴帖：「不令民知。」皆可證也。惟齊書庾易傳：「臨川王暎臨州，獨重易，上表薦之，餉麥百斛。易謂使人曰：『民樵采麋鹿之伍，終歲鮮毛之衣；馳騁日月之車，得保自耕之禄。於大王之恩，亦已深矣。』」辭不受此，乃以部民而自稱。較前此諸條稍别。

〔三五〕九疑：屈原離騷：「九嶷繽其並迎。」史記太史公自序：闚九嶷。水經注：營水出營陽泠道縣，流逕九疑山下，磐基蒼梧之野，峰秀數郡之間，羅巖九舉，各導一溪，岫壑負岨，異嶺同勢，游者疑焉，故曰九疑山。王幼學綱鑑集覽：九疑山有九峰，一朱明，二石城，三石樓，四娥皇，五舜源，六女英，七蕭韶，八桂林，九梓林。

〔三六〕斑竹：博物志：堯之二女，舜之二妃，曰湘夫人。舜崩，二妃啼，以涕揮竹，竹盡斑。

〔三七〕清湘：水經注：湘中記曰：湘川清照五六丈，下見底，石如摴蒱。湘水又北，汨水注之。汨水又西，爲屈潭，即羅淵也。屈原懷沙自沉於此。

〔三八〕衡山：書禹貢：岷山之陽，至于衡山。周禮夏官職方氏：正南曰荆州，其山鎮曰衡山。注：衡山在湘南。水經注：衡山東、西二面，臨映湘川。自長沙至此江湘七百里，有九背，故漁者歌曰：「帆隨湘轉，望衡九面。」羅含湘中記：衡山九疑，皆有舜廟。遥望衡山如陣雲，沿湘千里，九面九背，乃不復見。洞庭：中山經：洞庭之山，帝之二女居之，是常游於江淵，澧、沅之交，瀟、湘之淵，是在九江之間，出入必以飄風暴雨。注：今長沙巴陵縣西，有洞庭陂潛伏通江。離騷曰：「邅吾道兮洞庭。」「洞庭波兮木葉下。」皆謂此也。史記蘇秦傳：楚南有洞庭、蒼梧。索隱曰：洞庭，今青草湖是也，在岳州界。水經注：洞庭湖水廣圓五百餘里，日月若出没於其中。

〔三九〕嵩：爾雅釋山：嵩高爲中嶽。注：太室山也。白虎通：中央之嶽，獨加高字者何？中央居四方之中，故曰嵩高山。洛：書禹貢：導洛自熊耳，東北會於澗瀍，又東會於伊，又東北入於河。□云：嵩山在洛。

〔四〇〕華：西山經：太華之山削成而四方，其高五千仞，其廣十里。爾雅釋山：華山爲西嶽。周禮夏官職方氏：河南曰豫州，其山鎮曰華山。□云：太華山在華州。秦：張衡西京賦：「秦里其朔，實爲咸陽。左有肴函重險、桃林之塞，綴以二華。」

〔四一〕浮游：屈原離騷：「欲遠集而無所止兮，聊浮游以逍遥。」枚乘七發：「浮游覽觀。」靡定處：詩桑柔：「自西徂東，靡所定處。」

〔四二〕池魚籠鳥：潘岳秋興賦序：譬猶池魚籠鳥，有江湖山藪之思。

〔四三〕西方：白帖：教起西方，化流中夏。

〔四四〕惰游：記玉藻：垂緌五寸，惰游之士也。

送靈師

佛法入中國〔一〕，爾來六百年。齊民逃賦役〔二〕，高士著幽禪〔三〕。官吏不之制，紛紛聽其然。耕夫日失隸，朝署時遺賢〔四〕。靈師皇甫姓，胤胄本蟬聯〔五〕。少小涉書史，早能綴文篇〔六〕。中閒不得意，失跡成遷延〔七〕。逸志不拘教〔八〕，軒騰斷牽攣。圍棋鬬白黑〔九〕，生死隨機權。六博在一擲〔一〇〕，梟盧叱迴旋〔一一〕。戰詩誰與敵〔一二〕？浩汗横戈鋋〔一三〕。飲酒盡百觴〔一四〕，嘲諧思逾鮮。有時醉花月，高唱清且綿〔一五〕。四座咸寂默，杳如奏湘絃〔一六〕。尋勝不憚險，黔江屢洄沿〔一七〕。瞿塘五六月〔一八〕，驚電讓歸船。怒水忽中裂〔一九〕，千尋墮幽泉。環迴勢益急，仰見團團天〔二〇〕。投身豈得計〔二一〕，性命甘徒捐。浪沫蹙翻涌，漂浮再生全。同行二十人，魂骨俱坑填。靈師不挂懷，冒涉道轉延。開忠二州牧〔二二〕，詩賦時多傳。失職不把筆〔二三〕，珠璣爲君編。强留費日月〔二四〕，密席羅嬋娟〔二五〕。昨者至林邑〔二六〕，使君數開筵〔二七〕。逐客三四公，盈懷贈蘭荃。湖游泛漭沆〔二八〕，溪宴駐潺湲〔二九〕。别語不許出，行裾動遭牽。鄰州競招請，書札何翩翩〔三〇〕。十月下桂嶺〔三一〕，乘寒恣窺緣。落落王員外〔三二〕，爭迎獲其先。自從入賓館，占悋久能專〔三三〕。吾徒頗攜被，接宿窮歡妍。聽説兩京事，分明皆眼前。縱横雜謡俗〔三四〕，瑣屑咸羅穿。材調真可惜，朱丹在磨研〔三五〕。方將斂之道，且欲冠其顛。韶陽李太守〔三六〕，高步凌雲烟〔三七〕。得客輒忘食，開囊乞繒錢〔三八〕。手持南曹叙〔三九〕，字重青瑶鐫〔四〇〕。古氣參彖繫〔四一〕，高標摧太玄〔四二〕。維舟事干謁，披讀頭風痊〔四三〕。還如舊相識〔四四〕，傾壺暢幽悁〔四五〕。以此復留滯〔四六〕，歸驂幾時鞭？

〔一〕入中國：□云：按：後漢明帝夢見金人，問群臣，或曰：西方有神，名曰佛，其形長丈六尺而金色。於是遣使天竺問佛道法，圖畫形像以歸。其教因流入中國。此詩據漢明帝時言之耳，故其佛骨表云「自後漢時流入中國」，又云「漢明帝時，始有佛法」也。漢武故事：崑邪王殺休屠王來降，得其金人之神，置之甘泉宮。則是佛入中國，始自漢武，至成、哀間，已有經矣。杜致行守編亦曰：漢武作昆崙池，掘地得黑灰。東方朔云：可問西域道人。西域道人，佛之徒也。又開皇歷代三寶記云：劉向稱：予覽典籍，已見有經。將知周時九流釋典，秦雖爇除，漢興復出。則先漢之前，逆至於周，有佛有經，其來也遠。范蔚宗胡爲以謂明帝之時，佛始入中國耶！退之一世大儒，非承襲謬誤者，將由心惡其教，不復詳考其源流所自耳。愚按：南史天竺迦毗黎國傳：「佛道自後漢明帝法始東流，自此以來，其教稍廣，別爲一家之學。」又按：陶弘景難沈約均聖論云：「漢初，長安乃有浮屠，而經像眇昧。張騫雖將命大夏，甘英遠居安息，猶不能宣譯風教，闡揚斯法，必其發夢帝庭，乃稍就興顯。」弘景生梁武之世，佛教源流是其所悉，乃著論如此，則佛法入中國，斷自明帝。而某乃引雜説以訾之，殊無深識。顧嗣立以爲出於朱門弟子之手，未必然也。

〔二〕齊民：莊子漁父篇：上以忠於世主，下以化於齊民。逃賦役：魏書釋老志：愚民僥倖，假稱入道，以避輸課。

〔三〕著：音着。

〔四〕遺賢：書大禹謨：野無遺賢。

〔五〕蟬聯：南史王筠傳：七葉之中，名德重光，爵位相繼，人人有集。沈約語人曰：自開闢以來，未有爵位蟬聯、文才相繼如王氏之盛也。

〔六〕綴文：漢書劉向傳贊：自孔子後，綴文之士衆矣。杜甫詩：「汝更小年能綴文。」

〔七〕遷延：左傳：晉人謂之遷延之役。注：遷延，卻退。

〔八〕不拘教：淮南原道訓：曲士不可與語至道，拘於俗、束於教也。

〔九〕圍棋：邯鄲淳藝經：棋局，縱横各十七道，合二百八十九道。白黑棋子，各一百五十枚。桓譚新論：俗有圍棋，是兵法之類。馬融圍棋賦：「略觀圍棋兮，法於用兵。三尺之局兮，爲戰鬭場。白黑紛亂兮，於約如葛。自陷死地兮，設見權譎。」白黑：班固弈旨：棋有白黑、陰陽分也。

〔一〇〕六博：宋玉招魂：「箟蔽象棋，有六博些。」「成梟而牟，呼五白些。」注：投六箸，行六棋，故爲六博也。一擲：晉書何無忌傳：劉毅家無甔石之儲，摴蒱一擲百萬。

〔一一〕梟盧：按：晉書張重華傳：「謝艾曰：六博得梟者勝。」而李翺五木經：「王采四，盧白雉牛。甿采六，開塞塔秃撅梟。全爲王，駁爲甿，皆玄曰盧，白二玄三曰梟。」元革注曰：「王采，貴采也。甿采，賤采也。」則又以盧爲最勝，梟爲最下，大抵古今不同。然按劉毅傳亦以盧爲貴，則謝艾未足據也。梟二子白，使轉爲黑，即成盧矣。叱迴旋：晉書劉毅傳：東府聚摴蒱大擲，毅次擲得雉，大喜，褰衣繞牀叫，謂同座曰：非不能盧，不事此耳。劉裕惡之，因挼五木，久之，曰：老兄試爲卿答。既而四子俱黑，其一子轉躍未定，裕厲聲喝之，即成盧焉，毅意殊不快。

〔一二〕戰詩：方云：戰詩戰文，唐人語也。白居易詩：「戰文重掉鞅。」劉禹錫詩：「戰文矛戟深誰與？」

〔一三〕浩汗：世説：殷陳勢浩汗，衆源未可得測。戈鋋：鋋，音延，又音襌。班固東都賦：「戈鋋彗雲。」説文：鋋，小矛也。

〔一四〕䉾：同盞。

〔一五〕高唱：李陵録別詩：「乃命絲竹音，列席無高唱。」

〔一六〕湘絃：屈原遠游：「使湘靈鼓瑟兮。」

〔一七〕黔江：史記蘇秦傳：楚西有黔中、巫郡。新唐書地理志：黔州有黔江縣。洄沿：爾雅釋水：逆流而上曰溯洄。書禹貢：沿于江海。注：順流而下曰沿。

〔一八〕瞿塘：水經注：峽中有瞿塘、黄龍二灘，夏水迴復，沿溯所忌。古樂府淫預歌：「灩澦大如馬，瞿塘不可下；灩澦大如牛，瞿塘不可流；灩澦大如樸，瞿塘不可觸。」

〔一九〕中裂：水經注：同源分派，裂爲二水。

〔二〇〕見天：水經注：三峽七百里中，兩岸連山，略無闕處。重巖疊嶂，隱天蔽日。自非停午夜分，不見曦月。

〔二一〕投身：潘岳西征賦：「矧匹夫之安土，邈投身於鎬京。」

〔二二〕開忠二州：新唐書地理志：開州盛山郡，忠州南賓郡，皆屬山南道。

〔二三〕失職：宋玉九辯：「坎廩兮貧士失職而志不平。」

〔二四〕費日月：宋玉招魂：「費白日些。」

〔二五〕密席：陸機詩：「密席接同志。」

〔二六〕林邑：新唐書地理志：驩州日南郡越裳縣。注：貞觀二年，綏懷林邑，乃僑治驩州之南境。九年置林州，領林邑、金龍、海界三縣，貞元末廢。

〔二七〕開筵：梁簡文帝詩：「餞行臨上節，開筵命羽觴。」

〔二八〕漭沆：音莽骯。張衡西京賦：「滄池漭沆。」善曰：漭沆，寬大也。

〔二九〕潺湲：屈原九歌：「觀流水兮潺湲。」

〔三〇〕翩翩：陸厥詩：「書記既翩翩，賦歌能妙絶。」

〔三一〕桂嶺：新唐書地理志：賀州臨賀郡，武德四年，以始安郡之富川、熙平郡之桂嶺、零陵郡之馮乘、蒼梧郡之封陽，置屬嶺南道。

〔三二〕落落：世説：太尉答王平子曰：「誠不如卿落落穆穆。」王員外：新唐書王仲舒傳：遷吏部考功員外郎，坐累爲連州司户。

〔三三〕悋：同吝。

〔三四〕謡俗：按：魏武帝有謡俗詞。郭璞爾雅序：考方國之語，采謡俗之心。

〔三五〕朱丹：梁簡文帝答湘東王書：朱丹既定，雌黄有别。

〔三六〕韶陽：新唐書地理志：韶州始興郡，屬嶺南道。

〔三七〕高步：左思詩：「高步追許由。」凌雲烟：漢書司馬相如傳：飄飄有凌雲氣。

〔三八〕乞：音氣。世説：郄公大聚斂，嘉賓意甚不同，乞與親友周旋略盡。又：王右軍爲會稽内史，謝公就乞箋紙。右軍檢校庫中，有九萬，悉以乞謝公。晉書謝安傳：與玄圍棋賭别墅，玄不勝，安顧謂其甥羊曇曰：以墅乞汝。廣韻：氣，與人物也，今作乞。繒錢：繒，疾陵切。漢書東方朔傳：館陶公主請賜從官，金錢雜繒各有數。

〔三九〕南曹叙：王云：唐制吏部員外郎一人，掌判南曹。方云：公王仲舒墓誌云：所爲文章無世俗氣。

〔四〇〕青瑶鐫：北史文苑傳論：於時，陳郡袁翻等，雕琢瓊瑶刻削杞梓。

〔四一〕彖繫：史記孔子世家：孔子晚而喜易，序彖、繫、象、説卦、文言。漢書藝文志：孔氏爲之彖、象、繫辭。

〔四二〕太玄：漢書揚雄傳：鉅鹿侯芭常從雄居，受其太玄。

〔四三〕頭風痊：魚豢典略：魏太祖以陳琳管記室，作諸書。及檄草成，呈太祖。太祖先苦頭風，是日疾發，讀琳所作，翕然起曰：「此愈我病。」

〔四四〕如舊相識：左傳：吴公子札聘於鄭，見子産如舊相識。

〔四五〕傾壺：任昉詩：「傾壺已等樂。」

〔四六〕留滯：史記太史公自序：太史公留滯周南。

捫蝨新話：退之送惠師、靈師、文暢、澄等詩，語皆排斥。獨於靈，似於褒惜，而意實微顯。如圍棋、六博、醉花月、羅嬋娟之句，此豈道人所宜爲者。其卒章云：「方將斂之道，且欲冠其顛。」於澄觀詩亦云：「我欲收斂加冠巾。」此便是勸令還俗也。

按：公觝排異端，攘斥佛老，不遺餘力，而顧與緇黄來往，且爲作序賦詩，何也？豈徇王仲舒、柳宗元、歸登輩之請，不得已耶？抑亦遷謫無聊，如所云「逃空虚者，聞人足音跫然而喜」，故姑與之周旋耶？然其所爲詩文，皆不舉浮屠老子之説，而惟以人事言之。如澄觀之有公才吏用也，張道士之有膽氣也，固國家可用之才，而惜其棄於無用矣。至如文暢喜文章，惠師愛山水，大顛頗聰明識道理，則樂其近於人情。穎師善琴，高閑善書。廖師善知人，則舉其閑於技藝。靈師爲人縱逸，全非彼教所宜，然學於佛而不從其教，其心正有可轉者，故往往欲收斂加冠巾。而無本遂棄浮屠，終爲名士，則不峻絶之，乃所以開其自新之路也。若盈上人愛山無出期，則不可化矣。僧約、廣宣出家而猶擾擾，蓋不足與言，而方且厭之矣。

聞梨花發贈劉師命〔一〕

桃蹊惆悵不能過〔二〕，紅艷紛紛落地多。聞道郭西千樹雪，欲將君去醉如何？

〔一〕按：以下乃貞元二十一年在陽山作。

〔二〕桃蹊：史記李廣傳贊：桃李不言，下自成蹊。師古曰：蹊，謂徑道也。

梨花下贈劉師命

洛陽城外清明節〔一〕，百花寥落梨花發。今日相逢瘴海頭，共驚爛熳開正月。

〔一〕清明：逸周書時訓解：清明之日桐始華。

劉生〔一〕

生名師命其姓劉，自少軒輊非常儔〔二〕。棄家如遺來遠游〔三〕，東走梁宋暨揚州〔四〕。遂凌大江極東陬〔五〕，洪濤舂天禹穴幽〔六〕。越女一笑三年留〔七〕，南逾横嶺入炎州〔八〕。青鯨高磨波山浮〔九〕，怪魅炫曜堆蛟虯。山獠讙譟猩猩游〔一〇〕，毒氣爍體黄膏流。問胡不歸良有由，美酒傾水炙肥牛〔一一〕。妖歌慢舞爛不收，倒心迴腸爲青眸〔一二〕。千金邀顧不可酬〔一三〕，乃獨遇之盡綢繆〔一四〕。瞥然一餉成十秋〔一五〕，昔鬚未生今白頭。五管歷遍無賢侯〔一六〕，迴望萬里還家羞。陽山窮邑惟猿猴，手持釣竿遠相投。我爲羅列陳前修〔一七〕，芟蒿斬蓬利耡耰〔一八〕。天星迴環數纔周〔一九〕，文學穰穰囷倉稠〔二〇〕。車輕御良馬力優，咄哉識路行勿休〔二一〕，往取將相酬恩讎〔二二〕。

〔一〕按：劉生本樂府舊題，方本作劉生詩，而注云「或無詩字」。無「詩」字者是也。古樂府解題云：「劉生不知何代人，觀齊、梁以來所爲劉生詩者，皆稱其任俠豪放，周游於五陵、三秦之地，大抵五言四韻，意亦相類。」公以師命姓劉，其行事頗豪放，故用舊題贈之，而更爲七言長篇。集中有用樂府舊題而效其體者，如青青水中蒲及有所思聯句是也。有用樂府舊題而變其體者，如猛虎行及此詩是也。

〔二〕軒輊：輊，音至。詩六月：「戎車既安，如輊如軒。」

〔三〕如遺：詩谷風：「棄子如遺。」

〔四〕梁宋：新唐書地理志：宋州睢陽郡，本梁郡。揚州：書禹貢：淮、海維揚州。孔注：北據淮，南距海。

〔五〕東甌：王云：東甌謂越也。

〔六〕洪濤：蔡邕漢津賦：「洪濤涌而沸騰。」

〔七〕越女：越絶書：越乃飾美女西施、鄭旦，使大夫種獻之於吴王。枚乘七發：「越女侍前，齊姬奉後。」一笑：宋玉登徒子好色賦：「嫣然一笑，惑陽城，迷下蔡。」

〔八〕横嶺：按：公送廖道士序：衡之南八九百里，地益高，山益峻，其最高而横絶南北者嶺。炎州：屈原遠游：「嘉南州之炎德兮。」謝靈運孝感賦：「眇投跡於炎州。」

〔九〕青鯨：朱子曰：「青」字未詳，疑「長」字之誤。波山浮：莊子外物篇：鶩揚而奮鬐，白波若山，海水震蕩。木華海賦：「波如連山。」

〔一〇〕山㺑：㺑，蘇遭切。神異經：西方深山有人，長尺餘，袒身捕鰕蟹以食，名曰山㺑。猩猩：記曲禮：猩猩能言，不離禽獸。海内南經：狌狌知人名，如豕而人面。

〔一一〕㣇肥牛：魏文帝樂府：「但當飲醇酒，炙肥牛。」

〔一二〕倒心迴腸：按：倒心猶云傾倒其心。司馬遷報任安書：腸一日而九迴。青眸：傅毅舞賦：「眄般鼓則騰清眸，吐哇咬則發皓齒。」

〔一三〕千金：鮑照詩：「千金顧笑買芳年。」王僧孺詩：「再顧連城易，一笑千金買。」

〔一四〕綢繆：李陵詩：「獨有盈觴酒，與子結綢繆。」

〔一五〕瞥然：瞥，普蔑切。王逸九思：「目瞥瞥兮西没。」説文：瞥，過目也。又曰：財見也。十秋：詩采葛：「一日不見，如三秋兮。」江淹倡婦自悲賦：「度九冬而廓處，遥十秋以分居。」

〔一六〕五管：舊唐書地理志：嶺南道五管：廣州中都督府，桂州下都督府，邕州下都督府，容州下都督府，安南都督府。□云：唐永徽後，以廣、桂、容、邕、安南皆隸廣府，謂之五府節度使，名嶺南五管。

〔一七〕前修：屈原離騷：「謇吾法夫前修兮，非世俗之所服。」注：前修，言倣前賢以自修潔。

〔一八〕鉏耰：賈誼過秦論：鉏耰棘矜，非銛於鉤戟長鎩也。

〔一九〕天星迴環：按：記月令：星回於天，數將幾終，歲且更始。淮南時則訓：星周於天。注：謂二十八舍更見南方，至是月周匝也。此一年十二月，則星一周也。又按：左傳：晉侯曰：十二年矣，是謂一終，一星終也。庾信哀江南賦：「天道周星，物極必反。」此謂星皆十二年一周也。今此詩若承陽山來，則謂師服至此已一年。若以「瞥然一餉成十秋」計之，則前此十年，今又二年，亦爲一紀矣。言其當歸也。

〔二〇〕穰穰：詩烈祖：「豐年穰穰。」囷倉：記月令：修囷倉。拾遺記：曹曾積石爲倉以藏書，故謂曹氏爲書倉。

〔二一〕咄哉：漢書東方朔傳：朔笑之曰：咄。師古曰：咄，叱咄之聲也。識路：按：魏國策：「魏王欲攻邯鄲，季良曰：今者臣來，見人於太行，方北面而持其駕，告臣曰：我欲之楚。臣曰：君之楚將奚爲？北面？曰：吾馬良。臣曰：馬雖良，非楚之路也。曰：吾用多。臣曰：用雖多，此非楚路也。曰：吾御者善。此數者愈善，而離楚遠耳。今王欲成霸王而攻邯鄲，猶至楚而北行也。」公以師命負才浪游，久荒其業，故曰「車輕御良馬力優，咄哉識路行勿休」，蓋深警之。

〔二二〕酬恩讎：史記范睢傳：睢既相，散家財物，盡以報所嘗困戹者。一飯之德必償，睚眦之怨必報。

縣齋有懷〔一〕

少小尚奇偉，平生足悲咤〔二〕。猶嫌子夏儒，肯學樊遲稼。事業窺臯稷，文章蔑曹謝〔三〕。濯纓起江湖，綴佩雜蘭麝〔四〕。悠悠指長道，去去策高駕。誰爲傾國媒？自許連城價〔五〕。初隨計吏貢〔六〕，屢入澤宫射〔七〕。雖免十上勞〔八〕，何能一戰霸〔九〕？人情忌殊異，世路多權詐。蹉跎顔遂低，摧折氣愈下〔一〇〕。冶長信非罪〔一一〕，侯生或遭罵〔一二〕。懷書出皇都〔一三〕，銜淚渡清灞。身將老寂寞，志欲死閑暇。朝食不盈腸，冬衣纔掩骼〔一四〕。軍書既頻召，戎馬乃連跨。大梁從相公，彭城赴僕射〔一五〕。弓箭圍狐兔〔一六〕，絲竹羅酒炙〔一七〕。兩府變荒涼〔一八〕，三年就休假〔一九〕。求官去東洛，犯雪過西華〔二〇〕。塵埃紫陌春〔二一〕，風雨靈臺夜〔二二〕。名聲荷朋友，援引乏姻婭〔二三〕。雖陪彤庭臣〔二四〕，詎縱青冥靶〔二五〕。寒空聳危闕，曉色曜修架。捐軀辰在丁〔二六〕，鎩翮時方蜡〔二七〕。投荒誠職分，領邑幸寬赦。湖波翻日車〔二八〕，嶺石坼天罅〔二九〕。毒霧恒熏晝，炎風每燒夏〔三〇〕。雷威固已加〔三一〕，颶勢仍相借〔三二〕。氣象杳難測，聲音吁可怕。夷言聽未慣，越俗循猶乍。指摘兩憎嫌，睢盱互猜訝〔三三〕。祗緣恩未報，豈謂生足藉？嗣皇新繼明〔三四〕，率土日流化〔三五〕。惟思滌瑕垢，長去事桑柘〔三六〕。斸嵩開雲扃〔三七〕，壓潁抗風樹〔三八〕。禾麥種滿地，梨棗栽繞舍〔三九〕。兒童稍長成，雀鼠得驅嚇〔四〇〕。官租日輸納，村酒時邀迓。閑愛老農愚，歸弄小女姹〔四一〕。如今便可爾，何用畢婚嫁〔四二〕？

〔一〕□云：此陽山縣齋作。貞元十九年，公以言事出。至是二十一年，順宗即位，而作此詩，云「嗣皇新繼明」，謂順宗也。

〔二〕悲吒：郭璞詩：「撫心獨悲吒。」

〔三〕蔑曹謝：南史文學傳：吴邁遠好自誇，每作詩得稱意語，輒擲地呼曰：「曹子建何足數哉！」

〔四〕綴佩：張衡思玄賦：「旌性行以製佩兮，佩夜光與瓊枝。纗幽蘭之秋華兮，又綴之以江蘺。」

〔五〕連城價：史記藺相如傳：趙惠文王時，得楚和氏璧。秦昭王聞之，願以十五城請易璧。魏略：致連城之價，爲命世之寶。北史彭城王勰傳：帝改勰詩一字，勰曰：「陛下賜刊一字，足以價等連城。」

〔六〕計吏：漢書武帝紀：元光五年，徵吏民有明當世之務，習先聖之術者，令與計偕。師古曰：計者，上計簿使也。按：「初隨計吏貢」，貞元二年，公始來京師也。

〔七〕澤宫：記射義：諸侯歲獻貢士於天子，天子試之於射宫。又：天子將祭，必先習射於澤。澤者，所以擇士也。注：澤，宫名。

〔八〕十上：秦國策：蘇秦説秦王，書十上而説不行。

〔九〕一戰霸：左傳：一戰而霸，文之教也。□云：公自貞元八年中進士第，貢於京師。至貞元十年，屢試博學宏詞不中。

〔一〇〕摧折：賈山至言：震之以威，壓之以重，豈有不摧折者哉！

〔一一〕冶長：史記仲尼弟子傳：公冶長，齊人，字子長。孔子曰：雖在累紲之中，非其罪也。

〔一二〕侯生：史記信陵君傳：魏有隱士曰侯嬴，家貧，爲夷門監者。公子從車騎，虚左，自迎侯生。侯生下，見其客朱亥，故久立與其客語。從騎皆竊罵侯生。

〔一三〕懷書：秦國策：蘇秦去秦而歸，負書擔囊。出都：按：貞元十一年五月，公如東京。

〔一四〕朝食、冬衣：左傳：余姑翦滅此而後朝食。淮南齊俗訓：貧人冬則短褐不掩形。掩骼：骼，枯架切。漢書揚雄傳：折脅拉髂。師古曰：髂，骨也。埤蒼：腰骨也。

〔一五〕相公、僕射：□云：貞元十二年，公從汴州董晉幕。十五年，從徐州張建封幕。

〔一六〕狐兔：賈山至言：繫兔伐狐。東方朔諫起上林苑疏：廣狐兔之囿，大虎狼之墟。

〔一七〕𤈦：同炙。

〔一八〕兩府、荒涼：方云：此言董、張相繼殂謝也。

〔一九〕三年、休假：□云：公自貞元十六年張建封薨歸洛陽，至十九年始除監察御史。按：自十六年冬至十九年春，纔二年餘，曰三年，特舉其成數耳。且十八年春已有四門博士之授。但是年嘗謁告歸洛，因游華山，故亦在休假中也。

〔二〇〕犯雪：北史薛端傳：隆冬極寒，徒跣冒犯霜雪，自京及鄉五百餘里。

〔二一〕紫陌：王粲羽獵賦：「濟漳浦而横陣，倚紫陌而並征。」

〔二二〕靈臺：詩靈臺：「經始靈臺。」三輔黄圖：文王靈臺在長安西北四十里，漢靈臺在長安西北八里。按：後漢書：「第五頡在洛無主人，寄止靈臺中。」此三雍之一也，又一靈臺。

〔二三〕姻婭：詩節南山：「瑣瑣姻婭，則無膴仕。」爾雅釋親：壻之父母相謂爲婚姻，兩壻相謂爲亞。

〔二四〕彤庭臣：班固西都賦：「玉階彤庭。」按：公此詩謂爲監察御史時也。

〔二五〕青冥靶：靶，音霸。屈原九章：「據青冥而攄虹兮，遂儵忽而捫天。」王褒聖主得賢臣頌：王良執靶。晉灼曰：靶，轡也。

〔二六〕捐軀：曹植詩：「誰言捐軀易，殺身誠獨難。」辰在丁：□云：貞元十九年十二月，公以監察御史上天旱人飢疏，貶陽山令。「辰在丁」謂上疏之日也。

〔二七〕鎩翮：鎩，所拜切。顔延之詩：「鸞翮有時鎩，龍性誰能馴？」時方䄍：廣雅釋天：夏曰清祀，商曰嘉平，周曰大䄍，秦曰臘。王云：公之貶陽山，其出以十二月，故「時方䄍」也。

〔二八〕日車：莊子徐無鬼篇：若乘日之車，游於襄城之野。

〔二九〕罅，呼訝切。

〔三〇〕炎風：淮南時則訓：南方之極，自北户之外，南至委火炎風之野。

〔三一〕雷威：賈山至言：雷霆之所擊，無不摧折者。今人主之威，非直雷霆也。

〔三二〕颶勢：颶，音具。國史補：南海人言海風四面而至，名曰颶風。颶風將至，則多虹蜺，名曰颶母。

嶺表録異：嶺嶠夏秋雄風曰颶，發日午，至夜半止。

〔三三〕睢盱：音隳吁。莊子寓言篇：而睢睢盱盱，而誰與居？

〔三四〕繼明：易離卦：大人以繼明照于四方。

〔三五〕率土：詩北山：「率土之濱。」流化：三略：三皇無言，而化流四海。南史劉懷慰傳：膠東流化，潁川致美。

〔三六〕桑柘：王褒僮約：種植桃李，梨柿柘桑，三丈一樹，八尺爲行。鮑照詩：「桑柘盈平疇。」

〔三七〕劚：陟玉切。雲扃：鮑照詩：「羅景藹雲扃。」

〔三八〕榭：爾雅釋宮：闍者謂之臺，有木者謂之榭。注：臺上起屋。

〔三九〕梨棗：潘岳閑居賦：「張公大谷之梨，周文弱枝之棗。」

〔四〇〕雀鼠：蕭廣濟孝子傳：王祥後母庭中有李結子，使祥晝視鳥雀，夜則趨鼠。南史顧歡傳：歡年六七歲，家貧，父使田中驅鳥雀。嚇：呼訝切。莊子秋水篇：鴟得腐鼠，鵷雛過之，仰而視之曰「嚇」。注：以口拒人也。

〔四一〕弄：後漢書明德馬皇后紀：「吾但當含飴弄孫。」小女奼：奼，陟駕切。後漢書五行志：桓帝初，京都童謠曰：「河間奼女工數錢。」説文：奼，少女也。

〔四二〕畢婚嫁：後漢書向長傳：長，字子平，隱居不仕。建武中，男女娶嫁既畢，敕斷家事，與北海禽慶俱游五嶽名山，竟不知所終。沈約詩：「早欲尋名山，須待婚嫁畢。」碧溪詩話：蕭思話先於曲阿起宅，有閑曠之致。子惠基嘗謂所親曰：須婚嫁畢，當歸老舊廬。故元次山招陶別駕云：「無惑畢婚嫁，竟爲俗務牽。」退之云：「如今便可爾，何用畢婚嫁？」按：蕭惠基事見齊書本傳及南史。顧嗣立曰：公詩句句有來歷，而能務去陳言者，全在於反用。如醉贈張秘書詩本用嵇紹「鶴立雞群」語，偏云「張籍學古淡，軒鶴避雞群」。送文暢師本用老杜「每愁夜中自足蝎」句，偏云「照壁喜見蝎」。薦士詩本用漢書「强弩之末，力不能入魯縞」語，偏云「强箭射魯縞」。嶽廟詩本用謝靈運「猿鳴誠知曙」句，偏云「猿鳴鐘動不知曙」。此詩結語本用向平婚嫁事，偏云「如今便可爾，何用畢婚嫁」，真令舊事翻新。解得此祕，則臭腐皆化爲神奇矣。

新竹〔一〕

筍添南階竹，日日成清閟〔二〕。縹節已儲霜，黄苞猶揜翠〔三〕。出欄抽五六，當户羅三四。
高標陵秋嚴〔四〕，貞色奪春媚。稀生巧補林，併出疑爭地。縱横乍依行，爛漫忽無次〔五〕。
風枝未飄吹〔六〕，露粉先涵淚〔七〕。何人可攜玩？清景空瞪視〔八〕。

〔一〕□云：此詩同下晚菊意皆在陽山作。按：其說亦無明據，但舊編在縣齋讀書之後，姑從之。

〔二〕清閟：閟，音祕。按：此用「閟宮有侐」之閟。注：清閟也。

〔三〕縹節、黄苞：廣雅釋器：縹，青也。左思吴都賦：「苞筍抽節，往往縈結。緑葉翠莖，冒霜停雪。」

〔四〕高標：左思蜀都賦：「陽烏迴翼乎高標。」

〔五〕爛漫：王延壽魯靈光殿賦：「流離爛漫。」善曰：分散遠貌。無次：左傳：及鄢，亂次，以濟，遂無次。

〔六〕風枝：盛弘之荆州記：臨賀謝休縣東山有竹，未至數十里，聞風吹楚竹，如簫管之音。

〔七〕露粉：按：王維詩：「緑竹含新粉。」今沾露珠於上，如涵淚也。「淚」字於竹尤切。

〔八〕清景：曹植詩：「明月澄清景。」瞪視：瞪，澄應切，又宅耕切。魯靈光殿賦：「齊首目以瞪眄。」廣韻：瞪，直視貌。

晚菊

少年飲酒時，踊躍見菊花〔一〕。今來不復飲，每見恒咨嗟。佇立摘滿手〔二〕，行行把歸家。此時無與語〔三〕，棄置奈悲何？

〔一〕踊躍：徐淑詩：「瞻望兮踊躍，佇立兮徘徊。」

〔二〕佇立：詩燕燕箋：佇立，久立也。

〔三〕無與語：司馬遷報任安書：獨悒鬱而誰與語？

君子法天運〔一〕

君子法天運，四時可前知。小人惟所遇，寒暑不可期〔二〕。利害有常勢，取捨無定姿。焉能使我心，皎皎遠憂疑〔三〕。

〔一〕按：此詩爲劉禹錫、柳宗元暱比伾、文而作。君子居易以俟命，四時可前知也。小人行險以徼幸，寒暑不可期也。利害判然，惟人自擇耳。彼二子者，慕熏灼之勢，而忘冰霜之懼，可憂哉，可疑哉！

〔二〕寒暑：莊子讓王篇：道德於此，則窮通爲寒暑風雨之序矣。

〔三〕皎皎：屈原遠游：「精皎皎以往來。」

東方半明〔一〕

東方半明大星没〔二〕，獨有太白配殘月〔三〕。嗟爾殘月勿相疑，同光共影須臾期。殘月暉暉〔四〕，太白睒睒〔五〕。雞三號〔六〕，更五點〔七〕。

〔一〕韓云：此詩蓋指順宗即位不能親政，而憲宗在東宮之時也。□云：時賈耽、鄭珣瑜二相，皆天下重望，王叔文用事，相繼引去，此詩所以喻「東方半明大星沒」也。韋執誼爲叔文汲引，此詩所以喻「獨有太白配殘月」也。順宗已厭機政，執誼、叔文尚以私意更相猜忌，此詩所以有「嗟爾殘月勿相疑，同光共影須臾期」也。及憲宗立而叔文、執誼竄，猶東方明而殘月太白滅，此詩所以喻「殘月暉暉，太白睒睒。雞三號，更五點」也。意微而顯，誠得詩人之旨。

〔二〕東方半明：詩齊風：「東方未明。」

〔三〕太白：□云：太白，長庚，西方星，故云配月。又太白主大臣，其號爲上公，故公有取焉。

〔四〕暉暉：虞騫視月詩：「暉暉光稍没。」

〔五〕睒睒：睒，音閃。揚雄太玄：明復睒天，中獨爛也。説文：睒，暫視貌。廣韻：暫見也。

〔六〕雞三號：大戴禮四代篇：東有開明，於時雞三號以興。史記天官書：雞三號卒明。

〔七〕更五點：杜佑通典：一夜分五更者，以五夜更易爲名也。顔之推曰：五夜，謂甲乙丙丁戊也。點者，以下漏滴水爲名，每一更又分爲五點。每夜二十五點，每點又擊點以記。

雜詩四首〔一〕

朝蠅不可驅，暮蚊不可拍。蠅蚊滿八區〔二〕，可盡與相格〔三〕。得時能幾時，與汝恣啖咋〔四〕。涼風九月到，掃不見蹤跡〔五〕。鵲鳴聲楂楂，烏噪聲擭擭〔六〕。爭鬭庭宇間，持身博彈射。黄鵠能忍飢〔七〕，兩翅久不擘〔八〕。蒼蒼雲海路，歲晚將無獲。

截橑爲欂櫨〔九〕，斲楹以爲椽〔一〇〕。束蒿以代之，小大不相權。雖無風雨灾〔一一〕，得不覆且顛。解轡棄騏驥，蹇驢鞭使前〔一二〕。崑崙高萬里〔一三〕，歲盡道苦邅。停車卧輪下〔一四〕，絶意於神仙。

雀鳴朝營食，鳩鳴暮覓群。獨有知時鶴〔一五〕，雖鳴不緣身。喑蟬終不鳴〔一六〕，有抱不列陳。蛙黽鳴無謂〔一七〕，閤閤祇亂人〔一八〕。

〔一〕按：此詩永貞元年夏秋之間爲當時朝士而作。謂之「雜詩」者，所指非一事，所刺非一人，所托非一物也。

〔二〕八區：揚雄長楊賦：「洋溢八區。」善曰：八方之區也。

〔三〕相格：廣韻：格，擊也，鬭也。

〔四〕浾唊咋：咋，鋤陌切，又側革切。晉書吴猛傳：少有孝行，夏月手不驅蚊，懼其去己而噬親也。玉篇：唊，食也。咋，聲大也。

〔五〕碧溪詩話：退之云：「涼風九月到，掃不見蹤跡。」夢得云：「清商一來秋日曉，羞爾微形飼丹鳥。」

聖俞云：「薨薨勿久恃，會有東方白。」王逢原云：「蚊蟲交紛始誰造，一一口吻如針錐。噆人肌膚得腹飽，不解默去猶鳴飛。雖然今尚爾無奈，當有獵獵秋風時。」小人稔惡豈漏天網，但可僥倖目前耳。左氏云：天之假助不善，非佑之也，將厚之惡而降之罰也。其是之謂乎？

按：蠅蚊自古以喻小人，此則指伾、文輩也。内而牛昭容、李忠言，外而韋執誼、二韓、劉、柳、陸質、呂温、李景儉、陳諫、房啓、凌準、程异等，莫非其黨。諸人汲汲如狂，所謂「蠅蚊滿八區」者也。然小人得志，其與能幾何？旋即貶斥，無能免者，固已早見其必然矣。

〔六〕噪：同譟。楂楂、擭擭：楂，音查。擭，一虢切。廣韻：查，大口貌。擭，手取也。「查」字本無「木」旁，繫後人所加。又或作「喳」，亦俗字也。此種本無取義，特狀其聲耳。

〔七〕黄鵠：屈原卜居：「寧與黄鵠比翼乎？」

〔八〕擘：廣韻：分擘也。

按：烏鵲爭鬭，謂韋執誼本爲王叔文所引用，初不敢相負，既而迫公議，時有異同。叔文大惡之，遂成仇怨。是自開嫌釁之端也。黄鵠蓋指賈耽，以先朝重望，稱疾歸第，猶冀其桑榆之收也。

〔九〕橑：音老。屈原九歌：「桂棟兮蘭橑。」説文：橑，椽也。欂櫨：音薄盧。柏梁詩：「柱枅欂櫨相枝持。」説文：欂櫨，柱上枅也。

〔一〇〕楹椽：説文：楹，柱也。椽，榱也。龐德公詩：「椽櫨桷榱之累重，顧柱小之奈何？」

〔一二〕風雨：詩鴟鴞：「風雨所漂摇。」

〔一三〕蹇驢：賈誼弔屈原文：「騰駕罷牛，驂蹇驢兮。驥垂兩耳，服鹽車兮。」

〔一三〕崑崙：西山經：崑崙之丘，是實惟帝之下都。淮南墬形訓：崑崙虚中有增城九重，其高萬一千里百一十四步二尺六寸。或上倍之，是謂涼風之山，登之而不死。或上倍之，是謂懸圃，登之乃靈。或上倍之，乃維上天，登之乃神，是謂太帝之居。

〔一四〕臥輪下：詩東山：「敦彼獨宿，亦在車下。」鬼神志：周犨與行旅同宿，逢夫妻寄車下宿。按：易繫辭曰：「德薄而位尊，知小而謀大，力小而任重，鮮不及矣。故曰：鼎折足，覆公餗，其形渥，凶。言不勝其任也。」執誼以輇材而竊高位，當平時且不可，況危疑之際，能無顛覆乎？然此乃用之者過也。世豈無騏驥，顧舍之而不用。君門萬里，日暮途遠，何由自致乎？

〔一五〕知時鶴：淮南説山訓：雞知將旦，鶴知夜半。風土記：白鶴性警，八月白露降流於草葉上，滴滴有聲，即鳴。

〔一六〕喑蟬：喑，於今切。方云：本草：陶隱居曰：啞蟬不能鳴者，雌蟬也。

〔一七〕蛙黽：説文：蛙，黽也。埤雅釋魚：似蝦蟆而長踦，瞋目如怒，謂之蛙。蓋其聲哇淫，故曰蛙。漢書王莽傳曰：紫色蛙聲，餘分閏位。字説云：黽善怒，故音猛，而謂怒力爲黽。

〔一八〕閤：古沓切。按：此評諸朝士或默或語，無救於事。唯韋皋箋表，爲知時而言也。鄭珣瑜以會食中書，叔文索飯與執誼同餐，因歎息去位，所爭甚細。至高郢、杜佑，則心知不可而畏避不言，非鳴雀喑蟬乎？補闕張正買因論他事召見，其友王仲舒、劉伯芻等相與賀之，王、韋疑其論己，因坐朋讌聚游，皆致譴斥，非覓群之鳩乎？羊士諤性本傾躁，以宣州巡官至京，公言朋黨之非，徒觸凶焰。至如中官劉光奇、俱文珍、薛盈珍、尚解玉等，同心怨猜，屢以啓上，則又以勢逼而言，非出於公，皆無謂也。此四詩當與順宗實録參看。

射訓狐〔一〕

有鳥夜飛名訓狐〔二〕，矜凶挾狡誇自呼〔三〕。乘時陰黑止我屋，聲勢慷慨非常粗。安然大喚誰畏忌〔四〕，造作百怪非無須。聚鬼徵妖自朋扇〔五〕，擺掉栱桷頹塈塗〔六〕。慈母抱兒怕入席〔七〕，那暇更護雞窠雛〔八〕。我念乾坤德泰大，卵此惡物常勤劬。縱之豈即遽有害，斗柄行拄西南隅。誰謂停姦計尤劇，意欲唐突羲和烏〔九〕。侵更歷漏氣彌厲，何由僥倖休須臾。咨余往射豈得已，候女兩眼張睢盱〔一〇〕。梟驚墮梁蛇走竇〔一一〕，一夫斬頸群雛枯〔一二〕。

〔一〕新唐書五行志：絳州翼城縣有鵂鶹鳥，群飛集縣署，衆鳥噪而逐之。鵂鶹，一名訓狐。按：狐比伾、文。「聚鬼徵妖」，言其朋黨相扇，𢙄烋中國也。「縱之豈即遽有害」，言其本無能爲。「斗柄行拄西南隅」，即東方半明之意也。「意欲唐突羲和烏」，則誅之不可復緩，故欲往而射之。身在江湖，而乃心王室，見無禮於其君者，去之義不容已也。

〔二〕夜飛：莊子秋水篇：鴟鵂夜撮蚤，察毫末，晝出瞋目而不見丘山。博物志：鵂鶹一名鵋鵂，晝目無所見，夜則目至明。人截爪甲棄路地，此鳥夜至人家，拾取爪視之，則知吉凶，輒便鳴，其家有殃。

〔三〕誇自呼：王云：或曰訓狐，其聲也，因以名之。按：順宗實録，叔文自言讀書知理道，即誇自呼也。

〔四〕大喚：曹植鷂雀賦：「不早首服，捩頸大喚。」畏忌：詩桑柔：「匪言不能，胡斯畏忌。」

〔五〕聚鬼徵妖：管輅别傳：多聚凶奸，以類相求，魍魎成群。朋扇：廣雅釋詁：扇，助也。

〔六〕栱桷：栱，音拱。爾雅釋宮：臬大者謂之栱。又：桷謂之榱。塈塗：塈，音洎。書梓材：惟其塗塈茨。

〔七〕抱兒：曹植鷂雀賦：「欺恐舍長，令兒大怖。」

〔八〕雞窠：小爾雅廣獸：鳥之所乳，謂之巢。雞雉所乳，謂之窠。

〔九〕唐突：廣雅釋詁：觸冒，搪揬也。世説：何乃刻畫無鹽，唐突西子。

〔一〇〕兩眼：搜神記：董元範母染患，範見李楚賓持弓箭游獵，乃屈楚賓於東房宿。此夜月明如晝，賓至三更以來，忽見大鳥，渾身朱色，兩眼如金，飛向堂中，將嘴便啄。忽聞堂中楚痛難忍，賓思此鳥莫是妖魅，乃取弓箭射之，痛聲即止。睢盱：張衡西京賦：「睢盱跋扈。」說文：睢，仰目也。盱，張目也。

〔二〕梟、蛇：爾雅釋鳥：怪鴟，梟鴟。注：即鴟鵂，今江東通呼此屬爲怪鳥。按：蛇虺陰物，穴處而懷毒螫，即謂其黨。

〔三〕一夫：館本作「一矢」。方云：或問：矢何以能斬頸也？曰：鮑明遠詩：「黄間潛彀盧矢直，刎繡頸，碎錦翼。」詩人之語，顧隨所用耳。朱子曰：方説雖有理，然以詩考之，似只是公往親射而梟驚墮梁。故佐之者得以刃斬其頸耳。不必改字强説也。群雛枯：按：言其黨與既散，身死而種類盡殲，直一夫之力耳。時伾、文氣焰方盛，必有謂其難去者，故遂決言之。是年伾、文之黨果敗。

韓昌黎詩集編年箋注卷三

卷三凡三十七首，永貞元年自陽山俟命郴州，授江陵府法曹，及元和元年春在江陵作。

李員外寄紙筆〔一〕

題是臨池後〔二〕，分從起草餘〔三〕。兔尖針莫並〔四〕，繭淨雪難如〔五〕。莫怪殷勤謝，虞卿正著書〔六〕。

〔一〕方云：李伯康也。伯康以貞元十九年爲郴州刺史。權德輿有墓志。按：公貞元十九年冬，出爲陽山令，過郴州，識李使君。朱子曰：公祭李郴州文「獲紙筆之雙貿」，即謂此事。「投叉魚之短韻」，亦指前篇也。按：叉魚詩舊編在此詩前。今按祭文，宜在此後。

〔二〕臨池：晉書衛恒傳：「弘農張伯英臨池學書，池水盡黑。」按：祭李郴州文云：「接雄詞於章句，窺逸跡於篆籀。」蓋伯康本善書也。

〔三〕起草：續漢志：尚書郎主作文書起草。

〔四〕兔尖：西京雜記：天子筆管，以錯寶爲跗，毛皆以秋兔之毫。

〔五〕繭淨：韓云：淨，澤；繭，紙也。王羲之製蘭亭序，乘興而書，用蠶繭紙。蔡云：建中初，日本使者興能獻方物。興能善書，其紙似繭而澤，人莫能識。國史補：宋亳間有繭紙。

〔六〕虞卿：史記虞卿傳：虞卿不得意，乃著書曰虞氏春秋。太史公曰：虞卿非窮愁，亦不能著書。

按：元和以來，好爲小律五言者多。杜牧之又有七言小律，其五言又或放而十句。元、白、孟郊又有通首不對五律，皆趣，人謂孟無律詩，非也。

叉魚招張功曹〔一〕

叉魚春岸潤，此興在中宵。大炬然如晝〔二〕，長船縳似橋。深窺沙可數，靜搒水無搖〔三〕。刃下那能脱，波間或自跳〔四〕。中鱗憐錦碎〔五〕，當目訝珠銷〔六〕。迷火逃翻近，驚人去暫遥。競多心轉細，得雋語時囂〔七〕。潭罄知存寡，舷平覺獲饒〔八〕。交頭疑湊餌，駢首類同條〔九〕。濡沫情雖密〔一〇〕，登門事已遼〔一一〕。盈車欺故事〔一二〕，飼犬驗今朝〔一三〕。血浪凝猶沸〔一四〕，腥風遠更飄。蓋江烟冪冪〔一五〕，拂棹影寥寥。獺去愁無食〔一六〕，龍移懼見燒〔一七〕。如棠名既誤〔一八〕，釣渭日徒消〔一九〕。文客驚先賦，篙工喜盡謡〔二〇〕。膾成思我友〔二一〕，觀樂憶吾僚〔一二〕。自可捐憂累，何須强問鴞〔一三〕。

〔一〕周禮天官鼈人：以時簎魚。鄭注：以扠刺泥中取之。張衡西京賦：「叉簇之所攙捔。」潘岳西征賦：「垂餌出入，挺叉來往。」善曰：叉，取魚叉也。公撰張署墓志：署，河間人，舉進士。拜監察御史，爲幸臣所讒，與同輩韓愈、李方叔三人俱爲縣令南方。二年逢恩，俱徙掾江陵。半歲，邕管奏爲判官。按：公祭張員外文云：「避風太湖，七日鹿角，鉤登大鮎，怒類豕狗，臠盤炙酒，群奴餘啄。」此叉魚之一證，合觀祭李郴州文「投叉魚之短韻」，則俟新命於郴州之詩。

〔二〕大炬：晉書符堅載記：人持十炬火，繫炬於樹枝，光照數十里。

〔三〕搒：比孟切。屈原九章：「齊吴搒而擊汰。」注：搒，進船也。

〔四〕自跳：跳，音條。劉孝威詩：「游魚或自跳。」

〔五〕中：去聲。錦碎：郭璞江賦：「鱗甲鏙錯，煥爛錦斑。」潘岳射雉賦：「霍如碎錦。」

〔六〕珠銷：北史倭國傳：有如意寶珠，其色青，大如雞卵，夜則有光，云魚眼睛也。裴氏廣州記：鯨鯢目即明月珠，故死不見有目精。

〔七〕得雋：左傳：得雋曰克。

〔八〕舷：音弦。

〔九〕同條：漢書揚雄傳：奚必同條而共貫。

〔一〇〕濡沫：莊子大宗師篇：泉涸，魚相與處於陸，相呴以濕，相濡以沫，不如相忘於江湖。

〔一一〕登門：辛氏三秦記：龍門水險不通，魚莫能上。江海大魚，薄集龍門下數千不得上，上即爲龍。故云曝腮龍門。水經注：爾雅曰：鱣，鮪也。出鞏穴，三月則上渡龍門，得渡則爲龍矣，否則點額而還。

〔一二〕盈車：列子湯問篇：詹何引盈車之魚於百仞之淵。孔叢子：衛人釣於河，得鰥魚焉，其大盈車。

〔一三〕飼犬：鹽鐵論：江陵之人以魚飼犬。

〔一四〕血浪：三齊記：始皇祭青城山，入海三十里，射魚，水變色如血者數里。羃：莫狄切。

〔一五〕羃：莫狄切。

〔一六〕獺：記月令：獺祭魚。

〔一七〕龍移：張正見詩：「飆水似龍移。」

〔一八〕如棠：左傳：公將如棠觀魚者。

〔一九〕釣渭：史記齊太公世家：吕尚年老漁釣，周西伯出獵，遇於渭之陽。

〔二〇〕篙工：左思吴都賦：「篙工楫師，選自閩禺。」

〔二一〕膾成：世説：張玄使至江陵，見一人持半籠生魚，徑來造舡，云：有魚欲寄作膾。張乃維舟而納之，問其姓氏。自稱劉遺民。張素聞其名，大相欣待。既進膾，便去。

〔二二〕觀樂：莊子秋水篇：莊子與惠子游於濠梁之上。莊子曰：儵魚出游從容，是魚樂也。吾僚：左傳：荀伯曰：同官爲僚，吾嘗同僚。

〔三〕問鴞：賈誼鵩鳥賦序：鵩似鴞，不祥鳥也。賦曰：「野鳥入室，主人將去，請問於鵩，余去何之？」

砦溪詩話：老杜觀打魚云：「設網提綱萬①魚急。」蓋指聚斂之臣，苛法侵漁，使民不聊生，乃萬魚急也。又云：「能者操舟疾若風，撐突波濤挺叉入。」小人舞智趨時，巧宦數遷，所謂「疾若風」也。殘民以逞，不顧傾覆，所謂「挺叉入」也。「日暮蛟龍改窟穴，山根鱣鮪隨雲雷」，魚不得其所，龍豈能安居？君與民猶是也。此與六義比興何異？「吾徒何爲縱此樂，暴殄天物聖所哀」，此樂而能戒，又有仁厚意。亦如「前王作網罟，設法害生成」，不專爲取魚也。退之叉魚曰：「觀樂憶吾僚。」異此意矣。亦如蘄簟云：「但願天日恒炎曦。」

按：論人當觀其大節，論詩當觀其大段，不可摘其一事一句而議優劣也。且杜作於前，韓繼於後，固自不肯相襲。詩甚工細，有何可議？至於蘄簟之願天炎，乃反襯簟之涼也。

【校記】

① 「萬」，杜詩詳注作「取」。

郴州祈雨〔一〕

乞雨女郎魂〔二〕，炮羞潔且繁。廟開鼯鼠叫〔三〕，神降越巫言〔四〕。旱氣期銷蕩〔五〕，陰官想駿奔〔六〕。行看五馬入〔七〕，蕭颯已隨軒〔八〕。

〔一〕新唐書地理志：郴州桂陽郡，屬江南道。自叉魚以下皆侯命郴州時作。

〔二〕女郎：水經注：漢水南有女郎山，山上有女郎冢，直路下出，世人謂之女郎道。下有女郎廟及擣衣石，言張魯女也。有小水北流入漢，謂之女郎水。

〔三〕鼯鼠：鼯，音吾。爾雅釋鳥：鼯鼠，夷由。注：狀如小狐，似蝙蝠，肉翅，翅尾項脅毛紫赤色，背上蒼艾色，腹下黄，喙頷雜白，脚短爪長，尾三尺許，飛且乳，亦謂之飛生。聲如人呼，食火烟，能從高赴下，不能從下上高。

〔四〕神降：左傳：秋七月，有神降於莘。越巫：史記封禪書：漢武帝令越巫立越祝。

〔五〕銷蕩：梁簡文帝詩：「萬累若銷蕩。」

〔六〕駿奔：書武成：駿奔走，執豆籩。

〔七〕五馬：詩干旄：「良馬五之。」潘子真詩話：禮：天子六馬，左右驂。三公、九卿駟馬，左驂。漢制，九卿則二千石，以右驂。太守駟馬而已。其加秩中二千石，乃右驂，故以五馬爲太守美稱。遯齋閑覽：漢時朝臣出使爲太守，增一馬，故爲五馬。

〔八〕颯：蘇合切。隨軒：謝承後漢書：鄭弘爲淮陰太守，政不煩苛，行春大旱，隨車致雨。又：百里嵩，字景山，爲徐州刺史，境遭旱，嵩出巡處，甘雨輒澍。東海祝其、合鄉等二縣父老訴曰：人等是公百姓，獨不還降。乃迴赴之，雨隨車而下。

八月十五夜贈張功曹〔一〕

纖雲四卷天無河〔二〕，清風吹空月舒波〔三〕。沙平水息聲影絶，一杯相屬君當歌〔四〕。君歌聲酸辭且苦，不能聽終淚如雨。洞庭連天九疑高，蛟龍出没猩鼯號。十生九死到官所，幽居默默如藏逃。下牀畏蛇食畏藥〔五〕，海氣濕蟄熏腥臊〔六〕。昨者州前槌大鼓〔七〕，嗣皇繼聖登夔皋。赦書一日行萬里〔八〕，罪從大辟皆除死。遷者追迴流者還，滌瑕蕩垢朝清班〔九〕。州家申名使家抑〔一〇〕，坎軻祇得移荆蠻〔一一〕。判司卑官不堪説〔一二〕，未免捶楚塵埃間〔一三〕。同時輩流多上道，天路幽險難追攀〔一四〕。君歌且休聽我歌〔一五〕，我歌今與君殊科。一年明月今宵多，人生由命非由他〔一六〕，有酒不飲奈明何！

〔一〕□云：是時徙掾江陵俟命於郴州而作。公祭郴州李使君文云：「俟新命於衡陽，費薪芻於館候，輟行謀於俄頃，見秋月之三彀。」正謂此也。

〔二〕天無河：謝惠連月賦：「列宿掩縟，長河韜映。」

〔三〕月舒波：漢郊祀歌：「月穆穆以金波。」虞羲詠秋月詩：「泛灔浮陰來，金波時不見。」王云：波，月光。

〔四〕相屬：史記田竇灌夫傳：及飲酒酣，灌夫起舞，屬丞相。注：若今人舞訖相勸也。當歌：魏武帝短歌行：「對酒當歌，人生幾何？」

〔五〕畏蛇、畏藥：按：南方多蛇，又多畜蠱，以毒藥殺人，詳見後江陵途中寄三學士詩。

〔六〕腥臊：晉語：偃之肉腥臊。

〔七〕槌大鼓：新唐書百官志：中尚署令，赦日，擊㧅鼓千聲，集百官父老囚徒。

〔八〕赦書：按：舊唐書順宗紀：「貞元二十一年正月丙申，順宗即位。二月甲子大赦。」此公所以離陽山而俟命於郴也。及八月，憲宗即位，改貞元二十一年爲永貞元年。自八月五日以前，天下死罪降從流，流以下遞減一等。詩所云「昨者赦書」，正指此。舊注但引前條，猶爲疏漏。

〔九〕滌瑕蕩垢：班固東都賦：「於是百姓滌瑕蕩穢，而鏡至清。」

〔一〇〕使家：□云：使家謂湖南觀察使。

〔一一〕坎軻：東方朔七諫：「年既已過大半兮，然輡軻而留滯。」移荆蠻：史記吴太伯世家：太伯之奔荆蠻，自號勾吴。索隱曰：荆者，楚之舊號，以州而言之，地在楚、越之界，故稱荆蠻。

〔一二〕判司：按：永貞元年，公爲江陵府法曹參軍，署爲功曹參軍，此時雖未之任，而官已定矣。

〔一三〕捶楚：漢書路温舒傳：捶楚之下，何求而不得？□云：按唐制，參軍簿尉有過，即受笞杖之刑。杜甫送高書記詩：「脱身簿尉中，始與捶楚辭。」杜牧贈小姪阿宜詩：「參軍與簿尉，塵土驚劻勷。一語不中治，鞭笞身滿瘡。」

〔一四〕天路：漢古詩：「美人在雲端，天路隔無期。」幽險：張華鷦鷯賦：「鶌鶏竄於幽險。」

〔一五〕君歌、我歌：朱子曰：此言張之歌辭酸苦，而已直歸之於命。蓋反騷之意，而其詞氣抑揚頓挫，正一篇轉換用力處也。

〔一六〕他：音拖。

答張十一功曹〔一〕

山靜江空水見沙〔二〕，哀猿啼處兩三家。篔簹競長纖纖筍〔三〕，躑躅閑開豔豔花〔四〕。未報恩波知死所〔五〕，莫令炎瘴送生涯〔六〕。吟君詩罷看雙鬢，斗覺霜毛一半加〔七〕。

〔一〕按：洪譜此詩繫之二十年，未審何意。題云「張功曹」，自在徙掾江陵之後，二十年尚爲縣令，何得便稱「功曹」也？

〔二〕水見沙：水經注：湘中記曰：湘川清照五六丈，下見底石如樗蒲，五色鮮明，白沙如霜雪，赤巖若朝霞，是納瀟湘之名矣。

〔三〕篔簹：音云當。郭璞江賦：「桃枝篔簹，實繁有叢。」異物志：篔簹生水邊，長數丈，圍一尺五六寸，廬陵界有之。

〔四〕躑躅：古今注：羊躑躅，花黄，羊見之則躑躅分散，故名羊躑躅。本草注：躑躅樹生高三四尺，花似山石榴。

〔五〕恩波：謝朓詩：「恩波不可越。」死所：左傳：狼瞫曰：吾未獲死所。

〔六〕生涯：莊子養生主篇：吾生也有涯。

〔七〕斗覺：任子淵云：「斗覺」，詩中健語也，前輩多使，退之詩有此。東坡詩：「黄昏斗覺羅裳薄。」後山詩：「斗覺文字生清新。」

湘中酬張十一功曹〔一〕

休垂絶徼千行淚〔二〕，共泛清湘一葉舟〔三〕。今日嶺猿兼越鳥〔四〕，可憐同聽不知愁〔五〕。

〔一〕按：以下乃由郴州之江陵作。

〔二〕徼：漢書鄧通傳：顔師古注：徼，猶塞也。東北謂之塞，西南謂之徼。古今注：丹徼，南方徼，色赤，故稱丹徼，爲南方之極也。

〔三〕一葉舟：軒后本紀：見浮葉乃爲舟。黄閔武陵沅記：武陵鼎口望沅川中，舟如樹一葉。

〔四〕越鳥：古詩十九首：「胡馬依北風，越鳥巢南枝。」

〔五〕不知愁：蔣云：此謂同聽不同情也。須如此結，首二句方振得起。

郴口又贈二首

山作劍攢江寫鏡，扁舟斗轉疾如飛。迴頭笑向張公子〔一〕，終日思歸此日歸。

雪颸霜翻看不分，雷驚電激語難聞。沿涯宛轉到深處，何限青天無片雲？

〔一〕張公子：漢書五行志：張公子，時相見。

合江亭〔一〕

紅亭枕湘江，蒸水會其左〔二〕。瞰臨眇空闊，緑淨不可唾〔三〕。維昔經營初，邦君實王佐〔四〕。翦林遷神祠，買地費家貨。梁棟宏可愛，結構麗匪過〔五〕。伊人去軒騰，兹宇遂頹挫。老郎來何暮〔六〕？高唱久乃和。樹蘭盈九畹〔七〕，栽竹逾萬个〔八〕。長綆汲滄浪〔九〕，幽蹊下坎坷〔一〇〕。波濤夜俯聽，雲樹朝對卧。初如遺宦情〔一一〕，終乃最郡課〔一二〕。人生誠無幾，事往悲豈奈〔一三〕。蕭條綿歲時，契闊繼庸懦〔一四〕。勝事誰復論，醜聲日已播。中丞黜凶邪〔一五〕，天子閔窮餓。君侯至之初，閭里自相賀。淹滯樂閑曠，勤苦勸慵惰。爲余拂塵階，命樂醉衆座。窮秋感平分，新月憐半破。願書巖上石，勿使泥塵涴〔一六〕。

〔一〕諸本作「題合江亭寄刺史鄒君」。孫云：亭在衡州負郭，今之石鼓頭即其地也。地形特異，崛起於二水之間。旁有朱陵仙府，唐人題刻散滿巖上。公自陽山量移江陵，因過衡州作。

〔二〕蒸水：漢書地理志：長沙國承陽。應劭曰：承水之陽。師古曰：承水源出零陵永昌縣界，東流注湘。承，音蒸。後漢書地理志：烝陽侯國，故屬長沙。注：羅含湘中記曰：烝水注湘。水經：湘水出零陵始安縣陽海山。又東北過酃縣西，承水從東南來注之。注：承水出衡陽重安縣西邵陵縣界邪薑山。

〔三〕緑淨：水經注：清潭遠漲，緑波凝淨。

〔四〕邦君：洪云：亭，故相齊暎所作。舊唐書齊暎傳：貞元二年同平章事。三年貶夔州刺史轉衡州。七年授御史中丞，改江西觀察使。

〔五〕結搆：王延壽魯靈光殿賦：「詳察其棟宇，觀其結搆。」

〔六〕老郎：漢武故事：顔駟，漢文帝時爲郎，至武帝輦過郎署，見駟龐眉皓髮，上問曰：「叟何時爲郎，何其老也？」來何暮：後漢書廉范傳：廉叔度，來何暮。

〔七〕九畹：畹，音宛。屈原離騷：「余滋蘭之九畹。」注：十二畝爲畹。

〔八〕萬个：一作「箇」。方云：史記貨殖傳：竹竿萬个。古書皆用「个」字，至漢功臣傳表始出「箇」字。

〔九〕長綆：綆，音梗。莊子至樂篇：綆短者不可以汲深。廣韻：綆，井索。滄浪：屈原漁父篇：「滄浪之水清兮。」蔣云：此只泛言其水爲滄浪耳。禹貢「滄浪之水」，今在均州。

〔一〇〕坎坷：廣韻：不平也。

〔一一〕遺宦情：南史劉善明傳：我本無宦情。

〔一二〕最郡課：漢書百官志：注秋冬歲盡，丞尉以下詣郡課校其功。盧諶詩：「倪寬以殿黜，終乃最衆賦。」

〔一三〕奈：奴個切，一作「那」。

〔一四〕契闊：詩：「與子契闊。」

〔一五〕中丞黜凶邪：□云：前刺史元澄無政，廉使中丞楊公憑奏黜之，遂用鄒君，鄒君逸其名。

〔一六〕泥塵：一作「塵泥」。涴：烏卧切。廣韻：涴，泥着物也，亦作污。

題木居士二首〔一〕

火透波穿不計春，根如頭面幹如身〔二〕。偶然題作木居士，便有無窮求福人。

爲神詎比溝中斷〔三〕，遇賞還同爨下餘〔四〕。朽蠹不勝刀鋸力〔五〕，匠人雖巧欲何如？

〔一〕張芸叟木居士詩序：耒陽縣北沿流二三十里鰲口寺，退之所題木居士在焉。元豐初，以禱旱不應，爲邑令析而薪之。今存者乃僧道符更刻。新唐書地理志：衡州耒陽縣，屬江南西道。

〔二〕頭面：漢書五行志：建平三年，遂陽鄉柱仆地，生支如人形，身青黄色，面白，頭有髭鬚。南方草木狀：五嶺之間多楓木，歲久則生瘤癭，一夕遇暴雷驟雨，其樹贅暗長三五尺，謂之楓人。越巫取之作術，有通神之驗。

〔三〕溝中斷：莊子天地篇：百年之木，破爲犧樽，青黄而文之，其斷在溝中，比犧樽於溝中之斷，則美惡有間矣。

〔四〕爨下餘：後漢書蔡邕傳：人有燒桐以爨者，邕聞火烈之聲，知其良木，因請裁而爲琴，果有美音，而其尾猶焦，時人名曰「焦尾琴」焉。

〔五〕不勝刀鋸：南方草木狀：抱香履生水松之旁，極柔弱不勝刀鋸。

謁衡嶽廟遂宿嶽寺題門樓〔一〕

五嶽祭秩皆三公〔二〕，四方環鎮嵩當中〔三〕。火維地荒足妖怪〔四〕，天假神柄專其雄〔五〕。噴雲泄霧藏半腹，雖有絶頂誰能窮？我來正逢秋雨節，陰氣晦昧無清風。潛心默禱若有應，豈非正直能感通〔六〕。須臾靜掃衆峰出〔七〕，仰見突兀撐青空〔八〕。紫蓋連延接天柱，石廩騰擲堆祝融〔九〕。森然魄動下馬拜，松柏一徑趨靈宫。粉牆丹柱動光彩，鬼物圖畫填青紅〔一〇〕。升階傴僂薦脯酒〔一一〕，欲以菲薄明其衷〔一二〕。廟令老人識神意〔一三〕，睢盱偵伺能鞠躬〔一四〕。手持杯珓導我擲〔一五〕，云此最吉餘難同。竄逐蠻荒幸不死，衣食纔足甘長終〔一六〕。侯王將相望久絶，神縱欲福難爲功。夜投佛寺上高閣，星月揜映雲曈曨〔一七〕。猿鳴鐘動不知曙〔一八〕，杲杲寒日生於東〔一九〕。

〔一〕按：公自郴至衡，因謁南嶽，故祭張署文云：「委舟湘流，往觀南嶽，雲壁潭潭，穹林攸擢。」此明證也。東坡以爲自潮而歸，誤矣。「須臾靜掃衆峰出」，即坡所謂「公之精誠，能開衡山之雲」者也。

〔二〕祭秩：書舜典：望秩于山川。注：如其秩次望祭之。三公：記王制：天子祭天下名山大川，五嶽視三公，四瀆視諸侯。

〔三〕四方環鎮：周禮夏官職方氏：東南曰揚州，其山鎮曰會稽；正南曰荆州，其山鎮曰衡山；河南曰豫州，其山鎮曰華山；正東曰青州，其山鎮曰沂山；河東曰兖州，其山鎮曰岱山；正西曰雍州，其山鎮曰嶽山；東北曰幽州，其山鎮曰醫無閭；河内曰冀州，其山鎮曰霍山；正北曰并州，其山鎮曰恒山。嵩當中：史記封禪書：昔三代之君，皆在河、洛之閒，故嵩高爲中嶽，而四嶽各如其方。水經：嵩高爲中嶽，在潁川陽城縣西北。

〔四〕火維：徐靈期南嶽記：衡山者，朱陵之靈臺，太靈之寶洞，上承翼軫，鈐總萬物，故名衡山。下距離宮，統攝火師，故號南嶽。赤帝館其巔，祝融宅其陽。

〔五〕天假①神：葛洪枕中書：祝融氏爲赤帝，治衡霍山。五嶽真形圖：南嶽姓崇，名上坴。河圖：南嶽，衡山君神，姓丹名靈峙。

〔六〕正直：詩小明：「靖共爾位，好是正直。」

〔七〕衆峰出：水經注：衡山有三峰，自遠望之，蒼蒼隱天。故羅含云：望若陣雲，非清霽素朝，不見其峰。

〔八〕突兀：杜甫青陽峽詩：「突兀猶趁人。」

〔九〕紫蓋、天柱、石廩、祝融：長沙記：衡山七十二峰，最大者五，芙蓉、紫蓋、石廩、天柱，祝融爲最高。

〔一〇〕鬼物：列子黄帝篇：隨烟上下，衆謂鬼物。

〔一一〕傴僂：左傳：正考父鼎銘云：一命而僂，再命而傴。脯酒：史記封禪書：名山大川祠二，春以脯酒爲歲祠。

〔一二〕菲薄：屈原遠游：「質菲薄而無因兮，焉託乘而上浮？」

〔一三〕廟令：新唐書百官志：五嶽四瀆令各一人，正九品上，掌祭祀。

〔一四〕偵：音檉，又丑鄭切。

〔一五〕杯珓：珓，音教。廣韻：珓，杯珓也，古者以玉爲之。程大昌演繁露：問卜於神，有器名杯珓，以兩蚌殼投空擲地，觀其俯仰，以斷休咎。後人或用竹，或用木，斫如蛤形，而中分爲二，亦名杯珓。野廟之巫，未必力能用玉，當是擇蚌殼瑩白者爲之，因附玉爲名。凡今珠璣琲瑚，字雖從玉，其質皆蚌屬也。其擲法則以半俯半抑者爲吉。方云：「珓」一作「校」。朝野僉載作「角」，與「校」音、義皆相近。魏野有詠竹校子詩，只作「校」。荆楚歲時記又作「教」。

〔一六〕衣食纔足：後漢書馬援傳：援從弟少游曰：人生在世，但取衣食纔足。長終：史記扁鵲傳：長終而不得返。

〔一七〕星月：管輅別傳：到鼓一中，星月皆没，風雲並興。曈曨：潘岳秋興賦：「月曈曨而含光。」埤蒼：曈曨，欲明也。

〔一八〕猿鳴：謝靈運詩：「猿鳴誠知曙，谷幽光未顯。」

〔一九〕杲杲：詩伯兮：「其雨其雨，杲杲出日。」

【校記】

①「天假」，原作「衡山」，據詩改。

岣嶁山〔一〕

岣嶁山尖神禹碑〔二〕，字青石赤形摹奇。科斗拳身薤倒披〔三〕，鸞飄鳳泊拏龍螭〔四〕。事嚴跡秘鬼莫窺，道人獨上偶見之，我來咨嗟涕漣洏〔五〕。千搜萬索何處有？森森緑樹猿猱悲。

〔一〕水經注：衡山，山經謂之岣嶁山，爲南嶽也。禹治洪水，血馬祭山，得金簡玉字之書。

〔二〕岣嶁：音矩縷。神禹碑：徐靈期南嶽記：夏禹導水通瀆，刻石書名山之高，皆科斗文字。

〔三〕科斗：王愔文字志：科斗，古篆也。以其頭粗尾細，類水蟲之科斗焉。晉書衛恒傳：漢武時，魯恭王壞孔子宅，得尚書、春秋、論語、孝經。時人以不復知有古文，謂之科斗書。漢世秘藏，希得見之。薤倒披：文字志：倒薤書者，小篆體也。垂支濃直，若薤葉也。左思魏都賦：「華蓮重葩而倒披。」

〔四〕鸞飄鳳泊：杜甫詩：「筆飛鸞聳立，章罷鳳騫騰。」拏龍螭：杜甫八分小篆歌：「蛟龍盤拏肉屈强。」

〔五〕漣洏：王粲詩：「涕淚漣洏。」

朱子曰：岣嶁者，衡山南麓別峰之名，今衡山實無此碑。此詩所記，蓋當時傳聞之誤，故其卒章自爲疑辭，以見微意。劉禹錫寄呂衡州詩蓋亦得於傳聞也。

按：丹鉛餘録云：「古今文士稱述禹碑者不一，然劉禹錫蓋徒聞其名矣，未至其地也。韓退之至其地矣，未見其碑也。崔融所云則似見之，蓋所謂螺書匾刻，非目睹之不能道耳。宋朱晦翁、張南軒游南嶽，尋訪不獲，其後晦翁作韓文考異，遂謂退之詩爲傳聞之誤，蓋以耳目所限爲斷也。王象之輿地紀勝云：『禹碑在岣嶁峰，又傳在衡山縣雲密峰。昔樵人曾見之，自後無有見者。宋嘉定中，蜀士因樵夫引至其所，以紙打其碑七十二字，刻於夔門觀中，後俱亡。』近張季文僉憲自長沙得之，云是宋嘉定中摹刻於嶽麓書院者。斯文顯晦，信有神物護持哉！碑凡七十七字。輿地紀勝云『七十二字』，誤也。」

别盈上人〔一〕

山僧愛山出無期〔二〕，俗士牽俗來何時〔三〕？祝融峰下一迴首，即是此生長别離。

〔一〕方云：柳子厚集有誠盈住衡山中院。

〔二〕愛山：沈佺期詩：「支遁愛山情漫切。」

〔三〕俗士：孔稚圭北山移文：請迴俗士駕，爲君謝逋客。牽俗：宋玉招魂：「牽於俗而蕪穢。」

潭州泊船呈諸公〔一〕

夜寒眠半覺，鼓笛鬧嘈嘈〔二〕。闇浪舂樓堞，驚風破竹篙。主人看使範，客子讀離騷〔三〕。聞道松醪賤，何須吝錯刀〔四〕。

〔一〕舊唐書地理志：潭州中都督府，隋長沙郡。武德四年平蕭銑，置潭州總管府，管潭、衡、永、郴、連、南梁、南雲、南營八州。潭州領長沙、衡山、醴陵、湘鄉、益陽、新康六縣。天寶七年，改爲長沙郡。乾元元年，復爲潭州。

〔二〕嘈嘈：王延壽魯靈光殿賦：「耳嘈嘈以失聽。」善注：埤蒼曰：嘈嘈，聲衆也。

〔三〕客子：史記范睢傳：穰侯謂王稽曰：謁君得無與諸侯客子俱來乎？讀離騷：世說：王孝伯言：痛飲酒，熟讀離騷，便可稱名士。

〔四〕錯刀：張衡四愁詩：「美人贈我金錯刀。」漢書食貨志：錯刀，以黄金錯其文曰：一刀直五千。

陪杜侍御游湘西兩寺獨宿有題一首因獻楊常侍原注：楊常侍，憑也，時觀察湖南。〔一〕

長沙千里平，勝地猶在險。況當江闊處，斗起勢匪漸〔二〕。深林高玲瓏〔三〕，青山上琬琰〔四〕。路窮臺殿闢，佛事煥且儼。剖竹走泉源，開廊架崖广〔五〕。是時秋之殘，暑氣尚未斂。群行忘後先，朋息棄拘檢。客堂喜空涼，華榻有清簟〔六〕。澗蔬煮蒿芹〔七〕，水果剥菱芡〔八〕。伊余夙所慕，陪賞亦云忝。幸逢車馬歸，獨宿門不掩。山樓黑無月，漁火燦星點。夜風一何喧，杉檜屢磨颭〔九〕。猶疑在波濤，怵惕夢成魘〔一〇〕。靜思屈原沈〔一一〕，遠憶賈誼貶〔一二〕。椒蘭爭妒忌〔一三〕，絳灌共讒諂〔一四〕。誰令悲生腸？坐使淚盈臉〔一五〕。翻飛乏羽翼〔一六〕，指摘困瑕玷。珥貂藩維重〔一七〕，政化類分陝〔一八〕。禮賢道何優〔一九〕，奉己事苦儉〔二〇〕。大廈棟方隆〔二一〕，巨川楫行剡〔二二〕。經營誠少暇，游宴固已歉〔二三〕。旅程愧淹留，徂歲嗟荏苒〔二四〕。平生每多感，柔翰遇頻染〔二五〕。展轉嶺猿鳴，曙燈青睒睒。

〔一〕舊唐書楊憑傳：憑，字虚受，弘農人。舉進士，累遷湖南、江西觀察使。入爲左散騎常侍、刑部侍郎、京兆尹。憑工文辭，少負氣節，與母弟凝、凌相友愛，皆有時名。杜侍御無考。

〔二〕斗起：史記封禪書：成山斗入海。索隱曰：謂斗絶曲入海也。水經注：峻坂斗上斗下。

〔三〕玲瓏：揚雄蜀都賦：「其中則有玉石嶜岑，丹青玲瓏。」

〔四〕琬琰：書顧命：琬琰在東序。説文：琰，石上起美色也。王云：琬琰，青玉也。

〔五〕崖广：广，音儼。説文：广，因广爲屋，象對刺高屋之形。讀若儼然之儼。

〔六〕清簟：杜甫詩：「清簟疏簾看奕棋。」

〔七〕澗蔬：左傳：澗溪沼沚之毛。蒿芹：詩鹿鳴：「食野之蒿。」注：菣也，即青蒿。詩泮水：「薄采其芹。」注：水菜也。

〔八〕菱芡：張衡東京賦：「供蝸蠯與菱芡。」善曰：菱，芰也；芡，雞頭也。

〔九〕杉檜：爾雅釋木：柀，煔。注：似松，生江南，可以爲舡。又：檜，柏葉松身。南方草木狀：杉，一名柀煔。合浦東二百里有杉一樹。漢安帝永初五年春，葉落隨風飄入洛陽城。磨颭：玉篇：㰌，木相摩也。劉歆遂初賦：「迴風育其飄忽兮，迴颭颭之泠泠。」説文：颭，風吹浪動也。

〔一〇〕魘：音厭。説文：魘，夢驚也。

〔一一〕屈原沈：史記屈原傳：於是懷石，遂自投汨羅以死。

〔一二〕賈誼貶：史記賈誼傳：天子議以爲賈生任公卿之位。絳、灌、東陽侯之屬盡害之。乃以賈生爲長沙王太傅。

〔一三〕椒蘭：屈原離騷：「覽椒蘭其若兹兮，又況揭車與江離？」注：蘭，懷王弟司馬子蘭也。椒，楚大夫子椒也。

〔一四〕絳灌：史記正義曰：絳灌，周勃、灌嬰也。

〔一五〕盈臉：梁簡文帝與廣信侯書：睽違既積，興言盈臉。

〔一六〕翻飛：曹植臨觀賦：「俯無鱗以游遁，仰無翼以翻飛。」

〔一七〕珥貂：左思詠史詩：「七葉珥漢貂。」善曰：珥，插也。董巴輿服志：侍中、中常侍冠武弁，貂尾爲飾。藩維：詩板：「价人維藩。」

〔一八〕分陝：公羊傳：自陝而東者，周公主之。自陝而西者，召公主之。何休學：陝者，今弘農陝縣是也。韓云：「珥貂分陝」謂憑以常侍鎮長沙也。

〔一九〕禮賢優：按：舊書憑傳稱其：「重交游，尚然諾，與穆質、許孟容、李鄘、王仲舒爲友，時稱楊、穆、許、李之交，而性尚簡傲不能接下。」然則禮賢亦未必然，大抵待韓則優。

〔二〇〕奉己儉：左傳：蔿吕臣實爲令尹，奉己而已。按：史稱憑歷二鎮，尤事奢侈，後爲李夷簡所劾，以贓罪貶。公豈反言以諷之耶？抑交善蓋之也。

〔二一〕大廈：揚雄長楊賦：「大廈不居，木器無文。」棟隆：易大過卦：棟隆吉。

〔二二〕巨川：書説命：若濟巨川，用汝作舟楫。楫刻：易繫辭：刻木爲楫。

〔二三〕歉：歐云：「歉」，俗字當作「慊」，古書歡欣之類，或以心，或以欠，多通用。

〔二四〕徂歲：謝靈運傷己賦：「眺徂歲之驟經。」荏苒：潘岳詩：「荏苒冬春謝，寒暑忽流易。」

〔二五〕柔翰：左思詩：「弱冠弄柔翰。」

晚泊江口〔一〕

郡城朝解纜〔二〕，江岸暮依村。二女竹上淚，孤臣水底魂。雙雙歸蟄燕〔三〕，一一叫群猿。回首那聞語，空看別袖翻。

〔一〕按：此去長沙而泊湘江之口，故感湘妃、屈原之事。

〔二〕解纜：謝靈運詩：「解纜及流潮，懷舊不能發。」

〔三〕蟄燕：晉書郗鑒傳：或掘野鼠蟄燕而食之。爾雅翼：燕之去也，或藏深山大空木中，無毛羽，或蟄藏坻岸中。

洞庭湖阻風贈張十一署〔一〕

十月陰氣盛，北風無時休。蒼茫洞庭岸，與子維雙舟。霧雨晦爭泄〔二〕，波濤怒相投。犬雞斷四聽，糧絶誰與謀？相去不容步，險如礙山丘。清談可以飽〔三〕，夢想接無由。男女喧左右，飢啼但啾啾。非懷北歸興，何用勝羈愁？雲外有白日，寒光自悠悠。能令暫開霽，過是吾無求。

〔一〕按：祭張署文云：「避風太湖，七日鹿角。」在往觀南嶽之後。

〔二〕霧雨：漢書鄒陽傳：浮雲出流，霧雨咸集。泄：左思魏都賦：「窮岫泄雲，日月恒翳。」善曰：泄，猶出也。

〔三〕清談：劉楨詩：「清談同日夕，情盼叙憂勤。」可以飽：詩茗華：「人可以食，鮮可以飽。」

岳陽樓别竇司直原注：竇庠時以武昌幕權岳州。〔一〕

洞庭九州間〔二〕，厥大誰與讓。南匯群崖水〔三〕，北注何奔放。瀦爲七百里〔四〕，吞納各殊狀〔五〕。自古澄不清〔六〕，環混無歸向。炎風日搜攪，幽怪多冗長〔七〕。軒然大波起，宇宙隘而妨〔八〕。巍峨拔嵩華，騰踔較健壯〔九〕。聲音一何宏，轟輵車萬兩〔一〇〕。猶疑帝軒轅，張樂就空曠〔一一〕。蛟螭露筍簴〔一二〕，縞練吹組帳〔一三〕。鬼神非人世〔一四〕，節奏頗跌踼〔一五〕。陽施見誇麗，陰閉感悽愴〔一六〕。朝過宜春口〔一七〕，極北缺隄障。夜纜巴陵州〔一八〕，叢芮纔可傍〔一九〕。星河盡涵泳〔二〇〕，俯仰迷下上。餘瀾怒不已，喧聒鳴甕盎〔二一〕。明登岳陽樓，輝煥朝日亮〔二二〕。飛廉戢其威〔二三〕，清晏息纖纊〔二四〕。泓澄湛凝緑，物影巧相況。江豚時出戲〔二五〕，驚波忽蕩瀁。時當冬之孟，隙竅縮寒漲。前臨指近岸，側坐眇難望。滌濯神魂醒，幽懷舒以暢。主人孩童舊〔二六〕，握手乍忻悵。憐我竄逐歸，相見得無恙〔二七〕。開筵交履舄〔二八〕，爛熳倒家釀〔二九〕。杯行無留停，高柱送清唱。中盤進橙栗，投擲傾脯醬〔三〇〕。歡窮悲心生〔三一〕，婉孌不能忘〔三二〕。念昔始讀書，志欲干霸王。屠龍破千金〔三三〕，爲藝亦云亢〔三四〕。愛才不擇行，觸事得讒謗。前年出官由，此禍最無妄〔三五〕。公卿采虚名，擢拜識天仗〔三六〕。奸猜畏彈射〔三七〕，斥逐恣欺誑。新恩移府庭，逼側廁諸將〔三八〕。于嗟苦駑緩，但懼失宜當。追思南渡時，魚腹甘所葬〔三九〕。嚴程迫風帆，劈箭入高浪〔四〇〕。顛沈在須臾，忠鯁誰復諒？生還真可喜，尅己自懲創。庶從今日後，粗識得與喪。事多改前好，趣有獲新尚。誓耕十畝田〔四一〕，不取萬乘相。細君知蠶織〔四二〕，稚子已能餉。行當挂其冠〔四三〕，生死君一訪〔四四〕。

〔一〕舊唐書竇庠傳：庠，字冑卿。韓皋鎮武昌，辟爲推官。周處風土記：岳陽樓，城西門門樓也，下瞰洞庭，景物寬闊。

〔二〕九州：書禹貢：九州攸同。

〔三〕南匯：匯，胡罪切。書禹貢：東匯澤爲彭蠡。

〔四〕瀦：音諸。書禹貢：彭蠡既瀦。説文：瀦，水所渟也。

〔五〕吞納：郭璞江賦：「併吞沅澧，汲引沮漳，呼吸萬里，吐納靈潮。」水經注：吐納川流，以成巨沼。

〔六〕澄不清：後漢書黄憲傳：郭林宗曰：叔度汪汪若千頃之陂，澄之不清，淆之不濁。

〔七〕冗長：音仗。陸機文賦：「故無取乎冗長。」

〔八〕妨：音訪。

〔九〕騰踔：踔，知教切。漢書揚雄傳：騰空虚，距連卷，踔夭矯，嬉澗門。師古曰：踔，走也。

〔一〇〕轟輵：輵，丘葛切，一作「轞」，或作「揭」。説文：轟，群車聲。揚雄羽獵賦：「皇車幽輵。」師古曰：幽輵，車聲也。

〔一一〕軒轅、張樂：莊子天運篇：黄帝張咸池之樂於洞庭之野。

〔一二〕筍簴：簴，音巨。周禮考工記梓人：爲筍簴。注：樂器所懸，横曰筍，植曰簴。記明堂位：夏后氏之龍簨簴。

〔一三〕組帳：鮑照詩：「組帳揚春風。」

〔一四〕鬼神：莊子外物篇：海水震蕩，聲侔鬼神。

〔一五〕趺踼：踼，音蕩。説文：趺踼，越也。王云：放逸也。

〔一六〕陽施、陰閉：淮南天文訓：吐氣者施，含氣者化，是故陽施陰化。又原道訓：與陰俱閉，與陽俱開。

〔一七〕宜春：新唐書地理志：袁州宜春郡，屬江南西道。

〔一八〕夜纜：西京雜記：昔人有游東海者，既而風惡，舡深不能制。得一孤洲，共侶歡然，下石植纜。巴陵州：新唐書地理志：岳州巴陵郡，本巴州，武德六年更名。有巴陵縣，有洞庭山在洞庭湖中，屬江南西道。

〔一九〕叢芮：説文：芮芮，草木貌。

〔二〇〕涵泳：左思吴都賦：「涵泳乎其中。」

〔二一〕喧聒：郭璞江賦：「千類萬聲，自相喧聒。」甕盎：廣雅釋器：甕，瓶也，盎謂之盆。莊子德充符：甕盎大癭。

〔二二〕輝焕：夏侯湛長夜謡：「望閶闔之昭晰兮，麗紫微之輝焕。」

〔二三〕飛廉：屈原離騷：「後飛廉使奔屬。」注：飛廉，風伯也。

〔二四〕清晏：揚雄羽獵賦：「天清日晏。」師古曰：晏，無雲也。息纖纊：書禹貢：厥篚纖纊。

〔二五〕江豚：郭璞江賦：「魚則江豚海狶。」南越志：江豚似豬。玉篇：鱄鮃，一名江豚。王云：江豚欲風則踊。

〔二六〕孩童舊：按：竇庠墓誌云：愈少公十九歲，以童子得見，始以師親公，而終以兄事焉。

〔二七〕無恙：趙國策：歲亦無恙耶？民亦無恙耶？王亦無恙耶？風俗通：恙，毒蟲也，喜傷人。古人草居露宿，故相勞問，必曰無恙。

〔二八〕交履舄：史記滑稽傳：履舄交錯，杯盤狼藉。

〔二九〕倒家釀：世說：劉惔曰：見何次道飲，令人欲傾家釀。

〔三〇〕脯醬：記内則：脯羹，兔醢，魚膾，芥醬，麋腥，醢醬。

〔三一〕歡窮悲生：史記滑稽傳：淳于髡曰：酒極則亂，樂極則悲。

〔三二〕婉孌：陸機詩：「婉孌居人思。」善曰：方言：婉，歡也。俛與婉同。説文曰：孌，慕也。忘：音望。

〔三三〕屠龍：莊子列御寇篇：朱泙漫學屠龍於支離益，殫千金之家，三年技成而無所用其巧。

〔三四〕亢：戰國策：亢義益國。廣韻：亢，高也。

〔三五〕無妄：易无妄卦：无妄，其匪正，有眚，不利有攸往；六三，无妄之災。

〔三六〕擢拜：按：貞元十九年，自博士拜監察御史。

〔三七〕彈射：張衡西京賦：「彈射臧否。」

〔三八〕逼側：上林賦：「逼側泌瀄。」司馬彪曰：相迫也。潘岳西征賦：「華夷士女，駢田偪側。」廁諸將：

潘岳秋興賦序：攝官承乏，猥廁朝列。

〔三九〕魚腹葬：屈原漁父篇：「寧赴湘流，葬於江魚之腹中。」

〔四〇〕劈箭：鮑照詩：「箭迅楚江急。」高浪：鮑照登大雷岸與妹書：騰波觸天，高浪灌目。

〔四一〕十畝：詩魏風：「十畝之間兮，桑者閑閑兮，行與子還兮。」

〔四二〕細君：漢書東方朔傳：歸遺細君。師古曰：細君，朔妻之名，一説細小也。朔自比於諸侯，謂其妻曰小君。蠶織：詩瞻卬：「婦無公事，休其蠶織。」

〔四三〕挂冠：後漢書逢萌傳：解冠挂東都門，因遂潛藏。南史陶弘景傳：挂冠神武門，上表辭祿。

〔四四〕生死一訪：王僧孺詩：「儻有還書便，一言訪死生。」

赴江陵途中寄贈王二十補闕李十一拾遺李二十六員外翰林三學士〔一〕

孤臣昔放逐，血泣追愆尤。汗漫不省識〔二〕，怳如乘桴浮。或自疑上疏，上疏豈其由？是年京師旱，田畝少所收〔三〕。上憐民無食，征賦半已休。有司恤經費，未免煩征求。富者既云急，貧者固已流〔四〕。傳聞閭里間〔五〕，赤子棄渠溝。持男易斗粟〔六〕，掉臂莫肯酬〔七〕。我時出衢路〔八〕，餓者何其稠。親逢道邊死〔九〕，佇立久咿嚘〔一〇〕。歸舍不能食，有如魚中鉤〔一一〕。適會除御史，誠當得言秋。拜疏移閤門〔一二〕，爲忠寧自謀。上陳人疾苦，無令絶其喉。下陳畿甸内，根本理宜優〔一三〕。積雪驗豐熟〔一四〕，幸寬待蠶麰。天子惻然感，司空歎綢繆〔一五〕。謂言即施設，乃反遷炎州。同官盡才俊，偏善柳與劉〔一六〕。或慮語言泄〔一七〕，傳之落冤讎。二子不宜爾，將疑斷還不〔一八〕。中使臨門遣，頃刻不能留。病妹卧牀褥，分知隔明幽〔一九〕。悲啼乞就别，百請不頷頭〔二〇〕。弱妻抱稚子，出拜忘慚羞。僶俛不迴顧〔二一〕，行行詣連州。朝爲青雲士〔二二〕，暮作白首囚。商山季冬月〔二三〕，冰凍絶行輈。春風洞庭浪，出没驚孤舟。逾嶺到所任，低顔奉君侯。酸寒何足道，隨事生瘡疣〔二四〕。遠地觸途異，吏民似猿猴。生獰多忿狠〔二五〕，辭舌紛嘲啁〔二六〕。白日屋簷下，雙鳴鬬鵂鶹〔二七〕。有蛇類兩首，有蠱群飛游〔二八〕。窮冬或摇扇，盛夏或重裘〔二九〕。颶起最可畏，訇哮簸陵丘〔三〇〕。雷霆助光怪，氣象難比侔。癘疫忽潛遘〔三一〕，十家無一瘳。猜嫌動置毒，對案輒懷愁〔三二〕。前日遇恩赦〔三三〕，私心喜還憂〔三四〕。果然又羈縶，不得歸鋤耰。此府雄且大，騰凌盡戈矛〔三五〕。棲棲法曹掾〔三六〕，何處事卑陬〔三七〕。生平企仁義，所學皆孔周。早知大理官〔三八〕，不列三后儔〔三九〕。何況親犴獄〔四〇〕，敲搒發奸偷〔四一〕。懸知失事勢，恐自罹罝罘〔四二〕。湘水清且急，涼風日修修〔四三〕。胡爲首歸路〔四四〕，旅泊尚夷猶〔四五〕。昨者京使至，嗣皇傳冕旒〔四六〕。赫然下明詔，首罪誅共吺〔四七〕。復聞顛夭輩〔四八〕，峨冠進鴻疇〔四九〕。班行再肅穆，璜珮鳴琅璆〔五〇〕。佇繼貞觀烈，邊封脱兜鍪〔五一〕。三賢推侍從〔五二〕，卓犖傾枚鄒〔五三〕。高議參造化，清文焕皇猷。協心輔齊聖〔五四〕，政理同毛輶〔五五〕。小雅詠鳴鹿，食苹貴呦呦。遺風邈不嗣，豈憶嘗同裯〔五六〕？失志早衰換，前期擬蜉蝣〔五七〕。自從齒牙缺，始慕舌爲柔〔五八〕。因疾鼻又塞〔五九〕，漸能等薰蕕〔六〇〕。深思罷官去，畢命依松楸〔六一〕。空懷焉能果〔六二〕，但見歲已遒〔六三〕。殷湯閔禽獸，解網祝蛛蝥〔六四〕。雷煥掘寶劍〔六五〕，冤氛銷斗牛〔六六〕。茲道誠可尚，誰能借前籌〔六七〕？殷勤謝吾友，明月非暗投〔六八〕。

〔一〕方云：三學士，王涯、李建、李程也。舊唐書王涯傳：涯，字廣津，太原人。貞元八年進士，藍田尉，召充翰林學士，拜右拾遺、左補闕。李建傳：建，字杓直，舉進士，選授秘書省校書郎，德宗聞其名，用爲右拾遺、翰林學士。李程傳：程，字表臣，隴西人。進士擢第，貞元二十年爲監察御史，秋，召充翰林學士。順宗即位，爲王叔文所排，罷學士，三遷爲員外郎。

〔二〕汗漫：淮南俶真訓：徙倚於汗漫之宇。注：汗漫，無生形。

〔三〕田畝：書盤庚：不服田畝，越其罔有黍稷。

〔四〕流：詩召旻：「瘨我飢饉，民卒流亡。」

〔五〕閭里：周禮：小宰之職，聽閭里以版圖。

〔六〕斗粟：史記淮南王傳：民有作歌曰：「一斗粟，尚可舂。」

〔七〕掉臂：史記孟嘗君傳：馮驩曰：朝趨市者，側肩爭門而入。日暮之後，掉臂不顧，何者？所期物忘其中。

〔八〕衢路：班昭東征賦：「遵通衢之大道兮。」

〔九〕餓者：記檀弓：有餓者，蒙袂輯屨，貿貿然來。道邊死：杭、蜀本作「道死者」。朱子曰：古人謂尸爲死。左傳：「生拘石乞而問白公之死。」漢書：「安所求子死。」且古語又有「直如弦，死道邊」之説，韓公蓋兼用之。

〔一〇〕咿嚘：漢書東方朔傳：咿嚘亞者，辭未定也。

〔一一〕魚中鉤：陸機文賦：「若游魚銜鉤而出重淵之深。」

〔一二〕閤門：閤，古沓切。説文：閤，門旁户也。新唐書百官志：監察御史入自側門，非奏事不至殿庭。開元七年，詔隨仗入閤，彈奏先通狀中書門下，然後得奏。

〔一三〕根本：公集御史臺上論天旱人飢狀：今年以來，京畿諸縣夏逢亢旱，秋又早霜，田畝所收，十不存一。京師者，國家之根本，其百姓宜倍加憂恤，今年税錢等並且停征。

〔一四〕驗豐熟：謝惠連雪賦：「盈尺則呈瑞於豐年，袤丈則表沴於陰德。」

〔一五〕司空：新唐書德宗紀：貞元十九年三月，杜佑檢校司空、同中書門下平章事。

〔一六〕柳與劉：舊唐書柳宗元傳：宗元，字子厚，河東人。劉禹錫傳：禹錫，字夢得，彭城人。王叔文用事，引禹錫及宗元入禁中，與之圖議。頗怙威權，中傷端士。既任，喜怒凌人，道路以目。

〔一七〕語言洩：左傳：范宣子親數戎子駒支于朝曰：蓋言語漏洩，則職汝之由。

〔一八〕不：方鳩切。祝云：不者，未定之辭。漢書霍光傳：知捕兒不？

〔一九〕分：音問。

〔二〇〕頷頭：頷，户感切。左傳：逆于門者，頷之而已。

〔二一〕僶俛：潘岳詩：「僶俛恭朝命，回心返初役。」

〔二二〕青雲士：史記范雎傳：須賈曰：不意君能自致於青雲之上。

〔二三〕商山：按：新唐書地理志：「商州上洛郡，屬關内道，蓋以商山得名也。」公謫陽山，由藍田入商洛也。

〔二四〕瘡疣：張衡西京賦：「所好生毛羽，所惡成瘡痏。」廣韻：疣，結病也。

〔二五〕生獰：獰，音寧。廣韻：獰，惡也。李賀猛虎行：「乳孫哺子，教得生獰。」狠：下墾切。

〔二六〕嘲啁：啁，音周。記三年問：小者至于燕雀，猶有啁噍之頃焉。按：説文嘲通作啁，陟交切。嘲啁蓋狀鳥聲。送區册序所謂「小吏十餘家，皆鳥言夷面」者也。

〔二七〕鵂鶹：音休留。

〔二八〕飛蠱：隋書地理志：畜蠱之法，以五月五日聚百種蟲，大者至蛇，小者至蝨，合置器中，令自相啖，餘一種存者，留之。蛇則曰蛇蠱，蝨則曰蝨蠱，行以殺人。因食入人腹内，食其五臟死，則其産移入蠱主之家。自侯景亂後，蠱家多絶。既無主人，故飛游道路之中則殞焉。鮑照詩：「吹蠱病行暉。」善曰：吹蠱，飛蠱也。

〔二九〕摇扇、重裘：晉書周顗傳：王敦素憚顗，每見顗面熱，雖復冬月，扇面。世説：胡毋彦國至湘州，坐正衙，摇扇視事。按：嶺南氣候偏於熱，遇雨則涼。摇扇重裘，寒暑互異，記風土也。

〔三〇〕訇哮：哮，許交切。廣韻：訇，大聲。説文：哮，豕驚聲。簸：音播。陵丘：左思吴都賦：「蟬聯陵丘。」

〔三一〕癘疫：左思魏都賦：「宅土熇暑，封疆瘴癘。」隋書地理志：自嶺以南二十餘郡，大率土地下濕，皆多瘴癘，人尤夭折。」説文：疫，民皆疾也。

〔三二〕對案：史記萬石君傳：對案不食。

〔三三〕恩赦：□云：貞元二十一年正月乙巳，順宗即位。二月甲子，大赦天下，公量移江陵掾。

〔三四〕喜還憂：□云：公憶昨行云：「伾文未揃崖州熾，雖得赦宥常愁猜。」即此意。

〔三五〕騰凌：尉繚子：人人無不騰陵張膽，絶乎疑慮。

〔三六〕法曹：新唐書百官志：州司法參軍事二人。

〔三七〕卑陬：莊子：子貢卑陬失色。

〔三八〕大理：漢書東方朔傳：皋陶爲大理。

〔三九〕不列三后：後漢書楊賜傳：賜拜尚書令，數日出爲廷尉。自以代非法家，言曰：三后成功，惟殷于民，皋陶不與焉，蓋吝之也。

〔四〇〕犴獄：詩小宛：「宜岸宜獄。」

〔四一〕敲搒：搒，音彭。漢書項籍傳：執敲扑以鞭笞天下。

〔四二〕罝罘：音嗟浮。記月令：田獵罝罘羅網畢。

〔四三〕修修：魏甄后詩：「樹木何修修。」

〔四四〕首歸路：首，音狩。鮑照詩：「首路或參差，投駕均遠託。」

〔四五〕夷猶：屈原九歌：「君不行兮夷猶。」注：夷猶，猶豫也。

〔四六〕嗣皇：孫云：貞元二十一年八月，憲宗即位。

〔四七〕共吺：吺，古文兜字。書舜典：流共工于幽州，放驩兜于崇山。□云：謂憲宗貶王伾開州司馬，王叔文渝州司户也。

〔四八〕顛夭：書君奭：時則有若閎夭，有若泰顛。韓云：謂當時杜黄裳、鄭餘慶之徒爲相。

〔四九〕鴻疇：按：後漢書蔡邕傳，洪範作鴻範，則鴻疇蓋謂鴻範九疇也。

〔五〇〕璜珮：三禮圖：凡玉珮有雙璜，璜中横衝牙，以蒼珠爲之。琅璆：琅璆，音郎求。書禹貢：厥貢惟璆琳琅玕。

〔五一〕兜鍪：鍪，音牟。揚雄長楊賦：「鞮鍪生蟣蝨。」善注：説文曰：鞮鍪，首鎧也。漢書刑法志：冠胄帶劍。師古曰：胄，兜鍪也。

〔五二〕三賢：□云：三賢即涯、建、程也。

〔五三〕卓犖：世説：陳元龍曰：奇逸卓犖，吾敬孔文舉。枚鄒：鄒陽、枚乘。

〔五四〕協心：書畢命：三后協心。齊聖：書冏命：昔在文、武，聰明齊聖。

〔五五〕理：□云：理，治也。唐人避高宗諱，故「治」字皆作「理」。毛輶：詩烝民：「德輶如毛。」

〔五六〕食苹同裯：詩：「呦呦鹿鳴，食野之苹。」又：「與子同袍。」謂三君同舉者也。

〔五七〕蜉蝣：詩曹風：「蜉蝣之羽，衣裳楚楚。」埤雅釋蟲：蜉蝣朝生暮殞。

〔五八〕齒、舌：孔叢子抗志篇：老萊子謂子思曰：子不見夫齒乎？齒堅剛，卒盡相磨，舌柔順，終以不敝。子思曰：吾不能爲舌，故不能事君。

〔五九〕鼻塞：釋名：鼻塞曰齆，涕久不通，遂至窒塞也。

〔六〇〕薰蕕：左傳：一薰一蕕，十年尚猶有臭。

〔六一〕松楸：孫云：松楸，舊壠也。

〔六二〕果：曹植與楊修書：若吾志未果，吾道不行。

〔六三〕歲已遒：宋玉九辯：「歲忽忽而遒盡。」

〔六四〕解網：賈誼新書：湯見祝設網者四面，乃去其三面。祝曰：蛛蝥作網，欲左，左，欲右，右，吾受其犯令者。士民聞之曰：德乃禽獸，而況我乎？蛛蝥：音朱牟。左思魏都賦：「蛛蝥之網，螳螂之衛。」

〔六五〕雷焕：晉書張華傳：斗牛之間，常有紫氣。華聞豫章人雷焕妙達象緯，乃要焕登樓仰觀。華曰：是何祥也？焕曰：寶劍之精上徹於天耳！因問：在何郡？焕曰：在豫章豐城。即補焕爲豐城令。到縣，得雙劍刻題，一曰龍泉，一曰太阿。

〔六六〕氛：一作「氣」。

〔六七〕借前籌：史記留侯世家：臣請借前箸以籌之。

〔六八〕暗投：鄒陽上吴王書：明月之珠，夜光之璧，以暗投人於道，衆無不按劍相眄者。何則？無因而至前也。

容齋隨筆：韓文公自御史貶陽山，新、舊二唐史皆以爲坐論宫市事。按：公赴江陵途中詩自叙此事甚詳。皇甫湜作公神道碑云：關中旱飢，人死相枕藉，吏刻取怨，先生列言天下根本，民急如是，請寬民徭，而免田租。專政者惡之，遂貶。然則不因論宫市明甚。

方云：公陽山之貶，行狀但云爲幸臣所惡，神道碑亦只云因疏關中旱飢，專政者惡之，則其非爲論宫市明矣。而詩云：「或自疑上疏，上疏豈其由？」則是又未必皆上疏之罪也。又曰：「同官盡才俊，偏善柳與劉。或慮語言洩，傳之落冤讎。」又岳陽樓詩云：「前年出官由，此禍最無妄。奸猜畏彈射，斥逐恣欺誣。」是蓋爲王叔文、韋執誼等所排矣。憶昨行云：「伾文未揃崖州熾，雖得赦宥常愁猜。」是其爲叔文等所排，豈不明甚。特無所歸咎，駕其罪於上疏耳。

按：方説此貶由伾、文得之，然由於劉、柳洩言伾、文，始知詩謂「豈其由不忍」，實指友朋而作疑詞也，不然則不必有「劉柳」、「豈其」二語。

永貞行〔一〕

君不見太皇亮陰未出令〔二〕，小人乘時偷國柄〔三〕。北軍百萬虎與貔〔四〕，天子自將非他師。一朝奪印付私黨，懍懍朝士何能爲〔五〕？狐鳴梟噪爭署置〔六〕，睗睒跳踉相嫵媚〔七〕。夜作詔書朝拜官，超資越序曾無難〔八〕。公然白日受賄賂〔九〕，火齊磊落堆金盤〔一〇〕。元臣故老不敢語〔一一〕，晝卧涕泣何汍瀾！董賢三公誰復惜〔一二〕？侯景九錫行可歎〔一三〕。國家功高德且厚，天位未許庸夫干〔一四〕。嗣皇卓犖信英主，文如太宗武高祖。膺圖受禪登明堂〔一五〕，共流幽州鯀死羽。四門肅穆賢俊登〔一六〕，數君匪親豈其朋〔一七〕？郎官清要爲世稱，荒郡迫野嗟可矜〔一八〕。湖波連天日相騰，蠻俗生梗瘴癘烝。江氛嶺祲昏若凝〔一九〕，一蛇兩頭見未曾〔二〇〕。怪鳥鳴唤令人憎〔二一〕，蠱蟲群飛夜撲燈。雄虺毒螫墮股肱〔二二〕，食中置藥肝心崩。左右使令詐難憑，慎勿浪信常兢兢〔二三〕。吾嘗同僚情可勝〔二四〕，具書目見非妄徵〔二五〕，嗟爾既往宜爲懲。

〔一〕舊唐書順宗紀：貞元二十一年正月丙申即位，風病不能聽政，以王伾爲右散騎常侍，王叔文爲户部侍郎、度支鹽鐵轉運使，事無巨細，皆決於二人。物論喧雜。四月册皇太子。八月册爲皇帝，改貞元二十一年爲永貞元年，貶王伾爲開州司馬，王叔文爲渝州司户。

〔二〕太皇：新唐書順宗紀：永貞元年八月庚子，自稱曰太上皇。

〔三〕乘時偷柄：順宗實録：上學書於王伾，頗有寵，王叔文以棋進，俱待詔翰林，出入東宫。德宗大漸，上疾不能言。伾即入，以詔召叔文入，坐翰林中使決事。伾以叔文意入言於宦者李忠言，稱詔行下，外初無知者。新唐書王叔文傳：順宗立，不能聽政，深居施幄坐，以牛昭容、宦人李忠言侍側，群臣奏事，從帷中可其奏。大抵叔文因伾，伾因忠言，忠言因昭容，更相倚仗。伾主傳受，叔文主裁可，乃授之中書，韋執誼作詔文施行焉。叔文每言：錢穀者，國大本，操其柄，可因以市士。乃白用杜佑領度支、鹽鐵使，己副之，實專其政。

〔四〕北軍：史記吕后紀：乃令吕禄爲上將軍，軍北軍。新唐書兵志：天子禁軍者，南北衙兵也。南衙諸衛兵，北衙禁軍。上元中，以北衙軍使衛伯玉爲神策軍節度使，魚朝恩爲監軍。後朝恩以軍歸禁中，分爲左右廂，勢居北軍右，遂爲天子禁軍，非它軍比。自肅宗以後，北軍增置不一，京畿之西，多以神策鎮之，塞上往往稱神策行營，皆内統於中人矣。王叔文用事，欲取神策兵柄，乃用故將范希朝爲左右神策、京西諸城鎮行營兵馬節度使，以奪宦者權而不克。虎貔：貔，音毗。書牧誓：尚桓桓如虎如貔。

〔五〕懍懍：書泰誓：百姓懍懍。

〔六〕狐鳴梟噪：史記陳涉世家：夜火狐鳴。屈原離騷：「鴟梟群而制之。」舊唐書王叔文傳：叔文司兩使利柄，齒於外朝。愚智同曰：城狐山鬼，必夜號窟居以禍福人，人亦神而畏之；一旦晝出路馳，無能必矣。　署置：董仲舒詣丞相公孫弘記室書：留心署置，以明消滅邪枉之跡。

〔七〕睗睒：睗，式亦切。説文：睗，目疾視也。睒，暫視貌。左思吴都賦：「忘其所以睒睗。」跳踉：音迢梁。莊子逍遥游：子獨不見夫狸狌乎？東西跳梁，不避高下。晉書諸葛長民傳：長民富貴之後，常眠中驚起跳踉，如與人相打。嫵媚：司馬相如上林賦：「嫵媚孅弱。」埤蒼：嫵媚，悦也。廣雅釋詁：嫵媚，好也。

〔八〕超資越序：順宗實録：叔文既得志，首用韋執誼爲相，其常所交結相次拔擢，至一日除數人。

〔九〕公然：漢書胡建傳：今監察御史公穿軍垣，以求賈利。師古曰：公謂顯然爲之。受賄賂：新唐書王伾傳：當其黨盛，門皆若沸羹，而伾尤通天下賕謝，日月不闋。爲巨匱，裁竅以受珍，使不可出。

〔一〇〕火齊：齊，音劑。班固西都賦：「翡翠火齊，流耀含英。」南史中天竺國傳：火齊狀如雲母，色如紫金，有光耀，別之則如蟬翼，積之則如紗縠之重沓。

〔一一〕元臣故老：順宗實録：二月丁酉，吏部尚書平章事鄭珣瑜去位。其日，珣瑜方與諸相會食於中書，故事，百寮無敢謁見者。叔文欲與執誼計事，直省入白，執誼逡巡竟起迎叔文，就其閤語良久，宰相杜佑、高郢、珣瑜皆停箸以待。有報者云：叔文索飯，韋相已與之同餐閤中矣。佑、郢心知其不可，畏懼莫敢出言。珣瑜獨歎曰：「吾豈可復居此位。」顧左右取馬徑歸，遂不起。前是，左僕射賈耽以疾歸第，未起，珣瑜又繼去。二相皆天下重望，相次歸卧。叔文等益無所顧忌，遠近大懼。

〔一二〕董賢三公：漢書董賢傳：上寖重賢，欲極其位，遂以賢爲大司馬衛將軍。是時，賢年二十二，爲三公。

〔一三〕侯景九錫：韓詩外傳：諸侯之有德，天子錫之。一錫車馬，再錫衣服，三錫虎賁，四錫樂器，五錫納陛，六錫朱户，七錫弓矢，八錫鈇鉞，九錫秬鬯。南史侯景傳：景矯蕭棟詔，自加九錫。

〔一四〕天位：班彪王命論：又況幺麿，不及數子，而欲闇姦天位者乎？師古曰：姦，音干。

〔一五〕膺圖：洛陽伽藍記：膺籙受圖，定鼎嵩、洛。明堂：逸周書明堂解：明堂者，明諸侯之尊卑也，故周公建焉。制禮作樂，頒度量，而天下大服。

〔一六〕四門：書舜典：賓于四門，四門穆穆。

〔一七〕數君：順宗實録：叔文密結韋執誼，並有當時名欲僥倖而速進者陸質、吕温、李景儉、韓曄、韓泰、陳諫、劉禹錫、柳宗元等十數人，定爲死交。

〔一八〕郎官荒郡：舊唐書憲宗紀：永貞元年九月，京西行營節度行軍司馬韓泰貶撫州刺史，司封郎中韓曄貶池州刺史，禮部員外郎柳宗元貶邵州刺史，屯田員外郎劉禹錫貶連州刺史，坐交王叔文也。十月再貶韓泰虔州，陳諫台州，柳宗元永州，劉禹錫朗州，韓曄饒州，凌準連州，程异郴州，皆爲州司馬。□云：「郎官荒郡」，意指劉禹錫坐叔文黨貶連州也。公方量移江陵，而夢得出爲連州，邂逅荆蠻，故作是詩，觀終篇之意可見。禹錫至荆南，改武陵司馬，此詩未改武陵前作也。愚按：詩曰「數君」，蓋概言之。諸人皆自郎官遷謫，又皆竄南方，非獨禹錫也。然公於二韓輩未聞相好，終篇「同僚」一語，有以知其兼爲劉、柳而作，柳貶邵州，亦當過江陵也。

〔一九〕江氛嶺祲：按：新唐書地理志：撫州、池州、邵州皆屬江南西道，惟連州屬嶺南道。

〔二〇〕兩頭蛇：爾雅釋地：中央有枳首蛇焉。注：岐頭蛇也。今東南呼兩頭蛇爲越王約髮，亦名弩弦。爾雅翼：嶺表録異曰：兩頭蛇，嶺外多此類。時有如小指大者，長尺餘，腹下鱗紅，背錦文。一頭有口眼，一頭似蛇而無口眼。云兩頭俱能進退，謬也。南人見之爲常，其禍安在哉？見未曾：砦溪詩話：莊子文多奇變，如「技經肯綮之未嘗」，乃「未嘗經肯綮」也。詩句中時有此法，昌黎「一蛇兩頭見未曾」，是也。

〔二一〕怪鳥：爾雅釋鳥：狂，茅鴟。注：今鳩①鴟也。又：怪鴟。注：即鴟鵂也，今江東通呼此屬爲怪鳥。嗚唤：爾雅釋鳥：鷺，澤虞。注：常在澤中，見人輒嗚唤不去。

〔二二〕雄虺：爾雅釋魚：蝮虺，博三寸，首大如臂②。宋玉招魂：「南方不可以止些。」「雄虺九首。」「吞人以益其心些。」毒螫：淮南説山訓：貞蟲之動以毒螫。墮股肱：漢書田儋傳：蝮蠚手則斬手，蠚足則斬足。爾雅翼：蝮蛇之最毒者，著手斷手，著足斷足。不爾，合身糜潰。

〔二三〕兢兢：詩小旻：「戰戰兢兢。」

〔二四〕同僚：詩板：「我雖異事，及爾同僚。」左傳：荀伯曰：同官爲僚，吾嘗同僚，敢不盡心乎？蔡寬夫詩話：子厚、禹錫於退之最厚善，然退之貶陽山，不能無疑。及其爲永貞行，憤嫉至云：「數君非親豈其朋。」又云：「吾嘗同僚情可勝。」則亦見坦夷尚義，待朋友始終也。

〔二五〕目見：韓云：公先以言事出爲陽山令，故書所目見告之。

【校　記】

①「鳩」，爾雅注疏作「鷱」。

②「臂」，爾雅注疏作「擘」。

和歸工部送僧約原注：工部，歸登也。〔一〕

早知皆是自拘囚，不學因循到白頭〔二〕。汝既出家還擾擾〔三〕，何人更得死前休〔四〕？

〔一〕舊唐書歸登傳：登，字沖之，崇敬之子。順宗初，以東朝舊恩超拜給事中，遷工部侍郎，與孟簡、劉伯芻、蕭俛受詔，同翻譯大乘本生心地觀經。方云：約，荆州人，詳見劉夢得集。

〔二〕因循：南史張融傳：丈夫當删詩、書，制禮樂，何至因循寄人籬下？

〔三〕擾擾：莊子天道篇：膠膠擾擾乎？

〔四〕死前休：荀子大略篇：子貢曰：大哉死乎！君子息焉，小人休焉。

木芙蓉〔一〕

新開寒露叢，遠比水間紅。豔色寧相妒，嘉名偶自同〔二〕。采江官渡晚〔三〕，搴木古祠空〔四〕。願得勤來看，無令便逐風。

〔一〕按：此詩舊編在前詩之後，大抵江陵所作。

〔二〕嘉名：屈原離騷：「肇錫余以嘉名。」

〔三〕采江：古詩十九首：「涉江采芙蓉。」

〔四〕搴木：屈原九歌：「搴芙蓉兮木末。」朱子曰：此詩言荷花與木芙蓉生不同處，而色皆美，名又同，故以采江、搴木二事相對，言其生處。而九歌者，祭神之詞，故曰古祠也。

讀皇甫湜公安園池詩書其後一首〔一〕

晉人目二子，其猶吹一吷〔二〕。區區自其下，顧肯挂牙舌。春秋書王法，不誅其人身。爾雅注蟲魚〔三〕，定非磊落人。湜也困公安，不自閑窮年。枉智思掎摭，糞壤汙穢豈有臧〔四〕？誠不如兩忘〔五〕，但以一概量〔六〕。我有一池水，蒲葦生其間。蟲魚沸相嚼〔七〕，日夜不得閑。我初往觀之，其後益不觀。觀之亂我意，不如不觀完〔八〕。用將濟諸人，捨得業孔顔。百年詎幾時？君子不可閑。

〔一〕新唐書皇甫湜傳：湜，字持正，睦州新安人。擢進士第，爲陸渾尉，仕至工部郎中。又地理志：江陵府江陵郡公安縣，屬山南東道。按：胡元任曰：「我有一池水」以下，當爲別篇。此說未確，但中有闕文，不可强解。

〔二〕晉人一吷：吷，許劣切。莊子則陽篇：惠子曰：吹劍首者，吷而已矣。堯舜，人之所譽也。道堯舜於戴晉人之前，譬猶一吷也。

〔三〕爾雅注：按：爾雅有釋蟲、釋魚。郭璞爾雅序：爾雅者，所以通訓詁之指歸，可以博物不惑，多識於鳥獸草木之名。

〔四〕王云：一本作「不自閑其閑，窮年枉智思，掎摭糞壤間，汙穢豈有臧」。方云：蜀本作「糞壤多汙穢，豈必有否臧」，又一本作「豈有臧不臧」。朱子曰：此詩多不可曉，當闕。窮年：荀子解蔽篇：知物之理，没世窮年，不能遍也。智思：爾雅釋訓：條條秩秩，智也。注：皆智思深長。後漢書東平王蒼傳：少好經書，雅有智思。掎摭：音几炙。曹植與楊修書：劉季緒才不能逮於作者，而好詆訶文章，掎摭利病。糞壤：屈原離騷：「蘇糞壤而充幃兮，謂申椒其不芳。」

〔五〕兩忘：莊子大宗師篇：不如兩忘而化其道。

〔六〕一概量：屈原懷沙賦：「同糅玉石兮，一概而相量。」

〔七〕沸：詩蕩：「如蜩如螗，如沸如羹。」

〔八〕完：秦國策：此臣所謂危，不如伐蜀之完也。

□云：公集有和湜陸渾山火及書公安園池詩後，今考持正集，二詩皆亡，其他亦未嘗有一傳世者，偶然逸耶，抑皆不足以傳世也？劉貢父云：持正不能詩，「掎摭糞壤間」，公所以譏之，豈或然歟？

石林詩話：人之才力信自有限，李翱、皇甫湜皆韓退之高弟，而二人獨不傳其詩，不應散亡無一篇存者，計是非其所長，故不多作耳。退之集中有題湜公安園池詩後云：「爾雅注蟲魚，定非磊落人。」又有「用將施諸人，捨得業孔顏」，意若譏其徒爲無益而勸之使不作者。翱見遠游聯句，惟「前之詎灼灼，此去信悠悠」，一出之後，遂不復見，亦可知矣。然二人以非所工而不作，愈於不能而强爲之，亦可謂善用其短矣。

喜雪獻裴尚書〔一〕

宿雲寒不卷，春雪墮如簁〔二〕。騁巧先投隙〔三〕，潛光半入池〔四〕。喜深將策試〔五〕，驚密仰簷窺。自下何曾汙〔六〕，增高未覺危〔七〕。比心明可燭〔八〕，拂面愛還吹。妒舞時飄袖〔九〕，欺梅並壓枝。地空迷界限，砌滿接高卑。浩蕩乾坤合，霏微物象移。爲祥矜大熟〔一〇〕，布澤荷平施〔一一〕。已分年華晚，猶憐曙色隨。氣嚴當酒換，灑急聽窗知〔一二〕。照曜臨初日〔一三〕，玲瓏滴晚澌〔一四〕。聚庭看嶽聳，掃路見雲披。陣勢魚麗遠〔一五〕，書文鳥篆奇〔一六〕。縱歡羅豔黠，列賀擁熊螭〔一七〕。履弊行偏冷〔一八〕，門扃卧更羸〔一九〕。悲嘶聞病馬，浪走信嬌兒。竈靜愁烟絶〔二〇〕，絲繁念鬢衰。擬鹽吟舊句〔一一〕，授簡慕前規〔一二〕。捧贈同燕石〔一三〕，多慚失所宜。

〔一〕新唐書裴均傳：均，字君齊，光庭之曾孫，拜荆南節度使。劉闢叛，先騷黔、巫，脅荆、楚，均逆擊之，賊望風奔卻，加檢校吏部尚書。按：以下元和元年春夏在江陵作。

〔二〕篩：所宜切，一作「篩」。卓文君白頭吟：「魚尾何簁簁。」釋名：纚，簁也，粗可以簁物也。

〔三〕投隙：謝惠連雪賦：「終開簾而入隙。」

〔四〕入池：梁簡文帝春雪詩：「入池消不積，因風墜復來。」

〔五〕策：説文：策，馬箠也。

〔六〕自下：書太甲：若升高，必自下。

〔七〕增高：記月令：繼長增高，無有壞隳。

〔八〕比心：江總詩：「淨心抱冰雪。」

〔九〕妒舞：曹植洛神賦：「飄飄兮若流風之舞迴雪。」

〔一〇〕爲祥：詩信南山：「雨雪雰雰。」傳：豐年之冬，必有積雪。

〔一一〕平施：易謙卦：君子以裒多益寡，稱物平施。

〔一二〕聽窗知：邵氏聞見録：荆公嘗以「力去陳言誇末俗，可憐無補費精神」薄退之，然其詠雪則云：「借問火城將策試，何如雪屋聽窗知。」皆用退之句也。去古人陳言爲非，用古人陳言乃爲是耶！

〔一三〕臨初日：謝惠連雪賦：「若乃積素未虧，白日朝鮮。爛兮若燭龍，銜燿照崑山。」

〔一四〕滴晚澌：謝惠連雪賦：「爾其流滴垂冰，緣霤承隅。燦兮若馮夷，剖蚌列明珠。」風俗通：積冰曰凌，冰流曰澌。

〔一五〕魚麗：麗，平聲。左傳：鄭人爲魚麗之陣。

〔一六〕鳥篆：晉書衛恒傳：黄帝之史，沮誦、蒼頡，眺彼鳥跡，始作書契。

〔一七〕黯黠、熊螭：黠，胡八切。蔣云：黯黠指美女，熊螭指衛士。

〔一八〕履弊：史記滑稽傳：東郭先生行雪中，履有上無下，足盡履地。

〔一九〕門扃：汝南先賢傳：時大雪積地丈餘，洛陽令至袁安門，無有行路，謂安已死，令人除雪入户，見安僵卧。

〔二〇〕竈靜：陶潛詩：「窺竈不見烟。」

〔二一〕擬鹽：世説：謝太傅寒雪日内集，公曰：「白雪紛紛何所似？」兄子胡兒曰：「撒鹽空中差可擬。」

〔二二〕授簡：謝惠連雪賦：「王乃歌北風於衛詩，詠南山於周雅。授簡於司馬大夫。」

〔二三〕燕石：闞子：宋之愚人得燕石，藏之，以爲大寶。周客聞而觀焉，笑曰：此特燕石也，其與瓦甓不殊。

春雪間早梅〔一〕

梅將雪共春，彩豔不相因。逐吹能爭密，排枝巧妒新〔二〕。誰令香滿座，獨使淨無塵。芳意饒呈瑞，寒光助照人。玲瓏開已遍，點綴坐來頻〔三〕。那是俱疑似，須知兩逼真〔四〕。熒煌初亂眼〔五〕，浩蕩忽迷神。未許瓊華比〔六〕，從將玉樹親〔七〕。先期迎獻歲〔八〕，更伴占兹辰〔九〕。願得長輝映〔一〇〕，輕微敢自珍〔一一〕。

〔一〕按：春雪諸首，諒非一時所作，無可編年，皆附於此。

〔二〕排枝：梁簡文帝詩：「排枝度葉鳥爭歸。」妒新：陳子良詠春雪詩：「欲妒梅將柳，故落早春中。」

〔三〕點綴：世説：司馬太傅齋中夜坐，於時天月明淨，太傅歎以爲佳。謝景重答曰：意謂乃不如微雲點綴。

〔四〕逼真：水經注：山石似馬，望之逼真。

〔五〕亂眼：司馬相如上林賦：「芒芒怳忽。」郭璞曰：言眼亂也。

〔六〕瓊華：詩著：「尚之以瓊華乎而。」裴子野雪詩：「若贈離居者，折以代瑶華。」

〔七〕玉樹：揚雄甘泉賦：「翠玉樹之青葱。」張正見雪詩：「睢陽生玉樹。」

〔八〕獻歲：宋玉招魂：「獻歲發春兮。」注：獻歲，言歲始來進也。

〔九〕茲辰：鮑照詩：「茲辰自爲美，當避豔陽年。」

〔一〇〕輝映：傅亮芙蓉賦：「既輝映於丹墀。」

〔一一〕輕微：董仲舒雨雹對：寒月則雨凝於上，體尚輕微，而因風相襲，故成雪焉。

春雪

看雪乘清旦，無人坐獨謡〔一〕。拂花輕尚起，落地暖初銷。已訝陵歌扇，還來伴舞腰〔二〕。灑篁留密節，著柳送長條。入鏡鸞窺沼，行天馬度橋〔三〕。遍階憐可掬〔四〕，滿樹戲成摇。江浪迎濤日，風毛縱獵朝〔五〕。弄閑時細轉，爭急忽驚飄。城險疑懸布〔六〕，砧寒未擣綃〔七〕。莫愁陰景促，夜色自相饒。

〔一〕謡：詩園有桃：「心之憂矣，我歌且謡。」爾雅釋樂：徒歌謂之謡。

〔二〕歌扇、舞腰：陳子良詠春雪詩：「花承歌扇風。」

〔三〕窺沼、度橋：梁簡文帝詩：「望簷悲雙翼，窺沼泣前魚。」魏志鍾繇傳：行未十里度橋，馬驚。沈括云：杜甫詩：「香稻啄餘鸚鵡粒，碧梧棲老鳳皇枝。」意相反而語新，退之此聯蓋仿其體。

〔四〕可掬：左傳：舟中之指可掬也。

〔五〕風毛：班固西都賦：「風毛雨血，灑野蔽天。」

〔六〕懸布：左傳：晉荀偃、士匄伐偪陽，主人縣布，秦堇父登之。

〔七〕擣綃：班婕妤擣素賦：「投香杵，扣玟砧。」

春雪

新年都未有芳華，二月初驚見草芽。白雪卻嫌春色晚，故穿庭樹作飛花〔一〕。

〔一〕飛花：韓詩外傳：凡草木花多五出，雪花獨六出。裴子野詠雪詩：「落樹似飛花。」

春雪

片片驅鴻急，紛紛逐吹斜。到江還作水，著樹漸成花。越喜飛排瘴，胡愁厚蓋沙。兼雲封洞口，助月照天涯。瞑見迷巢鳥，朝逢失轍車。呈豐盡相賀，寧止力耕家。

杏花

居鄰北郭古寺空，杏花兩株能白紅〔一〕。曲江滿園不可到〔二〕，看此寧避雨與風。二年流竄出嶺外〔三〕，所見草木多異同。冬寒不嚴地恒泄〔四〕，陽氣發亂無全功〔五〕。浮花浪蕊鎮長有，纔開還落瘴霧中。山榴躑躅少意思，照耀黄紫徒爲叢。鷓鴣鉤輈猿叫歇〔六〕，杳杳深谷攢青楓〔七〕。豈如此樹一來翫，若在京國情何窮？今旦胡爲忽惆悵，萬片飄泊隨西東。明年更發應更好，道人莫忘鄰家翁〔八〕。

〔一〕能白紅：李白詩：「桃花能紅李能白。」愚按：杏花初放，紅後漸白。

〔二〕曲江：史記司馬相如傳：臨曲江之洲。索隱曰：曲江在杜陵西北。太平寰宇記：曲江池，漢武帝所造，其水曲折，有似廣陵之江，故名。康駢劇談録：曲江，開元中疏鑿爲勝境。其南有紫雲樓、芙蓉苑，其西有杏園、慈恩寺，花卉環周，烟水明媚。

〔三〕二年流竄：□云：公出爲陽山凡二年，至是始爲掾江陵。

〔四〕冬寒不嚴：鮑照詩：「江南多暖谷，雜樹茂寒峰。」地恒泄：記月令：孟冬行春令，则凍閉不密，地氣上泄。又：地氣沮泄，是謂發天地之房。

〔五〕無全功：列子天瑞篇：天地無全功。

〔六〕鷓鴣鉤輈：左思吴都賦：「鷓鴣南翥而中留。」善曰：鷓鴣如雞，黑色，其鳴自呼。常南飛不北。豫章以南諸郡，處處有之。嶺表記：鷓鴣自呼云鉤輈。

〔七〕攢青楓：宋玉招魂：「湛湛江水兮上有楓。」南方草木狀：五嶺之間多楓木。

〔八〕道人：按：南史顧歡傳：「道之與佛，遥絶無二。吾見道士與道人戰儒、墨，道人與道士辨是非。」又世説稱「林道人」、「道一道人」，皆係沙門，此蓋謂寺僧也。忘：音望。

李花贈張十一署

江陵城西二月尾，花不見桃惟見李。風揉雨練雪羞比〔一〕，波濤翻空杳無涘〔二〕。君知此處花何似？白花倒燭天夜明，群雞驚鳴官吏起。金烏海底初飛來，朱輝散射青霞開〔三〕。迷魂亂眼看不得〔四〕，照耀萬樹繁如堆。念昔少年著游燕，對花豈省曾辭杯。自從流落憂感集〔五〕，欲去未到先思迴。祇今四十已如此〔六〕，後日更老誰論哉！力攜一樽獨就醉，不忍虚擲委黄埃〔七〕。

〔一〕揉：音柔。

〔二〕涘：詩葛藟：「在河之涘。」爾雅釋丘：涘，爲厓。
〔三〕青霞：江淹恨賦：「鬱青霞之陰①意。」
〔四〕迷魂：顏氏家訓：未嘗不心醉魂迷。
〔五〕流落：按：史記霍去病傳：「諸宿將常坐留落不遇。」索隱曰：「謂遲留零落也。」楊慎曰：「今作流落，非。」然阮瑀詩「流落恒苦心」，其來久矣。
〔六〕四十：按：是年三十九，四十蓋舉成數而言。
〔七〕黄埃：淮南墬形訓：黄埃五百歲生黄澒。謝尚詩：「青陽二三月，柳青桃復紅。車馬不相識，皆落黄埃中。」

【校　記】

①「陰」，文選作「奇」。

寒食日出游 自注：張十一院長見示病中憶花九篇。寒食日出游，夜歸，因以投贈。〔一〕

李花初發君始病，我往看君花轉盛。走馬城西惆悵歸〔二〕，不忍千株雪相映〔三〕。邇來又見桃與梨，交開紅白如爭競。可憐物色阻攜手〔四〕，空展霜縑吟九詠。紛紛落盡泥與塵，不共新妝比端正。桐華最晚今已繁〔五〕，君不强起時難更〔六〕。關山遠別固其理，寸步難見始知命〔七〕。憶昔與君同貶官，夜渡洞庭看斗柄〔八〕。豈料生還得一處，引袖拭淚悲且慶。各言生死兩追隨，直置心親無貌敬〔九〕。念君又署南荒吏〔一〇〕，路指鬼門幽且夐〔一一〕。三公盡是知音人〔一二〕，曷不薦賢陛下聖〔一三〕？囊空甑倒誰救之〔一四〕？我今一食日還併〔一五〕。自然憂氣損天和，安得康强保天性。斷鶴兩翅鳴何哀〔一六〕，縶驥四足氣空横〔一七〕。今朝寒食行野外，緑楊市岸蒲生迸〔一八〕。宋玉庭邊不見人〔一九〕，輕浪參差魚動鏡〔二〇〕。自嗟孤賤足瑕疵，特見放縱荷寬政〔二一〕。飲酒寧嫌醆底深〔二二〕，題詩尚倚筆鋒勁〔二三〕。明宵故欲相就醉〔二四〕，有月莫愁當火令〔二五〕。

〔一〕荆楚歲時記：去冬節一百五日，即有疾風甚雨，謂之寒食，禁火三日。

〔二〕走馬：漢書張敞傳：走馬章臺街。

〔三〕千株：梁簡文帝南郊頌：百果千株。

〔四〕擕手：詩北風：「惠而好我，擕手同行。」

〔五〕桐華：記月令：季春之月，桐始華。

〔六〕强起：史記白起傳：武安君稱病，秦王聞之，强起武安君。時難更：書牧誓：時哉弗可失。按：「君不强起時難更」及「拘官計日月，欲進不可又」，以虚字押韻，皆爲奇崛。要亦本於詩經「天命不又」、「矧敢多又」，非創也。

〔七〕寸步：神仙傳：薊子訓曰：「吾千里不倦，豈惜寸步乎？」

〔八〕看斗柄：淮南齊俗訓：夫乘舟而惑者，不知東西，見斗極則曉然寤矣。

〔九〕直置：江淹詩：「直置忘所宰，蕭散得遺慮。」心親貌敬：記表記：君子不以色親人。情疏而貌親，在小人則穿窬之盜也與！

〔一〇〕南荒吏：張署墓誌：逢恩俱徙江陵掾，半歲，邕管奏爲判官。

〔一一〕鬼門：舊唐書地理志：容州北流縣南三十里有兩石相對，其間闊三十步，俗號鬼門關。諺曰：鬼門關，十人九不還。屬嶺南道。

〔一二〕三公：書周官：立太師、太傅、太保，兹惟三公。新唐書百官志：太尉、司徒、司空，各一人，是爲三公。

〔一三〕陛下：蔡邕獨斷：謂陛下者，群臣不敢指斥天子，故呼在陛下者，因卑達尊之義也。

〔一四〕囊空甑倒：杜甫詩：「囊空恐羞澀，留得一錢看。」後漢書郭泰傳：孟敏客太原，荷甑墮地，不顧而去。

〔一五〕併日：記儒行：儒有易衣而出，併日而食。

〔一六〕斷鶴兩翅：世説：支公好鶴，有人遺其雙鶴，少時翅長欲飛，乃鎩其翮。鶴軒翥不復能飛，乃反顧翅，如有懊喪意。林曰：既有陵霄之姿，何肯爲人作耳目近玩。養令翮成，置使飛去。

〔一七〕縶驥四足：淮南俶真訓：身蹈於濁世之中，而責道之不行也，是猶兩絆騏驥而求其致千里也。

〔一八〕生：一作「芽」。

〔一九〕宋玉庭邊：水經注：宜城南有宋玉宅。玉，邑人。余知古渚宮故事：庾信歸江陵，居宋玉故宅。哀江南賦云「誅茅宋玉之宅，穿徑臨江之府」，老杜云「曾聞宋玉宅，每欲到荆州」是也。

〔二〇〕魚動鏡：潘岳詩：「游魚動圓波。」虞世南孔子廟堂碑：皎潔璧池，圓流若鏡。

〔二一〕寬政：左傳：羈旅之臣，幸若獲宥，及于寬政。

〔二二〕觥底深：李膺罰爵典故：桑乂在江總席上曰：「雖深觥百罰，吾亦不辭也。」

〔二三〕筆鋒：鮑照詩：「兩説窮舌端，五車摧筆鋒。」

〔二四〕故欲：李陵答蘇武書：故欲如前書之言。按：古人多用「故」字，與「固」同義。

〔二五〕火令：周禮夏官司爟：掌行火之政令，季春出火，季秋内火，時則施火令。魏武帝禁絶火令：聞太原、西河、上党、鴈門，冬至後百五日，皆絶火寒食。云爲介子推。朱子曰：此言夜行有月，故不憂當寒食禁火之令耳。

感春四首

我所思兮在何所〔一〕，情多地遐兮遍處處。東西南北皆欲往〔二〕，千林隔兮萬山阻。春風吹園雜花開〔三〕，朝日照屋百鳥語。三杯取醉不復論，一生長恨奈何許〔四〕！

皇天平分成四時，春風漫誕最可悲。雜花妝林草蓋地，白日座上傾天維〔五〕。蜂喧鳥咽留不得，紅萼萬片從風吹。豈如秋霜雖慘冽〔六〕，摧落老物誰惜之〔七〕？爲此徑須沽酒飲，自外天地棄不疑。近憐李杜無檢束，爛熳長醉多文辭。屈原離騷二十五〔八〕，不肯餔啜糟與醨〔九〕。惜哉此子巧言語，不到聖處寧非癡〔一〇〕。幸逢堯舜明四目〔一一〕，調理品彙皆得宜。平明出門暮歸舍，酩酊馬上知爲誰？

朝騎一馬出，暝就一牀卧。詩書漸欲拋，節行久已惰。冠欹感髮禿，語誤悲齒墮。孤負平生心，已矣知何奈〔一二〕？

我恨不如江頭人，長網橫江遮紫鱗〔一三〕。獨宿荒陂射鳧鴈〔一四〕，賣納租賦官不嗔。歸來歡笑對妻子，衣食自給寧羞貧。今者無端讀書史，智慧只足勞精神。畫蛇著足無處用〔一五〕，兩鬢雪白趨埃塵〔一六〕。乾愁漫解坐自累，與衆異趣誰相親？數杯澆腸雖暫醉，皎皎萬慮醒還新。百年未滿不得死，且可勤買拋青春〔一七〕。

〔一〕我所思兮：張衡四愁詩一章曰：「我所思兮在泰山。」

〔二〕東西南北：記檀弓：「今丘也，東西南北之人也。」

〔三〕雜花：丘遲與陳伯之書：「暮春三月，江南草長，雜花生樹，群鶯亂飛。」

〔四〕奈何許：古樂府讀曲歌：「奈何許！石闕生口中，銜悲不得語。」

〔五〕傾天維：傅休奕詩：「輟耕綜時綱，解褐傾①天維。」王云：一本注云：「天維」謂春光照灼，如帷帟之張舉也。

〔六〕憯洌：司馬相如美人賦：「流風憯洌，素雪飄零。」

〔七〕老物：周禮春官籥章：國祭蜡則歙豳頌，擊土鼓以息老物。晉書宣穆張皇后傳：宣帝常臥疾，后往省病，帝曰：「老物可憎。」后慚恚不食，諸子亦不食，帝驚謝。退而謂人曰：「老物不足惜，慮困我好兒耳。」

〔八〕離騷二十五：王逸楚辭叙：屈原作離騷，復作九歌以下，凡二十五篇。

〔九〕餔糟啜醨：屈原漁父篇：聖人不凝滯於物，而能與世推移。衆人皆醉，何不餔其糟而啜其醨？

〔一〇〕聖處：韓云：「聖處」謂酒清者爲聖人先儒云。公以原介於莊周、司馬遷之間，其感春詩云云，蓋與原之懲於諷諫，而傷其違聖之達節也。按：清者爲聖，始於鄒陽酒賦，又見魏志徐邈傳，與此無涉。此只言不肯餔糟啜醨，非聖人推移之義耳，是用屈原本文。

〔一一〕明四目：書舜典：明四目。

〔一二〕奈：一本作「那」。

〔一三〕紫鱗：左思蜀都賦：「鮮以紫鱗。」

〔一四〕射鳧鴈：詩雞鳴：「將翺將翔，弋鳧與鴈。」

〔一五〕畫蛇著足：齊國策：昭陽爲楚攻齊，陳軫謂昭陽曰：楚有祠者，賜其舍人卮酒。舍人相謂曰：請畫地爲蛇，先成者飲酒。一人蛇先成，舉酒且飲，曰：「吾能爲之足。」未成，一人之蛇成，奪其卮，曰：「蛇固無足，子安能爲之足？」遂飲其酒，爲蛇足者終亡其酒。

〔一六〕兩鬢雪白：左思白髮賦：「星星白髮，生於鬢垂。」

〔一七〕抛青春：蘇軾云：退之詩：「百年未滿不得死，且可勤買抛青春。」國史補云：酒有郢州之富水，烏程之若下，滎陽之土窟春，富平之石凍春，劍南之燒春。杜子美亦云：「聞道雲安麴米春，纔傾一醆便醺人。」近世裴鉶作傳奇記裴航事，亦有「酒名松醪春」。乃知唐人名酒多以春，則抛青春亦必酒名也。

【校記】

①「傾」，樂府詩集作「衿」。

憶昨行和張十一

憶昨夾鐘之吕初吹灰〔一〕，上公禮罷元侯迴〔二〕。車載牲牢甕舁酒〔三〕，並召賓客延鄒枚〔四〕。腰金首翠光照耀〔五〕，絲竹迴發清以哀。青天白日花草麗，玉斝屢舉傾金罍〔六〕。張君名聲座所屬，起舞先醉長松摧〔七〕。宿酲未解舊痁作〔八〕，深室靜卧聞風雷。自期殞命在春序，屈指數日憐嬰孩〔九〕。危辭苦語感我耳，淚落不揜何漼漼〔一〇〕。念昔從君渡湘水，大帆夜劃窮高桅〔一一〕。陽山鳥路出臨武〔一二〕，驛馬拒地驅頻隤〔一三〕。踐蛇茹蠱不擇死〔一四〕，忽有飛詔從天來。伾文未揃崖州熾〔一五〕，雖得赦宥恒愁猜〔一六〕。近者三姦悉破碎〔一七〕，羽窟無底幽黄能〔一八〕。眼中了了見鄉國〔一九〕，知有歸日眉方開。今君縱署天涯吏，投檄北去何難哉？無妄之憂勿藥喜〔二〇〕，一善自足禳千灾。頭輕目朗肌骨健，古劍新劚磨塵埃〔二一〕。殃銷禍散百福併〔二二〕，從此直至耇與鮐〔二三〕。嵩山東頭伊洛岸〔二四〕，勝事不假須穿栽〔二五〕。君當先行我待滿〔二六〕，沮溺可繼窮年推〔二七〕。

〔一〕夾鐘：史記律書：二月也，律中夾鐘，言陰陽相夾廁也，其於十二支爲卯。吹灰：後漢書律曆志：候氣之法，爲室三重，布緹幔。以木爲案，每律各一，内庳外高，從其方位，加律其上。以葭莩灰抑其内端，按曆而候之，氣至者灰去。

〔二〕上公：洪云：上作社，謂杜佑自淮南入朝也。方云：上作社，謂荆帥裴均罷社享客也。朱子曰：方説是也，但以「上」爲「社」，則未然。左傳：「五行之官封爲上公，祀爲貴神。」其木正曰后土，在家則祀中霤，在野則爲社。故杜注「用幣於社」云「以請於上公」，則上公即社神也。况此句内又自以元侯爲對耶？元侯：左傳：肆夏，天子所以享元侯也。按：元侯謂裴均。

〔三〕舁：音輿。説文：共舉也。玉篇：二人對舉也。

〔四〕延鄒枚：謝惠連雪賦：「召鄒生，延枚叟。」

〔五〕腰金：按：舊唐書輿服志：文武三品以上金玉帶，四品五品並金帶。首翠：新唐書車服志：遠游冠，三梁加金博山，附蟬首，施珠翠。

〔六〕玉斝：斝，音嫁。詩行葦：「洗爵奠斝。」記明堂位：殷以斝，周以爵。禮：玉斝不揮。

〔七〕長松摧：世説：山公曰：嵇叔夜之爲人也，巖巖若孤松之獨立。其醉也，傀俄若玉山之將崩。

〔八〕宿酲：詩節南山：「憂心如酲。」注：酒病曰酲。痁作：痁，失廉切。左傳：齊侯疥遂痁。杜預曰：痁，瘧疾也。又：痁作而伏。

〔九〕數：上聲。

〔一〇〕灌灌：陸機祭魏武帝文：「指季豹而灌焉。」善曰：「灌，涕泣垂貌。」

〔一一〕大帆：釋名：帆，泛也，隨風張幔曰帆，使舟疾泛泛然也。高桅：桅，五灰切。廣韻：桅，小船上檣竿也。

〔一二〕鳥路：南中八志：鳥道四百里，以其險絶，獸猶無蹊，特上有飛鳥之道耳。陽山、臨武：□云：公責連之陽山令，張爲郴之臨武，郴在江南，連則廣南也。

〔一三〕隤：音頽。詩卷耳：「陟彼崔嵬，我馬虺隤。」

〔一四〕踐蛇：海内西經：開明西有鳳凰鸞鳥，皆戴蛇踐蛇。

〔一五〕伾文、崖州：按：新、舊唐書王伾、王叔文、韋執誼傳，永貞元年八月，叔文貶渝州司户，明年誅之。伾貶開州司馬，死其所。十月，執誼貶崖州司户，以宰相杜黄裳之壻，故最後貶，是氣焰未衰也，亦死於貶所。揃：子踐切，一作「翦」。説文：揃，滅也。史記西南夷傳贊：揃，剽分二方。索隱曰：揃，謂被分剖也。

〔一六〕赦宥：易解卦：君子以赦過宥罪。

〔一七〕破碎：史記酷吏傳：義縱爲南陽太守，案甯成，盡破碎其家。

〔一八〕黄能：能，奴來切。左傳：子産曰：昔堯殛鯀于羽山，其神化爲黄熊（奴來反），以入于羽淵。晉語作「能」。注：能似熊。魏云：能有兩音，奴來切者，三足鼈也。奴登切者，熊屬，足似鹿者也。東海人祭禹廟，不用熊白及鼈爲饌。疑鯀化爲二物，則兩音亦可通用也。

〔一九〕了了：羅含湘中記：湘水至清，雖深五六丈，見底了了然。神仙傳：王烈入抱犢山中，見一石室，架上有素書，乃與嵇康共往讀之。至其道徑，了了分明，比反又失所在。又：涉正説秦始皇時事，了了似及見者。

〔二〇〕勿藥：易无妄卦：无妄之疾，勿藥有喜。

〔二一〕劚：陟玉切。

〔二二〕百福：詩閟宫：「降之百福。」

〔二三〕耇、鮐：鮐，音台。詩行葦：「黄耇台背。」箋：台之言鮐也，大老則背有鮐文。

〔二四〕伊洛：書禹貢：伊、洛、瀍、澗，既入于河。

〔二五〕勝事：梁武帝答陶隱居書：宜微以著賞，此既勝事，雖風訓非嫌。穿栽：按：「穿栽」難解，大抵「穿」如穿渠，「栽」如栽花之類。

〔二六〕待滿：任昉詩：「田荒我有役，秩滿余謝病。」

〔二七〕窮年推：推，他回切。韓云：禮記月令：天子三推，三公五推，卿諸侯九推。「推」字取此。□云：公家河南，而嵩山、伊水、洛水並隸焉。詩意欲與張耦耕於嵩山下也。

韓昌黎詩集編年箋注卷四

卷四凡一十七首，前四首，元和元年夏在江陵作。以下十三首，六月後自江陵召還爲國子博士作。

題張十一旅舍三詠〔一〕

榴花〔二〕

五月榴花照眼明，枝間時見子初成。可憐此地無車馬，顛倒青苔落絳英〔三〕。

〔一〕□云：公自陽山與張十一徙掾江陵，道潭州而作，以其詠井云「賈誼宅中今始見」知之。愚按：永貞元年夏，公與署俟命郴州，其過潭在八九月，非五月也。此詩大抵在江陵作。以署遷謫南方，而宅中亦有井，故比賈誼云爾。且在潭不過旅泊，安得種蒲萄耶？

〔二〕西京雜記：初修上林苑，群臣遠方各獻名果異樹，有安石榴十株。爾雅翼：石榴，或云本生西域，張騫使外國得之。

〔三〕青苔：潘岳安石榴賦：「壁衣蒼苔，瓦被①駮蘚。」

【校　記】

① 破，藝文類聚作「被」。

② 被，原作「破」，據藝文類聚改。

井

賈誼宅中今始見〔一〕，葛洪山下昔曾窺〔二〕。寒泉百尺空看影〔三〕，正是行人渴死時〔四〕。

〔一〕賈誼宅中：水經注：湘州郡廨西陶侃廟，云舊是賈誼宅，中有一井，是誼所鑿，極小而深，上斂下大，其狀似壺。旁有一腳石牀，纔容一人坐形，流俗相承，云誼宿所坐牀。

〔二〕葛洪山下：水經注云：藺風山，山有三嶺，下臨大川，丹陽葛洪遯世居之，基井存焉。蔣云：葛洪丹井，所在有之，公所指者，疑在郴州。

〔三〕寒泉：易井卦：井冽寒泉食。

〔四〕行人：孫楚井賦：「渴人來翔，行旅是賴。」渴死：列子湯問篇：夸父逐日影，道渴而死。

蒲萄〔一〕

新莖未遍半猶枯〔二〕，高架支離倒復扶〔三〕。若欲滿盤堆馬乳〔四〕，莫辭添竹引龍鬚〔五〕。

〔一〕史記大宛傳：左右以蒲萄爲酒，馬嗜苜蓿。漢使取其馬來，於是天子始種苜蓿、蒲萄。離宫別觀傍，蒲萄、苜蓿極望。

〔二〕新莖：潘岳安石榴賦：「新莖擢潤，膏葉垂腴。」

〔三〕高架：齊民要術：葡萄蔓延，性緣不能自舉，作架以成之，葉密陰厚，可以避熱。

〔四〕馬乳：本草：蒲萄子有紫、白二色，又有似馬乳者。太平御覽：唐平高昌，得馬乳蒲萄造酒。

〔五〕龍鬚：按：蒲萄藤蔓頗似龍鬚。龍鬚，亦草名也。郭璞爾雅釋草注：蓏纖細似龍鬚。古今注：孫興公曰：世稱黄帝騎龍上天，群臣援龍鬚，鬚墜而生草，曰龍鬚。

按：三詠雖寫物，頗有寄託。首章即潘岳賦河陽庭前安石榴之意，所謂「豈伊仄陋，用渝厥貞」者也。次章即史記屈原傳「井渫不食」之意，言可汲而不汲，未足以濟人也。末章以新莖半枯、高架復扶喻謫而復起，若欲大食其報，尚須加意栽培也。

鄭群贈簟〔一〕

蘄州笛竹天下知〔二〕，鄭君所寶尤瑰奇〔三〕。攜來當晝不得卧，一府傳看黄琉璃〔四〕。體堅色淨又藏節〔五〕，盡眼凝滑無瑕疵〔六〕。法曹貧賤衆所易〔七〕，腰腹空大何能爲〔八〕？自從五月困暑濕〔九〕，如坐深甑遭烝炊〔一〇〕。手磨袖拂心語口，慢膚多汗真相宜〔一一〕。日暮歸來獨惆悵，有賣直欲傾家資。誰謂故人知我意？卷送八尺含風漪〔一二〕。呼奴掃地鋪未了，光彩照耀驚童兒。青蠅側翅蚤蝨避〔一三〕，肅肅疑有清飈吹。倒身甘寢百疾愈〔一四〕，卻顧天日恒炎曦〔一五〕。明珠青玉不足報〔一六〕，贈子相好無時衰。

〔一〕按：公爲鄭群墓誌云：「群，字弘之，滎陽人。」裴均爲江陵，以殿中侍御史佐其軍。

〔二〕蘄州：新唐書地理志：蘄州蘄春郡，屬淮南道。唐六典：蘄州土貢白綜簟。笛竹：笛，一作「簟」。初學記：沈懷遠南越志云：博羅縣東蒼州足簟竹，銘曰：簟竹既大，薄且空中，節長一丈，其長如松。

〔三〕瑰奇：梁簡文帝啓：西國浮靈之碗，非謂瑰奇。

〔四〕黄琉璃：漢書西域傳：罽賓國出流離。師古曰：魏略云：大秦國出赤、白、黑、黄、青、緑、縹、紺、紅、紫十種流離。此蓋自然之物，采澤光潤，踰於衆玉。北史大月氏國傳：其國人商販京師，能鑄石爲五色琉璃，光色映徹，觀者莫不驚駭。

〔五〕體堅色淨：戴凱之竹譜：篁任篙笛，體特堅圓，肌理匀淨，筠色潤貞。藏節：竹譜：桃枝皮赤，可以爲席竹。節短者不兼寸，長者或踰尺。南方草木狀：簟竹葉疏而大，一節相去五六尺。

〔六〕盡：一作「滿」。

〔七〕法曹：按：公爲江陵法曹參軍在永貞元年秋，至明年六月召拜國子博士，還朝。贈簟之時去還朝不遠矣。衆所易：漢書陸賈傳：絳侯與我戲，易吾言。

〔八〕腰腹大：後漢書東平王蒼傳：明帝賜王詔曰：其言甚大，副是腰腹矣。樊云：唐孔戣私記云：「退之豐肥善睡，每來吾家，必命枕簟。」而沈存中筆談亦云：「世畫韓退之小面而美髯，著紗帽，此乃江南韓熙載耳。退之肥而少髯，此詩有『腰腹空大』及『慢膚多汗』之語。」二説信然。按：熙載亦謚文公，易相混。

〔九〕暑濕：淮南墜形訓：南方，陽氣之所積，暑濕居之。

〔一〇〕烝炊：淮南時則訓：湛熺必潔。注：熺，烝炊也。

〔一一〕慢膚：屈原天問：「平脅曼膚，何以肥之？」

〔一二〕含風漪：陰鏗詩：「夾篠澄深緑，含風作細漪。」

〔一三〕青蠅：詩青蠅：「營營青蠅。」蚤蝨：抱朴子：蚤蝨攻君，卧不獲安。

〔一四〕甘寢：莊子徐無鬼篇：孫叔敖甘寢秉羽，而郢人投兵。

〔一五〕炎曦：潘岳詩：「隆暑方赫曦。」

〔一六〕明珠青玉：張衡四愁詩：「美人贈我貂襜褕，何以報之明月珠。」「美人贈我錦繡段，何以報之青玉案。」

按：「笛竹」一作「簟竹」，此未知「笛」字來歷耳。揚雄方言：宋、魏之間謂簟爲笙，或謂之篴笛。「篴」即古笛字也，作「笛」無可疑。

入關詠馬〔一〕

歲老豈能充上駟〔二〕，力微當自慎前程。不知何故翻驤首〔三〕，牽過關門妄一鳴。

〔一〕□云：元和元年夏，自江陵召拜國子博士入藍關作。

〔二〕歲老：顔延之赭白馬賦：「歲老力殫。」上駟：史記孫武傳：孫子謂田忌曰：「今以君之下駟與彼上駟，取君上駟與彼中駟。」

〔三〕驤首：赭白馬賦：「眷西極而驤首。」

南山詩原注：凡百有二韻。〔一〕

吾聞京城南，茲維群山囿。東西兩際海〔二〕，巨細難悉究。山經及地志〔三〕，茫昧非受授〔四〕。團辭試提挈〔五〕，挂一念萬漏。欲休諒不能，粗叙所經覯。嘗昇崇丘望〔六〕，戢戢見相湊〔七〕。晴明出稜角，縷脈碎分繡。蒸嵐相澒洞〔八〕，表裏忽通透〔九〕。無風自飄簸〔一〇〕，融液煦柔茂。橫雲時平凝，點點露數岫。天空浮修眉〔一一〕，濃緑畫新就。孤撐有巉絶〔一二〕，海浴褰鵬噣〔一三〕。春陽潛沮洳〔一四〕，濯濯吐深秀。巖巒雖崒嵂〔一五〕，軟弱類含酎〔一六〕。夏炎百木盛，蔭鬱增埋覆。神靈日歊歔〔一七〕，雲氣爭結構。秋霜喜刻轢〔一八〕，磔卓立癯瘦〔一九〕。參差相疊重〔二〇〕，剛耿陵宇宙。冬行雖幽墨，冰雪工琢鏤。新曦照危峨，億丈恒高袤〔二一〕。明昏無停態，頃刻異狀候。西南雄太白〔二二〕，突起莫間簉〔二三〕。藩都配德運〔二四〕，分宅占丁戊〔二五〕。逍遥越坤位，詆訐陷乾竇〔二六〕。空虛寒兢兢〔二七〕，風氣較搜漱〔二八〕。朱維方燒日，陰霰縱騰糅〔二九〕。崑明大池北〔三〇〕，去覿偶晴晝。綿聯窮俯視〔三一〕，倒側困清漚〔三二〕。微瀾動水面〔三三〕，踴躍躁猱狖〔三四〕。驚呼惜破碎〔三五〕，仰喜呀不仆。前尋徑杜墅〔三六〕，坌蔽畢原陋〔三七〕。崎嶇上軒昂，始得觀覽富。行行將遂窮，嶺陸煩互走〔三八〕。勃然思坼裂，擁掩難恕宥。巨靈與夸蛾〔三九〕，遠賈期必售〔四〇〕。還疑造物意，固護蓄精祐。力雖能排斡〔四一〕，雷電怯呵詬。攀緣脱手足，蹭蹬抵積甃〔四二〕。茫如試矯首〔四三〕，堛塞生怐愗〔四四〕。威容喪蕭爽〔四五〕，近新迷遠舊。拘官計日月，欲進不可又〔四六〕。因緣窺其湫〔四七〕，凝湛閟陰嘼〔四八〕。魚蝦可俯掇〔四九〕，神物安敢寇〔五〇〕。林柯有脱葉，欲墮鳥驚救〔五一〕。爭銜彎環飛〔五二〕，投棄急哺鷇〔五三〕。旋歸道迴睨，達枅壯復奏〔五四〕。吁嗟信奇怪，峙質能化貿〔五五〕。前年遭譴謫〔五六〕，探歷得邂逅〔五七〕。初從藍田入〔五八〕，顧眄勞頸脰〔五九〕。時天晦大雪〔六〇〕，淚目苦矇瞀〔六一〕。峻塗拖長冰，直上若懸溜〔六二〕。褰衣步推馬〔六三〕，顛蹶退且復〔六四〕。蒼黄忘遐睎〔六五〕，所矚纔左右〔六六〕。杉篁咤蒲蘇〔六七〕，杲耀攢介冑〔六八〕。專心憶平道，脱險逾避臭〔六九〕。昨來逢清霽，宿願忻始副。崢嶸躋冢頂〔七〇〕，倏閃雜鼯鼬〔七一〕。前低劃開闊，爛漫堆衆皺〔七二〕。或連若相從，或蹙若相鬭。或妥若弭伏〔七三〕，或竦若驚雊〔七四〕。或散若瓦解〔七五〕，或赴若輻湊〔七六〕。或翩若船游，或决若馬驟。或背若相惡，或向若相佑。或亂若抽筍〔七七〕，或嵲若炷灸。或錯若繪畫〔七八〕，或繚若篆籀〔七九〕。或羅若星離，或蓊若雲逗〔八〇〕。或浮若波濤，或碎若耡耨〔八一〕。或如賁育倫〔八二〕，賭勇勝前購。先强勢已出，後鈍嗔䛒譳〔八三〕。或如帝王尊，叢集朝賤幼〔八四〕。雖親不褻狎，雖遠不悖謬〔八五〕。或如臨食案〔八六〕，肴核紛飣餖〔八七〕。又如游九原〔八八〕，墳墓包槨柩。或纍若盆甖〔八九〕，或揭若甑梪〔九〇〕。或覆若曝鱉，或頹若寢獸。或蜿若藏龍〔九一〕，或翼若搏鷲〔九二〕。或齊若友朋，或隨若先後。或迸若流落，或顧若宿留〔九三〕。或戾若仇讎〔九四〕，或密若婚媾。或儼若峨冠〔九五〕，或翻若舞袖。或屹若戰陣，或圍若蒐狩〔九六〕。或靡然東注〔九七〕，或偃然北首〔九八〕。或如火熺焰〔九九〕，或若氣饙餾〔一〇〇〕。或行而不輟，或遺而不收〔一〇一〕。或斜而不倚，或弛而不彀。或赤若禿鬝〔一〇二〕，或燻若柴槱〔一〇三〕。或如龜坼兆，或若卦分繇〔一〇四〕。或前橫若剝，或後斷若姤〔一〇五〕。延延離又屬〔一〇六〕，夬夬叛還遘〔一〇七〕。喁喁魚闖萍〔一〇八〕，落落月經宿〔一〇九〕。誾誾樹牆垣〔一一〇〕，巘巘駕庫廄〔一一一〕。參參削劍戟〔一一二〕，煥煥銜瑩琇〔一一三〕。敷敷花披萼，闟闟屋摧霤〔一一四〕。悠悠舒而安，兀兀狂以狃。超超出猶奔〔一一五〕，蠢蠢駭不懋〔一一六〕。大哉立天地，經紀肖營腠〔一一七〕。厥初孰開張〔一一八〕？僶俛誰勸侑？創茲朴而巧，戮力忍勞疚〔一一九〕。得非施斧斤〔一二〇〕？無乃假詛呪〔一二一〕？鴻荒竟無傳，功大莫酬僦〔一二二〕。嘗聞於祠官，芬苾降歆嗅〔一二三〕。斐然作歌詩，惟用贊報酭〔一二四〕。

〔一〕一無「詩」字。詩斯干：「幽幽南山。」箋：終南山也。水經：終南山在扶風武功縣西南也。元和郡縣志：終南山在京兆府萬年縣南五十里。按：詩中云「前年遭譴謫」，又云「昨來逢清霽」，則此詩作於陽山召還之後。

〔二〕兩際海：秦國策：王之地一經兩海，要截天下。

〔三〕山經、地志：漢書藝文志：山海經十三篇。隋書經籍志：漢初蕭何得秦圖書，故知天下要害。後又得山海經，相傳以爲夏禹所記。武帝時，計書既上太史，郡國地志，故亦在焉。班固因之作地理志。

〔四〕茫昧：南史顧憲之傳：雖復茫昧難徵，要若非妄。

〔五〕團辭：蔣云：團，集也。提挈：淮南俶真訓：提挈天地而委萬物。

〔六〕崇丘：詩小序：崇丘，萬物得極其高大也。

〔七〕凑：廣雅釋詁：凑，聚也。

〔八〕澒洞：澒，胡孔切，一作「鴻」。方云：淮南子：澒濛鴻洞。王褒蕭賦、揚雄羽獵賦，所用皆同，唐人始兼用之。杜詩「鴻洞半炎方」、「澒洞不可掇」是也。按：賈誼旱雲賦：「運清濁之澒洞兮，正重沓而併起。」則西漢已有此語，非自唐人也。

〔九〕表裏：左傳：表裏山河。

〔一〇〕飄籔：張衡西京賦：「蕩川瀆，籔林薄。」

〔一一〕修眉：曹植洛神賦：「修眉聯娟。」

〔一二〕巉絶：劉峻廣絶交論：太行孟門，豈云巉絶。

〔一三〕鵰啁：啁，音晝。史記趙世家：中衍人面鳥啁。廣雅釋詁：啁，口也。

〔一四〕春陽：詩七月：「春日載陽。」沮洳：詩魏風：「彼汾沮洳。」廣韻釋詁：沮洳，濕也。

〔一五〕崪崒：崪，音律。司馬相如子虚賦：「隆崇崪崒。」

〔一六〕軟弱：漢書尹賞傳：一坐軟弱，不勝任免。含酎：酎，音宙。記月令：孟冬之月，天子飲酎。西京雜記：以正月旦作酒，八月成，名曰酎。説文：酎，三重醇酒也。

〔一七〕歊歔：音枵虚。説文：歊歔，氣出皃。

〔一八〕刻轢：轢，音歷。史記酷吏傳：刻轢宗室。

〔一九〕磔卓：蔣云：「磔卓」言草木皆落，山卓然獨立也。

〔二〇〕疊重：馬融長笛賦：「密櫛疊重。」

〔二一〕恒：一作「亘」。高袤：袤，莫候切。漢書西域傳：廣袤三百里。説文：東西曰廣，南北曰袤。

〔二二〕太白：三秦記：太白山在武功縣南，去長安三百里，俗云：武功太白，去天三百。水經注：武功縣有太乙山，古文以爲終南。杜預以爲中南也，亦云太白山。

〔二三〕間簉：簉，初救切。左傳：僖子使助薳氏之簉。杜預曰：簉，副倅也。

〔二四〕藩都：王云：太白山爲帝都藩垣，唐土德，太白在西南坤位，故云「配德運」。

〔二五〕丁戊：按：丁戊亦謂西南。

〔二六〕逍遥、詆訐：蔣云：逍遥、詆訐，或云谷名。按：逍遥謂谷，誠爲有之，韋夐之所居也。詆訐，無此谷名。此四字不過形容「越」字、「陷」字耳。墨子：「雖有詆訐之人，無所依矣。」詆訐，猶凌犯也。坤位、乾竇：揚雄蜀都賦：「下按地紀，則坤宫奠位。」班固西都賦：「據坤靈之正位。」後漢書地理志注：耆舊記曰：國當乾位，地列艮墟。管輅别傳：古之聖人，處乾位於西北，坤位於西南。

〔二七〕空虚：莊子徐無鬼篇：逃空虚者，聞人足音，跫然而喜矣。

〔二八〕風氣：陶潛詩：「山中曉霜露，風氣亦先寒。」
〔二九〕陰霰：詩頍弁：「如彼雨雪，先集維霰。」釋名：霰，水雪相摶如星而散也。糅：如救切。
〔三〇〕崑明：孫云：崑明池在長安西南，周回四十里。
〔三一〕綿聯：廣雅釋詁：綿聯，牽連也。
〔三二〕漚：烏候切。詩：「可以漚麻。」廣雅釋詁：漚，漬也。
〔三三〕微瀾：釋名：風吹水波成文曰瀾。瀾，連也，波體轉流相及連也。
〔三四〕猱：奴刀切。
〔三五〕破碎：賈誼旱雲賦：「正雲動而雷布兮，相擊衝而破碎。」
〔三六〕徑：史記高帝紀：夜徑澤中。杜墅：孫云：即杜陵也。本周之杜伯國，在長安萬年縣東南。
〔三七〕坌蔽：坌，蒲悶切。廣雅釋詁：坌，塵也。蔽，隱也。畢原：括地志：文王、武王墓在雍州萬年縣西南二十八里畢原上。
〔三八〕互走：走，去聲。釋名：疾趨曰走。走，奏也，促有所奏至也。述異記：桀時太山山走。
〔三九〕巨靈：水經注：華嶽本一山當河，河水過而曲行，河神巨靈，手蕩腳踏，開而爲兩。開山圖曰：有巨靈胡者，偏得神元之道，能造山川，出河，所謂「巨靈贔屭」、「首冠靈山」者也。夸娥：列子湯問篇：北山愚公欲平太行、王屋二山，帝感其誠，命夸娥氏二子負二山，一厝朔東，一厝雍南。自冀之南，漢之東，無隴斷焉。

〔四〇〕賈：音古。

〔四一〕排斡：斡，烏括切。屈原天問：「斡維焉繫。」廣雅釋詁：排，推也。

〔四二〕蹭蹬：蹭，七鄧切，蹬，音鄧。木華海賦：「蹭蹬窮波。」積甃：甃，樹救切。易井卦：井甃无咎。

〔四三〕矯首：張衡思玄賦：「仰矯首以遥望兮，魂㦗惘而無疇。」

〔四四〕塩塞：塩，音愊。爾雅釋言：塊，塩也。注：土塊也。外傳：日枕之以塩。怐愗：音寇茂。宋玉九辯：「直怐愗而自苦。」廣雅釋詁：怐愗，愚也。

〔四五〕威容：張衡西京賦：「浸盛威容。」後漢書承宫傳：臣貌醜，宜選有威容者。

〔四六〕不可又：詩小雅：「天命不又。」

〔四七〕湫：王云：南山有炭谷湫。

〔四八〕陰罶：罶，音嗅。説文：罶，犤也。古文罶下從厹，讀若嗅。樊云：禮運：龍以爲畜。注：養之曰罶，謂湫中蛟也。秋懷詩云：「其下澄湫水，有蛟寒可罶。」即此也。

〔四九〕俯掇：詩芣苢：「薄言掇之。」

〔五〇〕神物：易繫辭：天生神物，聖人則之。枚乘七發：「神物怪疑，不可勝言。」任昉詩：「神物徒有造，終然莫能狀。」寇：廣雅釋言：寇，鈔也。按：公祭李郴州文：洞往古而高觀，固邪正之相寇。

〔五一〕鳥驚救：樊云：其湫如鏡面，葉落恐其汙，即鳥銜去，蓋其神物之靈如此。公題炭谷湫祠堂所謂「魚鼈蒙擁護」者，此也。按：水經注：「燕京山之天池在山原之上，方里餘，其水澄渟鏡淨而不流，若安定朝那之湫淵也。池中嘗無斥草，及其風籜有淪，輒有小鳥，翠色，投淵銜出。」南山之湫，蓋亦若是乎？

〔五二〕彎環飛：按：顧嗣立注引劉石齡云：「杜子美詩：『黑如灣澴底。』玉篇：『澴，聚流也。』」此説未當，彎環蓋狀鳥之迴翔，非指水也。

〔五三〕哺㲉：㲉，音寇。爾雅釋鳥：生哺㲉。注：鳥子須母食之。漢書東方朔傳：聲謷謷者，鳥哺㲉也。韋昭曰：凡鳥哺子而活者爲㲉，生而自啄曰雛。

〔五四〕達枿：枿，牙葛切，亦作「蘖」。按：達枿，高貌。盧仝詩：「頭戴弁冠高達枿。」

〔五五〕化貿：書益稷：貿遷有無化居。小爾雅廣詁：貿，易也。

〔五六〕遭讙謫：王云：謂貞元十九年十二月，自監察御史謫連州陽山令。

〔五七〕邂逅：詩蔓草：「邂逅相遇，適我願兮。」

〔五八〕藍田：漢書地理志：京兆尹藍田縣。注：山出美玉。

〔五九〕頸脰：脰，音豆。廣雅釋貌：頸脰，項也。

〔六〇〕大雪：□云：公兩謫南方，皆由藍關，又皆遇冰雪。其謫陽山以十二月，江陵途中寄三學士詩云：「商山季冬月，冰凍絶行輈。」其謫潮州時雖以正月，然亦遇雪。藍關詩云「雪擁藍關馬不前」，是也。愚按：詩云：「前年遭讙謫，探歷得邂逅。」則是初見南山，宜屬謫陽山時也。

〔六一〕矇瞀：瞀，音茂。莊子徐無鬼篇：「予適有瞀病。」釋名：矇，有眸子而失明，矇矇無所分別也。説文：瞀，低目謹視也。

〔六二〕懸溜：爾雅釋水：沃泉縣出。縣出，下出也。注：從上溜下。

〔六三〕推：音蓷。

〔六四〕顛蹶：齊國策：顛蹶之請，望拜之謁。

〔六五〕蒼黄：孔稚圭北山移文：蒼黄反覆。按：猶言蒼皇也。遐睎：廣雅釋詁：睎，視也，望也。

〔六六〕矚：水經注：行旅過矚，亦有慰於羈望矣。

〔六七〕蒲蘇：廣雅釋器：蒲蘇，鈹也。

〔六八〕杲耀：廣雅釋詁：杲耀，明也。

〔六九〕避臭：吕氏春秋：人有大臭者，其兄弟妻子皆莫能與居。

〔七〇〕崢嶸：屈原遠游：「下崢嶸而無地兮，上寥廓而無天。」

〔七一〕鼬：音又。爾雅釋獸：鼬鼠。注：鼬似鼦，赤黄色，大尾，啖鼠，江東呼爲鼪。

〔七二〕衆皺：朱子曰：方云：「蜀人韓仲韶本作『皴』，云石蟆也。二韻皆取喻，謂高而群峰飛馳如鼦鼬之奔，低而堆阜分布如衆皴之列，於義爲近。」今按：此蜀本之誤。此但言登山之時，叢薄蔽翳，方與蟲獸群行，而忽至上頂，則豁然見前山之低，雖有高陵深谷，但如皺物微有襞摺之文耳。此最爲形容者。非登高山臨曠野，不知此語之爲工也。況此句「衆皺」爲下文諸「或」之綱領，而諸「或」乃「衆皺」之條目，其語意接連，文勢開闔，有不以毫釐差者。若如方説，則不惟失其統紀，亂其行列，而䶗䶘動物，山體常静，絶無相似之理。石蟆之與堆阜，雖略相似，然自高頂下視，猶若成堆，則亦不爲甚小，而未足見南山之極高矣。其與下文諸「或」疏密工拙，又有迥然不侔者。未論古人，但使今時舉子稍能布置者已不爲此，又況韓子文氣筆力之盛，關鍵紀律之嚴乎？大抵今人於公之文，知其力去陳言之爲工，而不知文從字順之爲貴，故其好怪失常類多如此。今既定從諸本，而復備論其説，以曉觀者云。

〔七三〕妥：詩楚茨：「以妥以侑。」爾雅釋詁：妥，安坐也。

〔七四〕鶩雊：書高宗肜日：越有雊雉。

〔七五〕瓦解：後漢書孔融傳：桑落瓦解，其勢可見。

〔七六〕輻湊：史記貨殖傳：四方輻湊，並至而會。

〔七七〕抽筍：左思蜀都賦：「苞筍抽節，往往縈結。」

〔七八〕繪畫：水經注：峰次青松，巖懸頳石，丹青綺分，望若圖繡。

〔七九〕篆籀：籀，音胄。水經注：大篆出於周宣王之時史籀創著。秦之李斯、胡毋敬又改籀書謂之小篆。

〔八〇〕星離雲逗：郭璞江賦：「星離沙境。」廣韻：逗，遛。又：住也，止也。

〔八一〕耡耨：燕國策：鄙夫不敏，竊釋耡耨而干大王。

〔八二〕賁育：羽獵賦：「賁育之倫，杖鏌鋣而羅者以萬計。」師古曰：孟賁、夏育，皆古之力士也。

〔八三〕詎譳：音鬬耨。玉篇：詎譳，詁誽也。詁誽，言不正也。

〔八四〕叢集：何晏景福殿賦：「叢集委積，焉可殫籌。」

〔八五〕不褻狎、不悖謬：晁説之語録：韓文公詩號狀體，謂鋪叙而無含蓄也。若「雖親不褻狎，雖遠不悖謬」，該於理多矣。

〔八六〕食案：後漢書梁鴻傳：妻爲其食，舉案齊眉。

〔八七〕肴核：詩抑：「肴核維旅。」飣餖：音訂豆。廣韻：飣餖，貯食也。

〔八八〕九原：記檀弓：趙文子與叔譽觀乎九原。

〔八九〕纍：爾雅釋山：重甗，隒。注：謂山形如纍兩甗。甗。盆罌：爾雅釋器：甌瓿謂之瓵。注：瓿甊，小罌。廣雅釋器：瓮，謂之盆，罌，瓶也。

〔九〇〕揭：詩大東：「維北有斗，西柄之揭。」甑梪：一作「登豆」。詩生民：「卬盛于豆，于豆于登。」爾雅釋器：木豆謂之豆，瓦豆謂之登。按：甑梪，字見玉篇，其偏旁蓋後人所加也。

〔九一〕蜿：屈原離騷：「駕八龍之蜿蜿兮。」藏龍：沈約注竹書紀年：蟠龍舊迅於其藏。

〔九二〕摶鷲：摶，音團。鷲，音就。莊子逍遥游：摶扶摇羊角而上者九萬里。水經注：耆闍崛山，山是青石，頭似鷲鳥。阿育王使人鑿石，假安兩翼兩腳，鑿治其身。今見存，遠望是鷲鳥形，故曰靈鷲山也。

〔九三〕宿留：封禪書：宿留海上。索隱曰：宿留，音秀溜，依字並通。

〔九四〕戾：水經注：山川暴戾。

〔九五〕峨冠：水經注：峨峨冠衆山之表。

〔九六〕蒐狩：爾雅釋天：春獵爲蒐，冬獵爲狩。

〔九七〕東注：三齊略記：始皇作石橋欲過海，於時有神人能驅石下海，城陽一山，石盡起立，嶷嶷東傾，狀似相隨。又衆山之石皆傾注，今猶岌岌東趣。

〔九八〕北首：劉向九歎：登崑崙而北首兮。注：首，嚮也。

〔九九〕火熺焰：熺，音熙。木華海賦：陽冰不冶，陰火潛燃。熺炭重燔。朱燉緑煙。

〔一〇〇〕氣饙餾：饙餾，音分溜。爾雅釋言：饙餾，稔也。廣雅釋器：餾飵，䭀也；饙，謂之餈。

〔一〇一〕收：音狩。易井卦：井收勿幕。

〔一〇二〕禿鬜：鬜，可閑切。廣雅釋詁：鬜，禿也。

〔一〇三〕柴槱：詩棫樸：「芃芃棫樸，薪之槱之。」

〔一〇四〕坼兆、分繇：繇，音宙。公文「卜兆灼龜坼」也。左傳：卜之以守龜，龜兆告吉。潘岳西征賦：「遂鑽龜而啟繇。」善曰：繇，卜兆辭也。

〔一〇五〕剥、姤：易剥卦：☶☷，坤下艮上。又姤卦：☰☴，巽下乾上。

〔一〇六〕延延：廣雅釋訓：延延，長也。

〔一〇七〕夬夬：易夬卦：君子夬夬。又：莧陸夬夬。

〔一〇八〕喁喁：喁，音顒。韓詩外傳：水濁則魚喁。史記日者列傳：公之等喁喁者也。魚閼萍：閼，丑禁切。公羊傳：開之則闖然，公子陽生也。何休學：闖，出頭貌。

〔一〇九〕月經宿：説苑：宿，日月五星所宿含也。

〔一一〇〕闇闇：司馬相如長門賦：「桂樹交而相紛兮，芳酷烈之闇闇。」

〔一一一〕巘巘：音讞，當作「⿰車獻」，音孽。西溪叢話：恐當作「⿰車獻⿰車獻」。張衡西京賦：「飛檐⿰車獻⿰車獻。」善注：高貌。庫廄：記曲禮：君子將營宮室，宗廟爲先，廄庫爲次。

〔一一二〕參參：參，所今切。後漢書張衡傳：長余佩之參參。注：參參，長貌。削劍戟：水經注：立石嶄巖，亦如劍杪。

〔一一三〕瑩琇：音營秀。詩淇澳：「充耳琇瑩。」

〔一一四〕閾閾：閾，音翕，一作「闟」。按：廣韻：「閾，戟名。」無他義，故一本作「闟」。説文：「闟，樓上户也。」於義差近。然按韓詩外傳：巫馬期仰天而歎，閾然投鐮於地。則「閾」字固形容之辭，字書略之也。屋摧霤：記月令：其祀中霤。釋名：中央曰中霤，室中霤下之處。

〔一一五〕超超：世説：王夷甫云：我與王安豐説延陵、子房，亦超超玄箸。出猶奔：水經注：靈石一名逃石，石本桂陽，因夜迅雷之變，忽然遷此。

〔一一六〕蠢蠢：左傳：今王室實蠢蠢焉。不懋：書康誥：惠不惠，懋不懋。

〔一一七〕經紀：淮南原道訓：經紀山川，蹈騰崑崙。又精神訓：經天營地，各有經紀。天有四時五行九解，人亦有四支五藏九竅。營腠：腠，音輳。黄帝素問：炅則腠理開，營衛通。

〔一一八〕開張：釋名：啟，開也，諸樞機皆開張也。

〔一一九〕戮力：書湯誥：聿求元聖，與之戮力。

〔一二〇〕施斧斤：水經注：昔禹治洪水，山陵當水者，鑿之。鮑照石帆銘：在昔鴻荒，刊起原陸。乃剡乃鏟，既刳既斫。

〔一二一〕假詛咀：詩蕩：「侯詛①侯祝。」

〔一二二〕酬僦：僦，即就切。漢書食貨志：或不償其僦貸。師古曰：僦，顧也，言所輪貨物不足償其顧庸之費也。

〔一二三〕芬苾：詩楚茨：「苾芬孝祀。」歆嗅：嗅，當作「齅」。詩生民：「上帝居歆。」注：鬼神食氣曰歆。

〔一二四〕報酭：酭，音又。廣韻：酭，報也。

潛溪詩眼：孫莘老嘗謂老杜北征勝退之南山詩，王平甫以謂南山勝北征，終不能相服。時山谷尚少，乃曰：若論工巧，則北征不及南山，若書一代之事，以與國風、雅、頌相爲表裏，則北征不可無，而南山雖不作，未害也。二公之論遂定。

洪興祖云：此詩似上林、子虛賦，才力少者不可到也。

按：古人五古長篇，各得文之一體。焦仲卿妻詩傳體，杜北征序體，八哀狀體，白悟貞寺記體，張籍祭退之誄體，退之南山賦體。賦本六義之一，而此則子虛、上林賦派。長短句任華寄李白、杜甫二篇書體，盧仝月蝕議體，退之寄崔立之亦書體，謝自然又論體。觸類而成，不得不然也。又按南山、北征各爲巨製，題義不同，詩體自別，固不當並較優劣也。此篇乃登臨紀勝之作，窮極狀態，雄奇縱恣，爲詩家獨闢蠶叢，無公之才，則不能爲，有公之才，亦不敢復作。固不可無一，不可有二者也。近代有妄人譏其曼冗，且謂連用「或」字爲非法，不知「或」字本小雅北山，連用疊字本屈原悲回風、古詩十九首，款啟寡聞，而輕有掎摭，多見其不知量也。

【校記】

① 「詛」，詩三家義集疏作「作」。

醉贈張秘書〔一〕

人皆勸我酒，我若耳不聞。今日到君家，呼酒持勸君。爲此座上客〔二〕，及余各能文〔三〕。君詩多態度，藹藹春空雲〔四〕。東野動驚俗，天葩吐奇芬。張籍學古淡〔五〕，軒鶴避雞群〔六〕。阿買不識字〔七〕，頗知書八分〔八〕。詩成使之寫，亦足張吾軍〔九〕。所以欲得酒，爲文俟其醺。酒味既冷冽，酒氣又氛氳〔一〇〕。性情漸浩浩，諧笑方云云〔一一〕。此誠得酒意，餘外徒繽紛〔一二〕。長安衆富兒，盤饌羅羶葷。不解文字飲，惟能醉紅裙。雖得一餉樂，有如聚飛蚊〔一三〕。今我及數子，固無蕕與薰。險語破鬼膽〔一四〕，高詞媲皇墳〔一五〕。至寶不雕琢〔一六〕，神功謝鋤耘〔一七〕。方今向泰平，元凱承華勳〔一八〕。吾徒幸無事〔一九〕，庶以窮朝曛〔二〇〕。

〔一〕方云：今本下或注「徹」字。徹，元和四年進士。此詩元和初作，徹猶未第，公五六年皆在東都。此詩蓋在長安日作，非徹也。按：徹當作署。署爲御史，謫臨武，徙掾江陵。半歲，邕管奏爲判官，不行，拜京兆府司録。元和元年，還京。是年六月，公亦召還拜國子博士。故詩中同在長安。張署時官司録，詩題乃稱「秘書」，張初本校書郎也，唐人率重内職如是。

〔二〕座上客：後漢書孔融傳：融好士，喜誘益後進。客日盈其門，常歎曰：「座上客常滿，尊中酒不空，吾無憂矣。」

〔三〕能文：世説：孫興公、庾公共游白山，衛君常在座，孫曰：「此子神情都不關山水，而能作文。」

〔四〕藹藹：陶潛詩：「藹藹停雲。」石林詩話：古今論詩者多矣，余獨愛湯惠休稱謝靈運爲「初日芙蓉」，沈約稱王筠爲「彈丸脱手」，兩語最當人意。退之贈張秘書云：「君詩多態度，藹藹春空雲。」亦是形似之微妙。

〔五〕古淡：砦溪詩話：孟郊詩最淡且古，坡謂有如食彭越，竟日嚼空螯。退之論數子，乃以「張籍學古淡」，東野爲「天葩吐奇芬」，豈勉所長而諱所短耶？抑亦東野古淡自足，不待學耶！按：此説可謂固哉！高叟之爲詩也。東野固古淡，而與韓往來又復奇絶，何作侏儒僅窺一節之見？

〔六〕軒鶴：左傳：衛懿公好鶴，鶴有乘軒者。朱子曰：言「張籍學古淡」，而不鶩於綺靡，如以乘軒之鶴，而反避雞群也。雞群：世説：有人語王戎曰：嵇延祖卓卓，如野鶴之在雞群。

〔七〕阿買：趙堯夫曰：或問魯直：阿買是退之何人？答云：退之姪。必有所據而云。

〔八〕八分：周越書苑：八分者，秦羽人上谷王次仲飾隸書爲之，鍾繇謂之章程書。蔡文姬別傳：臣父邕言劃程邈隸字八分取二分，劃李斯小篆二分取八分，故名八分。

〔九〕張吾軍：左傳：鬬伯比曰：我張吾三軍。

〔一〇〕酒氣：鮑照詩：「好酒多芳氣。」氛氳：水經注：劉墮宿擅工釀，香醑之色，清白若滫漿，别調氛氳，不與他同。

〔一一〕云云：家語三恕篇：孔子進衆議者而問之，皆曰云云。漢書汲黯傳：上曰：我欲云云。

〔一二〕繽紛：屈原離騷：「時繽紛以變易兮。」

〔一三〕聚飛蚊：漢書中山王勝傳：聚蚊成雷。

〔一四〕破鬼膽：開元天寶遺事：李果爲洛陽令，有劉兼者過其境。夜聞户外語聲曰：古今正人李令是也，見其行事，令人破膽。開户視之，無物，乃鬼神也。

〔一五〕媲皇墳：爾雅釋詁：妃，媲也。注：相偶媲也。孔安國尚書序：伏羲、神農、黄帝之書，謂之三墳。釋名：墳，分也。論三才之分天地人之治，其體有三也。

〔一六〕不雕琢：詩棫樸：「追琢其章，金玉其相。」傳：追，雕也，金曰雕，玉曰琢。

〔一七〕神功：南史謝惠連傳：惠連年十歲能屬文，族兄靈運嘉賞之。嘗於永嘉西堂思詩，竟日不就，忽夢見惠連，即得「池塘生春草」，大以爲工，嘗云：此語有神功，非吾語也。

〔一八〕元凱：左傳：高陽氏有才子八人，謂之八愷。高辛氏有才子八人，謂之八元。按：新唐書宰相表：元和元年，杜黄裳、鄭餘慶爲相。華勳：書堯典：曰若稽古帝堯，曰放勳。舜典：曰若稽古帝舜，曰重華。梁簡文帝七勵：「德合天地，道方華勳。」

〔一九〕無事：史記：陳軫過梁，見犀首，曰：「公何好飲也？」犀首曰：「無事也。」

〔二〇〕窮朝曛：謝靈運詩：「夜聽極星爛，朝游窮曛黑。」

醉後〔一〕

煌煌東方星〔二〕，奈此衆客醉〔三〕。初喧或忿爭〔四〕，中静雜嘲戲〔五〕。淋漓身上衣，顛倒筆下字。人生如此少，酒賤且勤置。

〔一〕按：舊編在前首之前，今移於後。

〔二〕煌煌：詩東門之楊：「昏以爲期，明星煌煌。」東方星：詩大東：「東有啓明。」

〔三〕衆客醉：屈原漁父篇：「衆人皆醉我獨醒。」

〔四〕忿爭：淮南覽冥訓：無忿爭之心。

〔五〕嘲戲：魏文帝典論：雜以嘲戲。

答張徹〔一〕

辱贈不知報，我歌爾其聆。首叙始識面〔二〕，次言後分形〔三〕。道途綿萬里，日月垂十齡〔四〕。浚郊避兵亂〔五〕，睢岸連門停〔六〕。肝膽一古劍〔七〕，波濤兩浮萍。漬墨竄舊史〔八〕，磨丹注前經〔九〕。義苑手秘寶〔一〇〕，文堂耳驚霆。暄晨躡露舄，暑夕眠風欞。結友子讓抗，請師我慚丁〔一一〕。初味猶啖蔗〔一二〕，遂通斯建瓴〔一三〕。搜奇日有富，嗜善心無寧。石梁平侹侹〔一四〕，沙水光泠泠〔一五〕。乘枯摘野豔，沈細抽潛腥。游寺去陟巘〔一六〕，尋徑返穿汀。緣雲竹竦竦〔一七〕，失路麻冥冥。淫潦忽翻野〔一八〕，平蕪眇開溟。防泄塹夜塞，懼衝城晝扃。及去事戎轡〔一九〕，相逢宴軍伶〔二〇〕。觥秋縱兀兀，獵旦馳駉駉〔二一〕。從賦始分手〔二二〕，朝京忽同舲〔二三〕。急時促暗棹，戀月留虛亭。畢事驅傳馬〔二四〕，安居守窗螢〔二五〕。梅花灞水別，宮燭驪山醒〔二六〕。省選逮投足〔二七〕，鄉賓尚摧翎〔二八〕。塵祛又一摻〔二九〕，淚眥還雙熒〔三〇〕。洛邑得休告〔三一〕，華山窮絶陘〔三二〕。倚巖睨海浪，引袖拂天星。日駕此迴轄〔三三〕，金神所司刑〔三四〕。泉紳拖修白，石劍攢高青〔三五〕。磴蘚澾拳跼〔三六〕，梯飆颭伶俜〔三七〕。悔狂已咋指，垂誡仍鐫銘〔三八〕。峨豸忝備列〔三九〕，伏蒲貴分涇〔四〇〕。微誠慕横草〔四一〕，瑣力摧撞莛〔四二〕。疊雪走商嶺，飛波航洞庭。下險疑墮井〔四三〕，守官類拘囹〔四四〕。荒餐茹獠蠱〔四五〕，幽夢感湘靈〔四六〕。刺史肅蓍蔡〔四七〕，吏人沸蝗螟〔四八〕。點綴簿上字〔四九〕，趨蹌閤前鈴〔五〇〕。賴其飽山水，得以娱瞻聽。紫樹雕斐亹〔五一〕，碧流滴瓏玲〔五二〕。映波鋪遠錦〔五三〕，插地列長屏。愁狖酸骨死，怪花醉魂馨。潛苞絳實坼，幽乳翠毛零。赦行五百里，月變三十蓂〔五四〕。漸階群振鷺〔五五〕，入學誨螟蛉〔五六〕。蘚甘謝鳴鹿，罍滿慚罄瓶〔五七〕。冏冏抱瑚璉〔五八〕，飛飛聯鶺鴒〔五九〕。魚鬣欲脱背〔六〇〕，虬光先照硎〔六一〕。豈獨出醜類？方當動朝廷。勤來得晤語〔六二〕，勿憚宿寒廳。

〔一〕□云：張徹，公門下士，又公之從子壻。

〔二〕識面：北史宋游傳：齊神武帝見宋游，曰：嘗聞其名，今日始識其面。

〔三〕分形：按：鮑照贈故人馬子喬詩：「烟雨交將夕，從此遂分形。」舊注引曹植求自試表「分形同氣」之語，謂公借用以叙離别，真可哂也。

〔四〕十齡：記文王世子：「夢帝與吾九齡。」古者謂年爲齡。鮑照詩：「捨耨將十齡。」□云：謂自貞元十二年丙子，至是元和元年丙戌，十年也。

〔五〕浚郊：詩干旄：「在浚之郊。」新唐書地理志：汴州陳留郡，武德四年，以鄭州之浚儀、開封，滑州之封丘置。

〔六〕連門停：按：洛陽伽藍記：「隔牆並門，連簷接響。」即詩所謂「連門停」也。公居睢上，蓋與徹比屋而居停也。

〔七〕肝膽：董仲舒士不遇賦：「苟肝膽之可同兮，奚鬚髮之足辨也？」

〔八〕竄：後漢書張衡傳：河洛、六藝，篇録已定，無所容竄。注：謂不容妄有加增也。舊史：張衡西京賦：「學乎舊史氏。」

〔九〕磨丹：吕氏春秋：丹可磨而不奪其赤。

〔一〇〕秘寶：後漢書班固傳：御東序之秘寶。注：秘寶，謂河圖之屬。

〔一一〕讓抗、慚丁：按：舊注：「晉書羊祜傳：『祜出征南夏，與陸抗相對，使命交通。』左傳：『尹公佗學射于庾公差，庾公差學射于公孫丁。』」此説甚非，全無關涉。細思「抗」乃抗禮之抗，「丁」乃當也，承上「義苑」、「文堂」來，語意乃合。

〔一二〕啖蔗：晉書顧愷之傳：每食甘蔗，恒自尾至本，曰漸入佳境。

〔一三〕建瓴：瓴，音零。漢書高帝紀：譬猶居高屋之上建瓴水也。如淳曰：瓴，盛水瓶也。

〔一四〕石梁：詩鴛鴦：「鴛鴦在梁。」箋：梁，石絶水之梁。侹侹：侹，音挺。説文：侹，長貌。廣雅釋詁：侹，直也。

〔一五〕泠泠：文子：「泠泠之水清，可以濯吾纓乎。」

〔一六〕陟巘：巘，語偃切。詩公劉：「陟則在巘。」

〔一七〕竦竦：鮑照詩：「瑟瑟涼海風，竦竦寒山木。」

〔一八〕淫潦：宋玉九辯：「淫潦①何時而得漧？」按：貞元十五年鄭滑大水。

〔一九〕事戎轡：□云：建封以公爲節度判官。

〔二〇〕軍伶：蔣云：軍伶，軍中樂。

〔二一〕駉駉：詩魯頌：「駉駉牡馬。」

〔二二〕從賦：漢書晁錯傳：詔有司舉賢良文學士，錯在選中。對曰：「今臣窋等，乃以臣充賦。」如淳曰：猶言備數也。孫云：謂徹赴舉試也。分手：謝瞻詩：「分手東城闉。」

〔二三〕朝京：樊云：是年冬，公以徐州從事朝於京師，又與徹同行。舲：音零。屈原九章：「乘舲船余上沅兮，齊吴榜以擊汰。」注：舲船，船有窗牖者。

〔二四〕畢事：□云：謂十六年春，公朝正事畢歸彭城也。驅傳馬：傳，去聲。漢書賈誼傳：乘傳而行郡國。鹽鐵論：乘傳詣公車。師古曰：傳者，若今之驛。新唐書百官志：主客郎中掌朝見之事。蕃州都督、刺史朝集日，視品級，乘傳者日四驛，乘驛者六驛。

〔二五〕窗螢：晉書車胤傳：胤博學多通，家貧不常得油，夏月則練囊盛數十螢火以照書，以夜繼日焉。按：言徹留居京都讀書也。

〔二六〕灞水、驪山：三輔黄圖：霸水出藍田谷，西北入渭。又：阿房宫閣道通驪山八十餘里。水經注：霸城西十里則霸水，西二十里則長安城。史記周本紀索隱曰：驪山在雍州新豐縣南，故驪戎國也。太平寰宇記：驪山在昭應縣東南二里，即藍田山也。筆墨閑録：此對極有風味。

〔二七〕投足：陸機詩：「矩步豈逮人？投足事已爾。」

〔二八〕摧翎：樊云：謂徹下第也。

〔二九〕摻袪：摻，所減切。詩遵大路：「摻執子之袪兮。」傳：摻，擥；袪，袂也。

〔三〇〕淚眥、熒：説文：眥，目匡也。蔡琰詩：「常流涕②兮眥不乾。」莊子人間世篇：而目將熒之。

〔三一〕休告：漢書魏相傳：休告從家還至府。按：十八年，公爲四門博士，謁告歸洛，因游華山。

〔三二〕窮絶陘：陘，音形。爾雅釋山：山絶，陘。注：連山中斷絶。國史補：韓愈好奇，與客登華山絶峰，度不可返，乃作遺書，發狂慟哭。華陰令百計取之，乃下。

〔三三〕迴轄：劉孝威樂府：「魯日尚迴輪。」按：華山西嶽，言日至西而落也。

〔三四〕金神：廣雅釋天：金神謂之清明。淮南時則訓：西方之極，少皡、蓐收之所司者萬二千里。其令曰：審用法，誅必辜。注：蓐收，金神，應金斷也。

〔三五〕泉紳、石劍：水經注：山上有飛泉，直至山下，望之若幅練在山矣。按：「泉紳」即送惠師「懸瀑垂天紳」。「石劍」即南山詩「參參削劍戟」也。

〔三六〕磴：都鄧切。澾：音闥。廣韻：澾，泥滑。拳跼：屈原離騷：「蜷局顧而不行。」注：詰屈不行貌。

〔三七〕伶俜：潘岳寡婦賦：「少伶俜而偏孤兮。」

〔三八〕咋指、鐫銘：史記張耳傳：張敖齧其指，出血。家語觀周篇：金人三緘其口而銘其背曰：「戒之哉！」

〔三九〕峨豸：後漢書輿服志：法冠或謂之獬豸冠。獬豸，神羊，能别曲直，故以爲冠，執法近臣御史服之。注：異物志曰：東北荒中，有獸名獬豸，一角，性忠，見人鬭則觸人不直者，聞人論則咋不正者，楚執法者所服也。今冠兩角，非豸也。□云：十九年公爲御史。

〔四〇〕伏蒲：漢書史丹傳：丹直入卧内，頓首伏青蒲上。應劭曰：以青規地曰青蒲。分涇：詩谷風：「涇以渭濁。」梁簡文帝答湘東王書：辨茲清濁，使如涇渭。

〔四一〕横草：漢書終軍傳：軍無横草之功，得列宿衛。師古曰：言行草中，使草偃卧，故云横草也。

〔四二〕撞莛：莛，音廷。説苑：趙襄子問仲尼，仲尼不對。異日，襄子見子路曰：「嘗問先生以道，先生不對。」子路曰：「見天下之鳴鐘而撞之以莛，豈能發其聲乎哉？君問先生，無乃猶以莛撞乎！」

〔四三〕墮井：北史薛端傳：端弟裕後庭有井，裕落井，同坐共出之。

〔四四〕拘囹：釋名：獄謂之囹圄。囹，領也；圄，御也，領録囚徒禁御之也。

〔四五〕獠：音老。北史蠻獠傳：獠者，南蠻之别種，自漢中達於邛、筰，川洞之閒，所在皆有。

〔四六〕湘靈：屈原遠游：「二女御九韶歌。使湘靈鼓瑟兮。」

〔四七〕蓍蔡：袁宏三國名臣贊：思同蓍蔡，運用無方。

〔四八〕吏人：後漢書周紆傳：到官曉吏人，吏人大震。蝗螟：詩大田：「去其螟螣，及其蟊賊。」爾雅釋蟲：食苗心曰螟。廣雅釋蟲：螽，蝗也。

〔四九〕點綴：鍾嶸詩品：終朝點綴，分夜呻吟。

〔五〇〕閤前鈴：周紆傳：又問鈴下。注：漢官儀曰：鈴下侍閤辟車。

〔五一〕斐亹：亹，音尾。孫綽天台山賦：「彤雲斐亹以翼欞。」

〔五二〕瓏璁：揚雄甘泉賦：「和氏瓏璁。」法言：瓏璁其聲者，其質玉乎？

〔五三〕鋪遠錦：班固西都賦：「若摛錦與布繡，燭耀乎其陂。」南史顔延之傳：君詩若鋪錦列繡。

〔五四〕三十蓂：宋書符瑞志：堯時夾階而生，一日生一葉，從朔而生，望而止，十六日落一葉，月小則不落，名曰蓂莢。按：公於貞元十九年癸未十二月貶陽山令，歷二十年、二十一年。元和元年丙戌六月，自江陵③召拜國子博士還朝，凡閱三十月矣。

〔五五〕漸階：陶弘景答朝士書：修道進業，漸階無窮。振鷺：詩周頌：「振鷺于飛，于彼西雝。」

〔五六〕入學：記學記：入學鼓篋，孫其業也。誨螟蛉：詩小宛：「螟蛉有子，蜾蠃負之。」陸機詩疏：螟蛉，桑上小青蟲也。蜾蠃，土蜂也，似蜂而小腰，取桑蟲負之於木空中，七日而化爲其子。法言：螟蠕之子，殪而逢蜾蠃，祝之曰：類我類我。久則肖之矣。速哉，七十子之肖仲尼也。

〔五七〕罄瓶：詩蓼莪：「瓶之罄矣，維罍之恥。」箋：瓶小而盡，罍大而盈。罍恥者，刺王不能使富分貧，衆恤寡也。

〔五八〕冏冏：江淹詩：「冏冏秋月明，凭軒詠堯老。」瑚璉：記明堂位：夏后氏之四璉，殷之六瑚。

〔五九〕鶺鴒：詩棠棣：「脊令在原，兄弟急難。」傳：脊令，雝渠也，飛則鳴，行則摇。顧嗣立曰：按墓誌，徹弟復亦舉進士，故云。

〔六〇〕魚鬣：司馬相如上林賦：「揵鬐掉尾。」郭璞曰：鰭，背上鬣也。脱背：孫云：「脱背」言將化爲龍也。

〔六一〕照硎：莊子養生主篇：「今臣之刀十九年矣，而刀刃若新發于硎。」司馬彪注：硎，磨石也。

〔六二〕晤語：詩東門之池：「彼美淑姬，可與晤語。」

顧嗣立曰：此詩通首用對句，而以生峭之筆行之，便與律詩大別。

按：「結友子讓抗，請師我慚丁」二語，舊注以「丁」爲公孫丁。近日顧嗣立補注又以「抗」爲陸抗，殊不合。古來師友多矣，何取乎對壘之羊祜、陸抗，交綏之尹公、公孫丁也？今訂爲虛字，言以子爲友，子謙讓不敢抗禮，以我爲師，我又慚謝不敢當也。如此解，乃文從字順，一無牽强。又按：公叙事長篇如此日足可惜、縣齋有懷、赴江陵途中寄三學士及此篇，所叙之事大約相同，而筆法變化。此與縣齋有懷皆用對句，尤遒勁。

【校　記】

①「淫潦」，楚辭章句補注作「后土」。

②「涕」，原作「離」，據楚辭集注改。

③「陵」，原作「陸」，據詩後按語改。

豐陵行〔一〕

羽衛煌煌一百里〔二〕，曉出都門葬天子。群臣雜沓馳後先〔三〕，宫官穰穰來不已。是時新秋七月初，金神按節炎氣除。清風飄飄輕雨灑〔四〕，偃蹇旆旂卷以舒〔五〕。逾梁下坂笳鼓咽〔六〕，嵽嵲遂走玄宫閭〔七〕。哭聲訇天百鳥噪〔八〕，幽坎晝閉空靈輿。皇帝孝心深且遠，資送禮備無羸餘〔九〕。設官置衛鎖嬪妓〔一〇〕，供養朝夕象平居。臣聞神道尚清淨，三代舊制存諸書。墓藏廟祭不可亂，欲言非職知何如。

〔一〕順宗實録：元和元年七月壬寅，葬豐陵，謚曰至德大聖大安孝皇帝，廟曰順宗。

〔二〕羽衛：江淹詩：「羽衛藹流景。」善曰：羽衛，負羽侍衛也。

〔三〕雜沓：後漢書張衡傳：雜沓叢顇，颯以方驤。

〔四〕風飄、雨灑：班固東都賦：「雨師泛灑，風伯清塵。」國史補：京輔故老言：每營山陵封輀雨，至少霖淫亦十餘日矣。

〔五〕偃蹇：屈原遠游：「服偃蹇以低昂兮。」廣雅釋訓：偃蹇，夭撟也。

〔六〕笳鼓：南史曹景宗傳：去時兒女悲，歸來笳鼓競。

〔七〕嵽嵲：張衡西京賦：「託喬基於山岡，直嵽霓以高居。」善曰：嵽霓，高貌也。玄宮：方云：文選注：天子后妃所葬墓曰玄宮。玄宮閭，謂玄宮前之寓閭也。

〔八〕百鳥噪：曹植登臺賦：「聽百鳥之悲鳴。」

〔九〕贏餘：後漢書馬援傳：致求贏餘，但自苦耳。

〔一〇〕鎖嬪妓：孫云：唐制，諸陵皆置宮殿，列官曹，設嬪妓、侍衛如平生。

游青龍寺贈崔大補闕 原注云：寺在京城南門之東。〔一〕

秋灰初吹季月管，日出卯南暉景短〔二〕。友生招我佛寺行〔三〕，正值萬枝紅葉滿〔四〕。光華閃壁見神鬼〔五〕，赫赫炎官張火傘〔六〕。然雲燒樹火實駢，金烏下啄赬虯卵〔七〕。魂翻眼倒忘處所，赤氣沖融無間斷〔八〕。有如流傳上古時，九輪照燭乾坤旱〔九〕。二三道士集其間，靈液累進頗黎盌〔一〇〕。忽驚顏色變韶稚〔一一〕，卻信靈仙非怪誕。桃源迷路竟茫茫，棗下悲歌徒纂纂〔一二〕。前年嶺隅鄉思發，躑躅成山開不算。去歲羈帆湘水明，霜楓千里隨歸伴〔一三〕。猿呼鼯嘯鷓鴣啼，惻耳酸腸難濯澣〔一四〕。思君攜手安能得？今者相從敢辭懶。由來鈍騃寡參尋〔一五〕，況是儒官飽閑散。惟君與我同懷抱，鋤去陵谷置平坦〔一六〕。年少得途未要忙，時清諫疏尤宜罕。何人有酒身無事，誰家多竹門可款〔一七〕？須知節後即風寒，幸及亭午猶妍煖〔一八〕。南山逼冬轉清瘦，刻畫圭角出崖竅〔一九〕。當憂復被冰雪埋，汲汲來窺誡遲緩。

〔一〕舊唐書崔群傳：群，字敦詩，清河武城人。十九年登進士第，累遷右補闕。新唐書百官志：左補闕六人，從七品上，掌供奉諷諫，大事廷議，小則上封事。武后置左右各二員。

〔二〕日出：記月令：季秋之月，日在房。暉景短：周禮地官司徒：正日景以求地中，日南則景短。後漢書律曆志：夏至陰氣應，則樂均濁，景短。按：詩語但言日短，非測景義。

〔三〕友生：詩伐木：「矧伊人矣，不求友生。」

〔四〕紅葉滿：蘇軾曰：予讀此句，初不曉其故。及觀小説，鄭虔寓青龍寺，貧無紙，取柹葉學書，九月柹葉赤而實紅，故知退之詩謂此。

〔五〕光華：古樂府卿雲歌：「日月光華，旦復旦兮。」

〔六〕張火傘：南史曹景宗傳：旱甚，求雨不降。帝命焚蔣帝廟，欲起火當神，上忽有雲如繖。

〔七〕赬虯卵：赬，音檉。詩汝墳：「魴魚赬尾。」傳：赬，赤也。説文：虯，龍子有角者。魯語：鳥翼鷇卵。韋昭曰：未乳曰卵。韓云：上聯詠柹葉之紅，而光華之粲然。下聯詠柹實之赤，而日光之交映。火傘赬虯，皆狀其紅，而取喻之工如此。

〔八〕赤氣：史記天官書：嵩高三河之交，氣正赤。沖融：木華海賦：「沖融沆瀁，渺瀰湠漫。」

〔九〕九輪：屈原天問：「羿焉彃日？烏焉解羽？」注：淮南言：堯時，十日並出，草木焦枯。堯命羿仰射十日，中其九，日中九烏皆死，墮其羽翼。按：輪即日重光、月重輪，比象之語。

〔一〇〕靈液：潘岳笙賦：「浸潤靈液之滋。」頗黎盌：北史波斯國傳：多大真珠頗黎，瑠璃水精瑟瑟。説文：盌，小盂也。祝云：此謂食柿也。

〔一一〕變韶稚：神仙傳：八公詣淮南王門，皆鬚眉皓白。門吏白王。王使閽人難問之曰：「我王欲求延年，今先生年已耆矣，似無駐衰之術。」言未竟，八公皆變爲童子，年可十四五，角髻青絲，色如桃花。

〔一二〕棗下：古樂府咄唶歌：「棗下何攢攢（攢、纂古通），榮華各有時。棗初欲赤時，人從四邊來。」

〔一三〕霜楓：爾雅釋木：楓，欇欇，似白楊，葉員而岐。

〔一四〕惻耳酸腸：水經注：曉禽暮獸，寒鳴相和。羈宦游子，聆之者莫不傷思矣。難濯澣：詩柏舟：「心之憂矣，如匪澣衣。」

〔一五〕鈍騃：漢書息夫躬傳：内實騃，不曉政事。

〔一六〕陵谷：詩十月之交：「高岸爲谷，深谷为陵。」

〔一七〕門可款：吕氏春秋：款門請謁。高誘注：款，叩也。

〔一八〕亭午：梁元帝纂要：日在午，曰亭午。

〔一九〕圭角：鮑照飛白書勢銘：圭角星芒，明麗爛逸。崖窾：莊子養生主：導大窾。司馬彪曰：窾，空也。

贈崔立之評事〔一〕

崔侯文章苦捷敏〔二〕，高浪駕天輸不盡。曾從關外來上都，隨身卷軸車連軫。朝爲百賦猶鬱怒，暮作千詩轉遒緊〔三〕。搖毫擲簡自不供，頃刻青紅浮海蜃〔四〕。才豪氣猛易語言，往往蛟螭雜螻蚓〔五〕。知音自古稱難遇，世俗乍見那妨哂。勿嫌法官未登朝〔六〕，猶勝赤尉長趨尹〔七〕。時命雖乖心轉壯〔八〕，技能虛富家逾窘。念昔塵埃兩相逢，爭名齟齬持矛楯〔九〕。子時專場誇觜距〔一〇〕，余始張軍嚴韅靷〔一一〕。爾來但欲保封疆，莫學龐涓怯孫臏〔一二〕。竄逐新歸厭聞鬧〔一三〕，齒髮早衰嗟可閔。頻蒙怨句刺棄遺〔一四〕，豈有閑官敢推引？深藏篋笥時一發〔一五〕，戢戢已多如束筍。可憐無益費精神，有似黄金擲虛牝〔一六〕。當今聖人求侍從，拔擢杞梓收楛箘〔一七〕。東馬嚴徐已奮飛〔一八〕，枚皋即召窮且忍〔一九〕。復聞王師西討蜀，霜風冽冽摧朝菌〔二〇〕。走章馳檄在得賢〔二一〕，燕雀飛挐要鷹隼〔二二〕。竊料二途必處一〔二三〕，豈比恒人長蠢蠢？勸君韜養待徵招，不用雕琢愁肝腎。牆根菊花好沽酒，錢帛縱空衣可準。暉暉簷日暖且鮮，摵摵井梧疏更殞〔二四〕。高士例須憐麴蘖〔二五〕，丈夫終莫生畦畛〔二六〕。能來取醉任喧呼〔二七〕，死後賢愚俱泯泯。

〔一〕□云：崔斯立，字立之，博陵人。貞元四年，侍郎劉太真知舉，放進士三十六人，立之中第。新唐書百官志：大理寺評事八人，從八品下，掌出使推按。

〔二〕捷敏：廣雅釋言：捷敏，亟也。

〔三〕百賦、千詩：梁書武帝紀：下筆成章，千賦百詩，直疏便就。

〔四〕海蜃：蜃，音腎。史記天官書：海旁蜃氣象樓臺。

〔五〕蛟螭螻蚓：記月令：螻蟈鳴，蚯蚓出。苕溪叢語：立之詩有不工處，故退之以此譏之。

〔六〕法官：北史許善心傳：初付法官推，千餘人皆稱被役①。□云：謂大理評事。

〔七〕赤尉：元和郡縣志：大唐縣有赤、畿、望、上、中、下六等之差。京師所治爲赤縣，京之旁邑爲畿縣。按：□云：斯立初爲伊陽尉。非也。斯立攝伊陽在元和三年冬，公酬詩云云，見後卷。此蓋斯立登第後，曾爲赤尉，乃轉評事耳。

〔八〕時命：莊子繕性篇：時命大謬也，當時命而大行乎天下，則反一無跡；不當時命而大窮乎天下，則深根寧極而待。

〔九〕齟齬：齟，牀吕切。齬，音語。宋玉九辯：「圜鑿而方枘兮，吾固知其齟齬而難入。」注：齟齬，相拒貌。矛楯：尸子：楚人有鬻矛與楯者，譽之曰：「吾楯之堅，莫能陷也。」又譽之曰：「吾矛之利，於物無不陷也。」或曰：「以子之矛，陷子之楯，何如？」其人弗能應。

〔一〇〕觜距：張衡東京賦：「秦政利觜長距，終得擅場。」

〔一一〕韅靷：音顯引。左傳：晉車七百乘，韅靷鞅靽。杜預曰：在背曰韅，在胸曰靷，在腹曰鞅，在後曰靽。釋名：韅，經也，横經其腹下也。靷，所以引車也。

〔一二〕龐涓、孫臏：史記孫武傳：魏攻韓，韓告急于齊。齊使田忌將而往。龐涓去韓而歸，孫子謂田忌使齊軍入魏地減竈，涓大喜曰：「吾固知齊軍怯入吾地。」三日，士卒亡者過半矣。

〔一三〕竄逐新歸：□云：公時方自江陵法曹召爲國子博士。

〔一四〕刺棄遺：詩谷風：「將安將樂，棄予如遺。」

〔一五〕篋笥：魏文帝詩：「緘藏篋笥裏，當復何時披？」

〔一六〕虚牝：淮南墜形訓：丘陵爲牡，溪谷爲牝。

〔一七〕拔擢：漢書揚雄傳：所薦無不拔擢。杞梓：左傳：晉卿不如楚，其大夫則賢，如杞梓皮革，自楚往也。楛箘：音户窘。書禹貢：惟箘簵楛。孔注：箘、簵，美竹；楛，中矢幹。

〔一八〕東馬嚴徐：漢書嚴助傳：嚴助、朱買臣、吾丘壽王、司馬相如、主父偃、徐樂、嚴安、東方朔、枚皋、膠倉、終軍、嚴葱奇等並在左右。

〔一九〕枚皋：漢書枚乘傳：乘孽子皋，字少孺，年十七，上書梁共王，得召爲郎。見讒惡遇罪，亡至長安，上書北闕。上得之大喜，召入見，待詔。

〔二〇〕朝菌：莊子逍遥游：朝菌不知晦朔。司馬彪曰：菌，大芝也。

〔二一〕走章馳檄：西京雜記：枚皋文章敏疾，長卿制作淹遲。揚子雲曰：軍旅之際，戎馬之閒，飛書馳櫢用枚皋；廟廊之下，朝廷之中，高文典册用相如。

〔二二〕燕雀：史記陳涉世家：燕雀安知鴻鵠之志哉？　紛拏：王逸九思：「殽亂兮紛拏。」鷹隼：記月令：鷹隼早鷙。

〔二三〕二塗：□云：謂非列侍從，即從討蜀。

〔二四〕摵摵：摵，音索。潘岳秋興賦：「庭樹摵以灑落。」善曰：摵，枝空之貌。井梧：庾肩吾詩：「井梧生未合。」

〔二五〕憐麴蘖：晉書孔群傳：嘗與親友書云：今年田得七百石秫米，不足了麴蘖事。

〔二六〕畦畛：莊子人間世篇：彼且爲無町畦，亦與之爲無町畦。又齊物論：爲是而有畛也，請言其畛。有分有辨，有競有爭。說文：田五十畝曰畦。畛，井田間陌也。

〔二七〕喧呼：南史張鏡傳：少與顏延之鄰居，顏談義飲酒，喧呼不絶，鏡靜默無言。後與客談，延之取胡牀坐聽，謂客曰：「彼有人焉。」由是不復酣叫。

容齋續筆：崔立之在唐不登顯仕，他亦無傳，而韓文公推獎之備至。登科記：立之以貞元三年第進士，七年中宏詞科。觀韓公所言，崔作詩之多可知矣，而無一篇傳於今。豈非蟃蜊之雜，惟敏速而不能工耶？

【校記】

①「役」，原作「後」，據北史改。

送區弘南歸〔一〕

穆昔南征軍不歸，蟲沙猿鶴伏以飛〔二〕。洶洶洞庭莽翠微〔三〕，九疑鑱天荒是非〔四〕。野有象犀水貝璣〔五〕，分散百寶人士稀〔六〕。我遷於南日周圍〔七〕，來見者衆莫依稀。爰有區子熒熒暉〔八〕，觀以彝訓或從違〔九〕。我念前人譬葑菲〔一〇〕，落以斧引以纆徽〔一一〕。雖有不逮驅騑騑〔一二〕，或採于薄漁于磯〔一三〕。服役不辱言不譏，從我荆州來京畿〔一四〕。離其母妻絶因依，嗟我道不能自肥〔一五〕。子雖勤苦終何希，王都觀闕雙巍巍〔一六〕。騰蹋衆駿事鞍鞿，佩服上色紫與緋〔一七〕。獨子之節可嗟唏，母附書至妻寄衣。開書拆衣淚痕晞，雖不敕還情庶幾。朝暮盤羞惻庭闈〔一八〕，幽房無人感伊威〔一九〕。人生此難餘可祈，子去矣時若發機〔二〇〕！蜃沈海底氣昇霏，彩雉野伏朝扇翬〔二一〕。處子窈窕王所妃〔二二〕，苟有令德隱不腓〔二三〕。況今天子鋪德威〔二四〕，蔽能者誅薦受禨〔二五〕。出送撫背我涕揮〔二六〕，行行正直慎脂韋〔二七〕。業成志樹來頎頎〔二八〕，我當爲子言天扉。

〔一〕方云：區，烏侯切。唐韻：區冶子之後。王莽傳有中郎將區博。

〔二〕蟲沙猿鶴：王云：抱朴子：「周穆王南征，三軍之衆，一朝盡化，君子爲猿爲鶴，小人爲蟲爲沙。」造化權輿作「周昭王南征」。皆未詳本何據也。

〔三〕翠微：爾雅釋山：山未及上，翠微。注：近上旁坡。疏：謂未及頂上，在旁陂陀之處，一説山氣青縹色。

〔四〕鑱：鋤咸切。荒是非：王云：湘中記：「九山相似，行者疑惑，故名九疑。」曰「荒是非」，豈以此耶？

〔五〕象犀貝璣：漢書地理志：粤地近海，多犀象毒冒珠璣銀銅果布之凑。爾雅釋魚：貝居陸。説文：璣，珠不圜也。

〔六〕人士稀：按：公送廖道士序：「水土之所生，神氣之所感，白金，水銀，丹砂，石英，鍾乳，橘柚之包，竹箭之美，千尋之名材，不能獨當也。意必有魁奇忠信才德之民生其間，而吾又未見也。」柳宗元送廖有方序亦云：「交州其産多奇怪，而罕鍾於人。」與此同意。

〔七〕日周圍：王云：貞元十九年冬，公謫陽山。明年冬，弘來，故云「日周圍」。

〔八〕熒熒暉：釋名：熒熒，照明貌也。

〔九〕彝訓：書酒誥：聰聽祖考之彝訓。

〔一〇〕葑菲：詩谷風：「采葑采菲，無以下體。」

〔一一〕纆徽：漢書揚雄傳：徽以糾墨。師古曰：徽、糾、墨，皆繩也。朱子曰：此言纆徽，謂木工所用之繩墨也。然周易作「徽纆」，乃爲墨索，所以拘罪人者。恐公所用别有據也。張耒云：古人作七言詩，其句脉多上四字而下以三字成之。退之乃變句脉以上三下四，如「落以斧引以纆徽」、「雖欲悔舌不可捫」是也。

〔一三〕騑騑：詩小雅：「四牡騑騑。」傳：行不止之貌。

〔一三〕薄：屈原九章：「露申辛夷，死林薄兮。」注：草木交錯曰薄。

〔一四〕荆州：□云：元和元年六月，公自江陵召爲國子博士。弘與公俱至京師。京畿：詩玄鳥：「邦畿千里。」

〔一五〕道肥：淮南精神訓：先王之道勝，故肥。

〔一六〕觀闕：爾雅釋宫：觀謂之闕。注：宫門雙闕。古今注：闕，觀也。古每門樹兩觀于其前，所以標表宫門也。登之則可遠觀，故謂之觀。人臣將至此，則思其所闕，故謂之闕。

〔一七〕紫緋：新唐書輿服志：文武三品以上服紫，四品服深緋，五品服淺緋。

〔一八〕朝暮盤羞：束晳補南陔詩：「馨爾夕膳，絜爾晨羞。」庭闈：補南陔詩：「眷戀庭闈，心不遑安。」

〔一九〕幽房：潘岳詩：「撫靈櫬兮訣幽房。」伊威：詩東山：「伊威在室。」爾雅釋蟲注：舊説鼠婦别名。

〔二〇〕若發機：莊子齊物論篇：其發若機括。

〔二一〕雉扇：爾雅釋鳥：雉素質，五采皆備成章曰翬。王云：宫扇以雉尾爲之，言雉伏於野，而其羽可用爲朝廷之儀也。

〔二二〕處子：莊子逍遥游篇：綽約若處子。按：古來以守不字、隱居不嫁喻處士者多矣，至公答楊子書則曰「崔大敦詩以足下爲處子之秀」，是竟稱處士爲處子矣。此詩尚是喻意。窈窕：詩關雎：「窈窕淑女。」方言：美狀爲窕，美心曰窈。王所妃：晉語：鎮撫國家爲王妃兮。左傳：嘉耦曰妃。

〔二三〕腓：詩七月：「百卉具腓。」傳：腓，病也。

〔二四〕鋪德威：班固東都賦：「鋪鴻藻。」廣雅釋詁：鋪，陳也，布也。書呂刑：德威惟畏。

〔二五〕受機：機，音機。史記孟荀列傳：因載其機祥度制。又天官書：其文圖籍機祥不法。顧野王云：機祥，吉凶之先見也。

〔二六〕撫背：吴志吕蒙傳：蒙爲魯肅畫五策，肅越席就之，拊其背曰：「吕子明，吾不知卿才略，乃至於此。」結友而别。

〔二七〕脂韋：屈原卜居：「如脂如韋。」注：柔弱曲也。

〔二八〕頎頎：詩衛風：「碩人其頎。」箋：言儀表長麗俊好，頎頎然。

送文暢師北游〔一〕

昔在四門館〔二〕，晨有僧來謁〔三〕。自言本吴人，少小學城闕〔四〕。已窮佛根源，粗識事輗軏〔五〕。攣拘屈吾真〔六〕，戒轄思遠發〔七〕。薦紳秉筆徒〔八〕，聲譽耀前閥。從求送行詩，屢造忍顛蹶〔九〕。今成十餘卷，浩汗羅斧鉞。先生閟窮巷〔一〇〕，未得窺剞劂〔一一〕。又聞識大道〔一二〕，何路補剠刖〔一三〕？出其囊中文，滿聽實清越〔一四〕。謂僧當少安〔一五〕，草序頗排訐〔一六〕。上論古之初，所以施賞罰。下開迷惑胸，窙豁劚株橜〔一七〕。僧時不聽熒〔一八〕，若飲水救暍〔一九〕。風塵一出門，時日多如髮〔二〇〕。三年竄荒嶺，守縣坐深樾〔二一〕。徵租聚異物，詭製怛巾襪〔二二〕。幽窮共誰語〔二三〕？思想甚含噦〔二四〕。昨來得京官，照壁喜見蝎〔二五〕。況逢舊親識，無不比鶼蟨〔二六〕。長安多門户，弔慶少休歇〔二七〕。而能勤來過，重惠安可揭〔二八〕。當今聖政初〔二九〕，恩澤完𧲣狘〔三〇〕。胡爲不自暇，飄戾逐鶻鷹〔三一〕。僕射領北門〔三二〕，威德壓胡羯〔三三〕。相公鎮幽都〔三四〕，竹帛爛勳伐〔三五〕。酒場舞閨姝〔三六〕，獵騎圍邊月〔三七〕。開張篋中寶，自可得津筏〔三八〕。從兹富裘馬，寧復茹藜蕨。余期報恩後，謝病老耕垡〔三九〕。庇身指蓬茅，逞志縱獫猲〔四〇〕。僧還相訪來，山藥煮可掘〔四一〕。

〔一〕公送文暢師序：浮屠師文暢喜文章，其周游天下，凡有行，必請於搢紳先生，以求詠歌其所志。貞元十九年春，將行東南，柳君宗元爲之請，解其裝，得所叙詩累百餘篇。柳宗元集有送文暢上人登五臺遂游河朔序。□云：送文暢序，公爲四門博士時作，此詩國子博士時所作也。

〔二〕四門館：舊唐書職官志：國子監有六學：一國子學，二太學，三四門學，四律學，五書學，六算學。四門博士三人，正七品上。□云：後魏太和中，立學於四門，因以爲名。隋始隸國子。公嘗爲四門博士。

〔三〕僧來謁：聞見録：歐陽公於詩主退之，不主子美，劉仲原父每不然之，公曰：子美「老夫清晨梳白頭，玄都道士來相訪」，有俗氣，退之決不道也。仲原父曰：亦退之「昔在四門館，晨有僧來謁」之句之類耳。公賞其辨。

〔四〕城闕：詩小序：子衿刺學校廢也。其卒章曰：「挑兮達兮，在城闕兮。」

〔五〕輗軏：李尤小車銘：輗軏之用，信義所同。

〔六〕攣拘：漢書鄒陽傳：以其能越攣拘之語，馳域外之議。

〔七〕戒轄：轄，胡葛切。詩泉水：「載脂載舝，還車言邁。」注：舝，車軸頭金也。舝與轄同。

〔八〕薦紳：史記五帝本紀贊：薦紳先生難言之。

〔九〕顛蹶：齊國策：顛蹶之請，望拜之謁，雖得則薄矣。

〔一〇〕先生：文暢稱公。窮巷：秦國策：窮巷掘門桑户棬樞之士。

〔一一〕剞劂：音掎厥。莊忌哀時命：掘剞劂而不用兮。注：剞劂，刻鏤刀也。應劭曰：剞，曲刀也；劂，曲鑿也。

〔一二〕大道：張衡東京賦：「客既醉於大道，飽於文義。」

〔一三〕補剠刖：剠，與黥同。莊子大宗師篇：庸詎知造物者之不息我黥而補我劓？韓云：公詩意謂文暢既祝髮爲僧，欲補其剠刖，而反之初，庸可得乎？按：從「自言」至此，皆述文暢之語，此兩句乃設爲其自悔之詞也。

〔一四〕清越：記聘義：「叩之，其聲清越以長。」

〔一五〕少安：左傳：孫文子來聘，公登亦登。叔孫穆子曰：「吾子其少安。」

〔一六〕草序：按：謂前送文暢序深詆浮屠，又譏縉紳先生「無以聖人之道告之」，所謂排訐也。

〔一七〕寥豁：寥，音哮，一作「庨」。何遜詩：「寥豁下嵓呀。」朱子曰：一本作「庨豁」。注云：開達貌。

劚株橜：橜，音掘。列子黄帝篇：「吾處也若橜株駒。」崔譔曰：橜株駒，斷樹也。秦國策：削株掘根。王云：言序所以排訐釋氏而告以聖人之道者，如以刀而劚株橜也。

〔一八〕聽熒：莊子齊物論：是黄帝之所聽熒也。司馬彪注：聽熒，疑惑貌。

〔一九〕救暍：暍，音謁，一作「渴」。字林：暍，傷暑也。淮南子説林訓：救暍而飲之寒泉。

〔二〇〕如髪：馬融圍棊賦：「勝負之策兮，於言如髪。」

〔二一〕深樾：樾，音越。鮑照詩：「飛潮隱修樾。」廣韻：樾，樹陰。王云：楚謂兩木交陰之下曰樾。按淮南精神訓：「繇者甿汗交流，得莃越下，則脱然而喜矣。」蓋古「越」字不必木旁。又人閒訓：「武王䕃暍人于樾下。」則漢已加木。

〔二二〕異物、詭製：鮑照登大雷岸與妹書：「繁化殊育，詭質怪章。」東晳近游賦：「衣裳之製，名號詭異。設繁襦以御冬，資汗衫以當暑。」怛巾襪：怛，音但，又當割切。按：詩：「中心怛兮。」説文：「怛，得案切，憯也。」廣韻：「當割切，悲慘也。」莊子「毋怛化」又有驚懼之意。世説：「庾亮大兒有雅重之質，温太真嘗隱幔怛之。」是則與此詩用字正同。又按：隋書地理志：「長沙郡雜有夷蜒，其男子但著白布褌衫，更無巾袴。其女子青布衫斑布裙，通無鞋屩。桂陽、熙平皆同。」陽山隋時屬熙平，則其巾襪之制，固宜有可駭者矣。與詩語合。

〔二三〕共誰語：司馬遷報任安書：「是以獨鬱悒而誰與語？」

〔二四〕含噦：噦，乙劣切。記内則：不敢噦噫嚏咳。説文：噦，氣牾也。

〔二五〕喜見蝎：蝎，音歇。酉陽雜俎：江南舊無蝎，開元初有一主簿，以竹筒盛過江，今江南往往有之，俗呼爲主簿蟲。樊云：蘇内翰聞騾馱試筆云：「余謫居黄州五年，今日①離泗州北行，岸上騾馱聲空龍，意亦欣然。蓋不聞此聲久矣。退之『照壁喜見蝎』，不虚語也。」又嶺南歸云：「已脱問鵩之變，行有見蝎之喜。」皆取諸此。

〔二六〕鶼蟨：音兼厥。爾雅釋地：南方有比翼鳥焉，不比不飛，其名謂之鶼鶼。注：似鳧，青色，一目一翼，相得乃飛。又：西方有比肩獸焉，與邛邛岠虚比，爲邛邛岠虚嚙甘草，即有難，邛邛岠虚負而走，其名謂之蟨。注：吕氏春秋曰：北方有獸，其名爲蟨，鼠前而兔後，趨則頓，走則顛。然則邛邛岠虚，亦宜鼠後而兔前，前高不得取甘草，故須蟨食之。

〔二七〕弔慶：燕國策：齊王按戈而卻曰：「此一何慶弔相隨之速也？」

〔二八〕揭：孫云：揭，舉也。方云：毋丘儉詩：「憂責重山嶽，誰能爲我擔？」與此義同。

〔二九〕聖政初：□云：謂憲宗初即位也。

〔三〇〕狨狘：狨，許出切。狘，許月切。記禮運：鳳以爲畜，故鳥不獝。麟以爲畜，故獸不狘。郭璞江賦：「濯翮疏風，鼓翅翩翾。」廣韻：狨，飛貌；狘，走貌。

〔三一〕鸇鷢：音氊槩。爾雅釋鳥：晨風，鸇。注：鷂屬。又：楊鳥，鷢。注：似鷹，尾上白。

〔三二〕僕射：□云：謂田季安爲魏博節度使。北門：左傳：杞子自鄭使告于秦曰：「鄭人使我掌其北門之管。」

〔三三〕威德：吴志周瑜傳：揚國威德，華夏是震。

〔三四〕相公：□云：謂劉濟爲幽州節度。幽都：書堯典：宅朔方曰幽都。

〔三五〕竹帛：漢書蘇武傳：李陵賀武曰：「足下功顯於漢室，雖古竹帛所載，丹青所畫，何以過子？」勳伐：史記高祖功臣侯年表：以德立宗廟定社稷曰勳，明其等曰伐。

〔三六〕閨姝：詩邶風：「靜女其姝。」

〔三七〕邊月：韩云：李恢秋月詞：「邊月破鏡飛。」

〔三八〕津筏：世說：「此子疲於津梁。」廣韻：大曰筏，小曰桴。

〔三九〕耕垡：垡，音伐。祝云：與墢同。周語：王耕一墢。廣韻：垡，耕土。

〔四〇〕獫猲：音險歇。詩駟驖：「載獫猲獢。」傳：田犬也。爾雅釋獸：長喙獫，短喙猲獢。

〔四一〕山藥：北山經：景山其草多藷萸。注：根似羊蹄，可食。爾雅翼：薯蕷味甘溫。唐代宗諱預，故呼「薯藥」。今人呼爲「山藥」，一名山芋。秦、楚名玉延，鄭、越名土藷。人多掘食之以充糧。

【校記】

① 「日」，原作「年」，據蘇軾文集改。

短燈檠歌〔一〕

長檠八尺空自長，短檠二尺便且光〔二〕。黄簾緑幕朱户閉，風露氣入秋堂涼〔三〕。裁衣寄遠淚眼暗〔四〕，搔頭頻挑移近牀〔五〕。太學儒生東魯客〔六〕，二十辭家來射策〔七〕。夜書細字綴語言〔八〕，兩目眵昏頭雪白〔九〕。此時提攜當案前，看書到曉那能眠？一朝富貴還自恣，長檠高張照珠翠〔一〇〕。吁嗟世事無不然，牆角君看短檠棄。

〔一〕西溪叢話：古云「燈檠昏魚目」，讀「檠」爲去聲。集韻：檠，渠映切，有足所以几物。又：檠，音平聲，榜也。非燈檠字。韓退之云「牆角君看短檠棄」，亦誤也。按：王筠有燈檠詩。庾信對燭賦：「還卻燈檠下燭盤。」又：「蓮帳寒檠窗拂曙。」皆宜作平聲讀，未可云誤也。此詩意在結句，所云東魯客，未知何人。因其爲太學儒生作，知爲官國子博士時。

〔二〕二尺：張敞東宮舊事：太子納妃，有銀塗二尺連盤燈。

〔三〕風露：江淹燈賦：「露冷帷幔，風結羅紈。螢光別桂，蛾命辭蘭。」秋堂：鮑照詩：「寒機思孀婦，秋堂泣征客。」

〔四〕裁衣寄遠：謝惠連詩：「裁用笥中刀，縫爲萬里衣。」

〔五〕搔頭：西京雜記：武帝過李夫人，就取玉簪搔頭，自此後宫人搔頭皆用玉。

〔六〕太學：三輔黄圖：漢太學在長安西北七里。董仲舒策：太學，賢士之關，教化之本原也。儒生：漢書霍光傳：諸儒生多窶人子，遠客飢寒。傅咸皇太子釋奠頌：濟濟儒生，侁侁胄子。

〔七〕射策：漢書蕭望之傳：望之以射策甲科爲郎。師古曰：射策者，謂爲問難疑義，書之於策，量其大小，署爲甲乙之科。

〔八〕細字：顔氏家訓養生篇：庾肩吾年七十餘，目看細字。

〔九〕眵昏：眵，音蚩。説文：眵，目傷眥也。一曰瞢兜。高張：司馬相如美人賦：「芳香芬烈，黼帳高張。」

〔一〇〕珠翠：傅毅舞賦：「珠翠灼爍而照曜兮。」碧溪詩話：杜夜宴左氏莊云「檢書燒燭短」，燭正不宜觀書，檢閲時暫可也。退之「短檠二尺便且光」，可謂燈窗中人語，然猶有未便，燈不籠則損目，不宜勤且久。山谷「夜堂朱墨小燈籠」，可謂善矣。而處堂非夜久所宜。子瞻云：「推門入室書縱横，蠟紙燈籠晃雲母。」慣親燈火，儒生酸態盡矣。□云：蘇子瞻詩有云：「免使韓公悲世事，白頭還對短燈檠。」蘇時謫於黄，其姪安節下第遠來，故云。

雜詩〔一〕

古史散左右〔二〕，詩書置後前。豈殊蠹書蟲〔三〕？生死文字閒。古道自愚惷〔四〕，古言已包纏。當今固殊古，誰與爲欣歡〔五〕？獨攜無言子，共昇崑崙顛。長風飄襟裾，遂起飛高圓〔六〕。下視禹九州〔七〕，一塵集毫端。遨嬉未云幾〔八〕，下已億萬年。向者夸奪子，萬墳厭其巔〔九〕。惜哉抱所見，白黑未及分〔一〇〕。慷慨爲悲咤，淚如九河翻〔一一〕。指摘相告語，雖還今誰親？翩然下大荒〔一二〕，被髮騎騏驎〔一三〕。

〔一〕□云：文選王粲、曹植皆有雜詩，李善謂「遇物即言，不拘流例」是也。或作雜言，非。此詩乃離騷所謂離心遠逝道夫崑崙，已而臨睨舊鄉曰「國無人莫我知兮，又何懷乎故都」。蓋此意云。

按：此詩爲李實、伾、文輩而作，「古史散左右」云云，時方爲博士也。

〔二〕散左右：梁元帝玄覽賦：「聊右書而左琴。」

〔三〕蠹書蟲：穆天子傳：暴蠹書於羽陵。郭璞注：謂暴書中蠹蟲。

〔四〕愚惷：惷，丑江切，一作「戇」，或作「蠢」。記哀公問：「寡人惷愚冥頑。」説文：惷，愚也。

〔五〕欣歡：莊子盜跖篇：怵惕之恐，欣歡之意，不監於心。

〔六〕高圓：詩正月：「謂天蓋高。」大戴禮天圓篇：天道曰圓，地道曰方。

〔七〕禹九州：史記騶衍傳：衍以爲儒者所謂中國者，乃天下八十一分居其一分耳。中國名曰赤縣神州，內自有九州，禹之序九州是也。

〔八〕遨嬉：神仙傳：陰長生著詩三篇，以示將來，曰：「遨戲仙都，顧愍群愚。年命之逝，如彼川流。奄忽未幾，泥土爲儔。奔馳索死，不肯暫休。」

〔九〕厭：作壓。

〔一〇〕白黑：韓詩外傳：有王之法，若別黑白。

〔一一〕九河翻：晉書顧愷之傳：愷之拜桓温墓，或問之曰：「卿憑重桓公，哭狀其可見乎？」答曰：「聲如震雷破山，淚如傾河注海。」

〔一二〕大荒：大荒西經：海外大荒之中，有山名曰大荒之山，日月所入，是謂大荒之野。

〔一三〕被髮：記王制：被髮文身，被髮衣皮。神仙傳：孫登被髮自覆身，髮長丈餘。騎騏驎：神仙傳：王遠過吳蔡經家，經父母問曰：「王君是何神人？居何處？」經曰：「常在崑崙山。」王君出城，唯乘一黃麟，去地常數百丈。□云：「騏驎」或作「麒麟」，古書如戰國策多用「騏驎」字，其義一也。樊云：東坡爲公潮州廟碑，終篇實取此意。

按：或疑公不好神仙，而此詩多作神仙之語。不知其寄託，蓋有深意也。當李實、伾、文用事之時，所爲夸奪，賢奸倒置，公被擠而出，未及三年，而世故紛紜，大非前時景象。鄉者諸人，復安在哉！故欲超然於塵埃之外。俯仰人世，夸奪者何如也？

喜侯喜至贈張籍張徹〔一〕

昔我在南時，數君長在念〔二〕。摇摇不可止〔三〕，諷詠日喁噞〔四〕。如以膏濯衣〔五〕，每漬垢逾染。又如心中疾，箴石非所砭〔六〕。常思得游處，至死無倦厭。地遐物奇怪，水鏡涵石劍〔七〕。荒花窮漫亂，幽獸工騰閃。礙目不忍窺，忽忽坐昏墊〔八〕。逢神多所祝，豈忘靈即驗？依依夢歸路，歷歷想行店〔九〕。今者誠自幸，所懷無一欠。孟生去雖索〔一〇〕，侯氏來還歉。敧眠聽新詩，屋角月豔豔。雜作承閒騁〔一一〕，交驚舌互䛬〔一二〕。繽紛指瑕疵，拒捍阻城塹。以余經摧挫，固請發鉛槧〔一三〕。居然妄推讓〔一四〕，見謂爇天焰〔一五〕。比疏語徒妍〔一六〕，悚息不敢占。呼奴具盤飧〔一七〕，飣餖魚菜贍。人生但如此，朱紫安足僭〔一八〕。

〔一〕韓云：公初謫陽山令，元和改元。六月①，自江陵掾召爲國子博士。其從游如喜，如籍，如徹，皆會於都下。詩以是作。按：會合聯句乃初至京師與孟郊、張籍、張徹相遇而作。至是而孟郊已去，而侯喜始來，蓋其至最晚，詩中語甚明也。

〔二〕在念：釋文：念，黏也，意相親愛，心黏著不能忘也。

〔三〕搖搖：楚國策：心搖搖如縣旌而無所終薄。

〔四〕喁噞：噞，音驗。淮南主術訓：水濁則魚噞。注：魚短氣出口於水，喘息之喻也。左思吴都賦：「噞喁沈浮。」善曰：噞喁，魚在水中群出動口貌。

〔五〕膏濯衣：按：柏舟詩云：「心之憂矣，如匪澣衣。」言煩寃憒眊如衣不濯之衣也。今膏非濯衣之物，而以濯衣，則非但不澣，而返增垢矣。比風人更深一層。

〔六〕箴石：箴，同鍼。史記扁鵲傳：疾之居腠理也，湯熨之所及也。在血脈，鍼石之所及也。砭：方驗切。南史王僧孺傳：侍郎金元起欲注素問，訪以砭石。僧孺答曰：古人當以石爲鍼。説文有此「砭」字。許慎云：以石刺病也。東山經：高氏之山多鍼石。郭璞云：可以爲砭鍼。左傳：美疢不如惡石。服子慎云：石，砭石也。季世無復佳石，故以鐵代之耳。

〔七〕水鏡：孫云：水鏡一名蜮。陸璣毛詩草木蟲魚疏：蜮，一名射影，江淮水濱皆有之。人在岸上，影在水中。投人影則殺之。

〔八〕昏墊：書益稷：下民昏墊。

〔九〕行店：古今注：店，置也，所以置貨鬻之物也。廣韻：店，舍。

〔一〇〕孟生去：□云：東野其年十一月，河南尹鄭餘慶奏爲水陸運從事。索：記檀弓：「吾離群而索居，亦已久矣。」注：索，猶散也。

〔一一〕承閒：屈原九章：「願承閒而自察兮。」

〔一二〕舌䑛䑛：䑛，俗互字。䑛，他念切。玉篇：䑛䑛，吐舌貌。

〔一三〕鉛槧：論衡：斷木爲槧。西京雜記：揚子雲好事，常懷鉛提槧，從諸計吏訪殊方絶域四方之語。

〔一四〕居然：詩生民：「居然生子。」

〔一五〕爇天焰：爇，如劣切。釋名：熱，爇也，如火所燒爇也。按：猶所云「李杜文章在，光焰萬丈長」也。

〔一六〕比疏：按：言語雖美，而擬不於倫，非己所敢當也。

〔一七〕具盤飧：左傳：乃饋盤飧，寘璧焉。

〔一八〕僭：申培詩説：芄蘭刺霍叔也，以童子僭成人之服，比其不度德量力。廣雅釋詁：僭，擬也。

【校　記】

①「月」，原作「年」，據卷五納涼聯句題注改。

韓昌黎詩集編年箋注卷五

卷五凡十一首，前八首元和元年六月，自江陵召還爲國子博士作，後三首從孟郊集采入，附卷末。

會合聯句〔一〕

離別言無期，會合意彌重。籍 病添兒女戀，老喪丈夫勇。愈 劍心知未死〔二〕，詩思猶孤聳。郊 愁去劇箭飛〔三〕，歡來若泉涌〔四〕。徹 析言多新貫〔五〕，攄抱無昔壅〔六〕。籍 念難須勤追〔七〕，悔易勿輕踵。愈 吟巴山犖嶨〔八〕，説楚波堆壟〔九〕。郊 馬辭虎豹怒，舟出蛟鼉恐。徹 狂鯨時孤軒，幽狖雜百種。愈 瘴衣常腥膩，蠻器多疏冗〔一〇〕。籍 剥苔弔斑林〔一一〕，角飯餌沈冢〔一二〕。愈 忽爾銜遠命，歸歟舞新寵。郊 鬼窟脱幽妖〔一三〕，天居覿清栱〔一四〕。愈 京游步方振，謫夢意猶恟。籍 詩書誇舊知，酒食接新奉。愈 嘉言寫清越，瘉病失肬腫〔一五〕。郊 夏陰偶高庇，宵魄接虚擁〔一六〕。愈 雪紘寂寂聽〔一七〕，茗盌纖纖捧〔一八〕。郊　馳輝燭浮螢，幽響泄潛蛩〔一九〕。愈　詩老獨何心〔二〇〕？江疾有餘㕟〔二一〕。郊　我家本瀍穀〔二二〕，有地介皋鞏〔二三〕。休跡憶沈冥〔二四〕，峨冠慚闒𨡝〔二五〕。愈　升朝高轡逸，振物群聽悚〔二六〕。愈　徒言濯幽泌，誰與薙荒茸〔二七〕？籍　朝紳鬱青緑〔二八〕，馬飾曜珪珙〔二九〕。國讎未銷鑠，我志蕩邛隴〔三〇〕。郊　君才誠倜儻〔三一〕，時論方洶溶〔三二〕。格言多彪蔚〔三三〕，懸解無梏拲〔三四〕。張生得淵源〔三五〕，寒色拔山冢〔三六〕，堅如撞群金，眇若抽獨蛹〔三七〕。愈　伊余何所擬？跛鱉詎能踊〔三八〕。塊然墮嶽石，飄爾罥巢氄〔三九〕。郊　龍旆垂天衛，雲韶凝禁甬〔四〇〕。君胡眠安然？朝鼓聲洶洶〔四一〕。愈

〔一〕樊云：公召爲國子博士，與張籍、張徹、孟郊會京師而有此詩，故籍有「京游步方振，謫夢意猶恟」等語，徹有「馬辭虎豹怒，舟出蛟鼉恐」之句，皆叙公南還意。而公則云「念難須勤追，悔易勿輕踵」，其義一也。韓曰：黄魯直嘗云：退之會合聯句，四君子皆佳士，意氣相入，雜之成文。世之文章之士少聯句，蓋筆力不能相追，或成四公子棋耳。按：方云「聯句多元和初作」，其説良然。李漢取城南聯句冠於首，以其大篇耳。論其次序，此篇在前，應編前卷入關、詠馬之後，因聯句別爲一體，故取元和初作，卒爲一卷。而遠游、莎栅、石鼎、郾城，仍各編年。按：王伯大以爲聯句古無，此體自退之始，殊爲孟浪。沈括謂虞廷賡歌、漢武柏梁是唱和聯句之所起，可謂究其源流矣。自晉賈充與妻李氏始爲聯句，其後陶、謝諸人亦偶一爲之。何遜集中最多，然文義

斷續，筆力懸殊，仍爲各人之製，又皆寥寥短篇，不及數韻。唐時如顏真卿等，亦有聯句，而無足采，故皆不甚傳於世，要其體創之久矣。唯韓、孟天才杰出，旗鼓相當，聯句之詩固當獨有千古。此詩四人所作，二張固韓門弟子，鮮有敗句，亦奇觀也。至如石鼎聯句語指時事，因託之彌明，大抵彌明在坐，而詩句出公也。

〔二〕劍心：王云：猛氣也。按：孟郊詩有云「壯士心是劍，爲君射斗牛」，與此同意。

〔三〕箭飛：釋名：矢謂之箭，其旁曰羽，鳥須羽而飛，矢須羽而前也。

〔四〕泉湧：劉孝儀詩：「談空匹泉湧。」

〔五〕析言：按：記王制：「析言破律。」此句蓋斷章取義，謂諸人各言其意，如分析而言耳。新貫：按：貫，事也。從論語「仍舊貫」化出。

〔六〕攄抱：班固西都賦：「攄懷舊之蓄念。」廣雅釋詁：攄，舒也。

〔七〕念難：王粲柳賦：「悟先正①之話言，信思難而存懼。」

〔八〕巴山：水經：江水左則巴水注之。注：水出大別山，亦或曰巴山，南歷蠻中。犖嶨：嶨，音確。釋名：山多大石曰嶨。嶨，學也。大石之形嶨嶨②也。廣韻：嶨嶨同。

〔九〕堆壟：廣韻：堆，聚土；壟，丘壠也。按：楚波堆壟，猶云「屹起高峨岷」也。

〔一〇〕疏穴：記月令：其器疏以達。

〔一一〕斑林：臨漢隱居詩話：竹有黑點，謂之斑竹，非也。湘中斑竹，方生時，每點上苔錢，封之甚固，土人斲竹浸水中，用草穰洗去苔錢，則紫暈斕斑可愛，此真斑竹也。退之曰「剥苔弔斑林」是也。

〔一二〕角飯：續齊諧記：屈原五月五日投汨羅水，楚人哀之，至此日，以竹筒子貯米投水以祭之。今五月五日作粽，並帶楝葉、五色絲，其遺風也。

〔一三〕鬼窟：張天復皇輿考：香柏城其山曰鬼窟，極險隘。

〔一四〕天居：蔡邕述行賦：「皇家赫赫而天居。」

〔一五〕瘉病：詩正月：「胡俾我瘉。」肬腫：釋名：肬，丘也，出皮上聚，高如地之有丘也。腫，鍾也，寒熱氣所鍾聚也。

〔一六〕宵魄：書武城：「既生魄。」虚擁：按：猶陸機詩所云「照之有餘輝，攬之不盈手」也。

〔一七〕雪絃：宋玉諷賦：「中有鳴琴焉，臣援而鼓之，爲幽蘭白雪之曲。」

〔一八〕茗盌：爾雅釋木：檟，苦荼。注：早采者爲荼，晚采者爲茗。洛陽伽藍記：王肅初入國，常飯鯽魚羹，渴飲茗汁。京師士子見肅一飲一斗，號爲「漏卮」。纖纖：詩國風：「纖纖女手。」

〔一九〕浮螢潛蛬：蛬，音拱。爾雅釋蟲：螢火，即照。又：蟋蟀，蛬。幽響：江淹詩：「石室有幽響。」

〔二〇〕詩老：按：郊詩中屢用「詩老」字，如「惟應待詩老，日夕殷勤開」，又「詩老强相呼」是也。

〔二一〕尰：時宂切。詩巧言：「既微且尰。」

〔二二〕瀍穀：書禹貢：導洛自熊耳，東北會于澗瀍。水經：瀍水出河南穀城縣北山，東入于洛。穀水出弘農黽池縣南穀陽谷，東南入于洛。

〔二三〕臯鞏：史記秦本記：莊襄王元年，韓獻成臯、鞏。正義曰：括地志云：洛州汜水縣，古之虢國，亦鄭之制邑，又名虎牢，漢之成臯。鞏，今洛州鞏縣。洪云：退之家在洛陽。

〔二四〕沈冥：揚雄法言：蜀莊沈冥。

〔二五〕闒𩰪：𩰪，音蹋宂。賈誼弔屈原賦：「闒茸尊顯兮，讒諛得志。」玉篇：闒𩰪，不肖也。

〔二六〕群聽悚：「悚」一作「竦」。嵇康琴賦：「竦衆聽而駭神。」

〔二七〕薙荒茸：薙，音替。記月令：燒薙行水。周禮秋官：薙氏掌殺草。説文：茸，草茸茸皃。

〔二八〕朝紳：記玉藻：紳長制，士三尺，大夫二尺有五寸。説文：紳，大帶也。青緑：按：新唐書車服志：「深緑爲六品之服，淺緑爲七品之服，深青爲八品之服，淺青爲九品之服。又職事官服緑青碧。」公時爲國子博士，正五品，而猶服青緑，不可解，意者上可兼下，下不可兼上也。

〔二九〕馬飾：西京雜記：武帝時身毒國獻連環羈，皆以白玉作之，瑪瑙石爲勒。自是長安始盛飾鞍馬，或一馬之飾直百金。按：新唐書車服志：「五品以上有珂傘。」珂，即馬飾也。時公始得有珂，故東野誇美之。珪珙：説文：古文圭从玉；珙，玉也。

〔三〇〕蕩邛隴：王云：時劉闢亂蜀，王師出征，故云。

〔三一〕倜儻：司馬遷報任安書：唯倜儻非常之人稱焉。廣雅釋訓：倜儻，卓異也。

〔三二〕洶溶：王粲浮淮賦：「滂沛洶溶。」「遞相競軼。」

〔三三〕格言：夏侯湛昆弟誥：乃惟以聽我之格言。彪蔚：説文：彪，虎文。易革卦：君子豹變，其文蔚也。

〔三四〕懸解：莊子養生主篇：安時而處順，哀樂不能入也，此古之謂是帝之懸解。梏拲：拲，音拱。周禮秋官掌囚：上罪梏拲而桎。廣韻：拲，兩手共械。

〔三五〕淵源：漢書董仲舒傳贊：考其師友淵源所漸。

〔三六〕山冢：詩十月之交：「山冢崒崩。」釋名：山頂曰冢。冢，腫也，言腫起也。

〔三七〕獨蛹：蛹，音甬。爾雅釋蟲：螝，蛹。注：蠶蛹。列子湯問篇：詹何以獨繭絲爲綸。

〔三八〕跛鱉：跛，音賁。莊忌哀時命：「騆跛鱉而上山兮，吾固知其不能陞。」

〔三九〕罥：音狷。氄：音宂。書堯典：鳥獸氄毛。

〔四〇〕雲韶：廣雅釋樂：雲門簫韶。禁甬：周禮考工記鳧氏：爲鐘，舞上謂之甬。長甬則震。廣韻：甬，鐘柄也。

〔四一〕朝鼓：梁元帝詩：「金門練朝鼓。」洶洶：揚雄羽獵賦：「洶洶旭旭。」善曰：鼓動之聲也。

容齋四筆：韻略上聲二「腫」字險窄。予向作汪莊敏銘詩八十句，唯蕭敏中讀之，曰：押盡一韻。今考之，猶有十字越用一董内韻。若會合聯句三十四韻，除「冢」、「蛹」二字韻略不收外，餘皆不出二「腫」中。雄奇激越，如大川洪河，不見涯涘，非鎖鎖潢污行潦之水所可同語也。

按：「冢」、「蛹」二字唐韻所收，此詩未嘗出韻，洪亦失考。

【校記】

① 「先正」，王粲集作「元子」。

② 「礐礐」，釋名疏證補作「學學」。

同宿聯句〔一〕

自從別君來，遠出遭巧譖。愈 斑斑落春淚，浩浩浮秋浸〔二〕。郊 毛奇覩象犀，羽怪見鵬鴆〔三〕。愈 朝行多危棧〔四〕，夜臥饒驚枕。郊 生榮今分踰，死棄昔情任〔五〕。愈 鵷行參綺陌，雞唱聞清禁〔六〕。郊 山晴指高標，槐密鶩長蔭。愈 直辭一以薦，巧舌千皆矜〔七〕。郊 匡鼎惟說詩〔八〕，桓譚不讀讖〔九〕。愈 逸韻何嘈嗽〔一〇〕，高名俟沽賃〔一一〕。郊 紛葩歡屢填〔一二〕，曠朗憂早滲〔一三〕。愈 爲君開酒腸，顛倒舞相飲。郊 曦光霽曙物，景曜鑠宵祲〔一四〕。愈 儒門雖大啓〔一五〕，奸首不敢闖。義泉雖至近，盜索不敢沁〔一六〕。清琴試一揮，白鶴叫相喑〔一七〕。欲知心同樂，雙繭抽作紝〔一八〕。郊

〔一〕韓云：此詩召爲博士後與東野同宿而作。

〔二〕秋浸：莊子逍遥游篇：大浸稽天而不溺。按：公徙江陵過洞庭湘水，時當秋也。

〔三〕鵩鴆：鵩，音服。史記賈誼傳：有鵩飛入舍。鵩似鴞，不祥鳥也。屈原離騷：「吾令鴆爲媒兮，鴆告余以不好。」注：鴆，運日也，毒可殺人。

〔四〕危棧：謝靈運詩：「過澗既厲急，登棧亦陵緬。」

〔五〕死棄：詩陟岵：「上慎旃哉！　由來無死。」又：「上慎旃哉！　由來無棄。」

〔六〕鵷行、雞唱：北齊燕射歌辭：「懷黄綰白，鵷鷺成行。」周禮春官雞人：夜嘑旦以嘂百官。

〔七〕矜：音噤。玉篇：矜，牛舌病。

〔八〕匡鼎：漢書匡衡傳：諸儒語曰：無説詩，匡鼎來。匡説詩，解人頤。張晏曰：匡衡少時字鼎，長乃易字稚圭，世所傳衡與貢禹書，上言衡敬報，下言匡鼎白，知是字也。

〔九〕桓譚：後漢書桓譚傳：帝方信讖，多以決定嫌疑。譚上疏諫。其後有詔會議靈臺所處，帝謂譚曰：「吾欲讖決之，何如？」譚默然良久，曰：「臣不讀讖。」

〔一〇〕嘈嗷：中山王勝文木賦：「嘈嗷鳴啼。」

〔一一〕沽賃：賃，乃禁切。淮南俶真訓：緣飾詩書，以買名譽於天下。廣雅釋詁：賃，借也。

〔一二〕紛葩：裴秀詩：「紛葩相追。」

〔一三〕曠朗：張協七命：「野曠朗而無塵。」滲：所陰切。史記封禪書：滋液滲漉。廣雅釋詁：滲，盡也。孫云：言忘其憂，如物滲漏也。

〔一四〕宵祲：祲，音寢。周禮春官眡祲：掌十煇之法，以觀妖祥，一曰祲。鄭注：祲謂陰陽氣相侵漸以成灾也。釋名：祲，侵也，赤黑之氣相侵也。

〔一五〕儒門：顔延之詩：「國尚師位，家崇儒門。」大啟：詩閟宫：「大啟爾宇。」

〔一六〕沁：七鴆切。蔣云：按諸字書皆曰水名，出上黨，與此「沁」字無涉。沁，猶汲也。北人以物探水曰沁，又小飲也。

〔一七〕琴、揮、鶴叫：史記樂書：師曠援琴而鼓之，一奏之，有玄鶴二八，集乎廊門。再奏之，延頸而鳴，舒翼而舞。喑：音瘖。說文：宋、齊謂兒泣不止曰喑。王云：鳴相應也。

〔一八〕抽作紝：釋名：紬，抽也。抽引絲端出細緒也。記内則：織紝組紃。

納涼聯句〔一〕

遞嘯取遥風〔二〕，微微近秋朔〔三〕。郊 金柔氣尚低，火老候愈濁〔四〕。熙熙炎光流〔五〕，竦竦高雲擢〔六〕。愈 閃紅驚蚴虬，凝赤聳山嶽〔七〕。目林恐焚燒，耳井憶瀺灂〔八〕。仰懼失交泰〔九〕，非時結冰雹〔一〇〕。化鄧渴且多，奔河誠已慤〔一一〕。暍道者誰子〔一二〕？叩商者何樂〔一三〕？洗矣得滂沱〔一四〕，感然鳴鸑鷟〔一五〕。嘉願苟未從，前心空緬邈〔一六〕。清砌千迴坐，冷環再三握。煩懷卻星星〔一七〕，高意還卓卓。郊 龍沈劇煮鱗，牛喘甚焚角〔一八〕。蟬煩鳴轉喝〔一九〕，烏噪飢不啄。晝蠅食案繁，宵蚋肌血渥。單絺厭已褫〔二〇〕，長箑倦還捉〔二一〕。幸兹得佳朋，於此蔭華桷〔二二〕。

青熒文簟施，淡瀲甘瓜濯〔二三〕。大壁曠凝淨，古畫奇駁犖〔二四〕。淒如羾寒門〔二五〕，皓若攢玉璞。掃寬延鮮飆，汲冷漬香穱〔二六〕。篚實摘林珍，盤肴饋禽㲉〔二七〕。空堂喜淹留〔二八〕，貧饌羞齷齪。愈　殷勤相勸勉〔二九〕，左右加礱斲〔三〇〕。賈勇發霜硎〔三一〕，爭前躍冰槊〔三二〕。微然草根響，先被詩情覺。感衰悲舊改，工異逞新兒〔三三〕。誰言擯朋老〔三四〕？猶自將心學。危檐不敢凭，朽机懼傾撲〔三五〕。青雲路難近，黃鶴足仍錠〔三六〕。未能飲淵泉，立滯叫芳葯〔三七〕。郊　與子昔暌離，嗟余苦屯剝。直道敗邪徑〔三八〕，拙謀傷巧諑〔三九〕。炎湖度氛氳，熱石行犖硞〔四〇〕。痟肌夏尤甚，瘧渴秋更數〔四一〕。君顏不可覿，君手無由搦〔四二〕。今來沐新恩，庶見返鴻朴。儒庠恣游息〔四三〕，聖籍飽商搉〔四四〕。危行無低徊，正言免咿喔〔四五〕。車馬獲同驅，酒醪欣共歃〔四六〕。惟憂棄菅蒯〔四七〕，敢望侍帷幄〔四八〕。此志且何如？希君爲追琢〔四九〕。愈

〔一〕韓云：公元和改元六月，自江陵掾召入爲國子博士，與東野會京師聯句，此詩序久謫新召還爲學官，本末甚詳。

〔二〕遞嘯：劉楨大暑賦：「披襟領而長嘯，冀微風之來思。」

〔三〕微微：宋孝武帝詩：「微微風始發，曖曖月初明。」近秋朔：蔣云：按此句意，聯句當在季夏。□云：在七月則秋朔已過，不必「微微近」矣。按：蔣之辨當矣，但公六月離江陵赴京，安得即與孟郊聯句？恐蔣無以辨也。考舊唐書憲宗紀，元年蓋閏六月，則此疑盡釋矣。

〔四〕金柔、火老：記月令：某日立秋，盛德在金。史記天官書：察日行以處位太白，其庳近日曰柔，高遠日曰剛。正義曰：天官占云：太白者，西方金之精。左傳：譬如火焉，火中，寒暑乃退。淮南墬形訓：火老金生。

〔五〕熙熙：老子異俗章：衆人熙熙。

〔六〕擢：廣韻：拔也，抽也，出也。

〔七〕蚴虯、山嶽：蚴，音幽。楚辭惜誓：「蒼龍蚴虯於左驂兮。」孫云：言電光之閃，有如蚴虯；赤氣之聚，有如山嶽也。

〔八〕目林、耳井：按：公送陳秀才序亦有「目其貌，耳其言」之句。瀺灂：音饞浞。上林賦：「臨坻注壑，瀺灂霣墜。」索隱曰：說文：瀺灂，水之小聲也。

〔九〕交泰：易泰卦：天地交泰。

〔一〇〕冰雹：左傳：大雨雹，季武子問于申豐曰：雹可御乎？對曰：古者無灾霜雹。

〔一一〕化鄧、奔河：列子湯問篇：夸父欲追日影，逐之於隅谷之際，將北走飲大澤。未至，道渴而死。棄其杖，尸膏肉所浸，生鄧林。鄧林彌廣數千里焉。已嶅：記禮器：不然則已嶅。

〔一二〕暍道：莊子則陽篇：暍者反冬乎冷風。

〔一三〕叩商：列子湯問篇：鄭師文從師襄游，襄曰：「子之琴何如？」師文曰：「請嘗試之。」於是當春而叩商絃，以召南呂，涼風忽至，草木成實。

〔一四〕洗矣：洗，與洒通。史記范雎傳：觀范雎之見者，群臣莫不洗然變色易容者。滂沱：詩漸漸之石：「月離于畢，俾滂沱矣。」

〔一五〕鳴鸑鷟：鸑鷟，音岳浞。周語：周之興也，鸑鷟鳴於岐山。按：孫云：得滂沱則瑞應至，雖語焉不詳，然亦暗合。據韓詩外傳：「天老對黄帝曰：鳳皇舉動八風，氣應時雨。」則感滂沱而鳴，其説實有所本。

〔一六〕緬邈：邈，莫角切。潘岳寡婦賦：「緬邈兮長乖。」

〔一七〕星星：一作「醒」。方云：劉夢得詩「自羞不是高陽侣，一夜星星騎馬回」，唐人「星」、「醒」通用。

〔一八〕牛喘：漢書丙吉傳：吉前行，逢人逐牛，牛喘吐舌。焚角：史記田單傳：單收城中得千餘牛，束兵刃于其角，而灌脂束葦於尾，牛尾熱，怒而奔燕軍。

〔一九〕喝：於邁切。司馬相如子虛賦：「聲流喝。」郭璞曰：言悲嘶也。

〔二〇〕褫：敕里切。易訟卦：終朝三褫之。説文：褫，奪衣也。

〔二一〕長箑：箑，音接。方言：扇，自關而東謂之箑，自關而西謂之扇。捉：世説：康法暢造庾公，捉麈尾甚佳。

〔二二〕蔭華桷：左傳：秋丹桓公之楹，春刻其桷。

〔二三〕淡瀲：瀲，音敢。枚乘七發：「淡瀲手足。」善曰：猶洗滌也。甘瓜：魏文帝與吴質書：浮甘瓜於清泉。

〔二四〕駁犖：司馬相如上林賦：「赤瑕駁犖，雜臿其間。」郭璞曰：駁犖，采點也。

〔二五〕羾寒門：羾，音貢。揚雄甘泉賦：「登椽欒而羾天門兮。」蘇林曰：羾，至也。屈原遠游：「逴絶垠乎寒門。」淮南墬形訓：北極之山曰寒門。蔣云：史記武帝紀：「所謂寒門者，谷口也。」顔注：「今冶谷去甘泉八十里，盛夏凜然。」其説正與納涼意合。而朱子云：谷口既非絶境，又未爲極寒之地，當從前説。今姑且録之，以俟考者。按：此不過極言其寒，不必實指其處。

〔二六〕香穱：穱，音斮。宋玉招魂：稻粢穱麥。注：穱，擇也，擇麥中先熟者。

〔二七〕禽鷇：鷇，音確。廣韻：鷇，鳥卵。

〔二八〕淹留：左傳：無淹留敝邑。

〔二九〕相勸勉：李陵答蘇武書：不入耳之歡，來相勸勉。

〔三〇〕讋斫：晉語：斫其首而讋之。

〔三一〕霜硎：莊子養生主：「今臣之刀十九年矣，而刀刃若新發於硎。」

〔三二〕冰槊：槊，音朔。風俗通：矛長丈八者謂之槊。世説：桓宣武與殷、劉談不如甚，上馬舞矟數迴，意氣始得雄。按：「霜硎」、「冰槊」非有其事，特賦詩相敵耳。「冰霜」字用於納涼詩中，亦有意。

〔三三〕皃：莫角切。

〔三四〕擯朋老：孫云：謂擯棄於朋友，而又加之以老也。

〔三五〕机：易渙卦：渙奔其机。撲：音雹。

〔三六〕錠：士角切。玉篇：錠，鎖足也。

〔三七〕芳葯：葯，於角切。屈原九歌：「辛夷楣兮葯房。」

〔三八〕邪徑：漢書五行志：成帝時歌謠曰：「邪徑敗良田，讒口亂善人。」

〔三九〕拙謀：孫萬壽詩：「粤余非巧宦，少小拙謀身。」巧諑：諑，音琢。屈原離騷：「謠諑謂余以善淫。」注：諑，猶譖也。

〔四〇〕硞：音確。説文：硞，石聲。

〔四一〕痟肌、瘧渴：痟，音消。周禮天官疾醫：掌養萬民之疾病，春時有痟首疾，秋時有瘧寒疾。

〔四二〕搦：女角切。漢書班固叙傳：搦朽摩鈍。

〔四三〕游息：學記：君子之於學也，藏焉修焉息焉游焉。

〔四四〕聖籍：束晳玄居賦：「薙聖籍之荒蕪，總群言之一至。」商搉：搉，音角。左思吴都賦：「商搉萬俗。」

〔四五〕低佪、咿喔：屈原九歌：「心低佪兮顧懷。」又卜居：「將喔咿嚅唲以事婦人乎？」

〔四六〕欶：音朔。西京雜記：枚乘柳賦：「空銜鮮而欶醪。」説文：欶，吮也。

〔四七〕菅蒯：左傳：雖有絲麻，無棄菅蒯。

〔四八〕帷幄：漢書高帝紀：運籌帷幄之中。

〔四九〕追琢：追，音堆。詩棫樸：「追琢其章。」

秋雨聯句

萬木聲號呼〔一〕，百川氣交會〔二〕。郊 庭翻樹離合，牖變景明藹〔三〕。愈 漻瀉殊未終〔四〕，飛浮亦云泰〔五〕。郊 牽懷到空山，屬聽邇驚瀨〔六〕。愈 檐垂白練直，渠漲清湘大。郊 甘津澤祥禾〔七〕，伏潤肥荒艾〔八〕。愈 主人吟有歡，客子歌無奈。郊 侵陽日沈玄，剥節風搜兑〔九〕。愈 坱圠游峽喧〔一〇〕，颼飀卧江汰〔一一〕。郊 微飄來枕前，高灑自天外。愈 蛩穴何迫迮〔一二〕，蟬枝掃鳴噦〔一三〕。郊 檴菊茂新芳〔一四〕，徑蘭銷晚藹〔一五〕。愈 地鏡時昏曉〔一六〕，池星競漂沛。郊 讙呶尋一聲〔一七〕，灌注咽群籟〔一八〕。愈 儒宫煙火濕〔一九〕，市舍煎熬忲〔二〇〕。郊 卧冷空避門，衣寒屢循帶〔二一〕。愈 水怒已倒流〔二二〕，陰繁恐凝害。郊 憂魚思舟楫〔二三〕，感禹勤畎澮〔二四〕。愈 懷襄信可畏〔二五〕，疏決須有賴〔二六〕。郊 筮命或馮蓍，卜晴將問蔡。愈 庭商忽驚舞〔二七〕，墉禜亦親酹〔二八〕。郊 氛醨稍疏映，雺亂還擁薈〔二九〕。陰旌時摎流〔三〇〕，帝鼓鎮訇磕〔三一〕。愈 棗圃落青璣，瓜畦爛文貝〔三二〕。貧薪不燭竈〔三三〕，富粟空填廥〔三四〕。愈 秦俗動言利〔三五〕，魯儒欲何丐〔三六〕。深路倒羸驂，弱途擁行軑〔三七〕。毛羽皆遭凍，離簁不能翽〔三八〕。翻浪洗虚空，傾濤敗藏蓋〔三九〕。郊 吾人猶在陳〔四〇〕，僮僕誠自鄶〔四一〕。因思征蜀士，未免濕戎旆。安得發商飆？廓然吹宿靄。白日懸大野〔四二〕，幽泥化輕壒〔四三〕。戰場暫一乾，賊肉行可膾〔四四〕。愈 搜心思有效，抽策期稱最。豈惟慮收穫？亦已救顛沛。郊 禽情初嘯儔〔四五〕，礎色微收霈〔四六〕。庶幾諧我願，遂止無已太〔四七〕。愈

〔一〕號呼：莊子齊物論：大塊噫氣，其名爲風，作則萬竅怒呺。

〔二〕百川：莊子：秋水時至，百川貫河。交會：左思蜀都賦：「兼六合而交會。」

〔三〕明藹：鮑照詩：「江郊藹微明。」

〔四〕潨瀉：潨，徂紅、在冬二切。詩大雅：「鳧鷖在潨。」説文：小水入大水曰潨。

〔五〕飛浮：顔延之詩：「千翼泛飛浮。」

〔六〕屬聽：詩小弁：「耳屬于垣。」

〔七〕祥禾：尚書序：唐叔得禾，異畝同穎。

〔八〕伏潤：易説卦傳：雨以潤之。

〔九〕風搜兑：按：易説卦傳：兑爲澤，爲少女。管輅别傳：輅與倪清河相見，既刻雨期，言樹上已有少女微風，其應至矣。

〔一〇〕坱圠：音盎軋。賈誼鵩賦：「坱圠無垠。」應劭曰：其氣坱圠，非有齊限也。

〔一一〕颼飀：左思吴都賦：「與風飄颺，颲瀏颼飀。」汰：屈原九章：「齊吴榜以擊汰。」注：汰，水波也。

〔一二〕迫迮：迮，一作「窄」。詩鴇羽鄭箋：稹者，根相迫迮稛致也。釋名：笮，迮也，編竹相連。迫，迮也。

〔一三〕嗚嚱：嚱，呼會切。詩泮水：「鸞聲嚱嚱。」

〔一四〕楥：一作「園」。

〔一五〕馤：音藹。玉篇：馤，香也。

〔一六〕地鏡：庾信詩：「地鏡階基遠，天窗影跡深。」

〔一七〕讙呶：詩抑：「載號載呶。」

〔一八〕灌注：左思吴都賦：「灌注乎天下之半。」群籟：莊子齊物論：「汝聞人籟而未聞地籟，汝聞地籟而未聞天籟夫。」

〔一九〕儒宫：□云：時公爲國子博士。煙火：史記律書：「煙火萬里。」

〔二〇〕煎熬怢：魏國策：易牙乃煎熬燔炙，和調五味而進之。張衡西京賦：「心奓體怢。」廣韻：奓，怢也。按：以市舍煎熬之奢，形儒宫烟火之冷，猶下文云「貧薪不燭竈，富粟空填廥」也。

〔二一〕循帶：梁范靜妻詩：「循帶易緩愁①難卻，心之憂矣叵銷鑠。」

〔二二〕水怒：郭璞江賦：「激逸勢以前驅，乃鼓怒而作濤。」倒流：木華海賦：「吹澇則百川倒流。」

〔二三〕憂魚：左傳：劉子曰：「微禹，吾其魚乎？」舟楫：書説命：「若濟巨川，用汝作舟楫。」

〔二四〕畎澮：書益稷：禹決九川，距四海，浚畎澮距川。孔注：一畝之間廣尺深尺曰畎，百里之間廣二尋深二仞曰澮。

〔二五〕懷襄：書堯典：蕩蕩懷山襄陵。注：懷，包也。襄，上也。

〔二六〕疏決：司馬相如難蜀父老：堙洪塞源，決江疏河。

〔二七〕庭商舞：家語辨政篇：齊有一足之鳥止於殿前，舒翅而跳，問孔子。孔子曰：此名商羊。昔童兒有屈一腳，振臂而跳，且謡曰：「天將大雨，商羊鼓舞。」今齊有之，將有水灾。

〔二八〕墉禜：墉，音詠。左傳：子產曰：山川之神，則水旱癘疫之灾於是乎禜之。周禮春官太祝：掌六祈以同鬼神示，四曰禜。三禮義宗：禜，止雨之祭。每禜於城門，故蜡祭七曰水墉。酹：郎外切。廣韻：酹，以酒沃地也。

〔二九〕氛醨、雺亂：醨，音離。雺，音茂，又同霧。釋名：氛，粉也。潤氣著草木，因寒凍凝，色白若粉也。霿，冒也，氣蒙亂覆冒物也。説文：霿，地氣發天不應，籀文作雺。又：醨，薄酒也。孫云：氛醨，謂雲氣稍薄也。雺亂，謂雲氣擁塞也。按：公訟風伯文「雲屏屏兮，吹使醨之」，正與此同義。薈：烏外切。

〔三〇〕陰旌：孫云：亦謂雲氣如旌旗之狀。摎流：摎，居由切。漢書揚雄傳：乘雲蜺之旖旎兮，望崑崙以摎流。師古曰：摎流，猶周流也。

〔三一〕帝鼓：孫云：天帝之鼓謂雷霆也。訇磕：磕，苦蓋切。司馬相如上林賦：「砰磅訇磕。」

〔三二〕青璣、文貝：孫云：棗未熟而落，如青璣。按：文貝喻瓜實也。

〔三三〕薪、粟：張協苦雨詩：「尺燼重尋桂，紅粒貴瑶瓊。」盧照鄰秋霖賦：「玉爲粒兮桂爲薪。」不燭竈：淮南齊俗訓：貧人短褐，不掩形而煬竈口。

〔三四〕填廥：廥，古外切。管子度地篇：正權衡，實廥倉。史記天官書：胃爲天倉，其南衆星曰廥積。

〔三五〕秦俗：賈誼過秦論：行之二歲，秦俗日敗。

〔三六〕魯儒：莊子田子方篇：魯多儒士。

〔三七〕行軑：軑，音大。屈原離騷：「齊玉軑而並馳。」注：軑，錮也，車轄也。

〔三八〕離筵：按：古樂府白頭吟：「竹竿何嫋嫋？魚尾何筵筵？」晉時樂曲作「離筵」。

〔三九〕藏蓋：記月令：命百官謹蓋藏。

〔四〇〕在陳：盧照鄰秋霖賦：「昔如尼父去魯，圍陳畏匡，將飢不爨，欲濟無梁。」

〔四一〕自鄶：鄶，古外切。左傳：季札觀周樂，自鄶以下無譏焉。洪云：言吾人猶絶糧，僮僕無足言者。容齋四筆：韓公作詩，或用歇後語，如「僮僕誠自鄶」而已。

〔四二〕大野：爾雅釋地：大野曰平。

〔四三〕輕壒：壒，音藹。班固西都賦：「軼埃壒之混濁。」説文：壒，塵也。

〔四四〕賊肉、膾：南史侯景傳：景死，暴之於市，百姓爭取屠膾羹食皆盡。

〔四五〕嘯儔：曹植洛神賦：「命儔嘯侶。」

〔四六〕礎色：淮南説林訓：山雲蒸，柱礎潤。

〔四七〕無已太：詩蟋蟀：「無已太康。」

【校記】

① 「愁」，原作「悉」，據文選改。

雨中寄孟刑部幾道聯句〔一〕

秋潦淹轍跡〔二〕，高居限參拜〔三〕。愈　耿耿蓄良思，遥遥仰嘉話〔四〕。郊　一晨長隔歲，百步遠殊界。愈　商聽饒清聳〔五〕，悶懷空抑噫〔六〕。郊　美君知道腴〔七〕，逸步謝天械〔八〕。愈　吟馨鑠紛雜，抱照瑩疑怪〔九〕。郊　撞宏聲不掉，輸邈瀾逾殺。愈　檐瀉碎江喧〔一〇〕，街流淺溪邁。郊　念初相遭逢，幸免因媒介〔一一〕。祛煩類決癰，愜興劇爬疥〔一二〕。研文較幽玄，呼博騁雄快。今君軺方馳〔一三〕，伊我羽已鎩。温存感深惠，琢切奉明誡〔一四〕。愈　追茲更凝情，暫阻若嬰瘵〔一五〕。欲知相從盡，靈珀拾纖芥〔一六〕。欲知相益多，神藥銷宿憊〔一七〕。德符仙山岸，永立難欹壞。氣涵秋天河，有朗無驚湃。郊　祥鳳遺蒿鷃〔一八〕，雲韶掩夷靺〔一九〕。爭名求鵠徒〔二〇〕，騰口甚蟬喝〔二一〕。未來聲已嚇，始鼓敵前敗。鬬場再鳴先〔二二〕，遐路一飛届。東野繼奇躅，脩綸懸衆犗〔二三〕。穿空細丘垤〔二四〕，照日陋菅蒯。愈　小生何足道〔二五〕？積慎如觸蠆〔二六〕。愔愔抱所諾〔二七〕，翼翼自申戒〔二八〕。聖書空勘讀，盜食敢求嘬〔二九〕。惟當騎欵段〔三〇〕，豈望覿珪玠〔三一〕。弱操愧筠杉，

微芳比蕭薙。何以驗高明〔三二〕？柔中有剛夬〔三三〕。郊

〔一〕舊唐書孟簡傳：簡，字幾道，平昌人，累官至倉部員外郎。王叔文惡之，尋遷司封郎中。元和四年，超拜諫議大夫。魏云：以簡新、舊傳考之，未嘗爲刑部，史豈逸之耶？新傳言其爲倉部員外，以不附王叔文徙他曹。或者他曹即刑部也。按：簡爲刑部無所考，但以「聖書空勘讀」推之，是元年爲博士時作。孟郊有寄從叔先輩簡詩，郊與簡同族也。

〔二〕淹轍跡：曹植秋霖賦：「車結轍以盤桓兮，馬躑躅以悲鳴。」

〔三〕高居：曹植七啓：「眇天際而高居。」參拜：秦國策：秦王欲見頓弱，頓弱曰：「臣之義不參拜，王能使臣無拜可矣。」

〔四〕嘉話：曹植七啓：「雖在不敏，敬聽嘉話。」

〔五〕商聽：王云：謂聽秋聲也。

〔六〕抑噫：噫，烏界切。司馬相如長門賦：「心憑噫而不舒。」噫，烏介切，噫氣也。

〔七〕道腴：漢書叙傳：味道之腴。師古曰：腴，肥也。

〔八〕天械：王云：謂爵位冠冕之屬。按：此二字用莊子「天刑之，安可解」語意。

〔九〕疑怪：江淹詩：「開袠瑩所疑。」

〔一〇〕檐瀉：魏收詩：「瀉溜高齋響。」

〔一一〕媒介：孔叢子雜訓篇：士無介不見，女無媒不嫁。

〔一二〕決癰、疕疥：疕，蒲巴切。莊子大宗師篇：彼以生爲附贅懸疣，以死爲決疣潰癰。嵇康與山濤絶交書：性復多蝨，把搔無已。「把」與「疕」同。

〔一三〕軺：音韶，又音遥。史記儒林傳：申公弟子二人乘軺傳從。徐廣曰：馬車。

〔一四〕明誡：漢書谷永傳：猶嚴父之明誡。

〔一五〕嬰瘵：瘵，側界切。詩菀柳：「無自瘵焉。」傳：病也。

〔一六〕珀、拾芥：吴志虞翻傳注：吴書曰：翻年十二，客有候其兄者，不過翻。翻追與書曰：「僕聞虎珀不取腐芥，磁石不受曲針，過而不存，不亦宜乎？」客得書，奇之。

〔一七〕神藥：古樂府董逃行：「服爾神藥，莫不歡喜。」宿憊：憊，蒲拜切。易遯卦：繫遯之厲，有疾憊也。

〔一八〕蒿鷃：莊子逍遥游篇：斥鷃翱翔蓬蒿之間。

〔一九〕夷韎：韎，音邁。記明堂位：昧，東夷之樂也。獨斷：東方曰韎，南方曰任，西方曰株離，北方曰禁。

〔二〇〕爭名：秦國策：臣聞爭名者於朝，爭利者於市。求鵠：記射義：射者各射己之鵠。王云：如射之志鵠。按：淮南原道訓：「先者則後者之弓矢質的也，是故聖人常後而不先。」此言爭名者以己爲射的而爭欲中之也。

〔二一〕騰口：易咸卦：咸其輔頰舌，騰口説也。按：公作釋言云：「元和元年六月，愈自江陵法曹詔拜國子博士，始進見今相國鄭公，索其文，愈獻之。數月，有爲讒於相國之座者。」詩所謂「爭名求鵠」，正指此也。喝：於戒切。

〔二二〕鳴先：左傳：齊莊公指殖綽、郭最曰：「是寡人之雄也。」殖綽曰：「臣不敏，平陰之役，先二子鳴。」杜預曰：自比於雞鬭勝而先鳴。

〔二三〕懸㯅犗：犗，音戒。莊子外物篇：任公子爲大鉤巨緇，五十犗以爲餌，投竿東海。司馬彪曰：犗，犧牛也。

〔二四〕丘垤：爾雅釋丘：非人謂之丘。注：地自然生。詩東山：「鸛鳴于垤。」

〔二五〕小生：漢書朱雲傳：薛宣謂雲曰：「在田野無事，且留我東閣，可以觀四方奇士。」雲曰：「小生乃欲相吏耶！」師古曰：小生謂其新學後進。

〔二六〕觸蠆：詩都人士：「卷髮如蠆。」箋：蠆，螫蟲也。

〔二七〕愔愔：左傳：祈招之愔愔，式昭德音。杜預曰：安和貌。

〔二八〕翼翼：詩大雅：「維此文王，小心翼翼。」

〔二九〕嘬：楚夬切。記曲禮：毋嘬炙。鄭注：謂一舉盡臠。

〔三〇〕欵段：後漢書馬援傳：從弟少游曰：士生一世，但取衣食裁足，乘下澤車，御欵段馬，鄉里稱善人足矣。注：欵，猶緩也，言形段遲緩也。

〔三一〕珪玠：爾雅釋器：珪大尺二寸，謂之玠。注：詩曰：「錫爾介圭。」

〔三二〕高明：書洪範：高明柔克。

〔三三〕剛夬：易夬卦：夬，決也。剛決柔也。

征蜀聯句〔一〕

日王忿違慠〔二〕，有命事誅拔。愈 蜀險豁關防〔三〕，秦師縱横猾。愈 風旗帀地揚〔四〕，雷鼓轟天殺〔五〕。竹兵彼皴脆〔六〕，鐵刃我鎗⿰齒截〔七〕。郊 刑神吒犛旄〔八〕，陰焰颭犀札〔九〕。翻霓紛偃蹇〔一〇〕，塞野澒坱圠〔一一〕。愈 生獰競掣跌〔一二〕，癡突爭塡軋〔一三〕。渴鬬信豗呶〔一四〕，啖姦何噢喟〔一五〕？郊 更呼相簸蕩，交斮雙缺齾〔一六〕。火發激鋥腥〔一七〕，血漂騰足滑〔一八〕。愈 飛猱無整陣，翩鶻有邪戛〔一九〕。江倒沸鯨鯤，山搖潰⿰犭區猰〔二〇〕。郊 中離分二三，外變迷七八。逆頸盡徽索〔二一〕，仇頭恣髡鬜〔二二〕。怒鬚猶鬇鬡〔二三〕，斷臂仍瓢⿰舌瓜〔二四〕。愈 石潛設奇伏，穴覷騁精察。中矢類妖⿰犭參，跳鋒狀驚豽〔二五〕。踼翻聚林嶺，斗起成埃圿〔二六〕。郊 旆亡多空杠，軸折鮮聯轄〔二七〕。剡膚浹瘡痍〔二八〕，敗面碎剠刮〔二九〕。渾奔肆狂勦〔三〇〕，捷竄脫趫黠〔三一〕。巖鉤踔狙猿〔三二〕，水漉雜鱣蜎〔三三〕。投奅鬧⿰石宮礕〔三四〕，塡隍傶⿰亻密⿰亻沓〔三五〕。愈 狌睛死不閉，獷眼困逾眑〔三六〕。爇堞熇歊熺〔三七〕，抉門呀拗闔〔三八〕。天刀封未坼，酋膽懾前揠〔三九〕。跧梁排郁縮〔四〇〕，闖竇揳窟窡〔四一〕。迫脅聞雜驅，咿呦叫冤⿰足几〔四二〕。郊 窮區指清夷，凶部坐雕鎩〔四三〕。邛文裁斐亹〔四四〕，巴豔收婠妠〔四五〕。椎肥牛呼牟〔四六〕，載實駝鳴圂〔四七〕。聖靈閔頑嚚〔四八〕，燾養均草蔡〔四九〕。下書遏雄虓〔五〇〕，解罪弔攣瞎〔五一〕。愈　戰血時銷洗，劍霜夜清刮。漢棧罷囂闐〔五二〕，獠江息澎汃〔五三〕。戍寒絶朝乘，刀暗歇宵詧〔五四〕。始去杏飛蜂，及歸柳嘶蚻〔五五〕。廟獻繁馘級〔五六〕，樂聲洞椌楬〔五七〕。郊　臺圖煥丹玄〔五八〕，郊告儼匏稭〔五九〕。念齒慰徽黧〔六〇〕，視傷悼瘢痆〔六一〕。休輸任訛寢〔六二〕，報力厚麩秳〔六三〕。公歡鐘晨撞，室宴絲曉扴〔六四〕。杯盂酬酒醪，箱篋饋巾帓〔六五〕。小臣昧戎經〔六六〕，維用贊勳劼〔六七〕。愈

〔一〕按：舊唐書憲宗紀：「元和元年正月戊子，詔征劉闢。令興元嚴礪、東川李康犄角應接，神策行營節度使高崇文，兵馬使李元奕率師進討。九月辛亥，崇文奏收成都，擒劉闢。」詩在王師屢捷、蜀寇將平時作。

〔二〕日：左傳文公七年：日衛不睦，故取其地。杜預曰：日，往日也。

〔三〕蜀險：秦國策：今夫蜀，險僻之國也。　關防：水經注：峽左有城，蓋古關防也。

〔四〕風旗：梁簡文帝詩：「風旗爭曳影。」

〔五〕雷鼓：揚雄甘泉賦：「登長平兮雷鼓磕，天聲起兮勇士厲。」

〔六〕竹兵：戴凱之竹譜：筋竹長三丈許，至堅利，南土以爲矛，其筍未成時，堪爲弩絃。　皴脆：皴，音逡。說文：皴，皮細起也。又：脆，小耎易斷也。

〔七〕鎗齾：齾，初八切。玉篇：齾，齒利。

〔八〕刑神：周語：虢公夢神人立于西阿，覺，召史嚚占之。對曰：蓐收也，天之刑神也。犛旄：犛，音

厘。獨斷：纛以犛牛尾爲之，如斗，或在騑頭，或在衡。

〔九〕犀札：越語：夫差衣水犀之甲者，億有三千。左傳：蹲甲而射之，徹七札焉。洪云：説者謂此聯盡雕刻之工，而語仍壯。

〔一〇〕翻霓：傅毅東巡頌：升九龍之華旗，建掃霓之旍旄。

〔一一〕澒：左思吴都賦：「澒溶沆瀁。」注：大水貌。

〔一二〕掣跌：掣，昌列切。廣韻：掣，挽也。跌，跌踢，又差跌。生獰、癡突：孫云：言生而惡者競相牽掣，跌墮癡弱，而突出者爭相填軋也。

〔一三〕填軋：軋，於黠切。廣韻：軋，車輾。

〔一四〕豗：音灰。木華海賦：「磊匒匌而相豗。」善曰：相擊也。

〔一五〕噢唱：噢，音郁。唱，烏八切。王云：噢唱，咴嘯聲。

〔一六〕缺齾：齾，五轄切。説文：齾，缺齒也。

〔一七〕火發：王粲羽獵賦：「揚輝吐火，曜野蔽澤。」

〔一八〕血漂：書武成：血流漂杵。騰足：曹植七啟：「足不及騰。」

〔一九〕飛猱、翩鶻：鶻，音滑。孫云：猱鶻以喻軍士。「無整陣」，言敵不得自整其陣。「邪戛」，邪擊也。戛，古黠切。

〔二〇〕江倒、山摇：王粲羽獵賦：「山川於是乎摇蕩。」孫云：江倒山摇，喻蜀兵之敗。獼猰：獼，敕俱切，與貙同。猰，於黠切，與猰同。爾雅釋獸：貙獌似狸。又：猰貐類。貙虎爪，食人迅走。

〔二一〕徽索：漢書揚雄傳：亡命免於徽索。

〔二二〕仇頭：史記信陵君傳：公子使客斬其仇頭，敬進如姬。髡髺：髺，恪八切。說文：髡，鬄髮也。髺，鬢禿也。

〔二三〕鬇鬡：音崢獰。廣韻：鬇鬡，髮亂也。

〔二四〕斷臂：晉書王諒傳：梁碩斷諒右臂，諒正色曰：死且不畏，臂斷何有？瓢㼋：瓢，蒲八切。㼋，格八切。「瓢」，方作「黢」，云「苦果切，擊也」，又云「字書無黢字」。朱子曰：今按諸本瓢音皆蒲八切，㼋，格八切，與「鬇鬡」皆疊韻。

〔二五〕跳鋒：釋名：跳，務上行也。張協七命：「足撥飛鋒。」鶩豽：豽，女滑切，同貀。爾雅釋獸：貀無前足。注：晉太康七年，召陵扶夷縣檻得一獸，似狗豹文，有角，兩腳，即此種類也。或說貀似虎而黑，無前兩足。

〔二六〕埃圿：圿，音戛。西山經：錢來之山多洗石。注：可以磢體去垢圿。

〔二七〕旆亡、軸折：左傳：晉中軍風于澤，亡大旆之左旃。史記張儀傳：群輕折軸。空杠：杠，音江。爾雅釋天：素錦綢杠。注：以白地錦韜旗之竿。

〔二八〕劙膚：劙，音輟。史記張敖傳：貫高刺劙身無可擊者。索隱曰：劙，亦刺也。瘡痍：後漢書王郎傳：元元瘡痍，已過半矣。

〔二九〕敗面：世説：卿奇人，殆壞我面。剠刮：刮，恪八切。廣韻：剠刮。

〔三〇〕狂勷：音匡襄。宋玉九辯：「逢此世之俇攘。」注：遽也，一作「恇勷」。

〔三一〕趫黠：趫，起囂切。張衡西京賦：「輕鋭僄狡趫捷之徒。」説文：趫，善緣木走。

〔三二〕踔：知教切。狙猿：莊子應帝王篇：猨狙之便。

〔三三〕水漉：記月令：毋漉陂池。鱣螖：螖，户八切。爾雅釋魚：鱣。注：鱣，大魚。又：螖，蠌，小者蟧。注：螺屬。

〔三四〕投奅：奅，音砲，同礮。廣韻：礮，軍戰石也。硡礲：音穹隆。元包經：屵硡礲。注：山崩聲。玉篇：礲硡，石聲。

〔三五〕塡隍：易泰卦：城復于隍。古今注：隍者，城池之無水者也。㑔㑵傄：㑔，烏乖切，當作「崴」。㑵，莫八切。傄，呼八切。方云：「㑔」當作「崴」，「㑔」字不見字書。埤蒼：「崴裹，不平也。」吳都賦：「隱賑崴裹。」五臣注：「排積也。」於「塡隍」之義亦合。廣韻：「㑵傄，健貌。」

〔三六〕獷眼：左思吳都賦：「狂趭獷猤，鷹瞵鶚視。」眜：莫八切。廣雅釋詁：眜，視也。

〔三七〕熇歊熺：熇，音壑。王云：熇，熱也。歊熺，熾也。

〔三八〕抉門：抉，於決切。左傳：晉伐偪陽，諸侯之士門焉。縣門發，郰人紇抉之以出門者。呀拗閼：拗，於絞切。閼，乙轄切。説文：閼，門聲也。

〔三九〕前揠：方言：東齊海岱之間謂拔爲揠。按：言早已喪膽也。

〔四〇〕跧梁：跧，莊緣切。王云：跧伏於梁上。郁縮：王云：恐懼歛縮貌。

〔四一〕揳：音屑。廣韻：擮揳，不方正也。窟寥：寥，丁滑切。説文：窟，物在穴中貌。寥，穴中見也。

〔四二〕冤扤：扤，与跀同。説文：跀，斷足也，跀或从兀作扤。莊子又專作「兀」。

〔四三〕鎩：賈誼過秦論：非銛於鉤戟長鎩也。

〔四四〕邛文：書禹貢：厥篚織文。按：華陽國志：「成都錦江織錦濯其中則鮮明。」故唐六典「劍南道上貢羅綾錦紬」，皆所謂邛文也。

〔四五〕巴豔：左思蜀都賦：「巴姬彈絃，漢女擊節。」善注：左傳：楚共王有巴姬。娼妠：娼，烏八切。妠，女刮切。廣韻：娼妠，小兒肥貌。

〔四六〕椎肥：後漢書吴漢傳：椎牛饗士。古樂府西門行：「飲醇酒，炙肥牛。」

〔四七〕牟圜：圜，乙轄切。説文：牟，牛鳴也。从牛象其聲，氣从口出。廣韻：圜，駱駝鳴也。

〔四八〕頑嚚：左傳：心不則德義之經爲頑，口不道忠信之言爲嚚。

〔四九〕焘養：梁簡文帝南郊頌：等乾覆之焘養，合坤載之靈長。草蔡：蔡，初八切。玉篇：蔡草有毒，用殺魚。

〔五〇〕雄虓：虓，許交切。詩常武：「闞如虓虎。」班固答賓戲：「七雄虓闞，分裂諸夏。」

〔五一〕攣瞎：按：攣，拘攣，又手病攣曲也。釋名：「瞎，迄也，膚幕迄迫也。」廣韻：「瞎，一目盲。」此言閔無告之窮民也。

〔五二〕漢棧：史記高祖紀：漢王之國，去輒燒絶棧道。索隱曰：棧道，閣道也。

〔五三〕獠江：王云：獠江，蜀江也。澎汃：澎，音□，又音烹。汃，普八切。玉篇：澎，水名，又澎浡，滂沛。張衡南都賦：「砏汃輣軋。」埤蒼：汃，大聲也。

〔五四〕朝乘、宵詧：乘，平聲。詧，同察。方云：乘，守也，猶乘塞、乘障之乘，「詧」與「察」同。刁：史記李將軍列傳：不擊刁斗以自衛。孟康曰：以銅作鐎，器受一斗。晝炊飯食，夜擊持行，名曰刁斗。朱子曰：刁斗之刁與刀劍之刀，古書蓋一字，但以音別之耳。

〔五五〕飛蜂、嘶蚻：蚻，音札。爾雅釋蟲：木蠽。注：似土蠽而小，在木上作房。又：蚻，蜻、蠑。注：如蟬而小。□云：正月出師，故云「杏飛蜂十月」。息師，故云「柳嘶蚻」。洪云：記時之語，工矣。詩云：「昔我往矣，楊柳依依。今我來思，雨雪霏霏。」二句蓋本此意。

〔五六〕馘級：馘，音國。詩頖水：「在泮獻馘。」漢書衛青傳：三千一十七級。師古曰：本以斬敵一首拜爵一級，故謂一首爲一級，因復名生獲一人爲一級也。

〔五七〕椌楬：椌，音腔。楬，枯轄切。樂記：聖人作爲鞉鼓椌楬。注：椌楬，謂柷敔也。

〔五八〕臺圖：後漢書二十八將論：顯宗追感前世功臣，併圖畫二十八將於南宫雲臺。

〔五九〕匏稭：稭，音戛，同鞂。記郊特牲：郊之祭也，迎長日之至也。器用陶匏，以象天地之性也。莞簟之安，而蒲越稾鞂之尚，明之也。漢書郊祀志：席用苴稭。說文：稭，禾稾去其皮，祭天以爲席。與鞂同。

〔六〇〕黴黧：音眉黎。王褒九懷：「菸蘊兮黴黧。」注：面垢黑也。

〔六一〕瘢疕：瘢，音槃。疕，女黠切。揚雄長楊賦：「哤鋋瘢耆，金鏃淫夷。」釋名：瘢，漫也。生漫，故皮也。廣韻：疕，瘡痛。

〔六二〕訛寢：詩無羊：「或寢或訛。」

〔六三〕麩秳：秳，户括切。説文：麩，小麥屑皮也。秳，舂粟不潰也。

〔六四〕扴：音戛。説文：扴，刮也。

〔六五〕巾帓：帓，莫轄切。廣韻：帓，帶也。

〔六六〕戎經：左傳：兼弱攻昧，武之善經也。

〔六七〕勦劼：劼，恪八切。書酒誥：女劼毖殷獻臣。孔注：劼，固也。

城南聯句〔一〕

竹影金瑣碎，郊 泉音玉淙琤〔二〕。瑠璃翦木葉〔三〕，愈 翡翠開園英〔四〕。流滑隨仄步，郊 搜尋得深行。遥岑出寸碧，愈 遠目增雙明〔五〕。乾穟紛拄地〔六〕，郊 化蟲枯揭莖〔七〕。木腐或垂耳，愈 草珠競駢睛〔八〕。浮虚有新劚〔九〕，郊 摧扤饒孤撐〔一〇〕。囚飛黏網動〔一一〕，愈 盜啅接彈驚〔一二〕。脱實自開坼，郊 牽柔誰繞縈？禮鼠拱而立〔一三〕，愈 駭牛躅且鳴。蔬甲喜臨社〔一四〕，郊 田毛樂寬征〔一五〕。露螢不自暖，愈 凍蝶尚思輕〔一六〕。宿羽有先曉，郊 食鱗時半横〔一七〕。菱翻紫角利，愈 荷折碧圓傾〔一八〕。楚膩鱣鮪亂〔一九〕，郊 獠羞螺蠏并〔二〇〕。桑蠖見虚指〔二一〕，愈 穴貍聞鬭獰〔二二〕。逗翳翅相築，郊 擺幽尾交搒〔二三〕。蔓涎角出縮〔二四〕，愈 樹啄頭敲鏗〔二五〕。修箭裹金餌〔二六〕，郊 群鮮沸池羹。岸殼坼玄兆〔二七〕，愈 野麰漸豐萌〔二八〕。窑煙冪疏島，郊 沙篆印迴平〔二九〕。痒肌遭蚝刺〔三〇〕，愈 啾耳聞雞生〔三一〕。奇慮恣迴轉，郊 遐睎縱逢迎〔三二〕。巔林戢遠睫〔三三〕，愈 縹氣夷空情〔三四〕。歸跡歸不得，郊 捨心捨還爭。靈麻撮狗蝨〔三五〕，愈 村稚啼禽猩〔三六〕。紅皺曬檐瓦，郊 黄團繫門衡〔三七〕。得雋蠅虎健〔三八〕，愈 相殘雀豹趟〔三九〕。束枯樵指秃，郊 刈熟擔肩赬〔四〇〕。澀旋皮卷臠，愈 苦開腹彭亨〔四一〕。機舂潺湲力〔四二〕，郊 吹簸飄颻精〔四三〕。賽饌木盤簇〔四四〕，愈 靸妖藤索絣〔四五〕。荒學五六卷〔四六〕，郊 古藏四三瑩〔四七〕。里儒拳足拜，愈 土怪閃眸偵〔四八〕。蹄道補復破〔四九〕，郊 絲窠掃還成〔五〇〕。暮堂蝙蝠沸，愈 破竈伊威盈。追此訊前主，郊 答云皆冢卿〔五一〕。敗壁剥寒月，愈 折篁嘯遺笙。袿熏霏霏在，郊 綦跡微微呈〔五二〕。劍石猶竦檻，愈 獸材尚拏楹〔五三〕。寶唾拾未盡〔五四〕，郊 玉啼墮猶鎗〔五五〕。窗綃疑悶豔〔五六〕，愈 妝燭已銷檠。緑髮抽珉甃〔五七〕，郊 青膚聳瑶楨〔五八〕。白蛾飛舞地〔五九〕，愈 幽蠹落書棚〔六〇〕。惟昔集嘉詠，郊 吐芳類鳴嚶〔六一〕。窺奇摘海異，愈 恣韻激天鯨〔六二〕。腸胃繞萬象〔六三〕，郊 精神驅五兵〔六四〕。蜀雄李杜拔〔六五〕，愈 嶽力雷車轟。大句斡玄造〔六六〕，郊 高言軋霄崢〔六七〕。芒端轉寒燠，愈 神助溢杯觥〔六八〕。巨細各乘運〔六九〕，郊湍瀾亦騰聲〔七〇〕。凌花咀粉蕊〔七一〕，愈 削縷穿珠櫻〔七二〕。綺語洗晴雪，郊 嬌辭哢雛鶯。酣歡雜弁珥〔七三〕，愈 繁價流金瓊〔七四〕。菡萏寫江調〔七五〕，郊 萎蕤綴藍瑛〔七六〕。庖霜膾玄鯽〔七七〕，愈 淅玉炊香粳〔七八〕。朝饌已百態，郊 春醪又千名〔七九〕。哀匏蹙駛景，愈 冽唱凝餘晶。解魄不自主，郊 痺肌坐空瞠〔八〇〕。扳援賤蹊絶〔八一〕，愈 炫曜仙選更〔八二〕。藂巧競采笑郊，騈鮮互探嬰〔八三〕。桑孌忽蕪蔓，愈 樟裁浪登丁〔八四〕。霞鬪詎能極〔八五〕，郊 風期誰復賡〔八六〕？皋區扶帝壤〔八七〕，愈 瓌蘊郁天京。祥色被文彦，郊 良才插杉檉〔八八〕。隱伏饒氣象，愈 興潛示堆坑。擘華露神物，郊 擁終儲地禎。訏謨壯締始，愈 輔弼登階清。坌秀恣填塞，郊 呀靈滀渟澄〔八九〕。益大聯漢魏，愈 肇初邁周嬴。積照涵德鏡，郊 傳經儷金籯〔九〇〕。食家行鼎鼐〔九一〕，愈 寵族飫弓旌〔九二〕。奕制盡從賜〔九三〕，郊 殊私得逾程〔九四〕。飛橋上架漢〔九五〕，愈 繚岸俯規瀛〔九六〕。瀟碧遠輸委，郊 湖嵌費攜擎〔九七〕。萄苜從大漠〔九八〕，愈 楓櫧至南荆〔九九〕。嘉植鮮危朽，郊 膏理易滋榮〔一〇〇〕。懸長巧紐翠，愈 象曲善攢珩〔一〇一〕。魚口星浮没〔一〇二〕，郊 馬毛錦斑騂〔一〇三〕。五方亂風土〔一〇四〕，愈 百種分鋤耕。葩蘖相妒出，郊 菲茸共舒晴。類招臻倜詭，愈 翼萃伏衿纓〔一〇五〕。危望跨飛動〔一〇六〕，郊 冥升躡登閎〔一〇七〕。春游轢靃靡〔一〇八〕，愈 彩伴颯嫈嫇〔一〇九〕。遺燦飄的皪〔一一〇〕，郊 淑顔洞精誠〔一一一〕。嬌應如在寤，愈 頽意若含酲。鵷毳翔衣帶〔一一二〕，郊 鵝肪截佩璜〔一一三〕。文昇相照灼〔一一四〕，愈 武勝屠欃搶〔一一五〕。割錦不酬價〔一一六〕，郊 構雲有高營〔一一七〕。通波牣鱗介，愈 疏畹富蕭蘅〔一一八〕。買養駠孔翠〔一一九〕，郊　遠苞樹蕉栟〔一二〇〕。鴻頭排刺芡〔一二一〕，愈　鵠鶴攢瓌橙〔一二二〕。鶩廣雜良牧，郊　蒙休賴先盟〔一二三〕。罷旄奉環衛〔一二四〕，愈　守封踐忠貞〔一二五〕。戰服脱明介〔一二六〕，郊　朝冠飄彩紘〔一二七〕。爵勳逮僮隸，愈　簪笏自懷繃〔一二八〕。乳下秀嶷嶷〔一二九〕，郊　椒蕃泣喤喤〔一三〇〕。貌鑑清溢匣，愈　眸光寒發硎〔一三一〕。館儒養經史，郊　綴戚觴孫甥。考鐘饋肴核〔一三二〕，愈　戛鼓侑牢牲〔一三三〕。飛膳自北下，郊　函珍極東烹。如瓜煮大卵〔一三四〕，愈　比線茹芳菁〔一三五〕。海嶽錯口腹，郊　趙燕錫媌娙〔一三六〕。一笑釋仇恨，愈　百金交弟兄。貨至貊戎市，郊　呼傳鸚鴿令〔一三七〕。順居無鬼瞰〔一三八〕，愈　抑横免官評。殺候肆凌翦〔一三九〕，郊　籠原市罝紭〔一四〇〕。羽空顛雉鷃，愈　血路迸狐麢〔一四一〕。折足去踸踔〔一四二〕，郊　蹷鬐怒髭鬤〔一四三〕。躍犬疾翥鳥，愈　呀鷹甚飢虻。算蹄記功賞〔一四四〕，郊　裂腦擒摚振〔一四五〕。猛斃牛馬樂，愈　妖殘梟鴟惸〔一四六〕。窟窮尚嗔視〔一四七〕，郊　箭出方驚抨〔一四八〕。連箱載已實，愈　礙轍棄仍贏。喘覷鋒刃點，郊　困衝株枿盲〔一四九〕。掃淨豁曠曠〔一五〇〕，愈　騁遥略苹苹〔一五一〕。饞扠飽活臠〔一五二〕，郊　惡嚼嚍腥鯖〔一五三〕。歲律及郊至〔一五四〕，愈　古音命韶頀〔一五五〕。旗旆流日月〔一五六〕，郊　帳廬扶棟甍〔一五七〕。磊落奠鴻璧〔一五八〕，愈　參差席香蔓〔一五九〕。玄祇祉兆姓〔一六〇〕，郊　黑秬饛豐盛〔一六一〕。慶流蠲瘥癘，愈　威暢捐轒輣〔一六二〕。靈燔望高冏〔一六三〕，郊　龍駕聞敲䫺〔一六四〕。是惟禮之盛，愈　永用表其宏。德孕厚生植，郊　恩熙完刖剠。宅土盡華族〔一六五〕，愈　運田閒强甿〔一六六〕。蔭庾森嶺檜，郊　啄場翽祥鵬〔一六七〕。畦肥翦韭薤，愈　陶固收盆罌〔一六八〕。利養積餘健〔一六九〕，郊 孝思事嚴祊〔一七〇〕。掘雲破嵂崒，愈 采月漉坳泓〔一七一〕。寺砌上明鏡，郊 僧盂敲曉鉦〔一七二〕。泥像對騁怪〔一七三〕，愈 鐵鐘孤舂鍠〔一七四〕。瘿頸鬧鳩鴿〔一七五〕，郊 蜿垣亂蚰蠑〔一七六〕。葚黑老蠶蠋〔一七七〕，愈 麥黄韻鸝鶊〔一七八〕。韶曙遲勝賞，郊 賢朋戒先庚〔一七九〕。馳門填偪仄〔一八〇〕，愈 競墅輾砯砰〔一八一〕。碎纈紅滿杏〔一八二〕，郊 稠凝碧浮餳〔一八三〕。蹴繩覩娥婺〔一八四〕，愈 鬭草擷璣珵〔一八五〕。粉汗澤廣額〔一八六〕，郊 金星墮連瓔〔一八七〕。鼻偷困淑郁〔一八八〕，愈 眼剽强盯䁎〔一八九〕。是節飽顔色，郊 茲疆稱都城。書饒罄魚繭〔一九〇〕，愈 紀盛播琴箏〔一九一〕。奚必事遠覿，郊 無端逐羈傖〔一九二〕。將身親魍魅，愈 浮跡侣鷗鶄〔一九三〕。腥味空奠屈，郊 天年徒羨彭〔一九四〕。驚魂見蛇蚓，愈 觸嗅值蝦蟛〔一九五〕。幸得履中氣〔一九六〕，郊 忝從拂天枨〔一九七〕。歸私暫休暇，愈 驅明出庠黌〔一九八〕。鮮意竦輕暢〔一九九〕，郊 連輝照瓊瑩〔二〇〇〕。陶暄逐風乙，愈 躍視舞晴蜻〔二〇一〕。足勝自多詣，郊 心貪敵無勍〔二〇二〕。始知樂名教〔二〇三〕，愈 何用苦拘儜〔二〇四〕？畢景任詩趣〔二〇五〕，郊 焉能守硜硜〔二〇六〕？愈

〔一〕按：城南之游，當在九、十月間，木葉始脱，園英猶開，乾穟化蟲，露螢凍蝶，其時物可想而知也。

〔二〕竹影、泉音：沈括云「竹影金瑣碎」，乃日光，非竹影也。洪云：謂日光在其中，若曰「日影金瑣碎」則不可也。樊云：荆公詩云：「風泉隔屋撞哀玉，竹月緣階貼碎金。」語本此。瑣碎：鮑照飛白書勢銘：蟲虎瑣碎，又焉能匹？淙：藏宗切，又士江切。琤：楚耕切。

〔三〕木葉：屈原九歌：「洞庭波兮木葉下。」

〔四〕翡翠：司馬相如子虛賦：「錯翡翠之葳蕤。」張揖曰：翡翠大小一如雀，雄赤曰翡，雌青曰翠。園英：爾雅釋草：榮而不實者謂之英。

〔五〕寸碧、雙明：庚溪詩話：韓退之聯句云云，固爲佳句，後見謝無逸「忽逢隔水一山碧，不覺舉頭雙眼明」，若敷衍退之語，然句意清快，亦自可喜也。

〔六〕乾穟：詩生民：「禾役穟穟。」王云：穟，禾秀。乾，滯穗也。

〔七〕化蟲：孫云：化蟲，蟲之變化者，如蟬蟻之類。枯搊莖者，言化蟲已枯，尚搊持於草木之莖也。按：化蟲如今蟷蠰，附木而枯，其子著枝上，至明年復化生。爾雅謂之蜱蛸，本草謂之螵蛸。化蟲當指此類。蟬蜕或能搊莖，蟻又穴居，想順及之耳。搊莖：搊，居玉切。崔瑗草書勢：旁點邪附，似蜩螗搊枝。

〔八〕草珠：古今注：苦葴有實，正圓如珠，長安兒童謂爲洛神珠，一曰王母珠。

〔九〕浮虛：按：釋名：「浮，孚也，孚甲在上稱也。」意所謂浮虛者，或指草木之新斸而浮動者歟？斸：爾雅釋器：斪斸謂之定。注：鋤屬。砦溪詩話：舊觀臨川集「肯顧北山如舊約」與公「西崦斸蒼苔常愛」，其「斸」字最有力。後讀杜集「當爲斸青冥」、「藥許鄰人斸」，退之「憔悴斸荒棘」、「寥豁斸株橜」，子厚「戒徒斸雲根」，雖一字法，不無所本。

〔一〇〕摧扤：扤，音兀。按：廣雅釋詁：摧，折也；扤，動也。古樂府：「不見山顛樹，摧扤下爲薪。」

〔一一〕黏網：金樓子：龔舍仕楚，見飛蟲觸蜘蛛網，歎曰：仕宦亦人之網羅也。

〔一二〕盜啅：啅，音卓。爾雅釋鳥：桑鳸，竊脂。注：俗謂之青雀，好盜脂膏。杜甫詩：「啾啾黄鳥啅。」又：「啅雀驚枝墜。」

〔一三〕禮鼠：詩相鼠：「相鼠有體，人而無禮。」異苑：拱鼠形如常鼠，行田野中，見人即拱手而立，秦川有之。

〔一四〕蔬甲：易解卦：百果草木皆甲坼。

〔一五〕田毛：周禮地官載師：凡宅不毛者有里布。鄭注：謂不樹桑麻也。

〔一六〕思輕：孫云：尚欲飛也。

〔一七〕宿羽、食鱗：孫云：言鳥之宿者，有未曉而飛，魚之食者，時半横水中也。

〔一八〕菱、荷：爾雅釋草：蔆，蕨攈。注：蔆，今水中芰。鮑照詩：「荷生渌水①中，碧葉齊如規。」

〔一九〕鱣鮪：詩碩人：「鱣鮪發發。」

〔二〇〕螺蠏：易説卦：離爲蠏爲蠃。

〔二一〕蠖：烏郭切。易繫辭：尺蠖之屈，以求信也。爾雅翼：尺蠖，屈伸蟲也。如人以指度物，移後指就前指之狀，古所謂布指知尺者，故謂之尺蠖。

〔二二〕貍：爾雅釋獸：貍子，貄。注：今謂之豾貍。

〔二三〕逗翳、擺幽：後漢書張衡傳：逗華陰之湍渚。注：逗，止也。孫云：言鳥止於林陰，其翅相觸，如蛇之類，擺於幽僻，其尾相擊也。搒：音彭。爾雅釋詁：搒，擊也。

〔二四〕蔓涎：爾雅翼：蝸牛似蠃，頭有兩角，行則出，驚則縮，首尾藏於殼中。盛夏日中懸樹葉上，涎沫既盡，隨即槁死。

〔二五〕樹啄：爾雅釋鳥：鴷，斲木。注：口如錐，長數寸，常斲樹食蟲，因名云。爾雅翼：斲木，頭上有紅毛如鶴頂，土人呼爲山啄木。

〔二六〕脩箭：爾雅釋地：東南之美者，有會稽之竹箭焉。蔣云：釣竿也。裹：奴鳥切。

〔二七〕岸殼：孫云：言岸有蟲殼，拆開如玄兆象。

〔二八〕野䵄：詩思文：「貽我來牟。」廣雅釋草：大麥䵄也，小麥麳也。

〔二九〕窑烟、沙篆：蔣云：窑，燒瓦竈也。按：沙篆，沙上有跡如篆文也。疏島、迴平：釋名：海中可居者曰島，島，到也，人所奔到也；亦言鳥也，物所赴如鳥之下也。爾雅釋地：大野曰平。洪云：華山有青柯平種藥。平，因地之平處以爲名也。

〔三〇〕痒肌：痒，所臻切，又所錦切。方云：痒，寒病也。皮日休詩：「枕下聞澎湃，肌上生痒痳。」毦：七吏切，同𦒎。爾雅釋蟲：蛅，毛蠹。注：即𦒎。王逸九思：「𦒎緣兮我裳。」玉篇：毦同𦒎。刺：七亦切。

〔三一〕聞雞生：蔣云：言初生之雞，其聲啾啾然也。

〔三二〕遐睎：班固西都賦：「睎秦嶺。」廣雅釋詁：睎，望視也。

〔三三〕睫：釋名：睫，插接也，插於眼眶而相接也。

〔三四〕縹氣：釋名：縹猶漂，漂，淺青色也。邢昺爾雅疏：翠微，山氣青縹色。孫云：言望巔林觀縹氣，戢目以夷情。

〔三五〕狗蝨：廣雅釋草：狗蝨，胡麻也。孫云：靈麻，今胡麻，狀如狗蝨。

〔三六〕禽猩：記曲禮：猩猩能言，不離禽獸。爾雅釋獸：猩猩小而好啼。孫云：言小兒之啼如猩猩。

〔三七〕紅皺、黄團：孫云：果實皺而紅，説者曰乾棗。洪云：黄團，瓜蔞也，一曰天瓜。許彦周詩話：城南聯句「紅皺」云云，是説乾棗與瓜蔞，讀之猶想見西北村落間氣象。

〔三八〕得雋：左傳：得雋曰克。蠅虎：古今注：蠅虎，蠅狐也。形似蜘蛛而色灰白，善捕蠅，一名蝠蝗，一名蠅豹。

〔三九〕雀豹：孫云：雀之鷙者，以其勇健，故曰雀豹。按：此説杜撰難信，篇中造語固有之，必上句亦造。未有蠅虎，自然對以矯强者。按：杜宇一名謝豹，春則飛鳴，秋則不見，大抵如燕子之入處窟穴。相殘者，謂方秋鷹擊而避之。故韻押「趟」。「趟」者，走之急也。後世又有如鷂而不猛鷙者曰雀松，或一物而古今異名，故設兩疑以俟多識鳥獸之名者。趟：竹萌切。玉篇：趟趟，踉蹡也。

〔四〇〕束枯、刈熟：鮑照詩：「束薪幽篁裏，刈黍寒澗陰。」指秃：晉書王沈傳：指秃腐骨。

〔四一〕澀旋、苦開：旋，隨戀切。方言：環而鑴之爲旋。孫伯野云：此二語與上二語意屬一，曰澀旋，乃旋果實之澀者。苦開，乃破瓜瓠之苦者也。卷轡、彭亨：轡，力兗切。莊子在宥篇：乃始臠卷傖囊。司馬彪曰：彎卷，不申舒之貌也。詩蕩：「女炰烋于中國。」傳：炰烋，猶彭亨也。

〔四二〕機春：洛陽伽藍記：礶磑舂簸，皆用水功。

〔四三〕吹簸：詩生民：「或簸或揉。」

〔四四〕賽饌：漢書郊祀志：冬塞賽通禱祠。師古曰：賽謂報其所祈也。

〔四五〕馺妖：馺，蘇合切，當作「扱」，楚合切。朱子曰：扱，收也，取也，獲也。妖，謂狐猩之屬，能爲妖媚者也。藤索絣：絣，北萌切。戰國策：身自削甲札，妻自組甲絣。廣雅釋詁：繾、絼、絽、縏，絣也。朱子曰：絣當從繫，獄中以繩索急縛罪人之名也，言捕取妖狐而以藤索縛之也。顧嗣立曰：東京賦：「度朔作梗，守以鬱壘。神荼副焉，對操索葦。目察區陬，司執遺鬼。」公語意本此。

〔四六〕荒學：蔣云：「荒學」，荒誕之學，如道、釋二氏書也。按：「里儒」句承「荒學」，「土怪」句承「古藏」，則「荒學」當爲荒村學舍，不應指二氏書。

〔四七〕古藏：記檀弓：葬也者，藏也。

〔四八〕土怪：魯語：季桓子穿井獲如土缶，其中有羊焉，使問之仲尼。對曰：土之怪曰羵羊。偵：丑貞切。

〔四九〕蹄道：按：此句當用孟子「獸蹄鳥跡之道」。蔣云：蹄道墓域之路，以通人跡者。未審何據。

〔五〇〕絲窠：廣雅釋室：窠，巢也。蔣云：如詩所謂「蠨蛸在户」，户無人出入則結網，當之。

〔五一〕冢卿：左傳：先君有冢卿。

〔五二〕袿熏、綦跡：袿，音圭。釋名：婦人上服曰袿，其下垂者上廣下狹，如刀圭也。記内則：衿纓綦屨。漢書班婕妤傳：俯視兮丹墀，思君兮履綦。師古曰：綦，履下飾也。

〔五三〕獸材：蔣云：獸材謂柱上刻爲獸形。挐楹：張衡西京賦：「熊虎升而挐攫。」

〔五四〕寶唾：莊子秋水篇：子不見夫唾者乎？噴則大者如珠，小者如霧。飛燕外傳：后誤唾婕妤袖，曰：姊唾染人紺袖，正似石上華。

〔五五〕玉啼：薛道衡詩：「恒斂千金笑，長垂雙玉啼。」鎗：楚庚切。廣雅釋詁：鎗，聲也。南史陳本紀：陳文帝令雞人投籤於階石上，鎗然有聲。

〔五六〕窗綃：孫云：言窗紗中尚疑閟藏佳人也。

〔五七〕緑髮、青膚：韓云：緑髮言細草，青膚言苔蘚也。按：周處風土記：「石髮，水苔也，青緑色，生於石。」則緑髮不當是草。珉甃：風俗通：甃，聚磚修井也。水經注：疏圃中有古玉井，井悉以珉玉爲之。

〔五八〕瑶楨：説文：楨，木也。按：瑶楨，玉樹也，言青苔依玉樹之上也。

〔五九〕白蛾：爾雅釋蟲：蛾，羅。注：蠶蛾。三輔黄圖：漢書曰：成帝建始元年，有白蛾群飛蔽日，從東都門至枳道。

〔六〇〕幽蠹：爾雅釋蟲：蟫，白魚。注：衣書中蟲。書棚：棚，音彭。廣雅釋室：棚，閣也。

〔六一〕吐芳：宋玉神女賦：「吐芬芳其若蘭。」鳴嚶：詩伐木：「嚶其鳴矣，求其友聲。」

〔六二〕激天鯨：班固東都賦：「發鯨魚，鏗華鐘。」爾雅翼：蒲牢大聲如鐘，而性畏鯨魚。鯨魚躍，蒲牢輒鳴，故鑄鐘作蒲牢形，斲撞爲鯨形，天子出則擊之。

〔六三〕萬象：文心雕龍：詩人感物，聯類不窮。流連萬象之際，沈吟視聽之區。

〔六四〕五兵：周禮夏官司右：凡國之勇力之士，能用五兵者屬焉。注：司馬法曰：弓矢圍、殳矛守、戈戟助，凡五兵。

〔六五〕蜀雄：按：李白隱居岷山，杜甫流落劍南，故曰蜀雄。

〔六六〕雷車：莊子達生篇：委蛇紫衣而朱冠，惡聞雷車之聲，則捧其首而立。按：蜀雄二句本流水對，王伯大疑「雷車」、「李杜」不可作對，亦太拘矣。

〔六七〕高言：莊子天地篇：高言不止於衆人之心。霄峥：孫云：山之切雲者，爲霄峥。軋，轢也。

〔六八〕神助：鍾嶸詩品：此語有神助。

〔六九〕巨細：按：言城南題詠甚多，自李杜出，雖才之大小不同，亦各有佳句也。

〔七〇〕湍瀾：瀾，音闌。説文：湍，疾瀨也。瀾，不流濁也。

〔七一〕咀粉粲：魏文帝典論：飢餐瓊蕊。

〔七二〕珠櫻：左思蜀都賦：「朱櫻春熟。」埤雅釋木：南人語其小者謂之櫻珠。

〔七三〕弁珥：詩抑：「側弁之俄。」史記滑稽傳：前有墮珥，後有遺簪。

〔七四〕金瓊：曹植文帝誄：其剛如金，其貞如瓊。范静妻沈氏詩：「寶葉間金瓊。」

〔七五〕菡萏：詩澤陂：「有蒲菡萏。」爾雅釋草：荷，芙蕖，其華菡萏。江調：方云：劉鑠詩：「悲發江南調。」謝靈運詩：「采菱調易急，江南歌不緩。」李善皆引古江南詞「江南可采蓮」以釋之。東野本集有喜用「江調」字。

〔七六〕萎蕤：爾雅釋草：熒，委萎。注：藥草也，葉似竹。本草：萎蕤一名玉竹。藍瑛：方云：藍田之玉也。

〔七七〕庖霜：張協七命：「命文離，飛霜鍔。紅肌綺散，素膚雪落。」玄鯽：本草：鯽魚，一名鮒魚，色黑而體促，所在池澤皆有之。杜甫詩：「網聚黏玄鯽。」

〔七八〕淅玉：魏略：太祖嘲王朗曰：不能效君昔在會稽折秔米飯也。方云：古淅作折。世説：矛頭淅米劍頭炊。杜甫詩：「玉粒足晨炊。」

〔七九〕千名：張衡南都賦：「酸甜滋味，百種千名。」

〔八〇〕痺肌：痺，音芘。説文：痺，濕病也。嵇康與山巨源絶交書：危坐一時，痺不能摇。瞠：丑庚切。莊子田子方篇：瞠乎若後。字林：瞠，直視也。朱子曰：言坐久而無所見也。

〔八一〕扳援：蔣云：此言賤者不可扳援而至也。

〔八二〕仙選：蔣云：言神仙中人而復選擇更易，則其人美之至矣。

〔八三〕采笑、探嬰：按：言集衆巧於此，又取其善笑者，聚衆美於此，又取其最少者。

〔八四〕樟裁：玉篇：樟木名豫章也。王褒僮約：持斧入山，斷槧裁轅。登丁：丁，中莖切。王云：登丁，斲木聲也。

〔八五〕霞關：王云：謂雲霞相合也。

〔八六〕風期：晉書習鑿齒傳：風期超邁。

〔八七〕皋區：張衡西京賦：「實惟地之奥區神皋。」

〔八八〕檉：丑貞切。詩皇矣：「其檉其椐。」爾雅釋木：檉，河柳。

〔八九〕呀靈：班固西都賦：「呀周池而成淵。」善注：呀，大空貌。滀：音蓄。

〔九〇〕金籯：漢書韋賢傳：父子皆以明經歷位至丞相，故鄒、魯諺曰：遺子黄金滿籯，不如一經。如淳曰：籯，竹器。

〔九一〕食家：易大畜卦：不家食，吉。鼎鼐：詩絲衣：「鼐鼎及鼒」。

〔九二〕寵族：司馬遷報任安書：以爲宗族交游光寵。弓旌：邯鄲淳鴻臚陳君碑：四府並辟，弓旌交至。

〔九三〕奕制：蔣云：奕，大也。「奕制」指上二句言，此從君所賜也。

〔九四〕逾程：王云：謂過法度也。

〔九五〕飛橋：後漢書西域傳：大秦國有飛橋數百里，可度海北。架漢：三輔黄圖：始皇引渭水灌都，以象天漢，横橋南渡，以法牽牛。

〔九六〕繚岸：班固西都賦：「繚以周牆，四百餘里。」規瀛：漢書東方朔傳：規以爲苑。列子湯問篇：渤海之中有大壑，其中有山曰瀛洲。

〔九七〕瀟碧、湖嵌：嵌，口銜切。方云：瀟碧，竹也。湖嵌，石也。輸委：史記貨殖傳：中國委輸時有奇羨。

〔九八〕萄苜：苜，音目。史記大宛傳：宛左右以蒲萄爲酒，馬嗜苜蓿，漢使取其實來，於是天子始種苜蓿、蒲陶。

〔九九〕楓櫧：櫧，音諸。司馬相如上林賦：「沙棠櫟櫧，華楓枰櫨。」

〔一〇〇〕膏理：周禮地官司徒：其植物宜膏物。鄭注：謂楊柳之屬，理致且白如膏。」滋榮：張衡歸田賦：「原隰鬱茂，百草滋榮。」

〔一〇一〕紐翠、攢珩：按：此聯喻草樹之狀。翠，翠羽也。詩采芑：「有瑲葱珩。」疏：蒼玉之珩。

〔一〇二〕魚口：按：此紀物産之饒，即於牣魚躍之意，言其吹沫如星也。

〔一〇三〕馬毛：江淹横吹曲：「弓刀勁兮馬毛寒。」

〔一〇四〕五方：記王制：五方之民，言語不通，嗜欲不同。

〔一〇五〕類招、翼萃：楚國策：以其類爲招。司馬相如長門賦：「翡翠脅翼而來萃兮，鸞鳳飛②而北南。」倜詭：倜，他歷切。司馬相如封禪文：奇物譎詭，俶儻窮變。衿纓：枚乘七發：「鵷鶵鵁鶄，翠鬣紫纓。」善注：纓，頸毛也。

〔一〇六〕飛動：文心雕龍：延壽靈光，含飛動之勢。

〔一〇七〕冥升：易升卦：上六冥升，利于不息之貞。登閎：閎，音宏。揚雄羽獵賦：「涉三皇之登閎。」韋昭曰：登，高也；闓，大也。

〔一〇八〕霍靡：霍，音髓，又音霍。淮南小山招隱士：蘋草霍靡。注：隨風披敷也。

〔一〇九〕嫈嫇：音鶯萌。廣雅釋詁：嫈，好也。廣韻：嫈嫇，新婦貌。

〔一一〇〕的皪：皪，音歷。司馬相如上林賦：「的皪江靡。」善曰：説文云：玓瓅，明珠光也。玓瓅與的皪，音義同。

〔一一一〕精誠：文子：精誠通於形，動氣通於天。

〔一一二〕鵷毰：孫云：鴛鴦之羽，以飾其衣帶也。

〔一一三〕鵝肪：肪，音方。魏文帝與鍾繇書：竊見玉書，稱玉白如截肪。

〔一一四〕照灼：鮑照詩：「尊賢永照灼，孤賤長隱淪。」

〔一一五〕欃搶：音讒琤。爾雅釋天：彗星爲欃搶。

〔一一六〕割錦：吴志甘寧傳注：寧住止常以繒錦維舟，去或割棄，以示奢也。

〔一一七〕構雲：世説：凌雲臺樓觀精巧，先稱平衆木輕重，然後造構，乃無錙銖相負，臺雖高峻，常隨風搖動而終無傾倒之理。

〔一一八〕疏：王云：疏，寬也。蕭蘅：詩采葛：「彼采蕭兮。」屈原離騷：「雜杜蘅與芳芷。」

〔一一九〕孔翠：左思蜀都賦：「孔翠群翔。」

〔一二〇〕遠苞：書禹貢：厥包橘柚錫貢。栟：音屏。張衡南都賦：「楈枒栟櫚。」注：栟櫚，椶也，皮可以爲索。

〔一二一〕鴻頭：方言：北燕謂之葰，青、徐、淮、泗之閒謂之芡。南楚、江湘之閒謂之雞頭，或謂之鴈頭。

〔一二二〕鶴：音確。橙：上林賦：「黄甘橙楱。」説文：橙，橘屬。

〔一二三〕先盟：左傳：勳在王室，藏于盟府。

〔一二四〕環衛：按：奉環衛，罷節鎮，而入宿衛也。

〔一二五〕忠貞：書君牙：世篤忠貞。

〔一二六〕介：記曲禮：介者不拜。疏：介，甲鎧也。

〔一二七〕彩紘：左傳：衡紞紘綖。注：紘，纓從下而上者。

〔一二八〕簪笏：梁簡文帝馬寶頌：簪笏成行，貂纓在席。懷繃：繃，北萌切。蒼頡篇：懷，抱也。廣韻：繃，束兒衣。王云：繃，小兒繃也，以繒帛爲之，亦謂之褓。顧嗣立曰：按漢外戚傳：「衛青三子，在襁褓中皆爲列侯。」語意本此。

〔一二九〕嶷嶷：詩生民：「誕實匍匐，克岐克嶷。」

〔一三〇〕椒蕃：詩椒聊：「椒聊之實，蕃衍盈升。」泣喤喤：詩斯干：「其泣喤喤。」

〔一三一〕貌鑑、眸光：王云：其貌有光可以鑑也。張敏頭責子羽文：眸子摛光，雙權隆起。

〔一三二〕考鐘：詩山樞：「子有鐘鼓，弗鼓弗考。」肴核：詩賓筵：「殽核維旅。」傳：殽，豆實也。核，加籩也。

〔一三三〕戛鼓：書益稷：戛擊鳴球。牢牲：周禮地官充人：掌繫祭祀之牲牷，祀五帝，則繫於牢，芻之三月。注：牢，閑也。

〔三四〕如瓜：史記封禪書：安期生食巨棗，大如瓜。大卵：漢書西域傳：條支國有大鳥，卵如甕。

〔三五〕芳菁：張衡南都賦：「春卵夏筍，秋韭冬菁。」

〔三六〕燕趙：古詩十九首：「燕趙多佳人，美者顔如玉。」媌娙：媌，音茅。娙，五莖切。列子周穆王篇：處子，娥媌靡曼者。方言：秦、晉之閒凡好而輕者謂之娥。自關而東，河、濟之閒謂之媌。漢書外戚傳：娙娥視中二千石，比關内侯。説文：娙，長好也。

〔三七〕鸜鵒：鵒，音欲。禽經：鸜鵒摩背而瘖，鴝鵒剔舌而語。張華注：鸜鵒出隴西，能言鳥也。鴝鵒，今人育其雛，以竹刀剔舌本，教之言語。

〔三八〕鬼瞰：漢書揚雄傳：高明之家，鬼瞰其室。

〔三九〕殺候：記月令：仲秋之月，殺氣浸盛。

〔四〇〕罝紘：紘，音宏。詩兔罝：「肅肅兔罝。」漢書揚雄傳：遥噱乎紘中。師古曰：紘，古紘字。

〔四一〕羽空、血路：班固西都賦：「風毛雨血，灑野蔽天。」雉鷃、狐麖：麖，音京。禽經：鷃雀啁啁。張華注：鷃，籬鷃也，雀屬。漢書地理志：山多麈麖。師古曰：麖似鹿而小。迸：潘岳射雉賦：「倒禽紛以迸落。」

〔四二〕踸踔：踸，丑甚切。踔，敕角切。莊子秋水篇：夔謂蚿曰：「吾以一足踸踔而行。」説文：踸踔，行無常貌。

〔一四三〕鬡鬤：鬡，音彭。鬤，乃庚切。楚辭大招：「被髮鬤只。」説文：鬡，鬤也。

〔一四四〕算蹄：王云：上林賦：「射麋腳麟。」師古曰：持引其腳，計其所獲也。所謂算蹄者如此。記功賞：枚乘七發：「收獲掌功，賞賜金帛。」

〔一四五〕擒揨振：揨振，音瞠根。廣韻：揨同撐，衺拄也。振，觸也。方云：揨，拒也；振，挨也。

〔一四六〕梟鴶：鴶，音格。爾雅釋鳥：梟，鴟。注：土梟。又：鴶，鵋鵙。注：今江東呼鵂鶹。

〔一四七〕窟窮：左思吴都賦：「顛覆巢居，剖破窟宅。」

〔一四八〕抨：普耕切。説文：抨，彈也。

〔一四九〕喘覵、困衝：按：此二句言田獵既倦，喘者因視刀刃而餘血點污，困者偶觸株橜而目精矇眯也。株枿：司馬相如諫獵書：枯木朽株。張衡東京賦：「山無槎枿。」

〔一五〇〕曠曠：史記日者傳：天地曠曠，物之熙熙。

〔一五一〕苹苹：宋玉高唐賦：「馳苹苹。」説文：苹苹，草貌。

〔一五二〕饞扠：張衡西京賦：「扠簇之所攙捔。」

〔一五三〕噂腥鯖：噂，音博。鯖，音征。説文：噂，噍貌。西京雜記：婁護傳食五侯，競致奇膳，合以爲鯖，世稱「五侯鯖」。

〔一五四〕郊至：□云：律謂黄鐘、大吕之屬。及郊至，謂十一月也。按：三輔黄圖：「天郊在長安城南。」想至其處而遂詠郊祀之事也。

〔一五五〕韶頀：頀，音英。廣雅釋樂：五頀，簫韶。曹憲注：英，帝俈樂，韶，舜樂。

〔一五六〕日月：記郊特牲：旗十有二旒，龍章而設日月，以象天也。

〔一五七〕棟甍：釋名：棟，中也，居屋之中也。屋脊曰甍。甍，蒙也，在上覆蒙屋也。

〔一五八〕奠璧：周禮大宗伯：以蒼璧禮天，以黄琮禮地。

〔一五九〕香蕢：蕢，音瓊。爾雅釋草：葍，蕢茅。注：葍，華有赤者爲蕢。

〔一六〇〕祇：音岐。

〔一六一〕黑秬：詩生民：「維秬維秠。」爾雅釋草：秬，黑黍。饛豐盛：盛，平聲。詩大東：有饛簋飧。左傳：潔粢豐盛。

〔一六二〕威暢：史記秦始皇紀：武威旁暢，振動四極。曹植顓頊贊：威暢八極，靡不祇虔。𨎮輣：𨎮，音衝。輣，步耕反。後漢書光武帝紀：或爲地道，衝輣撞城。注：衝，撞車也。詩曰：「臨衝閑閑。」許慎曰：輣，樓車也。

〔一六三〕靈旛：王云：旛柴也。高冏：王云：冏，虚空也。

〔一六四〕龍駕：屈原九歌：「龍駕兮帝服。」敲䫺：䫺，音横。廣韻：䫺，颮暴風。王云：䫺，車相擊聲。

〔一六五〕宅土：書禹貢：是降丘宅土。

〔一六六〕强甿：周禮地官遂人：以强予任甿。

〔一六七〕蔭庚、啄場：詩楚茨：「我庾維億。」又小宛：「交交桑扈，率場啄粟。」翻祥鵬：鵬，音明。詩卷阿：

「鳳皇于飛，翽翽其羽。」上林賦：「捎鳳皇。」「揜鷦鵬。」張揖曰：焦明似鳳，西方之鳥也。

〔一六八〕畦肥、陶固：說文：田五十畝曰畦。記月令：仲冬之月，陶器必良。

〔一六九〕利養：儀禮特牲饋食：祝東面，告利成。注：利，猶養也，供養之禮成。

〔一七〇〕孝思：詩下武：「永言孝思。」祊：甫盲切。詩楚茨：「祝祭于祊。」傳：祊，門内也。

〔一七一〕漉坳泓：記月令：無漉陂池。莊子逍遥游：覆杯水於坳堂之上。

〔一七二〕鉦：詩采芑：「鉦人伐鼓。」

〔一七三〕泥像：洛陽伽藍記：景樂寺有佛殿一所，像輦在焉，雕刻巧妙，冠絶一時。

〔一七四〕舂鍠：鍠，音横。釋名：舂，撞也。爾雅釋訓：鍠，鍠樂也。

〔一七五〕癭頸：釋名：癭，嬰也。在頸嬰喉也。晉書杜預傳：吴人知預病癭，以瓠繫狗頸示之。每大樹似癭，輒斲使白題曰：杜預頸。

〔一七六〕蜿垣：方云：蜿垣，謂蜿蜒於牆屋之間。蛷蠑：音求榮。王云：蛷，多足蟲。爾雅釋魚：蠑螈，蜥蜴。

〔一七七〕葚黑：詩氓：「于嗟鳩兮，無食桑葚。」傅休奕桑葚賦：「翠朱三變，或玄或白。」蠶蠋：蠋，音躅。爾雅釋蟲：蚅，烏蠋。注：大蟲如指似蠶。

〔一七八〕鸝鶊：爾雅釋鳥：鵹黄，楚雀；倉庚，鵹黄也。

〔一七九〕先庚：易巽卦：先庚三日，後庚三日。王弼注：申命令謂之庚。

〔八〇〕偪仄：張衡西京賦：「駢田偪側。」

〔八一〕砯砰：砯，披冰切。郭璞江賦：「砯厓鼓作。」玉篇：砯，水激石聲。列子湯問篇：砰然聞之若雷霆之聲。

〔八二〕碎纈：纈，音頡。古今注：鳳翼花，紅者紫點，緑者紺點，一名連纈花。方云：唐小説，裴晉公午橋有文杏百株，立碎錦坊。少陵詩「内蕊繁於纈」，或云當作「醉纈」。李長吉詩「醉纈拋紅網」。蔣云：公送無本師詩有「蟬翼碎錦纈」句，其爲「碎纈」無疑。

〔八三〕餳：徐盈切。方言：餳謂之餹。劉夢得嘉話：沈佺期嶺表寒食詩：「馬上逢寒食，春來不見餳。」常疑之，因讀毛詩「簫管備舉」，鄭箋：簫編，小竹管。如今賣餳者所吹，六經唯此中有「餳」字。按：荆楚歲時記：寒食，造餳大麥粥。玉燭寶典曰：今人爲大麥粥，研杏仁爲酪，引餳沃之。

〔八四〕蹙繩、鬬草：蹙，一作「蹴」。荆楚歲時記：寒食：打毬、鞦韆之戲。古今藝術圖云：「鞦韆，北方山戎之戲，以習輕趫者。」「五月五日，四民並蹋百草，又有鬬百草之戲。」按：申培詩説：「芣苢，童兒鬬草，嬉戲歌謠之詞。」則鬬草其來甚古。娥婺：謝莊宣貴妃誄：望月方娥，瞻星比婺。

〔八五〕璣珵：珵，音呈。史記李斯傳：傅璣之珥。説文：璣，珠不圓者。屈原離騷：「豈珵美之能當。」注：珵，美玉也。

〔一八六〕粉汗：世説：何平叔面至白，魏明帝疑其傅粉，正夏月，與熱湯麪，既啖，大汗出，以朱衣自拭，色轉皎然。廣額：詩碩人：「螓首蛾眉。」疏：螓如蟬而小，此蟲額廣而方。

〔一八七〕金星：顧野王詩：「妝罷金星出。」連瓔：王云：瓔珞，婦人項飾。

〔一八八〕淑郁：上林賦：「芬芳漚鬱，酷烈淑郁。」

〔一八九〕盯矙：矙，音棖萌。玉篇：盯矙，視貌。

〔一九〇〕魚繭：國史補：紙則有魚子十色箋，又有繭紙。

〔一九一〕琴箏：風俗通：世本，神農作琴。舜彈五絃之琴，歌南風之詩，而天下治。箏，五絃筑聲也。今并、涼二州，箏形如瑟，或曰秦蒙恬所造。

〔一九二〕羈傖：傖，助庚切。世説：昨有一傖父來寄亭中。晉陽秋：吴人謂中州人曰傖。祝云：羈傖，謂謫陽山江陵時也。

〔一九三〕鶠鷉：爾雅釋鳥：鶠，鴳鷉。注：似鳧，腳高毛冠，江東人家養之，以厭火災。

〔一九四〕天年：莊子山木篇：山木以不材終其天年。羨彭：莊子逍遥游：而彭祖乃今以久特聞。魏文帝詩：「彭祖稱七百，悠悠安可原。」

〔一九五〕蛇、蚓、蝦、蟛：爾雅釋蟲：螼蚓，蜸蚕。注：即蛩蟺也，江東呼寒蚓。記月令：孟夏之月蚯蚓出。爾雅釋魚：鰝，大鰕。古今注：蟚蜞，小蟹，生海邊泥中。

〔一九六〕中氣：左傳：舉正于中。注：謂中氣：一年二十四節，一半爲節氣，一半爲中氣。又劉康公曰：

民受天地之中以生。

〔一九七〕拂天根：記月藻：士介拂棖。孫云：天棖，天門也。棖，門兩旁木。言自遷謫得歸朝廷也。

〔一九八〕驅明：朱子曰：驅馳遲明而出太學也。蓋作此時，公方爲博士。

〔一九九〕鮮意：廣雅釋詁：鮮，好也。王云：鮮，新也。

〔二〇〇〕連輝：世説：潘安仁、夏侯湛並有美容，喜同行，時人謂之連璧。瓊瑩：詩著：「尚之以瓊瑩乎而。」

〔二〇一〕風乙、晴蜻：説文：乙，玄鳥也，齊、魯謂之乙。楚國策：王獨不見夫青蛉乎？六足四翼，蜚翔乎天地之閒。

〔二〇二〕足勝、心貪：按：王云「言勝游處」非也。此二句收拾全篇，最爲著力。世説云：「許掾好游山水，而體便登陟。時人云：許非徒有勝情，實有濟勝之具。」玆游因足力不疲，故多所詣，又貪共吟詩，故不畏强敵也。敵無勍：勍，音擎。左傳：今之勍者，皆吾敵也。

〔二〇三〕樂名教：晉書樂廣傳：名教内自有樂地，何必乃爾。

〔二〇四〕拘儜：儜，女耕切。晉書王沉傳：不簡蚩儜。廣韻：儜，困也，弱也。王云：拘儜，拘束也。

〔二〇五〕畢景：三輔黄圖：昭帝時，命水嬉游燕琳池，隨風輕漾，畢景忘歸。

〔二〇六〕礰礰：礰，口萌切。鹽鐵論：器多堅礰。王云：「礰礰」與論語「硜硜」義同，小謹貌。劉貢父詩話：東野與退之聯句，宏壯辨博，似若出一手。王深父云：退之容有潤色也。

呂氏童蒙訓：徐師川問山谷曰：人言東野聯句大非平日所作，恐是退之有所潤色。山谷曰：退之安能潤色東野？若東野潤色退之卻有此理。

俞瑒曰：聯句詩如國手對奕，著著相當，又如知音合曲，聲聲相應，故知非韓、孟相遇，不能得此奇觀也。

按：此詩凡一百五十韻，歷叙城南景物，巨細兼狀，虛實互用。自古聯句之盛，無如此者。始從郊行叙起，若無意於游。既而欲歸不捨，則縱覽郊墟。信足所至，入故宅而詢其主人，吟其嘉詠，固昔時公卿之第，名賢游集之所也。今則破瓦頹垣，荒榛蔓草，零落如彼。望皇都而覽其山川，紀其民物，固九州之上腴，萬國之所輻湊也。其閒高門鼎貴，富盛驕侈，烜赫如此。撫今追昔，映射有情，於是入林麓則思縱獵之娛，至郊壇則思嚴祀之盛，閭閻豐樂，僧舍幽奇，無不盡歷，玆游洵足述矣。更念陽春煙景，都人士女，聯袂嬉遨，尤有佳於此者。惜乎身逐羈儈，未覩其盛，然歸私休暇，得共今日之游。耳目所經，皆供詩料，亦足以暢幽懷矣，何徒自苦爲哉？其鋪叙之法，彷彿三都、兩京，而又絲聯繩牽，斷而不斷，如韓信將兵，多多益善，非其才大，安能如此？詩云：「腸胃繞萬象，精神驅五兵。」又送靈師云：「縱橫雜謠俗，瑣屑咸羅穿。」可移評此詩也。又按：韓愈、孟郊才力不相上下，而詩趣各不同。觀其生平所作，皆與聯句小異。惟二人相合，乃爭奇至此，則其交濟之美，有互相追逐者。王、黄各左袒一家，未爲至論也。

【校記】

①「水」，鮑參軍集注作「泉」。

②「飛」，文選作「翔」。

鬬雞聯句〔一〕

大雞昂然來，小雞竦而待。愈 崢嶸顛盛氣〔二〕，洗刷凝鮮彩〔三〕。郊 高行若矜豪，側睨如伺殆。愈 精光目相射，劍戟心獨在。郊 既取冠爲冑，復以距爲鐓〔四〕。天時得清寒，地利挾爽塏〔五〕。愈 磔毛各噤瘁〔六〕，怒癭爭碨磊〔七〕。俄膺忽爾低〔八〕，植立瞥而改。郊 膈膊戰聲喧〔九〕，繽翻落羽皠〔一〇〕。中休事未決〔一一〕，小挫勢益倍。愈 妒腸務生敵〔一二〕，賊性專相醢。裂血失鳴聲，啄殷甚飢餒〔一三〕。郊 對起何急驚〔一四〕？隨旋誠巧紿〔一五〕。毒手飽李陽〔一六〕，神槌因朱亥〔一七〕。愈 惻心我以仁，碎首爾何罪〔一八〕？獨勝事有然，旁驚汗流浼〔一九〕。郊 知雄欣動顏〔二〇〕，怯負愁看賄。愈 爭觀雲填道〔二一〕，助叫波翻海。愈 事爪深難解〔二二〕，嗔睛時未怠。一噴一醒然〔二三〕，再接再礪乃〔二四〕。郊 頭垂碎丹砂，翼搨拖錦綵〔二五〕。連軒尚賈餘〔二六〕，清厲比歸凱〔二七〕。愈 選俊感收毛〔二八〕，受恩慚始隗〔二九〕。英心甘鬬死，義肉恥庖宰。君看鬬雞篇〔三〇〕，短

韻有可采。郊

〔一〕按：鬭雞見於左傳，其來已久。戰國時齊俗鬭雞走犬。漢太上皇、魯共王皆好之，至建安諸子形於篇詠。唐世明皇好之，故杜甫有「鬭雞初賜錦」之句。俗尚相沿，盛行此戲。詩家賦詠亦多。然摹寫精工，無逾斯作矣。觀「天時得清寒」句，亦似秋冬之交所作。

〔二〕顛盛氣：顛，作「闐」。記玉藻：盛氣顛實。莊子達生篇：紀渻子爲王養鬭雞，十日而問：「雞已乎？」曰：「未也，猶虛憍而恃氣。」十日又問，曰：「未也，猶疾視而盛氣。」

〔三〕洗刷：左思吴都賦：「理翮整翰，刷盪漪瀾。」

〔四〕冠、距：左傳：季郈之雞鬭，季氏介其雞，郈氏爲之金距。鐓：徒猥切。詩小戎：「厹矛鋈鐓。」

〔五〕爽塏：塏，音凱。左傳：齊景公欲更晏子之宅，曰：請更諸爽塏者。

〔六〕磔毛：廣雅釋詁：磔，張也。

〔七〕磈磊：磈，音猥。木華海賦：「磈磊山壟。」

〔八〕俄膺：揚雄羽獵賦：「俄軒冕。」師古曰：俄俄，陳舉之貌。韋昭曰：卬也。按：此處「俄」字亦當作「卬」字解，方與「植立」相對，而又與「忽爾低」相應也。

〔九〕腷膊：音愎粕。古詩：「腷腷膊膊雞初鳴。」戰聲喧：王褒鬭雞詩：「入場疑挑戰。」

〔一〇〕繽翻：王粲詩：「百鳥何繽翻。」落羽皠：皠，七罪切。曹植詩：「嘴落輕毛散。」廣韻：皠，霜雪白狀。

〔一一〕未決：韋曜博奕論：臨局交爭，雌雄未決。

〔一二〕妒腸：王褒鬭雞詩：「妒敵金芒起。」生敵：小爾雅廣詁：生，進也。

〔一三〕啄殷：殷，烏閑切。左傳：左輪朱殷，豈敢言病？杜預曰：今人謂赤黑爲殷色。

〔一四〕急驚：荀悦申鑒：孺子驅雞者，急則驚，緩則滯。

〔一五〕巧紿：紿，音待。列子周穆王篇：子昔紿若。張湛注：紿，欺也。

〔一六〕毒手：晉書石勒傳：初，勒與李陽鄰居，歲嘗爭麻地，迭相毆擊。至是引陽臂曰：「孤往日厭卿老拳，卿亦飽孤毒手。」

〔一七〕神槌：史記信陵君傳：朱亥與公子俱至鄴，矯魏王令，代晉鄙。鄙合符，疑之。亥袖四十斤鐵椎，殺晉鄙。

〔一八〕碎首：北史魏宗室元諶傳：正使今日碎首流腸亦無所懼。

〔一九〕汗流：枚乘七發：「汗流沫墜。」浼：音每。

〔二〇〕知雄：老子返朴章：知其雄，守其雌。

〔二一〕雲填道：邯鄲淳曹娥碑：觀者填道，雲集路衢。

〔二二〕事爪：事，館本作「傳」，樊本作「剚」，皆側吏切。樊云：漢書蒯通傳：「事刃公之腹者。」考工記：「菑蚤不齵，則輪雖敝不匡。」鄭氏讀「蚤」爲「爪」，謂輻入牙中者，「菑」聲如「胾」。泰山平原人謂樹立物爲菑孟。蓋全用此二字也。

〔二三〕一噴：樊云：雞用水噴，神氣始醒。

〔二四〕礪乃：書費誓：礪乃鋒刃。□云：莊子大宗師篇：「自是其所以乃。」公用「乃」字出此。樊云：接猶接戰也。「爭觀雲填道，助叫波翻海」，則公詩之豪。「一噴一醒然，再接再礪乃」，則東野工處。

〔二五〕頭垂、翼搨：陳琳爲袁紹檄州郡：垂頭搨翼，莫所憑恃。

〔二六〕連軒：鮑照舞鶴賦：「始連軒以鳳蹌，終宛轉而龍躍。」賈餘：左傳：欲勇者賈余餘勇。

〔二七〕清厲：漢書王莽傳：清厲而哀。歸凱：周禮春官大司樂：王師大獻，則令奏愷樂。

〔二八〕收毛：史記平原君傳：趙使平原君合從于楚，門下有毛遂者，前自贊於平原君，平原君竟與毛遂偕，定從而歸。

〔二九〕始隗：隗，五罪切。燕國策：郭隗謂燕昭王曰：王誠欲致士，先從隗始。隗且見事，況賢于隗者乎？

〔三〇〕鬭雞篇：按：曹植有鬭雞篇。

有所思聯句〔一〕

相思繞我心，日夕千萬重。年光坐晼晚〔二〕，春淚銷顏容。郊　臺鏡晦舊暉，庭草滋新茸〔三〕。

望夫山上石〔四〕，別劍水中龍〔五〕。愈

〔一〕按：有所思，本樂府舊題，古辭長短句，自六朝以來大抵五言八句，此用其體。以下三聯句見孟郊集，年月難考，皆附於此。

〔二〕晼晚：宋玉九辯：「白日晼晚其將入兮。」

〔三〕臺鏡、庭草：按：劉鑠擬古詩：「堂上流塵生，庭中綠草滋。淚容不可飾，幽鏡難復治。」又按：江淹擬張司空離情詩云：「蘭徑少行跡，玉臺生網絲。庭樹發紅彩，閨草含碧滋。」此以一聯檃括其四句之意。

〔四〕望夫石：水經注：漳水歷望夫山，山之南有石人佇於山上，狀有懷於雲表，因以名焉。

〔五〕別劍：鮑照詩：「雙劍將離別，先在匣中鳴。」

遣興聯句

我心隨月光，寫君庭中央。郊　月光有時晦，我心安所忘。愈　常恐金石契，斷爲相思腸。郊　平生無百歲，岐路有四方〔一〕。愈　四方各異俗〔二〕，適異非所將。郊　駑蹄顧挫秣〔三〕，逸翮遺稻粱〔四〕。愈　時危抱獨沈，道泰懷同翔。郊　獨居久寂默，相顧聊慨慷〔五〕。愈　慨慷丈夫志〔六〕，可以

耀鋒鋩。郊　蘧甯知卷舒〔七〕，孔顏識行藏〔八〕。愈　朗鑒諒不遠，佩蘭永芬芳〔九〕。郊　苟無夫子聽，誰使知音揚？愈

〔一〕岐路：列子説符篇：岐路之中又有岐焉，吾不知所之。

〔二〕異俗：記王制：民生其閒者異俗。

〔三〕挫秣：詩鴛鴦：「乘馬在廄，摧之秣之。」

〔四〕逸翮：郭璞詩：「逸翮思拂霄，迅足羨遠游。」

〔五〕慨慷：魏武帝詩：「慨當以慷。」

〔六〕丈夫志：曹植詩：「丈夫志四海，萬里猶比鄰。」

〔七〕蘧甯：潘岳閑居賦：「猶内媿於甯蘧。」

〔八〕卷舒、行藏：潘岳西征賦：「孔隨時以行藏，蘧與國而舒卷。」

〔九〕佩蘭：屈原離騷：「紉秋蘭以爲佩。」

贈劍客李園聯句

天地有靈術〔一〕，得之者唯君。郊　築爐地區外〔二〕，積火燒氛氲〔三〕。愈　照海鑠幽怪，滿空歘異

氛。|郊　山磨電奕奕〔四〕，水淬龍蝹蝹〔五〕。|愈　太乙裝以寶，列仙篆其文〔六〕。|郊　可用懾百神〔七〕，豈惟壯三軍〔八〕。|愈　有時幽匣吟〔九〕，忽似深潭聞。|郊　風胡久已死〔一〇〕，此劍將誰分？|愈　行當獻天子〔一一〕，然後致殊勳。|郊　豈如豐城下，空有斗間雲〔一二〕。|愈

〔一〕靈術：崔融詠劍詩：「五精初獻術，千户竟論都。」

〔二〕築爐：潘尼武軍賦：「煉質於崑吾之竈，定形於薛燭之爐。」抱朴子：五月丙午日，下銅於神爐中，以桂薪燒之。劍成，帶之入水，則蛟龍不敢近人。

〔三〕氛氳：李嶠寶劍篇：五彩焰起光氛氳。

〔四〕電奕奕：張協七命：「光如散電。」傅休奕詩：「奕奕金華輝。」

〔五〕水淬：淬，七内切。張協泰阿劍銘：淬以清波，礪以越砥。龍蝹蝹：蝹，音氳。張衡西京賦：「海鱗變而成龍，狀蜿蜿以蝹蝹。」

〔六〕太乙：越絶書：越王有寶劍五，召薛燭而示之，燭曰：當造此劍之時，赤堇之山破而出錫，若耶之溪涸而出銅，雨師掃灑，雷公擊橐，蛟龍捧爐，天帝裝炭，太乙下觀，天精下之。裝寶、篆文：曹植七啓：「步光之劍，華藻繁縟，綴以驪龍之珠，錯以荊山之玉。」

〔七〕懾百神：吴越春秋：干將作劍，百神臨觀。

〔八〕壯三軍：越絶書：楚王引太阿之劍，登城而麾之，三軍破敗。

〔九〕幽匣吟：拾遺記：顓頊有曳影之劍，未用之時，常於匣内如龍虎之吟。

〔一〇〕風胡：吴越春秋：楚昭王得吴王湛盧之劍，召風胡子而問之。風胡子曰：昔越王允常使歐冶子造劍五枚，今歐冶死，吴雖傾城量金，珠玉盈河，猶不能得此寶。

〔一一〕獻天子：莊子説劍篇：臣有三劍，惟王所用。有天子劍，諸侯劍，庶人劍。

〔一二〕斗間雲：雷次宗豫章記：吴未亡，恒有紫氣見斗牛間。張華問，雷孔章曰：「斗牛之間有異氣，是寶物之精上徹於天耳。」遂以孔章爲豐城令，至縣，掘得二劍。

中國古典文學基本叢書

韓昌黎詩集編年箋注

下册

〔清〕方世舉 撰
郝潤華
丁俊麗 整理

中華書局

韓昌黎詩集編年箋注卷六

卷六凡二十八首，元和聖德詩以下，二年權知國子博士分司東都作。東都遇春以下，三年改真博士作。送李翺以下，四年改都官員外郎守東都省作。感春五首，五年在東都作。

元和聖德詩 并序〔一〕

臣愈頓首再拜言：臣伏見皇帝陛下即位已來，誅流姦臣〔二〕，朝廷清明，無有欺蔽。外斬楊惠琳、劉闢以收夏、蜀〔三〕，東定青、徐積年之叛〔四〕，海内怖駭，不敢違越。郊天告廟〔五〕，神靈歡喜，風雨晦明〔六〕，無不從順。太平之期，適當今日。臣蒙被恩澤，日與群臣序立紫宸殿陛下〔七〕，親望穆穆之光。而其職業又在以經籍教導國子，誠宜率先作歌詩以稱道盛德，不可以辭語淺薄〔八〕，不足以自效爲解〔九〕。輒依古作四言元和聖德詩一篇，凡千有二十四字，指事實録，具載明天子文武神聖，以警動百姓耳目〔一〇〕，傳示無極。其詩曰〔一一〕：

皇帝即阼〔一二〕，物無違拒。曰暘而暘，曰雨而雨〔一三〕。維是元年，有盜在夏。欲覆其州，以踵近武〔一四〕。皇帝曰嘻，豈不在我。負鄙爲艱，縱則不可。出師征之，其衆十旅〔一五〕。軍其城下，告以福禍。腹敗枝披〔一六〕，不敢保聚〔一七〕。擲首陴外〔一八〕，降幡夜豎。疆外之險，莫過蜀土。韋皋去鎮，劉闢守後〔一九〕。血人于牙〔二〇〕，不肯吐口。開庫啖士〔二一〕，曰隨所取。汝張汝弓，汝鼓汝鼓。汝爲表書，求我帥汝〔二二〕。事始上聞，在列咸怒。皇帝曰然，嗟遠士女。苟附而安，則且付與〔二三〕。讀命于庭〔二四〕，出節少府〔二五〕。朝發京師，夕至其部。闢喜謂黨，汝振而伍。蜀可全有，此不當受〔二六〕。萬牛臠炙〔二七〕，萬甕行酒。以錦纏股，以紅帕首〔二八〕。有恇其凶，有餌其誘〔二九〕。其出穰穰，隊以萬數。遂劫東川〔三〇〕，遂據城阻。皇帝曰嗟，其又可許！爰命崇文〔三一〕，分卒禁御。有安其驅，無暴我野。日行三十〔三二〕，徐壁其右。闢黨聚謀，鹿頭是守〔三三〕。崇文奉詔，進退規矩〔三四〕。戰不貪殺，擒不濫數〔三五〕。四方節度，整兵頓馬。上章請討，俟命起坐〔三六〕。皇帝曰嘻，無汝煩苦。荆并洎梁〔三七〕，在國門户。出師三千，各選爾醜〔三八〕。四軍齊作，殷其如阜〔三九〕。或拔其角，或脱其距〔四〇〕。長驅洋洋〔四一〕，無有齟齬。八月壬午，闢棄城走。載妻與妾，包裹稚乳〔四二〕。是日崇文，入處其宇。分散逐捕，搜原剔藪。闢窮見窘，無地自處。俯視大江，不見洲渚。遂自顛倒，若杵投臼。取之江中〔四三〕，枷脰械手〔四四〕。婦女纍纍，啼哭拜叩。來獻闕下，以告廟社。周示城市〔四五〕，咸使觀覩。解脱攣索，夾以砧斧〔四六〕。婉婉弱子〔四七〕，赤立傴僂〔四八〕。牽頭曳足〔四九〕，先斷腰膂。次及其徒〔五〇〕，體骸撑拄〔五一〕。末乃取闢，駭汗如寫。揮刀紛紜，爭刌膾脯〔五二〕。優賞將吏〔五三〕，扶珪綴組〔五四〕。帛堆其家，粟塞其庾。哀憐陣歿，廩給孤寡〔五五〕。贈官封墓〔五六〕，周帀宏溥。經戰伐地，寬免租簿〔五七〕。施令酬功，急疾如火。天地中閒，莫不順序。幽恒青魏，東盡海浦。南至徐蔡〔五八〕，區外雜虜〔五九〕。怛威赧德〔六〇〕，踧踖蹈舞〔六一〕。掉棄兵革，私習簋簠〔六二〕。來請來覲〔六三〕，十百其耦。皇帝曰吁，伯父叔舅〔六四〕。各安爾位，訓厥甿畮。正月元日〔六五〕，初見宗祖。躬執百禮〔六六〕，登降拜俯。薦于新宮〔六七〕，視瞻梁梠〔六八〕。慼見容色，淚落入俎。侍祀之臣，助我惻楚。乃以上辛〔六九〕，于郊用牡。除于國南〔七〇〕，鱗笱毛簴。廬幕周施〔七一〕，開揭磊砢〔七二〕。獸盾騰挐〔七三〕，圓壇帖妥〔七四〕。天兵四羅，旂常婀娜〔七五〕。駕龍十二〔七六〕，魚魚雅雅〔七七〕。宵昇于丘，奠璧獻斝〔七八〕。衆樂驚作〔七九〕，轟豗融冶〔八〇〕。紫焰噓呵〔八一〕，高靈下墮〔八二〕。群星從坐〔八三〕，錯落侈哆〔八四〕。日君月妃〔八五〕，煥赫婐妮〔八六〕。瀆鬼濛鴻，嶽祇嶪峨〔八七〕。飫沃羶薌〔八八〕，産祥降嘏。鳳皇應奏〔八九〕，舒翼自拊〔九〇〕。赤麟黄龍〔九一〕，逶陀結糾。卿士庶人，黄童白叟。踊躍歡呀，失喜噎歐〔九二〕。乾清坤夷，境落褰舉。帝車迴來，日正當午。幸丹鳳門，大赦天下。滌濯剗磢〔九三〕，磨滅瑕垢。續功臣嗣，拔賢任耇。孩養無告〔九四〕，仁滂施厚。皇帝神聖，通達今古。聽聰視明，一似堯禹〔九五〕。生知法式，動得理所。天錫皇帝〔九六〕，爲天下主。並包畜養〔九七〕，無異細鉅。億載萬年，敢有違者？皇帝勤儉，盥濯陶瓦。

斥遺浮華，好此綈紵〔九八〕。敕戒四方，侈則有咎〔九九〕。天錫皇帝，多麥與黍。無召水旱，耗于雀鼠〔一〇〇〕。億載萬年，有富無窶。皇帝正直，别白善否。擅命而狂，既翦既去。盡逐群姦，靡有遺侣。天錫皇帝，厖臣碩輔〔一〇一〕。博問遐觀，以置左右〔一〇二〕。億載萬年，無敢余侮〔一〇三〕。皇帝大孝，慈祥悌友。怡怡愉愉，奉太皇后〔一〇四〕。浹于族親〔一〇五〕，濡及九有〔一〇六〕。天錫皇帝，與天齊壽。登兹太平，無怠永久。億載萬年，爲父爲母〔一〇七〕。博士臣愈，職是訓詁〔一〇八〕。作爲歌詩，以配吉甫〔一〇九〕。

〔一〕新唐書憲宗紀：憲宗，順宗長子也。永貞元年八月，即皇帝位。元和元年正月改元。

〔二〕誅流：舊唐書順宗紀：八月壬寅，憲宗受禪，貶右散騎常侍王伾爲開州司馬，前户部侍郎、度支鹽鐵轉運使王叔文爲渝州司户。憲宗紀：貶韓泰等爲諸州刺史，十一月貶中書侍郎、平章事韋執誼爲崖州司馬。

〔三〕收夏蜀：憲宗紀：永貞元年八月癸丑，劍南西川節度使韋臯薨，劉闢據蜀邀節鉞。十一月，夏綏銀節度留後楊惠琳反。元和元年三月辛巳，夏州兵馬使張承金斬惠琳。十月戊子，斬劉闢。

〔四〕定青徐：舊唐書李師道傳：師道初遣判官、孔目相繼奏事，杜黄裳欲乘其未定分削之，憲宗以蜀川方擾，不能加兵。元和元年，命建王審遥領節度，授師道充淄青節度留後。又張建封傳：建封卒，徐軍乞授其子愔旄節，朝廷不得已授之。元和元年，愔被疾請代，徵爲兵部尚書，以王紹代之。

〔五〕郊天告廟：憲宗紀：二年正月己丑朔，親獻太清宫、太廟。辛卯，祀昊天上帝于郊丘。是日還宫，御丹鳳樓，大赦天下。

〔六〕風雨晦明：憲宗紀：將及大禮，陰晦浹辰，宰臣請改日，上曰：郊廟事重，齋戒有日，不可遽更。享獻之辰，景物晴霽，人情忻悦。

〔七〕紫宸殿：唐六典：内朝正殿也。

〔八〕淺薄：董仲舒詣丞相公孫弘記室書：仲舒愚陋，經術淺薄。

〔九〕爲解：左傳：以曹爲解。

〔一〇〕警動：史記樂毅傳：尊寵樂毅以警動于燕齊。

〔一一〕筆墨閑録：此序乃司馬遷之文，非相如文也。

〔一二〕即阼：史記孝文紀：元年十月，皇帝即阼，謁高廟。正義曰：主人階也。

〔一三〕暘雨：書洪範：八庶徵：曰雨，曰暘，曰肅時雨若，曰乂時暘若。

〔一四〕踵近武：司馬相如封禪文：率邇者踵武。□云：先是德宗建中間李希烈、朱泚等反。至是楊惠琳、劉闢既踵而起焉。

〔一五〕十旅：「十」，或作「千」。方云：按此專紀楊惠琳之亂也。時嚴綬在河東，表請討之。詔與天德軍合擊，未嘗他出師也。十旅爲正。朱子曰：按周禮：「五人爲伍，五伍爲兩，四兩爲卒，五卒爲旅。」則一旅五百人，而十旅五千人也。方説得之。亦見以順討逆，師不在衆之意。

〔一六〕枝披：秦國策：木實繁者披其枝。

〔一七〕保聚：左傳：我敝邑用不敢保聚。

〔一八〕陴外：陴，音脾。左傳：授兵登陴。釋名：城上垣曰睥睨，亦曰陴。陴，裨也，言裨助城之高也，亦曰女牆。

〔一九〕劉闢：新唐書劉闢傳：闢佐韋皋府，累遷御史中丞、度支副使。皋卒，闢主後務。

〔二〇〕血人：舊唐書劉闢傳：初，闢嘗病，見諸問疾者來，皆以手據地，倒行入闢口，闢因磔裂食之。

〔二一〕啗士：啗，音啖。漢書高帝紀：使酈生食其、陸賈往説秦，將啗以利。

〔二二〕求帥：新唐書闢傳：闢諷諸將徼旄節。

〔二三〕且付與：闢傳：憲宗以給事中召之，不奉詔。時帝新即位，欲静鎮四方，即拜檢校工部尚書、劍南西川節度使。

〔二四〕讀命：新唐書百官志：册命大臣，則使中書舍人持節讀册命。

〔二五〕出節：周禮地官掌節：凡邦國之使節，山國用虎節，土國用人節，澤國用龍節。新唐書百官志：符寶郎掌國之符節，凡命將遣使，皆請旌節。旌以專賞，節以專殺。少府：後漢書百官志：符節令一人，凡遣使掌授節，屬少府。

〔二六〕不當受：闢傳：闢意帝可動，益驁蹇，吐不臣語，求統三川。

〔二七〕臠炙：□云：臠，切也。莊子至樂篇：不敢食一臠。

〔二八〕纏股、帕首：股，音陌。詩采薇：「赤芾在股。」實録：禹會塗山之夕，大風雷震，有甲兵卒千餘人，其不被甲者，以紅綃帕抹其額。自此遂爲軍容之服。

〔二九〕恇、凶、餌、誘：朱子曰：言有畏其暴者，有貪其利者，故從之者衆耳，非本心樂從也。

〔三〇〕刲東川：闢傳：闢欲以所善盧文若節度東川，即以兵取梓州。

〔三一〕命崇文：舊唐書闢傳：憲宗難于用兵，宰相杜黄裳奏：神策軍使高崇文驍果可任。令崇文、李元奕等將神策行營兵相續進發，仍許其自新。

〔三二〕日行三十：詩六月：「我服既成，于三十里。」漢書賈捐之傳：吉行日五十里，師行日三十里。

〔三三〕鹿頭：新唐書高崇文傳：鹿頭山南距成都百五十里，扼二州之要，闢城之，旁連八屯，以拒東兵。

〔三四〕規矩：淮南修務訓：戰進如激矢，解如風雨，員之中規，方之中矩。

〔三五〕濫數：朱子曰：「濫數」蓋用左傳「數俘」之語。襄公二十五年：「子美數俘而出。」

〔三六〕起坐：記郊特牲：君親誓社，以習軍旅，左之右之，坐之起之。

〔三七〕荆、梁：孫云：荆謂荆南節度使裴均，并謂河東節度使嚴綬，梁謂山南西道節度使嚴礪也。

〔三八〕選醜：左傳：將其類醜。

〔三九〕殷其：按：殷，狀軍聲之盛也，即詩「殷其靁」之義，謂軍聲如雷如霆也。上林賦：「車騎雷起，殷天動地。」吴都賦：「殷動宇宙，胡可勝原。」皆可證。□云「安也」，誤矣。如皋：詩天保：「如山如皁。」按：雖用天保詩語，然意實本于常武詩「如山之苞」。

〔四〇〕拔角、脱距：按：左傳：「譬如捕鹿，晉人角之，諸戎掎之。」正義曰：「角之，謂執其角也。掎之，謂戾其足也。」舊注引史記王翦傳「投石拔距」，與此無涉。

〔四一〕長驅：史記樂毅傳：輕卒鋭兵，長驅至國。新唐書高崇文傳：崇文始破賊二萬于城下，明日戰萬勝堆，堆直鹿頭左，使驍將高霞寓鼓之，募死士奪而有之。凡八戰皆捷，仇良輔舉鹿頭城降，遂趣成都。

〔四二〕包裹：莊子天運篇：包裹六極。

〔四三〕江中：闢傳：闢從數十騎走至羊灌，自投水，不能死，騎將酈定進擒之。

〔四四〕枷脰械手：闢傳：檻車送闢京師，尚冀不死。將至都，神策以兵迎之，繫其首，曳而入，驚曰：「何至是耶？」

〔四五〕廟社、城市：左傳：帥師者受命于廟，受脤于社。記王制：刑人于市，與衆棄之。闢傳：帝御興安樓，受俘獻廟社，徇于市，斬于城西南獨柳樹下。

〔四六〕砧斧：砧，当作「椹」，同椹。秦國策：范雎曰：「臣之胸不足以當椹質，要不足以待斧鉞。」

〔四七〕婉婉：謝瞻詩：「婉婉幕中書。」

〔四八〕傴僂：音嫗縷。

〔四九〕弱子、其徒：闢傳：子超郎等九人，與部將崔綱，以次誅。與盧文若皆夷族。

〔五〇〕牽曳：北史許善心傳：其黨輒牽曳，遂害之。
〔五一〕撐拄：説文：撐，衺拄也；拄，從旁指也。蔡琰詩：「尸骸相撐距。」
〔五二〕刌膾脯：刌，音忖。儀禮特牲饋食：刌肺三。注：今文刌爲切。莊子盜跖篇：膾人肝而脯之。漢書東方朔傳：生肉爲膾，乾肉爲脯。
〔五三〕優賞：舊唐書高崇文傳：制授崇文檢校司空、劍南西川節度、觀察等使，改封南平郡王，實封三百户，詔刻石紀功于鹿頭山下。
〔五四〕扶珪綴組：南史張充傳：彯纓天閣，既謝廊廟之華；綴組雲臺，終愧衣冠之秀。按：如酈定進以擒劉闢功封王，亦膺珪組也。
〔五五〕廩給：新唐書憲宗紀：元年十月葬陣亡者，廩其家五歲。
〔五六〕贈官封墓：書武成：釋箕子之囚，封比干之墓。
〔五七〕寬租：憲宗紀：元年十月甲子，減劍南東西川、山南西道今歲賦。
〔五八〕幽恒青魏徐蔡：□云：魏則田季安，幽則劉濟，恒則王士真，青則李師道，徐則張愔，蔡則吴少誠，皆一時藩鎮之國也。
〔五九〕區外：郭璞南郊賦：郊寰之内，區域之外。
〔六〇〕怛威赧德：方云：公上尊號表有「怛威赧德」，意與此同。
〔六一〕踧踖：廣雅釋訓：踧踖，畏敬也。

〔六二〕 簠簋：記樂記：簠簋俎豆，制度文章，禮之器也。

〔六三〕 請覲：周禮大宗伯：秋見曰覲。史記吴王濞傳：及後使人爲秋請。孟康曰：律，春曰朝，秋曰請。音淨。

〔六四〕 伯父叔舅：儀禮覲禮：同姓大國則曰伯父，其異姓則曰伯舅。同姓小邦則曰叔父，其異姓小邦則曰叔舅。

〔六五〕 正月元日：書舜典：正月元日，舜格于文祖。

〔六六〕 百禮：詩賓筵：「烝衎烈祖，以洽百禮。」

〔六七〕 新宫：□云：新宫，順宗室。

〔六八〕 梁梠：梠，音吕。何晏景福殿賦：「棍梠緣邊。」

〔六九〕 上辛：穀梁傳：郊自正月至于三月，郊之時也。我以十二月下辛卜正月上辛。如不從，則以正月下辛卜二月上辛。如不從，則以二月下辛卜三月上辛。如不從，則不郊矣。

〔七〇〕 除：左傳：郊人助祝史除于國北。國南：記郊特牲：兆于南郊，就陽位也；掃地而祭，于其質也。

〔七一〕 廬幕：周禮天官幕人：掌帷幕幄帟綬之事。凡祭祀，共其帷幕幄帟綬。又掌次：掌王次之法，以待張事王。大旅上帝，則張氊案，設皇邸。朝日祀五帝，則張大次小次，設重帟重案。凡祭祀，張其旅幕。

〔七二〕 開揭：張衡東京賦：「豫章珍觀，揭焉中峙。」磊砢：砢，魯可切。司馬相如上林賦：「水玉磊砢。」

郭璞曰：磊砢，魁礨貌也。

〔七三〕獸盾：詩小戎：「龍盾之合。」按：獸盾，虎盾也，唐諱「虎」爲獸。騰拏：宋玉九辯：「枝煩拏而交橫。」

〔七四〕圓壇：廣雅釋天：圜丘，太壇，祭天也。後漢書祭祀志：建武二年，初制郊兆，采元始中故事。爲圓壇八陛，中又爲重壇，天地位其上，其外壇上爲五帝位，其外爲壝，重營皆紫，以象紫宮。

〔七五〕婀娜：古樂府焦仲卿詩：「婀娜隨風轉。」

〔七六〕駕龍十二：周禮夏官校人：掌王馬之政，天子十有二閑。又庾人：掌十有二閑之政教。馬八尺以上爲龍。

〔七七〕魚魚雅雅：晉書劉惔傳：洛中雅雅有三嘏。升庵詩話：古樂府：「朱鷺，魚以烏。鷺何食？食茹下。」「烏」古與「雅」同叶，蓋古字烏也、雅也、鴉也，本一字也。「魚以雅」者，言朱鷺之威儀，魚魚雅雅也。元和聖德詩本此。按：「魚有貫」，「雅有陣」，言扈從之象也。

〔七八〕奠璧獻斝：周禮大宗伯：以蒼璧禮天，以黄琮禮地。記明堂位：夏后氏以琖，殷以斝，周以爵。

〔七九〕衆樂：周禮春官大司樂：凡樂，圜鐘爲宮，黄鐘爲角，大簇爲徵，姑洗爲羽。靁鼓靁鼗，孤竹之管，雲和之琴瑟，雲門之舞，冬日至，于地上之圜丘奏之。若樂六變，則天神皆降，可得而禮矣。

〔八〇〕轟豗融冶：王云：轟，群車聲。木華海賦：「磊匒匌而相豗。」蔣云：融冶，和洽也。

〔八一〕紫焰：盧思道駕出圜丘詩：「風中揚紫煙，壇上埋蒼玉。」

〔八二〕高靈：□云：天神之有靈者。按：高靈，指昊天上帝也。

〔八三〕群星：記祭法：日月星辰，民所瞻仰也。新唐書禮樂志：五星、十二辰、河漢及内官五十有五于第二等十有二陛之間。二十八宿及中官一百五十有九于第三等。外官一百有五于内壝之内，衆星三百六十于内壝之外，各依方次。

〔八四〕侈哆：哆，丁可切。詩巷伯：「哆兮侈兮，成是南箕。」

〔八五〕日君月妃：記禮器：大明生于東，月生于西，此陰陽之分，夫婦之位也。新唐書禮儀志：大明于東陛之南，夜明于西陛之北，席皆以藁秸。

〔八六〕焕赫婐妸：妸，烏果切。梁武帝樂府：「珠佩婐妸戲金闕。」廣韻：婐妸，身弱好貌。祝云：焕赫謂日君，婐妸謂月妃。瀆鬼、嶽祇：記王制：天子祭天下名山大川。五嶽視三公，四瀆視諸侯。

〔八七〕澒鴻、嶫峨：嶫峨，音業我。淮南精神訓：澒濛鴻洞。後漢書班固傳：增槃嶫峨。

〔八八〕羶薌：記郊特牲：既奠，然後焫蕭合羶薌。

〔八九〕鳳皇：書益稷：簫韶九成，鳳皇來儀。

〔九〇〕拊翼：鄭曼季詩：「和音交暢，拊翼雙起。」

〔九一〕赤麟黄龍：班固兩都賦序：白麟、赤鴈、芝房、寶鼎之歌，薦于宗廟。神爵、五鳳、甘露、黄龍之瑞，以爲年紀。

〔九二〕歐：俗作「嘔」。

〔九三〕剡碊：碊，初兩切。説文：剡，削也。木華海賦：「飛滂相碊。」

〔九四〕無告：書大禹謨：不虐無辜，不廢困窮。

〔九五〕一似：洪云：蓋取禮記「一似重有憂者」。黄魯直云：退之文、老杜詩，無一字無來處，後人讀書少，故謂韓、杜自作此語耳。堯禹：韓詩外傳：修身自强，則名配堯禹。

〔九六〕天錫：詩閟宫：「天錫公純嘏。」

〔九七〕并包：司馬相如難蜀父老：馳鶩乎兼容並包，而勤思乎參天貳地。

〔九八〕綈：音題。漢書賈誼傳：帝之身白衣皂綈。釋名：綈，似蛦蟲之色，緑而澤也。

〔九九〕侈則有咎：按：新唐書高崇文傳：「崇文恃功而侈，舉蜀帑藏百工之巧者皆自隨。」詩云「皇帝儉勤」至「侈則有咎」六語，似爲崇文而發也。

〔一〇〇〕雀鼠：南史張率傳：率在新安，遣家僮載米三千石還宅，及至，遂耗大半。率問其故，答曰：「雀鼠耗。」率笑而言曰：「壯哉雀鼠也！」

〔一〇一〕厖臣：爾雅釋詁：厖，大也。

〔一〇二〕置左右：書説命：爰立作相，王置諸其左右。

〔一〇三〕無余侮：詩鴟鴞：「今此下民，孰敢侮予？」

〔一〇四〕太皇后：新唐書憲宗紀：憲宗母曰莊憲皇太后王氏，元和元年五月，尊母爲皇太后。

〔一〇五〕族親：書堯典：克明俊德，以親九族。

〔一〇六〕九有：詩玄鳥：「奄有九有。」

〔一〇七〕父母：書泰誓：亶聰明作元后，元后作民父母。

〔一〇八〕訓詁：孔叢子：樂朔問曰：書以簡易爲上，而乃故作難知之辭，不亦繁乎？子思曰：書之意兼復深奥，訓詁成義，古人所以爲典雅也。孫云：爾雅有釋詁、釋訓，「釋詁」者，釋古今之異辭。「釋訓」者，辨物之形貌。

〔一〇九〕吉甫：詩烝民：「吉甫作頌，穆如清風。」穆修曰：退之元和聖德詩，淮西碑，子厚雅章之類，皆辭嚴義偉，製作如經，能崒然聳唐德于盛漢之表。蘇轍詩病五事：詩人詠歌文、武征伐之事，其于克密曰「無矢我陵」云云，其于克崇曰「崇墉言言」云云，其于克商曰「維師尚父」云云，其形容征伐之盛極于此矣。韓退之作元和聖德詩，言劉闢之死曰：「婉婉弱子，赤立傴僂。牽頭曳足，先斷腰膂。次及其徒，體骸撑拄。末乃取闢，駭汗如寫。揮刀紛紜，爭刌膾脯。」此李斯頌秦所不忍言，而退之自謂無愧於雅、頌，何其陋也？張栻云：誦退之聖德詩至「婉婉弱子」、「處世榮畢」，子由之説曰：「此李斯頌秦所不忍言。」此説如何？曰：退之筆力高，得斬截處即斬截，他豈不知，此所以爲此言者必有説。蓋欲使藩鎮聞之畏罪懼禍，不敢叛耳。今人讀之至此，猶且寒心，況當時藩鎮乎？此正是合于風、雅處，只如牆有茨、桑中諸詩，或以爲不必載。而龜山乃曰：此衛爲狄所滅之由。退之之言亦此意也。退之之意過于子由遠矣，大抵前輩不可輕議。

按：蘇、張二説皆有理，張更得「成春秋，而亂臣賊子懼」之義。甘誓言不共命者則孥戮之，而況亂臣耶？言雖過之，亦昭法鑒。

記夢

夜夢神官與我言〔一〕，羅縷道妙角與根〔二〕。挈攜陬維口瀾翻〔三〕，百二十刻須臾間〔四〕。我聽其言未云足，捨我先度横山腹〔五〕。我徒三人共追之，一人前度安不危。我亦平行踏⿰鬲几⿰虚几〔六〕，神完骨蹻腳不掉〔七〕。側身上視溪谷盲〔八〕，杖撞玉版聲彭⿰角亢〔九〕。神官見我開顏笑，前對一人壯非少。石壇坡陀可坐卧〔一〇〕，我手承頦肘拄座〔一一〕。隆樓傑閣磊嵬高，天風飄飄吹我過。壯非少者哦七言〔一二〕，六字常語一字難。我以指撮白玉丹〔一三〕，行且咀噍行詰盤〔一四〕。口前截斷第二句〔一五〕，綽虐顧我顏不歡。乃知仙人未賢聖，護短憑愚邀我敬。我能屈曲自世間〔一六〕，安能從女巢神山〔一七〕。

〔一〕與我言：黄庭内景經：清静神見與我言。

〔二〕羅縷：束皙貧家賦：「且羅縷而自陳。」角根：周語：辰角見而雨畢，天根見而水涸。

〔三〕陬維：朱子曰：上言角根，即辰卯二位二十八宿所起也。此言陬維，通謂寅申巳亥之四隅也。

挈此四隅，則周乎十二辰二十八宿之位矣。淮南天文訓云：西南爲背陽之維，東南爲常羊之維，西北爲蹏通之維，東北爲報德之維。又墬形訓云：河水出崑崙東北陬，赤水出其東南陬，洋水出其西北陬。亦邊隅之名也。

〔四〕百二十刻：漢書哀帝紀：建平二年詔曰：漏刻以百二十爲度。師古曰：舊漏晝夜共百刻，今增其二十，此本齊人甘忠可所造，今夏賀良等重言，遂施行之。顧嗣立曰：長洲金居敬穀似云：上三句意皆本參同契。角根陬維，謂青龍處房六，白虎在昴七，朱雀在張二，皆朝於玄武虛危之位也。迎一陽之氣以進火，妙用始於虛危。在一日言正當子半，故曰「須臾間」。又云：「百二十刻須臾間」，如參同契以十二卦十二律配十二時。陽火陰符之候，然一日之間有之，一刻之間亦有之也。公蓋深得金丹之旨，乃倔强世間耶？按：金丹之旨不可曉，意亦非公平日所講究者，詩意不過言捷疾爾。

〔五〕横山腹：水經注：水出山腹，挂流三四百丈。

〔六〕䫏䶵：䫏，丘召切。䶵，牛召切。玉篇：䫏䶵，不安也。

〔七〕骨蹻：蹻，居勺切。説文：蹻，舉足行高也。詩曰：「小子蹻蹻。」 掉：左傳：尾大不掉。説文：掉，摇也。

〔八〕溪谷盲：王云：盲，黑闇也。

〔九〕玉版：按：漢書晁錯傳：「刻於玉版，藏於金匱。蓋方策之版。」此詩玉版，即門以兩版之版，猶云玉門也。彭觥：觥，舊本作「𦨣」，字書無此字。王云：彭觥，撞玉鐘聲。按：彭彭，聲也，觥觥，言聲惟此。

〔一〇〕坡陀：王云：坡陀，不平貌。方云：與送惠師詩「陂陀」字同，語見楚辭招魂。然唐人多通用「坡陀」。又郭璞子虛賦注：「音婆駝。」故蜀本作「婆陀」。

〔一一〕承頦肘拄：頦，音孩。漢書東方朔傳：臣觀其臿齒牙，樹頰頦。廣韻：頦，頤下。釋名：肘，注也，可隱注也。按：以一手支頤，一手拄地而坐，慠慢箕踞之狀，猶莊子漁父篇云：「孔子休坐乎杏壇之上，絃歌鼓琴。漁父左手據膝，右手持頤以聽也。」

〔一二〕哦七言：黃庭内景經：閑居蕊珠作七言。樊云：黃魯直云：只「哦」字便是所難，此乃爲詩之法也。

〔一三〕白玉丹：西山經：有玉膏。注：河圖玉版曰：少石山上有白玉膏，一服即仙矣。

〔一四〕咀噍：噍，音誚。司馬相如上林賦：「咀噍芝英兮嘰瓊華。」詰盤：孫云：詰盤，反覆也。

〔一五〕第二句：孫云：謂仙人以己盤詰之故，遂不復吟第二句也。

〔一六〕屈曲：朱子曰：此言我若能屈曲從人，則自居世間徇流俗矣，安能從女居山間，而又不免於屈曲乎？猶柳下惠所云「枉道而事人，何必去父母之邦」云爾。東坡詩話：太白詩云：「遺我鳥跡書。」「讀之了不閑。」太白尚氣，乃自招不識字，不如退之倔强云「我能屈曲自世間，安能從女巢神山」也。按：此語直兒戲耳，與王半山嘲鄭毅夫者一流，王於鄭已非，豈坡於太白亦云？此僞託坡語耳，較量詩文不在於此。

〔一七〕神山：史記封禪書：蓬萊、方丈、瀛洲，此三神山者，共傳在渤海中。按：此詩謂不服神仙僅得形貌，即謂因忤執政降右庶子有所託諷而作，亦於詩意遼隔。大抵爲鄭絪耳。公自江陵歸，見相國鄭絪，絪與之坐語，索其詩書，將以文學職處之。有爭先讒愈於絪，又讒之於翰林舍人李吉甫、裴垍。或以告公，公曰：「愈非病風而妄罵，不當如讒者之言。」因作釋言以自解。終恐及難，遂求分司東都。詩中「神官與言」，謂鄭絪也。「三人共追」，謂爭先者也。「護短憑愚」，謂其信讒。「安能從女巢神山」，言不媚絪以求文學之職也。詩意顯然而悠謬其詞，亦憂讒畏譏之心耳。

三星行〔一〕

我生之辰〔二〕，月宿南斗〔三〕。牛奮其角〔四〕，箕張其口〔五〕。牛不見服箱〔六〕，斗不挹酒漿〔七〕。箕獨有神靈，無時停簸揚〔八〕。無善名已聞，無惡聲已讙〔九〕。名聲相乘除〔一〇〕，得少失有餘。三星各在天，什伍東西陳〔一一〕。嗟汝牛與斗，汝獨不能神。

〔一〕詩綢繆：「三星在天。」王云：三星斗牛箕。洪云：三星行、剥啄行，皆元和初爲國子博士時作。

〔二〕生辰：詩：「天之生我，我辰安在？」

〔三〕南斗：星經：南斗六星，宰相爵禄之位。

〔四〕牛奮角：史記天官書：牽牛爲犧牲。漢書翟方進傳：狼奮角。張晏曰：奮角者，有芒角也。

〔五〕箕張口：詩：「哆兮侈兮，成是南箕。」史記天官書：箕爲敖客，曰口舌。索隱曰：敖，調弄也。箕以簸揚調弄爲象。詩緯云：「箕爲天口，主出氣。」是箕有舌，象讒言。

〔六〕服箱：詩：「睆彼牽牛，不以服箱。」

〔七〕挹酒漿：詩：「維北有斗，不可以挹酒漿。」

〔八〕簸揚：詩：「維南有箕，不可以簸揚。」

〔九〕讙：或作「攘」，非。

〔一〇〕乘除：蔡云：曆家有增減率，遲速積故有乘除之法。

〔一一〕什伍：古樂府豔歌何嘗行：「什什伍伍，羅列成行。」□云：什伍猶縱横也。南斗六星，牽牛六星，箕四星。

樊云：蘇内翰云：吾平生遭口語無數，蓋生時與退之相似。吾命在斗牛間，而身宫亦在箕。故其詩曰：「我生之辰，月宿南斗。」且曰：「無善名已聞，無惡聲已讙。」今謗吾者，或云死，或云仙，退之之言良非虚矣。

蔡寬夫詩話：退之三星行與古詩「南箕北有斗，牽牛不負軛。良無磐石固，虚名復何益」之意頗近，大抵古今興比所在，適有感發者，不必盡相迴避，要各有所主耳。

按：此與下剥啄行皆一時情事。

剥啄行〔一〕

剥剥啄啄，有客至門。我不出應，客去而嗔。從者語我：子胡爲然〔二〕？我不厭客，困於語言。欲不出納〔三〕，以堙其源〔四〕。空堂幽幽〔五〕，有秸有莞〔六〕。門以兩版〔七〕，叢書於間。窅窅深塹〔八〕，其墉甚完。彼寧可隳，此不可干。從者語我：嗟子誠難！子雖云爾，其口益蕃〔九〕。我爲子謀，有萬其全。凡今之人〔一〇〕，急名與官。子不引去，與爲波瀾〔一一〕。雖不開口，雖不開關〔一二〕。變化咀嚼〔一三〕，有鬼有神〔一四〕。今去不勇，其如後艱〔一五〕。我謝再拜，汝無復云。往追不及，來不有年〔一六〕。

〔一〕蔣云：剥啄，叩門聲。

〔二〕胡然：左傳：子旗曰：「子胡然？」

〔三〕出納：書益稷：以出納五言。

〔四〕堙：書洪範：我聞在昔，鯀堙洪水。

〔五〕幽幽：詩斯干：「幽幽南山。」

〔六〕秸、莞：記禮器：莞簟之安，而蒲越槀鞂之尚。鞂、秸同。爾雅釋草：莞，苻離，其上蒚。注：今西方人呼蒲爲莞蒲，蒲中莖爲蒚，用之爲席。

〔七〕兩版：齊國策：孟嘗君因書門版。

〔八〕深塹：漢書高帝紀：漢王高壘深塹。

〔九〕其口：左传：夫其口衆我寡。

〔一〇〕凡今：詩棠棣：「凡今之人。」

〔一一〕與爲：方云：韓文「與」多作「以」，他文見者非一。詩：「之子歸，不我以。」注：「以」，猶「與」也。朱子曰：按陸宣公奏議亦然，如云「未審云云以否」之類是也。

〔一二〕開口、開闢：史記信陵君傳：公子誠一開口請如姬。離騷：「吾令帝閽開關兮。」

〔一三〕咀嚼：釋文：咀，藉也，以藉齒牙也。嚼，削也，稍削也。

〔一四〕鬼、神：左傳：讒人交鬬其間，鬼神而助之。

〔一五〕後艱：詩：「無有後艱。」

〔一六〕來不有年：諸本作「來可待焉」。方云：公祭十二兄文：「其不有年，以補吾愆。」同此意也。按：此客即釋言所云以讒告公者也。告者即讒者之黨，所以怵公使去耳。公淡然以應，則客怫然以愠矣。託從者之言，所以決其請去之志也。

青青水中蒲三首〔一〕

青青水中蒲〔二〕，下有一雙魚〔三〕。君今上隴去〔四〕，我在與誰居？

青青水中蒲，長在水中居。寄語浮萍草〔五〕，相隨我不如。

青青水中蒲，葉短不出水。婦人不下堂，行子在萬里。

〔一〕諸本作「一首」，方從閣本。朱子曰：按樂府亦作三首。按：此乃擬古之作，仍依舊編次在三星、剥啄之後。

〔二〕青青：樂府古詩：「青青河畔草。」

〔三〕一雙魚：水經注：涌泉之中，旦旦常出鯉魚一雙。

〔四〕上隴：古樂府隴頭流水歌：「西上隴阪，羊腸九迴。」

〔五〕浮萍：王褒九懷：「竊哀兮浮萍，汎淫兮無根。」

酬裴十六功曹巡府西驛塗中見寄〔一〕

相公罷論道〔二〕，聿至活東人〔三〕。御史坐言事，作吏府中塵。遂令河南治〔四〕，今古無儔倫。四海日富庶，道塗隘蹄輪。府西三百里，候館同魚鱗〔五〕。相公謂御史，勞子去自巡。是時山水秋，光景何鮮新〔六〕。哀鴻鳴清耳，宿霧褰高旻。遺我行旅詩，軒軒有風神〔七〕。譬如黄金盤，照耀荆璞真〔八〕。我來亦已幸，事賢友其仁〔九〕。持竿洛水側，孤坐屢窮辰。多才自勞苦，無用祇因循〔一〇〕。辭免期匪遠，行行及山春。

〔一〕方云：裴十六，度也。舊云裴諗，非。舊唐書裴度傳：度，字中立，河東聞喜人。擢第，授河陰尉，遷監察御史，密疏論權倖，語切忤旨，出爲河南府功曹。按：以下皆分司東都時作。

〔二〕相公：新唐書宰相表：元和元年十一月，鄭餘慶罷爲河南尹。　論道：書周官：立太師、太傅、太保，兹惟三公，論道經邦。

〔三〕聿至：詩：「我征聿至。」

〔四〕河南：新唐書地理志：河南府河南郡，本洛①州，開元元年爲府，屬河南道。

〔五〕候館：周禮地官遺人：凡國野之道，十里有廬，廬有飲食。三十里有宿，宿有路室，路室有委。五十里有市，市有候館，候館有積。凡委積之事，巡而比之，以時頒之。魚鱗：漢書劉向傳：魚鱗左右。師古曰：言在帝之左右，相次若魚鱗也。

〔六〕鮮新：杜甫詩：「高秋爽氣相鮮新。」

〔七〕軒軒：淮南道應訓：軒軒然方迎風而舞。世説：林公道王長史：「斂衿作一來，何其軒軒韶舉？」

〔八〕荆璞：傅摯玉賦：「潛光荆野，抱璞未理。」

〔九〕事賢友仁：王云：「事賢」謂餘慶，「友仁」謂度也。

〔一〇〕多才、無用：王云：「多才」謂裴度，「無用」公自謂也。

【校　記】

①「洛」，原作「各」，據新唐書改。

東都遇春〔一〕

少年氣真狂，有意與春競。行逢二三月，九州花相映。川原曉服鮮，桃李晨妝靚〔二〕。荒乘不知疲，醉死豈辭病？飲啖惟所便，文章倚豪横。爾來曾幾時，白髮忽滿鏡。舊游喜乖張，新輩足嘲評。心腸一變化，羞見時節盛。得閒無所作，貴欲辭視聽。深居疑避讎，默卧如當暝。朝曦入牖來，鳥唤昏不省。爲生鄙計算，鹽米告屢罄〔三〕。坐疲都忘起，冠側懶復正。幸蒙東都官，獲離機與阱。乖慵遭傲僻〔四〕，漸染生避性。既去焉能追？有來猶莫騁〔五〕。有船魏王池〔六〕，往往縱孤泳〔七〕。水容與天色，此處皆緑淨。岸樹共紛披，渚牙相緯經〔八〕。懷歸苦不果，即事取幽迸。貪求匪名利，所得亦已併。悠悠度朝昏，落落捐季孟。群公一何賢，上戴天子聖。謀謨收禹績〔九〕，四面出雄勁。轉輪非不勤，稽逋有軍令〔一〇〕。在庭百執事〔一一〕，奉職各祇敬〔一二〕。我獨何爲哉？坐與億兆慶。譬如籠中鳥〔一三〕，仰給活性命。爲詩告友生，負愧終究竟。

〔一〕新唐書地理志：東都隋置，武德四年廢，貞觀六年號洛陽宫，顯慶二年曰東都，光宅元年曰神都，神龍元年復曰東都，天寶元年曰東京，上元二年罷京，肅宗元年復爲東都，屬河南道。按：以下諸詩元和三年作，是年改真博士。

〔二〕晨妝靚：司馬相如上林賦：「靚妝刻飾。」

〔三〕鹽米：史記酷吏傳：其治米鹽，事大小皆關其手。

〔四〕傲僻：記樂記：齊音敖辟喬志。

〔五〕聘：詩采薇：「靡使歸聘。」

〔六〕魏王池：河南志：洛水南溢爲池，深處至數頃，水鳥洋泳，荷芰翻覆，爲都城之勝。貞觀中，以賜魏王泰，故號魏王池。

〔七〕孤泳：詩漢廣：「漢之廣矣，不可泳思。」

〔八〕渚牙：杜甫詩：「渚蒲牙白水荇青。」 緯經：釋名：布列衆縷爲經，以緯橫成之。

〔九〕禹績：績，一作「跡」。左傳：復禹之績，祀夏配天。

〔一〇〕稽逋：廣雅釋詁：逋，遲也。

〔一一〕在庭：左傳：其朝夕在庭，何辱命焉？　百執事：書盤庚：百執事之人。

〔一二〕祇敬：書皋陶謨：日嚴祇敬六德。

〔一三〕籠中鳥：鶡冠子世兵篇：籠中之鳥，空窺不出。　按：「謀謨收禹績」，用禹征有苗比元和元年討劉闢，時建議者爲宰相杜黄裳，又舉高崇文也。「四面出雄勁」者，時命神策行營節度使高崇文、兵馬使李元奕與嚴礪、東川李康合兵討之也。

峽石西泉〔一〕

居然鱗介不能容〔二〕，石眼環環水一鍾〔三〕。聞説旱時求得雨，衹疑科斗是蛟龍〔四〕。

〔一〕蔣云：泉今在河南陝州西門外，泉自石眼流出，内有科斗，禱雨即應，一名蝦蟆泉。按：峽石本縣名，屬河南道陝州縣，有峽石塢，因名。

〔二〕居然：詩生民：「居然生子。」

〔三〕環環：古樂府石城樂：「環環在江津。」

〔四〕科斗：爾雅釋魚：科斗，活東。注：蝦蟆子。

贈唐衢〔一〕

虎有爪兮牛有角〔二〕，虎可搏兮牛可觸。奈何君獨抱奇材？手把鋤犂餓空谷〔三〕。當今天子急賢良，匭函朝出開明光〔四〕。胡不上書自薦達？坐令四海如虞唐。

〔一〕國史補：唐衢，周鄭客也。有文學，老而無成，唯善哭。每一發聲，音調哀切，聞者泣下。嘗游太原，遇享軍，酒酣乃哭，滿座不樂，主人爲之罷宴。舊唐書唐衢傳：衢應進士，久而不第，能爲歌詩，意多感發。見人文章有所傷歎者，讀訖必哭，涕泗不能已，故世謂唐衢善哭。左拾遺白居易遺之詩曰：「賈誼哭時事，阮籍哭路岐。唐生今亦哭，異代同其悲。唐生者何人？五十寒且飢。不悲口無食，不悲身無衣。所悲忠與義，悲甚則哭之。太尉擊賊日，尚書叱盜時。大夫死凶寇，諫議謫蠻夷。每見如此事，聲發涕輒隨。我亦君之徒，鬱鬱何所爲？不能發聲哭，轉作樂府辭。」其爲名流稱重若此，竟不登一命而卒。魏云：衢從退之游，舊史附公傳末，新史削之。按：詩云「當今天子急賢良」，宜在元和三年春御宣政殿試制科舉人賢良方正對策之時，故係之東都諸作間。

〔二〕虎爪牛角：老子貴生章：兕無所投其角，虎無所措其爪。

〔三〕鋤犂：王粲詩：「相隨把鋤犂。」空谷：詩白駒：「皎皎白駒，在彼空谷。」

〔四〕匭函：匭，音軌。新唐書百官志：武后垂拱二年，有魚保宗者，上書請置匭以受四方之書。乃鑄銅匭四，塗以方色，列於朝堂。青匭曰「延恩」，在東，告養人勸農之事者投之；丹匭曰「招諫」，在南，論時政得失者投之；白匭曰「申冤」，在西，陳屈抑者投之；黑匭曰「通玄」，在北，告天文秘謀者投之，其後同爲一匭。明光：三秦記：未央宮漸臺西有桂宮，中有明光殿。

孟東野失子 并序〔一〕

東野连産三子，不數日輒失之，幾老，念無後以悲，其友人昌黎韓愈懼其傷也，推天假其命以喻之。

失子將何尤，吾將上尤天。女實主下人，與奪一何偏〔二〕？彼於女何有？乃令蕃且延。此獨何罪辜〔三〕？生死旬日間。上呼無時聞，滴地淚到泉。地祇爲之悲，瑟縮久不安〔四〕。乃呼大靈龜〔五〕，騎雲款天門。問天主下人，薄厚胡不均？天曰天地人，由來不相關。吾懸日與月，吾繫星與辰。日月相噬齧〔六〕，星辰踣而顛〔七〕。吾不汝之罪，知非汝由因。且物各有分，孰能使之然？有子與無子，禍福未可原。魚子滿母腹，一一欲誰憐？細腰不自乳〔八〕，舉族長孤鰥。鴟梟啄母腦〔九〕，母死子始翻。蝮蛇生子時〔一〇〕，坼裂腸與肝。好子雖云好，未還恩與勤〔一一〕。惡子不可說，鴟梟蝮蛇然。有子且勿喜，無子且勿嘆。上聖不待教，賢聞語而遷。下愚聞語惑，雖教無由悛〔一二〕。大靈頓頭受，即日以命還。地祇謂大靈，女往告其人。東野夜得夢，有夫玄衣巾〔一三〕。闖然入其户〔一四〕，三稱天之言。再拜謝玄夫，收悲以歡忻。

〔一〕按：東野爲鄭餘慶留府賓佐在元和二三年，此詩當是時作，郊集有哀幼子及杏殤詩。

〔二〕舉奪偏：莊子列御寇篇：奪彼與此，一何偏也。

〔三〕罪辜：詩巧言：「無罪無辜。」

〔四〕地祇：周禮春官大司樂：「樂八變則地示皆出。」示，古祇字。

〔五〕靈龜：易頤卦：舍爾靈龜。

〔六〕噬齧：廣雅釋詁：噬，食也。釋名：齧，齾也。

〔七〕踣顛：踣，同仆。説文：踣，僵也。

〔八〕細腰：爾雅釋蟲：「果蠃，蒲盧。」注：即細腰蜂也。

〔九〕鴟梟：爾雅釋鳥：「梟，鴟。」注：土梟。説文：梟，不孝鳥也。日至捕梟磔之，从鳥，頭在木上。

〔一〇〕蝮蛇：宋玉招魂：「蝮蛇蓁蓁。」注：蝮，大蛇也。爾雅翼：蝮，蛇之最毒者，衆蛇之中，此獨胎産，在母胎時，其毒氣發作，母腹裂乃生。

〔一一〕恩勤：詩鴟鴞：「恩斯勤斯，鬻子之閔斯。」

〔一二〕無由悛：書秦誓：惟受罔有悛心。

〔一三〕玄夫：史記龜策傳：江使神龜使於河，漁者豫且得而囚之，龜見夢於宋王。王見一大夫延頸而長頭，衣玄繡之衣，而乘輜車。

〔一四〕闖然：公羊傳：開之則闖然公子陽生也。

遠游聯句〔一〕

別腸車輪轉〔二〕，一日一萬周。郊 離思春冰泮〔三〕，瀾漫不可收〔四〕。愈 馳光忽已迫〔五〕，飛轡誰能留〔六〕？郊 取之詎灼灼〔七〕，此君信悠悠。翺 楚客宿江上，夜魂棲浪頭。曉日生遠岸，水芳綴孤舟。村飲泊好木〔八〕，野蔬拾新柔〔九〕。獨含悽悽別，中結鬱鬱愁。人憶舊行樂，鳥吟新得儔。郊 靈瑟時窅窅〔一〇〕，霧猿夜啾啾〔一一〕。憤濤氣尚盛，恨竹淚空幽。長懷絶無已，多感良自尤。即路涉獻歲，歸期眇涼秋。兩歡日牢落〔一二〕，孤悲坐綢繆。愈 觀怪忽蕩漾，叩奇獨冥搜〔一三〕。海鯨吞明月，浪島没大漚〔一四〕。我有一寸鉤，欲釣千丈流。良知忽然遠〔一五〕，壯志鬱無抽〔一六〕。郊 魍魅暫出没，蛟螭互蟠蟉〔一七〕。昌言拜舜禹〔一八〕，舉颿凌斗牛〔一九〕。懷糈餽賢屈〔二〇〕，乘桴追聖丘。飄然天外步，豈肯區中囚〔二一〕？愈 楚些待誰弔〔二二〕？賈辭緘恨投〔二三〕。翳明弗可曉，秘魂安所求〔二四〕？氣毒放逐域〔二五〕，蓼雜芳菲疇〔二六〕。當春忽淒涼，不枯亦颼飀。貉謡衆猥欸〔二七〕，巴語相咿嚘〔二八〕。默誓去外俗，嘉願還中州〔二九〕。江生行既樂，躬輦自相勠〔三〇〕。飲醇趣明代〔三一〕，味腥謝荒陬〔三二〕。郊　馳深鼓利楫〔三三〕，趨險驚蜚輶〔三四〕。繫石沈靳尚〔三五〕，開弓射鴅吺〔三六〕。路暗執屏翳〔三七〕，波驚戮陽侯〔三八〕。廣汎信縹眇，高行恣浮游。外患蕭蕭去，中悒稍稍瘳。振衣造雲闕〔三九〕，跪坐陳清猷。德風變讒巧，仁氣銷戈矛〔四〇〕。名聲照四海，淑問無時休〔四一〕。歸哉孟夫子，歸去無夷猶。愈

〔一〕樊云：送東野之江南也。聯句凡四十韻，東野二十，公十九，李習之一。習之之詩見於世者，此而已，大率詩非其所長也。□云：元和三年作，遠游，名篇，祖屈原也。

〔二〕車輪轉：古樂府古歌：「心思不能言，腸中車輪轉。」

〔三〕冰泮：詩：「逮冰未泮。」

〔四〕瀾漫：江淹去故鄉賦：「愁瀾漫而方滋。」

〔五〕馳光：鮑照詩：「馳光不再中。」

〔六〕飛轡：陸機詩：「方駕振飛轡，遠游入長安。」

〔七〕取：或作「前」。

〔八〕好木：方云：東野幽居詩：「嘉木偶良酌，芳陰庇清彈。」

〔九〕新柔：詩采薇：「薇亦柔止。」按：郊詩又有「芳物競晼晚，緑梢挂新柔」之句。

〔一〇〕靈瑟：屈原遠游：「使湘靈鼓瑟兮。」

〔一一〕霧猿：霧，于今切。玉篇：霧，沈雲貌。水經注：風泉傳響於青林之下，巖猿流聲於白雲之上。啾啾：屈原山鬼篇：「猿啾啾兮狖夜鳴。」

〔一二〕牢落：蔡邕瞽師賦：「時牢落以失次。」

〔一三〕冥搜：孫綽天台山賦：「非夫遠寄冥搜，篤信通神者，孰肯遙想而存之？」

〔一四〕大漚：廣韻：浮漚。

〔一五〕良知：謝靈運詩：「賞心惟良知。」

〔一六〕壯志：孫萬壽詩：「壯志後風雲，衰鬢先蒲柳。」

〔一七〕蟠蟉：蟉，力幽切。司馬相如上林賦：「青龍蚴蟉於東廂。」

〔一八〕昌言：書皋陶謨：禹拜昌言。□云：舜葬蒼梧，禹葬會稽，皆在江南。

〔一九〕舉颿：颿，同帆。左思吳都賦：「樓船舉颿而過肆。」斗牛：王云：斗牛，吳、楚分野，在江南。

〔二〇〕懷糈：離騷：「懷椒糈而要之。」

〔二一〕區中：史記騶衍傳：中國外如赤縣神州者九，如一區中者，乃爲一州。

〔二二〕楚些：些，蘇个切。說文：些，語辭也。見楚辭。筆談：湖湘人凡禁咒句尾皆稱些，乃楚人舊俗。

〔二三〕賈辭：史記屈原傳：自屈原沈汨羅後百有餘年，漢有賈生爲長沙王太傅，過湘水，投書以弔屈原。

〔二四〕翳明、秘魂：孫云：翳明謂掩翳其明也。按：「翳明」句承「楚些」，「秘魂」句承「賈辭」，言宋玉招魂本以諷王，然王既壅蔽其明，豈可覺悟也？賈誼投書本以弔原，然原已杳冥重泉，豈可復求也？

〔二五〕放逐域：孫萬壽詩：「江南瘴癘地，從來多逐臣。」

〔二六〕蓼：詩良耜：「以薅荼蓼。」埤雅釋草：蓼，莖赤味辛。

〔二七〕猥欸：欸，烏來切。屈原九章：「欸秋冬之緒風。」注：欸，歎也。方云：欸，然也，南楚凡言「然」曰「欸」。

〔二八〕咿嚶：嚶，與嚘切。方云：考字書無「嚶」字，公寄三學士詩用「咿嚘」，征蜀聯句用「咿呦」字，考之，當以「咿嚘」爲正。

〔二九〕中州：蘇武詩：「山海隔中州，相去悠且長。」

〔三〇〕江生、躬輦：孫云：「江生」，言水微漲也。「躬輦」，言自推車也。樊云：言水行可樂，則躬輦爲勞矣。勠：音留。陸機文賦：「非余力之所勠。」

〔三一〕飲醇：江表傳：程普曰：與周公瑾交，若飲醇醪，不覺自醉。

〔三二〕味腥：孫云：腥，楚越之食。

〔三三〕利楫：易：利涉大川。書：用女作舟楫。釋名：楫，捷也，撥水使舟捷疾也。

〔三四〕輶：詩駟驖：「輶車鸞鑣。」傳：輶，輕也。按：「輶」本虛字，今以「蜚輶」對「利楫」，則作車用，本說文也。說文：輶，輕車。

〔三五〕靳尚：王逸楚辭序：屈原仕於楚懷王，同列大夫上官、靳尚妒害其能，共譖毀之。

〔三六〕鵰吺：吺，古讙兜字。古文尚書：放鵰吺於崇山。

〔三七〕屏翳：大人賦：「時若曖曖，將混濁兮。召屏翳，誅風伯，刑雨師。」應劭曰：屏翳，天神使也。

〔三八〕陽侯：淮南覽冥訓：武王度孟津，陽侯之波逆流而擊。武王瞋目而撝之，於是風濟而波罷。

〔三九〕振衣：屈原漁父章：「新沐者必彈冠，新浴者必振衣。」

〔四〇〕仁氣：記鄉飲酒義：此天地之仁氣也。

〔四一〕淑問：漢匡衡傳：淑問揚乎疆外。按：此淑問，即令聞。非淑問，如皋陶之問。

祖席〔一〕

前字〔二〕

祖席洛橋邊〔三〕，親交共黯然〔四〕。野晴山簇簇，霜曉菊鮮鮮。書寄相思處，杯銜欲別前。淮陽知不薄〔五〕，終願早迴船。

〔一〕舊注：以王涯徙袁州刺史而作。方云：按舊紀，涯刺袁州，元和三年四月也。公時在東都，故曰「祖席洛橋邊」。按：舊唐書憲宗紀：「三年四月貶翰林學士王涯虢州司馬。」時涯甥皇甫湜與牛僧孺、李宗閔並登賢良方正科，策語太切，權倖惡之，故涯坐親累貶爲虢州司馬，非袁州刺史也。

唯新唐王涯傳云：「湜以對策忤宰相，涯坐不避嫌罷學士，再貶虢州司馬，徙爲袁州刺史。」此則涯爲袁州之明證，方崧卿蓋誤引舊紀也。詩作於洛陽秋日，蓋貶虢在春，徙袁在秋。公與涯同年進士，虢州又近東都，故有祖席之作。

〔二〕方云：一本「前」字、「秋」字上皆有「得」字。

〔三〕洛橋：洛陽伽藍記：崇義里東有七里橋，京師士子送去迎歸，常在此處。又：宣陽門外四里至洛水上作浮橋。

〔四〕黯然：江淹別賦：「黯然銷魂者，惟別而已矣。」

〔五〕淮陽：史記汲黯傳：召拜黯爲淮陽太守，黯伏謝不受印。上曰：「君薄淮陽耶？吾今召君矣。」

秋字

淮南悲木落〔一〕，而我亦傷秋。況與故人別，那堪羈宦愁。榮華今異路，風雨苦同憂〔二〕。莫以宜春遠，江山多勝游。

〔一〕木落：按：淮南説山訓：桑葉落而長年悲。庾信枯樹賦引之作「木葉落」。

〔二〕風雨：詩：「風雨如晦。」小序：「思君子也。」王云：此詩公自題其後云：「兩詩何處好？就中何處佳？何處惡？」

崔十六少府攝伊陽以詩及書見投因酬三十韻〔一〕

崔君初來時，相識頗未慣。但聞赤縣尉，不比博士慢。賃屋得連牆〔二〕，往來欣莫間。我時亦新居，觸事苦難辦。蔬飧要同喫〔三〕，破襖請來綻〔四〕。謂言安堵後〔五〕，貸借更何患？不知孤遺多，舉族仰薄宦。有時未朝餐，得米日已晏。隔牆聞讙呼，衆口極鵝鴈〔六〕。前計頓乖張，居然見真贗〔七〕。嬌兒好眉眼〔八〕，袴腳凍兩骭〔九〕。捧書隨諸兄，累累兩角丱〔一〇〕。冬惟茹寒虀〔一一〕，秋始識瓜瓣〔一二〕。問之不言飢，飫若厭芻豢。才名三十年，久合居給諫〔一三〕。白頭趨走裏，閉口絶謗訕〔一四〕。府公舊同袍〔一五〕，拔擢宰山澗。寄詩雜詼俳〔一六〕，有類説鵬鷃〔一七〕。上言酒味酸〔一八〕，冬衣竟未擐〔一九〕。下言人吏稀，惟足彪與虥〔二〇〕。又言致豬鹿，此語乃善幻〔二一〕。三年國子師〔二二〕，腸肚習藜莧〔二三〕。況住洛之涯，魴鱒可罩汕〔二四〕。肯效屠門嚼〔二五〕，久嫌弋者篡〔二六〕。謀拙日焦拳，活計似鋤剗〔二七〕。男寒澀詩書，妻瘦剩腰襻〔二八〕。爲官不事職，厥罪在欺謾〔二九〕。行當自劾去〔三〇〕，漁釣老葭薍〔三一〕。歲窮寒氣驕，冰雪滑磴棧。音問難屢通，何由覿青盼〔三二〕？

〔一〕新書地理志：河南府伊陽，畿，先天元年析陸渾置，屬河南道。

〔二〕賃屋：按：後漢書梁鴻傳：「鴻至吴，依大家臯伯通，居廡下，爲人賃舂。」居廡即賃屋也。　連牆：列子仲尼篇：與南郭子連牆二十年，不相謁請。

〔三〕蔬飧：諸本「飧」多作「餐」。方云：此詩用「蔬飧」、「朝餐」，字多相亂，他詩亦然。説文：「飧，謂餔時食；餐，吞也。」「飧」或作「餐」，或作「湌」。故字多相亂。漢高后紀「賜餐錢」，王莽傳「設飧粥」。顔師古曰：「古飧，湌字也。」又曰：「飧，古湌字。」而皆以千安切讀之，則非。詩曰：「不素飧兮。」鄭康成讀如魚飧之「飧」，音孫。當以此爲正。朱子曰：淮西碑「左飧右粥」。或作「餐」。詩：「還，予授子之粲兮。」傳云：「粲，餐也。」史記：「餐未及下咽，酒未及濡唇。」漢書：「令其裨將傳餐。」則「餐」字亦有義。公祭鄭夫人云「念寒而衣，念飢而餐」同，以衣對餐也。或當作「餐」。　要：平聲。　同喫：説文：喫，食也。

〔四〕破襖：襖，烏皓切。説文：襖，裘屬。綻：直莧切。記内則：衣裳綻裂，紉箴請補綴。

〔五〕安堵：漢書高帝紀：吏民皆按堵如故。應劭曰：按，按次第，堵，牆堵也。師古曰：言不遷動也。按：公作「安」，正用不動之義。

〔六〕鵝鴈：按：鵝鴈之聲極讙，衆口交謫似之。

〔七〕真贋：贋，五晏切，亦作鴈。玉篇：贋，不真。韓非説林篇：齊伐魯索讒鼎，魯以其鴈往。齊人曰：「鴈也。」魯人曰：「真也。」王云：「贋」，僞物字，亦作「鴈」。

〔八〕嬌兒：陶潛詩：「嬌兒索父啼。」眉眼：梁簡文帝詩：「眉眼特驚人。」

〔九〕袴：釋名：袴，跨也，兩股各跨別也。凍兩骭：骭，下晏切。甯戚飯牛歌：「短布單衣適至骭。」

〔一〇〕角丱：詩甫田：「總角丱兮。」

〔一一〕寒齏：周禮天官醢人注：細切爲齏。釋名：齏，濟也，與諸味相濟成也。葅，阻也，生釀之，又使阻於寒温之間，不得爛也。

〔一二〕瓜瓣：瓣，溥莧切。爾雅釋草：瓠，犀瓣。説文：瓣，瓜中實。

〔一三〕給諫：新唐書百官志：起居郎二人，從六品上。貞觀初，以給事中、諫議大夫兼知起居注。

〔一四〕閉口：史記張儀傳：楚王曰：「願陳子閉口，毋復言。」

〔一五〕府公：南史陸慧曉傳：慧曉爲司徒右長史，謝朏爲左長史。府公竟陵王子良謂王融曰：「我府前世誰比？」融曰：「明公二上佐天下英奇，古來少見其比。」□云：謂河南尹鄭餘慶擢崔攝伊陽令也。　同袍：詩無衣：「與子同袍。」

〔一六〕詼俳：俳，音排。漢書枚皋傳：皋不通經術，詼笑類俳倡。砦溪詩話：子建稱孔北海文章多雜以嘲戲，子美亦戲效俳諧體，退之亦云「寄詩雜詼俳」，大抵才力豪邁有餘而用之不盡，自然如此。

〔一七〕鵬鷃：沈炯詩：「鵬鷃但逍遥。」

〔一八〕酒味酸：韓非外儲説：酒酸而不售。

〔一九〕擐：音患。左傳：躬擐甲冑。

〔二〇〕彪䖐：䖐，音棧。説文：彪，虎文也。爾雅釋獸：虎竊毛謂之虥猫。注：竊，淺也。按：説文、玉篇皆以彪爲虎文，不云獸名。考新唐書張旭傳：「北平多虎，裴旻善射，一日得虎三十一，休山下，有老父曰：『此彪也。稍北有真虎，使將軍遇之，且敗。』旻不信，怒馬趨之。有虎出叢薄中，小而猛，據地大吼。旻馬辟易，弓矢皆墜。」則彪乃大於虎，而力稍弱也。

〔二一〕善幻：朱子曰：漢書西域傳有「善眩」之語。師古曰：「眩，讀與幻同，眩，相詐惑也。即今吞刀吐火植瓜種樹屠人截馬之術。」韓公蓋用此語。按：列子周穆王篇：「西極之國有化人來，變物之形，易人之慮。」張湛注：「化人，幻人也。」又老成子：「學幻於尹文先生。」即其術也。

〔二二〕國子師：□云：公以國子博士分司東都。按：自元和元年至此，蓋三年矣。

〔二三〕莧：易夬卦：莧陸夬夬。爾雅釋草：蕢，赤莧。

〔二四〕魴鱒：魴，音房，鱒，才本切。詩九罭章：「九罭之魚鱒魴。」　罩汕：詩：「南有嘉魚，烝然罩罩。」又：「烝然汕汕。」

〔二五〕屠門嚼：桓譚新論：人聞長安樂，則出門西向而笑。知肉味美，則對屠門而大嚼。

〔二六〕弋者篡：法言：鴻飛冥冥，弋人何篡焉？宋咸注：篡，取也，或爲慕，誤。

〔二七〕剗：當作「鏟」。方云：「剗」當作「鏟」，謂削平之也。木華海賦：「鏟臨崖之阜陸。」公此詩用今韻，剗屬上聲，疑當从鏟爲正。

〔二八〕腰襻：襻，普患切。庾信鏡賦：「裙斜假襻。」廣韻：襻，衣繫也。新唐書車服志：五品以上母妻服紫衣腰襻。

〔二九〕欺謾：漢書宣帝紀：務爲欺謾，以避其課。

〔三〇〕自劾去：漢書張竇傳：張忠辟竇爲屬，欲令授子經，竇自劾去。

〔三一〕葭亂：亂，五患切。爾雅釋草：葭，蘆；菼①，亂。注：葭，蘆葦也，菼，亂，似葦而小，實中。

〔三二〕清盼：詩碩人：「美目盼兮。」李白詩：「君子枉清盼。」方云：盻、盼、眄、盿，四字多不分。朱子曰：盼，匹莧切，目黑白分也。眄，莫見切，從省盿。眄睞，顧視也。盻，五禮切，恨視也。此詩當作「盼」，亦通，猶言青眼也。

【校記】

①「菼」，原作「炎」，據爾雅改。

陸渾山火和皇甫湜用其韻〔一〕

皇甫補官古賁渾〔二〕，時當玄冬澤乾源。山狂谷佷相吐吞，風怒不休何軒軒〔三〕！擺磨出火以自燔〔四〕，有聲夜中驚莫原〔五〕。天跳地踔顛乾坤〔六〕，赫赫上照窮崖垠〔七〕。截然高周燒四垣，神焦鬼爛無逃門〔八〕。三光弛隳不復暾〔九〕，虎熊麋豬逮猴猿〔一〇〕。水龍鼉龜魚與黿〔一一〕，鴉鴟鵰鷹雉鵠鵾〔一二〕。燖炰煨熝孰飛奔〔一三〕？祝融告休酌卑尊〔一四〕，錯陳齊玫闢華園〔一五〕。芙蓉披猖塞鮮繁〔一六〕，千鐘萬鼓咽耳喧。攢雜啾嚄沸篪塤〔一七〕，彤幢絳旃紫纛旛〔一八〕。炎官熱屬朱冠褌〔一九〕，髹其肉皮通髀臀〔二〇〕。頹胸垤腹車掀轅〔二一〕，緹顏韎股豹兩鞬〔二二〕。霞車虹靷日轂轓〔二三〕，丹蕤縓蓋緋繙帑〔二四〕。紅帷赤幕羅脤膰〔二五〕，衁池波風肉陵屯〔二六〕。谽呀鉅壑頗黎盆〔二七〕，豆登五山瀛四罇〔二八〕。熙熙醻醻笑語言〔二九〕，雷公擘山海水翻〔三〇〕。齒牙嚼齧舌腭反〔三一〕，電光磯磹頳目暖〔三二〕。頊冥收威避元根〔三三〕，斥棄輿馬背厥孫〔三四〕。縮身潛喘拳肩跟〔三五〕，君臣相憐加愛恩。命黑螭偵焚其元〔三六〕，天闕悠悠不可援〔三七〕。夢通上帝血面論〔三八〕，側身欲進叱於閽。帝賜九河湔涕痕〔三九〕，又詔巫陽反其魂〔四〇〕。徐命之前問何冤，火行於冬古所存。我如禁之絶其飧，女丁婦壬傳世婚〔四一〕。一朝結讎奈後昆，時行當反慎藏蹲。視桃著花可小騫〔四二〕，月及申酉利復怨〔四三〕。助汝五龍從九鯤，溺厥邑囚之崑崙。皇甫作詩止睡昏，辭誇出真遂上焚。要余和增怪又煩，雖欲悔舌不可捫〔四四〕。

〔一〕春秋：楚子伐陸渾之戎。杜預曰：在伊川。水經：洛水東北過陸渾縣南注。其山介立豐上，單秀孤峙，故世謂之方山。即陸渾山也。新唐書地理志：河南府陸渾，畿縣。有鳴皋山，有漢故關。又：伊闕，畿縣。有陸渾山，一名方山，屬河南道。新唐書皇浦湜傳：湜，擢進士第，爲陸渾尉。劉攽云：唐詩賡和有次韻，先後無易。有依韻，同在一韻。有用韻，用彼之韻不必次之，韓吏部和皇甫湜陸渾山火是也。

〔二〕賁渾：賁，音六，又音奔。公羊傳：楚子伐賁渾戎。何休學：賁，音六，或音奔。左傳作「陸渾」。

〔三〕風怒：春秋元命苞：陰陽怒而爲風。

〔四〕出火：易家人卦：風自火出。

〔五〕驚莫原：左思吴都賦：「殷動宇宙，胡可勝原。」

〔六〕天跳地踔：王褒洞簫賦：「跳然復出。」揚雄羽獵賦：「踔夭蹻。」孫云：跳、踔，皆震動之貌。

〔七〕崖垠：班固東都賦：「北動幽崖，南燿朱垠。」

〔八〕焦爛：鹽鐵論：若救爛撲焦。

〔九〕暾：屈原九歌：「暾將出兮東方。」

〔一〇〕麏豬：爾雅釋獸：麏，牡麔。豕，子豬。

〔一一〕黿鼉：續博物志：鼉長一丈，一名土龍。埤雅釋魚：黿，大鱉也。

〔一二〕鵶鴟鵰鷹雉鵠鶤：爾雅釋鳥：鸒斯，鵯鶋。注：鵶鳥也。又：鴟鴞，鸋鴂。注：鴟類。又：鷹，鶆鳩。廣雅釋鳥：鷻、鴨、鳽、鷲，鵰也。説文：鵠，黄鵠也。爾雅翼：鶤雞似鶴，黄白色，長頷赤喙。筆墨閑録：無逸云：此句正柏梁體，後山作七字詩上東坡，襲此體。蔣云：「虎熊麏豬」四句，其法本之招魂，漢柏梁亦嘗效之。按：宋人以前七律，項聯不可。

〔一三〕煨熝：熝，於刀切。廣雅釋詁：熝、煨，煴也。説文：煨，盆中火。廣韻：熝，埋物灰中，令熟也。

〔一四〕告休：王云：火行於冬，猶祝融告休而歸也。酌卑尊：按：卑尊即孟子所謂長幼卑尊。此形容火德之屬，而用飲至之事文也。

〔一五〕玫：音枚。司馬相如子虛賦：「其石則赤玉玫瑰。」晉灼曰：玫瑰，火齊珠也。

〔一六〕塞鮮繁：按：言火色如花之鮮豔繁華，充塞其中也。

〔一七〕啾嚄：嚄，胡伯切。廣韻：啾唧，小聲。嚄嘖，大喚。篪塤：詩何人斯：「伯氏吹塤，仲氏吹篪。」

〔一八〕彤幢：釋名：幢，童也，其貌童童也。絳旓：周禮春官司常：掌九旗之物，通帛爲旜。釋名：絳，工也，染之以得色爲工也。紫纛旛：釋名：紫，疵也，非正色，五色之疵瑕，以惑人者也。張衡東京賦：「方釳左纛。」薛綜注：左纛，以旄牛尾大如斗，置騑馬頭上，以亂馬目，不令相見也。釋名：旛，幡也，其貌幡幡也。按：薛注「纛」，但一説也，本蔡邕獨斷。又軍中大旗名。此言旗也。

〔一九〕褌：音昆。漢書司馬相如傳：身自著犢鼻褌。

〔二〇〕髹：音休。周禮春官巾車：駹車髹飾。注：髹，漆，赤多黑少也。脞臀：脞，音陛。脞、髀通。記祭統：殷人貴髀。易夬卦：臀无膚。

〔二一〕車掀轅：掀，音軒。左傳：乃掀公以出于淖。

〔二二〕緹顏韎股：緹，音提。張衡西京賦：「緹衣韎韐。」左傳：有韎韋之跗。杜預曰：韎，赤色。廣雅釋親：顏，頟也；股，脛也。兩鞬：鞬，居言切。左傳：左執鞭弭，右屬櫜鞬。魏志董卓傳：卓有武力，雙帶兩鞬。方言：盛弓謂之鞬。

〔二三〕車、靷、轂轓：轓，音翻。詩小戎：「陰靷鋈續。」漢書景帝紀：令長吏二千石，車朱兩轓。

〔二四〕丹蘋縓蓋：縓，七絹切。左思吳都賦：「羽旄揚蘋。」爾雅釋器：「一染謂之縓。」注：「今之紅也。」按：蓋，車蓋也。唐馬縞古今注：華蓋，黄帝所置。緋繙帬：繙帬，音煩鴛。說文：緋，帛赤色也。帬，幡也。莊子天道篇：孔子繙十二經。注：繙帬，亂取之也。

〔二五〕脤膰：左傳：祀有執膰，戎有受脤。

〔二六〕衁池波風肉陵屯：衁，音荒。屯，音豚。左傳引易：士刲羊，亦无衁也。杜預曰：衁，血也。樊云：衁若池，波若風，肉若陵屯。方云：衁如池而波風，肉如陵之屯聚也。朱子曰：按列子：「生於陵屯。」注：「謂高處。」莊子音義云：「阜也。」樊說衁池肉陵屯，方說波風，皆得之。而樊說波如風，方說肉如陵之屯聚，則誤矣。合二說而言之，曰：如衁池之波風，肉之陵屯，乃爲善耳。

〔二七〕谽呀：谽，火含切。呀，許加切，一作「谺」。司馬相如上林賦：「谽呀豁閜。」孫云：谽呀巨壑，狀如頗黎盆也。

〔二八〕五山四罇：孫云：豆登五山者，以五嶽爲豆登。瀛四罇者，以四海爲酒罇也。樊云：自「彤幢绛旃」以下，皆言祝融御火，其車御飲食之盛如此。

〔二九〕釂醻：釂，子肖切，醻同酬。記曲禮：長者舉未釂，少者不敢飲。詩賓筵：「舉醻逸逸。」

〔三〇〕雷公：屈原遠游：「左①雨師使徑侍兮，右雷公以爲衛。」擘山：述征記：華山、首陽本一山，巨靈擘開，以通河流。

〔三一〕舌腭：腭，音咢。按：玉篇有「齶」字，無「腭」字，說文俱無。廣韻：咢，口中斷咢，出字統，與「齶」

同，亦無「膋」字。　反：平聲。

〔三二〕電光：公羊傳：電雷之光也。　𪉖𪉗：𪉖，先念切。𪉗，徒念切。　十洲記：武帝時，月氏獻猛獸，命喚一聲，忽如天大雷霹靂，又兩目如𪉖𪉗之交光，光朗衝天。　赬目暖：暖，音喧。　說文：赬，赤色。　廣韻：暖，大目。

〔三三〕頊冥：記月令：季冬之月，其帝顓頊，其神玄冥。

〔三四〕厥孫：洪云：水生木，木生火，水之於火，猶祖視孫也。

〔三五〕肩跟：跟，音根。　說文：跟，足踵也。　張衡西京賦：「突倒投而跟絓。」

〔三六〕偵：說文：偵，問也。　廣韻：偵，候。　焚其元：左傳：狄人歸其元。　元，首也。

〔三七〕援：音袁。

〔三八〕血面論：樊云：詩意謂火既用事，則頊冥黑精之君，玄冥水官之神，當縮身潛喘，而君臣乃命黑螭問其事於祝融，而火焚其首，黑螭所以血面而論於帝也。

〔三九〕九河：書禹貢：九河既道。　爾雅釋水：九河，徒駭、太史、馬頰、覆鬴、胡蘇、簡、潔、鉤盤、鬲津。　湔：音箭。

〔四〇〕巫陽：宋玉招魂：帝告巫陽曰：「有人在下，我欲輔之，魂魄離散，汝筮予之。」

〔四一〕女丁婦壬：女，杭本作「夫」。　左傳：裨竈曰：火，水妃也。　杜預曰：火畏水，故謂之妃。　又梓慎曰：水，火之牡也。　杜預曰：牡，雄也。　洪云：丁，火也；壬，水也；火，女也；水，男也。　丁女而爲婦於壬，故曰「女丁婦壬」。一作「夫丁婦壬」，亦通。夫丁者，壬也，言壬爲丁夫也。婦壬者，丁也，言丁爲壬婦也。朱子曰：按丁爲陽中之陰，壬爲陰中之陽，故言女之丁者，爲婦於壬，以見水火之相配。今術家亦言丁與壬合，洪氏二說皆是。

〔四二〕桃著花：記月令：仲春之月始雨水，桃始華。水衡記：黄河水十二月各有名，二月三月名爲桃花水。　騫：一作「鶱」。

〔四三〕申酉：孫云：申七月，酉八月。水生於申，火死於酉，故水至申而利，火至酉而怨。按：孫說申酉是也。以利怨分屬水火，則非。詩意謂乘火之衰，利於報怨耳。

〔四四〕捫舌：詩抑：「莫捫朕舌。」

韓云：詳此詩始言火勢之盛，次則言祝融之御火，其下則水火相尅相濟之說也。

樊云：從公學文者多矣，惟李習之得公之正，皇甫持正得公之奇。持正嘗語人曰：書之文不奇，易可謂奇矣。豈礙理傷聖乎！如「龍戰于野，其血玄黄」，「見豕負途，載鬼一車」，「突如其來如、焚如、死如、棄如」。此何等語也。今此詩「黑螭」、「五龍」、「九鯤」等語，其與易「龍戰于野」何異？

劉石齡云：公詩根柢全在經傳。如易說卦：離爲火；其於人也，爲大腹。故於炎官熱屬，以頳胸垤腹擬諸其形容，非臆說也。又「彤幢」、「紫纛」、「日轂」、「霞車」、「虹靷」、「豹」、「鞬」、「電光」、「頳目」等字，亦從「爲日，爲電」、「爲甲冑，爲戈兵」句化出，造語極奇，必有依據，以理考索，無不可解者。世儒於此篇，每以怪異目之，且以不可解置之。吁！此亦未深求其故耳，豈真不可解哉？

【校　記】

① 「左」，原作「前」，據楚辭章句補注改。

送李翺〔一〕

廣州萬里途〔二〕，山重江逶迤。行行何時到，誰能定歸期？揖我出門去〔三〕，顏色異恒時。雖云有追送〔四〕，足跡絶自兹。人生一世間，不自張與弛〔五〕。譬如浮江木，縱横豈自知？寧懷别時苦，勿作别後思。

〔一〕王云：楊於陵爲廣州刺史，表翺佐其府。按：李翺來南録：「元和三年十月，翺既受嶺南尚書公之命，四年正月己丑，自旌善第以妻子上船於漕。乙未去東都。韓退之、石濬川假舟送予。明日及故洛東，弔孟東野，遂以東野行。濬川自漕口先歸。詰朝登上方，南望嵩山，題姓名記别。韓、孟别予西歸。」此詩蓋别時所作，以下諸詩皆元和四年作，是年六月改都官員外郎，守東都省。

〔二〕廣州：新唐書地理志：廣州南海郡中都督府，屬嶺南道。

〔三〕揖我：詩還：「揖我謂我好兮。」

〔四〕追送：江表傳：劉備之自京還也，孫權乘飛雲大船，與張昭等共追送之。

〔五〕張弛：記雜記：張而不弛，文武弗能也；弛而不張，文武弗爲也；一張一弛，文武之道也。

和虞部盧四汀酬翰林錢七徽赤藤杖歌〔一〕

赤藤爲杖世未窺，臺郎始攜自滇池〔二〕。滇王掃宮避使者〔三〕，跪進再拜語嗢咿〔四〕。繩橋拄過免傾墮〔五〕，性命造次蒙扶持。途經百國皆莫識，君臣聚觀逐旌麾。共傳滇神出水獻〔六〕，赤龍拔鬚血淋漓〔七〕。又云羲和操火鞭〔八〕，暝到西極睡所遺。幾重包裹自題署〔九〕，不以珍怪誇荒夷。歸來捧贈同舍子〔一〇〕，浮光照手欲把疑〔一一〕。空堂晝眠倚牖户，飛電著壁搜蛟螭〔一二〕。南宮清深禁闈密〔一三〕，唱和有類吹塤篪。妍辭麗句不可繼，見寄聊且慰分司〔一四〕。

〔一〕□云：盧汀，字雲夫，貞元元年進士。新、舊史皆無傳，以公集中唱和詩考之，歷虞部司門、庫部郎中，遷中書舍人，爲給事中，其後不知其所終矣。舊唐書錢徽傳：徽，字蔚章，吴郡人。父起，大曆中與韓翃、李端輩號「十才子」。徽貞元初進士擢第，從事戎幕。元和初入朝，三遷祠部員外郎，召充翰林學士，後終吏部尚書。齊民要術：椒藤，生金封山。其色赤，又出興古。

〔二〕臺郎：晉書杜預傳：「吾往爲臺郎，嘗以公事使過密縣之邢山。」王云：臺郎，尚書郎也。滇池：滇，音顛。史記西南夷傳：莊蹻至滇池，地方三百里。常璩南中志：滇池縣，故滇國也。有澤水周迴二百里，所出深廣，下流淺狹如倒流，故曰滇池。

〔三〕滇王：史記西南夷傳：滇王與漢使者言曰：「漢孰與我大？」避使者：朱子曰：上言掃宮，則當爲避舍之避。

〔四〕嗢咿：嗢，乙骨切。王云：夷語也。

〔五〕繩橋：水經注：犍爲西北行，上高山，羊腸繩屈，或攀木而升，或繩索相牽而上，故袁休明巴蜀志云：高山嵯峨，巖石磊落。行者攀緣，牽援繩索。南中諸郡，以爲至險。梁益記：筰橋，連竹索爲之，亦名繩橋。

〔六〕滇神、獻：南中志：滇池水神祠祀。

〔七〕赤龍：淮南墜形訓：赤金千歲生赤龍，赤龍入藏生赤泉。拔鬚：史記封禪書：龍髯拔墮。血淋漓：神仙傳：血出淋漓。

〔八〕羲和：杜甫詩：「羲和鞭白日。」

〔九〕包裹：傳：其所包裹而致者。

〔一〇〕同舍子：漢書直不疑傳：誤將持其同舍郎金去。

〔一一〕浮光：揚雄太玄：五色浮光。照手：方云：蜀本作「照把欲手疑」，云檀弓有「手弓」，列子有「手劍」，史記有「手旗」，義同此。朱子曰：方說手義固爲有據，然諸本云「照手欲把」，則是未把之時光已照手，故欲把而疑之也。今云「照把」，則是已把之矣，又欲手之而復疑之，何耶？況公之詩銜口而出，自然奇偉，豈必崎嶇偪仄，假此一字而後爲工乎？

〔一二〕飛電：劉孺詩：「飛電遠洲明。」　搜蛟螭：孫云：以杖倚户牖，飛電誤以爲蛟螭而搜索之，言其色赤也。顧嗣立曰：劉敬叔異苑：「陶侃常捕魚，得一織梭，還挂著壁。有頃雷雨，梭變成赤龍，從屋而躍。」亦見晉書陶侃傳。後漢書費長房傳：「長房辭老翁歸，翁與以竹杖，曰：騎此任所之，則自至矣，既至，可以杖投葛陂中也。長房乘杖，須臾歸家，即以杖投陂，顧視則龍也。」公蓋暗使此二事。

〔一三〕南宫、禁闈：孫云：南宫謂虞部，禁闈謂翰林。方云：南宫指盧，禁闈指錢也。

〔一四〕分司：王云：公時分司東都。

捫蝨新話：韓文公嘗作赤藤杖歌，歐公每每效其體，如作淩溪大石云：「山經地誌不可究，遂令異説爭紛紜。皆云女媧初鍛煉，融結一氣凝精純。仰觀蒼蒼補其缺，染此紺碧瑩且溫。或疑古者燧人氏，鑽以出火爲炮燔。苟非聖人親手跡，不爾孔穴誰雕剜？」又云：「漢使把漢節，西北萬里窮崑崙。行經于闐得寶玉，流入中國隨河源。沙磨水激自穿穴，所以鐫鑿無瑕痕。」觀其立意，故欲追倣韓作，然頗覺煩冗，不及韓歌爲渾成爾。按：作詩各有興會，宋人詩話往往固執。

同竇牟韋執中尋劉尊師不遇〔一〕

秦客何年駐？仙源此地深。還隨躡鳧騎〔二〕，來訪馭風襟〔三〕。院閉青霞入，松高老鶴尋。

猶疑隱形坐〔四〕，敢起竊桃心。

〔一〕方云：此詩得於五寶聯珠集，公時任都官員外郎，同洛陽令竇牟、河南令韋執中以訪之，元和五年也。詩以同尋師爲韻，人各一首。

〔二〕躡舄：後漢書方術傳：王喬，河東人也，顯宗世爲葉令。喬有神術，每月朔望，常自縣詣臺朝，帝怪其來數而不見車騎，密令太史伺望之。言其臨至，輒有雙舄從東南飛來。於是候舄至舉羅張之，但得一隻舄焉。

〔三〕馭風：莊子逍遥游：列子御風而行，泠然善也。

〔四〕隱形：後漢書方術傳：解奴辜、張貂皆能隱淪出入，不由門户。神仙傳：李仲甫能步訣隱形，初隱百日，一年復見形，後遂長隱。

桃源圖〔一〕

神仙有無何眇芒〔二〕，桃源之説誠荒唐〔三〕。流水盤迴三百轉，生綃數幅垂中堂。武陵太守好事者〔四〕，題封遠寄南宫下〔五〕。南宫先生欣得之，波濤入筆驅文辭〔六〕。文工畫妙各臻極，異境恍惚移於斯。架巖鑿谷開宫室〔七〕，接屋連牆千萬日〔八〕。嬴顛劉蹶了不聞〔九〕，地圻天分非所恤〔一〇〕。種桃處處惟開花，川原近遠烝紅霞〔一一〕。初來猶自念鄉邑，歲久此地還成家。漁舟之子來何所？物色相猜更問語〔一二〕。大蛇中斷喪前王〔一三〕，群馬南渡開新主〔一四〕。聽終辭絶共悽然，自説經今六百年〔一五〕。當時萬事皆眼見，不知幾許猶流傳〔一六〕。爭持酒食來相饋，禮數不同樽俎異。月明伴宿玉堂空〔一七〕，骨冷魂清無夢寐。夜半金雞啁哳鳴〔一八〕，火輪飛出客心驚〔一九〕。人間有累不可住，依然離别難爲情。船開棹進一迴顧，萬里蒼蒼烟水暮。世俗寧知僞與真，至今傳者武陵人。

〔一〕陶潛桃花源記：晉太元中，武陵人捕魚，緣溪行，忘路之遠近。忽逢桃花林，夾岸數百步，芳草鮮美，落英繽紛。前行，便得一山。山有小口，便捨船，從口入。土地平曠，屋舍儼然，往來種作，悉如外人，黄髮垂髫，並怡然自樂。見漁人，大驚，問所從來，具答之。要還家，設酒殺雞作食。村中咸來問訊，自云：「先世避秦來此，乃不知漢，無論魏、晉。」停數日，辭去。詣太守，説如此。即遣人隨其往，遂迷，不復得路。按：此詩不可考其年月，因前詩有「秦客桃源」之語，故附之。大抵乃題畫之作也，且所云南宮先生，或盧汀，亦未可知。

〔二〕眇芒：一作「渺茫」。

〔三〕荒唐：莊子天下篇：荒唐之言。

〔四〕武陵：新唐書地理志：朗州武陵郡，屬山南東道。好事：漢書揚雄傳：家素貧，嗜酒，時有好事者，載酒肴從學。

〔五〕題封：晉書顧愷之傳：愷之嘗以一廚畫糊題其前，寄桓靈寶。桓乃發其廚後，竊取畫而緘閉如舊，以還之。愷之見題封如初，但失其畫，直云：「妙畫通靈，變化而去。」南宮：後漢書鄭弘傳：弘前後所陳有補益王政者，皆著之南宮，以爲故事。

〔六〕波濤：江總詩：「飛文綺縠采，落紙波濤流。」

〔七〕架巖鑿谷：水經注：鑿石開山，因崖結構。

〔八〕接屋：揚雄逐貧賦：「居非近鄰，接屋連家。」

〔九〕嬴顛劉蹶：按：此謂記中先世避秦，而秦已亡，不知有漢，而漢亦盡矣。同爲顛蹶，時代屢更耳。

〔一〇〕地坼天分：史記天官書：天開縣物，地動坼絶。

〔一一〕近遠：一作「遠近」。　烝紅霞：河圖：崑崙山有五色水，赤水之氣上烝爲霞。

〔一二〕物色：列仙傳：關令尹喜知真人當過，物色而遮之，果得老子。

〔一三〕大蛇中斷：史記高祖本紀：高祖被酒，夜徑澤中，前有大蛇當徑，乃拔劍擊斬蛇，蛇遂分爲兩。

〔一四〕群馬南渡：晉書元帝紀：大安之際，童謡云：「五馬浮渡江，一馬化爲龍。」帝與西陽、汝南、南頓、彭城五王獲濟，而帝竟登大位焉。

〔一五〕六百年：顧嗣立曰：晉書元帝紀：始秦時，望氣者云：「五百年後，金陵有天子氣。」故始皇東游以厭之。及元帝渡江，乃五百二十六年，真人之應在於此矣。按：元帝建武至武帝太元，又已六十年，曰六百者，舉成數也。

〔一六〕幾許：陶潛詩：「前途當幾許。」

〔一七〕玉堂：劉向九歎：「紫貝闕兮玉堂。」

〔一八〕金雞：神異經：扶桑山有玉雞，玉雞鳴則金雞鳴，金雞鳴則石雞鳴，石雞鳴則天下之雞皆鳴。啁哳：啁，音嘲。哳，陟鎋切，又陟頡切。宋玉九辯：「鵾雞啁哳而悲鳴。」

〔一九〕火輪：列子湯問篇：日初出，大如車輪。及日中，則如盤盂。

洪云：淵明叙桃源，初無神仙之説，梁任安爲武陵記，亦祖述其語耳。後人不深考，因謂秦人至晉猶不死，遂以爲地仙。洪駒父云：荆公桃源行、東坡和桃源詩，皆得之王摩詰、退之、劉夢得諸人，以爲神仙，皆非是。按：起結四語未嘗以爲神仙，朱子考異亦未嘗議之。稱譽蘇詩，蘇但偶未及耳。若如小孤山神，陳堯叟有七絶，辨非女子，而坡詩方且有「小姑嫁彭郎」語，何嘗於桃源有心正論耶？正人心，闢邪説，不在於此，是亦不得不辨。

送湖南李正字歸〔一〕

長沙入楚深，洞庭值秋晚。人隨鴻鴈少〔二〕，江共蒹葭遠。歷歷余所經〔三〕，悠悠子當返。孤游懷耿介〔四〕，旅宿夢婉娩〔五〕。風土稍殊音，魚蝦日異飯。親交俱在此〔六〕，誰與同息偃〔七〕？

〔一〕按：公集有送湖南李正字序，其略云：貞元中，愈從太傅隴西公平汴州，李生之尊甫以侍御史管汴之鹽鐵。李生則尚與其弟學讀書，習文辭，以舉進士爲業，故得交於李生父子間。今愈以都官郎守東都省，侍御自衡州刺史爲親王長史，亦留此掌其府事。李生自湖南從事請告來覲。重李生之還者皆爲詩，愈最故，故又爲序云。方云：李礎，其父仁鈞。

〔二〕鴻鴈少：埤雅：今衡山之旁有峰，曰回鴈。蓋南地極燠，故鴈望衡山而止。

〔三〕余所經：□云：公貞元十九年出爲陽山，已而徙掾江陵，入爲國子博士，湖南之地蓋嘗經行矣。

〔四〕耿介：潘岳秋興賦：「宵耿介而不寐兮。」

〔五〕婉娩：記内則：婉娩聽從。注：婉謂言語也，娩之言媚也，謂容貌也。廣韻：婉娩，媚也。按：禮記「婉娩」本言女子，而此詩及贈元十八詩往往用之，亦猶「婉孌」，本訓少好也。陸機詩云「婉孌居人思」，「婉孌崑山雲」亦然。

〔六〕親交：按：序又云：「於時太傅府之士，惟愈與河南司録周君巢獨存，其外則李氏父子，相與爲四人。往時侍御有無皆盡於親友，今又不忍其三族之寒飢，聚而館之，疏遠畢至。」是其親交俱在河南也。

〔七〕息偃：詩北山：「或息偃在牀。」

送侯參謀赴河中幕原注：侯繼時從王鍔辟。〔一〕

憶昔初及第〔二〕，各以少年稱。君頤始生鬚〔三〕，我齒清如冰〔四〕。爾時心氣壯，百事謂己能。一別詎幾何〔五〕？忽如隔晨興。我齒豁可鄙，君顔老可憎。相逢風塵中，相視迭嗟矜。幸同學省官〔六〕，末路再得朋〔七〕。東司絶教授〔八〕，游宴以爲恒。秋漁蔭密樹，夜博然明燈。雪逕抵樵叟〔九〕，風廊折談僧。陸渾桃花閒，有湯沸如烝〔一〇〕。三月崧少步〔一一〕，躑躅紅千層。洲沙厭晚坐，嶺壁窮晨昇。沈冥不計日，爲樂不可勝。遷滿一已異，乖離坐難憑。行行事結束，人馬何蹻騰〔一二〕。感激生膽勇〔一三〕，從軍豈常曾？洸洸司徒公〔一四〕，天子爪與肱。提師十萬餘，四海欽風稜〔一五〕。河北兵未進，蔡州帥新薨〔一六〕。曷不請掃除，活彼黎與烝〔一七〕？鄙夫誠怯弱，受恩愧徒弘。猶思脱儒冠〔一八〕，棄死取先登〔一九〕。又欲面言事，上書求詔徵。侵官固非是〔二〇〕，妄作譴可懲。惟當待責免，耕斸歸溝塍〔二一〕。今君得所附，勢若脱韝鷹〔二二〕。檄筆無與讓，幕謀識其膺。收跡開史牒，翰飛逐溟鵬。男兒貴立事〔二三〕，流景不可乘。歲老陰沴作〔二四〕，雲頽雪翻崩。別袖拂洛水，征車轉崤陵〔二五〕。勤勤酒不進〔二六〕，勉勉恨已仍〔二七〕。送君出門歸，愁腸若牽繩。默坐念語笑，癡如遇寒蠅〔二八〕。策馬誰可適？晤言誰爲應〔二九〕？席塵惜不掃〔三〇〕，殘樽對空凝。信知後會時，日月屢環組〔三一〕。生期理行役，歡緒絶難承。寄書惟在頻，無吝簡與繒〔三二〕。

〔一〕新唐書地理志：河中府河東郡，赤，本蒲州，上輔。開元八年，置中都，爲府。是年罷都復爲州。乾元三年，復爲府。屬河東道。舊唐書憲宗紀：元和三年九月，以淮南節度使王鍔檢校司徒、河南尹、河中晉絳慈隰節度使。

〔二〕及第：韓云：貞元八年，繼與公同登進士第。

〔三〕頤生鬚：釋名：頤下曰鬚。鬚，秀也，物成乃秀，人成而鬚生也。亦取須體幹長而後生也。

〔四〕清如冰：鮑照詩：「直如朱絲繩，清如玉壺冰。」

〔五〕詎幾何：方云：字林：「詎，未知詞也。」潘岳詩：「爾祭詎幾時？」

〔六〕學省官：□云：公元和四年後三月祭薛助教文云：「朝議郎守國子博士韓愈，太學助教侯繼。」

〔七〕得朋：易坤卦：西南得朋。

〔八〕東司：新唐書韓愈傳：元和初，權知國子博士分司東都，三歲爲真。

〔九〕抵樵叟：王云：「抵」或作「詆」，「樵」或作「講」，皆非是，此但言偶逢之耳。

〔一〇〕有湯：水經注：陸渾縣西有伏流，北與温泉水合。

〔一一〕崧少步：水經注：爾雅：山大而高曰崧。合而言之爲崧高，分而名之爲二室，西南爲少室，東北爲太室。公外集嵩山天封宫題名云：「元和四年三月二十六日，與著作佐郎樊宗師、處士盧仝，自洛中至少室，謁李徵君渤。明日，遂與李、盧、道士韋濛、僧榮並少室而東，抵衆寺，上太室中峰，宿封禪壇下石室，遂自龍泉寺釣潭水，遇雷。明日觀啓母石，入此觀，乃歸。閏月三日國子博士韓愈題。」

〔一二〕蹻騰：詩泮水：「其馬蹻蹻。」

〔一三〕膽勇：南史宗慤傳：義恭舉慤有膽勇。

〔一四〕洸洸：音光。詩江漢：「武夫洸洸。」爾雅釋訓：洸洸，武也。司徒公：□云：謂王鍔。

〔一五〕風稜：漢書李廣傳：「威稜憺乎鄰國。」李奇曰：「神靈之威曰稜。」

〔一六〕河北、蔡州：新唐書憲宗紀：元和四年十月，成德軍節度使王承宗反。左神策軍護軍中尉吐突承璀爲鎮州行營兵馬招討處置使，以討之。十一月，彰義軍節度使吴少誠卒，其弟少陽自稱留後。

〔一七〕黎、烝：司馬相如封禪文：覺悟黎烝。

〔一八〕儒冠：史記酈食其傳：沛公不好儒，諸客冠儒冠來者，輒解其冠，溲溺其中。

〔一九〕先登：左傳：潁考叔取鄭伯之旗蝥弧，以先登。

〔二〇〕侵官：左傳：侵官，冒也；失官，慢也。

〔二一〕溝塍：塍乘，平聲。周禮地官遂人：「十夫有溝。」説文：塍，稻中畦也。

〔二二〕脱鞲鷹：鞲，音溝。鮑照樂府：「昔如鞲上鷹。」

〔二三〕立事：書立政：「繼自今，我其立政立事。」

〔二四〕陰沴：沴，音戾，又音殄。莊子大宗師篇：陰陽之氣有沴。

〔二五〕崤陵：左傳：崤有二陵焉。

〔二六〕勤勤：司馬遷報任安書：「意氣勤勤懇懇。」

〔二七〕勉勉：詩棫樸：「勉勉我王。」

〔二八〕遇寒蠅：張鷟朝野僉載：蘇味道才高識廣，王方慶質卑辭鈍，俱爲鳳閣舍人，張元一曰：「蘇九月得霜鷹，王十月被凍蠅。」

〔二九〕晤言：詩東門之池：「可與晤言。」箋：晤猶對也。

〔三〇〕席塵：鮑照詩：「牀席生塵明鏡垢。」

〔三一〕環絙：絙，居登切。王云：環，循環。絙，大索，又急也。顧嗣立曰：屈原九歌：「絙瑟兮交鼓。」王逸曰：絙，急張絃也。詩天保：「如月之恒。」陸德明經典釋文：「恒」亦作「絙」，同絃也。

〔三二〕簡繒：說文：簡，牒也。繒，帛也。

感春五首 原注：分司東都作。〔一〕

辛夷高花最先開〔二〕，青天露坐始此迴〔三〕。已呼孺人戛鳴瑟，更遣稚子傳清杯〔四〕。選壯軍興不爲用〔五〕，坐狂朝論無由陪。如今到死得閑處，還有詩賦歌康哉〔六〕。洛陽東風幾時來，川波岸柳春全迴。宫門一鎖不復啟〔七〕，雖有九陌無塵埃〔八〕。策馬上橋朝日出，樓闕赤白正崔嵬。孤吟屢闋莫與和，寸恨至短誰能裁？春田可耕時已催，王師北討何當迴〔九〕？放車載草農事濟〔一〇〕，戰馬苦飢誰念哉？蔡州納節舊將死〔一一〕，起居諫議聯翩來〔一二〕。朝廷未省有遺策，肯不垂意瓶與罍〔一三〕。音前隨杜尹拜表迴〔一四〕，笑言溢口何歡咍〔一五〕？孔丞別我適臨汝〔一六〕，風骨峭峻遺塵埃〔一七〕。音容不接祇隔夜，凶訃詎可相尋來〔一八〕。天公高居鬼神惡〔一九〕，欲保性命誠難哉！辛夷花房忽全開〔二〇〕，將衰正盛須頻來。清晨輝輝燭霞日，薄暮耿耿和煙埃。朝明夕暗已足歎，況乃滿地成摧頹。迎繁送謝別有意，誰肯留念少環迴？

〔一〕按：洪譜：公以元和四年六月十日由國子博士改都官員外郎守東都省，五年授河南縣令，此詩作於五年之春。注云：分司東都，尚未爲令也。

〔二〕辛夷：洪云：辛夷樹高數丈，江南地暖，正月開，北地寒，二月開。初發如筆，北人呼爲木筆。其花最早，南人呼爲迎春。苕溪詩話：木筆、迎春，自此兩種。木筆色紫，叢生，二月方開；迎春，白色，高樹，立春已開，然則辛夷乃此花耳。高花：或作「花高」。方云：以末章「辛夷花房忽全開」言之，則此爲高處之花先開矣。何遜詩有「巖樹落高花」。

〔三〕始此迴：漢古八變歌：「故鄉不可見，長望始此迴。」

〔四〕孺人、稚子：記曲禮：大夫妻曰孺人。江淹恨賦：「左對孺人，右顧稚子。」戞瑟、傳杯：江淹四時賦：「軫琴情動，戞瑟涕落。」杜甫詩：「傳杯莫放杯。」

〔五〕不爲用：□云：憲宗即位五年，平夏平蜀，軍江東，赫然中興，而公年踰强仕，投閑分司，故有此言。

〔六〕康哉：書益稷：「庶事康哉！」

〔七〕宫門、鎖：王云：唐都長安，以洛陽爲東都，故有「宫門一鎖」之句。宫門不啟，故九陌無往來之塵埃也。杜甫詩：「江頭宫殿鎖千門，細柳新蒲爲誰緑？」按：新唐書地理志：「東都，隋置，貞觀六年號洛陽宫。皇城象南宫垣，名曰太微城。宫城在皇城北，曰紫微城。武后號太初宫。上陽宫在禁苑之東，上元中置。高宗之季，常居以聽政。自天寶以後不幸東都。」白香山、杜牧之、李義山皆有詩言其泠落。

〔八〕九陌：按：三輔黄圖：「長安八街九陌。」想東都亦仿其制也。

〔九〕北討：□云：謂討王承宗也。

〔一〇〕放車載草：按：新唐書房式傳：「式遷陜虢觀察使，改河南尹。會討王承宗鎮州，索餉車四十乘，民不能具，式建言歲凶人勞，不任調發。又御史元微之亦言賊未擒而河南民先困。詔可，都鄙安之。」公詩蓋指此事，念農事之濟，而復念戰卒之飢。

〔一一〕蔡州舊將：舊唐書吴少誠傳：少誠，幽州人。朝廷授以申光蔡等州節度。貞元十五年，擅出兵圍許州，下詔削奪官爵，分遣十六道兵馬進討，王師累挫。少誠尋引兵退歸蔡州，遂下詔洗雪，復其官爵。元和四年十一月卒。

〔一二〕起居諫議：孫云：裴度以河南府功曹召爲起居舍人，孟簡、孔戣皆爲諫議大夫。

〔一三〕瓶罍：孫云：公自喻也。

〔一四〕杜尹：舊唐書杜兼傳：兼，京兆人。元和初，拜河南尹。

〔一五〕歡咍：咍，呼來切。屈原九章：「又衆兆之所咍。」

〔一六〕孔丞：公集孔戡墓志：戡，字君勝，除衛尉丞，分司東都。

〔一七〕峭峻：一作「峭峭」。

〔一八〕凶訃：公集杜兼墓志：元和四年十一月二十二日，無疾暴薨。又孔戡墓志：元和五年正月，將浴臨汝之湯泉，壬子，至其縣食，遂卒。

〔一九〕天公：漢書王莽傳：「吾天公使也。」　高居：杜甫詩：「上帝高居絳節朝。」

〔二〇〕全開：韓云：末篇言辛夷花之盛如此。元微之有問韓員外辛夷花云：「韓員外家好辛夷，開時乞取兩三枝。折枝爲贈君莫惜，縱君不折風亦吹。」豈即此耶！

按：洪譜：「公以元和四年六月十日由國子博士改都官員外郎守東都省，五年授河南縣令。」此詩作於五年之春。注云「分司東都」，尚未爲令也。

韓昌黎詩集編年箋注卷七

卷七凡二十七首，起元和五年春守都官員外郎爲河南令，迄六年並尚書職方員外郎還京師。辛卯年雪以上五年作，以下六年作。

送鄭十校理〔一〕

相公倦台鼎〔二〕，分正新邑洛〔三〕。才子富文華，校讎天禄閣〔四〕。壽觴嘉節過，歸騎春衫薄。鳥哢正交加，楊花共紛泊。親交誰不羨，去去翔寥廓〔五〕。

〔一〕舊唐書鄭餘慶傳：子瀚，本名涵，以文宗藩邸時名同，改名瀚。貞元十年舉進士，以父謫官，累年不仕。自秘書省校書郎遷洛陽尉，充集賢院修撰，改長安尉、集賢校理。按：送鄭十校理序云：「天子聚書集賢殿，常以寵丞相爲大學士，校理則用天下之名能文學者。四年鄭生涵，始以長安尉選爲校理。愈爲郎於都官，事相公於居守。生始進仕，求告來寧，東都士大夫不得見其面，於其行日，分司吏與留守之從事，載酒肴席鼎門外，盛賓客以餞之。各爲詩五韻，且屬愈爲序。」公爲都官，元和四年六月。詩中言爲春景，蓋五年作。五年改河南令，是在未改之先。

〔二〕台鼎：北史楊椿傳：椿津年過六十，並登台鼎。

〔三〕新邑洛：書多士：周公初于新邑洛，用告商王士。

〔四〕校讎：後漢書蔡倫傳：選通儒，詣東觀各讎校漢家法。天禄閣：三輔皇圖：「天禄閣，藏典籍之所。」

〔五〕翔寥廓：漢書司馬相如傳：「猶焦明已翔乎寥廓。」

河南令舍池臺〔一〕

灌池纔盈五六丈，築臺不過七八尺。欲將層級壓籬落，未許波瀾量斗碩〔二〕。規摹雖巧何足誇，景趣不遠真可惜。長令人吏遠趨走〔三〕，已有蛙黽助狼藉〔四〕。

〔一〕新唐書韓愈傳：元和初，權知國子博士，分司東都，三歲爲真，改都官員外郎，即拜河南令。按：以下諸詩爲河南令作。

〔二〕斗碩：碩，古石字。神異經：西南大荒中有人，知河海水斗斛，識山石多少。

〔三〕人吏：南史庾於陵傳：除東陽遂安令，爲人吏所稱。

〔四〕蛙黽：越語：黿鼉魚鱉之與藉，而蛙黽之與同陼。狼藉：史記滑稽傳：杯盤狼藉。方云：藉從艸。説文曰：「草不編，狼藉。」今本从竹。漢書陸賈：「聲名藉甚。」孟康曰：「狼藉甚盛。」蓋古字如「藉田」，皆只作「耤」。而从艸从竹，則沿義以生。此當以「藉」爲正。

池上絮

池上無風有落暉，楊花晴後自飛飛。爲將纖質凌清鏡，濕卻無窮不得歸。

盆池五首

老翁真箇似童兒，汲水埋盆作小池。一夜青蛙鳴到曉〔一〕，恰如方口釣魚時。

莫道盆池作不成，藕梢初種已齊生〔二〕。從今有雨君須記，來聽蕭蕭打葉聲。

瓦沼晨朝水自清，小蟲無數不知名。忽然分散無踪影，惟有魚兒作隊行〔三〕。

泥盆淺小詎成池，夜半青蛙聖得知〔四〕。一聽暗來將伴侶，不煩鳴喚鬭雄雌。

池光天影共青青，拍岸纔添水數瓶。且待夜深明月去，試看涵泳幾多星〔五〕。

〔一〕蛙鳴：南史孔珪傳：「門庭之内，草萊不翦，中有蛙鳴。或問之曰：『欲爲陳蕃乎？』珪笑答曰：

「我以當兩部鼓吹。」

〔二〕藕梢：爾雅釋草：荷，芙渠，其根藕。

〔三〕魚兒：嶺表録異：丘中貯水，即先買鯇魚子散於田内，一二年後魚兒長大。

〔四〕聖得：説文：聖，通也。按：「聖得」難解，或唐方言，大抵如杜「遮莫」、白「格是」之類頗多。新書中又有實録人語，不能改文者，皆方言也。揚雄方言一書甚有功，惜後世無爲之者，遂致世説新語中多不可曉。而梁人劉峻之善注者，亦惟有置之不論矣。

〔五〕涵泳：左思吴都賦：「涵泳乎其中。」

劉貢父詩話：退之古詩高卓，至律詩雖可稱善，要有不工者，「老翁真箇似童兒」，直諧戲語耳。或云：盆池詩有天工，如「拍岸纔添水數瓶」、「一夜青蛙鳴到曉」，非意到不能作也。

按：劉與或兩説，一言正，一言變也。大曆以上皆正宗，元和以下多變調。然變不自元和，杜工部早已開之，至韓、孟好異專宗，如北調曲子，拗峭中見姿制，亦避熟取生之趣也。元、白、劉中山、杜牧之輩，不得其拗峭，而惟取其姿制，又成一格。

送石處士赴河陽幕原注：得起字。〔一〕

長把種樹書〔二〕，人云避世士〔三〕。忽騎將軍馬，自號報恩子。風雲入壯懷，泉石别幽耳。

鉅鹿師欲老，常山險猶恃〔四〕。豈惟彼相憂？固是吾徒恥。去去事方急，酒行可以起。

〔一〕按：石洪墓誌：「洪，字濬川，能力學行，退處東都洛上十餘年。河陽節度烏重胤以幣走廬下，爲佐河陽軍。」又送石處士序云：「河陽節度使大夫烏公爲節度之三月，求士於從事之賢者，有薦石先生者。先生告行於常所来往，東都之人士各爲歌詩六韻，愈爲之序。」□云：元和五年四月，詔用烏公爲河陽節度。其曰「節度之三月」，則是歲六七月閒也。

〔二〕種樹書：史記秦始皇紀：所不去者，醫藥、卜筮、種樹之書。

〔三〕避世士：何承天樂府：「古有避世士，抗志青霄岑。」

〔四〕鉅鹿、常山：新唐書地理志：邢州鉅鹿郡，鎮州常山郡，皆屬河北道。舊唐書憲宗紀：元和四年，王承宗反，詔中人吐突承璀討之，無功。五年六月，詔洗王承宗，復其官爵。

招楊之罘一首〔一〕

柏生兩石間，萬歲終不大。野馬不識人，難以駕車蓋〔二〕。柏移就平地，馬羈入廏中。馬思自由悲，柏有傷根容〔三〕。傷根柏不死，千丈日以至。馬悲罷還樂，振迅矜鞍轡〔四〕。之罘南山來，文字得我驚。館置使讀書，日有求歸聲。我令之罘歸，失得柏與馬〔五〕。之罘别我去，計出柏馬下。我自之罘歸，入門思而悲。之罘別我去，能不思我爲？灑掃縣中居，引水經竹間。囂譁所不及，何異山中閑？前陳百家書〔六〕，食有肉與魚〔七〕。先王遺文章，綴緝實在余〔八〕。禮稱獨學陋〔九〕，易貴不遠復〔一〇〕。作詩招之罘，晨夕抱飢渴。

〔一〕方云：之罘元和十一年進士，閣本作「之杲」，或作「彔之」，字訛也。□云：公爲河南令，之罘自山中來，從公問學。公惜其歸，以詩招之。

〔二〕車蓋：釋名：車蓋在上，蓋覆人也。

〔三〕傷根：漢古詩：「采葵莫傷根，傷根葵不生。」

〔四〕振迅：鮑照舞鶴賦：「振迅騰摧。」

〔五〕失得：朱子曰：失得之計，觀於柏馬可見耳。

〔六〕百家書：夏侯湛抵疑：頗闚六經之文，覽百家之學。

〔七〕有肉與魚：史記孟嘗君傳：馮驩彈其劍而歌曰：「長鋏歸來乎，食無魚！」孟嘗君遷之幸舍，食有魚矣。

〔八〕綴緝：任昉王文憲集序：「綴緝遺文，永貽世範。」

〔九〕獨學陋：學記：獨學而無友，則孤陋而寡聞。

〔一〇〕不遠復：易復卦：初九，不遠復，无祇悔，元吉。象曰：不遠之復，以修身也。□云：時之罘猶未第，故公以詩招之，有柏馬之喻。而後之工畫者，遂作爲柏石圖。陳季常家藏之。蘇内翰作詩爲之銘曰：「柏生兩石閒，天命本如此。」又云：「韓子俯仰人，但愛平地美。」又云：「君看此槎牙，豈有可移理？」原公詩意，蓋以喻之罘游從問學以成其才。故其下有「獨學陋」、「不遠復」之語，非謂以利遷也。若既槎牙而後移，則所謂時過而後學矣，覽者無以爲異。

按：此説不但失韓詩，並失蘇詩，蘇非駁韓，别有寄託耳。

燕河南府秀才 自注：得生字。〔一〕

吾皇紹祖烈，天下再太平。詔下諸郡國，歲貢鄉曲英。元和五年冬，房公尹東京〔二〕。功曹上言公，是月當登名。乃選二十縣，試官得鴻生〔三〕。群儒負己材，相賀簡擇精。怒起簸羽翮，引吭吐鏗轟〔四〕。此都自周公〔五〕，文章繼名聲。自非絶殊尤，難使耳目驚。今者遭震薄，不能出聲鳴。鄙夫忝縣尹，愧慄難爲情。惟求文章寫，不敢妒與爭。還家勑妻兒，具此煎炰烹。柿紅蒲萄紫，肴果相扶檠〔六〕。芳茶出蜀門〔七〕，好酒濃且清。何能充歡燕？庶以露厥誠。昨聞詔書下，權公作邦楨〔八〕。文人得其職，文道當大行。陰風攪短日，冷雨澀不晴。勉哉戒徒馭，家國遲子榮〔九〕。

〔一〕新唐書地理志：河南府河南郡，本洛州，開元元年爲府，領縣二十。按：新唐書選舉志：「唐制，取士之科，多因隋舊。然其大要有三：由學館者曰生徒，由州縣者曰鄉貢，皆升於有司而進退之。其科之目有秀才，有明經，有俊士，有進士，有明法，有明孝，有明算，此歲舉之常選也。每歲仲冬，州縣館監舉其成者，選之尚書省。而選舉不繇館學者，謂之鄉貢，皆懷牒自列於州縣。試已，長吏以鄉飲酒禮令屬僚設賓主，陳俎豆，備管絃，牲用少牢，歌鹿鳴之詩，因與耆艾序長少焉。既至省，由户部集閲，而關於考功員外郎試之。凡秀才，試方略策五道，以文理粗通爲上上、上中、上下、中上，凡四等，爲及第云。其教人取士著於令者，大略如此。」河南府秀才蓋由州縣升者，所謂鄉貢也。時元和五年仲冬，公爲河南令而舉燕禮，故作此詩。

〔二〕房公：舊唐書憲宗紀：元和四年十一月，河南尹杜兼卒。十二月，以陝虢觀察使房式爲河南尹。

〔三〕鴻生：揚雄羽獵賦：「於兹乎鴻生鉅儒。」

〔四〕引吭：吭，下浪切，又音剛。爾雅釋鳥：亢，鳥嚨。　鏗轟：廣韻：鏗鏘，金石聲；鏗鍧，鐘鼓聲相雜也。轟，群車聲。

〔五〕周公：史記魯世家：周公營成周雒邑，遂國之。

〔六〕檠：一作「擎」。

〔七〕芳荼：荼，音徒，一作「茶」。爾雅釋木：檟，苦荼。張載登成都白菟樓詩：「芳荼冠六清。」

〔八〕權公：新唐書憲宗紀：五年九月丙寅，太常卿權德輿爲禮部尚書、同中書門下平章事。邦楨：詩文王：「王國克生，維周之楨。」

〔九〕遲：直利切。

學諸進士作精衛銜石填海〔一〕

鳥有償冤者〔二〕，終年抱寸誠。口銜山石細，心望海波平。渺渺功難見，區區命已輕。人皆譏造次，我獨賞專精〔三〕。豈計休無日？惟應盡此生。何慚刺客傳〔四〕？不著報仇名。

〔一〕北山經：發鳩之山有鳥焉，其狀如烏，文首白喙赤足，名曰精衛，其鳴自詨。是炎帝之少女，名曰女娃。游於東海，溺而不返，故爲精衛。常銜西山之木石以堙於東海。按：詩類載此題爲省試詩，蓋河南試士，而公爲河南令主燕禮時效之也。

〔二〕償冤：崔融嵩山碑：精衛銜木而償冤。

〔三〕專精：淮南覽冥訓：專精厲意，上通九天。

〔四〕刺客傳：太史公自序：曹子匕首，魯獲其田，齊明其信，豫讓義不爲二心。作刺客列傳。

月蝕詩效玉川子作〔一〕

元和庚寅斗插子〔二〕，月十四日三更中。森森萬木夜僵立〔三〕，寒氣屓奰頑無風〔四〕。月形如白盤〔五〕，完完上天東。忽然有物來啖之，不知是何蟲。如何至神物，遭此狼狽凶〔六〕。星如撒沙出，攢集爭强雄。油燈不照席〔七〕，是夕吐焰如長虹。玉川子涕泗，下中庭獨行。念此日月者，爲天之眼睛。此猶不自保，吾道何由行？嘗聞古老言〔八〕，疑是蝦蟆精〔九〕。徑圓千里納女腹〔一〇〕，何處養女百醜形？杷沙腳手鈍〔一一〕，誰使女解緣青冥？黄帝有四目〔一二〕，帝舜重其明〔一三〕。今天祇兩目，何故許食使偏盲〔一四〕？堯呼大水浸十日〔一五〕，不惜萬國赤子魚頭生〔一六〕。女於此時若食日，雖食八九無饞名〔一七〕。赤龍黑烏燒口熱〔一八〕，翎鬣倒側相搪撐〔一九〕。婪酣大肚遭一飽〔二〇〕，飢腸徹死無由鳴。後時食月罪當死，天羅磕帀何處逃女刑〔二一〕？玉川子立於庭而言曰：地行賤臣仝，再拜敢告上天公。臣有一寸刃，可刳凶蟆腸。無梯可上天，天階無由有臣踪。寄箋東南風，天門西北祈風通〔二二〕。丁寧附耳莫漏泄〔二三〕，薄命正值飛廉慵。東方青色龍〔二四〕，牙角何呀呀〔二五〕？從官百餘座〔二六〕，嚼啜煩官家〔二七〕。月蝕汝不知，安用爲龍窟天河？赤鳥司南方〔二八〕，尾禿翅觰沙〔二九〕。月蝕於汝頭，汝口開呀呀。蝦蟆掠汝兩吻過〔三〇〕，忍學省事不以汝觜啄蝦蟆。於菟蹲於西〔三一〕，旗旄衛毿毸〔三二〕。既從白帝祠〔三三〕，又食於䄍禮有加〔三四〕。忍令月被惡物食，枉於汝口插齒牙〔三五〕。烏龜怯姦怕寒，縮頸以殼自遮〔三六〕。終令夸蛾抉女出，卜師燒錐鑽灼滿板如星羅〔三七〕。此外内外官〔三八〕，瑣細不足科〔三九〕。臣請悉掃除，慎勿許語令啾嘩。併光全耀歸我月，盲眼鏡淨無纖瑕。弊蛙拘送主府官〔四〇〕，帝箸下腹嘗其皤〔四一〕。依前使兔操杵臼〔四二〕，玉階桂樹閑婆娑〔四三〕。恒娥還宫室〔四四〕，太陽有室家〔四五〕。天雖高，耳屬地〔四六〕。感臣赤心，使臣知意〔四七〕。雖無明言，潛喻厥旨。有氣有形，皆吾赤子。雖忿大傷，忍殺孩稚。還女月明，安行於次。盡釋衆罪，以蛙磔死。

〔一〕新唐書盧仝傳：仝居東都，愈爲河南令，愛其詩，厚禮之。仝自號玉川子，嘗爲月蝕詩，以譏切元和逆黨，愈稱其工。

〔二〕斗插子：淮南時則訓：仲冬之月，招摇指子。注：招摇，北斗第七星。□云：此元和五年十一月十四日夜也。

〔三〕僵立：漢書五行志：哀帝建平三年，零陵有樹僵地。三月，樹卒自立故處。

〔四〕屓奰：屓，虛器切。奰，平秘切。一作「贔屓」，或作「屓贔」。詩蕩：「内奰于中國。」傳：奰，怒也。張衡西京賦：「巨靈贔屭。」

〔五〕白盤：李白詩：「少時不識月，唤作白玉盤。」

〔六〕狼狽：後漢書崔烈傳：狼狽而走。酉陽雜俎：狼狽是兩物，狽前足絶短，每行常駕於狼腿上，狽失狼則不能動，故世言事乖者稱狼狽。

〔七〕油燈：古樂府讀曲歌：「燃燈不下炷，有油那得明？」

〔八〕古老：水經注：古老傳言。

〔九〕蝦蟆：史記龜策傳：日爲德而君於天下，辱於三足之烏。月爲刑而相佐，見食於蝦蟆。

〔一〇〕徑圓千里：白虎通：日月徑千里。徐整長歷：月徑千里，周圍三千里。

〔一一〕杷沙：杷，或作「爬」，音義同。王云：行貌。

〔一二〕黄帝四目：方云：帝王世紀謂黄帝用力牧、常先等分掌四方，各如己視，故號黄帝四目。一曰：李賢後漢書注：漢人書「黄」多作「皇」，「皇」字亦通。按：黄帝四目，蓋如虞書舜典所云「明四目，達四聰」也。

〔一三〕重明：淮南修務訓：舜二瞳子，是謂重明。

〔一四〕偏盲：吕覽明理篇：其日有薄蝕，有偏盲。

〔一五〕十日：淮南本經訓：堯時十日並出。

〔一六〕魚頭生：李膺益州記云：邛都縣有一老姥，每食，輒有小蛇頭上戴角在牀閒。姥憐之，飴之，後長丈餘，吸殺縣令駿馬。令掘地求蛇，無所見，遷怒殺姥。此後雷風四十五日，百姓相見，咸驚語：「汝頭那忽戴魚？」是夜俱陷爲河。

〔一七〕食八九：司馬相如子虛賦：「吞若雲夢者八九。」嚵：徂銜切，或作「饞」。說文：小啐也，一作「䜃」。

〔一八〕赤龍黑烏：按：赤龍，日馭也。九歌東君章：「駕龍輈兮乘雷。」李賀詩：「啾啾赤帝騎龍來。」王云：黑烏未詳。或謂日中三足烏也。烏，一作「鳥」。

〔一九〕搪撑：搪，音唐。□云：搪，突。撑，拄也。

〔二〇〕婪酣：婪，盧含切，與「惏」同。離騷：「衆皆競進以貪婪兮。」注：愛財曰貪，愛食曰婪。大肚：北史齊文宣帝紀：以楊愔體肥，呼爲楊大肚。

〔二一〕天羅：陳書高祖紀：回兹地軸，抗此天羅。磕帀：一作「匌帀」，又作「匬帀」。王云：磕帀者，周帀也。女：或無「女」字。

〔二二〕西北：易說卦：乾，西北之卦也。

〔二三〕丁寧：漢書谷永傳：以丁寧陛下。附耳：漢書韓信傳：張良、陳平躡漢王足，因附耳語。漏泄：左傳：「言語漏泄，職女之由。」

〔二四〕青龍：淮南天文訓：東方，木也，其獸蒼龍。南方，火也，其獸朱鳥。西方，金也，其獸白虎。北方，水也，其獸玄武。

〔二五〕牙角：薛綜麒麟頌：德以衛身，不布牙角。呀呀：呀，音牙。說文：張口貌。

〔二六〕從官：楊惲報孫會宗書：總領從官，與聞政事。

〔二七〕嚼啜：説文：嚼，齧也。啜，嘗也。官家：容齋四筆：漢蓋寬饒奏封事，引韓氏易傳，言五帝官天下，三王家天下。或云：自後稱天子爲官家，蓋出於此。

〔二八〕赤烏：傅休奕伯益篇：朱雀作南宿，鳳皇統羽群，赤烏銜書至，天命瑞周文。

〔二九〕觰沙：觰，陟加切，或作觰。説文：觰拏，獸也。一曰：下大者也。廣韻：觰，角上廣也。

〔三〇〕兩吻：釋名：吻，免也，入之則碎，出則免也。

〔三一〕於菟：音烏徒。左傳：楚人謂虎「於菟」。

〔三二〕毿毿：毿，蘇含切。毿，所加切。廣韻：毿，長毛。毿，毛衣。

〔三三〕白帝祠：史記封禪書：秦居西垂，作西畤，祠白帝。漢書郊祀志：宣帝時南郡獲白虎，獻其皮牙爪，上爲立祠。按：唐六典：立秋之日祀白帝。其西方三辰七宿從祀。

〔三四〕褚：一作「蜡」。記郊特牲：天子大蜡八。蜡也者，歲十二月，合聚萬物而索饗之也。迎虎，爲其食田豕也。禮有加：左傳：晉侯見鄭伯，有加禮。

〔三五〕插齒牙：漢書東方朔傳：「臣觀其插齒牙，樹頰胲。」

〔三六〕縮頸：史記龜策傳：龜望見宋元王，延頸而前，三步而止，縮頸而卻，復其故處。

〔三七〕卜師：周禮春官卜師：掌開龜之四兆。燒錐鑽灼：周禮春官菙氏：掌共燋契。凡卜，以明火爇燋，遂歙其焌契，以授卜師。莊子外物篇：神龜能知七十二鑽而無遺筴。史記龜策傳：灼龜觀兆，變化無窮。星羅：班固西都賦：「星羅雲布。」

〔三八〕内外官：漢書天文志：經星常宿中外官凡百一十八名，積數七百八十三星。

〔三九〕不足科：後漢書黄香傳：每郡國疑罪，輒務求輕科。

〔四〇〕弊蛙：朱子曰：弊蛙，猶卓茂言敝人也。不然，則當改從「鼃」字。蓋此時蛙雖未鼃，而其罪已當死矣。按：後漢書卓茂傳：「人常有言部亭長受其米肉遺者。茂曰：遺之而受，何故言邪？汝爲敝人矣。」蓋言其無人道也。主府官：按：後漢書百官志：「少府卿掌中服御諸物衣服寶貨珍膳之屬，其屬有太官令，掌御飲食。」主府官當謂此也。

〔四一〕皤：音婆。左傳：皤其腹。杜預曰：皤，大腹也。

〔四二〕兔操杵臼：屈原天問：「夜光何德，死則又育？厥利維何，而顧兔在腹？」古樂府董逃行：「玉兔長跪，擣藥蝦蟆丸。」傅休奕擬天問：「月中何有？白兔擣藥。」

〔四三〕桂樹：虞喜安天論：俗傳月中仙人桂樹，今視其初生，見仙人之足漸已成形，桂樹後生焉。婆娑：爾雅釋木注：枝葉婆娑。

〔四四〕恒娥：淮南覽冥訓：羿請不死之藥于西王母，恒娥竊以奔月。

〔四五〕室家：記禮器：大明生於東，月生於西，此陰陽之分，夫婦之位也。

〔四六〕耳屬地：蜀志秦宓傳：張温曰：「天有耳乎？」宓曰：「天高處而聽卑。」詩云：「鶴鳴于九皋，聲聞于天。」若其無耳，何以聽之？」

〔四七〕知意：朱子曰：謂天感悟臣心，使臣默知天意。其下所云「有氣有形」以下即天意也。

按：新書：「盧仝作月蝕詩以譏元和逆黨，韓愈稱其工。」方崧卿以爲稽之歲月不合，蓋譏元和初宦官横恣。朱文公以爲宦官之説爲未必然，而亦以新書爲謬。洪容齋則祖崧卿而詳説之，謂庚寅去憲宗遇害之時尚十年，盧仝詩當爲吐突承璀用事而作。以愚觀之，崧卿之駁新書，容齋之祖崧卿，皆誤認「元和逆黨」四字爲庚子陳弘志弑逆之黨，而不考庚寅王承宗叛逆之黨，故未知新書之是，並朱文公亦未及詳考也。韓詩删盧原本甚多，以致其旨隱約。按盧詩「恒州陣斬酈定進」，酈定進者，討王承宗之神策將。承宗拒命，帝遣中人吐突承璀將左右神策帥討之。承璀無威略，師不振。神策將酈定進及戰，北馳而僨，趙人害之。是則承宗抗師殺將，逆莫大矣。史書酈定進死在元和五年，韓詩「元和庚寅」，盧詩「新天子即位五年」，時事正合。是詩自爲承宗叛逆而發，新書以爲譏元和逆黨，特渾其詞耳，未爲失也。盧詩又云：「歲星主福德，官爵奉董秦。」舊説董秦即李忠臣。洪容齋以爲是時秦死二十七年，何爲而追刺之。當是用董賢、秦宫嬖倖擅位，以喻吐突承璀。以愚觀之，舊説是而洪説又非。董秦者，史思明將，歸正封王，賜名李忠臣，後復附朱泚爲逆。時承宗上書謝罪，上遂下詔浣雪，盡以故地畀之，罷諸道兵。是則今日之承宗，與昔日之董秦，朝廷處分，正自相同。董秦可以復叛，安知承宗不然？反側之臣，明有前鑒，故以董秦比之。左右參考，是詩確爲承宗作。借端於月蝕者，日君象，月臣象。酈定進以天子近臣而爲叛逆所殺，猶月被蝕也。又天官家言，日爲德，月爲刑。月被蝕，是刑政不修也。至東西南北龍虎鳥龜諸天星，無不仿大東之詩刺及者，指征討諸鎮也。當時命恒州四面藩鎮各進兵招討，軍久無功。白居易上言，以爲「劉濟引全軍攻圍樂壽，久不能下。師道、季安元不可保，察其情狀，似相計會，各收一縣，遂不進軍」，此明證也。盧詩凡一千六百餘字，昌黎芟汰其半，而於酈定進、董秦諸語明涉事跡者，又皆削去，詩語較爲渾然。而考核事實，盧詩爲據。

按：宋人詩話往往好左右袒，而不知其失言。如山谷較量北征、南山得矣，其於人問韓、孟聯句，疑爲韓改孟者。山谷言：「孟或改韓，韓何能改孟？」是則過論。孟詩云：「詩骨聳東野，詩濤湧退之。」其自論蓋與相當。學林新録於此詩言盧險怪而不循詩家法度，退之乃摘其句而約之以禮。是則腐談。題不曰「删」，而曰「效」，韓之重盧甚矣，何必以尺蠖之見繩墨蛟龍哉？

晝月〔一〕

玉盌不磨著泥土〔二〕，青天孔出白石補〔三〕。兔入臼藏蛙縮肚，桂樹枯株女閉户。陰爲陽羞固自古〔四〕，嗟汝下民或敢侮，戲謝盜視汝目瞽。

〔一〕按：新、舊唐書天文志無晝月之事，姑附編於此。

〔二〕玉盌：南史沈炯传：茂陵玉盌，遂出人間。泥土：黄香責髯奴辭：污穢泥土。

〔三〕白石補：列子湯問篇：天地亦物也，物有不足，故昔者女媧氏煉五色石以補其闕。

〔四〕陰陽：謝莊月賦：「日以陽德，月以陰靈。」

辛卯年雪〔一〕

元和六年春〔二〕，寒氣不肯歸〔三〕。河南二月末，雪花一尺圍〔四〕。崩騰相排捘〔五〕，龍鳳交橫飛。波濤何飄揚，天風吹旛旂。白帝盛羽衛，鬖髿振裳衣〔六〕。白霓先啟塗〔七〕，從以萬玉妃〔八〕。翕翕陵厚載，譁譁弄陰機。生平未曾見，何暇議是非。或云豐年祥，飽食可庶幾。善禱吾所慕，誰言寸誠微？

〔一〕以下皆元和六年作，是年夏行尚書職方員外郎，自河南至京師。

〔二〕六年：□云：此即白樂天詩所謂「元和歲在卯，六年春二月。月晦寒食天，天陰夜飛雪」。

〔三〕寒氣：記月令：季冬之月，命有司大儺，旁磔，出土牛，以送寒氣。仲春行秋令，則寒氣總至；季春行冬令，則寒氣時發。

〔四〕一尺圍：顧嗣立曰：左傳：「凡平地尺爲大雪。」按：此云「雪花一尺圍」，蓋言雪片之大，非謂所積者之厚也。一尺亦極言之耳。

〔五〕排捘：捘，姊末切。廣韻：「捘，逼捘。」孫云：排捘，密捘也。

〔六〕鬖髿：音三沙。郭璞江賦：「緑苔鬖髿乎研上。」通俗文：髪亂曰鬖髿。

〔七〕白霓：屈原天問：「白蜺（與霓同）嬰茀，胡爲此堂？」注：蜺，雲之有色似龍者也。

〔八〕玉妃：靈寳赤書經：太真命筆，玉妃拂筵。

誰氏子 原注：吕氏子炅。〔一〕

非癡非狂誰氏子〔二〕，去入王屋稱道士〔三〕。白頭老母遮門啼，挽斷衫袖留不止。翠眉新婦年二十〔四〕，載送還家哭穿市〔五〕。或云欲學吹鳳笙〔六〕，所慕靈妃媲蕭史〔七〕。又云時俗輕尋常，力行險怪取貴仕〔八〕。神仙雖然有傳説〔九〕，知者盡知其妄矣〔一〇〕。聖君賢相安可欺，乾死窮山竟何俟〔一一〕？嗚呼余心誠豈弟，願往教誨究終始。罰一勸百政之經，不從而誅未晚耳。誰其友親能哀憐，寫吾此詩持送似。

〔一〕莊子外物篇：不知其誰氏之子？按：公集河南少尹李素墓志：「素拜河南少尹，行大尹事。吕氏子炅棄其妻，著道士衣冠，謝母曰：『當學仙王屋山。』去數月復出，閒詣公。公立之府門外，使吏卒脱道士冠，給冠帶，送付其母。」詩有「願往教誨」、「不從而誅」之語，蓋炅始入山時作。既知其姓名，而題曰「誰氏子」者，猶詩何人斯「賤而惡之」，著其無母之罪也。

〔二〕癡狂：淮南俶真訓：或通于神明，或不免于癡狂。

〔三〕王屋：書禹貢：底柱析城至于王屋。

〔四〕翠眉：宋玉登徒子好色賦：「眉如翠羽。」

〔五〕哭穿市：左傳：哀姜將行，哭而過市。

〔六〕吹鳳笙：列仙傳：蕭史者，秦穆公時人，善吹簫。公女弄玉好之，公以妻焉。日教弄玉吹似鳳聲，鳳皇來止其屋。公爲作鳳臺，夫妻止其上，一旦皆隨鳳皇飛去。

〔七〕靈妃：郭璞游仙詩：「靈妃顧我笑。」

〔八〕行險怪：按：終南仕宦捷徑，昔人所譏，然往往有售其術者。況憲宗晚喜方士，此時諒有其漸。吕炅入山，旋出詣尹，其意居然可知。詩云「時俗輕尋常」，蓋誅心之論，而亦可以慨世矣。貴仕：左傳：有大功而無貴仕。

〔九〕傳說：按：傳說即如列仙傳之類，漢書藝文志「諸子傳説，皆充秘府」是也。蔣之翹注乃作「傳説」，殊失詩意。「神仙」二句，破學吹鳳笙之妄，「君相」二句，警力行險怪之非。

〔一〇〕知：去聲。

〔一一〕乾死：李白詩：「乾死明月魂，無復玻瓈魄。」窮山：華陽國志：初，先主入蜀，嚴顔拊心歎曰：「此所謂獨坐窮山，放虎自衛者也。」

寄盧仝

玉川先生洛城裏，破屋數間而已矣。一奴長鬚不裹頭〔一〕，一婢赤腳老無齒〔二〕。辛勤奉養十餘人，上有慈親下妻子。先生結髮憎俗徒〔三〕，閉門不出動一紀〔四〕。至令鄰僧乞米送，僕忝縣尹能不恥。俸錢供給公私餘，時致薄少助祭祀〔五〕。勸參留守謁大尹〔六〕，言語纔及輒掩耳〔七〕。水北山人得名聲，去年去作幕下士。水南山人又繼往〔八〕，鞍馬僕從塞閭里〔九〕。少室山人索價高〔一〇〕，兩以諫官徵不起〔一一〕。彼皆刺口論世事，有力未免遭驅使〔一二〕。先生事業不可量，惟用法律自繩己。春秋三傳束高閣〔一三〕，獨抱遺經究終始〔一四〕。往年弄筆嘲同異〔一五〕，怪辭驚衆謗不已〔一六〕。近來自說尋坦塗，猶上虛空跨緑駬〔一七〕。去歲生兒名添丁〔一八〕，意令與國充耘耔。國家丁口連四海〔一九〕，豈無農夫親耒耜？先生抱才終大用，宰相未許終不仕。假如不在陳力列，立言垂範亦足恃〔二〇〕。苗裔當蒙十世宥〔二一〕，豈謂貽厥無基阯〔二二〕？故知忠孝生天性，潔身亂倫安足擬。昨晚長鬚來下狀，隔牆惡少惡難似〔二三〕。每騎屋山下窺闞〔二四〕，渾舍驚怕走折趾。憑依婚媾欺官吏，不信令行能禁止〔二五〕。先生受屈未曾語，忽此來告良有以〔二六〕。嗟我身爲赤縣令〔二七〕，操權不用欲何俟？立召賊曹呼伍伯〔二八〕，盡取鼠輩尸諸市〔二九〕。先生又遣長鬚來，如此處置非所喜。況又時當長養節〔三〇〕，都邑未可猛政理。先生固是余所畏，度量不敢窺涯涘。放縱是誰之過歟？效尤戮僕愧前史〔三一〕。買羊沽酒謝不敏〔三二〕，偶逢明月曜桃李。先生有意許降臨，更遣長鬚致雙鯉〔三三〕。

〔一〕長鬚：黄香責髯奴辭：我觀人鬚，長而復黑。豈若子髯，既亂且赭。不裹頭：北史：蕭詧惡見人髮白，擔輿者冬月必須裹頭。

〔二〕赤腳：杜甫詩：「安得赤腳蹋層冰？」

〔三〕結髮：漢書儒林傳：梁丘賀薦施讎結髮事師。師古曰：言始勝冠。

〔四〕一紀：晉記：蓄力一紀。韋昭曰：十二年歲星一周爲一紀。

〔五〕薄少：諸葛亮與吴王書：所遺白旄薄少，重見辭謝，益以增慙。

〔六〕留守大尹：韓愈外集河南府同官記：留守之官，居禁省中。歲時出旌旗，序留司文武百官於宮城門外而衙之。樊云：唐洛城有東都留守，有河南尹。公誌盧登封墓曰：「爲書告留守與河南尹。」是時鄭餘慶留守東都，李素以少尹行大尹事。

〔七〕掩耳：左傳：苟躒掩耳而走。

〔八〕水北水南：公送温處士赴河陽軍序：洛之北涯曰石生，其南涯曰温生。大夫烏公鎮河陽之三月，以石生爲才，羅而致之幕下。未數月，以温生爲才，又羅而致之幕下。新唐書温造傳：造，字簡輿。不喜爲吏，隱東都，烏重胤奏置幕府。

〔九〕鞍馬：吴質答東阿王書：情踊躍於鞍馬。

〔一〇〕少室山人：新唐書李渤傳：渤，字濬之。與仲兄涉偕隱廬山，久之，更徙少室。元和初，户部侍郎李巽、諫議大夫韋況交章薦之。詔以右拾遺召，於是河南少尹杜兼遣吏持詔、幣即山敦促。渤上書謝，不拜。洛陽令韓愈遺書云云。渤心善其言，始出家東都，每朝廷有闕政，輒附章列上。按：洛陽令當作河南令，新史誤。高價：鮑照詩：「聲名振朝邑，高價服鄉村①。」

〔一一〕兩以諫官徵：按：新唐書憲宗紀：「元和元年，以左拾遺徵，不至。」至是又以右拾遺召。

〔一二〕遭驅使：臨漢隱居詩話：「李固謂處士純盜虚聲，韓愈雖與石洪、温造、李渤游，而多侮薄之。所謂未免有力遭驅使。」按：宋人此等説詩非也。

〔一三〕三傳：方作「五」，或作「左」。朱子曰：今鄒、夾春秋，世已無傳，而當世行見三傳。作「五」、「左」皆非。東高閣：晉書庾翼傳：杜乂、殷浩，並才名冠世，翼弗之重，語人曰：「此輩宜束之高閣，俟天下太平，然後議其任耳。」

〔一四〕抱遺經：後漢書卓茂傳：劉宣抱經書隱避林藪。許彦周詩話：玉川子春秋傳，僕家舊有之，今亡矣。辭簡而遠，得聖人之意爲多。後世有深於經而見盧傳者，當知退之之不妄許人也。

〔一五〕嘲同異：仝與馬異結交詩：「昨日同不同，異自異，是謂大同而小異。今日同自同，異不異，是謂同不往兮異不至。」

〔一六〕驚衆：顔延之五君詠：「越禮自驚衆。」

〔一七〕緑駬：方云：「緑駬」，今本二字皆從馬。按：穆天子傳、荀、列、史、漢皆作「緑駬」。郭璞注穆天子傳云：「緑駬，猶魏時鮮卑獻黄耳馬，是以耳色言也。」此詩豈以重韻妄刊耶？

〔一八〕添丁：王云：仝有添丁詩。

〔一九〕丁口：新唐書食貨志：唐制，凡民始生爲黄，四歲爲小，十六爲中，二十一爲丁，六十爲老。授田之制，丁及男年十八以上者人一頃。其八十畝爲口分，二十畝爲永業。

〔二〇〕立言：左傳：太上有立德，其次有立功，其次有立言。

〔二一〕苗裔：屈原離騷：「帝高陽之苗裔兮。」十世宥：左傳：猶將十世宥之。

〔二二〕貽厥：詩文王有聲：「詒厥孫謀。」容齋四筆：杜、韓二公作詩，或用歇後語。如「淒其望吕葛」、「山鳥山花吾友于」、「友于皆挺拔」、「再接再礪乃」、「僮僕誠自鄶」、「爲爾惜居諸」、「誰謂貽厥無基阯」之類是也。基阯：漢書疏廣傳：子孫幾及君時頗立産業基阯。顔氏家訓：子孫自是天地間一蒼生耳，而乃愛護遺其基阯。

〔二三〕惡少：荀子：無廉恥而嗜乎飲食，可謂惡少者也。

〔二四〕騎屋山：史記魏世家：范痤因上屋騎危。闞：一作「瞰」。

〔二五〕令行禁止：淮南主術訓：令行禁止，豈是爲哉？

〔二六〕良有以：魏文帝與吴質書：古人思秉燭夜游，良有以也。

〔二七〕赤縣令：新唐書地理志：河南府河南縣，赤，屬河南道。

〔二八〕賊曹：後漢書岑晊傳：以張牧爲中賊曹吏。伍伯：一作「五百」。按：古今注：伍伯，一伍之伯也。五人爲伍，伍長爲伯，故稱伍伯。後漢書曹節傳：越騎營五百。注：韋昭辨釋名曰：五百字本爲「伍伯」。伍，當也；伯，道也。使之導引當道陌中，以驅除也。按：今俗呼行杖人爲五百也。

〔二九〕鼠輩：世説：王子敬兄弟見郄公，儀容輕慢。郄公慨然曰：「使嘉賓不死，鼠輩敢爾？」尸諸市：左傳：尸崔杼於市。

〔三〇〕長養節：記月令：仲春之月，桃始華，命有司省囹圄，去桎梏，毋肆掠，止獄訟。

〔三一〕效尤：左傳：尤而效之，其又甚焉。戮僕：左傳：晉侯之弟揚干亂行于曲梁，魏絳戮其僕。前史：傅亮感物賦：「考舊聞於前史，訪心跡於污隆。」

〔三二〕羊酒：後漢書鄭均傳：常以八月長吏存問，賜羊酒，顯兹異行。謝不敏：左傳：使士文伯謝不敏焉。

〔三三〕雙鯉：古詩飲馬長城窟行：「客從遠方來，遺我雙鯉魚。」

【校記】

①「鄉村」，原作「卿材」，據鮑參軍集注改。

李花二首〔一〕

平旦入西園，梨花數株若矜夸。旁有一株李，顔色慘慘似含嗟。問之不肯道所以，獨繞百帀至日斜〔二〕。忽憶前時經此樹，正見芳意初萌牙。奈何趁酒不省録？不見玉枝攢霜葩。泫然爲汝下雨淚，無由反旆羲和車〔三〕。東風來吹不解顔〔四〕，蒼茫夜氣生相遮。冰盤夏薦碧實脆〔五〕，斥去不御慚其花〔六〕。當春天地爭奢華，洛陽園苑尤紛挐〔七〕。誰將平地萬堆雪？翦刻作此連天花。日光赤色照未好，明月暫入都交加。夜領張徹投盧仝，乘雲共至玉皇家〔八〕。長姬香御四羅列，縞裙練帨無等差〔九〕。靜濯明妝有所奉，顧我未肯置齒牙〔一〇〕。清寒瑩骨肝膽醒，一生思慮無由邪〔一一〕。

〔一〕臨漢隱居詩話：退之李花詩「夜領張徹投盧仝」云云，正寄盧仝詩所謂「買羊沽酒謝不敏，偶逢明月耀桃李」也。

〔二〕繞百帀：魏武帝短歌行：「繞樹三帀，何枝可依。」

〔三〕反旆：左傳：令尹南轅反旆。

〔四〕解顏：列子黃帝篇：列子師老商氏，五年之後，夫子始一解顏而笑。

〔五〕冰盤：拾遺記：董偃常卧延清之室，以玉精爲盤，貯冰於膝前，玉精與冰同其潔澈。碧實：洞冥記：果則有塗陰紫梨、琳國碧李。傅休奕李賦：「潛實内結，豐彩外盈；翠質朱變，形隨運成。」

〔六〕斥去不御：張衡思玄賦：「斥西施而不御。」

〔七〕紛挐：方云：董彦遠云：挐从如，今人从奴。唐韻以挐爲或體，非也。考相如大人賦「騷擾衝蓯其相紛挐」，王逸九思「殽亂兮紛挐」，皆只作「挐」。朱子曰：按説文：挐从奴，牽引也。挐从如，持也。古書作「挐」，蓋通用。

〔八〕玉皇家：靈異經：玉皇居於雲房，有紅雲繞之。

〔九〕縞裙練帨：詩出其東門：「縞衣綦巾。」説文：縞，鮮色也。練，湅繒也。詩野有死麕：「無感我帨兮。」

〔一〇〕齒牙：南史謝朓傳：朓好獎人才，會稽孔顗未爲時知。孔珪嘗令草讓表以示朓，朓嗟吟良久，手自折簡寫之，謂珪曰：「士子聲名未立，應共獎成，無惜齒牙餘論。」

〔一一〕無邪：詩駉：「思無邪。」

樊汝霖云：此詩自「夜領張徹投盧仝」而下，其所以狀李花之妙者至矣。蘇内翰梅詩舉此云：「縞裙練帨玉川家，肝膽清新冷不邪。穠李爭春猶辦此，更教踏雪看梅花。」亦一奇也。

醉留東野

昔年因讀李白杜甫詩，長恨二人不相從〔一〕。吾與東野生並世〔二〕，如何復躡二子蹤？東野不得官〔三〕，白首誇龍鍾〔四〕。韓子稍姦黠，自慚青蒿倚長松〔五〕。低頭拜東野〔六〕，願得終始如駏蛩〔七〕。東野不迴頭，有如寸筳撞鉅鐘。吾願身爲雲，東野變爲龍〔八〕。四方上下逐東野，雖有離別無由逢。

〔一〕不相從：顧嗣立曰：按：杜子美集有送孔巢父詩云：「南尋禹穴見李白，道甫問訊今何如。」又不見詩云：「不見李生久，佯狂真可哀。」又春日憶李白詩云：「何時一尊酒，重與細論文？」李太白集有送杜二詩云：「何時石門路，重有金樽開？」又沙丘城下寄杜甫詩云：「思君若汶水，浩蕩寄南征。」所謂「二人不相從」也。

〔二〕並世：淮南主術訓：施及千歲而文不滅，況於並世化民乎？

〔三〕不得官：□云：東野前一年方罷河南水陸轉運從事，故云。

〔四〕龍鍾：方云：當作「巃嵸」。盧仝詩：「盧子巃嵸也，賢愚總莫驚。」蘇鶚演義：龍鍾，謂不昌熾，不翹舉之貌。按：新序：「孫卿曰：『若盤石然，觸之者隴種而退耳。』」字異而音當上聲，然義則相近。又古琴操卞和獻玉歌：「空山歔欷涕龍鍾。」則此二字由來久矣。

〔五〕青蒿：詩蓼莪：「匪莪伊蒿。」倚長松：按：詩頍弁：「蔦與女蘿，施于松上。」世説：「毛曾與夏侯泰初同坐，時人謂蒹葭倚玉樹。」此蓋師其意而易其詞。

〔六〕低頭：史記日者傳：伏軾低頭不能出氣。

〔七〕蛩：音巨邛。

〔八〕雲龍：易乾卦：同聲相應，同氣相求，雲從龍，風從虎。

知音者誠希〔一〕

知音者誠希，念子不能別。行行天未曉，攜手踏明月。

〔一〕古詩十九首：「不惜歌者苦，但傷知音希。」按：公與馮宿論文文云：「僕爲文久，每自意中以爲好，則人必以爲惡矣。不知古文直何用於今世也？然以俟知者知耳。文章一道，作者固難，識者正復不易，故深有感於古詩之語。」然爾時從公游者，如李翱、張籍、皇甫湜輩，蓋未嘗輕相許可。此詩大抵亦爲東野而作。

莎栅聯句原注：河南谷名。〔一〕

冰溪時咽絶〔二〕，風櫪方軒舉〔三〕。愈　此處無斷腸〔四〕，定知無斷處。郊

〔一〕□云：按河南志：「莎栅谷水在永寧縣西三十里，出莎嶺，東流入昌谷。」公與東野作一聯，遂及斷腸之意，必二公有所深感，然不得而詳矣。按：此説深求之，非也，亦如前送别之詞耳。

〔二〕咽絶：王云：斷續聲也。

〔三〕風櫪：孫云：櫪，木名，亦作櫟。風櫪，爲風所吹軒舉飄揚也。

〔四〕斷腸：鮑照詩：「野風吹草木，游子心腸斷。」

雙鳥詩

雙鳥海外來，飛飛到中州。一鳥落城市，一鳥集巖幽。不得相伴鳴，爾來三千秋。兩鳥各閉口，萬象銜口頭〔一〕。春風卷地起，百鳥皆飄浮。兩鳥忽相逢，百日鳴不休。有耳聒皆聾〔二〕，有舌反自羞。百舌舊饒聲〔三〕，從此恒低頭。得病不呻唤〔四〕，泯默至死休。雷公告

天公，百物須膏油。自從兩鳥鳴，聒亂雷聲收〔五〕。鬼神怕嘲詠，造化皆停留。草木有微情，挑抉示九州〔六〕。蟲鼠誠微物，不堪苦誅求〔七〕。不停兩鳥鳴，百物皆生愁。不停兩鳥鳴，自此無春秋。不停兩鳥鳴，日月難旋輈。不停兩鳥鳴，大法失九疇〔八〕。周公不爲公，孔丘不爲丘。天公怪兩鳥，各捉一處囚。百蟲與百鳥〔九〕，然後鳴啾啾〔一〇〕。兩鳥既別處，閉聲省愆尤。朝食千頭龍，暮食千頭牛〔一一〕。朝飲河生塵，暮飲海絶流〔一二〕。還當三千秋，更起鳴相酬。

〔一〕萬象：拾遺記：皇娥歌：「萬象迴薄化無方。」

〔二〕聒耳：王逸九思：「鴝鵒鳴兮聒余。」注：多聲亂耳爲聒。

〔三〕百舌：記月令：反舌無聲。注：反舌，百舌鳥。淮南説山訓：人有多言者，猶百舌之聲。

〔四〕呻喚：説文：呻，吟也。喚，評也。

〔五〕雷聲收：記月令：雷乃收聲。

〔六〕挑抉：左傳：郰人紇抉之以出門者。説文：挑，撓也。抉，挑也。

〔七〕誅求：左傳：誅求無時。

〔八〕九疇：書洪範：天乃錫禹洪範九疇，彝倫攸叙。

〔九〕百蟲、百鳥：方从閣、杭、蜀本，作「七鳥」云，柳、謝、荆公皆作「七鳥」。謂月令七十二候之蟲鳥也。朱子曰：「『百蟲』即上文之蟲鼠，『百鳥』即上文所言皆飄浮者耳，與七十二候初不相關也。且使果爲七十二候之鳥，而但云『七鳥』，則詞既有所不備，又鳥既爲七，而蟲獨爲百，於例亦有所不通，初不必過爲之説也。」

〔一〇〕啾啾：古樂府隴西行：「鳳凰鳴啾啾。」

〔一一〕食龍、食牛：左傳：龍一雌死，潛醢以食夏后，夏后饗之。尸子：虎豹之駒，雖未成文，而已有食牛之氣。

〔一二〕生塵、絶流：列子湯問篇：夸父渴，欲得飲，赴飲河、渭，不足。神仙傳：麻姑云：「向到蓬萊，又水淺於往日，豈將復爲陵陸乎？」王遠歎曰：「聖人皆言海中行復揚塵也。」

按：方崧卿曰：「柳仲塗有此詩解一篇傳於世，謂指釋、老。然以歐公感二子詩及東坡李太白像贊考之，蓋專爲李、杜而作。」朱子曰：「釋老、李杜之説，恐亦未然。此但公爲己與孟郊作耳。『落城市』者，己也，『集巖幽』者，孟也。近見葛氏韻語陽秋，已有此説矣。」朱子之説最的。從此推之，則所謂「各捉一處囚」者，謂孟爲從事，己爲分司，孟已去職，己將還京也。

石鼓歌〔一〕

張生手持石鼓文〔二〕，勸我試作石鼓歌。少陵無人謫仙死，才薄將奈石鼓何？周綱陵遲四海沸〔三〕，宣王憤起揮天戈。大開明堂受朝賀，諸侯劍珮鳴相磨。蒐于岐陽騁雄俊〔四〕，萬里禽獸皆遮羅。鐫功勒成告萬世〔五〕，鑿石作鼓隳嵯峨〔六〕。從臣才藝咸第一，揀選撰刻留山阿。雨淋日炙野火燎，鬼物守護煩撝呵〔七〕。公從何處得紙本？毫髮盡備無差訛。辭嚴義密讀難曉，字體不類隸與科〔八〕。年深豈免有缺畫，快劍斫斷生蛟鼉。鸞翔鳳翥衆仙下，珊瑚碧樹交枝柯〔九〕。金繩鐵索鎖鈕壯，古鼎躍水龍騰梭〔一〇〕。陋儒編詩不收入，二雅褊迫無委蛇〔一一〕。孔子西行不到秦，掎摭星宿遺羲娥〔一二〕。嗟余好古生苦晚，對此涕淚雙滂沱。憶昔初蒙博士徵，其年始改稱元和。故人從軍在右輔〔一三〕，爲我量度掘臼科〔一四〕。濯冠沐浴告祭酒〔一五〕，如此至寶存豈多？氈苞席裹可立致〔一六〕，十鼓祇載數駱駝〔一七〕。薦諸太廟比郜鼎，光價豈止百倍過？聖恩若許留太學，諸生講解得切磋。觀經鴻都尚填咽〔一八〕，坐見舉國來奔波。剜苔剔蘚露節角〔一九〕，安置妥貼平不頗。大廈深檐與蓋覆，經歷久遠期無佗。中朝大官老於事〔二〇〕，詎肯感激徒媕婀〔二一〕。牧童敲火牛礪角〔二二〕，誰復著手爲摩挲〔二三〕？日銷月鑠就埋没，六年西顧空吟哦〔二四〕。羲之俗書趁姿媚〔二五〕，數紙尚可博白鵝〔二六〕。繼周八代爭戰罷〔二七〕，無人收拾理則那〔二八〕。方今太平日無事，柄任儒術崇丘軻。安能以此上論列，願借辯口如懸河〔二九〕。石鼓之歌止於此，嗚呼吾意其蹉跎！

〔一〕元和郡縣志：石鼓文在天興縣南二十里許。石形似鼓，其數有十，蓋紀周宣王畋獵之事，其文即史籀之跡。貞觀中，吏部侍郎蘇勖紀其事云，虞、褚、歐陽共稱古妙。雖歲久譌闕，然遺跡尚有可觀。而歷代紀地理志者不存紀録，尤可歎惜。歐陽修集古録：石鼓文久在岐陽，初不見稱於前世，至唐人始盛稱之。而韋應物以爲周文王之鼓，至宣王刻詩。韓退之直以爲宣王之鼓。在今鳳翔孔子廟中。鼓有十，先時散棄於野，鄭餘慶始置於廟，而亡其一。皇祐四年，向傳師求於民間得之，十鼓乃足。其文可見者四百六十五，磨滅不可識者過半。然其可疑者三。退之好古不妄者，予姑取以爲信耳。至於字畫，亦非史籀不能作也。按：以下行尚書職方員外郎至京師作。

〔二〕張生：□云：即張籍。

〔三〕周綱陵遲：鄭康成詩譜序：後王稍更陵遲，厲也，幽也，政教尤衰，周室大壞。

〔四〕宣王、蒐岐陽：王云：今岐山縣舊曰岐陽。韻語陽秋：「左傳：周成王蒐于岐陽。」昭公四年，椒舉言于楚子曰：「成有岐陽之蒐。」而韓退之石鼓歌則曰宣王，所謂「宣王憤起揮天戈」、「蒐于岐陽騁雄俊」是也。韋應物石鼓歌則曰文王，所謂「周文大獵岐之陽，刻石表功煒煌煌」是也。歐陽永叔云：前世所載古遠奇怪之事，虛而難信。況傳紀不載，不知韋、韓二君何據而有此說也。按：韻語陽秋謂成王見於左傳，文、宣史無明文，故有此辨。然古書之不傳者多矣。周之西都岐陽之蒐，諒亦非一。以爲宣王者，亦就籀體別之，以車攻、吉日詩體例之耳。但韋詩以爲文王，未審果有據否？下文又曰：「乃是宣王之臣史籀作。」竊意「周文大獵」本宣字之訛。而集古録遂仍其謬，强而爲之説，曰「文鼓宣刻」。其亦不近於理矣。今本韋詩曰：「周宣大獵岐之陽。」蓋後人所改正也。

〔五〕勒成：班固東都賦：「憲章稽古，封岱勒成。」

〔六〕嵯峨：張衡西京賦：「嵯峨嶕嶫。」按：隳嵯峨，謂隳壞高山也。

〔七〕撝呵：説文：撝，手指也。呵，大言而怒也。

〔八〕隸科：水經注：古文出於黄帝之世，倉頡本鳥跡爲字。自秦用篆書，焚燒先典，古文絶矣。魯恭王得孔子宅書，不知有古文，謂之科斗書。蓋因科斗之名遂效其形耳。篆，捷也。青州刺史傅弘什説臨淄人發古冢得銅棺，前和外隱起爲隸字，亦齊太公六世孫胡公之棺也。證知隸自出古，非始於秦。

〔九〕珊瑚碧樹：班固西都賦：「珊瑚碧樹，周阿而生。」

〔一〇〕古鼎躍水：史記封禪書：宋太丘社亡，而鼎没於泗水彭城下。水經注：周顯王四十二年，九鼎淪没泗淵。秦始皇時而鼎見於斯水。始皇自以德合三代，大憙，使數千人没水繫而行之，未出，龍齒齧斷其繫。

〔一一〕委蛇：蛇，唐何切。詩羔羊：「委蛇委蛇，退食自公。」掎摭：掎，居綺切。摭，之石切。説文：掎，偏引也。摭，拾也。梁簡文帝答湘東王書：我既拙於爲文，不敢輕有掎摭。

〔一二〕遺羲娥：孫云：羲娥，謂日月也。

〔一三〕故人：王伯順曰：退之時爲博士，請於祭酒。欲以數橐駝輿石鼓至太學，不從。留守鄭餘慶始遷之鳳翔孔子廟，故人謂鄭也。按：舊唐書憲宗紀及鄭餘慶傳，元和元年五月，餘慶罷相爲太子賓客。九月，改爲國子祭酒。十一月，拜河南尹。未嘗有從軍右輔之事。至三年乃檢校兵部尚書、東都留守，至十三年乃爲鳳翔隴右節度使。今詩言元年之事，而伯順以鄭餘慶當之，頗爲未允。恐「故人」別有所指也。右輔：□云：右輔，右扶風，即鳳翔府也。

〔一四〕臼科：孫云：謂安石鼓處。

〔一五〕濯冠：記禮器：澣衣濯冠以朝。

〔一六〕氈苞席裹：魏志鄧艾傳：陰平道山高谷深，至爲艱險。艾以氈自裹，推轉而下。

〔一七〕駱：一作「馲」，当作「橐」。

〔一八〕鴻都：後漢書靈帝紀：光和元年二月，始置鴻都門學士。水經注：蔡邕以嘉平四年，與五官中郎將堂谿典等，奏求正定六經文字，靈帝許之。邕乃自書丹於碑，使工鐫刻，立於太學門外。碑始立，其觀視及筆寫者，車乘日千餘兩，填塞街陌矣。

〔一九〕剜苔、剔蘚：剜，一丸切。説文：剜，削也。剔，解骨也。

〔二〇〕中朝：漢書龔勝傳：下將軍中朝者議。後漢書黄瓊傳：桓帝使中朝二千石以上會議其禮。左思魏都賦：「中朝有赩。」善曰：漢氏，大司馬、侍中、散騎、諸吏爲中朝。丞相六百石以下爲外朝。按：此中朝非漢制，但言中朝。大官：左傳：大官大邑，所以身庇也。

〔二一〕媕婀：媕，衣撿切。婀，音阿。説文：媕婀。陰婀也。

〔二二〕敲火：潘岳詩：「欻如敲石火。」

〔二三〕摩挲：後漢書薊子訓傳：與一老翁共摩挲銅人。

〔二四〕西顧：詩皇矣：「乃眷西顧。」

〔二五〕俗書：樊云：石鼓文，籀書也，秦變古爲篆爲隸。今又變爲楷，世俗書耳，非古書也。王得臣麈史：「王右軍書多不講偏傍。」此退之所謂「羲之俗書趁姿媚」者也。

〔二六〕博白鵝：晉書王羲之傳：性愛鵝。山陰有一道士，養好鵝。羲之往觀焉，意甚悦，固求市之。道士云：「爲寫道德經，當舉群相贈耳。」羲之欣然，寫畢，籠鵝而歸。

〔二七〕八代：□云：代謂漢、魏、晉、宋、齊、梁、陳、隋。自周而下，不啻八代。論其正統，又頗多説。今以石鼓所在言之，其秦、漢、魏、晉、元魏、齊、周、隋八代歟？

〔二八〕則那：那，乃多切。左傳：犀兕尚多，棄甲則那！杜預曰：那，猶何也。

〔二九〕懸河：世説：王長史問孫興公：「郭子①玄定何如？」孫曰：「吐章陳文，如懸河瀉水，注而不竭。」

容齋隨筆：文士爲文，有矜夸過實，雖韓文公不能免。如石鼓歌極道宣王之事偉矣。至云「孔子西行不到秦，掎摭星宿遺羲娥」，「陋儒編詩不收入，二雅褊迫無委蛇」，是謂三百篇皆如星宿，此詩如日月也。「二雅褊迫」之語，尤非所宜。言今世所傳石鼓之詞尚在，豈能出車攻、吉日之右？安知非經聖人所删乎？

黄震曰：嘗聞長者言，自昔詩文類不免差誤，惟昌黎之文、少陵之詩獨無之。然陸放翁嘗議其詠石鼓不當，謂删詩時失編入，此誠不免言語之疵。至若言及經義而是非不謬於聖人，則文人皆無昌黎比者矣。

【校　記】

①「子」，原作「公」，據世説新語改。郭象字子玄。

酬司門盧四兄雲夫院長望秋作〔一〕

長安雨洗新秋出，極目寒鏡開塵函。終南曉望蹋龍尾〔二〕，倚天更覺青巉巉〔三〕。自知短淺無所補，從事久此穿朝衫。歸來得便即游覽，暫似壯馬脱重銜〔四〕。曲江荷花蓋十里〔五〕，江湖生目思莫緘。樂游下矚無遠近〔六〕，緑槐萍合不可芟。白首寓居誰借問，平地寸步扃雲巖。雲夫吾兄有狂氣，嗜好與俗殊酸鹹。日來省我不肯去，論詩説賦相諵諵〔七〕。望秋一章已驚絶，猶言低抑避謗讒。若使乘酣騁雄怪，造化何以當鐫劖〔八〕？嗟我小生值强伴，怯膽變勇神明鑒〔九〕。馳坑跨谷終未悔，爲利而止真貪饞〔一〇〕。高揖群公謝名譽，遠追甫白感至諴〔一一〕。樓頭完月不共宿〔一二〕，其奈就缺行攕攕〔一三〕。

〔一〕新唐書百官志：司門郎中、員外郎各一人，掌門關出入之籍，及闌遺之物。按：周禮地官之屬已有司門。盧雲夫，名汀，見卷六赤藤杖歌注。

〔二〕終南：潘岳關中說：終南一名中南，言在天之中，居都之南。龍尾：水經注：龍首山長六十餘里，頭於渭，尾達樊川。昔有黑龍從南山出，飲渭水。其行道因山成跡。賈公談録：唐龍尾道在含元殿側。

〔三〕倚天：宋玉大言賦：「長劍耿耿倚天外。」

〔四〕壯馬：易明夷卦：用拯馬壯。重銜：杜甫詩：「鐵馬馳突重兩銜。」

〔五〕曲江：康駢劇談録：曲江池入夏則菰蒲葱翠，碧波紅蕖，湛然可愛。

〔六〕樂游：漢書宣帝紀：神爵三年春，起樂游苑。師古曰：三輔黄圖云：「在杜陵西北。」又關中記云：「宣帝立廟於曲池之北，號樂游。」按：其處則今之所呼樂游廟者是也。蓋本爲苑，後因立廟耳。劉石齡曰：兩京新記亦名樂游原，基地最高，四望寬敞。

〔七〕諵諵：女咸切，同喃。説文：詍詍，多語也。

〔八〕劖：音巉。

〔九〕怯勇：暗用光武紀語。鑒：音監。

〔一〇〕貪饞：廣韻：饞，不廉。孫云：言拘於利禄而不游此山，是爲貪饞之人矣。

〔一一〕諴：音咸。

〔二〕完月：朱子曰：月蝕詩有「完完上天東」之句，言月圓也。

〔三〕攕攕：同摻，一作「纖」。方云：按詩：「摻摻女手。」説文與石經皆作「攕攕」。廣韻：攕，所咸切，女貌。按：後世作「纖纖」。鮑照詩：「始見西南樓，纖纖如玉鉤。」劉孝綽詩：「秋月始纖纖。」蓋古今遞變也。

送陸暢歸江南〔一〕

舉舉江南子〔二〕，名以能詩聞〔三〕。一來取高第〔四〕，官佐東宮軍〔五〕。迎婦丞相府〔六〕，誇映秀士群〔七〕。鸞鳴桂樹間，觀者何繽紛。人事喜顛倒〔八〕，旦夕異所云。蕭蕭青雲幹，遂逐荆棘焚。歲晚鴻鴈過，鄉思見新文。踐此秦關雪，家彼吴洲雲。悲啼上車女，骨肉不可分。感槩都門別〔九〕，丈夫酒方醺。我實門下士〔一〇〕，力薄蚋與蚊〔一一〕。受恩不即報，永負湘中墳〔一二〕。

〔一〕新唐書韋皋傳：皋侈横，朝廷欲追繩其咎。而不與皋者詆皋所進兵皆鏤「定秦」字。有陸暢者上言：臣向在蜀，知「定秦」者，匠名也。繇是議息。暢，字達夫，皋雅所厚禮。始天寶時，李白爲蜀道難篇以斥嚴武，暢更爲蜀道易以美皋焉。

〔二〕舉舉：方云：唐人以舉止端麗爲舉舉。

〔三〕能詩：樊云：暢貢舉年，對雪落句云：「天人寧底巧，翦水作花飛。」山齋翫月云：「起來自擘書窗破，恰漏清光落枕前。」經崔諫議林亭云：「蟬噪入雲樹，風開無主花。」及登蘭省，遇雲陽公主下降。暢爲儐相，有詠簾、詠行障、催妝等作。內人以暢吴音，才思敏捷，以詩嘲之。暢酬曰：「粉面仙郎選聖朝，偶逢秦女學吹簫。須教翡翠聞王母，不奈烏鳶噪鵲橋。」觀此可見其能詩矣。

〔四〕高第：□云：畅，元和元年進士。

〔五〕東宫軍：□云：暢爲皇太子僚屬。按：新唐書百官志：「太子左右率府，率各一人，副率各二人，録事參軍事、倉曹參軍事、兵曹參軍事、胄曹參軍事、騎曹參軍事各一人。」詩云「官佐東宫軍」，蓋參軍之屬也。

〔六〕迎婦：按：公撰董溪墓誌：溪，字惟深，丞相隴西公第二子，長女嫁吴郡陸暢。古今詩話：陸暢娶董溪女，每旦婢進澡豆，暢輒沃水服之。或曰：「君爲貴門女壻，幾多樂事？」暢曰：「貴門苦禮法，婢子食辣麨，殆不可過。」

〔七〕秀士：記王制：命鄉論秀士，升之司徒曰選士。

〔八〕人事顛倒：新唐書董晉傳：晉子溪，擢明經，三遷萬年令。討王承宗也，擢度支郎中，爲東道行營糧料使。坐盜軍貲，流封州，至長沙，賜死。

〔九〕感槩：按：史記季布傳贊：「婢妾賤人感慨而自殺者，非能勇也。」漢書作「槪」。師古曰：「感概，謂感念局狹爲小節槩。」又郭解傳：「少時陰賊感概。」師古曰：「感意氣而立節槩也。」

〔一〇〕門下士：新唐書韓愈傳：董晉爲宣武節度使，表署觀察推官。

〔一一〕蚋蚊：莊子天下篇：觀惠施之能，其猶一蚊一虻之勞者也。埤雅釋蟲：説文曰：秦、晉謂之蜹，楚謂之蚊。

〔一二〕湘中墳：董溪墓誌：溪除名徙封州，元和六年五月，死湘中。明年立皇太子，有赦令許歸葬，其子居中始奉喪歸。□云：此云湘中墳，豈公作此詩時尚藁葬湘中耶？

送無本師歸范陽原注：即賈島也。〔一〕

無本於爲文，身大不及膽。吾嘗示之難，勇往無不敢。蛟龍弄角牙，造次欲手攬〔二〕。衆鬼囚大幽，下覷襲玄窞〔三〕。天陽熙四海，注視首不頷〔四〕。鯨鵬相摩窣〔五〕，兩舉快一啖。夫豈能必然？固已謝黯黮〔六〕。狂詞肆滂葩〔七〕，低昂見舒慘〔八〕。姦窮怪變得，往往造平淡。蜂蟬碎錦纈，緑池披菡萏〔九〕。芝英擢荒蓁〔一〇〕，孤翮起連菼。家住幽都遠〔一一〕，未識氣先感。來尋我何能？無殊嗜昌歜〔一二〕。始見洛陽春，桃枝綴紅糝〔一三〕。遂來長安里，時卦轉習坎〔一四〕。老懶無鬭心，久不事鉛槧。欲以金帛酬，舉室常顑頷〔一五〕。念當委我去，雪霜刻以憯〔一六〕。獰飈攪空衢，天地與頓撼〔一七〕。勉率吐歌詩，慰女別後覽〔一八〕。

〔一〕新唐書賈島傳：島，字浪仙，范陽人。初爲浮屠，名無本。來東都，時洛陽令禁僧午後不得出。島爲詩自傷，韓愈憐之，因教其爲文，遂去浮屠，舉進士。當其苦吟，雖逢值公卿貴人，皆不之覺也。一日見京兆尹，跨驢不避，謼詰之，久乃得釋。樊云：此詩元和六年冬作。

〔二〕手攬：釋名：攬，斂也，斂置手中也。陸機詩：「攬之不盈手。」

〔三〕窞：徒感切。易坎卦：習坎，入於坎窞。虞翻曰：坎中小穴曰窞。

〔四〕首不頷：李本作「顉」。方云：説文：顉，低頭也。列子：巧夫顉其頤。朱子曰：説文：「顉，五感切。」引衛獻公「顉之而已」爲證，則與「頷」字自不同也。然左傳今本只作「頷」，未詳其説。或疑下有「顑頷」字，此不當重押，則作「顉」爲是。然「顑頷」字見楚詞，與「不頷」義不同也。

〔五〕摩窣：窣，蘇骨切。司馬相如子虛賦：「媻姍勃窣，上乎金隄。」説文：窣，从穴中卒出。王云：亦摩也。按：曹植詩云：「飛飛摩蒼天。」摩指鵬，穴中卒出者指鯨，王説非也。

〔六〕黯黮：黮，音萏。莊子齊物論：「則人固受其黮黯。」注：暗昧不明也。

〔七〕滂葩：按：滂沛紛葩也。

〔八〕舒慘：張衡西京賦：「夫人在陽時則舒，在陰時則慘。」

〔九〕菡萏：爾雅釋草：荷芙蕖，其花曰菡萏。按：南史顔延之傳：「延之嘗問鮑照己詩與靈運優劣，照曰：『謝五言如初發芙蓉，自然可愛。君詩若鋪錦列繡，亦雕繢滿眼。』」公蓋兼采其語，言賈或「雕鐫出小詩」，或「天然去雕飾」也。下二句亦狀其詩，言於荒榛連菼一望平蕪中，亦時有矯矯者也。

〔一〇〕蓁：一作「榛」。

〔一一〕幽都：書：分命和叔，宅朔方，曰幽都。新唐書地理志：幽都，本薊縣地，隋置遼西郡。

〔一二〕昌歜：歜，徂感切。左傳：享有昌歜。杜預曰：昌蒲葅也。

〔一三〕紅糝：糝，桑感切。按：「糝」字見内則。廣韻：糂，桑感切，羹糂或作糝。杜甫詩：「糝徑楊花鋪白氈。」

〔一四〕習坎：易坎卦：習坎有孚。□云：公是年秋遷職方員外郎。遂來長安里，與之别十一月矣。坎，十一月卦也。按：京房易傳云：「龍德十一月在子，在坎卦。」又云：「立夏，四月節，在申，坎卦六四，立冬同用。」今詩云「時卦轉習坎」，自是秋轉爲冬也。

〔一五〕顑頷：顑，苦感切。頷，胡感切。屈原離騷：「長顑頷亦何傷？」注：顑頷，不飽貌。

〔一六〕刻憯：憯，音慘。宋玉九辯：「中憯惻之悽愴兮。」

〔一七〕頓撼：撼，音頷。廣韻：撼，動也。

〔一八〕尉：古慰字。

俞瑒曰：凡昌黎先生論文諸作，極有關繫。其中次第，俱從親歷，故能言其甘苦親切乃爾。如此詩云：「無本於爲文，身大不及膽。吾嘗示之難，勇往無不敢。」作詩入手須要膽力，全在勇往上，見其造詣之高。又云：「姦窮怪變得，往往造平淡。」平淡得於能變之後，所謂漸近自然也。此境夫豈易到？公之指點來學者，深矣微矣。

按：集注引劉公嘉話云：「島初赴舉京師，一日於馬上得句，云：『鳥宿池邊樹，僧敲月下門。』初欲作『推』字，練之未定，不覺衝尹。時韓吏部權京尹，左右擁至前，具告所以。韓立馬良久，曰：作『敲』字佳矣。遂與爲布衣交。有詩曰：『孟郊死葬北邙山，日月風雲頓覺閒。天恐文章渾斷絕，再生賈島在人間。』」又摭言云：「島嘗騎驢天衢，時秋風正厲，黄葉可埽。島忽吟曰：『落葉滿長安。』卒求一聯不可得。因唐突京尹劉栖楚，被繫一夕而得釋。新史與摭言合，而嘉話所云公與島詩，東坡云『世俗無知者所託，非退之語』。」洪氏亦云：「按送無本時，公爲河南尹，不應至是方相知。」又樊氏云：「按此詩六年冬作，而是年秋東野亦有詩與無本云：『長安秋聲乾，木葉相號悲。』時東野尚無恙，何以云『死葬北邙山』耶？若以公爲京尹始識島，則爲京尹在長慶三年，而是年何以有此作也？」諸家之辨具確，故附載郊詩以證嘉話之謬。且細翫公詩云「家住幽都遠，未識氣先感。來尋我何能？無殊嗜昌歜」，則島實攜其所業至東都干公，非遇之於塗也。「始見洛陽春，桃枝綴紅糝。遂來長安里，時卦轉習坎」，則島以六年春至東都謁公，至冬復告別於京師也。郊詩作於秋末，公詩作於冬初，相去無幾耳。因島出自寒微，又性狷狹，故得以誣之。劉栖楚爲京尹事在敬宗之世，即摭言所云，亦安知其不謬也？

韓昌黎詩集編年箋注卷八

卷八凡五十四首，卷首至石鼎聯句，元和七年以職方員外郎復爲國子博士時作。孔雀詩以下，八年改比部郎中、史館修撰時作。酬王舍人雪中見寄以下，九年改考功郎中、知制誥時作。

盧郎中雲夫寄示送盤谷子詩兩章歌以和之〔一〕

昔尋李愿向盤谷，正見高崖巨壁爭開張〔二〕。是時新晴天井溢〔三〕，誰把長劍倚太行〔四〕？衝風吹破落天外〔五〕，飛雨白日灑洛陽〔六〕。東蹈燕川入曠野〔七〕，有饋木蕨芽滿筐〔八〕。馬頭溪深不可厲〔九〕，借車載過水入箱。平沙緑浪榜方口〔一〇〕，鴈鴨飛起穿垂楊。窮探極覽頗恣橫，物外日月本不忙〔一一〕。歸來辛苦欲誰爲，坐令再往之計墮眇芒。閉門長安三日雪，推書撲筆歌慨慷〔一二〕。旁無壯士遣屬和〔一三〕，遠憶盧老詩顛狂。開緘忽覩送歸作，字向紙上皆軒昂。又知李侯竟不顧，方冬獨入崔嵬藏。我今進退幾時決，十年蠢蠢隨朝行。家請官供不報答，何無雀鼠偷太倉〔一四〕？ 行抽手版付丞相〔一五〕，不待彈劾歸耕桑〔一六〕。

〔一〕公送李愿歸盤谷序：太行之陽有盤谷，友人李愿居之。朱子曰：盤谷在孟州濟源縣。□云：貞元十七年，公送李愿歸盤谷有序，此詩元和七年冬作，詳詩意可見。又云：「十年蠢蠢隨朝行」，蓋自貞元十九年癸未爲御史登朝，至元和七年壬辰爲十年矣。按：此詩當是七年春作。「方冬」者，蓋此乃和詩追述去年冬也。「歸來辛苦欲誰爲」、「不待彈劾還耕桑」，自是未坐柳澗事下遷時語。以下皆七年作。

〔二〕開張：漢書揚雄傳：「嵚巖巖其龍鱗。」師古曰：嵚，開張貌。

〔三〕天井：水經注：白水東南流歷天井關。故劉歆遂初賦曰：「馳太行之險峻，入天井之高關。」白水又東，天井溪水會焉。水出天井關北，流注白水，世謂之北流泉。新唐書地理志：澤州晉城縣有天井關，一名太行關。

〔四〕長劍倚：宋玉大言賦：「長劍耿耿倚天外。」孫云：水自天井傾瀉而下，如長劍之倚山。太行：書禹貢：太行恒山至于碣石。

〔五〕衝風：屈原九歌：「與女游兮九河，衝風起①兮水揚波。」落天外：劉石齡云：李白望盧山瀑布詩：「飛流直下三千尺，疑是銀河落九天。」

〔六〕飛雨：水經注：寒泉湧山頂，似若瀑布，頹波激石，散若雨灑。王云：謂吹此長劍之水，漂散如雨。蔣云：詩言大風吹水，漂散作雨，而灑洛陽也。

〔七〕燕川：朱子曰：燕川、方口皆盤谷旁近之小地名。

〔八〕木蕨：詩草蟲：「陟彼南山，言采其蕨。」按：爾雅翼云：「野人今歲焚山，則來歲蕨菜繁生，其舊生蕨之處，蕨葉老硬敷披，謂之蕨基。」本草稱爲「木蕨」，或以此耶。

〔九〕馬頭：王云：溪名。按：水經：「穀水出弘農黽池縣南穀陽谷。」注云：「今穀水出於崤東馬頭山穀陽谷。」考新唐書地理志：「黽池屬河南府。」則馬頭溪或即山下溪也。

〔一〇〕方口：□云：公盆池詩「恰如方口釣魚時」，即其地也。按：方崧卿盆池詩注云：「『方』或作『枋』，唐屬衛州，桓温敗枋頭，乃其地也。公此詩及盤谷子詩只作『方口』。」朱子曰：「按公盤谷詩因及方口、燕川，則二處皆盤谷旁近之小地名耳。盤谷在孟州濟源縣，孟州東過懷州乃至衛州，而濟源又在孟州西北四十里，則游盤谷者安得至衛州之枋頭乎？方説非是。」余竊謂朱子之辨有未核者。按：水經注：「沁水南徑石門，晉安平獻王孚興河内水利，因太行以西，王屋以東，衆谷走水，小口漂迸，木門朽敗，於去堰五里以外取方石爲門，用代木枋。故石門舊有枋口之稱。」又云：「于沁水縣北，自方口東南流，奉溝水右出焉。」考之晉書桓温傳，温至枋頭，使開石門以通運，正與此合，豈非即其地乎？又按：新唐書地理志：「孟州濟源縣有坊口堰。」則方口、盤谷同在濟源矣。孟郊集有游枋口詩云：「一步復一步，出行千里幽。爲取山水意，故作寂寞游。太行青巔高，枋口碧照浮。明明無底鏡，泛泛忘機鷗。」又與王涯游枋口柳溪詩云：「萬株古柳根，拏此磷磷溪。野榜多屈曲，仙潯無端倪。」則非盤谷旁近小地明矣。要之枋、方、坊三字不同，其地則一，崧卿誤以爲屬衛州，朱子亦未深考耳。

〔一一〕物外：張衡歸田賦：「苟縱心於物外，安知榮辱之所如。」

〔一二〕撲筆：祝云：撲，擲也。慨慷：魏武帝短歌行：「慨當以慷，憂思難忘。」

〔一三〕屬和：宋玉對楚王問：「國中屬而和者數千人。」

〔一四〕太倉：史記李斯傳：斯見廁中鼠，食不潔，近人犬，數驚恐之。觀倉中鼠，食積粟，居大廡之下，不見人犬之憂，乃歎曰：「人之賢不肖，譬如鼠矣。」

〔一五〕手版：世説：王子猷以手版拄頰云：「西山朝來，致有爽氣。」隋書禮儀志：百官朝，服公服，皆執手版。唐輿服雜事：古者貴賤皆執笏，有事搢之於腰帶中。後代惟八座尚書執笏、白筆，綴手版頭，餘但執手版，不執筆，示非記事官也。

〔一六〕彈劾：後漢周燮傳序：閔仲叔投劾而去。注：按罪曰劾，自投其劾狀而去也。

【校　記】

①「起」，楚辭章句補注作「至」。

贈劉師服〔一〕

羨君齒牙牢且潔，大肉硬餅如刀截。我今呀豁落者多〔二〕，所存十餘皆兀䖵〔三〕。匙抄爛飯穩送之〔四〕，合口軟嚼如牛呞〔五〕。妻兒恐我生悵望，盤中不飣栗與梨。祇今年纔四十五，後日懸知漸莽鹵〔六〕。朱顏皓頸訝莫親，此外諸餘誰更數？憶昔太公仕進初，口含兩齒無贏餘〔七〕。虞翻十三比豈少〔八〕，遂自惋恨形於書。丈夫命存百無害，誰能檢點形骸外〔九〕？巨緡東釣儻可期，與子共飽鯨魚膾〔一〇〕。

〔一〕舊注：「服」一作「命」。按：師服、師命皆無關輕重之人，其疑爲師命者，以據昌黎有送進士劉師服東歸詩，云「不自求騰軒」，則師服爲矜慎名節之人。師命放誕不羈，時越行檢，如劉生詩所云「越女一笑三年留」，正與「朱顏皓頸」句相映。但舊唐書憲宗紀：「元和十二年，于季友居喪，與進士劉師服歡宴夜飲。季友削官忠州安置，師服配流連州。」亦未能全令名，則此詩或贈師服，亦未可知，不足定一是也。

〔二〕呀豁：司馬相如上林賦：「谽呀豁閜。」

〔三〕兀鼿：一作「𩨨鼿」，或作「杌隉」。

〔四〕匙抄：杜甫詩：「老人他日愛，正想滑流匙。」又：「飯抄雲子白。」

〔五〕牛呞：呞，丑之切。玉篇：呞，牛噍也。楞嚴經：橋梵鉢提，有牛呞病。

〔六〕莽鹵：方云：「鹵莽」本莊子則陽篇「君爲政焉，勿鹵莽」，然唐人多倒用之。柳子厚「沈昏莽鹵」，又「食貧甘莽鹵」，白樂天「養生仍莽鹵，始覺琵琶絃」，所用同也。

〔七〕太公兩齒：韓詩外傳：太公七十二，齳然而齒墮矣。方云：太公兩齒事見古本荀子。

〔八〕虞翻十三：方云：虞翻，吴志只載其上書謂「臣年耳順，髪白齒落」。豈在當時，猶可考也耶？顧嗣立曰：按三國志：「虞翻少好學，有高氣。年十二，客有候其兄者不過翻，翻追與書曰：『僕聞虎魄不拾腐芥，磁石不受曲鍼，過而不存，不亦宜乎？』客得書奇之，由是見稱。」語出吴書。公詩用此，崧卿祇引「髪白齒落」，而不及此，豈未之見耶？按：此事正與「惋恨形於書」合。但十二，非十三也。傳寫誤耶？抑韓公别有所據耶？

〔九〕形骸外：莊子德充符篇：申徒嘉謂子産曰：「今子與我游于形骸之内，而子索我于形骸之外，不亦過乎？」

〔一〇〕鯨魚膾：□云：東坡詩「嘗譏韓子隘且陋，一飽鯨魚何足膾」，謂此也。

和崔舍人詠月二十韻原注：崔群。〔一〕

三秋端正月，今夜出東溟〔二〕。對日猶分勢〔三〕，騰天漸吐靈。未高烝遠氣，半上霽孤形。赫奕當躔次〔四〕，虚徐度杳冥〔五〕。長河晴散霧，列宿曙分螢〔六〕。浩蕩英華溢，蕭疏物象泠。池邊臨倒照，檐際送横經。花樹參差見，皋禽斷續聆〔七〕。牖光窺寂寞〔八〕，砧影伴娉婷。幽坐看侵户，閑吟愛滿庭。輝斜通壁練〔九〕，彩碎射沙星〔一〇〕。清潔雲間路，空涼水上亭。淨堪分顧兔，細得數飄萍。山翠相凝緑，林烟共冪青。過隅驚桂側，當午覺輪停。屬思擒霞錦，追歡罄縹瓶〔一一〕。郡樓何處望〔一二〕？隴笛此時聽〔一三〕。右掖連台座〔一四〕，重門限禁扃。風臺觀滉瀁〔一五〕，冰砌步青熒〔一六〕。獨有虞庠客〔一七〕，無由拾落蓂〔一八〕。

〔一〕新唐書群傳：累遷右補闕、翰林學士、中書舍人，數陳讜言，憲宗嘉納。餘見卷四游青龍寺贈崔大補闕詩。□云：公元和七年以職方員外郎下遷國子博士，此詩其年八月所作。故落句云：「獨有虞庠客，無由拾落蓂。」意謂職在虞庠，去堯階遠矣。

〔二〕出東溟：顔延之詩：「元天高北列，日觀臨東溟。」

〔三〕對曰：釋名：望，月滿之名也，月在東，日在西，遥相望也。

〔四〕躔次：吕氏春秋：月躔二十八宿。

〔五〕虚徐：詩北風：「其虚其徐。」

〔六〕長河、列宿：謝莊月賦：「列宿掩縟，長河韜映。」

〔七〕皋禽：謝莊月賦：「聆皋禽之夕聞。」

〔八〕牖光：陸機詩：「明月入我牖。」

〔九〕輝斜：梁簡文帝序愁賦：「玩飛花之入户，看斜輝之度寮。」通壁練：沈約詩：「秋月明如練。」按：詩意謂壁流光而似練，沙散彩而如星也，琢句精工，能狀難狀之景。

〔一〇〕射沙星：砦溪詩話：龍太初自稱詩人，謁介甫，坐中賦沙云：「鳥過風平篆，潮迴日射星。」成於促迫，而切當如此，固宜詩人不復措詞，然皆有所據。韓公聯句云：「窑烟幕疏島，沙篆印迴平。」

詠月云：「輝斜通壁練，彩碎射沙星。」

〔一一〕縹瓶：曹植七啟：「春清縹酒，康狄所營。」李善曰：縹，緑色而微白也。按：此云縹瓶，指瓶色也。鄒陽酒賦：「清醪既成，緑瓷既啟。」潘岳笙賦：「披黄包以授甘，傾縹瓷以酌醽。」

〔一二〕郡樓：世說：庾太尉在武昌，秋夜，氣佳景清，使吏殷浩、王胡之之徒登南樓理詠。庾公俄率左右步來，諸賢欲起避之，公徐云：「諸君少住，老子於此處興復不淺。」

〔一三〕隴笛：蔣云：笛曲有關山月，故云。

〔一四〕右掖：應劭漢官儀：中書爲右曹，又稱西掖。洛陽故宫銘：洛陽宫有東掖門、西掖門。漢書注：掖門在兩旁，若人之臂掖。

〔一五〕滉瀁：曹植節游賦：「望洪池之滉瀁。」

〔一六〕冰砌：謝莊月賦：「連觀霜縞，周除冰淨。」說文：砌，階甃也。

〔一七〕虞庠：記王制：周人養國老於東膠，養庶老於虞庠。虞庠在國之西郊。

〔一八〕落蓂：張協七命：「悲蓂莢之朝落，悼望舒之夕缺。」

秋懷詩十一首〔一〕

窗前兩好樹，衆葉光薿薿。秋風一披拂〔二〕，策策鳴不已。微燈照空牀，夜半偏入耳。愁憂無端來，感歎成坐起。天明視顏色，與故不相似。羲和驅日月，疾急不可恃。浮生雖多塗〔三〕，趨死惟一軌。胡爲浪自苦？得酒且歡喜。

白露下百草，蕭蘭共雕悴〔四〕。青青四牆下〔五〕，已復生滿地。寒蟬暫寂寞，蟋蟀鳴自恣。運行無窮期，稟受氣苦異。適時各得所，松柏不必貴。

彼時何卒卒〔六〕，我志何曼曼〔七〕？犀首空好飲〔八〕，廉頗尚能飯〔九〕。學堂日無事，驅馬適所願。茫茫出門路，欲去聊自勸。歸還閱書史，文字浩千萬。陳跡竟誰尋〔一〇〕？賤嗜非貴獻。丈夫意有在，女子乃多怨。

秋氣日惻惻〔一一〕，秋空日淩淩。上無枝上蜩，下無盤中蠅。豈不感時節？耳目去所憎。清曉卷書坐，南山見高稜。其下澄湫水〔一二〕，有蛟寒可罾〔一三〕。惜哉不得往，豈謂吾無能〔一四〕？

離離挂空悲，戚戚抱虛警〔一五〕。露泫秋樹高，蟲弔寒夜永〔一六〕。斂退就新懦，趨營悼前猛。歸愚識夷塗〔一七〕，汲古得修綆〔一八〕。名浮猶有恥〔一九〕，味薄真自幸。庶幾遺悔尤，即此是幽屏〔二〇〕。

今晨不成起，端坐盡日景。蟲鳴室幽幽，月吐窗冏冏〔二一〕。喪懷若迷方〔二二〕，浮念劇含梗。塵埃慵伺候，文字浪馳騁。尚須勉其頑，王事有朝請〔二三〕。

秋夜不可晨，秋日苦易暗。我無汲汲志〔二四〕，何以有此憾？寒雞空在棲，缺月煩屢瞰。有琴具徽絃〔二五〕，再鼓聽愈淡。古聲久埋滅，無由見真濫〔二六〕。低心逐時趨，苦勉祗能暫。有如乘風船〔二七〕，一縱不可纜。不如覷文字，丹鉛事點勘。豈必求贏餘〔二八〕？所要石與甔〔二九〕。

卷卷落地葉，隨風走前軒。鳴聲若有意，顛倒相追奔。空堂黄昏暮，我坐默不言。童子自外至，吹燈當我前〔三〇〕。問我我不應，饋我我不餐。退坐西壁下，讀詩盡數編。作者非今士，相去時已千。其言有感觸，使我復凄酸。顧謂汝童子，置書且安眠。丈夫屬有念〔三一〕，事業無窮年。

霜風侵梧桐，衆葉著樹乾〔三二〕。空階一片下，琤若摧琅玕〔三三〕。謂是夜氣滅，望舒霣其團〔三四〕。青冥無依倚，飛轍危難安〔三五〕。驚起出户視，倚楹久汍瀾。憂愁費晷景〔三六〕，日月如跳丸〔三七〕。迷復不計遠，爲君駐塵鞍。

暮暗來客去，群囂各收聲〔三八〕。悠悠偃宵寂，亹亹抱秋明〔三九〕。世累忽進慮，外憂遂侵誠。强懷張不滿，弱念缺已盈。詰屈避語阱〔四〇〕，冥茫觸心兵〔四一〕。敗虞千金棄〔四二〕，得比寸草榮。知恥足爲勇，晏然誰汝令？

鮮鮮霜中菊，既晚何用好。揚揚弄芳蝶〔四三〕，爾生還不早〔四四〕。運窮兩值遇，婉孌死相保〔四五〕。西風蟄龍蛇〔四六〕，衆木日凋槁。由來命分爾，泯滅豈足道？

〔一〕按：自宋玉悲秋而有九辯，六朝因之有秋懷詩，皆以摇落自比也。此詩云「學堂日無事」，乃自員外郎下爲國子博士時作。

〔二〕披拂：莊子天運篇：風起北方，一西一東，孰居無事而披拂是？

〔三〕浮生：莊子刻意篇：其生若浮，其死若休。

〔四〕雕：一作「憔」，或作「凋」。

〔五〕四牆：襄陽耆舊傳：蔡瑁屋宇甚好，四牆皆以青石結角。

〔六〕卒卒：卒，音猝。司馬遷報任安書：卒卒無須臾之間。

〔七〕曼曼：屈原九章：「終長夜之曼曼兮，掩此哀而不去。」

〔八〕犀首：史記陳軫傳：陳軫過梁，欲見犀首。犀首見之，陳軫曰：「公何好飲也？」曰：「無事也。」又：犀首者，名衍，姓公孫氏。

〔九〕廉頗：史記廉頗傳：趙王使使者視廉頗尚可用否。使者既見廉頗，頗爲之一飯斗米，肉十斤，被甲上馬以示尚可用。趙使還報王曰：「廉將軍雖老，尚善飯。」

〔一〇〕陳跡：莊子天運篇：「六經，先王之陳跡也。」

〔一一〕惻惻：潘岳寡婦賦：「情惻惻而彌甚。」

〔一二〕湫水：樊云：此即南山湫也。「蛟」即南山詩所謂「凝湛閟陰獸」者也。

〔一三〕罾：屈原九歌：「罾何爲兮水上。」

〔一四〕按：明人唐汝詢曰：「『有蛟寒可罾』四句，爲憲宗之世，朝政漸肅，宜討不庭，而已無權，故有是歎。」但概云憲宗時，未有以定其何年所作。以余觀之，殆爲王承宗也。按：舊唐書憲宗紀：「元和七年六月，鎮州甲仗庫灾，王承宗常蓄叛謀，至是始懼天罰，凶氣稍奪。」先是裴度極言淮、蔡可滅，公亦奏其敗可立而待，執政不喜。至是以柳澗事降爲國子博士，故曰「惜哉不得往」也。南湫之蛟特借喻耳，若誠言蛟，不足入秋懷也。

〔一五〕虚警：顧嗣立曰：顧炎武云：陸機歎逝賦：「節循虚而警至。」按：此説未妥。循虚警至，言時節於空中警動而至，此何可抱耶？大抵警猶驚也，乃戚戚焉時懷怵惕耳。

〔一六〕露泫、蟲弔：方云：謝靈運詩：「花上露猶泫。」謝惠連詩：「泫泫露盈條。」王僧達詩：「秋還露泫柯。」古詩於露用「泫」字非一。朱子曰：按檀弓：「孔子泫然流涕。」則泫爲流涕之貌，於下句「蟲弔」對偶尤切。

〔一七〕夷塗：陸雲詩：「假我夷塗，頓不忘驅。」

〔一八〕綆：音梗。

〔一九〕名浮：記表記：恥名之浮於行。

〔二〇〕幽屏：屏，必郢切。按：舊注引左思吴都賦：「雜插幽屏。」李善注：幽屏，生處也。按：詩意豈可謂即此是生處耶？當用曹植出婦賦：「遂㢠頹而失望，退幽屏於下庭。」蓋謂屏居耳。又卷六東都遇春詩：「即事取幽迸。」正可與此參看。

〔二一〕冏冏：江淹詩：「冏冏秋月明，憑軒詠堯老。」

〔二二〕迷方：列子周穆王篇：秦人逢氏子有迷罔之疾，天地四方無不顛倒者。鮑照詩：「南國有儒生，迷方獨淪誤。」

〔二三〕朝請：漢書劉向傳：賜望之爵關内侯、奉朝請。

〔二四〕汲汲：陶潛詩：「汲汲魯中叟，彌縫使其淳。」

〔二五〕徽絃：嵇康琴賦：「絃以園客之絲，徽以鍾山之玉。」

〔二六〕真濫：樂記：古樂和正以廣，新樂姦聲以濫。

〔二七〕乘風船：晉書王濬傳：濬將至秣陵，王渾遣信要令暫過論事。濬舉帆直指，報曰：風利，不得泊也。

〔二八〕贏餘：後漢書馬援傳：致求贏餘，但自苦耳。

〔二九〕甔：都濫切，一作「儋」，又作「擔」。列子湯問篇：狀若甔甀。

〔三〇〕吹燈：按：吹有二義。淮南説山訓：「或吹火而然，或吹火而滅。」所以吹者異也。如王僧孺詩：「月出夜燈吹。」此吹滅也。拾遺記：「劉向校書天禄閣，夜有老人植青藜杖，登閣而進，見向暗中獨坐誦書，乃吹杖端烟燃。」開元天寶遺事：「蘇頲少好學，每患無燈燭，常於馬廄竈中旋吹火光，照書誦焉。」此吹然也，公詩正如此。

〔三一〕屬有念：鮑照詩：「幽居屬有念，含意未連詞。」

〔三二〕葉乾：蔡琰胡笳十八拍：「塞上黄蒿兮枝枯葉乾。」

〔三三〕琤：一作「瑲」。

〔三四〕望舒霣：屈原離騷：「前望舒使先驅兮。」公羊傳：夜中星霣如雨。蔡云：聞葉聲琤然，誤謂望舒之霣其團也。

〔三五〕飛轍：梁簡文帝詠月詩：「飛輪了無轍，明鏡不安臺。」

〔三六〕晷景：釋名：晷，規也，如規畫也。景，境也，明所照處有境限也。

〔三七〕跳丸：按：張衡西京賦：「跳丸劍之揮霍，走索上而相逢。」蓋古人角觝戲中有跳丸之戲，故以喻日月之迅疾也。某注引莊子「東西跳梁」，未切。至杜牧詩「日月兩跳丸」，則祖此也。

〔三八〕收聲：記月令：雷乃收聲。

〔三九〕亹亹：宋玉九辯：「時亹亹而過中兮，蹇淹留而無成。」

〔四〇〕詰屈：柏梁詩：「迫窘詰屈幾窮哉？」

〔四一〕心兵：莊子庚桑楚篇：兵莫憯於志，而鏌鎁爲下。按：李義山「心鐵已從干鏌厲」，劉叉「磨損胸中萬古刀」，皆此義。

〔四二〕千金棄：莊子山木篇：林回棄千金之璧，負赤子而趨。或曰：「爲其布與？赤子之布寡矣。爲其累與？赤子之累多矣。棄千金之璧，負赤子而趨，何也？」林回曰：「彼以利合，此以天屬也。夫以利合者，迫窮禍患害相棄也。以天屬者，迫窮禍患害相收也。」

〔四三〕揚揚：史記晏子傳：意氣揚揚，甚自得也。

〔四四〕生不早：王云：東坡詩云：「勿訝昌黎公，恨爾生不早。」謂此語也。

〔四五〕婉孌：詩甫田：「婉兮孌兮。」

〔四六〕蟄龍蛇：易繫辭：龍蛇之蟄，以存身也。

樊云：秋懷詩十一首，文選詩體也。唐人最重文選學，公以六經之文爲諸儒倡，文選弗論也。獨於李邢墓誌曰：「能暗記論語、尚書、毛詩、左氏、文選。」而公詩如「自許連城價」、「傍砌有紅藥」、「眼穿長訝雙魚斷」之句，皆取諸文選，故此詩往往有其體。

劉辰翁曰：秋懷詩終是豪宕，非選體也。

黃震曰：寄興悠遠，多感歎自斂退之意。

按：昌黎短篇以此十一首爲最。樊、劉二説皆有可取，蓋學選而自有本色者也。文選之學，終唐不廢，但名手皆有本色。如李如杜，多取材取法其中，而豪宕不踐其跡。韓何必不如是耶？薦士詩之所斥者，但謂齊、梁、陳、隋耳，非謂漢、魏、晉、宋之載在文選者也。吾家不蓄文選，只李德裕放言高論，而德裕會昌一品集之詩文具在也，其與文選何如耶？孟郊秋懷十六首，與此勍敵，且有過而無不及。

石鼎聯句 并序

元和七年十二月四日，衡山道士軒轅彌明自衡下來。舊與劉師服進士衡湘中相識，將過太白，知師服在京，夜抵其居宿。有校書郎侯喜，新有能詩聲，夜與劉說詩。彌明在其側，貌極醜，白鬚黑面，長頸而高結〔一〕，喉中又作楚語。喜視之若無人。彌明忽軒衣張眉，指鑪中石鼎謂喜曰：「子云能詩，能與我賦此乎？」劉往見衡湘間人說云年九十餘矣，解捕逐鬼神物，拘囚蛟螭虎豹，不知其實能否也，見其老，頗貌敬之，不知其有文也。聞此說，大喜，即援筆題其首兩句。次傳於喜，喜踊躍，即綴其下云云。道士啞然笑曰：「子詩如是而已乎？」即袖手竦肩，倚北牆坐，謂劉曰：「吾不解世俗書，子爲我書。」因高吟曰：「龍頭縮菌蠢，豕腹漲彭亨。」初不似經意，詩旨有似譏喜。二子相顧慙駭，欲以多窮之，即又爲而傳之喜。喜思益苦，務欲壓道士，每營度欲出口吻，聲鳴益悲，操筆欲書，將下復止，竟亦不能奇也。畢即傳道士，道士高踞大唱曰：「劉把筆，吾詩云云。」其不用意而功益奇，不可附說，語皆侵劉、侯。喜益忌之。劉與侯皆已賦十餘韻，彌明應之如響，皆穎脱含譏諷。夜盡三更，二子思竭不能續，因起謝曰：「尊師非世人也，某伏矣，願爲弟子，不敢更論詩。」道士奮曰：「不然，章不可以不成也。」又謂劉曰：「把筆來，吾與汝就之。」即又唱出四十字，爲八句。書訖，使讀。讀畢，謂二子曰：「章不已就乎？」二子齊應曰：「就矣。」道士曰：「此皆不足與語，此寧爲文邪？吾就子所能而作耳，非吾之所學於師而能者也。吾所能者，子皆不足以聞也。獨文乎哉？吾語亦不當聞也，吾閉口矣。」二子大懼，皆起立牀下，拜曰：「不敢他有問也，願聞一言而已。」先生稱吾不解人間書，敢問解何書？請聞此而已。」道士寂然若無聞也。累問不應。二子不自得，即退就坐。道士倚牆睡，鼻息如雷鳴。二子怛然失色，不敢喘。斯須，曙鼓動鼕鼕〔二〕，二子亦困，遂坐睡。及覺，日已上。驚顧覓道士，不見，即問童奴。奴曰：「天且明，道士起，出門，若將便旋然。」奴怪久不返，即出到門，覓無有也。」二子驚惋自責，若有失者。間遂詣余言，余不能識其何道士也。嘗聞有隱君子彌明，豈其人邪？韓愈序。

巧匠斲山骨〔三〕，刳中事煎烹。師服 直柄未當權，塞口且吞聲〔四〕。喜 龍頭縮菌蠢〔五〕，豕腹漲彭亨。彌明 外苞乾蘚文，中有暗浪驚。師服 在冷足自安，遭焚意彌貞。喜 謬當鼎鼐間，妄使水火爭〔六〕。彌明 大似烈士膽，圓如戰馬纓〔七〕。師服 上比香爐尖，下與鏡面平。喜 秋瓜未落蒂〔八〕，凍芋强抽萌〔九〕。彌明 一塊元氣閉〔一〇〕，細泉幽竇傾〔一一〕。師服 不值輸寫處〔一二〕，焉知懷抱清？喜 方當洪爐然〔一三〕，益見小器盈。彌明 睆睆無刃跡〔一四〕，團團類天成。師服 遥疑龜負圖，出曝曉正晴。喜 旁有雙耳穿，上爲孤髻撑〔一五〕。彌明 或訝短尾銚，又似無足鐺〔一六〕。師服 可惜寒食毬〔一七〕，擲此傍路坑。喜 何當出灰灺〔一八〕？無計離瓶罌。彌明 陋質荷斟酌，狹中愧提挈。師服 豈能煮仙藥〔一九〕？但未汙羊羹〔二〇〕。喜 形模婦女笑〔二一〕，度量兒童輕。彌明 徒示堅重性，不過升合盛。師服 傍似廢轂仰，側見折軸橫。喜 時於蚯蚓竅，微作蒼蠅鳴。彌明 以茲翻溢愆，實負任使誠。師服　常居顧眄地，敢有漏泄情〔二二〕。喜　寧依煖爇弊，不與寒涼並。彌明　區區徒自效，瑣瑣不足呈。喜　迴旋但兀兀，開闔惟鏗鏗。師服　全勝瑚璉貴，空有口傳名。豈比俎豆古？不爲手所撜〔二三〕。磨礱去圭角，浸潤著光精〔二四〕。願君莫嘲誚，此物方施行〔二五〕。彌明

〔一〕結：古髻字，當句斷。

〔二〕鬉：音彤。　洪云：石鼎聯句詩，或云：「皆退之所作，如毛穎傳以文滑稽耳。軒轅，寓公姓，彌明，寓公名。侯喜、師服皆其弟子也。」余曰不然。公與諸子嘲戲，見於詩者多矣。皇甫湜不能詩，則曰「掎摭糞壤間」。孟郊思苦，則曰「腸肚鎮煎煼」。樊宗師語澀，則曰「辭慳義卓闊」，止於是矣，不應譏誚輕薄如是之甚也。且序云：「衡山道士軒轅彌明，貌極醜，白鬚黑面，長頸而高結，喉中又作楚語，年九十餘。」此豈亦退之自謂耶？予同年李道立云：「嘗見唐人所作賈島碣云：『石鼎聯句所稱軒轅彌明，即君也。』」島，范陽人。彌明，衡山人。島本浮屠，而彌明道士。附會之妄，無可信者。獨仙傳拾遺有彌明傳，雖祖述退之之語，亦必有是人矣。聯句若以公作，則若出一口矣。今讀其劉侯句不及彌明遠甚，何至是耶？蓋聞君子損己以成人之美，未聞抑人以取勝也。」朱子曰：此詩句法全類韓公，而或者所謂寓公姓名者，蓋軒轅反切近韓字，彌字之義又與愈字相類，即張籍所譏與人爲無實駁雜之說者也。故竊意或者之言近是。洪氏所疑容貌聲音之陋，乃故爲幻語，以資笑謔，又以亂其事實，使讀者不之覺耳。若列仙傳，則又好事者因此事而附著之，尤不足以爲據也。

〔三〕巧匠斲：左思魏都賦：「剞劂罔掇，匠斲積習。」山骨：博物志：地以名山爲輔佐，石爲之骨。

〔四〕呑聲：鮑照詩：「呑聲躑躅不敢言。」

〔五〕菌蠢：張衡南都賦：「芝房菌蠢生其隈。」

〔六〕水火爭：周禮天官亨人：掌共鼎鑊，以給水火之齊。淮南説林訓：「水火相爭，鬵在其間。」注：鬵，小鼎。鬵受水而火炊之。

〔七〕戰馬纓：左傳：鞶厲游纓。注：纓當馬膺前，如索帬。

〔八〕秋瓜蒂：漢古詩：「甘瓜抱苦蒂，美棗生荆棘。」

〔九〕凍芋：史記貨殖傳：「汶山之下沃野，下有蹲鴟。」正義曰：蹲鴟，芋也。

〔一〇〕一塊：説苑：舟之僑曰：爲一人施一人，猶爲一塊土下雨也。

〔一一〕細泉：庾信詩：「澗險無平石，山深足細泉。」

〔一二〕輸寫：漢書趙廣漢傳：吏見者，皆輸寫心腹。

〔一三〕洪鑪：魏志陳琳傳：鼓洪鑪以燎毛髮。

〔一四〕睆睆：睆，華綰切，一作「宛」。莊子天地篇：睆睆然在纆繳之中。

〔一五〕彌明：諸本此下無「彌明」字，朱子曰：此似二子譏道士之詞。

〔一六〕銚、鐺：銚，音遥，又徒弔切。鐺，楚庚切。方言：盌謂之盂，或謂之銚。説文：銚，温器也。廣韻：鎗，楚庚切，鼎類。一作「鐺」，俗字也。邵長蘅韻略：鐺，釜屬，有耳三足，温酒器也。古樂府三洲歌：「湘東醽醁酒，廣州龍頭鐺。」

〔一七〕寒食毬：荆楚歲時記：寒食爲打毬之戲。新唐書百官志：中尚署令寒食獻毬。按：此戲又曰白打，晚唐韋莊詩：「内官初賜清明火，上相閑分白打錢。」蓋紀唐之實事。

〔一八〕灰灺：灺，徐也切。説文：灺，燭燼也。

〔一九〕仙藥：曹植詩：「王子奉仙藥，羨門進奇方。」

〔二〇〕羊羹：中山國策：羊羹不遍，司馬子期怒。

〔二一〕形模：王褒詩：「夫壻好形模。」

〔二二〕漏泄：新唐書百官志：中書省，其禁有四：一曰漏泄，二曰稽緩，三曰違失，四曰忘誤。

〔二三〕撜：徐庚切，一作「棖」。按：作「掁」爲是。淮南齊俗訓：子路撜溺而受牛謝。注：撜、拯同，舉也，升出溺人，謝以牛也。廣韻、釋詁：撜，捄也。按説文：撜即拯字也，無平聲。洪本作「棖」。謝惠連祭古冢文：以物棖撥之。善曰：南人以物觸物爲棖。今按：廣韻十六蒸雖收「抍」字，而十二庚不收「撜」字，只有「棖」字。此詩未嘗出韻，作「棖」爲是。

〔二四〕著：直略切。光精：邯鄲淳魏受命述：天地交和，日月光精。

〔二五〕施行：蔡邕獨斷：古語曰：「在車則下，惟此時施行。」後漢書馬防傳：至冬始施行。

按：此借石鼎以喻折足覆餗之義，刺時相也。篇中點睛是「鼎鼐水火」四字。序言元和七年，時李吉甫同平章事。史稱吉甫與李絳數爭論於上前，故曰：「謬當鼎鼐間，妄使水火爭。」上每直絳，吉甫至中書，長吁而已，故曰：「直柄未當權，塞口且吞聲。」吉甫又與樞密使梁守謙相結，故曰：「一塊元氣閉，細泉幽竇傾。」吉甫自爲相，專修舊怨，故曰：「方當洪爐燃，益見小器盈。」又時勸上爲樂，李絳爭之，上直絳而薄吉甫。又勸上峻刑，會上以于頔亦勸峻刑，指爲姦臣，吉甫失色，故曰：「以兹翻溢愆，實負任使誠。」吉甫惡兵部尚書裴垍，以爲太子賓客，欲自托於吐突承璀，以元義方素媚承璀，擢爲京兆尹，故曰：「寧依暖熱弊，不與寒涼並。」所奏請者，不過減削官俸，擇人尚主，故曰：「區區徒自效，瑣瑣不足呈。」篇中言言合於吉甫，的爲李吉甫作。朱子云：託言彌明而醜其形貌，以資笑噱，使人不覺也。

奉和武相公鎮蜀時詠使宅韋太尉所養孔雀〔一〕

穆穆鸞鳳友〔二〕，何年來止兹？飄零失故態，隔絶抱長思。翠角高獨聳，金華焕相差〔三〕。坐蒙恩顧重，畢命守階墀。

〔一〕新唐書武元衡傳：元衡，字伯蒼，元和二年拜門下侍郎，同中書門下平章事，爲劍南西川節度使。八年召還秉政。韋臯傳：臯，字城武，貞元初爲劍南西川節度使。順宗立，詔檢校太尉，治蜀二十一年。爾雅翼：孔雀，南人收其雛養之，使極馴擾，置山閒，以物絆足，旁施羅網，伺野孔雀至，則倒網掩之。□云：元衡以八年三月召還秉政，其詩鎮蜀時作。公詩蓋追和也。按：以下諸詩皆八年作，是年三月改比部郎中、史館①修撰。

〔二〕鸞鳳友：爾雅翼：孔雀生南海，蓋鸞鳳之亞。

〔三〕翠角、金華：曹植鶡賦：「戴毛角之雙立。」埤雅：博物志云：孔雀尾多變色，或紅或黃，喻如雲霞，尾有金翠，五年而後成。始生三年，金翠尚小，初春乃生，三四月後復凋，與花萼俱衰榮。

【校　記】

①「郎」原脱，「館」原作「官」，據舊唐書韓愈傳改。

和武相公早春聞鶯

早晚飛來入錦城〔一〕，誰人教解百般鳴？　春風紅樹驚眠處，似妒歌童作豔聲。

〔一〕錦城：華陽國志：蜀郡，道西城故錦官也。錦江織錦，濯其中則鮮明，濯他江則不好。杜甫詩：「錦城絲管日紛紛。」

送進士劉師服東歸〔一〕

猛虎落檻阱，坐食如孤豘〔二〕。　丈夫在富貴，豈必守一門？　公心有勇氣，公口有直言。　奈何任埋没？不自求騰軒。僕本亦進士，頗嘗究根源。由來骨鯁材〔三〕，喜被軟弱吞。低頭受侮笑〔四〕，隱忍硉兀冤〔五〕。泥雨城東路，夏槐作雲屯〔六〕。還家雖闕短〔七〕，指日親晨飧〔八〕。擕持令名歸，自足貽家尊〔九〕。時節不可翫，親交可攀援。勉來取金紫，勿久休中園〔一〇〕。

〔一〕按：洪譜舊編七年，今按石鼎聯句，七年十二月師服在京師，此詩云：「泥雨城東路，夏槐作雲屯。」是五六月間景物，自是八年夏作。

〔二〕坐食：蔣云：朱子曰「坐」當作「求」。翹按：「坐」字亦通，語雖用史，而亦稍變其意。「坐食」者，言不能外求而止食有限之食也。孤豘：豘，與豚同。漢書東方朔傳：孤豚之咋虎，至則靡耳。

〔三〕骨鯁：史記陳平世家：項王骨鯁之臣，亞父、鍾離昧之屬。

〔四〕低頭：蘇武曰：「低頭還自憐。」

〔五〕硉兀：硉，盧骨切。兀，一作「矹」。郭璞江賦：「巨石硉兀以前卻。」

〔六〕雲屯：謝靈運詩：「春滿緑野秀，巖高白雲屯。」

〔七〕闕短：一作「短闕」。

〔八〕晨飧：東晳補南陔詩：「馨爾夕膳，絜爾晨飧。」

〔九〕家尊：晉書王獻之傳：謝安問曰：「君書何如君家尊？」

〔一〇〕中園：謝靈運詩：「中園屏氛雜，清曠招遠風。」

碧溪詩話：昌黎送劉師服云：「攜持令名歸，自足貽家尊。」蘇州送黎尉云：「祇應傳善政，朝夕慰高堂。」誠儒者迂闊之辭。然貪饕苟得，污累其親，孰若清白之爲愈？

按：昌黎訓子姪詩，多涉於名利，宋人議之可也。此詩「攜持令名歸」，自是粹然醇儒之言。碧溪迂之，何耶？詩中「骨鯁」二語，從「何意百煉剛，化爲繞指柔」得來。

送劉師服〔一〕

夏半陰氣始，淅然雲景秋〔二〕。蟬聲入客耳，驚起不可留。草草具盤饌〔三〕，不待酒獻酬。士生爲名累，有似魚中鉤。齎材入市賣，貴者恒難售〔四〕。豈不畏顛頓？爲功忌中休。勉哉耘其業〔五〕，以待歲晚收。

〔一〕按：□云：「與前詩俱八年夏作。」是也。起云「夏半」與前時合，送行詩再作者多。

〔二〕淅然：朱子曰：「『淅』爲淅瀝凄涼之義，或作『晰』，非。

〔三〕草草：范雲詩：「恨不具雞黍，得與故人揮。懷情徒草草，淚下空霏霏。」

〔四〕難售：售，與「讎」同。詩谷風：「賈用不售。」

〔五〕耘其業：按：記禮運：「修禮以耕之，陳義以種之，講學以耨之。」所謂耘其業也。

寄皇甫湜

敲門驚晝睡〔一〕，問報睦州吏〔二〕。手把一封書，上有皇甫字。拆書放牀頭，涕與淚垂四〔三〕。昏昏還就枕，惘惘夢相值〔四〕。悲哉無奇術，安得生兩翅？

〔一〕驚晝睡：何孟春曰：退之此詩云云，盧玉川又有：「日高丈五睡正濃，將軍叩門驚周公。」口傳諫議送書信，白絹斜封三道印。」句法、意象如此，豈真相襲者哉？

〔二〕睦州：新唐書地理志：睦州新定郡，屬江南道。

〔三〕垂四：方云：「垂四」蓋以涕與淚分言之，猶石鼓歌所謂「對此涕淚雙滂沱」也。

〔四〕值：音治。

酬藍田崔丞立之詠雪見寄〔一〕

京城數尺雪，寒氣倍常年。泯泯都無地，茫茫豈是天？崩奔驚亂射〔二〕，揮霍訝相纏。不覺侵堂陛，方應折屋椽。出門愁落道，上馬恐平韉〔三〕。朝鼓矜凌起，山齋酩酊眠〔四〕。吾方嗟此役，君乃詠其妍。水玉清顏隔〔五〕，波濤盛句傳〔六〕。朝餐思共飯，夜宿憶同氈。舉目無非白，雄文乃獨玄〔七〕。

〔一〕按：舊唐書憲宗紀：「元和八年冬十月丙申，以大雪放朝，人有凍踣者，雀鼠多死。」蓋非常之雪，史册所紀。今此詩云：「京城數尺雪，寒氣倍常年。」後詩云：「藍田十月雪塞關。」既是大雪，時候又同，宜爲八年之作。但公爲藍田縣丞廳壁記在十年爲考功郎中、知制誥時，而記云：「博陵崔斯立種學績文，元和初以前大理評事言得失黜官，再轉而爲丞兹邑。始至，喟曰：官無卑，顧材不足塞職。既噤不得施用，又喟曰：余不負丞，而丞負余。」則作記本不在到官之始，或八年崔已爲藍田丞，未可知也。姑從史以俟考。

〔二〕崩奔：謝靈運詩：「圻岸屢崩奔。」

〔三〕落道、平韉：按：落道，失道也。北史室韋國傳：氣候最寒，雪没馬。杜甫詩：「雪没錦鞍韉。」

〔四〕山齋：梁簡文帝詩：「山齋開夜扉。」

〔五〕水玉：南山經：堂庭之山多水玉。郭璞曰：水玉，今水精也。按：喻其顏之清，猶趙國策云「先生之玉貌」也。清顏：陸雲詩：「彷彿佳人，清顏如玉。」

〔六〕波濤：按：即前贈崔詩所云「高浪駕天輸不盡」也。

〔七〕雄文獨玄：漢書揚雄傳：雄方草太玄，人有嘲雄以玄尚白。雄解之，號曰解嘲，云：「僕誠不能與此數子者並，故默然獨守吾太玄。」

雪後寄崔二十六丞公斯立

藍田十月雪塞關〔一〕，我興南望愁群山。攢天嵬嵬凍相映〔二〕，君乃寄命於其間。秩卑俸薄食口衆〔三〕，豈有酒食開容顔？殿前群公賜食罷，驊騮蹋路驕且閑〔四〕。稱多量少鑒裁密，豈念幽桂遺榛菅？幾欲犯嚴出薦口〔五〕，氣象硉兀未可攀〔六〕。歸來殞涕揜關卧，心之紛亂誰能删？詩翁憔悴劚荒棘〔七〕，清玉刻佩聯玦環〔八〕。腦脂遮眼卧壯士〔九〕，大弨挂壁無由彎〔一〇〕。乾坤惠施萬物遂，獨於數子懷偏慳。朝歊暮噆不可解〔一一〕，我心安得如石頑？

〔一〕藍田關：漢書地理志：藍田縣山出美玉，秦孝公置，屬京兆尹。新唐書地理志：藍田，畿縣，有藍田關，故嶢關。有庫谷，谷有關。

〔二〕嵬嵬：廣雅釋訓：嵬嵬，高也。

〔三〕秩卑俸薄：新唐書百官志：畿縣丞一人，正八品下。按：唐六典：縣丞俸六十七石。

〔四〕驕且閑：詩碩人：「四牡有驕。」又駟驖：「四馬既閑。」

〔五〕犯嚴：按：犯嚴，猶云干冒尊嚴也。

〔六〕硉兀：王云：高亢貌。按：此云群公之崖岸，未可與言也。

〔七〕詩翁：洪云：指孟郊也。劚荒棘：按：孟郊寒溪詩云：「洛陽岸邊道，孟氏莊前溪。岸童劚棘勞，語言多悲淒。」又云：「幽幽棘針村，凍死難耕犁。」然則「斸荒棘」乃孟郊之實事也。下句所云「清玉刻佩聯玦環」，其意難曉。孫汝聽云「珮玦環三者喻孟詩之工」，殊爲附會，且與「大招挂壁無由彎，獨於數子懷偏慳」無謂。按：郊寒溪詩又有「斸玉掩骼胔，弔瓊哀闌干」之句，清玉亦謂冰雪，故取其語以悲之，言其斸棘荒村，滿身風雪，如玉珮玦環云爾。

〔八〕玦環：白虎通：玦環之不周也。爾雅釋器：肉好若一謂之環。

〔九〕壯士：洪云：謂張籍病眼。

〔一〇〕大招：招，蚩招切。詩小雅：「彤弓弨兮。」挂壁：風俗通：應彬爲汲令，請主簿杜宣賜酒，壁上有懸赤弩。無由彎：北史崔浩傳：手不能彎弓持矛。孟郊詩：「劍刃凍不割，弓弦彊難彈。」按：此謂籍病目不能入官，猶良弓而無由用也。

〔一一〕朝欷暮唶：唶，子夜切。宋玉九辯：「憯淒增欷兮。」後漢書光武帝紀論：望氣者蘇伯阿，遥望見春陵郭，唶曰：「氣佳哉！鬱鬱葱葱然。」

贈崔立之〔一〕

昔者十日雨，子桑苦寒飢。哀歌坐空屋，不怨但自悲。其友名子輿，忽然憂且思。褰裳觸泥水，裹飯往食之。入門相對語，天命良不疑。好事漆園吏〔二〕，書之存雄辭。千年事已遠，二子情可推。我讀此篇日，正當雨雪時。吾身固已困，吾友復何爲？薄粥不足裹，深泥諒難馳〔三〕。曾無子輿事，空賦子桑詩。

〔一〕按：詩云「正當雨雪時」，自與前詩相近時作。

〔二〕好事：漢書揚雄傳：時有好事者，載酒肴從游學。漆園吏：史記莊子傳：莊子名周，嘗爲蒙漆園吏。正義曰：括地志云：漆園故城在曹州冤句縣北，古屬蒙縣。

〔三〕深泥：周禮考工記：雖有深泥，亦弗之溓也。

按：此詩不足爲法。凡引古過演，文且不可，而況於詩。焉有寥寥小篇，演至大半者！演則精神不振，演則氣勢不緊。其下又並無精神，並無氣勢。惟落落漠漠，就繳六語以了之，此豈起衰八代者之合作乎？一時敗筆，人所時有，但學者不可樂其易爲而效之。

酬王二十舍人雪中見寄〔一〕

三日柴門擁不開，階平庭滿白皚皚〔二〕。今朝蹋作瓊瑶跡，爲有詩從鳳沼來〔三〕。

〔一〕方云：王涯爲舍人，見王適墓誌，本傳略之。顧嗣立曰：按舊唐書王涯傳：擢進士第，登宏辭科。貞元二年，召充翰林學士，拜右拾遺、左補闕、起居舍人。崧卿云：本傳略之，豈但見新書耶？

按：涯貞元八年與公同年進士，安得貞元二年先已拜官？此必有脱字，又非貞元十二年。十二年，公在董晉幕。至二十年，公貶陽山，詩又必非是時作。再考舊書涯傳，元和九年正拜舍人。而王適墓誌云：適入閿鄉南山，中書舍人王涯、比部郎中韓愈日發書問訊。則此爲九年之作無疑。又按：舊書憲宗紀：「九年正月己酉，大霧而雪。」尤可爲證。以下諸詩，皆九年作。是年十月，轉考功郎中，依前史館修撰。十二月，以考功郎中知制誥。

〔二〕 皚皚：皚，五來切。劉歆遂初賦：「漂積雪之皚皚。」

〔三〕 鳳沼：晉書荀勖傳：勖久在中書，及守尚書令，或有賀之者，曰：「奪我鳳皇池，諸君賀我耶？」

送李六協律歸荆南〔一〕

早日羈游所〔二〕，春風送客歸。柳花還漠漠，江燕正飛飛。歌舞知誰在？賓僚逐使非〔三〕。宋亭池水緑〔四〕，莫忘蹋芳菲。

〔一〕 □云：李協律，翺也。新唐書地理志：江陵府，本荆州南郡，屬山南道。按：李協律翺見公代張籍與李浙東書。此明據也。新書翺傳云：「中進士第，始調校書郎，累遷。元和初，爲國子博士，史館修撰。」不載其爲協律。然韓愈爲張建封節度推官，得試協律郎，選授四門博士，史亦略之，則略翺不足爲異。考翺生平履歷，見於其文者，蓋初寓汴州，中第後曾佐滑州。元和初，分司洛中。三年冬，嶺南節度楊於陵辟爲掌書記。四年春，赴廣州。公作詩送之。五年於陵罷鎮，翺自江南歸，佐盧坦於宣州。數月，坦遷侍郎入朝。時李遜爲浙東觀察使，辟翺爲從事。六年曾至京師，八月自京還東，張籍寓書當於是時。八年，與皇甫湜書云：「僕到越中，得一官三年矣，累求罷去，尚未得。」九年正月乞假，歸葬其叔，自署云「浙東道觀察判官將仕郎試大理評事攝監察御史」。是年李遜入爲給事中，翺官罷在家，卧病食貧，則其歸荆南當在是時。而協律之稱，則仍其舊也。及十二年，復應東川盧坦之辟。十四年閒削平淄青，翺已爲史官。再遷考功郎中，下除朗州刺史。長慶元年改舒州，三年召爲禮部郎中，四年復出爲盧州，終昌黎之世，其歷官如此。九年以前不得歸荆南，十四年以後不得稱協律。觀「早日羈游所」一句，又決非元和以前之作。而十年十二年閒，公詩有「親交乖隔」之歎，則翺又似不在京師。然則繫之九年，庶爲近理。但翺係出隴西，史與集俱不詳其居址。或家在京南，故曰歸。唐時隴西李散處四方，如李白居蜀，李遜客居荆州，是也。

〔二〕羈游：水經注：羈游宦子，莫不尋梁契集。□云：公嘗爲江陵法曹，故此詩言羈游處。

〔三〕賓僚：北史裴延儁傳：廣平王贊盛選賓僚。逐使非：按：李翺前後兩爲李遜辟，其僚友或非故知矣。考是時荆南節度爲嚴綬，至十年十月綬討吴元濟無功，以李遜代之。遜即翺舊時府主，公又有詩送之，故知合在九年也。

〔四〕宋亭：杜甫詩：「曾聞宋玉宅，每欲到荆州。」

山南鄭相公樊員外酬答爲詩其末咸有見及語樊封以示愈依賦十四韻以獻〔一〕

梁維西南屏〔二〕，山厲水刻屈。稟生肖勦剛〔三〕，難諧在民物。滎公鼎軸老〔四〕，烹斡力健倔〔五〕。帝咨女予往，牙纛前坌坲〔六〕。威風挾惠氣，蓋壤兩劘拂〔七〕。茫漫華黑間〔八〕，指畫變怳欻〔九〕。誠既富而美，章彙霍炳蔚〔一〇〕。日延講大訓〔一一〕，龜判錯袞黻〔一二〕。樊子坐賓署，演孔刮老佛〔一三〕。金舂撼玉應，厥臭劇蕙鬱〔一四〕。遺我一言重，跽受惕齋慄。辭慳義卓濶〔一五〕，呀豁疚掊掘〔一六〕。如新去耵聹〔一七〕，雷霆逼颶颮〔一八〕。綴此豈爲訓？俚言紹莊屈〔一九〕。

〔一〕舊唐書憲宗紀：九年三月，以太子少傅鄭餘慶爲山南西道節度使。新唐書樊宗師傳：宗師，字紹述，始爲國子主簿，歷絳州刺史，進諫議大夫，未拜卒。韓愈稱宗師議論平正有經據，嘗薦其材云。公集薦樊宗師狀：攝山南西道節度副使前檢校水部員外郎樊宗師。王云：李肇國史補曰：「元和以後，爲文奇詭則學於韓愈，苦澀則學於樊宗師。」公此詩及樊墓誌銘，語奇而澀，皆所以效其體也。

〔二〕梁：新唐書地理志：興元府漢中郡，本梁州漢川郡。天寶元年更郡名，興元元年爲府，山南西道采訪使，治梁州。

〔三〕勦剛：勦，子小切，又楚交切。説文：勦，勞也。廣韻：勦，輕捷。按：詩用廣韻之義。

〔四〕滎公：按：新唐書餘慶傳：「爲山南節度，後入拜太子少師，遷尚書左僕射，拜鳳翔節度，復爲太子少師，封滎陽郡公。」則此時尚未封也。殆以餘慶本鄭州滎陽人，故稱之耶？ 鼎軸老：按：新唐書餘慶傳：「貞元十四年，拜中書侍郎、同中書門下平章事，坐事貶郴州司馬。」憲宗立，復拜同中書門下平章事，故曰「鼎軸老」。

〔五〕烹斡：王云：烹謂烹擊，斡謂斡旋，言宰制也。顧嗣立曰：「烹」字頂上「鼎」字，「斡」字頂上「軸」字。 健倔：漢書陸賈傳：以新造未集之趙，倔强於此。

〔六〕牙：兵書：牙旗者將軍之精。滕輔祭牙文：敬建高牙，神武乃托。 坲：音拂。劉向九歎：「飄風蓬龍，埃坲坲兮。」

〔七〕劘拂：劘，音摩。方云：劘，音摩。司馬相如子虛賦：「上摩蘭蕙，下拂羽蓋。」文選作「靡」。漢書賈山傳贊「自下劘上」。序傳只作「摩」。古「摩」、「靡」、「劘」字皆通。今集韻「摩」下不言「靡」字，非也。按：「劘拂」正用子虛賦。又魏文帝詩：「卑枝拂羽蓋，修條摩蒼天。」

〔八〕華黑：書禹貢：華陽黑水惟梁州。

〔九〕怳欻：欻，許勿切，又與忽同。張衡思玄賦：「欻神化而蟬蜕兮。」

〔一〇〕章彙：王云：文采也。 炳蔚：易革卦：大人虎變，其文炳也；君子豹變，其文蔚也。

〔一一〕講大訓：書顧命：大訓弘璧。按：新唐書餘慶傳：「餘慶在興元創學廬，其子澣爲山南西道節度使，嗣完之，養生徒，風化大行。」則知「日延講大訓」，當時有是事也。

〔一二〕龜判、衮黻：春秋：盜竊寶玉大弓。公羊傳：寶者何？璋判白、龜青純。詩九罭：「衮衣繡裳。」又終南：「黻衣繡裳。」孫云：龜判言其所執，衮黻言其服，講大訓者之錯雜如此。按：璋判可執，詩棫樸「奉璋峨峨」，是也。執玉龜襲雖見於玉藻，然大抵是卜時執之，講大訓無所事此。新唐書車服志：天授二年，改佩魚爲龜。賀知章以金龜换酒。然則判言所執，龜言所佩，衮黻言所服耳。

〔一三〕刮：揚雄劇秦美新：刮語燒書。

〔一四〕蕙鬱：周禮春官鬱人：掌和鬱鬯。應劭地理風俗記：鬱，芳草也，百草之華，煮以合釀。今鬱金香是也。

〔一五〕詞慳義闊：孫云：言詞約而義富。

〔一六〕疢掊掘：疢，一作「疾」。掊，普后切。方云：疢，勞也。孫云：掊掘者，討究也。

〔一七〕耵聹：音頂濘。廣韻：耵聹，耳垢也。

〔一八〕颵：于筆切。説文：颵，大風也。孫云：言讀此詩如新去耳垢，卻聞雷霆颵颵，言驚恐不定也。

〔一九〕紹莊屈：孫云：言我綴此答詩，豈以爲訓乎？俚言之下，聊以紹莊周屈原而已。按：莊、屈分指鄭、樊，言以俚言繼和兩奇才也。

奉和虢州劉給事使君三堂新題二十一詠 并序〔一〕

虢州刺史宅連水池竹林，往往爲亭臺島渚，目其處爲三堂。劉兄自給事中出刺此州，在任逾歲，職修人治，州中稱無事，頗復增飾，從子弟而游其間；又作二十一詩以詠其事，流行京師，文士爭和之。余與劉善，故亦同作。

〔一〕方云：劉伯芻以元和八年出刺虢州，白樂天有制詞。新唐書本傳：劉伯芻，字素芝，兵部侍郎迺之子，擢累給事中。李吉甫當國，裴垍卒，不加贈，伯芻爲申理，乃贈太子少傅。或言其妻垍從母也。吉甫欲按之，求補虢州刺史。吕温虢州三堂記：開元初，天子思二南之風，並選宗英，共持理柄。虢大而近，匪親不居。時惟五王出入相授，承平易理，逸政多暇，考卜惟勝，作爲三堂。三者，明臣子在三之節。堂者，勵宗室克構之義。

新亭

湖上新亭好，公來日出初。水文浮枕簟〔一〕，瓦影蔭龜魚〔二〕。

〔一〕水文：文，一作「紋」。釋名：風吹水波成文，曰瀾。瀾，連也，波體轉流，相及連也。水小波曰淪。淪，倫也，小文相次，有倫理也。

〔二〕鼉魚：周禮天官鱉人：春獻鱉蜃，秋獻鼉魚。

流水

汩汩幾時休〔一〕，從春復到秋。只言池未滿，池滿强交流。

〔一〕汩汩：枚乘七發：「混汩汩兮。」

竹洞

竹洞何年有？公初斫竹開。洞門無鎖鑰，俗客不曾來。

月臺

南館城陰闊〔一〕，東湖水氣多〔二〕。直須臺上看，始奈月明何？

〔一〕南館：魏文帝與吴質書：馳騁北場，旅食南館。

〔二〕東湖：水經注：東湖西浦，淵潭相接，水至清深。

渚亭

自有人知處，那無步往踪？莫教安四壁〔一〕，面面看芙蓉。

〔一〕四壁：史記司馬相如傳：家徒四壁立。

竹溪

藹藹溪流慢，梢梢岸篠長〔一〕。穿沙碧簳淨〔二〕，落水紫苞香〔三〕。

〔一〕梢梢：爾雅釋木：梢，梢櫂。注：謂木無枝柯，梢櫂長而殺者。

〔二〕簳：古旱切。

〔三〕紫苞香：左思吴都賦：「苞筍抽節。」謝靈運詩：「初篁苞緑籜。」又：「野蕨漸紫苞。」□云：少陵竹詩有「雨洗娟娟淨，風吹細細香」。前輩嘗云：竹未嘗有香，而少陵以香言之。豈知公亦有「落水紫苞香」之語乎？按：唐詩「香」字不止詠竹，太白又以屬柳，有「風吹柳花滿店香」句，皆但言其清新之氣也。何疑於杜與韓耶？宋詩「翠」字亦不作黛緑解，只作新鮮義，東坡有之。古人下字取神，往往如此。

北湖

聞説游湖棹，尋常到此迴。應留醒心處，準擬醉時來。

花島

蜂蝶去紛紛，香風隔岸聞。欲知花島處，水上覓紅雲。

柳溪

柳樹誰人種？行行夾岸高。莫將條繫纜，著處有蟬號。

西山

新月迎宵挂，晴雲到晚留。爲遮西望眼，終是懶回頭。

竹徑

無塵從不掃，有鳥莫令彈〔一〕。若要添風月，應除數百竿。

〔一〕掃、彈：按：此二字皆從竹說。言竹之低垂者，不必有塵而待其掃除，竹之高挺者，不必有鳥而從其彈擊。皆狀竹茂密，以啓下義也。若作「徑静不掃，鳥過人彈」。或引盛弘之荆州記「大竹屈垂，掃拂石逕」，猶得字面，或引左思蜀都賦「彈言鳥於森木」，則失其義矣，何與下文耶？

荷池

風雨秋池上，高荷蓋水繁。未諳鳴摵摵〔一〕，那似卷翻翻〔二〕？

〔一〕摵摵：摵，所隔切。夏侯湛寒苦謡：「草摵摵以疏葉。」

〔二〕翻翻：詩瓠葉：「幡幡瓠葉。」

稻畦

罫布畦堪數〔一〕，枝分水莫尋〔二〕。魚肥知已秀，鶴没覺初深。

〔一〕罫：音卦。桓譚新論：守邊隅，趨作罫，自生於小地。方云：罫，博局上方目也。朱子曰：博局當云棋局。

〔二〕枝分：水經注：江汜枝分，東入大江。

柳巷

柳巷還飛絮，春餘幾許時？吏人休報事，公作送春詩。

花源

源上花初發，公應日日來。丁寧紅與紫，慎莫一時開。

北樓

郡樓乘曉上，盡日不能迴。晚色將秋至，長風送月來〔一〕。

〔一〕長風：宋玉高唐賦：「長風至而波起。」

鏡潭

非鑄復非鎔，泓澄忽此逢。魚鰕不用避，祇是照蛟龍。

孤嶼

朝游孤嶼南，暮戲孤嶼北。所以孤嶼鳥，與公盡相識。

方橋

非閣復非船，可居兼可過。君欲問方橋，方橋如此作〔一〕。

〔一〕作：大戴禮勸學篇：肉腐出蟲，魚枯生蠹。殆教忘身，禍灾乃作。後漢書廉范傳：廉叔度，來何暮？不禁火，民安作？注：作，協韻，音則獲反。廣韻：作，造也，本臧洛切，叶側箇切。

梯橋

乍似上青冥，初疑躡菡萏。自無飛仙骨〔一〕，欲度何由敢。

〔一〕飛仙骨：列子湯問篇：所居之人皆仙聖之種，一日一夕飛相往來者，不可勝數焉。

月池

寒池月下明，新月池邊曲。若不妒清妍，卻成相映燭。

按：唐人七絶分派，已言之卷七矣。五絶分派，王、李正宗之外，杜甫一派，錢起一派，裴、王一派，李賀一派，昌黎一派。昌黎派遂爲東坡所宗，而陸放翁承之。

早赴街西行香贈盧李二中舍人原注：盧汀、李逢吉。〔一〕

天街東西異〔二〕，祇命遂成游〔三〕。月明御溝曉〔四〕，蟬吟隄樹秋。老僧情不薄，僻寺境還幽。寂寥二三子，歸騎得相收〔五〕。

〔一〕新唐書李逢吉傳：逢吉，字虚舟，擢進士第，元和時遷中書舍人。程大昌演繁露：國忌行香，起於後魏、江左齊梁閒。何尚之設八關齋，集朝士自行香。東魏靜帝嘗設法會，乘輦行香。凡云行香者，步進前，周匝道場，仍自炷香爲禮也。按：唐六典：凡國忌行香，京文武五品以上，與清官七品以上。

〔二〕天街：按：天街乃長安街，即公詩所謂「天街小雨潤如酥」者也。東西異者，即華山女詩所謂「街東街西」也。舊注引史記天官書「畢昴閒爲天街」，是「天街」二字所由來，不是此處事實。

〔三〕祇命：孙云：謂承詔也。

〔四〕御溝：一作溝水。卓文君白頭吟：「蹀躞御溝上，溝水東西流。」

〔五〕相收：莊子山木篇：夫相收之與相棄亦遠矣。

江漢一首答孟郊〔一〕

江漢雖云廣〔二〕，乘舟渡無艱。流沙信難行〔三〕，馬足常往還。淒風結衝波〔四〕，狐裘能御寒。終宵處幽室，華燭光爛爛〔五〕。苟能行忠信，可以居夷蠻。嗟余與夫子，此義每所敦。何以復見贈？繾綣在不諼〔六〕。

〔一〕按：孟郊贈韓郎中愈二首有曰：「何以定交契？贈君高山石。何以保貞堅？贈君青松色。」又曰「衆人尚肥華，志士多飢羸。願君保此節，天意當察微」云云。頗與此詩語義相應。題稱韓郎中，蓋於比部時也。十月，轉考功郎中，則郊已没矣。公與郊唱和之詩止於此。

〔二〕江漢：詩漢廣：「漢之廣矣，不可泳思。江之永矣，不可方思。」

〔三〕流沙：書禹貢：導弱水至于合黎，餘波入于流沙。

〔四〕衝波：陸機詩：「寒冰結衝波。」

〔五〕華燭：秦嘉詩：「飄飄帷帳，熒熒華燭。」爛爛：平聲，一作「炎炎」。方云：楚辭「爛」字叶平聲。九章：「曾枝剡棘，圓果摶兮。青黄雜糅，文章爛兮。」

〔六〕繾綣：左傳：繾綣從公，無通外内。

廣宣上人頻見過〔一〕

三百六旬長擾擾，不衝風雨即塵埃。久慚朝士無裨補，空愧高僧數往來。學道窮年何所得？吟詩竟日未能迴。天寒古寺游人少，紅葉窗前有幾堆。

〔一〕□云：廣宣，蜀僧。元和中住長安安國寺，寺有紅樓。宣有詩名，號紅樓集。按：國史補：「韋相貫之爲尚書右丞入内，僧廣宣贊門曰：『竊聞閣下不久拜相。』貫之叱曰：『安得此不軌之言？』命紙草奏，僧恐懼走出。」則廣宣乃奔走於公卿之門者，題曰「頻見過」，甚厭之也。此詩未能定其年月，但貫之爲尚書右丞，入相事在九年，而公在朝已久。是年十月，以考功郎中掌制誥，廣宣以詩爲名，意實在於趨炎，則奔走長安街，時時見過，或即在此時也。

飲城南道邊古墓上逢中丞過贈禮部衛員外少室張道士原注：中丞裴度也。〔一〕

偶上城南土骨堆〔二〕，共傾春酒三五杯。爲逢桃樹相料理〔三〕，不覺中丞喝道來〔四〕。

〔一〕按：舊唐書憲宗紀：元和九年十一月，以中書舍人裴度爲御史中丞。而公送張道士序云：「元和九年，三獻書不報。」則此詩可決爲九年之作矣。衛員外未審何人。考公所相與者爲衛中行，集中有衛府君墓誌，云：「元和十年，其弟中行爲尚書兵部郎。」則九年爲禮部員外，十年轉兵部郎中，官階可推，史可略也。

〔二〕土骨堆：按：記檀弓：「延陵季子曰：骨肉復歸於土。」今古墓則惟土與骨而已矣，故曰土骨堆。

〔三〕相料理：料，音聊。世説：王子猷作桓車騎參軍，桓謂王曰：「卿在府久，比當相料理。」按：齊民要術：「先耕作壠，然後散榆莢。榆生與草俱長，未須料理。明年放火燒之，又明年斸去惡者。」料理桃樹，當亦此類。

〔四〕喝道：按：喝道自古有之，即孟子所謂「行辟人也」。古今注云：「兩漢京兆、河南尹及執金吾、司隸校尉，皆使人導引傳呼，使行者止，坐者起。」即喝道也。應璦詩：「無用相呵喝。」

答道士寄樹鷄 原注：樹雞，木耳之大者。〔一〕

軟濕青黄狀可猜〔二〕，欲烹還喚木盤迴。煩君自入華陽洞〔三〕，直割乖龍左耳來。

〔一〕□云：東坡和陶詩：「黄菘養土羔，老楮生樹雞。」即此。按：道士自即前後詩張道士，故不著明。

〔二〕軟濕：齊民要術：木耳菹，取棗桑榆柳樹邊生猶軟濕者，煮五沸，去腥汁。

〔三〕華陽洞：龍城録：茅山隱士吴綽采藥於華陽洞口，見一小兒手把三珠，戲於松下。綽從之，奔入洞中，化爲龍。三珠填左耳中。綽以藥斧斸之，落左耳，而三珠已失所在。馮贄雲仙雜記：天罰乖龍，必割其耳。

送張道士〔一〕

大匠無棄材，尋尺各有施。況當營都邑，杞梓用不疑。張侯嵩高來〔二〕，面有熊豹姿〔三〕。開口論利害，劍鋒白差差。恨無一尺捶〔四〕，爲國笞羌夷。詣闕三上書〔五〕，臣非黄冠師〔六〕。臣有膽與氣，不忍死茅茨。又不媚笑語，不能伴兒嬉。乃著道士服，衆人莫臣知。臣有平賊策，狂童不難治〔七〕。其言簡且要，陛下幸聽之。天空日月高，下照理不遺。或是章奏繁〔八〕，裁擇未及斯。寧當不俟報，歸袖風披披〔九〕。答我事不爾〔一〇〕，吾親屬吾思。昨宵夢倚門〔一一〕，手取連環持〔一二〕。今日有書至，又言歸何時？霜天熟柿栗，收拾不可遲。嶺北梁可構，寒魚下清伊〔一三〕。既非公家用〔一四〕，且復還其私。從容進退間，無一不合宜。時有利不利〔一五〕，雖賢欲奚爲。但當勵前操，富貴非公誰？

〔一〕公序云：張道士，嵩高之隱者，通古今學，有文武長材，寄跡老子法中爲道士，以養其親。九年，聞朝廷將治東方貢賦之不如法者，三獻書不報，長揖而去。京師士大夫多爲詩以贈，而屬愈爲序。

〔二〕高：或作「南」。

〔三〕熊豹姿：左傳：是子也，熊虎之狀。

〔四〕一尺捶：捶，一作「箠」。賈誼過秦論：執捶拊以鞭笞天下。

〔五〕三上書：砦溪詩話：昌黎送張道士「詣闕三上書」云云，韋應物送李山人云：「聖朝多遺逸，披膽謁至尊。豈是貿榮寵？誓將救元元。」聖俞贈師魯云：「臣豈爲身謀？而邀陛下眷。」皆急於得君，非爲利禄計也。

〔六〕黄冠：劉删詩：「名山本鬱盤，道士貴黄冠。」

〔七〕狂童：指吴元濟也。治：平聲。

〔八〕章奏：蔡邕獨斷：凡群臣上書於天子有四名，一曰章，二曰奏，三曰表，四曰駁議。

〔九〕披披：屈原九歌：「雲衣兮披披。」

〔一〇〕不爾：世説：謝公曰：外人論殊不爾。

〔一一〕倚門：齊國策：王孫賈母曰：「汝朝出而晚來，則吾倚門而望。汝暮出而不還，則吾倚閭而望。」

〔一二〕連環：齊國策：秦昭王遣使遺君王后玉連環。隨巢子：召人以環，絶人以玦。

〔一三〕清伊：伊，一作「漪」。朱子曰：伊水在嵩北，若前作「嵩南」，即此處不可作「伊」。若作「嵩高」，則此處乃可作「伊」耳。「漪」字雖可通用，然本不从水，只是語助詞，如書「斷斷猗」，大學作

「兮」，莊子「而我猶爲人猗」，亦是此類，故説文水部無之。但因詩伐檀「漣猗」、「淪猗」，故俗遂加水用之。而韓公亦有「含風漪」之句，則此作「漪」亦未可知。今上文既作「嵩高」，則此且作「伊」。

〔一四〕公家：左傳：公家之利，知無不爲，忠也。

〔一五〕利不利：史記管仲傳：「吾嘗爲鮑叔謀事，而更窮困，鮑叔不以我爲愚，知時有利不利也。」

奉酬振武胡十二丈大夫原注：胡証也。〔一〕

傾朝共羡寵光頻〔二〕，半歲遷騰作虎臣〔三〕。戎旆暫停辭社樹〔四〕，里門先下敬鄉人〔五〕。横飛玉盞家山曉〔六〕，遠蹀金珂塞草春〔七〕。自笑平生誇膽氣〔八〕，不離文字鬢毛新。

〔一〕舊唐書憲宗紀：九年十一月，以御史中丞胡証爲單于大都護、振武麟①勝等節度使。新唐書胡證傳：證，字啓中，河東人，舉進士，累遷諫議大夫。元和九年，党項擾邊，證以儒而勇，選拜振武軍節度使。新唐書地理志：鄯州下都督府，鄯城西南有天威軍，軍故石堡城。開元十七年置，初曰振武軍，屬隴右道。

〔二〕寵光：詩蓼蕭：「爲龍爲光。」傳：龍，寵也。

〔三〕虎臣：詩泮水：「矯矯虎臣。」

〔四〕戎旆暫停辭社樹：諸本作「弩矢前驅煩縣令」，方從閣本。辭社樹：莊子人閒世篇：匠石之齊，見櫟社樹。方云：趙璘因話録：胡証建節赴振武，過河中，時趙宗儒爲帥，証持刺稱百姓入謁，獻詩曰：「詩書入京國，旌節過鄉關。」若用「弩矢」云云，非胡公敬共桑梓之意。

〔五〕下里門：史記萬石君傳：萬石君徙居陵里，子慶醉歸，入外門不下車。奮讓之曰：內史貴人，入閭里，里中長老皆走匿，而内史坐車中自如，固當！後慶及諸子弟入里門，趨至家。後漢書張湛傳：湛告歸平陵，望寺門而步。主簿進曰：「明府位尊德重，不宜自輕。」湛曰：「父母之國，所宜盡禮，何謂輕哉？」

〔六〕玉盞：記明堂位：爵用玉盞。

〔七〕遠蹀：徐陵詩：「聞珂知馬蹀。」金珂：西京雜記：武帝時長安盛飾鞍馬，以南海白蜃爲珂，紫金爲革，以飾其上。新唐書車服志：三品以上珂九子，四品七子，五品六品以下去珂。

〔八〕膽氣：後漢書光武紀：膽氣益壯，無不一當百。按：新唐書証傳：「証旅力絶人，曾脱晉公裴度於厄，時人稱其俠。」今以儒而勇，受任節鉞。而公亦自負膽氣，乃老於文字之職，故結句云云。

【校　記】

①「麟」，原作「靈」，據舊唐書改。

韓昌黎詩集編年箋注卷九

卷九凡四十六首，内闕一首，起元和十年知制誥，迄十一年遷中書舍人，降太子右庶子時作。

奉和庫部盧四兄曹長元日朝迴原注：盧汀也。〔一〕

天仗宵嚴建羽旄〔二〕，春雲送色曉雞號。金爐香動螭頭暗〔三〕，玉佩聲來雉尾高〔四〕。戎服上趨承北極〔五〕，儒冠列侍映東曹〔六〕。太平時節難身遇，郎署何須歎二毛〔七〕？

〔一〕新唐書百官志：庫部郎中、員外郎各一人，掌戎器鹵簿儀仗。洪云：國史補云：兩省相呼爲閣老，尚書丞、郎相呼爲曹長，郎中、員外、御史、遺、補相呼爲院長，上可兼下，下不可兼上，唯御史相呼爲端公。然退之呼盧庫部爲曹長，張功曹爲院長，則上下亦通稱也。按：以下爲元和十年以考功郎中知制誥時作。

〔二〕天仗：新唐書儀衛志：凡朝會之仗，三衛番上，分爲五仗。一曰供奉仗，二曰親仗，三曰勳仗，四曰翊仗，五曰散手仗。每朝，内外隊仗立於階下。元日大朝會，則供奉仗、散手仗立於殿上。朝罷，皇帝步入東序門，然後放仗。宵嚴：班固西都賦：「周以鉤陳之位，衛以嚴更之署。」善曰：薛綜西京賦注：嚴更，督行夜鼓也。儀衛志：天子將出，前發七刻擊一鼓，爲一嚴。前五刻擊二鼓，爲再嚴。前二刻擊三鼓，爲三嚴。諸衛以次入陳殿庭。

〔三〕金爐：儀衛志：朝日，殿上設熏爐、香案。螭頭：國史補：兩省謔起居郎爲螭頭，以其立近石螭也。新唐書百官志：起居郎、舍人夾香案分立殿下，直第二螭首，和墨濡筆，皆即坳處，時號螭頭。雍録：殿前螭頭，蓋玉階扶欄上壓頂横石，刻爲螭頭之狀也。以横石突兀不雅馴，故刻螭以文之。按：舊注有引鴟尾者，誤，鴟尾在屋上，非螭頭也。

〔四〕雉尾：古今注：雉尾扇起於殷高宗時，緝雉羽爲扇翣，以障翳塵也。儀衛志：人君舉動必以扇，雉尾障扇四，小團雉尾扇四，方雉尾扇十二。

〔五〕戎服上趨：儀衛志：皇帝升御坐，左右金吾將軍一人奏左右廂内外平安。又禮樂志：皇帝元正受朝賀，在位者皆再拜。上公一人詣西階席，脱舄跪，解劍，升當御坐前，北面跪賀。

〔六〕東曹：儀衛志：入宣政門，文班自東門而入，武班自西門而入。宰相兩省官對班於香案前，百官班於殿庭。

〔七〕郎署、二毛：荀悦漢紀：馮唐白首屈於郎署。潘岳秋興賦：「余春秋三十有二，始見二毛，以太尉掾兼虎賁中郎將，寓直於散騎之省。」

寒食直歸遇雨〔一〕

寒食時看度，春游事已違。風光連日直，陰雨半朝歸〔二〕。不見紅毬上，那論綵索飛〔三〕。惟將新賜火〔四〕，向曙著朝衣。

〔一〕唐本箋云：元和十年，公時以考功郎中知制誥。

〔二〕半朝歸：朝，陟遥切。按：新唐書儀衛志：「泥雨則延三刻傳點。」故至半朝而始歸也。

〔三〕紅毬、綵索：荆楚歲時記：去冬節一百五日，即有疾風甚雨，謂之寒食，禁火三日。打毬鞦韆之戲。按：劉向别録曰：「蹴鞠，黄帝所造，本兵勢也。」鞠與毬同。古今藝術圖云：「鞦韆，北山戎之戲，以習轻趫者。」孫云：「紅毬以紅帛爲之。」按：新唐書百官志：「中尚署令寒食獻毬。」綵索，即鞦韆也。

〔四〕新賜火：唐會要：清明取榆柳之火，以賜近臣，順陽氣。

題百葉桃花原注：知制誥時作。

百葉雙桃晚更紅，窺窗映竹見玲瓏。應知侍史歸天上〔一〕，故伴仙郎宿禁中〔二〕。

〔一〕侍史：應劭漢官儀：尚書郎入直臺廨中，給侍史一人，女侍史二人，皆選端正者，侍史從至止車門還。女侍史潔被服，執香爐，燒熏以從入臺中，給使護衣服。天上：王云：謂内庭，公以考功郎中知制誥，寓直禁掖，故云。

〔二〕仙郎：白帖：諸曹郎稱爲仙郎。禁中：蔡邕獨斷：禁中者，門户有禁，非侍御者不得入，故曰禁中。

戲題牡丹〔一〕

幸自同開俱隱約〔二〕，何須相倚鬭輕盈？陵晨併作新妝面，對客偏含不語情。雙燕無機還拂掠，游蜂多思正經營。長年是事皆抛盡〔三〕，今日欄邊暫眼明。

〔一〕國史補：京城貴游尚牡丹三十餘年矣。每春暮，車馬若狂，一本有直數萬者。酉陽雜俎：前史中無説牡丹，惟謝康樂集中言竹間水際多牡丹。成式檢隋朝種植法，初不説牡丹，則知隋朝花藥中所無也。開元末，裴士淹奉使至汾州衆香寺，得白牡丹一窠，植於長安私第。至德中，馬僕射領太原，又得紅紫二色者，移於城中。元和初猶少，今與戎葵角多少矣。李綽尚書故實：世言牡丹花近有，蓋以國朝文士集中無牡丹歌詩。張公嘗言：見楊子華有畫牡丹。子華，北齊人，則知牡丹花亦已久矣。按：題曰「戲題」，詩語又若含諷，不知所謂「同開俱隱約」、「相倚鬭輕盈」者，果何所指也？舊編在桃花、芍藥二首之閒，因仍之。

〔二〕隱約：莊忌哀時命：居處愁以隱約兮。

〔三〕長年：淮南説山訓：故桑葉落而長年悲也。

芍藥

浩態狂香昔未逢，紅燈爍爍緑盤龍〔一〕。覺來獨對情驚恐，身在仙宫第幾重？

〔一〕紅燈：王云：紅燈喻花，盤龍喻葉。盤龍：西京雜記：董偃設紫瑠璃帳火齊屏風，列靈麻之燭，以紫玉爲盤如屈龍，皆用雜寶飾之。

游城南十六首

方云：此詩非一日作，編者類次之。按：此詩無年月可考，今以于賓客、張助教兩詩參考，當在元和十年。

賽神〔一〕

白布長衫紫領巾〔二〕，差科未動是閑人〔三〕。麥苗含穟桑生椹〔四〕，共向田頭樂社神〔五〕。

〔一〕史記封禪書：冬賽禱祠。索隱曰：謂報神福也。

〔二〕紫領巾：杜工部曰：「紫領寬袍漉酒巾。」

〔三〕差科：按：差科，賦役之總名也。

〔四〕麥苗、桑椹：齊民要術：三月冬穀或盡，椹麥未熟，蠶農尚閒。

〔五〕田頭：東觀漢記：王丹每歲農時，輒載酒肴，便於田頭大樹下飲食勸勉之。見後漢書王丹傳注。社神：記月令：仲春之月，擇元日，命民社。又郊特牲：社所以神，地之道也。

題于賓客莊〔一〕

榆莢車前蓋地皮〔二〕，薔薇蘸水筍穿籬〔三〕。馬蹄無入朱門跡，縱使春歸可得知。

〔一〕舊唐書憲宗紀：元和八年二月，宰相于頔貶恩王傅。九月，以爲太子賓客。十年十月，以太子賓客于頔为户部尚書。又于頔傳：頔，字允元，貞元十四年，爲山南東道節度。憲宗即位，歸朝入覲，册拜司空，平章事。貶恩王傅，改授太子賓客。十三年，表求致仕，宰臣擬授太子少保，御筆改爲賓客。其年八月卒。按：此詩蓋十年春所作。九年則孟郊未死，不應後詩有「孟生題竹」之句。十一年則幀已爲户部尚書，不應稱賓客。至幀没以後，則孟生宿草，而張籍病愈久矣。

〔二〕榆莢：齊民要術：白地候寒食榆莢盛時納種。車前：爾雅釋草：芣苢，馬舄，車前。注：今車前草，大葉長穗，好生道邊。江東呼爲蝦蟆衣。

〔三〕薔薇：本草：薔薇一名牛棘，一名薔薇。按：文集中有上于襄陽書，即幀也。幀以豪奢敗，此詩傷之。

晚春

草樹知春不久歸〔一〕，百般紅紫鬬芳菲。楊花榆莢無才思，惟解漫天作雪飛。

〔一〕樹：一作「木」。

落花

已分將身著地飛，那羞踐踏損光輝。無端又被春風誤，吹落西家不得歸〔一〕。

〔一〕西家：淮南齊俗訓：猶室宅之居也，東家謂之西家，西家謂之東家，不能定其處。鮑照詩：「中庭五株桃，一株先作花。陽春妖冶二三月，從風簸蕩落西家。」

楸樹二首

幾歲生成爲大樹，一朝纏繞困長藤。誰人與脱青羅帔〔一〕？看吐高花萬萬層。
幸自枝條能樹立，可煩蘿蔓作交加。傍人不解尋根本，卻道新花勝舊花。

〔一〕青羅帔：按：狀藤也，比象創語。

風折花枝

浮豔侵天難就看，清香撲地只遥聞。春風也是多情思，故揀繁枝折贈君。

贈同游

唤起窗前曙〔一〕，催歸日未西〔二〕。無心花裏鳥，更與盡情啼。

〔一〕窗、曙：包明月前溪歌：「當曙與未曙，百鳥啼窗前。」
〔二〕唤起、催歸：洪云：黄魯直云：「吾兒時每哦此詩，而了不解其意。自出峽來，吾年五十八矣。時春曉，偶憶此詩，方悟之。唤起、催歸，二禽名也。古人於小詩用意精深如此。催歸，子規也；

喚起，聲如人絡絲，圓轉清亮，偏於春曉鳴，江南謂之春喚。」復齋漫録：予嘗讀唐顧渚山茶記曰：「顧渚山中有鳥如鸜鵒而色蒼，每至正二月作聲，曰春起也，三四月云春去也。采茶人呼爲喚春鳥。」然則喚起之名，唐人説矣。豫章不舉爲證，何耶？

贈張十八助教〔一〕

喜君眸子重清朗〔二〕，攜手城南歷舊游〔三〕。忽見孟生題竹處〔四〕，相看淚落不能收。

〔一〕按：張洎編次張司業集序云：「貞元十五年，丞相渤海公下及第，歷官太祝、秘書郎、國子博士、水部員外郎、國子司業。」不言其爲助教。新唐書籍傳亦然。惟舊唐書張籍傳云：「補調太常寺太祝，轉國子助教。」在爲秘書之前，蓋病後居此官也。唐六典：國子監助教二人，從六品上，掌佐博士，分經以教授焉。

〔二〕清朗：宋玉神女賦：「眸子炯其精朗兮。」

〔三〕城南：□云：與孟郊嘗游此，有城南聯句，至是郊死矣。按：貞曜先生墓志：郊以元和九年八月卒。

〔四〕題竹：按：郊集有游城南韓氏莊云：「初疑瀟湘水，鎖在朱門中。時見水底月，動摇池上風。清氣潤竹林，白光連虚空。浪簇霄漢羽，岸芳金碧叢。何言數畝間，環泛路不窮。願逐神仙侶，飄然汗漫通。」又陪侍御游城南山墅云：「夜坐擁腫亭，晝登崔巍岑。日窺萬峰首，月見雙泉心。

松氣清耳目，竹氛碧衣襟。佇想琅玕字，數聽枯槁吟。」此詩題竹處，二詩可證。

按：籍之患眼久矣。與李浙東書當在元和六年間，時其盲未甚。至孟郊詩有「西明寺後窮瞎張太祝」之句，公詩有「腦脂遮眼卧壯士」之句，則其盲殆甚矣。籍又自有詩云：「三年患眼今年校，免與風光便隔生。昨日韓家後園裏，看花猶似未分明。」則時方漸愈，至此乃重清朗矣。

題韋氏莊〔一〕

昔者誰能比？今來事不同。寂寥青草曲，散漫白榆風。架倒藤全落，籬崩竹半空。寧須惆悵立，翻覆本無窮。

〔一〕雍録：韋曲在明德門外，韋后家在此。蓋皇子陂之西，所謂城南韋、杜。鄭樵通志：韋曲在樊川，唐韋安石之别業。□云：城南韋曲在唐最盛，名與杜陵相埒。當時爲之語曰：「城南韋杜，去天尺五。」杜子美贈韋贊善詩所謂「時論同歸尺五天」也。是時莊已衰矣，故詩意云然。

晚雨

廉纖晚雨不能晴，池岸草間蚯蚓鳴。投竿跨馬蹋歸路，纔到城門打鼓聲〔一〕。

〔一〕打鼓：水經注：置大鼓於其上，晨昏伐以千椎，爲城里諸門啟閉之候，謂之戒晨鼓也。晉書鄧攸傳：紞如打五鼓，雞鳴天欲曙。唐六典：「城門郎晨昏擊鼓。」此詩昏鼓也。

出城

暫出城門蹋青草，遠於林下見春山。應須韋杜家家到，祇有今朝一日閑〔一〕。

〔一〕一日閑：按：唐六典：「內外官有假寧之節。」注：「謂寒食通清明四日，春秋二社，二月八日、三月三日，立春、春分，每旬併給休假一日。」今據次篇云「共向田頭樂社神」，當是春社假寧。按：法止一日也。

把酒

擾擾馳名者，誰能一日閑？我來無伴侶〔一〕，把酒對南山。

〔一〕無伴侶：按：前詩云「贈同游」，此又云「無伴侶」，前謂閑人，此謂不閑者也。

嘲少年

直把春償酒，都將命乞花〔一〕。祇知閑信馬，不覺誤隨車。

〔一〕乞：音氣。

楸樹

青幢紫蓋立童童〔一〕，細雨浮烟作彩籠〔二〕。不得畫師來貌取〔三〕，定知難見一生中。

〔一〕童童：蘇武詩：「童童孤生柳，寄根河水泥。」釋名：幢，童也，其貌童童也。

〔二〕浮烟：鮑照詩：「絶目盡平原，時見遠烟浮。」

〔三〕貌：杜甫詩：「貌得山僧及童子。」

遣興

斷送一生惟有酒，尋思百計不如閑。莫憂世事兼身事，須著人間比夢間。

太安池〔一〕

〔一〕按：李漢編入律詩中，必有其詞，蓋後人失之耳。

游太平公主山莊〔一〕

公主當年欲占春，故將臺榭押城闉〔二〕。欲知前面花多少，直到南山不屬人。

〔一〕新唐書公主傳：太平公主，則天皇后所生。初尚薛紹，更嫁武攸暨。先天二年，謀廢太子，事敗，亡入南山。三日乃出，賜死於第。主作觀池樂游原，以爲盛集。既敗，賜寧、申、岐、薛四王，都人歲祓禊其地。

〔二〕押：一作「壓」。

晚　春

誰收春色將歸去？慢緑妖紅半不存。榆莢祗能隨柳絮，等閑撩亂走空園。

送李尚書赴襄陽八韻原注：得長字。李遜也。〔一〕

帝憂南國切，改命付忠良〔二〕。壞畫星摇動〔三〕，旗分獸簸揚〔四〕。五營兵轉肅〔五〕，千里地還方。控帶荆門遠〔六〕，飄浮漢水長。賜書寬屬郡，戰馬隔鄰疆〔七〕。縱獵雷霆迅〔八〕，觀棋玉石忙〔九〕。風流峴首客〔一〇〕，花豔大堤倡〔一一〕。富貴由身致，誰教不自强？

〔一〕舊唐書憲宗紀：元和十年十月，始析山南東道爲兩節度使，以户部侍郎李遜爲襄州刺史，充襄復郢均房節度使，以右羽林將軍高霞寓爲唐州刺史，充唐隨鄧節度使。又李遜傳：遜，字友道，登進士第，累遷户部侍郎。元和十年拜襄州刺史，充山南東道節度觀察等使。□云：「遜赴襄陽，廷臣送者三十餘人，分韻賦詩。太常卿許孟容爲之序。按遜本傳：『遷户部侍郎，爲山南東道節度使。』又按襄州石本題名，銜云『檢校工部尚書李遜』。時遜蓋自尚書而出，史略之。」

〔二〕改命：易革卦：九四，有孚，改命，吉。□云：按舊唐書：先是山南東道節度使嚴綬討吴元濟無功，罷爲太子少保，乃以遜爲節度，故云。

〔三〕壤畫：書畢命：申畫郊圻，慎固封守。古今注：畫界者，于二封之間又爲壝埒，以畫分界域也。陶弘景許長史舊館壇碑：縈巒巴曲，畫壤胇浮。星摇動：按：顧嗣立引「三峽星河影動摇」爲注，雖字面切合，然詩意蓋謂九野星分，舊制已定，今復植置兩節度，其復、郢、襄、房爲鶉尾分，均爲鶉火分，因畫壤而動摇也。

〔四〕獸簇揚：新唐書百官志：旗畫蹲獸立禽。

〔五〕五營：後漢書張奂傳：率五營士圍竇武。

〔六〕荆門：郭璞江賦：「荆門闕竦而磐礴。」水經：江水又東歷荆門。注：荆門上合下開，楚之西塞也。

〔七〕鄰疆：按：謂淮蔡。

〔八〕雷霆：揚雄羽獵賦：「上下砰磕，聲若雷霆。」

〔九〕觀棋：按：蜀志費禕傳：魏軍次於興勢，禕往御之，光禄大夫來敏求共圍棋。於時嚴駕，禕留意對戲，敏曰：「君必能辨賊。」玉石：西山經：長留之山，是多文玉石。又中山經：休與之山，其上有石焉，名曰帝臺之棋。

〔一〇〕峴首：世説：羊太傅好山水，每風景，必造峴山，置酒言詠。

〔一一〕大堤：古今樂録：襄陽樂者，宋隋王誕之所作也。誕爲襄陽郡，夜聞諸女歌謡，因而作之。其曲云：「朝發襄陽城，暮至大堤宿。大堤諸女兒，花豔驚郎目。」

寄崔二十六立之〔一〕

西城員外丞〔二〕，心跡兩屈奇〔三〕。往歲戰詞賦〔四〕，不將勢力隨。下驢入省門，左右驚紛披〔五〕。傲兀坐試席〔六〕，深叢見孤羆〔七〕。文如翻水成，初不用意爲。四座各低面，不敢捩眼窺〔八〕。升階揖侍郎，歸舍日未欹。佳句喧衆口，考官敢瑕疵？連年收科第，若摘頷底髭〔九〕。迴首卿相位，通途無佗岐〔一〇〕。豈論校書郎〔一一〕？袍笏光參差。童稚見稱説，祝身得如斯。儕輩妒且熱，喘如竹筒吹〔一二〕。老婦願嫁女，約不論財貲〔一三〕。老翁不量分，累月笞其兒。攬攬爭附託〔一四〕，無人角雄雌〔一五〕。由來人間事，翻覆不可知。安有巢中㲉〔一六〕，插翅飛天陲〔一七〕？駒犢著爪牙〔一八〕，猛虎借與皮。汝頭有韁繫，汝腳有索縻。陷身泥溝間，誰復稟指撝？不脫吏部選，可見偶與奇〔一九〕。又作朝士貶，得非命所施。客居京城中，十日營一炊〔二〇〕。逼迫走巴蠻〔二一〕，恩愛座上離。昨來漢水頭，始得完孤羈〔二二〕。桁掛新衣裳〔二三〕，盎棄食殘糜。苟無飢寒苦，那用分高卑？憐我還好古，宦途同險巇。每旬遺我書，竟歲無差池〔二四〕。新篇奚其思，風幡肆逶迤〔二五〕。又論諸毛功〔二六〕，劈水看蛟螭〔二七〕。雷電生睒睗，角鬣相撐披。屬我感窮景，抱華不能摛〔二八〕。倡來和相報，愧歎俾我疵。又寄百尺綵，緋紅相盛衰。巧能喻其誠〔二九〕，深淺抽肝脾〔三〇〕。開展放我側，方餐涕垂匙。朋交日凋謝〔三一〕，存者逐利移〔三二〕。子寧獨迷誤〔三三〕，綴綴意益彌。舉頭庭樹豁，狂飆卷寒曦。迢遞山水隔，何由應塤篪？別來就十年〔三四〕，君馬記騧驪〔三五〕。長女當及事，誰助出帨縭〔三六〕？諸男皆秀朗〔三七〕，幾能守家規。文字銳氣在，輝輝見旌麾。摧腸與慽容〔三八〕，能復持酒卮。我雖未耋老，髮禿骨力羸。所餘十九齒，飄颻盡浮危。玄花著兩眼〔三九〕，視物隔褷襹〔四〇〕。燕席謝不詣，游鞍懸莫騎。敦敦凭書案〔四一〕，譬彼鳥黏黐〔四二〕。且我聞之師，不以物自隳。孤豚眠糞壤，不慕太廟犧〔四三〕。君看一時人，幾輩先騰馳。過半黑頭死〔四四〕，陰蟲食枯骴〔四五〕。歡華不滿眼，咎責塞兩儀〔四六〕。觀名計之利〔四七〕，詎足相陪裨。仁者恥貪冒，受祿量所宜〔四八〕。無能食國惠，豈異哀瘵罷〔四九〕？久欲辭謝去，休令衆睢睢〔五〇〕。況又嬰疹疾〔五一〕，寧保軀不貲〔五二〕。不能前死罷，内實慚神祇。舊籍在東都，茅屋枳棘籬〔五三〕。還歸非無指，灞渭揚春澌〔五四〕。生兮耕我疆，死也埋我陂〔五五〕。文書自傳道，不仗史筆垂〔五六〕。夫子固吾黨，新恩釋銜羈。去來伊洛上，相待安罛箄〔五七〕。我有雙飲醆，其銀得朱提〔五八〕。黄金塗物象，雕鐫妙工倕〔五九〕。乃令千里鯨〔六〇〕，么麽微螽斯〔六一〕。猶能爭明月，擺掉出渺瀰〔六二〕。野草花葉細，不辨資菉葹〔六三〕。綿綿相糾結，狀似環城陴〔六四〕。四隅芙蓉樹，擢豔皆猗猗。鯨以興君身〔六五〕，失所逢百罹。月以喻夫道，僶俛勵莫虧。草木明覆載，妍醜齊榮萎。願君恒御之，行止雜燧觿〔六六〕。異日期對舉，當如合分支〔六七〕。

〔一〕□云：貞元四年，侍郎劉太真知舉，放進士三十六人，立之中第。公嘗爲立之作藍田縣丞廳壁記，元和十年也。記所載立之戰藝出人及言事黜官，皆與詩意合。又有贈立之詩，乃在元和元年。而此云「别來就十年」，蓋自元年後相别，至是作詩爲寄，亦當在元和十年也。

〔二〕西城：□云：西城謂藍田。　員外丞：按：立之履歷無可考，就公集中諸詩考之，蓋中進士，舉博學宏詞，初爲赤縣尉，轉大理評事，謫官，嘗攝伊陽。又走巴蠻，乃爲藍田丞，未嘗爲員外也。此詩兼以員外丞稱之，而又云「新恩釋銜羈」，或新授員外乎？

〔三〕屈奇：屈，其物切，或作「倔」。淮南詮言訓：聖人無屈奇之服，無瑰異之行。

〔四〕戰詞賦：藍田縣丞廳壁記：貞元初，挾其能戰藝京師，再進再屈千人。

〔五〕紛：一作「分」。

〔六〕傲兀：□云：陶淵明詩「兀傲差若穎」，王維詩「兀傲迷東西」，惟公及李義山詩「傲兀逐戎旃」，皆作「傲兀」。䂬溪詩話：昌黎寄崔立之云「傲兀坐試席，深叢見孤羆」云云，可謂善言場事。若平日所養不厚，誠難傲兀也。

〔七〕孤羆：爾雅釋獸：羆如熊，黄白文。

〔八〕捩眼：捩，音列。王云：捩，拗也。謂左右窺。杜甫詩：「斗上捩孤影。」

〔九〕頷底髭：按：釋名：「口上曰髭，頤下曰鬚，在頰耳旁曰髯。」則頷底不應曰髭。蓋語用摘髭，言易也。

〔一〇〕通途：鮑照詩：「伊昔謬通途，冠屣預人林。」

〔一一〕校書郎：新唐書百官志：秘書省校書郎十人，正九品上。王云：立之登第後除秘書省校書郎。

〔一二〕竹筒吹：廣韻：筒，竹筒。按：竹筒吹，極形喘息之聲也。

〔一三〕不論財：顔氏家訓：近世嫁娶，遂有賣女納財，買婦輸絹，責多還少，市井無異。

〔一四〕攪攪：一作「擾擾」。

〔一五〕雄雌：漢書項羽傳：願與王挑戰決雌雄。

〔一六〕巢中𣪊：列子湯問篇：黑卵負其才力，視來丹猶雛𣪊也。

〔一七〕天陲：陲，音垂。□云：陲，邊也。左傳：虔劉我邊陲。

〔一八〕駒麛：麛，音迷。説文：馬二歲曰駒。爾雅釋獸：鹿，其子麛。著：音灼。

〔一九〕偶與奇：奇，居宜切。□云：古人以遇合爲耦，不遇爲奇。偶與耦通用。霍去病傳：諸將常留落不耦。李廣傳：衛青陰受上指，以爲李廣數奇。

〔二〇〕十日一炊：三輔決録：第五頡爲諫議大夫，洛陽無主人，鄉里無田宅，寄止靈臺中，或十日不炊。

〔二一〕逼迫：鮑照詩：「逼迫聚離散。」

〔二二〕孤羈：謝莊月賦：「親懿莫從，羈孤遞進。」

〔二三〕桁：音行，又下浪切。庾信對燭賦：「燈前桁衣疑不亮。」

〔二四〕差池：差，楚宜切。詩：「差池其羽。」韻語陽秋：退之贈崔立之前後各一篇，皆譏其詩文易得。前詩曰：「才豪氣猛易語言，往往蛟螭雜螻蚓。」後詩曰：「文如翻水成，初不用意爲。」二詩皆數十韻，豈非欲炫博於易語言之人乎？前詩曰：「深藏篋笥時一發，戢戢已多如束筍。」後詩曰：「每句遺我書，竟歲無差池。」有以知崔於韓情義之篤如此也。按：此論未確，「易語言」所以譏之，「翻水成」所以譽之，「多如束筍」乃責望推引之詞，「每句遺書」乃來往殷勤之語。二詩旨各不同，未可一概而論也。

〔二五〕風幡：幡，一作「旛」。按：「風幡」二字乃禪家公案，此以喻崔詩之逶迤，猶曰風旗、風中纛耳。

又按：北堂書鈔載風俗通云：趙祐酒後見一人，乘竹馬持風幡，云：「我行雲使者。」

〔二六〕諸毛功：朱子曰：論諸毛功，必是爲毛穎傳而發。

〔二七〕劈：一作「劈」。

〔二八〕抱華：蜀本作「把筆」。方云：班固答賓戲：「摛藻如春華。」蓋公得崔詩正當冬月，故感窮景而不能摛發其春華耳。上文諸毛乃謂筆也，既隱其詞，不應又直言之。

〔二九〕巧能：方云：列子：矜巧能，修名譽。朱子曰：言崔遺我書，併新篇綵帛，巧於能達其意，猶言工於某事云爾，非以「巧能」二字相連，方説誤矣。按：巧能喻其誠，或者崔詩亦就緋紅之盛衰，工於託興，故於飲餞細細模擬，以酬其意耳。

〔三〇〕抽肝脾：鮑照詩：「肝心盡崩抽。」

〔三一〕凋謝：按：於時東野已没。

〔三二〕逐利移：按：公與崔群書云：「自少至今，從事於往還朋友，日月不爲不久。所與交往者千百人，或以事同，或以藝取，或慕其一善，或以其久故，或初不甚相知，而與之已密，其後無大惡，因不復決捨，或其人雖不皆入於善，而於己已厚，雖欲悔之不可。凡諸淺者固不足論，深者止於如此。」然則其中固有逐利移者矣。

〔三三〕迷誤：鮑照詩：「南國有儒生，迷方獨淪誤。」

〔三四〕十年別：按：自元和元年贈崔立之評事以後，復有攝伊陽酬藍田、詠雪、雪後寄崔諸詩，大抵往來贈答未嘗覿面也。

〔三五〕騧驪：騧，音爪。詩小戎：「騧驪是驂。」

〔三六〕帨縭：縭，音鋭離。儀禮士昏禮：母施衿結帨。詩東山：「親結其縭。」

〔三七〕秀朗：世説：風儀秀朗。

〔三八〕慽：一作「蹙」。

〔三九〕眼花：張華詩：「耳熱眼中花。」按：與崔群書云：「左車第二牙，無故動摇脱去，目視昏花，尋常閒便不分人色。」書在貞元十八年，去此復十四年矣。

〔四〇〕褷襹：褷，所宜切。襹，音離。方云：離褷，毛羽初生貌。字本木華海賦「鳧雛離褷」。然「離」字，字書無从衣者，唯王維詩有「獨立何襹褷」，嵇康琴賦作「離纚」，古樂府作「離蓰」，陸羽茶經作「籭簁」，義皆通。今此作「褷襹」，豈古連綿字或可倒用，不然，「褷」字自入韻，豈傳者誤耶？

〔四一〕敦敦：音堆。詩東山：「敦彼獨宿。」

〔四二〕鳥黏黐：黐，音螭。廣韻：黐，所以粘鳥也。六書故：黐，黏之甚者。苦木皮擣取膠液，可黏羽物，今人謂之黐。

〔四三〕太廟犧：莊子列御寇篇：或聘於莊子，莊子應其使曰：「子見夫犧牛乎？衣以文繡，食以芻菽，及其牽而入於太廟，雖欲爲孤犢，其可得乎？」

〔四四〕黑頭：北史魏太武五王傳：臨淮王彧，少有才學，侍中崔光見而歎曰：「黑頭三公。」當此人也。

〔四五〕食枯骴：骴，音疵。記月令：掩骼埋胔。説文：殘骨曰骴；骴，或从肉。

〔四六〕歡華、咎責：臨漢隱居詩話：詩惡蹈襲古人之意，亦有襲而愈工，若出於己者。蓋思之愈深，則造語愈工也。魏人章疏云：「福不盈眥，禍將溢世。」退之則曰：「歡華不滿眼，咎責塞兩儀。」蓋愈工於前也。

〔四七〕觀名計利：利，一作「實」。朱子曰：此二句難曉，竊意計猶校也，言觀其所得之虚名，而校之以實利，不足相補也。按：「觀之名，計之利」，見莊子盜跖篇，其義則朱子所云是也。

〔四八〕受禄：記表記：其受禄不誣，其受罪益寡。

〔四九〕癃罷：音隆皮。史記平原君傳：「臣不幸有罷癃之疾。」

〔五〇〕睢睢：音隳。莊子：而盱盱而睢睢。

〔五一〕疹疾：疹，丑刃切。曹植詩：「憂思成疾疹。」

〔五二〕軀不貲：貲，一作「訾」。漢書蓋寬饒傳：用不訾之軀，臨不測之險。師古曰：訾與貲同。不貲者，言無貲量可以比之，貴重之極也。

〔五三〕枳棘籬：潘岳閒居賦：「長楊映水，芳枳樹籬。」

〔五四〕春澌：屈原九歌：「流澌紛兮將來下。」

〔五五〕也：一作「兮」。

〔五六〕不：一作「奚」。

〔五七〕罛箄：罛，音孤。詩碩人：「施罛濊濊。」廣韻：箄，音卑，取魚竹器。

〔五八〕朱提：音殊時。漢書地理志：犍爲郡朱提縣山出銀。應劭曰：朱提山在西南。

〔五九〕工倕：書舜典：咨，垂汝共工。莊子胠篋篇：攦工倕之指。

〔六〇〕千里鯨：古今注：鯨魚者，海魚也。大者長千里，眼爲明月珠。

〔六一〕么麽：尉繚子守權篇：么麽毁瘠者並於後。

〔六二〕渺瀰：瀰，音彌。木華海賦：「渺瀰湠漫。」

〔六三〕薋菉葹：音咨緑施。屈原離騷：「薋菉葹以盈室兮。」

〔六四〕環城陴：按：刻草於飲餞之上，如環城陴而生也。

〔六五〕興君身：興，去聲。荆公本作「狀君身」。方云：興，猶比也。君指立之而言。按：西京雜記：「公孫弘爲賢良，國人鄒長倩贈以生芻一束，素絲一襚，撲滿一枚，書題遺之曰：『生芻之賤也，不能脱落君子，故贈君生芻一束。五絲爲鑷，倍緵爲襚，此自少之多，自微至著也。士之立功勛，效名節，亦復如之，故贈君素絲一襚。撲滿者，以土爲器，以蓄錢，滿則撲之，積而不散，可不誡歟？故贈君撲滿一枚。』」此詩比體，昉自長倩。

〔六六〕燧觿：觿，許規切。記内則：左佩小觿金燧，右佩大觿木燧。洪云：言當常御此餞，雜於所佩燧觿之間也。

〔六七〕合分支：王云：通鑑：「元魏熙平元年，立法，在軍有功者，行臺給券，當中竪裂，一支給勳人，一支送門下，以防僞巧。」今人亦謂析産符契爲分支帳，即此義也。公以雙觿之一贈崔，故末句如此。

人日城南登高〔一〕

初正候纔兆，涉七氣已弄。靄靄野浮陽，暉暉水披凍。聖朝身不廢，佳節古所用。親交既許來，子姝亦可從〔二〕。盤蔬冬春雜〔三〕，樽酒清濁共〔四〕。令徵前事爲〔五〕，觴詠新詩送〔六〕。扶杖凌圮阯〔七〕，刺船犯枯葑〔八〕。戀池群鴨迴，釋嶠孤雲縱。人生本坦蕩，誰使妄倥偬〔九〕？直指桃李闌，幽尋寧止重〔一〇〕。

〔一〕荆楚歲時記：正月七日爲人日，以七種菜爲羹，鏤金箔爲人，戴之頭鬢，登高賦詩。按：以下諸詩元和十一年作，是年正月丙戌拜中書舍人、知制誥，丙申賜緋衣銀魚，五月癸未降右庶子。

〔二〕子姝：仝姪。

〔三〕盤蔬：荆楚歲時記：舊以正旦至七日諱食雞，故歲首唯食新菜。

〔四〕清濁：鄒陽酒賦：「清者爲酒，濁者爲醴。」

〔五〕令徵前事：□云：東漢賈景伯有酒令九篇，今不傳。國史補：古之飲酒，有杯盤狼藉，揚觶絶纓之說，甚則甚矣，然未有言其法者。國朝麟德中，壁州刺史鄧弘慶始創「平索看精」四字令，至李梢雲而大備。大抵有律令，有頭盤，有拋打。蓋工於舉場，而盛於使幕也。劉貢父詩話：唐人飲酒以令爲罰，韓吏部詩云「令徵前事爲」，白傅詩云「醉翻襴衫拋小令」。今人以絲管歌謳爲令者，即白傅所謂，其舉故事物色，則韓詩所謂耳。按：宋趙與時賓退録載唐酒令甚多。

〔六〕觴詠：王羲之蘭亭序：一觴一詠，亦足以暢叙幽情。

〔七〕圮阯：圮，符鄙切。阯，一作「址」。說文：圮，毁也。阯，基也。

〔八〕刺船：刺，七亦切。莊子漁父篇：乃刺船而去，延緣葦間。枯葑：葑，方用切。淮南天文訓：大旱，苽封熯。注：苽，蔣草也。生水上，相連，名曰封，旱燥故熯也。蔣云：葑，詩韻方用切，苽根也。又詩谷風：「采葑采菲。」音捧，云蔓菁也。其字本同，但異物，故異音耳。

〔九〕倥偬：音控粽。劉向九歎：愁倥偬於山陸。

〔一〇〕重：王云：重，再也。

感春三首〔一〕

偶坐藤樹下，莫春下旬間。藤陰已可庇，落蘂還漫漫。亹亹新葉大，瓏瓏晚花乾〔二〕。青天高寥寥，兩蝶飛翻翻。時節適當爾，懷悲自無端。

黄黄蕪菁花〔三〕，桃李事已退。狂風簸枯榆〔四〕，狼藉九衢内。春序一如此，汝顔安足賴。誰能駕飛車〔五〕，相從觀海外？

晨游百花林，朱朱兼白白。柳枝弱而細，懸樹垂百尺。左右同來人，金紫貴顯劇。嬌童爲我歌，哀響跨箏笛〔六〕。豔姬蹋筵舞，青眸刺劍戟〔七〕。心懷平生友，莫一在燕席。死者長眇芒，生者困乖隔。少年真可喜，老大百無益。

〔一〕王云：作於元和十一年三月爲中書舍人時也。

〔二〕亹亹、瓏瓏：王云：亹亹，翠色貌。瓏瓏，花落聲。

〔三〕蕪菁：方言：豐、蕘，蕪菁也，關之東西，謂之蕪菁。

〔四〕枯榆：爾雅釋木：榆白，枌。

〔五〕飛車：海外西經：奇肱國，人一臂三目。郭璞曰：其人善爲機巧，以取百禽，能作飛車，從風遠行。

〔六〕箏笛：鮑照詩：「箏笛更彈吹，高唱好相和。」

〔七〕刺劍戟：孫云：言眸子清朗如劍戟之刺。張耒曰：東坡言退之詩「不解文字飲，惟能醉紅裙」，疑若清苦自飾者。至云「豔姬蹋筵舞，清眸刺劍戟」，則知此老子個中興復不淺。

示兒

始我來京師，止攜一束書。辛勤三十年〔一〕，以有此屋廬〔二〕。此屋豈爲華？於我自有餘。中堂高且新，四時登牢蔬〔三〕。前榮饋賓親〔四〕，冠婚之所於。庭内無所有，高樹八九株。有藤婁絡之〔五〕，春華夏陰敷。東堂坐見山，雲風相吹噓〔六〕。松果連南亭，外有瓜芋區〔七〕。西偏屋不多，槐榆翳空虛。山鳥旦夕鳴，有類澗谷居〔八〕。主婦治北堂〔九〕，膳服適親疏。恩封高平君〔一〇〕，子孫從朝裾。開門問誰來，無非卿大夫。不知官高卑，玉帶懸金魚〔一一〕。問客之所爲，峨冠講唐虞。酒食罷無爲，棋槊以相娛〔一二〕。凡此座中人，十九持鈞樞。又問誰與頻，莫與張樊如。來過亦無事，考評道精粗。躍躍媚學子〔一三〕，牆屏日有徒。以能問不能，其蔽豈可祛〔一四〕？嗟我不修飾，事與庸人俱。安能坐如此？比肩於朝儒〔一五〕。詩以示兒曹，其無迷厥初〔一六〕。

〔一〕三十年：按：以貞元二年始來京師計之，至元和十一年，蓋三十年矣。

〔二〕屋廬：□云：公第在長安靖安里。

〔三〕登牢蔬：儀禮少牢饋食之禮鄭注：將祭祀，必先擇牲，繫於牢而芻之。按：蔬如蘋蘩薀藻之屬。

朱子曰：公作袁氏先廟碑有「親登邊錋」之語，與「登牢蔬」語意正同。

〔四〕前榮：蔡云：沈氏筆談云：「屋翼謂之榮，東西則有之，未知前榮安在。」藝苑雌黄以爲不然。記云：「洗當東榮。」（見鄉飲酒義）又：「升自東榮。」（見喪大記）上林賦：「偓佺之徒，暴於南榮。」則所謂榮者，東西南北皆有之矣。故李華含元殿賦又有「風雨交四榮」之説，榮爲屋檐，即屋四垂也。又謂之楣，又謂之梠，屋梠兩頭起者爲榮。孫曰：前榮者，揚雄甘泉賦云「列宿施於上榮」是也。

〔五〕婁：音縷，一作「縷」。

〔六〕雲風：史記天官書：有雲風無日。

〔七〕瓜芋區：左思蜀都賦：「瓜疇芋區。」

〔八〕澗：一作「磵」。

〔九〕主婦：儀禮特牲饋食：宗婦北堂東面北上，主婦及内賓宗婦亦旅西面。

〔一〇〕高平君：皇甫湜撰韓愈墓誌：公夫人高平郡君范陽盧氏。

〔一一〕玉帶金魚：新唐書車服志：腰帶一品二品，銙以金，六品以上以犀，九品以上以銀，庶人以鐵。其後以紫爲三品之服，金玉帶銙十三，緋爲四品之服，金帶銙十一。又：高宗給五品以上隨身魚銀袋，以防召命之詐，出内必合之。三品以上金飾袋。天授二年，改佩魚爲龜。中宗初，罷龜袋，復給以魚。郡王、嗣王亦佩金魚袋。景龍中，令特進佩魚。散官佩魚，自此始也。景雲中，詔衣紫者魚袋以金飾之，衣緋者以銀飾之。開元後，百官賞緋紫必兼魚袋，謂之章服。當時服朱紫佩魚者衆矣。按：玉帶金魚雖指往來卿大夫，然是年正月愈亦賜緋衣銀魚矣。

〔一三〕棋槊：槊，音朔。洪云：唐人詩云：「冢子地握槊，星宿天圍棋。」棋，奕也。槊，博也。北史：齊尒朱世隆與元世儁握槊，忽聞局上詨然有聲，一局子盡倒立。（見尒朱世隆傳）

〔一四〕躚躚：躚，音先。廣韻：躚躚，旋行貌。媚學：説文：媚，悦也。王云：好也。

〔一五〕豈可祛：王云：祛，攘卻。按：豈可祛，言豈不可祛也。

〔一六〕比肩：齊國策：千里而一士，是比肩而立。

〔一七〕厥初：書蔡仲之命：慎厥初，惟厥終。

蘇軾云：退之示兒詩所示皆利禄事也，至老杜則不然。其示宗武云：「試吟青玉案，莫羨紫香囊。應須飽經術，已自①愛文章。十五男兒志，三千弟子行。曾參與游夏，達者得升堂。」所示皆聖賢事也。

【校記】

①「自」，杜詩詳注作「似」。

庭楸〔一〕

庭楸止五株〔二〕，共生十步閒〔三〕。各有藤繞之，上各相鉤聯。下葉各垂地，樹顛各雲連。

朝日出其東，我常坐西偏〔四〕。夕日在其西，我常坐東邊。當晝日在上，我在中央間。仰視何青青，上不見纖穿。朝暮無日時，我且八九旋。濯濯晨露香，明珠何聯聯。夜月來照之，蒨蒨自生煙〔五〕。我已自頑鈍，重遭五楸牽。客來尚不見，肯到權門前〔六〕？權門衆所趨，有客動百千。九牛亡一毛〔七〕，未在多少間〔八〕。往既無可顧，不往自可憐。

〔一〕爾雅釋木：槐，小葉曰榎，大而皵楸。注：槐當爲楸，楸細葉者爲榎，老乃皮粗皵者爲楸。□云：詩意與示兒詩所云「庭内無所有，高樹八九株」者相應，蓋同時作。

〔二〕五株：齊民要術：西方種楸九根，延年百病除。雜五行書：舍西種楸梓各五根，子孫孝順，口舌消滅也。

〔三〕十步：齊民要術：種楸梓法，宜割地一方種之，兩步一樹。此樹須大，不得概栽。按：今五株宜十步也。

〔四〕西偏：左傳：處許西偏。

〔五〕蒨蒨：蒨，音倩。湛方生稻苗贊：蒨蒨嘉苗。生煙：謝朓詩：「生煙紛漠漠。」

〔六〕權門：後漢書黄瓊傳論：權門貴仕，請謁繁興。□云：舊書云：「公少與孟郊、張籍友善，觀權門豪士，如僕隸焉，瞪然不顧。」即此詩所謂也。

〔七〕九牛：司馬遷報任安書：若九牛亡一毛，與螻蟻何以異？

〔八〕多少：按：新序：「晉平公曰：『吾門下食客三千餘人，可謂不好士乎？』固桑對曰：『今夫鴻鵠高飛沖天，其所恃者六翮耳！ 夫腹下之毳，背上之毛，增去一把，飛不爲高下。不知君之食客六翮耶，將腹背之毳也。』」此詩雖「九牛亡一毛」語，然兼取此意。

奉酬盧給事雲夫四兄曲江荷花行見寄並呈上錢七兄閣老張十八助教〔一〕

曲江千頃秋波淨〔二〕，平鋪紅雲蓋明鏡〔三〕。大明宮中給事歸〔四〕，走馬來看立不正。遣我明珠九十六〔五〕，寒光映骨睡驪目〔六〕。我今官閑得婆娑〔七〕，問言何處芙蓉多。撐舟昆明度雲錦〔八〕，腳敲兩舷叫吴歌〔九〕。太白山高三百里，負雪崔嵬插花裏〔一〇〕。玉山前卻不復來〔一一〕，曲江汀瀅水平杯〔一二〕。我時相思不覺一迴首，天門九扇相當開〔一三〕。上界真人足官府〔一四〕，豈如散仙鞭笞鸞鳳終日相追陪〔一五〕。

〔一〕按：以下諸詩皆左降右庶子時作。

〔二〕曲江：雍録：開元二十年築夾城，自大明宮以達曲江芙蓉園。劉餗小説：園本古曲江，隋文帝惡其名曲，改名芙蓉，爲其水盛而芙蓉富也。王云：在長安城昇道坊。

〔三〕紅雲、明鏡：方云：紅雲、明鏡皆喻也。公三堂詩「水上覓紅雲」，與此同義。

〔四〕大明宮：新唐書地理志：龍朔後皇帝嘗居大明宮。宮在禁苑東南，曰東内，本永安宮，貞觀八年置，九年曰大明宫，以備太上皇清暑。高宗厭西内湫濕，龍朔三年，始大興葺，曰蓬萊宫。咸亨元年曰含元宫。長安元年復曰大明宫，在關内道。給事：新唐書百官志：門下省給事中四人，正五品上，掌侍左右，分判省事，察弘文館繕寫校讎之課。

〔五〕明珠九十六：□云：汀詩九十六字。

〔六〕睡驪：莊子列御寇篇：河上有没於淵，得千金之珠。其父曰：「夫千金之珠，必在九重之淵而驪龍頷下。子能得珠者，必遭其睡也。」朱子曰：以目言之，則又不止其頷下之珠矣。按：目字屬睡不屬珠。

〔七〕官閑：樊云：公時自中書舍人降太子右庶子。按：公以五月左降，蓋未幾即觀荷也。

〔八〕昆明：漢書武帝紀：元狩三年，穿昆明池。臣瓚曰：在長安西南，周回四十里。按：杜甫秋興詩「昆明池水漢時功」一首云「露冷蓮房墜粉紅」，則知此處固多荷花也。度雲錦：韻語陽秋：木華海賦云：「雲錦散文於沙汭之際。」故江淹擬謝靈運詩有「赤玉隱瑶溪，雲錦被沙汭」之句，言沙石五色如雲錦被於岸耳。世見韓退之曲江荷花行云「撑舟昆明度雲錦」，遂謂以「雲錦」二字狀荷花，其實非也。「度雲錦」謂舟行於五色沙石之際，豈謂荷花哉？顧嗣立曰：按河南記有雲、錦二溪，溪多荷花，異於常者。見王維之記。公或借用，未可知也。按：披吟詩意，竟當喻花。言舟入芙蓉深處，雲錦爛然，徘徊四顧，山川映發，不覺狂歌叫絶也。何必贅陳沙石旁引河南耶？

〔九〕敲舷歌：晉書夏統傳：統，會稽人，詣洛市藥。會上巳，洛中王公併至浮橋。統時在船中，賈充問曰：「卿頗能作卿土地閒曲乎？」統於是以足扣船，引聲喉轉，清激慷慨。大風應至，雲雨響集，雷電晝冥，沙塵煙起。樊云：東坡詩「腳扣兩舷歌小海」，亦是引用統事。

〔一〇〕插花裏：孫曰：謂太白山影見曲江荷花裏也。按：此乃影見昆明池中，孫誤也。

〔一一〕玉山：郭緣生述征記：藍田山，山形如覆車之象，亦名玉山。杜甫詩：「藍水遠從千澗落，玉山高並兩峰寒。」

〔一二〕汀瀅：瀅，胡坰、烏迥切。説文：汀，平也。滎，絶小水也。玉篇：汀，水際平池也。瀅同滎。

〔一三〕天門：孫云：此謂君門九重也，言雲夫給事宫中，如在天上耳。

〔一四〕上界真人：神仙傳：白石先生者，中黄丈人弟子也。不肯修昇天之道，彭祖問之，答曰：「天上復能樂比人間乎？但莫使老死耳！天上多至尊，相奉事，更苦於人間。」故人呼爲「隱遁仙人」，以其不汲汲於昇天爲仙官，亦猶不求聞達者也。

〔一五〕散仙：孫云：言上界真人猶有官府之事，不如雲夫作地上散仙，終日嬉遨也。

按：上界真人比雲夫，亦兼比錢徽，散仙乃公自比，亦兼比張籍。言雲夫給事宫中，走馬看花，未極其趣。不如我等閑官，縱游無禁也。錢知制誥，亦有拘限。張爲助教，庶幾能從我游乎？此併呈二子之意也。是詩首六句叙盧曲江之游，並贊其詩。自「我今官閑得婆娑」以下，乃自叙昆明之游，傲其所不足。孫蓋以通首皆言曲江荷花，故此有誤耳。

奉和錢七兄曹長盆池所植原注：錢徽。

翻翻江浦荷，而今生在此。擢擢菰葉長〔一〕，芳根復誰徙？露涵兩鮮翠，風蕩相磨倚。但取主人知，誰言盆盎是〔二〕？

〔一〕擢擢：爾雅釋木：梢，梢擢①。注：謂木無枝柯，梢擢長而殺者。
〔二〕盆盎：淮南兵略訓：使陶人化而爲埴，則不能成盆盎。
按：言本種盆荷，而菰根適隨之以來，容色相鮮，枝葉披拂，有相得益彰之美。雖爲耳目近玩，勝於零落江皋也。

【校記】

①「擢」，爾雅注疏作「櫂」。下「擢」亦然。

符讀書城南〔一〕

木之就規矩，在梓匠輪輿。人之能爲人，由腹有詩書。詩書勤乃有，不勤腹空虚〔二〕。欲知學之力，賢愚同一初。由其不能學，所入遂異閭。兩家各生子，提孩巧相如。少長聚嬉戲〔三〕，不殊同隊魚〔四〕。年至十二三，頭角稍相疏。二十漸乖張，清溝映汙渠。三十骨骼成〔五〕，乃一龍一豬〔六〕。飛黄騰踏去〔七〕，不能顧蟾蜍〔八〕。一爲馬前卒，鞭背生蟲蛆〔九〕。一爲公與相〔一〇〕，潭潭府中居。問之何因爾，學與不學歟。金璧雖重寶，費用難貯儲。學問藏之身，身在則有餘。君子與小人，不繫父母且〔一一〕。不見公與相，起身自犁鉏。不見三公後，寒飢出無驢。文章豈不貴，經訓乃菑畬〔一二〕。潢潦無根源〔一三〕，朝滿夕已除。人不通古今，馬牛而襟裾。行身陷不義，況望多名譽〔一四〕。時秋積雨霽，新涼入郊墟。燈火稍可親，簡編可卷舒。豈不旦夕念？爲爾惜居諸〔一五〕。恩義有相奪，作詩勸躊躇。

〔一〕樊云：城南，公别墅。符，公之子。孟東野集有喜符郎詩，有游城南韓氏莊之作。按：公墓誌及登科記，公之子曰昶，登進士第，在長慶四年。此云符，疑爲昶之小字也。按：張籍祭退之詩云：「坐令其子拜，常呼幼時名。」又云：「子符奉其言，甚於親使令。」可證符爲昶之小字。又按：祭十二郎文云：「汝之子始十歲，吾之子始五歲。」計貞元十九年至元和十一年，符年十八矣。

〔二〕空虚：應璩詩：「賤子實空虚。」

〔三〕少：上聲。長：上聲。

〔四〕同隊魚：曹植詩：「昔爲同池魚，今爲商與參。」蔣云：山谷次韻高子勉云：「忽作飛黄去，頓超同隊魚。」本此。

〔五〕骨骼：骼，音格。淮南原道訓：角觡生。注：角觡，猶言骨骼。

〔六〕龍豬：世説：孫綽作列仙商丘子贊曰：所牧何物？殆非真豬。儻遇風雲，爲我龍攄。王藍田語人云：見孫家兒作文，道何物真豬也。

〔七〕飛黄：淮南覽冥訓：飛黄服皁。

〔八〕蟾蜍：淮南原道訓：釋大道而任小數，無以異於使蟹捕鼠，蟾蠩捕蚤。

〔九〕蟲蛆：蛆，七余切。後漢書薊子訓傳：道過滎陽，止主人舍，所駕之驢忽然卒僵，蛆蟲流出。

〔一〇〕公相：荀子：雖王公大夫之子孫也，不能屬於禮儀，則歸之庶人。雖庶人之子孫也，積文學，正身行，能屬於禮義，則歸之卿相士大夫。

〔一一〕且：子魚切。

〔一二〕菑畬：易无妄卦：六二，不耕穫，不菑畬，則利有攸往。爾雅釋地：田一歲曰菑，二歲曰畬。

〔一三〕潢潦：左傳：潢汙行潦之水。

〔一四〕譽：平聲。

〔一五〕居諸：詩柏舟：「日居月諸。」按：「居諸」本語助，竟以爲日月，沿誤久矣。樊云：魯直嘗書此詩，跋其後曰：「或謂韓公當開後生以性命之學，不當誘之以富貴榮顯。」涪翁曰：「熙寧元豐間大儒之過也，又何學焉？」孔子曰：「齊景公有馬千駟，死之日，民無得而稱焉。伯夷、叔齊餓於首陽之下，民到於今稱之。」韓公之言，其於勸獎之功異趨而同歸也。

陸唐老曰：退之不絶吟六藝之文，不停披百家之編，招諸生立館下，勉勵其行業之未至，而深戒其責望於有司，此豈有利心於吾道者？佛骨一疏，議論奮激，曾不以去就禍福回其操。原道一書，累千百言，攘斥異端，用力殆與孟氏等。退之所學所行，亦無愧矣。惟符城南讀書一詩，乃駭目潭潭之居，掩鼻蟲蛆之背，切切然餌其幼子以富貴利達之美，若有戾於向之所得者矣。

按：此詩之旨誠不能不爲富貴利達所誘，宜爲君子所譏。黄魯直以爲勸獎之功與孔子同歸，毋乃稱之過當。然其警戒惰學者至爲懇切。蔣之翹以爲但可作村塾訓言，亦兼切利病。

題張十八所居〔一〕

君居泥溝上，溝濁萍青青。蛙讙橋未掃，蟬嘒門長扃。名秩後千品〔二〕，詩文齊六經。端來問奇字〔三〕，爲我講聲形〔四〕。

〔一〕□云：張籍居長安西街，孟東野詩所謂「西明寺後窮瞎張太祝」也。按：張籍答詩可以知此詩爲庶子時作。

〔二〕千品：楚語：觀射父曰：百姓千品，萬官億醜。韋昭曰：一官之職，其寮屬有十品，百官故有千品也。

〔三〕奇字：漢書揚雄傳贊：劉棻嘗從雄學作奇字。

〔四〕聲形：漢書藝文志：周官保氏掌教六書，謂象形、象事、象意、象聲、轉注、假借，造字之本也。

大行皇太后挽歌詞三首〔一〕

一紀尊名正〔二〕，三時孝養榮〔三〕。高居朝聖主〔四〕，厚德載群生。武帳虛中禁〔五〕，玄堂掩太平〔六〕。秋天笳鼓歇，松柏遍山鳴。

威儀備吉凶，文物雜軍容〔七〕。配地行新祭〔八〕，因山記故封〔九〕。鳳飛終不返，劍化會相從〔一〇〕。無復臨長樂，空聞報曉鐘〔一一〕。

追攀萬國來〔一二〕，警衛百神陪。畫翣登秋殿〔一三〕，容衣入夜臺〔一四〕。雲隨仙馭遠，風助聖情哀。只有朝陵日，妝奩一暫開〔一五〕。

〔一〕風俗通：新崩未有謚號，故總其名曰大行也。漢書霍光傳：行璽大行前。韋昭曰：大行，不反之詞也。新唐書憲宗紀：十一年三月庚午，皇太后崩。八月庚申，葬於豐陵。又后妃紀：順宗莊憲皇后王氏，琅琊人。祖難得，有功名於世。以良家選入宮爲才人，生憲宗。順宗即位，將立后，會病棘而止。憲宗内禪，尊爲太上皇后。元和元年乃上尊號，曰皇太后。后謹畏，深抑外家，訓屬内職，有古后妃風。十一年崩，年五十四。

〔二〕一紀：□云：后以永貞元年尊爲太上皇后，崩於十一年，故曰一紀。

〔三〕三時：記文王世子：文王之爲世子，朝於王季日三。

〔四〕高居：杜甫詩：「上帝高居絳節朝。」

〔五〕武帳：漢書霍光傳：太后被珠襦盛服，坐武帳中。

〔六〕玄堂：謝朓敬皇后哀册文：翠帟舒阜，玄堂啟扉。

〔七〕文物：左傳：文物以紀之，聲明以發之。軍容：司馬法：古者，國容不入軍，軍容不入國。

〔八〕配地：漢書郊祀志：先祖配天，先妣配地。

〔九〕因山：漢書文帝紀：霸陵山川因其故，無有所改。應劭曰：因山爲藏，不復起墳。

〔一〇〕鳳飛劍化：蔡云：王介甫曰：此非君臣所宜，言近於黷也。樊曰：莊憲後順宗崩，公故云然，謂近於黷，非也。

〔一一〕長樂、鐘：漢書叔孫通傳：惠帝爲東朝長樂宮。師古曰：朝太后於長樂宮。三輔黄圖：高帝七年長樂宮成，居此宮。後太后常居之，鐘室在長樂宮。

〔一二〕追攀：何承天樂府：「上陵者相追攀。」

〔一三〕畫翣：翣，所甲切。記喪大記：畫翣二。注：漢禮，翣以木爲筐，廣三尺，高二尺四寸，方兩角高，衣以白布。

〔一四〕容衣：孫曰：喪大記：飾棺：君龍帷、三池、振容。鄭氏云：青質五色，畫之於絞繒，而垂之以爲振容。容衣，蓋謂此也。夜臺：阮瑀詩：「冥冥九泉室，漫漫長夜臺。」

〔一五〕妝奩：後漢書陰皇后紀：明帝謁原陵，從席前伏御牀，視太后鏡奩中物，感動悲涕，令易脂澤裝具。左右皆泣，莫能仰視焉。注：奩，鏡匣也。

梁國惠康公主挽歌二首〔一〕

定謚芳聲遠，移封大國新。巽宮尊長女〔二〕，台室屬良人〔三〕。河漢重泉夜，梧桐半樹春〔四〕。龍輴非厭翟〔五〕，還輾禁城塵。

秦地吹簫女〔六〕，湘波鼓瑟妃〔七〕。佩蘭初應夢〔八〕，奔月竟淪輝。夫族迎魂去，宮官會葬歸。從今沁園草〔九〕，無復更芳菲。

〔一〕「歌」下或有「詞」字。按：新唐書公主傳：「梁惠康公主始封普寧，帝特愛之，下嫁于季友。元和中，徙永昌。薨，詔追封及謚。」舊唐書于頔傳：「憲宗即位，頔以第四子季友求尚主，憲宗以長女永昌公主降焉。元和二年十二月也，頔自襄陽入覲，册拜司空、平章，故云台室。至八年正月，頔貶恩王傅，季友以詐罔公主，藏隱内人，削奪所任官。」是公主猶未薨也。朱子曰：羊士諤集亦有挽歌二首，自注云：「時詔令百官進詩。」則是應詔之作，其年月不可考，始附於此。

〔二〕巽宫：易説卦：巽一索而得女。故謂長女。

〔三〕台室：謝莊月賦：「增華台室。」

〔四〕河漢、梧桐：按：河漢用織女渡河會牽牛事。公主既没，河漢爲重泉矣。梧桐用弄玉乘鳳凰棲梧桐事。季友猶在，梧桐但半樹矣。舊注失之。

〔五〕龍輀：輀，音而。潘岳寡婦賦：「龍輀儼其星駕兮。」説文：輀，喪車也。厭翟：厭，於涉切。周禮春官巾車：掌王后之五輅，厭翟，勒面繢總。注：雉羽飾車，次其羽使迫也。新唐書輿服志：厭翟車，赤質，紫油纁，朱裏通幰，紅錦絡帶及帷。公主乘厭翟。

〔六〕吹簫女：列仙傳：簫史者，秦穆公時人也。善吹簫，公女弄玉好之。公以妻焉。日教弄玉作鳳鳴。居數年，吹似鳳聲。鳳皇來止其屋，一旦，皆隨鳳皇飛去。

〔七〕鼓瑟妃：屈原遠游：「吾令湘靈鼓瑟兮，二女御九韶歌。」

〔八〕佩蘭：左傳：鄭文公有妾燕姞，夢天使與己蘭，曰：以是爲而子。既而文公與之蘭而御之。生穆公，名之曰蘭。

〔九〕沁園：沁，七鴆切。後漢書竇憲傳：憲奪沁水公主園田。

示爽〔一〕

宣城去京國〔二〕，里數逾三千。念汝欲别我，解裝具盤筵。日昏不能散，起坐相引牽。冬夜豈不長，達旦燈燭然。座中悉親故，誰肯捨汝眠？念汝將一身，西來曾幾年？名科掄衆俊〔三〕，州考居吏前。今從府公召〔四〕，府公又時賢。時輩千百人，孰不謂汝妍〔五〕？汝來江南近，里閭故依然〔六〕。昔日同戲兒，看汝立路邊。人生但如此，其實亦可憐。吾老世味薄，因循致留連。强顔班行内〔七〕，何實非罪愆？才短難自力，懼終莫洗湔。臨分不汝誑，有路即歸田。

〔一〕韓云：譜系，公子姪無名爽者，疑爲韓湘，小字湘，登長慶三年進士第。王云：「强顔班行内」，當是知制誥時作。按：「何實非罪愆」，是左降庶子之時。

〔二〕宣城：舊唐書地理志：宣州，隋宣城郡。武德三年分宣城置懷安、寧國二縣。天寶元年，改爲宣城郡。在京師東南三千五百五十一里，屬江南西道。

〔三〕名科：按：湘長慶時登第，此蓋謂其爲鄉貢進士也。覩下云「州考」可見。

〔四〕府公召：湘大抵從辟書而去，但不知辟者何人。考舊唐書憲宗紀，十一年冬十月，以司農卿王遂爲宣州刺史、宣歙池觀察使，遂能聚斂，方藉供軍，故有斯授。

〔五〕謂汝妍：曹植詩：「觀者咸稱善，衆工歸我妍。」

〔六〕里閭：王云：宣城在江之南，公有别業在焉。按：公爲歐陽詹哀辭云：「建中貞元間，余就食江南。」洪譜云：韓氏有别業在宣城，因就食焉。

〔七〕强顔：司馬遷報任安書：所謂强顔耳，曷足貴乎？

贈張籍

吾老著讀書〔一〕，餘事不挂眼。有兒雖甚憐，教示不免簡。君來好呼出〔二〕，踉蹌越門限〔三〕。懼其無所知，見則先愧赧。昨因有緣事，上馬插手版。留君住廳食，使立侍盤醆。薄暮歸見君，迎我笑而莞〔四〕。指渠相賀言：此是萬金産。吾愛其風骨，粹美無可揀。試將詩義授，如以肉貫弗〔五〕。開祛露豪末〔六〕，自得高蹇嵼〔七〕。我身蹈丘軻，爵位不早綰。固宜長有人，文章紹編剗〔八〕。感荷君子德，怳若乘朽棧〔九〕。召令吐所記，解摘了瑟僩〔一〇〕。顧視窗壁閒，親戚競覘讎〔一一〕。喜氣排寒冬，逼耳鳴睍睆〔一二〕。如今更誰恨？便可耕灞滻〔一三〕。

〔一〕著讀書：著，真略切，一作「嗜」。方云：「著」如「高士著幽禪」、「少年著游燕」之「著」。

〔二〕呼出：□云：張籍祭公詩云「坐令其子拜，常呼幼時名」，與詩意合。

〔三〕踉蹌：音良鏘。潘岳射雉賦：「已踉蹌而徐來。」

〔四〕莞：胡版切。

〔五〕貫弗：弗，初限切。梁武帝答陶弘景書：衆家可識，亦當復貫弗耳。□云：言公兒子侍籍，籍授兒詩，義有條貫也。

〔六〕開袪：王云：袪，衣袂；開袪，猶言開襟。

〔七〕蹇産：蹇，一作「𡾊」。屈原九章：「思蹇産而不釋。」注：蹇産，詰屈也。

〔八〕編剗：按：廣韻：剗，削也。編剗，編緝删削也。

〔九〕乘朽棧：王云：乘朽棧，謂驚喜也。按：此從書五子之歌「凜乎若朽索之馭六馬」化出，猶言惟恐隕越也。

〔一〇〕僴：遐版切。

〔一一〕覘矕：覘，敕豔切。矕，武版切。説文：覘，窺也。春秋傳曰：公使覘之信。矕，目矕矕也。馬融廣成頌：右矕三塗，左概嵩嶽。

〔一二〕睍睆：睍，胡顯切。睆，音莞。詩凱風：「睍睆黄鳥。」

〔一三〕灞滻：司馬相如上林賦：「終始灞滻，出入涇渭。」三輔黄圖：灞水出藍田谷，西北入渭。滻水亦出藍田谷，北至霸陵入霸。

蔡寬夫詩話：舊説退之子不慧，讀金根車，改爲金銀。然退之贈張籍詩所謂「召令吐所記，解摘了瑟僩」，則不應不識字也。不知詩之所稱乃子乎？按：退之止一子，其天資亦或聰穎。觀孟郊集有喜符郎詩，有天縱詩，其略云：「念符不由級，級得文章階。偷筆作文章，乞墨潛磨揩。幸當禁止之，勿使恣狂懷。」則金根車之改金銀，或未足信。且其事出劉夢得嘉①話録，劉與昌黎之交不終，得毋愛憎之口耶！

【校　記】

①「嘉」，原作「因」。

調張籍〔一〕

李杜文章在，光焰萬丈長〔二〕。不知群兒愚〔三〕，那用故謗傷？蚍蜉撼大樹〔四〕，可笑不自量。伊我生其後，舉頸遥相望。夜夢多見之，晝思反微茫。徒觀斧鑿痕〔五〕，不矚治水航〔六〕。想當施手時，巨刃磨天揚。垠崖劃崩豁，乾坤擺雷硠〔七〕。惟此兩夫子，家居率荒涼。帝欲長吟哦，故遣起且僵。翦翎送籠中〔八〕，使看百鳥翔。平生千萬篇，金薤垂琳琅〔九〕。仙官勅六丁，雷電下取將〔一〇〕。流落人間者〔一一〕，太山一毫芒〔一二〕。我願生兩翅，捕逐出八荒〔一三〕。精誠忽交通，百怪入我腸。刺手拔鯨牙〔一四〕，舉瓢酌天漿〔一五〕。騰身跨汗漫〔一六〕，不著織女襄。顧語地上友，經營無太忙。乞君飛霞珮〔一七〕，與我高頡頏〔一八〕。

〔一〕按：此詩極稱李杜，蓋公素所推服者，而其言則有爲而發。舊唐書白居易傳：元和十年，居易貶江州司馬。時元微之在通州，嘗與元書，因論作文之大旨云：「詩之豪者，世稱李杜。李之作，才矣奇矣。索其風雅比興，十無一焉。杜詩最多，可傳者千餘首，盡工盡善，又過於李。然撮其新安、石壕諸章，亦不過三四十。杜尚如此，況不迨杜者乎？」是李、杜交譏也。元於元和八年作杜工部墓誌銘云：「詩人已來，未有如子美者。時山東李白，亦以奇文取稱，時人謂之李杜。余觀其樂府歌詩，誠亦差肩於子美矣，至若鋪陳終始，排比聲韻，大或千言，次猶數百，詞氣奮邁，而風調清深，屬對律切，而脱棄凡近，則李尚不能歷其藩籬，況壼奥乎？」其尊杜而貶李，亦已甚矣。時其論新出，愈蓋聞而深怪之，故爲此詩。因元、白之謗傷，而欲與籍參逐翱翔。要之，籍豈能頡頏於公耶？此所以爲調也。

〔二〕光焰：張衡西京賦：「光焰燭天庭。」

〔三〕群兒：臨漢隱居詩話：元稹作李、杜優劣論，先杜而後李，韓退之不以爲然，曰「李杜文章在」云云，爲微之發也。後山詩話：余評李白詩，如張樂於洞庭之野，無首無尾，不主故常，非墨工槧人所可擬議。吾友黄介讀李、杜優劣論曰：「論文正不當如此。」余以爲知言。竹坡詩話：元微之作李、杜優劣論，謂太白不能窺杜甫之藩籬，況堂奧乎？唐人未嘗有此論，而稹始爲之。至退之云云，則不復爲優劣矣。洪慶善作韓文辨證，著魏道輔之言，謂退之此詩爲微之作。微之雖不當自作優劣，然指稹爲愚兒，豈退之之意乎？按：群兒兼指當時附和者説，何獨蔽罪於元耶？

〔四〕蚍蜉：音毘浮。爾雅釋蟲：蚍蜉，大螘。

〔五〕斧鑿痕：呂氏春秋古樂篇：禹勤勞天下，鑿龍門，通漻水以導河。王云：詩意謂李、杜文章如禹疏鑿江峽，雖有跡可尋，而當時運量之巧，則今不可得而睹矣。

〔六〕治水航：淮南精神訓：禹南省，方濟於江，黄龍負舟。

〔七〕崩豁、雷硠：硠，音郎。郭璞江賦：「⿰谷敫如地裂，豁若天開。」左思吴都賦：「菈擸雷硠，崩巒弛岑。」

〔八〕翦翎：禰衡鸚鵡賦：「閉以雕籠，翦其翅羽。」

〔九〕琳琅：書禹貢：厥貢惟球琳琅玕。

〔一〇〕六丁、雷電：道書：陽官六甲，陰官六丁。崔玄山瀨鄉記：或以太一行成均，或以六甲御六丁。龍城録：上元中，台州道士王遠知善易，作易總十五卷。一日，曝書，雷雨忽至，赤電繞室，暝霧中一老人語遠知曰：「所泄者書何在？上帝命吾攝六丁雷電追取。」遠知方惶懼據地。未起，傍有六人，青衣，已捧書立矣。所取將書乃易總。

〔一一〕流落：方云：孔毅父嘗曰：漢書霍去病傳：「諸將留落不偶。」今世俗皆作「流」，如江總詩「流落今如此」，杜甫詩「流落意無窮」，皆只作「流落」。蓋「留」謂遲留，「流」謂飄流，自不可拘以一義也。按：方所引皆與此不切，流落人間，蓋言流傳散布於世者也。

〔一二〕豪芒：班固答賓戲：「鋭思於豪芒之内。」按：詩意言李、杜之文今雖盛傳於世，然不過存什一於千百耳。世人方且不見其全，又安敢輕議乎？

〔一三〕八荒：杜甫詩：「濯足洞庭望八荒。」

〔一四〕刺手：刺，七亦切。按：猶赤手也。

〔一五〕鯨牙、天漿：魏泰云：高至於酌天漿，幽至於拔鯨牙，其思賾深遠如此，詎止於曹、劉、沈、宋之間邪！按：「鯨牙」無所考，「天漿」豈即中山經所謂「帝臺之漿」耶？「酌天漿」以喻高潔，「拔鯨牙」以喻沈雄。

〔一六〕汗漫：淮南道應訓：盧敖游乎北海，至於蒙谷之上，見一士焉，敖與之語，若士蠢然而笑曰：「嘻，子中州之民，寧肯而遠至此？吾與汗漫期於九垓之外，吾不可以久駐。」舉臂而竦身，遂入雲中。

〔一七〕乞：音氣。

〔一八〕頡頏：詩燕燕：「頡之頏之。」

魏仲舉曰：退之有取於李、杜，如薦士、醉留東野、望秋、石鼓等詩，每致意焉。然未若此詩之專美也。

筆墨閒録：退之參李、杜透機關處，於調張籍詩見之。

容齋四筆：新唐書杜甫傳贊曰：昌黎韓愈於文章重許可，至歌詩獨推曰：「李杜文章在，光焰萬丈長。」誠可信云。予讀韓詩，其稱李、杜者數端，聊疏於此。石鼓歌曰：「少陵無人謫仙死。」酬盧雲夫曰：「遠追甫白感至誠。」薦士曰：「勃興得李杜，萬類困凌暴。」醉留東野曰：「昔年因讀李白杜甫詩，長恨二人不相從。」感春曰：「近憐李杜無檢束。」併唐書所引，蓋六用之。

晚寄張十八助教周郎博士原注：張籍、周況也〔一〕。

日薄風景曠〔二〕，出歸偃前檐。晴雲如擘絮，新月似磨鐮〔三〕。田野興偶動，衣冠情久厭。吾生可攜手，歎息歲將淹〔四〕。

〔一〕□云：按：公集周況妻韓氏墓誌云：四門博士周況妻韓氏，禮部郎中雲卿之孫，開封尉俞之女。蓋公之從子壻也，故曰周郎。

〔二〕日薄：薄，一作「落」。方云：薄，迫也。國語：今會日薄矣，恐事之不集。朱子曰：詳語勢，但如白樂天詩所謂「旌旗無光日色薄」耳。按：薄，徑迫解，說亦可通。但當引李密陳情表「日薄西山」，不當引國語。國語「會日薄矣」，乃言日期已近，與此無涉。一本作「日落」，「落」字正與「日薄西山」意合，即題中「晚」字之義。

〔三〕擘絮、磨鐮：按：項聯寫狀最工，蘇軾詩「嶺上晴雲披絮帽，樹頭初日掛銅鉦」，似效其語。

〔四〕歲將淹：李白詩：「東溪卜築歲將淹。」

聽穎師彈琴〔一〕

昵昵兒女語〔二〕，恩怨相爾汝。劃然變軒昂，勇士赴敵場。浮雲柳絮無根蒂〔三〕，天地闊遠隨飛揚。喧啾百鳥群，忽見孤鳳凰。躋攀分寸不可上，失勢一落千丈强。嗟余有兩耳，未省聽絲篁。自聞穎師彈，起坐在一旁。推手遽止之〔四〕，濕衣淚滂滂〔五〕。穎乎爾誠能，無以冰炭置我腸〔六〕。

〔一〕王云：穎師若是道士，則穎字是姓，當从水。是僧，則穎字是名，當从禾。按：李賀亦有聽穎師彈琴歌云：「竺僧前立當吾門，梵宫真相眉稜尊。古琴大軫長八尺，嶧陽老樹非桐孫。涼館聞絃驚病客，藥囊暫别龍鬚席。請歌直請卿相歌，奉禮官卑復何益？」則穎師是僧明甚，蓋以琴干長安諸公而求詩也。賀官終奉禮，殁於元和十一年，作詩時蓋已病，而公亦當被讒左降，故有「濕衣淚滂滂」之語也。

〔二〕昵昵：一作「妮妮」，或作「昵昵」。兒女語：史記田竇灌夫傳：乃效女兒呫囁耳語。

〔三〕無根蒂：陶潛詩：「人生無根蒂，飄如陌上塵。」

〔四〕推手：莊子讓王篇：孔子推琴，喟然而歎。按：推手止穎師彈也，非推琴義。

〔五〕淚滂滂：張協七命：「撫促柱則酸鼻，揮危絃則涕流。」按：世說：「王國寶搆謝太傅于武帝，太傅患之。帝召桓子野飲，太傅在坐。桓撫箏而歌曹子建怨詩，聲節慷慨，俯仰可觀，太傅泣下沾襟。」是時公方降左庶子也。

〔六〕冰炭：東方朔七諫：「冰炭不可以相並兮。」

西清詩話：六一居士嘗問東坡：琴詩孰優？坡答以退之聽穎師琴對。公曰：「此祇是琵琶耳！」吳僧義海以琴名世，或以六一語問海，海曰：歐公一代英偉，然此語誤矣。「昵昵兒女語，恩怨相爾汝」，言輕柔細屑，真情出見也。「劃然變軒昂，勇士赴敵場」，精神愈謹，聳觀聽也。「浮雲柳絮無根蒂，天地闊遠隨飛揚」，縱横變態，浩乎不失自然也。「喧啾百鳥群，忽見孤鳳凰」，又見穎孤絶不同流俗下俚聲也。「躋攀分寸不可上，失勢一落千丈强」，起伏抑揚，不主故常也。皆指下絲聲妙處，惟琴爲然。琵琶格上聲，烏能爾耶？退之深得其趣，未易譏評也。

許彦周詩話：退之聽穎師琴詩云「浮雲柳絮無根蒂，天地闊遠隨飛揚」，此泛聲也，謂輕非絲，重非木也。「喧啾百鳥群，忽見孤鳳皇」，此泛聲中寄指聲也。「躋攀分寸不可上」，吟繹聲也。「失勢一落千丈强」，順下聲也。善琴者，此數聲最難工。自文忠公與東坡論此詩，以爲聽琵琶聲，後生隨例云云，故論之，少爲退之雪冤。

按：嵇康琴賦中已具此數聲，其曰「或怨嫭而躊躇」，非「昵昵兒女語」乎？「時劫掎以慷慨」，非

「勇士赴敵場」乎？「忽飄飄以輕邁，若衆葩敷榮曜春風」，非「浮雲柳絮無根蒂」乎？「嚶若離鵾鳴清池，翼若游鴻翔曾崖，又若鸞鳳和鳴戲雲中」，非「喧啾百鳥群，忽見孤鳳皇」乎？「參譚①繁促，複疊攢仄，拊嗟累讃，閒不容息」，非「躋攀分寸不可上」乎？「或乘險投會，邀隙趨危，或摟擸擽捋，縹繚潎冽」，非「失勢一落千丈强」乎？公非襲琴賦，而會心於琴理則有合也。國史補云：「于頔司空嘗令客彈琴，其嫂知音，聽於簾下曰：『三分中一分箏聲，二分琵琶聲，絶無琴韻。』」則琴聲誠或有似琵琶者，但不可以論此詩。

【校　記】

① 「譚」，原作「禪」，據嵇康集校注改。

韓昌黎詩集編年箋注卷十

卷十凡四十二首，起元和十二年伐蔡諸詩，送李員外以下，十三年爲刑部侍郎作。元日酬蔡州馬尚書以下，十四年春赴潮洲作。

閑游二首〔一〕

雨後來更好，繞池徧青青。柳花閑度竹，菱葉故穿萍〔二〕。獨坐殊未厭〔三〕，孤斟詎能醒。持竿至日暮，幽詠欲誰聽？

茲游苦不數，再到遂經旬。萍蓋汙池淨，藤籠老樹新。林烏鳴訝客〔四〕，岸竹長遮鄰。子雲祇自守〔五〕，奚事九衢塵。

〔一〕按：二詩，一云「雨後來更好」，一云「再到遂經旬」。蓋尚有前游，而其時不可考矣。按：「子雲祇自守」語，似是爲右庶子時。以下皆元和十二年作。

〔二〕故穿萍：「故」或作「亂」。方云：少陵詩「潛龍故起雲」、「江上燕子故來頻」，皆用此字。
〔三〕獨坐：華嶠譜叙：江南號華歆曰「華獨坐」。
〔四〕訝客：按：杜甫重游何將軍山林詩云「犬迎曾宿客，鴉護落巢兒」，言相熟也。此云「林烏鳴訝客，岸竹長遮鄰」，言游之不數也。各有意致。
〔五〕自守：漢書揚雄傳：有以自守，泊如也。

過鴻溝〔一〕

龍疲虎困割川原，億萬蒼生性命存。誰勸君王回馬首〔二〕？真成一擲賭乾坤〔三〕。

〔一〕史記高祖紀：項羽與漢王約，中分天下，割鴻溝而西者爲漢，鴻溝而東者爲楚。應劭曰：鴻溝，滎陽東南二十里。□云：公從裴晉公伐蔡，八月下汴過鴻溝作也。此下皆隨晉公伐蔡詩。
〔二〕馬首：左傳：荀偃令曰：「雞鳴而駕，唯余馬首是瞻。」
〔三〕一擲：按：此借用劉毅一擲百萬，以形「賭」字。
按：此詩雖詠楚漢事，實爲伐蔡之舉。時宰有諫阻者，幾敗公事也。視爲詠古則非。

送張侍郎〔一〕

司徒東鎮馳書謁〔二〕，丞相西來走馬迎〔三〕。兩府元臣今轉密，一方逋寇不難平〔四〕。

〔一〕方云：張賈時自兵侍爲華州。按：皇甫湜作韓愈墓誌銘云：「吴元濟反，吏兵久屯無功。先生以右庶子兼御史中丞、行軍司馬，出關趨汴，説都統弘，悦用命。遂至郾城，卒擒元濟。」此詩所謂「馳書謁」、「走馬迎」，蓋其事也。使還報命，逢度軍過華州，賈當有迎送之禮，因其還郡送之。

〔二〕司徒：新唐書憲宗紀：元和十年正月，宣武軍節度使韓弘爲司徒。九月，韓弘爲淮西行營兵馬都統。

〔三〕丞相：新唐書裴度傳：度請身督戰，即拜門下侍郎、平章事、彰義軍節度、淮西宣慰招討處置使，度以韓弘領都統，乃上還招討以避，然實行都統事。

〔四〕逋寇：南史范泰傳：王忱欲掃除中原，泰曰：百年逋寇，前賢挫屈者多矣。

奉和裴相公東征途經女几山下作〔一〕

旗穿曉日雲霞雜，山倚秋空劍戟明〔二〕。敢請相公平賊後，暫攜諸吏上崢嶸。

〔一〕中山經：荆山東北百五十里曰驕山，又東北百二十里曰女几之山。水經注：渠谷水出宜陽縣南女几山，東北流徑雲中隖，迢遞層峻，流煙半垂，纓帶山阜。新唐書地理志：河南府福昌縣本宜陽，有女几山。□云：白樂天云：「晉公出討淮西，過女几山下，題詩云：『待平賊壘報天子，莫指仙山示武夫。』」而公此詩和云。蔣云：女几山，神女白蘭香上昇，遺几於此山，故名。

〔二〕雲霞、劍戟：洪云：以我之旗況彼雲霞，以彼之山況我劍戟。詩家謂迴鸞舞鳳格。

贈刑部馬侍郎原注：馬總時副晉公東征。〔一〕

紅旗照海壓南荒〔二〕，徵入中臺作侍郎〔三〕。暫從相公平小寇，便歸天闕致時康。

〔一〕新唐書馬總傳：總，字會元，繫出扶風。元和中，以虔州刺史遷安南都護，徙桂管經略觀察使，入爲刑部侍郎。十二年，兼御史大夫，副裴度宣慰淮西。

〔二〕紅旗：陳書高祖紀：赤旗所指，祅壘洞開。

〔三〕中臺：唐六典：後漢尚書稱臺，魏晉以來爲省。龍朔二年，改爲中臺。

酬馬侍郎寄酒

一壺情所寄，四句意能多。秋到無詩酒，其如月色何？

晚秋郾城夜會聯句〔一〕

從軍古云樂〔二〕，談笑青油幕〔三〕。燈明夜觀棋〔四〕，月暗秋城柝〔五〕。正封 羈客方寂歷，驚烏時落泊。語闌壯氣衰，酒醒寒砧作〔六〕。愈 遇主貴陳力，夷凶匪兼弱〔七〕。百牢犒輿師〔八〕，千户購首惡〔九〕。正封 生平恥論兵，末暮不輕諾〔一〇〕。徒然感恩義，誰復論勳爵？愈 多士被沾污〔一一〕，小夷施毒蠚〔一二〕。何當鑄劍戟〔一三〕？相與歸臺閣。正封 室婦歎鳴鸛〔一四〕，家人祝喜鵲〔一五〕。終朝考蓍龜〔一六〕，何日親烝礿〔一七〕？愈 間使斷津梁〔一八〕，潛軍索林薄〔一九〕。紅塵羽書靖〔二〇〕，大水沙囊涸〔二一〕。正封 銘山子所工〔二二〕，插羽余何作〔二三〕？未足煩刀俎〔二四〕，祇應輸管鑰〔二五〕。愈 雨矢逐天狼〔二六〕，電矛驅海若〔二七〕。靈誅固無縱〔二八〕，力戰誰敢卻〔二九〕？正封 峨峨雲梯翔〔三〇〕，赫赫火箭著〔三一〕。連空隳雉堞〔三二〕，照夜焚城郭〔三三〕。愈 軍門宣一令〔三四〕，廟算建三略〔三五〕。雷鼓揭千槍〔三六〕，浮橋交萬筰〔三七〕。正封 蹂野馬雲騰〔三八〕，映原旗火鑠〔三九〕。疲民墜將拯，殘虜狂可縛。愈 摧鋒若貙兕〔四〇〕，超乘如猱玃〔四一〕。逢掖服翻蹔〔四二〕，漫胡纓可愕〔四三〕。正封 星隕聞雊雉〔四四〕，師興隨唳鶴〔四五〕。虎豹貪犬羊〔四六〕，鷹鸇憎鳥雀〔四七〕。愈 燒陂除積聚〔四八〕，灌壘失依託〔四九〕。凭軾諭昏迷〔五〇〕，執殳征暴虐〔五一〕。正封 倉空戰卒飢，月黑探兵錯。凶徒更蹈藉〔五二〕，逆族相啖嚼〔五三〕。愈 舳艫亘淮泗〔五四〕，旆旌連夏鄂〔五五〕。大野縱氐羌〔五六〕，長河浴騮駱〔五七〕。正封 東西競角逐〔五八〕，遠近施矰繳〔五九〕。人怨童聚謠，天殃鬼行瘧。愈 漢刑支郡黜〔六〇〕，周制閑田削〔六一〕。侯社退無功〔六二〕，鬼薪懲不恪〔六三〕。正封 余雖司斧鑕〔六四〕，情本尚丘壑〔六五〕。且待獻俘囚〔六六〕，終當返耕獲。愈 藁街陳鈇鉞〔六七〕，桃塞興錢鎛〔六八〕。地理畫封疆，天文掃寥廓。正封 天子憫瘡痍，將軍禁鹵掠〔六九〕。策勳封龍頟〔七〇〕，歸獸獲麟腳〔七一〕。愈 詰誅敬王怒〔七二〕，給復哀人瘼〔七三〕。澤髮解兜牟〔七四〕，酡顏傾鑿落〔七五〕。正封 安存惟恐晚〔七六〕，洗雪不論昨〔七七〕。暮鳥已安巢，春蠶看滿箔〔七八〕。愈 聲明動朝闕，光寵耀京洛。旁午降絲綸〔七九〕，中堅擁鼓鐸〔八〇〕。正封 密坐列珠翠〔八一〕，高門塗粉雘〔八二〕。跋朝賀書飛〔八三〕，塞路歸鞍躍。愈 魏闕橫雲漢〔八四〕，秦關束巖崿〔八五〕。拜迎羅櫜鞬〔八六〕，問遺結囊橐〔八七〕。正封 江淮永清晏〔八八〕，宇宙重開拓〔八九〕。是日號昇平〔九〇〕，此年名作噩〔九一〕。愈 洪赦方下究〔九二〕，武飈亦旁魄〔九三〕。南據定蠻陬〔九四〕，北攫空朔漠〔九五〕。正封 儒生愜教化，武士猛刺斫〔九六〕。吾相兩優游〔九七〕，他人雙落寞〔九八〕。愈 印從負鼎佩〔九九〕，門爲登壇鑿〔一〇〇〕。再入更顯嚴〔一〇一〕，九遷彌蹇謣〔一〇二〕。正封 賓筵盡狐趙〔一〇三〕，導騎多衛霍〔一〇四〕。國史擅芬芳〔一〇五〕，宮娃分綽約〔一〇六〕。愈 丹掖列鵷鷺，洪鑪衣狐貉。摛文輝月毫〔一〇七〕，講劍淬霜鍔〔一〇八〕。正封 命衣備藻火〔一〇九〕，賜樂兼拊搏〔一一〇〕。兩廂鋪氍毹〔一一一〕，五鼎調勺藥〔一一二〕。愈 帶垂蒼玉佩〔一一三〕，轡蹙黃金絡〔一一四〕。誘接謂登龍〔一一五〕，趨馳狀傾藿〔一一六〕。正封 青娥翳長袖〔一一七〕，紅頰吹鳴籥〔一一八〕。倘不忍辛勤，何由恣歡謔？愈 惟當早富貴，豈得暫寂寞？但擲顧笑金，仍祈卻老藥〔一一九〕。正封 歿廟配樽斝〔一二〇〕，生堂合馨鑮〔一二一〕。安行庇松篁〔一二二〕，高卧枕莞蒻〔一二三〕。愈 洗沐恣蘭芷〔一二四〕，割烹厭脾臄〔一二五〕。喜顏非忸怩〔一二六〕，達志無隕穫〔一二七〕。正封 詼諧酒席展〔一二八〕，慷慨戎裝著〔一二九〕。斬馬祭旄纛〔一三〇〕，炰羔禮芒屩〔一三一〕。愈 山多離隱豹〔一三二〕，野有求伸蠖〔一三三〕。推選閱群材，薦延搜一鶚〔一三四〕。正封 左右供諂譽，親交獻諛噱〔一三五〕。名聲載揄揚〔一三六〕，權勢實熏灼〔一三七〕。愈 道舊生感激〔一三八〕，當歌發酬酢。群孫輕綺紈〔一三九〕，下客豐醴酪〔一四〇〕。正封 窮天貢賝異〔一四一〕，市海賜酺醵〔一四二〕。作樂鼓還搥〔一四三〕，從禽弓始彍〔一四四〕。愈 取歡移日飲〔一四五〕，求勝通宵博〔一四六〕。五白氣爭呼〔一四七〕，六奇心運度〔一四八〕。正封 恩澤誠布濩〔一四九〕，嚚頑已簫勺〔一五〇〕。告成上云亭〔一五一〕，考古垂矩矱〔一五二〕。愈 前堂清夜吹〔一五三〕，東第良辰酌〔一五四〕。池蓮拆秋房，院竹翻夏籜〔一五五〕。正封 五狩朝恒岱〔一五六〕，三畋宿楊柞〔一五七〕。農書乍討論〔一五八〕，馬法長懸格〔一五九〕。愈 雪下收新息〔一六〇〕，陽生過京索〔一六一〕。爾牛時寢訛〔一六二〕，我僕或歌咢〔一六三〕。正封　帝載彌天地〔一六四〕，臣辭劣螢爝〔一六五〕。爲詩安能詳，庶用存糟粕〔一六六〕。愈

〔一〕方云：杭、蜀本題只此。洪云：今本有「上王中丞盧院長」者非。蔣云：本注「正封上中丞」，中丞即退之。「愈奉院長」，院長即正封也。其稱王、盧謬。舊唐書憲宗紀：元和十二年七月丙辰，制以裴度守門下侍郎、同平章事，充淮西宣慰處置使，太子右庶子韓愈兼御史中丞，充行軍司馬，以司勛員外郎李正封兼侍御史，爲判官書記，從度出征，詔以郾城爲行蔡州治所。八月甲申，裴度至郾城。新唐書地理志：許州颍川郡郾城，屬河南道。魏云：此詩公與正封作於郾城，蓋九月間蔡未平時也。詩凡百韻。東野死後，公所與聯句者，惟此可見耳。顧嗣立曰：劉石齡云：題是郾城晚秋，而中間所叙，多平賊、歸朝、策勛、賜酺等事。末又云「雪下收新息，陽生過京索」，或此詩之始在郾城，而詩之成在公歸朝之後，未可知也。若如魏云作於未平蔡之時，則豈如酉陽雜俎所載太白聞禄山反，作胡無人詩云「太白入月敵可摧」，禄山死時，果太白入月。而公此詩「雪下」之語，遂爲入蔡之先兆耶！按：郾城聯句待歸朝而成，決無此理。吉凶先見，多有偶中者。況此時元濟有必敗之勢耶。此詩前半實寫，後半虛寫。自「且待獻囚」以下，皆未然之事，詩後長箋甚詳。

〔二〕從軍樂：王粲從軍詩：「從軍有苦樂，但問所從誰？」

〔三〕青油幕：南史劉穆之傳：穆之孫瑀，性陵物護前，與顏竣書曰：朱修之三世叛兵，一日居荆州，青

油幕下，作謝宣明面目見向。孫云：青油幕，末將幕也，以青油縑爲之。

〔四〕夜觀：觀，音貫。爾雅釋宮室：觀，觀也，于上觀望也。

〔五〕正封：上中丞。

〔六〕愈：奉院長。

〔七〕兼弱：書：兼弱攻昧。

〔八〕百牢：左傳：公會吴于鄫，吴來徵百牢。輿師：左傳：無令輿師陷入君地。

〔九〕首惡：穀梁傳：諸侯且不首惡。

〔一〇〕末暮：顔延之詩：「末暮謝幽貞。」

〔一一〕多士：書：則惟爾多士多遜。按：元濟之黨，如丁士良、陳光洽、吴秀琳、李祐、董重質、董昌齡、鄧懷金等，皆可用之材，故曰「多士被沾污」也。

〔一二〕毒蠚：蠚，丑略切，又呼各切。漢書刑法志：百姓新免毒蠚。按：殺武元衡，傷裴度，皆毒蠚之尤大者，百姓更不必言。

〔一三〕鑄劍戟：家語：顔回曰：「回願明王聖主輔相之，鑄劍戟以爲農器，放牛馬於淵藪。」

〔一四〕歎鳴鸛：詩：「鸛鳴于垤，婦歎于室。」

〔一五〕祝喜鵲：西京雜記：乾鵲噪而行人至。

〔一六〕考蓍龜：詩：「卜筮偕止，會言近止，征夫邇止。」

〔一七〕親烝礿：礿，音藥。記王制：春曰礿，夏曰禘，秋曰嘗，冬曰烝。

〔一八〕間使：漢書蒯通傳：漢獨發間使下齊。師古曰：間使，謂使人伺間隙而單行。津梁：鄭曼季詩：「路隔津梁，一葦限殊。」

〔一九〕潛軍：左傳：使曼伯與子元潛軍軍其後。林薄：淮南齊俗訓：高山險阻，深林叢薄。

〔二〇〕羽書：虞羲詩：「羽書時斷絶，刁斗晝夜驚。」

〔二一〕沙囊涸：史記淮陰侯傳：龍且與信夾濰水陣。信乃夜令人爲萬餘囊，滿盛沙，壅水上流，引軍半渡擊龍且，佯不勝還去。且遂追信渡水，信使人決壅囊，水大至，即急擊殺龍且。許彦周詩話：聯句之盛，退之、東野、李正封也。正封善押韻，如押「大水沙囊涸」等，皆不可及。

〔二二〕銘山：後漢書竇憲傳：憲大破匈奴，登燕然山，刻石勒功，命班固作銘。

〔二三〕插羽：王粲從軍詩：「將秉先登羽，豈敢聽金聲？」

〔二四〕刀俎：史記項羽紀：樊噲曰：人方爲刀俎，我爲魚肉。

〔二五〕管籥：越語：令大夫種行成于吴曰：請委管籥屬國家，以身隨之。

〔二六〕雨矢：新序：塵氣沖天，矢下如雨。天狼：屈原九歌：「舉長矢兮射天狼。」史記天官書：西宫有大星曰狼，狼角變色，多盜賊。

〔二七〕電矛：王云：電矛，謂矛戟如電。海若：屈原遠游：「令海若舞馮夷。」

〔二八〕靈誅：陳琳檄吴將校部曲文：「江湖可以逃靈誅。」

〔二九〕力戰：漢書霍去病傳：力戰一日，餘士不敢有二心。

〔三〇〕雲梯：宋國策：公輸般爲楚設機，墨子曰：聞公爲雲梯將以攻宋。

〔三一〕火箭：魏略：諸葛亮攻郝昭於陳倉，以雲梯衝車臨城中。昭以火箭射之，雲梯盡然。著：直略切。

〔三二〕雉堞：左傳：都城過百雉。説文：堞，城上女垣也。

〔三三〕焚城郭：漢書高帝紀：齊皆降楚，楚焚其城郭。

〔三四〕軍門：左傳：胥甲、趙穿當軍門呼曰：不待期而薄人于險，無勇也。

〔三五〕廟算：孫子始計篇：夫未戰而廟算勝者，得算多也。三略：陳書高祖紀：坐揮三略，遥制六奇。

〔三六〕揭槍：賈誼過秦論：斬木，爲兵，揭竿爲旗。蒼頡篇：刈木，兩頭鋭者爲槍。

〔三七〕浮橋：後漢書岑彭傳：公孫述横江水起浮橋鬬樓，立攢柱，絶水道，以拒漢兵。筰：在各切。説文：筰，筊也；筊，竹索也。元和郡縣志：翼州衛山縣有筰橋，以竹筬爲索，架北江水。

〔三八〕馬雲騰：後漢書劉表傳贊：雲騰冀馬。

〔三九〕旗火鑠：鑠，當作「爍」。吴語：左軍皆赤常、赤旟、丹甲、朱羽之矰，望之如火。劉孝儀詩：「曉陣爍郊原。」

〔四〇〕摧鋒：梁簡文帝詩：「略地曉摧鋒。」貙兕：貙，敕居切。爾雅釋獸：貙似貍，兕似牛。

〔四一〕超乘：左傳：秦師過周北門，超乘者三百乘。猱玃：玃，音攫。詩：「無教猱升木。」爾雅釋獸：玃父善顧。

〔四二〕逢掖：記儒行：衣逢掖之衣。

〔四三〕漫胡：莊子説劍篇：劍士皆蓬頭突鬢垂冠，漫胡之纓，短後之衣。

〔四四〕雊雉：字本商書。史記封禪書：秦文公獲若石，于陳倉北阪城，光輝若流星，其聲殷云，野雞夜雊。按：新唐書天文志：元和六年三月，日晡，天陰寒，有流星大如一斛器，墜於兖、鄆間，聲震數百里，野雞皆雊。占者曰：「不及十年，其野主殺而地分。」十二年九月己亥甲夜，有流星起中天，首如甕，尾如二百斛船，長十餘丈，聲如群鴨飛，明若火炬，過月下西流。須臾，有聲礱礱，墜地有大聲，如壞屋者三，在陳、蔡間。按：十二年九月，正當聯句之時，蓋紀其實也。十月遂擒元濟。至十四年滅李師道，則兖、鄆之應也。

〔四五〕唳鶴：晉書載記：苻堅聞風聲鶴唳，皆謂晉師之至。

〔四六〕犬羊：後漢書鄭太傳：有并涼之人以爲爪牙，譬驅虎兕以赴犬羊也。

〔四七〕鷹鸇：左傳：見無禮于其君者，去之如鷹鸇之逐鳥雀也。

〔四八〕燒陂：孫子火攻篇：一曰火人，二曰火積。注：燒其蓄積。

〔四九〕灌壘：趙國策：三國之兵乘晉陽，決晉水而灌之，城中巢居而處，懸釜而炊。

〔五〇〕凭軾：左傳：君凭軾而觀之。昏迷：書：蠢兹有苗，昏迷不共。

〔五一〕執殳：詩：「伯也執殳，爲王前驅。」

〔五二〕凶徒：北史裴延儁傳：賊復鳩集，凶徒轉盛。蹈藉：司馬相如上林賦：「步騎之所蹂若，人臣之所蹈藉。」

〔五三〕 啗嚼：按：「逆族」即逆黨，時李愬得賊將輒不殺，更與之謀，因獻滅蔡之策，故曰「相啖嚼」也。

〔五四〕 舳艫：舊本作「軸轤」，誤。漢書武帝紀：元封五年南巡狩，自尋陽浮江，舳艫千里。淮泗：舊唐書憲宗紀：十一年十二月，初置淮潁水運使，運揚子院米。自淮陰泝流至壽州，入潁口。至於項城，又泝流入溵河，輸於郾城。得米五十萬石，茭一千五百萬束，省汴運七萬六千貫。「舳艫亘淮泗」謂此事也。

〔五五〕 旆旌：詩：「悠悠旆旌。」夏鄂：新唐書地理志：鄂州江夏郡，屬江南道。按：平淮西碑：「是時討蔡之兵四集，宣武節度使韓弘爲都統，忠武節度使李光顔將河東、魏博、郃陽三軍，河陽節度烏重胤將朔方、義成、陜、益、鳳翔、延、慶七軍，壽州團練使李文通將宣武、淮南、宣歙、浙西四軍，鄂岳觀察使李道古，唐鄧隨節度使李愬，各以其兵進戰，凡十六道。」故旆旌連於夏鄂，軍容之盛如此也。

〔五六〕 氐羌：詩：「自彼氐羌，莫敢不來享，莫敢不來王。」按：新唐書吴元濟傳：「帝命詔起沙陀梟騎濟師。」蓋謂此也。

〔五七〕 騮駱：詩：「有騮有駱。」

〔五八〕 角逐：左傳：晉人逐之，左右角之。

〔五九〕 矰繳：音增勺。漢書張良傳：雖有矰繳，尚安所施？

〔六〇〕支郡黜：漢書晁錯傳：請諸侯之罪過，削其支郡。

〔六一〕閑田削：記王制：諸侯之有功者，取於閑田以禄之。其有削地者，歸之閑田。

〔六二〕退無功：按：淮蔡用兵，時嚴綬經年無功，罷爲太子少保。李遜應接不至，貶爲恩王傅。高霞寓敗於鐵城，貶歸州刺史。袁滋懦不能軍，貶撫州刺史。「漢刑」四句，蓋指其事也。

〔六三〕鬼薪：漢書惠帝紀：皆耐爲鬼薪白粲。應劭曰：取薪給宗廟爲鬼薪。

〔六四〕司斧鑕：公羊傳：執斧鑕從君東西南北。孫云：公爲行軍司馬，主罰。

〔六五〕尚丘壑：世説：顧長康畫謝幼輿在巖石裏曰：「此子宜置丘壑中。」

〔六六〕獻俘囚：左傳：獻俘于文宫。詩：「在泮獻囚。」

〔六七〕藁街：漢書陳湯傳：斬郅支首及名①王以下，宜懸頭藁街蠻夷邸間。師古曰：藁街，街名。蠻夷邸在此街也。

〔六八〕桃塞：張衡西京賦：「左有崤函重險、桃林之塞。」括地志：今陝州桃林縣以西至潼關，皆是桃林塞。錢鎛：錢，即淺切。詩：「痔乃錢鎛。」

〔六九〕鹵掠：漢書高帝紀：所過毋得鹵掠。

〔七〇〕策勳：左傳：飲至、舍爵、策勳焉，禮也。龍頟：頟，同額。史記衛青傳：封韓説爲龍頟侯，崔浩曰：今河閒龍頟村。

〔七一〕歸獸：書序：武王伐殷，往伐歸獸，識其政事。作武成。朱子曰：「歸獸」用書序語，對策勛爲切，但當獸作狩義耳。按：書序「歸獸」，大抵即歸馬放牛之義。左思魏都賦：「喪亂既弭而能宴，武人歸獸而去戰。」亦用書序，而與此詩更切。麟腳：司馬相如子虛賦：「射麋腳麟。」韋昭曰：腳謂持其腳也。方云：此詩用「魏闕」、「秦關」、「龍頷」、「麟腳」，皆借對也。

〔七二〕詰誅：記月令：詰誅暴慢。

〔七三〕給復：復，音福。漢書高帝紀：非七大夫以下，皆復其身。應劭曰：不輸户賦也。按：新唐書憲宗紀：「十一年七月，免淮西鄰賊州夏稅。及十二年十月，元濟擒後，給復淮西二年，免旁州來歲夏稅。」蓋事之必然者，可逆料也。

〔七四〕澤髮：釋名：香澤者，人髮恒枯悴，以此濡澤之也。

〔七五〕鑿落：王云：鑿落，飲器。白樂天詩：「銀含鑿落盞，金屑琵琶槽。」

〔七六〕安存：後漢書馬融傳贊：生厚故安存之慮深。

〔七七〕洗雪：後漢書段熲傳：洗雪百年之逋負。按：蔡平後，帝使梁守謙悉誅賊將。裴度騰奏申解，全宥者甚衆。蓋洗雪之議已早定也。

〔七八〕春蠶：陶潛詩：「春蠶收長絲。」箔：王云：以竹爲箔，所以盛蠶。按：箔，説文本「薄」，蓋豳風「八月萑葦」，正所以爲曲薄，故字从艸也。方言：薄，宋、魏、陳、楚、江、淮之間謂之苗。又：槌，謂之植。郭璞注：絲蠶薄柱也。齊民要術：三月清明節，令蠶妾具槌持箔籠。廣韻：箔，簾箔也。薄，蠶具也。總之，古字只作「薄」，以後則「薄」、「箔」亦通用耳。王肅妻謝氏詩：「本爲薄上蠶，今作機上絲。」

〔七九〕旁午：漢書霍光傳：使者旁午。師古曰：一縱一横爲旁午。絲綸：記緇衣：王言如絲，其出如綸。

〔八〇〕中堅：後漢書光武紀：衝其中堅。注：凡軍事，中軍將最尊，居中以堅鋭自輔，故曰中堅也。鼓鐸：吴語：王乃秉枹，親就鳴鐘、鼓、丁寧、錞于，振鐸。傅休奕詩：「鳴鐲振鼓鐸，旌旗象虹蜺。」

〔八一〕密坐：班昭欹器頌：侍帝王之密坐。

〔八二〕高門：史記酈食傳：爲開第康莊之衢，高門大屋尊寵之。粉雘：雘，居各切。書梓材：惟其塗丹雘。按：粉，白色；雘，赤色。

〔八三〕跋朝：王云：猶言舉朝也。

〔八四〕魏闕：周禮天官冢宰：正月之吉，始和縣治象之法於象魏。注：象魏，闕也。莊子讓王篇：心存乎魏闕之下。雲漢：詩棫樸：「倬彼雲漢。」

〔八五〕秦關：雍録：古嘗立關塞者凡三所，由長安東一百八十里出華州華陰縣外，則唐潼關也。自潼關東二百里至陝州靈寶縣，則秦函谷關也。自靈寶縣三百餘里至河南府新安縣，則漢函谷關也。巖崿：郭璞江賦：「碕嶺爲之喦崿。」

〔八六〕櫜鞬：左傳：右屬櫜鞬。

〔八七〕問遺：去聲。漢書婁敬傳：以歲時數問遺。囊橐：詩公劉：「于橐于囊。」

〔八八〕清宴：陳書高祖紀：一朝指撝，六合清宴。

〔八九〕開拓：揚雄甘泉賦：「拓跡開統。」苗泰交廣記：漢武帝元鼎中開拓土境。

〔九〇〕昇平：張衡東京賦：治致升平之德。善曰：升平謂國太平也。

〔九一〕作噩：噩，音咢。爾雅釋天：太歲在酉曰作噩。淮南天文訓：作鄂之歲，歲有大兵。王云：元和十二年，歲在丁酉。

〔九二〕下究：鶡冠子：上情不下究。

〔九三〕武飈：漢書司馬相如傳：協氣横流，武節猋逝。旁魄：魄，他各切。司馬相如傳：旁魄四塞。

〔九四〕蠻陬：左思魏都賦：「蠻陬夷落，譯導而通，鳥獸之氓也。」

〔九五〕朔漠：漢書叙傳：「龍荒朔幕，莫不來庭。」幕、漠通。

〔九六〕剌斫：晉書楊駿傳：駿遺孫登布被，登截被於門，大呼曰：斫斫剌剌。北史安德王延宗傳：齊人後斫剌死者三千餘人。

〔九七〕吾相：按：相謂裴度，然曰「兩優游」，兼指韓弘而言也。裴、韓和衷，公所説也，故詩中猶致意焉。舊唐書弘傳：累授檢校左右僕射、司空。憲宗即位，加同平章事。

〔九八〕他人：按：他人蓋指李逢吉輩，曰「雙落寞」者，前此韋貫之以數請罷兵免相，至此逢吉亦爲憲宗所惡，出領劍南。

〔九九〕負鼎：史記殷本紀：伊尹欲干湯而無由，乃爲有莘氏媵臣負鼎俎，以滋味説湯。

〔一〇〇〕鑿門：淮南兵略訓：凡國有難，君自宫召將，詔之。將軍受命，鑿凶門而出。

〔一〇一〕顯嚴：莊子庚桑楚篇：貴、富、顯、嚴、名、利，六者勃志也。

〔一〇二〕九遷：任昉爲范尚書表：千秋之一日九遷。善曰：東觀漢紀：馬援與楊廣書曰：車丞相，高祖園寢郎，一月九遷爲丞相。按：日字當爲月字之誤也。

〔一〇三〕狐趙：左傳：晉公子從者，狐偃、趙衰。世説：山公與嵇、阮契若金蘭，山妻韓氏曰：負覊之妻，亦親觀狐、趙，意欲窺之可乎？

〔一〇四〕衛霍：史記：衛青、霍去病。何承天安邊論：漢氏方隆，衛霍宣力。

〔一〇五〕芬芳：南史范泰傳：抽其芬芳，振其金石。

〔一〇六〕宫娃：史記趙世家：吴廣納其女娃嬴，是爲惠后。方言：娃，美也。吴、楚、衡、淮之閒曰娃，故吴有館娃之宫。綽約：莊子逍遥游篇：淖約若處子。

〔一〇七〕月毫：梁昭明太子十二月啟：持郭璞之毫鸞，詞場月白。

〔一〇八〕霜鍔：張協七命：「霜鍔水凝，冰刃露潔。」

〔一〇九〕命衣：周禮春官典命：上公九命，其車旗衣服禮儀皆以九爲節。藻火：書：宗彝、藻、火、粉米、黼、黻、絺、繡，以五采彰施于五色，作服。按：新唐書車服志：一品青衣纁裳，九章：龍、山、華蟲、火、宗彝在衣，藻、粉米、黼、黻在裳。二品七章：華蟲、火、宗彝在衣，藻、粉米、黼、黻在裳。三品五章：宗彝、藻、粉米在衣，黼、黻在裳。自四品以下，不用藻、米矣。

〔一一〇〕賜樂：記王制：天子賜諸侯樂，則以柷將之。賜伯子男樂，則以鼗將之。搏拊：書：搏拊琴瑟以詠。

〔一一一〕兩廂：史記周昌傳：呂后側耳於東廂聽。索隱曰：正寢之東西堂，皆號曰廂，言似廂篋之形也。氍毹：樂府古辭：「氍毹毾㲪五木香。」

〔一一二〕勺藥：勺，張略切。藥，良約切。方云：勺藥字，文選凡四見，皆音酌略。姚令威曰：後語有「仍祈卻老藥」，此當異讀。癸辛雜識：韓昌黎詩：「兩廂鋪氍毹，五鼎調勺藥。」上林賦注云：「勺藥根主和五藏，辟毒氣。」故合之於蘭桂五味，以助諸食，因呼五味之和爲勺藥。南都賦曰：「歸鴈鳴鵽，香稻鮮魚，以爲勺藥。」文穎、文儼等解不過稱其美，本草亦止言辟邪氣而已。獨韋昭曰：今人食馬肝者，合勺藥而煮之。馬肝至毒，或誤食之至死。則制食之毒者，宜莫良於勺藥，故獨得藥之名耳。張景陽七命乃音酌略，廣韻亦有二音。

〔一一三〕蒼玉佩：記玉藻：大夫佩水蒼玉而純組綬。唐六典：凡百僚佩，五品以上水蒼玉。

〔一一四〕黄金絡：古樂府相逢行：「黄金絡馬頭，觀者盈道傍。」

〔一一五〕登龍：後漢書李膺傳：士有被其容接者，名爲登龍門。

〔一一六〕傾藿：曹植求通親親表：若葵藿之傾葉，太陽雖不爲之迴照，然終向之者，誠也。

〔一一七〕青娥：江淹神女賦：「青娥蓋黯。」長袖：宋玉神女賦：「奮長袖以正衽兮，立躑躅而不安。」

〔一一八〕紅頰：李白詩：「昭君拂玉鞍，上馬啼紅頰。」鳴籥：周禮春官籥師：掌教舞羽歈籥。

〔一一九〕卻老藥：藥，以灼切。史記封禪書：李少君以祠竈卻老方見上。少君者，故深澤侯舍人，主方，能使物卻老。

〔二〇〕配樽罍：孔叢子：書盤庚曰：「兹予大享于先王，爾祖其從與享之。」季桓子問曰：「何謂也？」孔子曰：「古之王者，臣有大功，死則必祀之於廟，所以殊有績，勸忠勤也。」

〔二一〕鞽鎛：鞽，音喬。鎛，旁各切。爾雅釋樂：大磬謂之鞽，大鐘謂之鏞。注：鞽以玉石爲之，鏞亦名鎛，音博。

〔二二〕松篁：王勣游北山賦：「砌繞松篁。」

〔二三〕莞蒻：音官弱。張衡同聲歌：「思爲莞蒻席，在下蔽匡牀。」

〔二四〕洗沐：史記萬石君傳：長子建爲郎中令，每五日洗沐，歸謁親。按：古人休假以洗沐爲名，蓋亦取澣濯之義。

〔二五〕脾臄：詩：「嘉殽脾臄。」

〔二六〕忸怩：書：顔厚有忸怩。

〔二七〕隕穫：記儒行：儒有不隕穫于貧賤。

〔二八〕詼諧：漢書東方朔傳：朔之詼諧，逢占射覆。

〔二九〕著：張略切。

〔三〇〕斬馬：漢書朱雲傳：願賜上方斬馬劍。

〔三一〕炰羔：漢書楊惲傳：烹羊炰羔。芒屩：屩，音腳。史記虞卿傳：躡蹻擔簦，説趙孝成王。徐廣曰：蹻，草履也。

〔三二〕離隱豹：列女傳：陶答子妻曰：南山有玄豹，霧雨七日而不下食。按：離隱豹，喻處士將出也。

〔三三〕求伸蠖：易繫辭：尺蠖之屈，以求信也。

〔三四〕一鶚：孔融薦禰衡表：鷙鳥累百，不如一鶚。

〔三五〕諛噱：噱，其切切。漢書叙傳：談笑大噱。説文：噱，大笑也。

〔三六〕揄揚：班固兩都賦序：「雍容揄揚。」

〔三七〕熏灼：漢書谷永傳：許班之貴，傾動前朝，熏灼四方，賞賜無量。

〔三八〕道舊：漢書高帝紀：悉召故人父老子弟，佐酒極歡，道舊故爲笑樂。

〔三九〕綺紈：漢書叙傳：出與王、許子弟爲群，在於綺襦紈袴之間，非其好也。

〔四〇〕下客：南史謝靈運傳：何長瑜當今仲宣，而飴以下客之食。醴酪：記禮運：以爲醴酪。

〔四一〕貢賝異：賝，丑林切，同琛。詩：「憬彼淮夷，來獻其琛。」

〔四二〕賜酺醵：酺醵，音蒲噱。漢書文帝紀：初即位，賜酺五日。服虔曰：酺，音蒲。文穎曰：音步。漢律，三人以上無故群飲，罰金四兩。今詔横賜得令會聚飲食五日也。師古曰：酺之爲言布也。王德布於天下而合聚飲食爲酺，服音是也。記禮器、周禮：其猶醵與。注：合錢飲酒爲醵。史記貨殖傳：進醵飲食。説文：醵，會飲酒也。

〔四三〕鼓還槌：世説：王大將軍自言知打鼓吹，於坐振袖而起，揚槌奮擊，音節諧捷。

〔四四〕從禽：易屯卦：即鹿无虞，以從禽也。弓始彍：彍，音郭，又音霍。孫子兵勢篇：勢如彍弩。説文：獷，弩滿也。

〔四五〕移日：漢書夏侯嬰傳：與高祖語，未嘗不移日。

〔四六〕通宵：北史李謐傳：謐好學，隆冬達曙，盛暑通宵。

〔四七〕五白：宋玉招魂：「成梟而牟，呼五白些。」

〔四八〕六奇：漢書陳平傳：凡六出奇計。

〔四九〕布濩：濩，音護。司馬相如上林賦：「布濩閎澤。」

〔五〇〕簫勺：漢書禮樂志：房中歌：「簫勺群慝。」晉灼曰：簫，舜樂。勺，周樂。

〔五一〕告成：書：大告武成。云亭：史記封禪書：昔無懷氏封泰山，禪云云。黄帝封泰山，禪亭亭。

〔五二〕矩矱：矱，憂縛切。屈原離騷：「求矩矱之所同。」

〔五三〕前堂：漢書田蚡傳：前堂羅鐘鼓，立曲旃。清夜：曹植詩：「清夜游西園。」

〔五四〕東第：司馬相如論巴蜀檄：居列東第。良辰：魏文帝詩：「良辰啓初節，高會構歡娱。」

〔五五〕蓮房竹籜：杜甫詩：「露冷蓮房墜粉紅。」謝靈運詩：「初篁苞緑籜。」

〔五六〕五狩：書：五載一巡守。恒岱：書：歲二月東巡守，至於岱宗。十有一月朔，巡守至于北岳。

〔五七〕三畋：記王制：天子諸侯無事則歲三田，一爲乾豆，二爲賓客，三爲充君之庖。楊柞：柞，音昨。漢書宣帝紀：往來長楊五柞宮。三輔黄圖：長楊宮，在今盩厔縣東南三十里，宮中有垂楊數畝。五柞宮，在扶風盩厔，宮中有五柞樹，因以爲名。

〔一五八〕農書：漢書藝文志：農，九家，百一四篇。鮑照詩：「農書滿塵閣。」按：新唐書李泌傳：「中和節，百家進農書，以示務本。」又柳宗元集有進農書表。

〔一五九〕馬法：揚雄劇秦美新：方甫刑，匡馬法。善曰：馬法，司馬穰苴之法也。孫云：武帝時，有善相馬者東門京②作銅馬法。按：孫説非也。懸格：懸，一作「廢」。格，音閣。陸賈新語：師旅不設刑格法懸。

〔一六〇〕新息：漢書地理志：汝南郡新息。孟康曰：故息國，其後徙東，故加「新」云。新唐書地理志：蔡州汝南郡新息，上縣，屬河南道。

〔一六一〕陽生：王云：陽生，十月也。□云：陽生謂冬至。按：二説皆通，然十月謂之陽月，純陰無陽也。今云「陽生」，則冬至之説爲長。況此乃逆料之詞，則雪下可以收新息，陽生可以過京、索，從晚秋後遞推之耳。後十月壬申，李愬因天大雪，夜半取蔡州。至十一月班師，其言蓋不爽也。京索：漢書高帝紀：與楚戰滎陽南京、索閒，破之。應劭曰：京，縣名，今有大索、小索亭。

〔一六二〕寢訛：詩：「或寢或訛。」

〔一六三〕歌咢：詩：「或歌或咢。」

〔一六四〕帝載：書：有能奮庸，熙帝之載。彌天地：易繫辭：易與天地準，故能彌綸天地之道。

〔一六五〕螢燭爝：爝，音爵，又音嚼。曹植求自試表：螢燭末光，增輝日月。

〔一六六〕糟粕：粕，匹各切。莊子：君之所讀者，古人之糟魄已夫。

顧嗣立曰：俞瑒云：昌黎與東野聯句，多以奇峻爭高，而此篇獨典贍和平，誠各因人而應之也。亦可見公才大之處矣。

按：此詩分兩截看，開手八句是引子，自「夷凶匪兼弱」領前半截，是實寫，有事可據。如「百牢犒輿師，千户購首惡」，謂上命梁守謙宣慰諸軍，授空名告身五百通及金帛，以勸死事也。「平生恥論兵，末暮不輕諾」，即公上言淮蔡破敗，可立而待也。「多士被沾污，小夷施毒蠚」，謂李師道上表請赦吴元濟，王承宗遣將奏事爲元濟游説，師道又遣盜焚獻陵，殺武相，焚襄州軍儲，斷建陵門戟諸事也。「閒使斷津梁，潛軍索林薄」，謂是時官軍與淮西兵夾溵水而陣，東都留後吕元膺捕獲山棚賊衆，及中嶽僧圓淨，諸爲師道謀逆救蔡者也。「紅塵羽書靖，大水沙囊涸」，謂官軍與淮西兵夾溵水相顧望，陳許兵馬使王沛先行引兵五千度溵水，於是河陽、宣武、河東、魏博等軍相繼皆度，進逼郾城也。「未足煩刀俎，只應輸管籥」，即公條陳用兵所言「蔡州士卒，皆國家百姓，若勢窮不能爲惡者，不須過有殺戮」也。「燒陂除積聚，灌壘失依託」，謂李光顔、烏重胤敗淮西兵於小溵水，高霞寓敗淮西兵於朗山，焚二柵也。「凶徒更蹈藉，逆族相啖嚼」，謂賊黨丁士良、陳光洽、吴秀琳、李佑降於李愬，董昌齡、鄧懷金降於光顔，即爲官軍畫策討賊者也。「舳艫亘淮泗，旆旌連夏鄂」，謂宣武等十六道之軍實軍容也。「漢刑支郡黜，周制閑田削」，謂高霞寓敗於鐵城，李遜應接不至，上貶霞寓歸州刺史，左遷遜恩王傅；嚴綬經年無功，以爲太子太保；袁滋去斥堠，止兵馬，貶爲撫州刺史也。以上是實寫，皆未平淮蔡之事。其下自「且待獻俘囚」領後半截，是虛寫，皆懸擬殲賊、奏凱、振旅、飲至諸事。其曰「雪下收新息，陽生過京索」，乃謂賊勢日促，行且就擒，官軍成功，計日可待，此夸張其詞，以壯軍聲耳。淮蔡之平，事在十月，此詩題曰「晚秋」，灼然可知。宋人説韓詩多有不當，惟魏仲舉以此爲未平時作，甚是。顧嗣立注本以爲多序歸朝策勛賜酺等事，或爲歸朝後作，是則詩在十月，題不當曰「晚秋」，又在京師，尤不當曰「郾城」矣。此未詳後半領語「且待」二字文義也。

【校記】

①「名」，原作「明」，據漢書改。

②「東門京」，原作「東京門」，據漢書改。

譴瘧鬼〔一〕

屑屑水帝魂〔二〕，謝謝無餘輝〔三〕。如何不肖子，尚奮瘧鬼威〔四〕。乘秋作寒熱〔五〕，翁嫗所罵譏〔六〕。求食歐泄間〔七〕，不知臭穢非〔八〕。醫師加百毒〔九〕，熏灌無停機。灸師施艾炷〔一〇〕，酷若獵火圍。詛師毒口牙，舌作霹靂飛〔一一〕。符師弄刀筆〔一二〕，丹筆交横揮。咨汝之胄出，門户何巍巍。祖軒而父頊〔一三〕，未沫於前徽〔一四〕。不修其操行，賤薄似汝稀。豈不忝厥祖〔一五〕？靦然不知歸〔一六〕。湛湛江水清〔一七〕，歸居安汝妃。清波爲裳衣，白石爲門畿〔一八〕。呼吸明月光，手掉芙蓉旂〔一九〕。降集隨九歌〔二〇〕，飲芳而食菲。贈汝以好辭〔二一〕，出汝去莫違。

〔一〕按：韓醇謂此詩爲皇甫鎛、程异諸人而作，無所取義。方扶南以刺李逢吉，甚合。其箋載後。

〔二〕屑屑：史記封禪書：屑屑如有聞。水帝：淮南天文訓：北方，水也，其帝顓頊。

〔三〕謝謝：按：説文：「謝，辭去也。」重言之者，言其去之久遠也。

〔四〕瘧鬼：後漢書禮儀志：先臘一日大儺，謂之逐疫。注：漢舊儀：顓頊氏有三子，生而亡去，爲疫鬼，一居江水，是爲瘧鬼。

〔五〕乘秋：黄帝素問：夏傷于暑，秋必痎瘧。寒熱：素問：夫瘧氣者，陰勝則寒，陽勝則熱。

〔六〕翁嫗：古樂府捉搦歌：願得兩個成翁嫗。

〔七〕求食：左傳：鬼猶求食，若敖氏之鬼，不其餒而！歐泄：歐，烏后切，俗作嘔。漢書嚴助傳：夏月暑時，歐泄霍亂之病相隨屬。

〔八〕臭穢：漢書費長房傳：臭穢特甚。

〔九〕醫師：周禮天官醫師：掌醫之政令，聚毒藥以供醫事。新唐書百官志：太醫署，令二人，掌醫療之法，其屬有四：一曰醫師，二曰針師，三曰按摩師，四曰咒禁師。

〔一〇〕灸師：莊子盜跖篇：丘所謂無病而自灸也。艾炷：隋書麥鐵杖傳：安能艾炷額，瓜蒂歕鼻？

〔一一〕詛師：南史荀伯玉傳：伯玉夢中自謂是咒師，凡六唾咒之，有六龍出兩腋下。新唐書百官志：咒禁博士，掌教咒禁，祓除爲厲者，齋戒以受焉。

〔一二〕符師：後漢書方術傳：麴聖卿善爲丹書符劾，厭殺鬼神。南史羊欣傳：欣嘗手自書章，有病不服藥，飲符水而已。刀筆：漢書蕭曹傳贊：皆起秦刀筆吏。

〔一三〕軒、頊：史記五帝本紀：帝顓頊高陽者，黄帝之孫，而昌意之子也。

〔一四〕未沫：屈原離騷：「芬至今猶未沫。」注：沫，已也。

〔一五〕忝厥祖：書太甲：忝厥祖。

〔一六〕靦然：靦：他典切。越語：余雖靦然而人面哉！

〔一七〕湛湛：宋玉招魂：「湛湛江水兮上有楓。」

〔一八〕門畿：詩：「薄送我畿。」注：畿，門内也。

〔一九〕芙蓉旂：按：離騷只云「集芙蓉以爲裳」，九歌有云「蓀橈兮蘭旌」。王逸曰：「以蓀爲楫櫂，蘭爲旌旂。」「芙蓉旂」蓋仿而言之。

〔二〇〕九歌：王逸楚辭序：楚俗信鬼而好祠，必作歌樂鼓舞以樂諸神，屈原因爲作九歌之曲。

〔二一〕好辭：按：「好辭」字本解釋蔡邕「黄絹幼婦，外孫齏臼」，以爲絶妙好辭也。

按：此爲宰相李逢吉出爲劍南東川節度而作也。舊唐書逢吉本傳，爲貞觀中學士李立道之曾孫。新唐書宗室世系表載其出姑臧房，爲興聖皇帝之後，蓋其人名家子也。然本傳言其天性姦回，妒賢傷善，則名家敗類矣，故詩借瘧鬼爲顓頊不肖子以刺之。篇中「咨汝之胄出」至「豈不忝厥祖」一段，正謂其有玷家風。傳又云：憲宗以兵機委裴度，逢吉忌其成功，密沮之，上因罷其政事，出之東川。篇中後段「湛湛江水清」至「降集隨九歌」，正謂其譴出劍南。結句「飲芳而食菲」，言主恩寛大，猶享厚禄。終云「贈汝以好辭」，言不忍明斥，善戲謔兮也。鄆城聯句有「天殃鬼行瘧」語，即此詩之緣起。

鄆城晚飲奉贈副使馬侍郎及馮李二員外

原注：馮宿時以都官，李宗閔時以禮部並從征。〔一〕

城上赤雲呈勝氣〔二〕，眉間黄色見歸期〔三〕。幕中無事惟須飲，即是連鑣向闕時〔四〕。

〔一〕新唐書馮宿傳：宿，字拱之，婺州東陽人。貞元中進士第，爲太常博士，再遷都官員外郎。裴度節度彰義軍，表爲判官。淮西平，除比部郎中。長慶時，進知制誥，終東川節度使。李宗閔傳：宗閔，字損之，鄭王元懿四世孫，擢進士，從藩府辟署，入授監察御史、禮部員外郎。裴度伐蔡，引爲彰義觀察判官。蔡平，遷駕部郎中、知制誥。

〔二〕赤雲：新唐書吴武陵傳：吴元濟未破數月，武陵自硤石望東南，氣如旗鼓矛楯，皆顛倒横斜。少選，黄白氣出西北，盤蜿相交。武陵告韓愈曰：「今西北王師所在，氣黄白，喜象也。不閲六十日賊必亡。」

〔三〕黄色：玉管照神書：黄色，喜徵。

〔四〕連鑣：沈炯詩：「連鑣渡蒲海。」

酬別留後侍郎原注：蔡平，命馬總爲留後。〔一〕

爲文無出相如右〔二〕，謀帥難居郤縠先〔三〕。歸去雪銷溱洧動，西來旌旆拂晴天〔四〕。

〔一〕新唐書馬總傳：吴元濟擒，總爲彰義節度留後。

〔二〕相如右：謝惠連雪賦：「相如末至，居客之右。」按：新唐書馬總傳：總篤學，雖吏事倥偬，書不去前，論著頗多。

〔三〕郤縠：縠，音斛。左傳：晉文公蒐于被廬，作三軍，謀元帥。趙衰曰：郤縠可，説禮樂而敦詩書。乃使郤縠將中軍。

〔四〕雪銷：按：李愬以雪夜入蔡州，時方冬多雪，故宿神龜詩云：「啄雪寒鴉趁始飛。」次硤石詩又曰：「數日方離雪。」溱洧：詩：「溱與洧，方涣涣兮。」

宿神龜招李二十八馮十七〔一〕

荒山野水照斜輝，啄雪寒鴉趁始飛〔二〕。夜宿驛亭愁不睡，幸來相就蓋征衣。

〔一〕龜，一有「驛」字。九域志：汝州有神龜驛臺，開皇初建。

〔二〕趁：丑刃切。説文：趁，䞓也。杜甫詩：「溪喧獺趁魚。」

同李二十八夜次襄城原注：李正封也。〔一〕

周楚仍連接〔二〕，川原乍屈盤。雲垂天不暖，塵漲雪猶乾。印綬歸台室，旌旗別將壇。欲知迎候盛，騎火萬星攢〔三〕。

〔一〕新唐書地理志：汝州臨汝郡襄城縣。武德元年，以縣置汝州。貞觀元年，州廢。屬河南道。

〔二〕周楚：按：河南本周地，而襄城則近楚。漢書地理志：「襄城屬潁州郡，有西不羹。」蓋即春秋時楚靈王所城也。

〔三〕騎火：後漢書廉范傳：會日暮，令軍士各交縛兩炬，三頭爇火，營中星列。

同李二十八員外從裴相公夜宿西界

四面星辰著地明，散燒煙火宿天兵〔一〕。不關破賊須歸奏，自趁新年賀太平。

〔一〕天兵：漢書揚雄傳：天兵四臨。

過襄城

郾城辭罷過襄城，潁水嵩山刮眼明〔一〕。已去蔡州三百里，家人不用遠來迎。

〔一〕刮眼：江表傳：吕蒙曰：士別三日，即更刮目相待。

次硤石〔一〕

數日方離雪，今朝又出山。試憑高處望，隱約見潼關〔二〕。

〔一〕水經注：穀水出崤東馬頭山，西接崤黽。又東逕於雍谷溪，回岫縈紆，石路阻峽，故亦有硤石之稱矣。新唐書地理志：陝州陝郡大都督府，本弘農郡，領縣六。硤石，上，本崤。武德元年置，貞觀十四年移治陝石塢，因更名。有底柱山，山有三門，河所經，太宗勒銘，屬河南道。

〔二〕潼關：水經注：河在關内，南流潼激關山，因謂之潼關。北流逕潼谷水，或説因水以名地也。杜佑通典：潼關本名衝關，言河流所衝也。雍録：潼關在華州華陰縣東北三十九里。新唐書地理志：虢州弘農郡閿鄉，有潼關，屬河南道。

和李司勳過連昌宮原注：李正封也。〔一〕

夾道疏槐出老根，高甍巨桷壓山原〔二〕。宮前遺老來相問〔三〕，今是開元幾葉孫〔四〕？

〔一〕全唐詩話：李正封，字中護，以司勳員外郎從度出征，終監察御史。新唐書地理志：河南府壽安縣西二十九里，有連昌宮，顯慶三年置。樊云：連昌宮，按志，高宗顯慶三年置。然詩落句云云，疑爲明皇所作，而元微之連昌宮詞大概亦詠明皇帝。□云：公從晉公平淮西，回過壽安而作。按：連昌宮雖作自高宗，然游宴之盛無如明皇，此遺民之所以只問開元也。

〔二〕高甍：水經注：鐫石開軒，高甍架峰。

〔三〕遺老：詩：「不憖遺一老。」李白詩：「六帝餘古丘，樵蘇泣遺老。」

〔四〕幾葉孫：詩：「昔在中葉，有震且業。」東觀漢記：光武皇帝，高祖九葉孫。

次潼關先寄張十二閣老使君原注：張賈。

荊山已去華山來〔一〕，日出潼關四扇開。刺史莫辭迎候遠，相公親破蔡州迴。

〔一〕荆山：書禹貢：導岍及岐，至於荆山。新唐書地理志：虢州湖城縣，有覆釜山，一名荆山。

次潼關上都統相公

暫辭堂印執兵權〔一〕，盡管諸軍破賊年。冠蓋相望催入相〔二〕，待將功德格皇天〔三〕。

〔一〕堂印：按：新唐書百官志：「初，三省長官議事於門下省之政事堂。其後裴炎徙政事堂於中書省。張説爲相，又改政事堂爲中書門下。」程异傳：「异爲宰相，自以非人望，久不敢當印秉筆。」是宰相之印爲堂印也。韓弘以宣武節度使，累授檢校司徒，同中書門下平章事，拜淮西行營都統，故曰「暫辭堂印執兵權」也。

〔二〕望：平聲。

〔三〕格皇天：書：「佑我烈祖，格于皇天。」

桃林夜賀晉公〔一〕

西來騎火照山紅，夜宿桃林臘月中〔二〕。手把命珪兼相印〔三〕，一時重疊賞元功〔四〕。

〔一〕書：放牛于桃林之野。傳：桃林在華山東。新唐書地理志：陝州靈寶縣，本桃林，屬河南道。□云：按舊唐書憲宗紀：「元和十二年十二月壬戌，以彰義軍節度、淮西宣慰處置使、門下侍郎、同平章事裴度守本官，賜上柱國、晉國公，食邑三千户。丙子，以右庶子韓愈爲刑部侍郎。」考其年十二月丙辰朔壬戌，則其月七日，度以其月十六日方至自蔡，則前除命蓋在未入朝之前，故曰「桃林夜賀晉公」。

〔二〕臘月：廣雅釋天：臘，索也。夏曰清祀，殷曰嘉平，周曰大蜡，秦曰臘。

〔三〕命珪：周禮春官大宗伯：以九儀之命，正邦國之位：壹命受職，再命受服，三命受位，四命受器，五命賜則，六命賜官，七命賜國，八命作牧，九命作伯。以玉作六瑞，以等邦國：王執鎮圭，公執桓圭，侯執信圭，伯執躬圭，子執穀璧，男執蒲璧。相印：漢書百官公卿表：相國、丞相，金印紫綬。

〔四〕元功：後漢書馮衍傳：將定國家之大業，成天地之元功也。

晉公破賊回重拜台司以詩示幕中賓客愈奉和〔一〕

南伐旋師太華東，天書夜到册元功。將軍舊壓三司貴〔二〕，相國新兼五等崇〔三〕。鵷鷺欲歸仙仗裏〔四〕，熊羆還入禁營中〔五〕。長慚典午非材職〔六〕，得就閑官即至公〔七〕。

〔一〕舊唐書裴度傳：八月三日，度赴淮西。二十七日至郾城，巡撫諸軍，宣達上旨，士皆賈勇出戰，皆捷。十月十一日，唐鄧節度使李愬襲破懸瓠城，擒吴元濟。十一月二十八日，度自蔡州入朝。十二月，詔加度金紫光禄大夫、弘文館大學士，賜勛上柱國，封晉國公，食邑三千户，復知政事。

〔二〕三司：按：漢書百官公卿表：「以司馬主天，司徒主人，司空主土，爲三公。司馬初名太尉，武帝元狩四年，初置大司馬，冠以將軍之號，位在司徒上。」後漢書百官志云：「以衛青數征伐有功，以爲大將軍，置大司馬官號以尊寵之。其後霍光、王鳳等皆然。」是大將軍之貴壓三司也。至車騎將軍，則儀同三司，此始自鄧騭，見騭傳。

〔三〕五等：周禮春官典命：掌諸臣五等之命。史記高祖功臣侯年表：古者人臣功有五品，以德立宗廟定社稷曰勛，以言曰勞，用力曰功，明其等曰伐，積日曰閲。按：五等之爵，公、侯、伯、子、男，度以宰相封晉國公，爵最崇也。

〔四〕鵷鷺：梁簡文帝南郊頌：「塵清世晏，蒼兕無所用其武功；運謐時雍，鵷鷺咸並修其文德。」按：此指諸文臣爲幕職者仍歸班列也。

〔五〕熊羆：書：尚桓桓，如虎如貔，如熊如羆。按：舊唐書裴度傳：「詔以神策軍三百騎衛從。」今還入禁營也。

〔六〕典午：蜀志譙周傳：周書版示文立曰：「典午忽兮，月西没兮。」典午者，謂司馬也。□云：白樂天自江州司馬還朝，再出，亦曰「昔徵從典午」。按：庾信哀江南賦：「居笠轂而掌兵，出蘭池而典午。」蓋自叙其爲東宮領直節度兵馬之事。韓、白皆祖此也。

〔七〕閑官：按：重拜台司即十二月壬戌之命，越十四日丙子，公之除書始下，故此詩有「得就閑官」之語。

石林詩話：七言難於氣象雄渾，句中有力，而紆餘不失言外之意。自杜甫「錦江春色來天地，玉壘浮雲變古今」與「五更鼓角聲悲壯，三峽星河影動摇」等句之後，常恨無復繼者。韓退之筆力最爲傑出，然每苦意與語俱盡。和裴晉公破蔡州迴詩所謂「將軍舊壓三司貴，相國新兼五等崇」，非不壯也，然意亦盡於此矣。不若劉禹錫賀晉公留守東都云「天子旌旗分一半，八方風雨會中州」，語遠而體大也。

按：此詩氣度高華，情事詳盡，雜之盛唐無復可辨。石林詩話乃猶有所不足，非公論也。

送李員外院長分司東都〔一〕

去年秋露下，羈旅逐東征。今歲春光動，驅馳別上京〔二〕。飲中相顧色，送後獨歸情。兩地無千里〔三〕，因風數寄聲〔四〕。

〔一〕□云：李員外，正封也。按：以下諸詩，元和十三年官刑部侍郎時作，是年七月轉兵部侍郎。

〔二〕上京：潘尼詩：「乃漸上京。」

〔三〕無千里：按：後漢書郡國志：「京尹長安，高帝所都，洛陽西九百五十里。」舊唐書地理志：「京兆府去東京八百里。河南府在西京之東八百五十里。」里數雖不同，總不及千里也。

〔四〕因風：李陵答蘇武書：時因北風，復惠好音。

蔣云：此詩首四句隔句對也。古詩：「昨夜越溪難，含悲赴上蘭。今朝踰嶺易，抱笑入長安。」退之特效其體。按：元和尚此格，元、白比比有之。然不足學，氣促而力薄也。

獨釣四首

侯家林館勝〔一〕，偶入得垂竿。曲樹行藤角〔二〕，平池散芡盤〔三〕。羽沈知食駛〔四〕，緡細覺牽難〔五〕。聊取夸兒女，榆條繫從鞍。

一徑向池斜，池塘野草花。雨多添柳耳，水長減蒲芽〔六〕。坐厭親刑柄〔七〕，偷來傍釣車〔八〕。太平公事少，吏隱詎相賒〔九〕？

獨往南塘上，秋晨景氣醒。露排四岸草，風約半池萍。鳥下見人寂，魚來聞餌馨。所嗟無可召，不得倒吾瓶。

秋半百物變，溪魚去不來。風能坼芡觜，露亦染梨顋。遠岫重疊出，寒花散亂開。所期終莫至，日暮與誰迴？

〔一〕侯家：按：侯家自是常語，即如韋氏莊、太平公主莊等，皆可謂之侯家也。蔣之翹乃云：侯家，疑即侯喜，不應於侯喜無片語及之。後二首所嗟所期，皆不似相遲主人之語也。

〔二〕行藤角：按：行，猶引也。藤角，即藤子，猶云槐角、皂角也。廣雅釋草：豆角，謂之莢。

〔三〕散芡盤：按：散者，言四散敷布也。芡葉似荷而大，其形如盤，故謂之芡盤。

〔四〕羽沈：按：釣絲繫之以羽，以驗魚之吞鉤。

〔五〕牽緡：六韜：食餌牽緡。

〔六〕蒲芽：杜甫詩：「渚蒲芽白水荇青。」

〔七〕坐厭：韋應物詩：「坐厭淮南守。」刑柄：王云：時公爲刑部侍郎。

〔八〕釣車：水經注：陵陽子明釣得白龍，放之。三年，龍迎子明上陵陽山，百餘年呼山下人與語，溪中子安問子明釣車所在。

〔九〕吏隱：杜甫詩：「肯信吾兼吏隱名？」

按：四詩之中，纖小字太多，一首藤角芡盤，二首柳耳蒲芽，四首芡觜梨顋，小家伎倆耳。不可法。

南内朝賀歸呈同官〔一〕

薄雲蔽秋曦，清雨不成泥。罷賀南内衙〔二〕，歸涼曉淒淒。綠槐十二街〔三〕，涣散馳輪蹄。余惟戇書生〔四〕，孤身無所齎。三黜竟不去〔五〕，致官九列齊〔六〕。豈惟一身榮，佩玉冠簪犀〔七〕？滉蕩天門高，著籍朝厥妻〔八〕。文才不如人〔九〕，行又無町畦〔一〇〕。問之朝廷事，略不知東西。況於經籍深，豈究端與倪〔一一〕？君恩太山重，不見酬稗稊〔一二〕。所職事無多，又不自提撕〔一三〕。明庭集孔鸞〔一四〕，曷取於鳧鷖〔一五〕？樹以松與柏，不宜間蒿藜〔一六〕。婉孌自媚好〔一七〕，幾時不見擠〔一八〕？貪食以忘軀，尠不調鹽醯〔一九〕。法吏多少年，磨淬出角圭〔二〇〕。將舉汝愆尤，以爲己階梯。收身歸關東，期不到死迷。

〔一〕新唐書地理志：太極宫，謂之西内。大明宫，曰東内，興慶宫，謂之南内。

〔二〕衛：新唐書儀衛志：天子居曰衙，行曰駕。

〔三〕槐街：洪云：中朝事跡：「天街兩畔槐樹，俗號爲槐街。」白樂天游園詩云：「下視十二街，綠槐間紅塵。」即此也。

〔四〕戇書生：戇，直降切。史記汲黯傳：上曰吾欲云云。黯對曰：「陛下内多欲而外施仁義。」上默然怒，退謂左右曰：「甚矣汲黯之戇也！」

〔五〕三黜：□云：論語：柳下惠爲士師，三黜。皇甫湜志公墓云：「爲御史、尚書郎、中書舍人，前後凡三貶。及爲刑部侍郎，言憲宗迎佛骨，貶潮州。」此詩所謂三黜，則未貶潮州前爲右庶子日作。按：詳語意正當在刑部侍郎時，故曰「致官九列」。爲右庶子時，安得云「九列」也？且方在黜時，何以謂之「不去」？又何以謂之「致官」乎？

〔六〕九列：後漢書孔融傳：融爲九列。

〔七〕冠簪犀：按：新唐書車服志：「天子五冕，皆玉簪導，通天冠，玉犀簪導。皇太子犀簪導。群臣自一品以下，皆角簪導。文官九品，公事弁服牙簪導。」則犀簪爲太子之服。然九品用牙簪，而角在牙之上，則角亦犀也。

〔八〕著籍：漢書魏相傳：霍光夫人顯及諸女皆通籍長信宮。師古曰：謂禁門之中，皆有名籍。朝厥妻：顧嗣立曰：公示兒詩云「恩封高平君，子孫從朝裾」，即此謂也。

〔九〕不如人：左傳：燭之武曰：「臣之壯也，猶不如人。」

〔一〇〕無町畦：町，徒頂切。莊子人閒世篇：彼且爲無町畦，亦與之爲無町畦。

〔一一〕端倪：莊子大宗師篇：反復終始，不知端倪。

〔一二〕稗稊：稊，音蹄。爾雅釋草：蕛，苵。注：蕛，似稗，布地生穢草。

〔一三〕提撕：撕，音西。顔氏家訓：整齊門内，提撕子孫。

〔一四〕孔鸞：司馬相如子虛賦：「其上則有鵷雛孔鸞。」張揖曰：孔，孔雀也；鸞，鸞鳥也。

〔一五〕鳧鷖：詩：「鳧鷖在涇。」

〔一六〕蒿藜：史記封禪書：管仲曰：今嘉穀不生，而蓬蒿藜莠並興。

〔一七〕婉孌：詩：「婉兮孌兮。」

〔一八〕擠：莊子人間世篇：因其修而擠之。

〔一九〕拗：與鮮通。調鹽醯：楚國策：黃雀俯噣白粒，仰棲茂樹，自以爲無患，與人無爭也。不知夫公子王孫，左挾彈，右攝丸，將己加乎十仞之上。晝游乎茂樹，夕調乎酸醎。

〔二〇〕角圭：按：角圭，即圭角也。唐人好倒用字，如鮮新、莽鹵、角圭之類甚多。他如香山之摩揣，盧仝之揄揶，不可勝數。然兩字兩義者可，一義者不可。

按：此詩元和十三年秋作，時爲刑部侍郎，副鄭餘慶詳定禮樂。詩中文才不如人、不知朝廷事、不深究經籍、不提撕職事云云，蓋當時必有以此排之者，故云然耳。新唐書鄭餘慶傳：「餘慶引韓愈、李程爲副，崔偃、陳佩、楊嗣復、庾敬休爲判官。」詩云孔鸞、鳧鷖、松柏、蒿藜，諸人必有不相合者。觀後寄鄂岳李大夫詩，則知與李程舊有違言，其餘可推已，故恐得罪而有引身自退之思也。

朝歸〔一〕

峨峨進賢冠〔二〕，耿耿水蒼佩。服章豈不好〔三〕，不與德相對。顧影聽其聲，赬顔汗漸背〔四〕。進乏雞犬效〔五〕，又不勇自退。坐食取其肥，無堪等聾聵〔六〕。長風吹天墟，秋日萬里曬〔七〕。抵暮但昏眠，不成歌慷慨〔八〕。

〔一〕□云：與前詩同時作。

〔二〕進賢冠：古今注：文官冠進賢冠，古委貌之遺象也。新唐書車服志：進賢冠者，文武朝參之服也。二品以上三梁，五品以上兩梁，九品以上及國官一梁。

〔三〕服章：書：天命有德，五服五章哉！

〔四〕漸：子廉切。

〔五〕雞犬效：□云：雞犬事取孟嘗君雞鳴狗盜之意。

〔六〕聾聵：晉語：文公問于胥臣曰：「吾欲使陽處父傅讙也而教誨之，其能善之乎？」對曰：「聾聵不可使聽，僮昏不可使謀。」

〔七〕曬：廣雅釋詁：曬，曝也。世説：郝隆七月七日出，日中仰卧曰：「我曬書。」

〔八〕歌慷慨：燕國策：復爲羽聲慷慨。

古意〔一〕

太華峰頭玉井蓮〔二〕，開花十丈藕如船〔三〕。冷比雪霜甘比蜜〔四〕，一片入口沉痾痊〔五〕。我欲求之不憚遠，青壁無路難夤緣〔六〕。安得長梯上摘實〔七〕，下種七澤根株連〔八〕。

〔一〕韓云：華山記云：「山頂有池，生千葉蓮花，服之羽化，因曰華山。」觀公詩意本有寄興，其曰「古意」，旨深遠矣。而孫氏引李肇國史補言愈好奇，登華山絶峰，發狂慟哭。沈顔作登華旨，略曰：「仲尼悲麟，悲不在麟也。墨翟泣絲，泣不在絲也。」又引公答張徹詩云：「洛邑得休告，華山窮絶陘。」以實國史補，云質之校本，乃大不然。朱子曰：此詩本以古意名篇，非登山紀事之詩也。

〔二〕太華：西山經：太華之山削成，而四方其高五千仞，其廣十里。玉井：古樂府捉搦歌：「華陰山頭百丈井，下有泉水徹骨冷。」述異記：崑崙山有玉桃，光明洞徹而堅瑩，須以玉井水洗之，便軟可食。

〔三〕十丈：按：拾遺記：「鬱水生碧藕，長千常。七尺爲常也。」有千常之藕，自應有十丈之花，甚言方士之迂誕，至於此極也。

〔四〕雪霜：洞冥記：龍肝瓜生於冰谷，仙人瑕丘仲采食之，千歲不渴。瓜上恒如霜雪，刮嘗如蜜滓。

甘比蜜：家語：楚江萍大如斗，剖而食之，甜如蜜。

〔五〕一片：神異經：西北荒中石邊有脯，名曰追復，食一片復一片。沉痾：痾，音阿。晉書樂廣傳：沉痾頓愈。

〔六〕青壁：嵇康琴賦：「丹崖嶮巇，青壁萬尋。」奮緣：左思吳都賦：「奮緣山嶽之岊。」

〔七〕長梯：張協七命：「搆雲梯，陟崢嶸。」

〔八〕七澤：司馬相如子虛賦：「楚有七澤，其小者名曰雲夢，方九百里。」根株：魏明帝詩：「兔絲無根株，蔓延自登緣。」

按：此爲憲宗信仙采藥而作。新唐書：「元和十三年，詔天下求方士。李道古因皇甫鎛薦山人柳泌，言天台多靈草，上信之，以泌權知台州刺史。十四年，泌至天台，采藥歲餘，無所得而懼，舉家逃入山中。」此詩託言太華以比天台，託言蓮藕以比靈草。深入天台，故曰「不憚遠」；卒無所得，故曰「難奮緣」也。其曰「我」者，經傳指君之義例也。

讀東方朔雜事〔一〕

嚴嚴王母宮〔二〕，下維萬仙家。噫欠爲飄風〔三〕，濯手大雨沱。方朔乃豎子〔四〕，驕不加禁訶〔五〕。偷入雷電室，輷輘掉狂車〔六〕。王母聞以笑，衛官助呀呀。不知萬萬人，生身埋泥沙〔七〕。簸頓五山踣〔八〕，流漂八維蹉〔九〕。曰吾兒可憎〔一〇〕，奈此狡獪何〔一一〕？方朔聞不喜，褫身絡蛟蛇〔一二〕。瞻相北斗柄〔一三〕，兩手自相挼〔一四〕。群仙急乃言〔一五〕，百犯庸不科〔一六〕。向觀睥睨處〔一七〕，事在不可赦〔一八〕。欲不布露言，外口實諠嘩。王母不得已，顏嚬口齎嗟〔一九〕。頷頭可其奏〔二〇〕，送以紫玉珂〔二一〕。方朔不懲創，挾恩更矜誇。詆欺劉天子〔二二〕，正晝溺殿衙〔二三〕。一旦不辭訣〔二四〕，攝身凌蒼霞。

〔一〕樊云：漢武帝内傳：「帝好長生，七夕，西王母降其宮。有頃，索桃七枚，以四枚與帝，自食三枚，曰：此桃三千年一實。時東方朔從殿東廂朱鳥牖中窺母，母謂帝曰：此窺牖兒，嘗三來偷吾桃。昔爲太山上仙官令，到方丈，擅弄雷電，激波揚風，風雨失時，陰陽錯迕。致令蛟鯨陸行，海水暴竭，黄鳥宿淵，於是九潦丈人乃言於太上，遂謫人間。其後朔一旦乘雲龍飛去，不知所在。」按：「太山上仙官令」云云，今漢武内傳中竟無此語。想東方朔雜事别有其書，即班固爲朔傳贊所云「後世好事者，取奇言怪語，附著之朔」，不足多辨也。

〔二〕巖巖：方云：古巖巖通，詩「維石巖巖」。陸德明曰：「本亦作巖。」是也。王母宮：集仙録：西王母者，龜臺金母也，所居宮闕在崑崙之圃，閬風之苑，有城千重，玉樓十二。瓊華之闕，光碧之堂，九層玄室，紫翠丹房，左帶瑶池，右環碧水。

〔三〕噫欠：噫，音隘。方云：聚氣爲噫，張口爲欠。

〔四〕豎子：史記平原君傳：白起小豎子耳。

〔五〕禁訶：説文：訶，大言而怒也。

〔六〕輷輘：輷，音轟。輘，魯登切。王褒洞簫賦：「雷霆輘輷。」

〔七〕泥沙：郭璞江賦：「或汎潋於潮波，或混淪乎泥沙。」

〔八〕五山：列子湯問篇：渤海之東，其中有五山也。一曰岱輿，二曰員嶠，三曰方壺，四曰瀛洲，五曰蓬萊。

〔九〕八維：維，或作「紘」。東方朔七諫：「引八維以自道兮，含沆瀣以長生。」

〔一〇〕吾兒：漢書金日磾傳：日磾子或自後擁上項，日磾見而目之。上謂日磾：「何怒吾兒爲？」

〔一一〕狡獪：獪，古外切。神仙傳：麻姑求少許米，擲之墮地，皆成丹砂。王遠笑曰：「姑故年少，吾老矣，不喜復作如此狡獪變化也。」

〔一二〕褫身：按：褫身，猶脱身也。易訟卦：或錫之鞶帶，終朝三褫之。絡蛟蛇：蛇，唐何切。按：揚雄蜀都賦：「其深則有水豹蛟蛇。」張衡西京賦：「驚蝄蜽，憚蛟蛇。」「蛟蛇」二字連用本此。絡，謂以蛟蛇自纏絡，喻固結於權幸也。

〔一三〕相：去聲。北斗柄：星經：北斗星謂之七政，爲人君號令之主。出號施令，布政天中，臨制四方。又：三公三星在斗柄東，和陰陽，齊七政。按：「瞻相北斗柄」言其覬覦大用也。

〔一四〕兩手挼：挼，奴禾切。説文：挼，推也，从手，委聲。一曰兩手相切摩也。徐鉉曰：今俗作「挼」，非是。

〔一五〕群仙：漢武帝内傳：群仙數千，光耀庭宇。

〔一六〕不科：廣韻：科，程也，條也。諸葛亮出師表：作姦犯科。

〔一七〕睥睨：莊子山木篇：雖羿逢蒙，不能睥睨。孫云：即謂瞻相北斗也。

〔一八〕赦：音奢。

〔一九〕齎嗟：齎，音咨，或作「咨」。易萃卦：上六，齎咨①涕洟。

〔二〇〕可其奏：史記汲黯傳：避帷中可其奏。

〔二一〕紫玉珂：梁簡文帝詩：「桃花紫玉珂。」

〔二二〕詆欺：漢書東方朔傳：郭舍人恚曰：朔擅詆欺天子從官。劉天子：蜀志秦宓傳：天子姓劉，是以知之。

〔二三〕溺殿衙：溺，徒弔切。漢書東方朔傳：朔嘗醉入殿中，小遺殿上。劾不敬，有詔免爲庶人。

〔二四〕辭訣：列仙傳：陶安公騎赤龍上南山，城邑數萬人送之，皆辭訣。

按：韓醇又指此詩爲皇甫鏄諸人，亦不合。洪興祖以爲譏挾恩弄權者，其論與指皇甫鏄、程异之論較切。然亦未見爲何事何人，則於唐書殊失深考。愚見刺張宿也。舊書本傳：「宿，布衣諸生也。憲宗爲廣陵王時，即出入邸第。及在東宫，宿時入謁。監撫之際，驟承顧擢，授左拾遺，以舊恩數召對禁中。機事不密，貶郴州郴縣丞。十餘年徵入，歷贊善大夫、左補闕、比部員外郎。李逢吉言其狡譎，上欲以爲諫議大夫，逢吉奏其細人，不足污賢者位。崔群、王涯亦奏不可。上不悦，乃用權知諫議大夫，俄而内使宣授。」詩云「嚴嚴王母宮」，指宮禁也。「驕不加禁訶」，憲宗念舊恩也。「偷入雷電室」，數入禁中也。「輷輘掉狂車」，機事不密也。「群仙急乃言」六語，指李逢吉、崔群、王涯輩論奏之人。「王母不得已」四語，謂憲宗不悦諸人之奏，乃先用權知諫議大夫也。「方朔不懲創」至「正書溺殿衙」四語，即論奏所云污賢者位也。此皆一時事跡之明著者也。至於中間「瞻相北斗柄，兩手自相挼」，乃誅心之論，謂時雖未有其事，而心目中則瞻相國柄也。傳又云：「十三年正月，充淄青宣慰使，至東都，暴病卒。」故結句云「一旦不辭訣，攝身凌蒼霞」，正謂其暴死也。顧注有以結語不似諷刺，至疑通篇非譏弄權者，獨不見謝自然詩，寫其死者亦曰「須臾自輕舉，飄若風中煙」，豈亦予之之詞耶？

【校　記】

①「洺」，原作「浴」，據周易集解改。

元日酬蔡州馬十二尚書去年蔡州元日見寄之作〔一〕

元日新詩已去年，蔡州遥寄荷相憐。今朝縱有誰人領，自是三峰不敢眠〔二〕。

〔一〕□云：馬十二，總也。元和十三年元日，有詩寄公。次年元日，公以此詩酬之。按：以下諸詩元和十四年作。是年正月，貶潮州。至十月，量移袁州。

〔二〕三峰：方云：華嶽有三峰，唐人守華者，皆謂之三峰守。蓋公西歸經從之路。馬詩必有所序述，今不可得而詳也。朱子曰：今按：此詩並題皆不言經由華州所作，方説既無所據，又「三峰不敢眠」亦無文理，今當闕之，以俟知者。舊唐書馬總傳：「吴元濟誅，度留總蔡州知彰義軍留後，尋檢校工部尚書、蔡州刺史，充淮西節度使。總以申、光、蔡等州久陷賊寇，人不知法，威刑勸導，咸令率化。十三年轉許州刺史、忠武軍節度使，改華州刺史、潼關防御、鎮國軍等使。」則去年在蔡，而今年已在華矣。蔡乃宿叛之邦，代領者不知爲誰。總憂國奉公，或不敢安眠也，亦以答其相憐之意，未知是否？

左遷至藍關示姪孫湘〔一〕

一封朝奏九重天，夕貶潮州路八千〔二〕。欲爲聖明除弊事，肯將衰朽惜殘年〔三〕。雲横秦嶺家何在〔四〕？雪擁藍關馬不前。知汝遠來應有意，好收吾骨瘴江邊〔五〕。

〔一〕史記周昌傳：「吾極知其左遷。」索隱曰：韋昭以爲左猶下也，地道尊右，右貴左賤，故謂貶秩爲左遷。新唐書韓愈傳：憲宗遣使者往鳳翔迎佛骨入禁中，三日乃送佛寺。王公士人奔走膜唄，至灼體膚，委珍貝，騰沓係路。愈聞惡之，乃上表極諫。表入，帝大怒，持示宰相，將抵以死。裴度、崔群曰：愈言訐牾，罪之誠宜。然非内懷至忠，安能及此。願少寛假，以來諫爭。雖戚里諸貴亦爲愈言，乃貶潮州刺史。地理志：京兆府藍田縣有藍田關。宰相世系表：湘，老成子，登長慶三年第，大理丞。王云：湘，字北渚。

〔二〕潮州：州，一作「陽」。新唐書地理志：潮州潮陽郡，屬嶺南道。八千：按：潮州之去長安，其里道新書未言。舊書地理志今本闕文，大抵新書承之耳。

〔三〕殘年：列子湯問篇：殘年餘力。按：公是年五十二矣。

〔四〕秦嶺：班固西都賦：「睎秦嶺，睋北阜。」善曰：秦嶺，南山也。

〔五〕收骨：左傳：余收爾骨焉。

□云：青瑣高議：湘，字清夫，公姪也。落魄不羈，公勉之學，乃笑作詩，有「能開頃刻花」之句，公曰：「汝能奪造化乎？」湘遂取土覆盆，良久，曰：「花已發矣。」舉盆，乃碧花二朵，葉間有小金字，乃詩一聯云：「雲横秦嶺家何在？雪擁藍關馬不前。」公未曉詩意，湘曰：「事久可驗。」公後貶潮陽，途有一人，冒雪而來，乃湘也。湘曰：「公憶花上句乎？乃今日事也。」公詢地名，即藍關。再三嗟歎，曰「吾爲汝成此詩」云云。酉陽雜俎亦載其事，獨不載湘名。然公逸詩有徐州贈族姪云：「自言有奇術，深妙知天工。」意亦若指此事。豈湘果有出世之學耶？愚謂此等紀載，皆歐公所謂人好爲新奇可喜之論，而不知其幻妄可鄙。或以某注爲朱子門人所作，尤爲誣謅可恨。詩語有事實當考者，又皆昧昧無言。愚按：公作女挐壙銘云：「愈黜，之潮州，既行，有司以罪人家不可留京師，迫遣之。」此詩喜湘遠來，蓋其時倉卒，家室不及從，而後乃追及。公尚未知，故以將來歸骨委之於湘。蓋年已逾艾，身入瘴鄉，九死一生，不覺預計。此時事當考者也。

武關西逢配流吐蕃〔一〕

嗟爾戎人莫慘然，湖南地近保生全。我今罪重無歸望，直去長安路八千。

〔一〕史記秦始皇本紀：上自南郡，由武關歸。應劭曰：武關，秦南關，通南陽。楚世家：秦昭王遺楚昭王書曰：「寡人與楚接境壤界，願與君王會武關，面相約，結盟而去。」楚王至，則閉武關，遂與西至咸陽。新唐書地理志：商州上洛郡，貞元七年，刺史李西華自藍田至内鄉新道七百餘里，迴山取塗，人不病涉，謂之偏路，行旅便之。商洛縣東有武關，屬關内道。又吐蕃傳：吐蕃本西羌屬，蓋百有五十種，散處河、湟、江、岷閒。

路傍堠〔一〕

堆堆路傍堠，一雙復一隻〔二〕。迎我出秦關，送我入楚澤。千以高山遮，萬以遠水隔。吾君勤聽治，照與日月敵〔三〕。臣愚幸可哀，臣罪庶可釋〔四〕。何當迎送歸？緣路高歷歷。

〔一〕曹植詩：「周流二六堠，間置十二亭。」北史韋孝寬傳：先是路側一里置一土堠，經雨頽毁，每須修之。孝寬敕部内，當堠處植槐樹代之。

〔二〕堠雙隻：舊注：説文：堠，封土爲臺，以記里也。十里雙堠，五里隻堠。按：今説文無此字。

〔三〕日月：記經解：天子者，德配天地，兼利萬物；與日月並明，明照四海，而不遺微小。

〔四〕可哀、可釋：按：潮州上表云：「臣以狂妄戇愚，不識禮度，上表陳佛骨事，言涉不敬，正名定罪，萬死猶輕。陛下哀臣愚忠，恕臣狂直，謂臣言雖可罪，心亦無他，特屈刑章，以爲刺史。」蓋謝恩也。此時方之潮州，乃望恩或免也。

食曲河驛〔一〕

晨及曲河驛，悽然自傷情。群烏巢庭樹，乳雀飛檐楹。而我抱重罪，孑孑萬里程〔二〕。親戚頓乖角，圖史棄縱横。下負明義重〔三〕，上孤朝命榮。殺身諒無補，何用答生成？

〔一〕□云：驛在商、鄧之閒。公之潮州，自藍田關入商陵，將過鄧州而作。

〔二〕孑孑：詩：「孑孑干旄。」

〔三〕明義：杜甫詩：「於公負明義。」

次鄧州界〔一〕

潮陽南去倍長沙，戀闕那堪又憶家。心訝愁來惟貯火，眼知別後自添花〔二〕。商顏暮雪逢人少〔三〕，鄧鄙春泥見驛賒〔四〕。早晚王師收海嶽〔五〕，普將雷雨發萌芽〔六〕。

〔一〕新唐書地理志：鄧州南陽郡，屬山南東道。

〔二〕心火眼花：莊子外物篇：心若懸於天地之間，慰暋沈屯，利害相摩，生火甚多，衆人焚和。張華詩：「三雅來何遲，耳熱眼中花。」按：莊子「我其内熱歟」，是「心訝愁來惟貯火」也。公於貞元十八年間與崔群書，已云「目視昏花」，至此又十七年矣，宜其更添花也。

〔三〕商顏：漢書溝洫志：引洛水至商顏下。應劭曰：商顏，山名。

〔四〕鄧鄙：左傳：鄧南鄙鄾人。

〔五〕收海嶽：按：新唐書憲宗紀：「十四年正月，田弘正及李師道戰于陽穀，敗之。二月戊午，師道伏誅。」蓋望其獻俘而頒赦也。

〔六〕雷雨：易解卦：象曰：天地解而雷雨作，雷雨作而百果草木皆甲坼。解之時大矣哉！象曰：雷雨作，解，君子以赦過宥罪。

過南陽

南陽郭門外，桑下麥青青〔一〕。行子去未已，春鳩鳴不停。秦商邈既遠，湖海浩將經。孰忍生以感〔二〕？吾其寄餘齡。

〔一〕麥青青：後漢書五行志：「小麥青青大麥枯。」

〔二〕感：一作「蹙」。

題楚昭王廟〔一〕

丘墳滿目衣冠盡〔二〕，城闕連雲草樹荒〔三〕。猶有國人懷舊德〔四〕，一間茅屋祭昭王。

〔一〕史記楚世家：楚平王卒，乃立太子珍，是爲昭王。立二十七年卒。公外集記宜城驛云：此驛置在古宜城内，驛東北有井，傳是昭王井，有靈異。井東北數十步，有楚昭王廟，有舊時高木萬株，歷代莫敢翦伐。尤多古松大竹。舊廟屋極宏盛，今惟草屋一區。然問左側人，尚云每歲十月，民相率聚祭其前。廟後小城，蓋王居也。其内處偏高，廣員八九十畝，號殿城。當是王朝内之所也。元和十四年二月二十日題。新唐書地理志：襄州襄陽郡宜城，屬山南東道。

〔二〕丘墳：班昭東征賦：「蘧氏在城之東南兮，民亦尚其丘墳。」衣冠：水經注：宜城縣有大山，山下有廟。漢末多士，朱軒華蓋，同會於廟下。刺史行部見之，號爲冠蓋里。

〔三〕城闕：陸機歎逝賦：「慭城闕之丘荒。」

〔四〕舊德：易訟卦：六三，食舊德。象曰：食舊德，從上吉也。

瀧吏〔一〕

南行逾六旬，始下昌樂瀧〔二〕。險惡不可狀，船石相舂撞。往問瀧頭吏，潮州尚幾里？行當何時到？土風復何似〔三〕？瀧吏垂手笑〔四〕：官何問之愚〔五〕！譬官居京邑，何由知東吴？東吴游宦鄉，官知自有由。潮州底處所〔六〕？有罪乃竄流。儂幸無負犯〔七〕，何由到而知？官今行自到，那遽妄問爲？不虞卒見困〔八〕，汗出愧且駭。吏曰聊戲官，儂嘗使往罷。嶺南大抵同，官去道苦遼。下此三千里，有州始名潮。惡溪瘴毒聚〔九〕，雷電常洶洶〔一〇〕。鱷魚大於船〔一一〕，牙眼怖殺儂。州南數十里，有海無天地〔一二〕。颶風有時作〔一三〕，掀簸真差事〔一四〕。聖人於天下，於物無不容。比聞此州囚，亦有生還儂。官無嫌此州，固罪人所徙。官當明時來，事不待説委〔一五〕。官不自謹慎，宜即引分往。胡爲此水邊，神色久儱慌〔一六〕？瓨大瓶罌小〔一七〕，所任自有宜。官何不自量，滿溢以取斯〔一八〕。工農雖小人，事業各有守。不知官在朝，有益國家不〔一九〕？得無虱其間〔二〇〕，不武亦不文。仁義飾其躬，巧姦敗群倫。叩頭謝吏言：始慙今更羞。歷官二十餘〔二一〕，國恩並未酬。凡吏之所訶，嗟實頗有之。不即金木誅〔二二〕，敢不識恩私。潮州雖云遠，雖惡不可過。於身實已多，敢不持自賀。

〔一〕説文：瀧，雨瀧瀧貌，力公切。廣韻：瀧，吕江切，南人名湍，亦州名。又音雙，水名。按：音義皆宜从廣韻。

〔二〕昌樂瀧：昌樂，一作「樂昌」。方云：歐公嘗以劉仲章言，考歸舊本。蔣潁叔云：李君謂樂昌五里有昌山，有樂石，瀧在縣上五里。朱子曰：按歐公，縣名樂昌，瀧名昌樂也。新唐書地理志：韶州樂昌縣，屬嶺南道。水經注：溱水出桐柏山，亂流徑臨武縣西，謂之武溪。水出郴縣黄岑山，西南流，又南入曲江縣界。崖壁峻阻，巖嶺干天，交柯雲蔚，霾天晦景，謂之瀧中。懸湍迴注，崩岸震山，名之瀧水。瀧水又南出峽，謂之瀧口。

〔三〕土風：左傳：樂操土風，不忘舊也。

〔四〕垂手笑：□云：東坡詩：「瀧吏無言只笑儂。」用此也。

〔五〕官：按南史，六朝率如此稱。

〔六〕底：按：底，何也。古樂府子夜歌：「郎喚儂底爲？」又歡聞變歌：「底爲守空池？」懊儂歌：「約皙底言者?」西烏夜飛:「持底喚歡來。」唐詩家多用底事,猶云何事也。蓋俗謂何等爲甚底,而吴音急速,故轉語如此。此詩如「儂」字、「罷」字皆吴語也。

〔七〕儂:王云:吴人稱我曰儂。按:「儂」字不止稱我,如子夜歌「郎來就儂嬉」、「負儂非一事」、「許儂紅粉粧」,皆所謂我儂也。如尋陽樂「雞亭故儂去,九里新儂還」,讀曲歌「冥就他儂宿」,皆所謂渠儂也。此詩「儂幸無負犯」、「儂嘗使往罷」,皆自稱也。「亦有生還儂」,則指他人也。

〔八〕卒:音猝。

〔九〕惡溪:公祭鱷魚文:以羊一豬一,投惡溪之潭水,以與鱷魚食。

〔一〇〕洶洶:洶,音凶。屈原九章:「聽波聲之洶洶。」

〔一一〕鱷魚:博物志:南海有鰐魚,狀似鼉。斬其頭而乾之,去齒而更生,如此者三乃止。南史扶南國傳:鰐魚大者長三丈餘,狀似鼉,有四足,喙長六七尺,兩邊有齒,利如刀劍。常食魚,遇得麞鹿及人,亦啖之。蒼梧以南及外國皆有之。朱居靖秀水閑居録:鰐魚之狀,龍吻、虎爪、蟹目、鼉鱗,尾長數尺,末大如箕,芒刺成鉤,仍有膠黏。多於水濱潛伏,人畜近,以尾擊取,蓋猶象之任鼻也。

〔一二〕有海:潮州謝上表:臣所領州,在廣府極東界上,去廣府雖云纔二千里,然來往動皆經月。過海口,下惡水,濤瀧壯猛,難計程期。颶風鱷魚,患病不測。州南近界,漲海連天。毒霧瘴氛,日夕發作。

〔一三〕颶風：南越志：颶風，具四方之風也。嘗以五六月興，未至時，雞犬爲之不鳴。

〔一四〕差事：差，音詫。王云：差，怪也。

〔一五〕不待説委：按：言當明時竄逐而來，則必當其罪矣。故不待詳説而後知其委曲也。

〔一六〕儻慌：儻，他朗切。慌，胡晃切。劉向九歌：「心儻慌其不我與兮。」

〔一七〕瓬瓶甖：瓬，音岡。周禮考工記：瓬人爲簋、豆。方言：靈、桂之郊謂之瓬，其小者謂之甂，其中者謂之瓮，或謂之甖，甖其通語也。缶謂之瓿、甌，其小者謂之瓶。

〔一八〕滿溢：孝經：滿而不溢，所以長守富也。

〔一九〕不：與否同。

〔二〇〕蝨其間：蝨，一作「風」，非。方云：商君二十六篇，大抵以仁義禮樂爲蝨官，曰：「六蝨成俗，兵必大敗。」西溪叢語：韓退之瀧吏詩云：「不知官在朝，有益國家不。得無蝨其間，不武亦不文。仁義飾其躬，巧姦敗群倫。」古本「風」作「蝨」字。或引阮嗣宗「蝨處褌中」爲解，非也，按：秦公孫鞅書靳令篇云：「國以功授官予爵，則治省言寡；國以六蝨授官予爵，則治煩言生。六蝨曰禮樂，曰詩書，曰修善，曰孝悌，曰誠信，曰貞廉，曰仁義，曰非兵，曰羞戰。國有十二者，上無使農戰，必貧至削。十二者成群，此謂君之治不勝其臣，官之治不勝其民，此謂六蝨勝其政也。」（此言十二乃止九條。）杜牧之云：「彼商鞅者，能耕能戰，能行其法，基秦爲强。曰彼仁義，蝨官也，可以置之。」此昌黎之意也。按：六蝨之説，商子凡屢見，其所指不一，大約以仁義爲害政也。

詩曰「仁義飾其躬」，借瀧吏之言以自責，而亦隱以自寓云。

〔二〕二十餘：按：公行狀及本傳，自貞元十二年受董晉辟，得試秘書省校書郎，爲觀察推官，又爲張建封節度推官，試協律郎，選四門博士，拜監察御史，貶陽山令，遷江陵府法曹參軍，入朝權知國子博士，分司東都，改真博士，改都官員外郎，守東都省，授河南縣令，行尚書職方員外郎，復爲國子博士，改比部郎中，考功郎中，史館修撰、知制誥，遷中書舍人，降爲太子右庶子，以裴度請，兼御史中丞、爲行軍司馬，遷刑部侍郎，貶潮州刺史，凡歷官二十餘。而自貞元十二年至此，亦二十四年矣。

〔三〕金木：莊子列御寇篇：爲外刑者金與木也。

題臨瀧寺〔一〕

不覺離家已五千〔二〕，仍將衰病入瀧船。潮陽未到吾能説，海氣昏昏水拍天。

〔一〕□云：臨瀧，韶州縣名。唐武德四年置，貞觀八年省。

〔二〕五千：按：樂昌瀧在韶州。舊唐書地理志：嶺南道韶州至京師四千九百三十二里。□云：漢高帝紀「提三尺取天下」及韓安國傳本無「劍」字，古固有如此造語者。公言離家已五千，則知其爲里也。或以歇後誚之則非。

題秀禪師房〔一〕

橋夾水松行百步〔二〕，竹牀莞席到僧家〔三〕。暫拳一手支頭卧〔四〕，還把漁竿下釣沙。

〔一〕按：此詩無可考。李漢舊編在赴潮諸詩閒。疑或一時所作，姑附於臨瀧寺之後。或曰竹牀莞席似是夏景。且時方遷謫，何暇垂釣耶？不知南方氣暖，竹牀莞席固其常御，釣亦或偶，不足致疑。

〔二〕水松：左思吴都賦：「草則石帆水松。」南方草木狀：水松葉如檜而細長，出南海。土産衆香，而此木不大香，故彼人無佩服者。嶺北人極愛之，然其香殊勝在南方時。按：水松，左思以爲草，嵇含以爲木。大抵是兩，而要皆南方物也。亦可以見是詩爲在南之作矣。

〔三〕竹牀：按：南方多竹，可以爲牀。

〔四〕頭：一作「頤」。

過始興江口感懷〔一〕

憶作兒童隨伯氏〔二〕，南來今只一身存。目前百口還相逐〔三〕，舊事無人可共論。

〔一〕水經注：大庾嶠水，亦名東江，又曰始興水。重嶺衿瀧，湍奔相屬，西徑始興縣南，又西入曲江縣，又與利水合。水出縣之韶石北山，南注東江。東江又西，注於北江，自此有始興大江之名。□云：韶州，唐初稱始興郡，江即曲江也。大曆十二年，公兄起居舍人韓會以罪貶韶州，公隨會而遷，時年十歲。至是貶潮州，道過始興，故感懷而作。

〔二〕作兒童：水經注：其鄉中父老作兒童時，已聞其長舊傳此。

〔三〕百口：按：百口甚言其多，大抵此時家室已追及同行矣。然如鄭嫂、十二郎及乳母等，皆已前死，俯仰今昔，四十餘年，當時舊人，想無在者。而復以遷謫來經於此，其爲感愴，何可勝言也？

韓昌黎詩集編年箋注卷十一

卷十一凡四十五首，起元和十四年春，迄長慶元年冬。自別趙子以上，十四年赴潮州及量移袁州作。送侯喜以上，十五年至袁州，九月召拜國子祭酒還朝作。杏園送張徹以下，長慶元年爲祭酒轉兵部侍郎作。

將至韶州先寄張端公使君借圖經〔一〕

曲江山水聞來久〔二〕，恐不知名訪倍難。願借圖經將入界，每逢佳處便開看。

〔一〕新唐書地理志：韶州始興郡，下。武德四年析廣州之曲江、始興、樂昌、翁源置，屬嶺南道。國史補：侍御史相呼爲端公。新唐書百官志：侍御史：久次者一人知雜事，謂之雜端。殿中監察亦號臺端，次三人號副端。又：職方郎中、員外郎，掌地圖。凡圖經非州縣增廢，五年乃修，歲與版籍俱上。按：以下皆元和十四年春赴潮州作。

〔二〕曲江山水：水經注：瀧水又南徑曲江縣東。曲，山名也。瀧中有碑文曰：按地理志：曲江，舊縣也。王莽以爲始興郡治。水出始興東江，西與連水合。水在南康縣涼熱山，連溪山，即大庾嶺也，五嶺之最東矣。又西徑始興縣南，又西入曲江縣，邸水注之。水出浮嶽山，山躡一處，則百餘步動，若在水也。南流注於東江，又西與利水合。水出縣之韶石下。

晚次宣溪辱韶州張端公使君惠書叙別酬以絶句二章〔一〕

韶州南去接宣溪，雲水蒼茫日向西。客淚數行元自落，鷓鴣休傍耳邊啼。

兼金那足比清文，百歲相隨愧使君。俱是嶺南巡管內，莫欺荒僻斷知聞〔二〕。

〔一〕蔣云：宣溪在今韶州府城南八十里，源出螺坑。

〔二〕知聞：王羲之省弟帖：力數字令弟知聞耳。

宿曾江口示姪孫湘二首〔一〕

雲昏水奔流，天水漭相圍。三江滅無口〔二〕，其誰識涯圻？暮宿投民村，高處水半扉。犬雞俱上屋，不復走與飛。篙舟入其家〔三〕，暝聞屋中唏〔四〕。問知歲常然，哀此爲生微。海風吹寒晴，波揚衆星輝。仰視北斗高〔五〕，不知路所歸。

舟行忘故道〔六〕，屈曲高林間。林間無所有，奔流但潺潺。嗟我亦拙謀，致身落南蠻。茫然失所詣，無路何能還？

〔一〕按：廣州府志：「增江，源於陳峒山，歷龍門，自北而東，繞增城縣而南，百花林水自西合之。經豸嶺南流，泝波羅水入於南海。」即此曾江也。古「曾」字不用土旁。

〔二〕三江：王云：謂曾江有三江合流，今混爲一，不見江口。按：廣州府志：「湞水下清遠峽是謂北江，岐而爲二，一趨小塘，經西樵，一趨三江，經靈洲，並注於南溟。趨三江者下流諸江曰金利，曰白石，曰白鵝潭。至於珠江，又淮水南合翁水，達於三江。又三水縣以三江合流得名」。此非禹貢三江，其名不著，故新、舊唐書地理志皆不載。

〔三〕篙舟：方言：所以刺船謂之篙。

〔四〕唏：淮南說山訓：紂爲象箸，而箕子唏。方言：哀而不泣曰唏，楚言哀曰唏。

〔五〕衆星、北斗：按：此即屈原九章「曾不知路之曲直兮，南指月與列星」之意。又淮南齊俗訓：乘舟而惑者，不知東西，見斗極則寤矣。詩更從此翻出。按：三江凡三，禹貢最著矣。吳地記：松江東北行七十里，得三江口，東北入海爲婁江，東南入海爲東江，並松江爲三江，此又廣州三江也。

〔六〕故道：曹植詩：「欲歸忘故道，顧望但懷愁。」

贈別元十八協律六首〔一〕

知識久去眼〔二〕，吾行其既遠。瞢瞢莫訾省〔三〕，默默但寢飯。子兮何爲者〔四〕，冠佩立憲憲〔五〕？何氏之從學，蘭蕙已滿畹？於何玩其光，以至歲向晚？惟治尚和同〔六〕，無俟於謇謇〔七〕。或師絶學賢，不以藝自輓〔八〕。子兮獨如何，能自媚婉娩？金石出聲音〔九〕，宮室發關楗〔一〇〕。何人識章甫〔一一〕，而知駿蹄踠〔一二〕？惜乎吾無居，不得留息偃。臨當背面時〔一三〕，裁詩示繾綣。

英英桂林伯〔一四〕，實維文武特。遠勞從事賢，來弔逐臣色。南裔多山海，道里屢紆直。風波無程期，所憂動不測。子行誠艱難，我去未窮極。臨別且何言？有淚不可拭。

吾友柳子厚，其人藝且賢。吾未識子時，已覽贈子篇〔一五〕。寤寐想風采〔一六〕，於今已三年。不意流竄路，旬日同食眠。所聞昔已多〔一七〕，所得今過前。如何又須別，使我抱悁悁〔一八〕？

勢要情所重，排斥則埃塵。骨肉未免然，又況四海人。嶷嶷桂林伯，矯矯義勇身〔一九〕。生平所未識，待我逾交親。遺我數幅書，繼以藥物珍〔二〇〕。藥物防瘴癘，書勸養形神。不知四罪地〔二一〕，豈有再起辰？ 窮途致感激〔二二〕，肝膽還輪囷。
讀書患不多，思義患不明。 患足已不學〔二三〕，既學患不行。 子今四美具〔二四〕，實大華亦榮。
王官不可闕〔二五〕，未宜後諸生〔二六〕。 嗟我擯南海，無由助飛鳴〔二七〕。
寄書龍城守〔二八〕，君驥何時秣？ 峽山逢颶風〔二九〕，雷電助撞捽〔三〇〕。 乘潮簸扶胥〔三一〕，近岸指
一髮。 兩巖雖云牢，木石互飛發〔三二〕。 屯門雖云高〔三三〕，亦映波浪没。 余罪不足惜，子生未
宜忽。 胡爲不忍別？ 感謝情至骨。

〔一〕樊云：元十八集虛，見樂天集游大林寺序。

〔二〕知識：南史虞悰傳：悰性敦實，與之知識，必相存訪。

〔三〕瞢瞢：瞢，莫登切。 玉篇：目不明。 莫訾省：史記膠西王傳：遂爲無訾省。 蘇林曰：謂無所省録也。 朱子曰：禮記：「不訾重器，毋訾金玉成器。」注皆云「思」也。 蓋以訾爲思慮計度之意云。

〔四〕子兮：詩：「子兮子兮。」

〔五〕憲憲：方云：詩：「顯顯令德。」禮記作「憲憲」，校本多讀「憲」爲「顯」。 詩又云：「無然顯顯。」傳曰：猶欣欣也。

〔六〕和同：老子：和其光，同其塵。

〔七〕謇謇：音蹇。 屈原離騷：「余固知謇謇之爲患兮，忍而不能舍也。」

〔八〕輓：音挽。左傳：夫二子者，或輓之，或推之。
〔九〕金石：莊子讓王篇：曾子居衛，緼袍無裹，曳縱而歌商頌，聲滿天地，若出金石。
〔一〇〕關楗：老子：善閉無關楗而不可開。
〔一一〕章甫：記儒行：長居宋，冠章甫之冠。
〔一二〕駿蹄跎：班固東都賦：「馬踠餘足。」善曰：踠，屈也。
〔一三〕背面：□云：公祭張員外文亦曰：解手背面，遂十一年。
〔一四〕桂林伯：樊云：裴行立也。新唐書裴行立傳：行立，裴守真曾孫。重然諾，學兵有法，以軍勞累授安南經略使，威聲風行，徙桂管觀察使。
〔一五〕贈子篇：□云：子厚集有送元十八南游序，公嘗有書與子厚，謂「見送元生序」，「已覽贈子篇」，蓋謂是也。
〔一六〕風采：漢書霍光傳：天下想聞其風采。
〔一七〕所聞：吴志朱異傳：異，字季文。孫權與論議，辭對稱意，謂異從父朱據曰：本知季文憎，定見之，復過所聞。
〔一八〕悁悁：詩：「中心悁悁。」
〔一九〕蹻蹻：詩：「蹻蹻虎臣。」
〔二〇〕藥物：左傳：盡心力以事君，舍藥物可也。

〔二一〕四罪：書：四罪而天下咸服。

〔二二〕窮途：魏氏春秋：阮籍時率意独駕，不由徑路，車跡所窮，輒慟哭而返。

〔二三〕足已：賈誼過秦論：秦王足已不問。

〔二四〕四美：按：劉琨答盧諶詩：「音以賞奏，味以殊珍。文以明言，言以暢神。之子之往，四美不臻。」王勃滕王閣序「四美具，二難並」乃用劉詩。此但承本詩起四句。

〔二五〕王官：晉書鄧攸傳：攸祖父殷，有賜官，敕攸受之。後太守勸攸去王官，欲舉爲孝廉，攸曰：「先人所賜，不可改也。」

〔二六〕諸生：史記孔子世家贊：諸生以時習禮其家。

〔二七〕飛鳴：史記滑稽傳：此鳥不飛則已，一飛沖天。不鳴則已，一鳴驚人。按：禮記雜記云：「君子有三患，未之聞，患弗得聞也；既聞之，患弗得學也；既學之，患弗能行也。」此詩本此。

〔二八〕龍城守：新唐書地理志：柳州龍城郡，本崑州。貞觀八年，以地當柳星更名。屬嶺南道。□云：柳子厚时守柳州。

〔二九〕峽山：蔣云：一名中宿峽，在今廣東廣州清遠縣，崇山峻立，中貫江流。水經注：「溱水又西南曰湞陽峽，兩岸傑秀，壁立虧天。出峽，左則湞水注之。溱水又西南徑中宿縣，連山交枕，絶岸壁竦，應即其處也。溱水蓋瀧水、曲江之總名。」自湞水東南，歷貞女峽，即至陽山縣之路也。自中宿縣而南，則至潮之路也。

〔三〇〕撞捽：撞，咋没切。捽，宅江切。王云：撞捽，相擊也。

〔三一〕扶胥：公集南海神廟碑：廟在今廣州治之東南，海道八十里，扶胥之口，黄水之灣。

〔三二〕丂：玉篇：丂，俗亙字。

〔三三〕屯門：王云：地名。蔣云：山名。按：新唐書地理志：廣州中都督府有屯門鎮兵。

初南食貽元十八協律〔一〕

鱟實如惠文〔二〕，骨眼相負行〔三〕。蠔相黏爲山〔四〕，百十各自生。蒲魚尾如蛇〔五〕，口眼不相營〔六〕。蛤即是蝦蟆〔七〕，同實浪異名。章舉馬甲柱〔八〕，鬭以怪自呈。其餘數十種，莫不可歎驚。我來御魑魅〔九〕，自宜味南烹。調以鹹與酸，芼以椒與橙〔一〇〕。腥臊始發越〔一一〕，咀吞面汗騂〔一二〕。惟蛇舊所識〔一三〕，實憚口眼獰。開籠聽其去，鬱屈尚不平。賣爾非我罪，不屠豈非情。不祈靈珠報〔一四〕，幸無嫌怨並。聊歌以記之，又以告同行。

〔一〕□云：元和十四年抵潮州後作。

〔二〕鱟：胡遘切。左思吴都賦：「乘鱟黿鼉，同漁①共羅。」劉淵林注：鱟形如惠文冠，青黑色，十二足，似蟹。足悉在腹下，長五六寸，雌常負雄行。罛者取之，必得其雙，故曰乘鱟。南海、朱崖、合浦諸郡皆有之。玉篇：山海經：鱟形如車，子如麻子，南人爲醬。按：「鱟形如車」僅見玉篇，今山海經無此語。宜作「惠文」爲是。惠：一作「車」。

〔三〕骨：疑當作「背」。

〔四〕蠔：音豪。後山詩話：退之南食詩「鱟實如惠文」，惠文，秦冠也。「蠔相黏爲山」，蠔，牡蠣也。方云：字書無「蠔」字。董彦遠云：五代潘崇徹敗王逵兵於蠔石，亦地名，不應不見字書，蓋闕誤。

〔五〕蒲魚：王云：或曰即鯆魚也，今廣州曰蒲魚。

〔六〕䲞：方作「鰲」。

〔七〕蛤：卞彬蝦蟆賦：「紆青拖紫，名爲蛤魚。」本草圖經：蝦蟆有一種，大而黄色，多在山石中藏蟄，能吞氣，飲風露，不食雜蟲，謂之山蛤。

〔八〕章舉：王云：章舉有八腳，身上有肉如臼，亦曰章魚。嶺表録異：章舉形如烏賊，以薑醋食。馬甲柱：趙德麟侯鯖録名云：「玉珧柱，厥甲美如珧玉，肉柱膚寸曰江珧柱。」郭景純江賦云：「玉珧海月，土肉石華。」退之謂馬甲柱是此也。

〔九〕御魑魅：左傳：投諸四裔，以御魑魅。

〔一〇〕椒橙：詩：「有椒有馨。」張協七命：「燀以秋橙，酤以春梅。」

〔一一〕腥臊：周禮天官内饔：辨腥臊羶香之不可食也。

〔一二〕面汗騂：按：世説：「何平叔面至白，魏明帝疑其傅粉。正夏月，與熱湯餅試之。既啖，大汗出，而面更白。」此言騂則面赤也。

〔一三〕蛇：淮南精神訓：越人得髯蛇以爲上肴，中國得而棄之無用。

〔一四〕靈珠報：水經注：隨侯出而見大蛇中斷，因舉而藥之，故謂之斷蛇丘。後蛇銜明珠報德，世謂之隨侯珠，亦曰靈蛇珠。

【校記】

①「漁」，文選作「罛」。

答柳柳州食蝦蟆〔一〕

蝦蟆雖水居〔二〕，水特變形貌〔三〕。强號爲蛙蛤，於實無所校。雖然兩股長〔四〕，其奈脊皴皰〔五〕。跳躑雖云高〔六〕，意不離濘淖〔七〕。鳴聲相呼和〔八〕，無理祇取鬧。周公所不堪，灑灰垂典教〔九〕。我棄愁海濱，恒願眠不覺〔一〇〕。叵堪朋類多〔一一〕，沸耳作驚爆〔一二〕。端能敗笙磬，仍工亂學校〔一三〕。雖蒙句踐禮〔一四〕，竟不聞報效。大戰元鼎年〔一五〕，孰强孰敗橈〔一六〕？居然當鼎味〔一七〕，豈不辱釣罩〔一八〕？余初不下喉〔一九〕，近亦能稍稍〔二〇〕。常懼染蠻夷，失平生好樂〔二一〕。而君復何爲？甘食比豢豹〔二二〕。獵較務同俗，全身斯爲孝〔二三〕。哀哉思慮深，未見許回櫂。

〔一〕新唐書柳宗元傳：元和十年，徙柳州刺史。南方爲進士者，走數千里從宗元游，世號柳柳州。十四年卒。漢書東方朔傳：水多䵷魚。師古曰：䵷似蝦蟆而小，長腳，蓋人亦取食之。

〔二〕水居：左思吳都賦：「極沈水居。」

〔三〕水特：「水」或作「未」。方崧卿作「水」，言於水族之中，特異其形貌也。朱子曰：此字此說皆不成文理，闕之可也。按：方說較通，今從之。

〔四〕兩股長：埤雅釋魚：一種似蝦蟆而長踦，瞋目如怒，謂之鼃。

〔五〕皴皰：皴，七倫切。皰，旁教切。淮南說林訓：潰小皰而發痤疽。注：皰，面氣也。

〔六〕跳躑：埤雅：蟾蜍皮上多痱磊，跳行舒遲。蝦蟆背有黑點，身小，能跳接百蟲，善鳴。

〔七〕濘淖：濘，音佞。淖，音鬧。左傳：晉戎馬還，濘而止。注：濘，泥也。又：有淖于前。注：淖，泥也。

〔八〕和：去聲。

〔九〕灑灰：周禮秋官蟈氏：掌去鼃黽，焚牡蘜，以灰灑之則死。以其烟被之，則水蟲無聲。

〔一〇〕眼不覺：覺，音教。詩：「尚寐無覺。」

〔一一〕叵堪：叵，普火切。謝靈運詩：「懷故頗新歡。」廣韻：叵，不可也。

〔一二〕爆：音豹。説文：灼也。
〔一三〕敗笙磬、亂學校：按：此二語，一謂亂樂音，一謂敗書聲，仍承上文「無理」、「取鬧」、「沸耳作驚」而申言之，無所爲事實。
〔一四〕句踐禮：韓子内儲説：越王伐吴，欲人之輕死，出見怒鼃，乃爲之軾。從者曰：「奚敬於此？」王曰：「爲其有氣故也。」是歲，人有以其頭獻者。
〔一五〕元鼎年：漢書五行志：武帝元鼎五年秋，蛙與蝦蟆群鬬。
〔一六〕敗橈：橈，奴教切。左傳：畏君之震，師徒橈敗。
〔一七〕鼎味：南史虞悰傳：悰獻糒及雜肴數十輿，太官鼎味不及也。
〔一八〕釣罩：詩：「烝然罩罩。」
〔一九〕不下喉：淮南説林訓：嚼而無味者，弗能納於喉。
〔二〇〕稍稍：史記張儀傳：稍稍近就之。
〔二一〕樂：去聲。
〔二二〕豢豹：枚乘七發：「山梁之餐，豢豹之胎。」
〔二三〕全身：記祭義：父母全而生之，子全而歸之，可謂孝矣。不虧其體，不辱其身，可謂全矣。
按：柳州原唱，今不載集中，他亦無寄韓者。柳詩無體不工，無篇不妙，惜乎其少！大抵逸者多矣。

病鵶〔一〕

屋東惡水溝〔二〕，有鵶墮鳴悲〔三〕。青泥揜兩翅，拍拍不得離〔四〕。群童叫相召，瓦礫爭先之〔五〕。計較生平事〔六〕，殺卻理亦宜。奪攘不愧恥，飽滿盤天嬉。晴日占光景，高風送追隨。遂凌紫鳳群，肯顧鴻鵠卑〔七〕？今者運命窮，遭逢巧丸兒。中汝要害處〔八〕，汝能不得施。於吾乃何有？不忍乘其危。丐汝將死命〔九〕，浴以清水池。朝餐輟魚肉，暝宿防狐狸。自知無以致，蒙德久猶疑。飽入深竹叢，飢來傍階基。亮無責報心，固以聽所爲。昨日有氣力〔一〇〕，飛跳弄藩籬〔一一〕。今晨忽徑去，曾不報我知。僥倖非汝福，天衢汝休窺〔一二〕。京城事彈射，豎子不易欺。勿諱泥坑辱，泥坑乃良規。

〔一〕□云：説文：「鵶，鳶也。鳥之貪惡者，其性好攫而善飛。」公意蓋有所譏也。按：此詩所指蓋亦非無名位者。大抵始遭困辱，公實拯之，而其後負恩不顧也。然是在京師作，不得其事，遂不得其時。以詩類從，附編於此。

〔二〕惡水：左傳：韓獻子曰：郇瑕氏土薄水淺，其惡易覯，不如新田，土厚水深，有汾澮以流其惡。

〔三〕鳴悲：楚國策：更嬴引弓，虛發而下鳥。魏王曰：「然則射可至此乎？」更嬴曰：「此孽也，其飛徐而鳴悲。飛徐者，故瘡痛也。鳴悲者，久失群也。」

〔四〕拍拍：王曰：拍拍，欲飛貌。

〔五〕瓦礫：穀梁傳：長狄兄弟三人，佚蕩中國，瓦石不能害。

〔六〕計校：梁簡文帝詩：「計校應非嫌。」

〔七〕紫鳳鴻鵠：師曠禽經：紫鳳謂之鷟。漢高帝鴻鵠歌：「鴻鵠高飛，一舉千里。」朱子曰：紫鴻是假對。

〔八〕中要害：後漢書來歙傳：歙自書表曰：「臣夜人定後，爲何人所賊傷，中臣要害。」

〔九〕丐死命：後漢書寇榮傳：「願陛下丐兄弟死命。」

〔一〇〕有氣力：史記酷吏傳：郅都爲人勇，有氣力。

〔一一〕藩籬：宋玉對楚王問：夫藩籬之鷃，豈能與之料天地之高哉！

〔一二〕天衢：易大畜卦：上九：何天之衢，亨。

按：顧嗣立曰：「此詩每虚頓一二語，用深一步法。如『計校生平事，殺卻理亦宜』、『亮無責報心，固以聽所爲』是也。通首是此，分明爲負心人寫照，與老杜義鶻行正是相反。」此説固是，然亦正用豳風鴟鴞事。雖大小不同，取喻惡鳥則一也。

量移袁州張韶州端公以詩相賀因酬之〔一〕

明時遠逐事何如，遇赦移官罪未除。北望詎令隨塞鴈，南遷纔免葬江魚〔二〕。將經貴郡煩留客，先惠高文謝起予〔三〕。暫欲繫船韶石下〔四〕，上賓虞舜整冠裾〔五〕。

〔一〕端公：一無「端公」字。因：一無「因」字。一作「量移袁州酬張韶州先寄詩賀」，或作「量移袁州張韶州先詩見賀因酬之」。方云：題語凡四易，各有義也。新唐書地理志：袁州宜春郡，屬江南道。按：舊唐書憲宗紀：「十四年冬十月丙寅，以潮州刺史韓愈爲袁州刺史。」此詩在聞命之後，未至韶州之前，洪譜竟編十五年，非也。

〔二〕葬江魚：屈原漁父篇：「寧赴湘流，葬於江魚之腹中。」

〔三〕高文：江淹詩：「高文一何綺。」

〔四〕韶石：水經注：利水出曲江縣之韶石下，其高百仞，廣圓五里。兩石對峙，相去一里，大小略均，似雙闕，名曰韶石。袁州郡志：韶石，舜嘗登此奏樂，今有廟在焉。

〔五〕上賓：逸周書太子晉解：王子曰：「吾後三年，上賓於帝所。」孔晁注：言爲賓於天帝之所，鬼神之側。

琴操十首 并序〔一〕

〔一〕風俗通：雅琴者，樂之統也。君子閑居，則爲從容以致思焉。其道行和樂而作者，命其曲曰暢。暢者，言其道之美暢，猶不敢自安，不驕不溢，好禮義以暢其意也。其遇閉塞幽愁而作者，命其曲曰操。操者，言遇灾遭害，困阨窮迫，雖怨恨失意，猶守禮義，不懼不懾，樂道而不失其操者也。韓云：按琴操凡十有二，公取其十，如下所作是也。惟水仙、懷陵操乃伯牙所作，公削之。爲之詞者十事，各注於下。朱子曰：歐本云：「此效蔡邕作十操，事蹟皆出蔡邕琴操云。」按：琴操十章，未定爲何年所作。但其言皆有所感發，如「臣罪當誅」二語，與潮州謝上表所云「正名定罪，萬死猶輕」之意正同，蓋入潮以後憂深思遠，借古聖賢以自寫其性情也。若水仙、懷陵二操，於義無取，則不復作矣。

將歸操

孔子之趙聞殺鳴犢作。〔一〕

狄之水兮〔二〕，其色幽幽；我將濟兮，不得其由。涉其淺兮，石齧我足；乘其深兮，龍入我舟〔三〕。我濟而悔兮，將安歸尤？歸兮歸兮！無與石鬬兮〔四〕，無應龍求。

〔一〕史記孔子世家：孔子既不用於衛，將西見趙簡子。至於河而聞竇鳴犢、舜華之死也，臨河而歎曰：「美哉水，洋洋乎！丘之不濟，此命也夫！」乃還息乎陬鄉，作爲陬操以哀之。孔叢子記問篇：趙使聘夫子，夫子聞鳴犢與竇犨之見殺也，回輿而旋衛息鄹，遂爲操曰：「周道衰微，禮樂陵遲。文武既墜，吾將焉歸？周游天下，靡邦可依。鳳鳥不識，珍寶梟鴟。眷然顧之，慘然心悲。巾車命駕，將適唐都。黃河洋洋，攸攸之魚。臨津不濟，還轅息鄹。傷于道窮，哀彼無辜。翺翔于衛，復我舊廬。從吾所好，其樂只且！」

〔二〕狄水：朱子曰：按水經：河水至東阿、茌平等縣東北流四瀆津。注云：津西有四瀆祠，東對四瀆口。河水東分，濟水受河，蓋滎口水斷不通，始自是出與清水合沛入淮，自淮達江，水徑周通，故有四瀆之名。昔趙殺鳴犢，孔子臨河而歎，琴操以爲孔子臨狄水而歌，云：「狄水衍兮風揚波，船楫顛倒更相加。」余按：臨濟故狄也。是濟所徑，得其通稱。又云：濟水徑臨濟縣南。詳此，則濟水自滎澤之下，潛流至此四瀆津口，而後復出。河又東分一支，與之合流，以過臨濟而爲狄水，故孔子臨河不濟而歌詠。狄水即此東分之河復出之濟也。然此皆齊地，今在鄆濟之間。史記以爲孔子自衛將西見趙簡子，則其道不當出此，此又不可曉者。今姑闕之，以俟深於地理者正焉。

〔三〕龍入舟：淮南精神訓：禹南省方，濟於江，黃龍負舟。舟中之人，五色無主。禹熙笑而稱曰：我受命於天，竭力而勞萬民。生，寄也。死，歸也。何足以滑和？視龍猶蝘蜓，顔色不變，龍乃弭耳掉尾而逃。

〔四〕石齧足：莊子人間世篇：「吾行卻曲，無傷吾足。」按：「涉淺」、「乘深」四句，從屈原九章「令薜荔而爲理兮，憚舉趾而緣木。因芙蓉而爲媒兮，憚褰裳而濡足。登高吾不説兮，入下吾不能」化出。「無與石鬬」、「無應龍求」即「危邦不入，亂邦不居」之義也。

猗蘭操〔一〕

孔子傷不逢時作。〔二〕

蘭之猗猗〔三〕，揚揚其香。不採而佩〔四〕，於蘭何傷？今天之旋，其曷爲然？我行四方，以日以年。雪霜貿貿〔五〕，薺麥之茂〔六〕。子如不傷，我不爾覲。薺麥之茂，薺麥之有。君子之傷，君子之守。

〔一〕古樂府一作幽蘭操。

〔二〕琴操：孔子歷聘諸侯，諸侯莫能任。自衞及魯，隱谷之中，見香蘭獨茂，喟然歎曰：「夫蘭當爲王者香，今乃獨茂，與衆草爲伍。」乃止車，援琴鼓之，自傷不逢時。託詞于香蘭云：「習習谷風，以陰以雨。之子于歸，遠送于野。何彼蒼天，不得其所。逍遥九州，無有定處。世人闇蔽，不知賢者。年紀逝邁，一身將老。」

〔三〕猗猗：班固西都賦：「蘭茝發色，曄曄猗猗。」

〔四〕採佩：屈原離騷：「紉秋蘭以爲佩。」

〔五〕貿貿：記：「貿貿然來。」

〔六〕薺麥：淮南墜形訓：麥秋生，薺冬生。庾信謝周明帝啟：薺麥將枯，山靈爲之出雨。

按：此作在諸操中最爲奥折，舊注多未得其解。孫汝聽云：「言我如薺麥之茂，當霜雪之時，不改其操。子如見傷而用我可也，子如不傷，我亦無自貶以見子之義。」又云：「茂而能傲霜雪，薺麥之固有。」韓醇云：「君子居可傷之時，不易其守，亦猶薺麥之有也。」此兩説以薺麥自比，而竟抛荒猗蘭，不知題義何居？劉履云：「篇中三『傷』字正與題下『傷不逢時』相應。亦爲踳駁。」唯瞽者唐汝詢云：「蘭之含芳，喻己之抱道。不採而佩，未見用也。芬芳自有，于己何傷。且當法天之健，周流四方，以行吾道，不自掩其芳也。及涉霜雪而睹薺麥之茂，則世亂益甚，在位皆匪人，蘭于此能無傷乎？假令不傷而與薺麥等，則我無用見汝矣。彼薺麥之茂，薺麥所自有之性。蘭爲君子所傷，謂其有君子之守也。薺麥感陰而生，故以爲匪人之喻。蘭芳以時，不群衆草，故取爲有守之比。然始云何傷，末竟不能無傷者，遯世固可以無悶，對麟不能不掩涕耳。」此説于義爲近，然猶未盡善也。竊推之，蘭有國香，固宜服佩，然無人自芳，要亦何損？特天之生蘭，不宜如是置之耳。今天道不可知，而我亦終老于行，唯見邦無道富且貴焉者累累若若，于此而不傷，則亦無以見蘭爲矣！雖然，彼薺麥固無足怪也，所謂適時各得所也。若夫君子之傷，則謂生不逢時，處非其地，爲世道慨歎耳。要其固窮之守，豈與易哉？薺麥即指衆草。「今天之旋」四句，即舊操「何彼蒼天」四句之意。「子如不傷」，子字即指蘭，如「籜兮籜兮，風其吹汝」之汝也。諸家之説，蓋未向舊操推求耳。

龜山操

孔子以季桓子受齊女樂，諫不從，望龜山而作。〔一〕

龜之氛兮〔二〕，不能雲雨〔三〕。龜之枿兮〔四〕，不中梁柱〔五〕。龜之大兮，祇以奄魯〔六〕。知將隳兮〔七〕，哀莫余伍。周公有鬼兮，嗟余歸輔。

〔一〕王云：龜山，魯地，在泰山博縣。琴操：季桓子受齊女樂，孔子欲諫不得，退而望魯龜山，作此曲以喻季氏，若龜山之蔽魯也。詞曰：「予欲望魯兮，龜山蔽之。手無斧柯，奈龜山何？」

〔二〕氛：説文：氛，祥氣也。

〔三〕雲雨：記祭法：山林川谷丘陵，能出雲爲風雨見怪物，皆曰神。□云：春秋元命苞云：山者，氣之包含，所含精藏雲，故觸石布山。言龜山不能然也。

〔四〕枿：漢書叙傳：三枿之起，本根既朽。

〔五〕不中：□云：「中」作去聲讀。按：當作平聲，漢書王尊傳：「其不中用，趨自退避。」魏志焦先傳：「不中爲卿作君。」洛陽伽藍記：「惟茗飲不中與酪作奴。」今世俗猶有「不中用」之語，其義則去聲，其音則平聲也。公所爲毛穎傳云：「吾嘗謂君中書，今君不中書耶？」此其作平聲讀顯顯甚明者。於彼既然，不應此作去聲也。亦有宜當去聲者，如禮記王制云：「用器不中度，兵車不中度，布帛精粗不中數，幅廣狹不中量，木不中伐，禽獸魚鱉不中殺，不粥於市。」皆去聲讀。梁柱：世説：陸玩拜司空，有人詣之，索美酒，得便自起，瀉著梁柱閒地，祝曰：「當今乏才，以爾爲柱石之用，莫傾人棟梁。」玩笑曰：「戢卿良箴。」

〔六〕奄魯：魯頌：「奄有龜蒙。」

〔七〕將隳：隳，許規切。左傳：仲由將墮三都。孫云：言魯將隳壞，哀而憐之者莫余若也。

越裳操〔一〕

周公作。〔二〕

雨之施，物以孳〔三〕，我何意於彼爲？自周之先，其艱其勤〔四〕。以有疆宇〔五〕，私我後人。我祖在上，四方在下〔六〕。厥臨孔威，敢戲以侮。孰荒于門，孰治于田〔七〕？四海既均，越裳是臣。

〔一〕裳：琴操作「嘗」。

〔二〕韓詩外傳：周成王之時，有三苗貫桑而生，同爲一秀。周公曰：「意者天下殆同一也。」比期三年，果有越裳氏重九譯而至，獻白雉於周公曰：「吾受命國之黄髮，曰：『久矣，天之不迅風疾雨也，海不波溢也，三年於茲矣。意者中國殆有聖人，盍往朝之。』於是來也。」琴操：周公輔成王，成文王之王道。越裳獻白雉，周公乃援琴而歌。遂受之，獻於文王之廟，詞曰：「於戲嗟嗟，非旦之力也，乃文王之德。」

〔三〕雨施：易乾卦：雲行雨施，品物流形。物孳：説文：孳，汲汲生也。

〔四〕其勤：書武成：大王肇基王迹，王季其勤王家。

〔五〕疆宇：班固東都賦：「茂育群生，恢復疆宇。」

〔六〕在上、在下：詩大雅：「明明在下，赫赫在上。」

〔七〕荒門、治田：孫云：言豈有「荒於門」而能「治於田」者乎？故必「四海既均」，而後「越裳是臣」也。唐汝詢曰：我祖在天，四方皆其覆冒。厥臨甚威，罔敢戲慢。孰爲荒游，孰爲力作？我祖實鑒臨之。今世治而越裳是來臣服，皆我祖之靈也。按：如孫説，則不應用二「孰」字。如唐説，則「荒於門」句似無所指。此詩歸美先王，則「荒」字當訓爲治。「天作高山，太王荒之」、「乃立皋門，乃立應門」，爲後世治朝懸法之所。是「荒於門」者，太王之所以基王業也。后稷始播百穀，「文王卑服，即康功田功」，是治於田者，周家之所以開國也。今孰爲「荒於門」，孰爲「治於田」，致「四海既均」而「越裳是臣」乎？即「無念爾祖，聿修厥德」之意也。

拘幽操

文王羑里作。〔一〕

目窈窈兮，其凝其盲；耳肅肅兮〔二〕，聽不聞聲。朝不日出兮，夜不見月與星〔三〕。有知無知兮，爲死爲生。嗚呼！臣罪當誅兮，天王聖明〔四〕。

〔一〕羑：音酉。史記周本紀：崇侯虎譖西伯於紂，曰：「西伯積仁累德，諸侯皆嚮之，將不利於帝。」紂乃囚西伯於羑里。閎夭之徒患之，乃求美女、文馬、他奇怪物而獻之紂，紂乃赦西伯。古今樂録：拘幽操，紂拘文王於羑里而作也。其詞曰：「殷道溷溷，浸濁煩兮。朱紫相合，不別分兮。迷亂聲色，信讒言兮。炎炎之虐，使我愆兮。幽閉牢阱，由其言兮。遘我四人，憂勤勤兮。」漢書地理志：河内郡蕩陰有羑里城，西伯所拘也。兩山墨談：此操見通鑑外紀，怨誹淺激，非文王語也。按：琴操舊辭，俱非古聖賢所作，而此篇尤爲淺陋。

〔二〕肅肅：古樂府有所思：「秋風肅肅晨風颸。」

〔三〕日月星：按：此較宋玉「去白日之昭昭兮，襲長夜之悠悠」，古茂過之。

〔四〕天王：按：「天王」字本春秋。蔡邕獨斷：「天王，諸夏之所稱，天下之所歸往，故稱天王。」此二語深道得聖人心事。今不知者竟以爲文王語矣。

程伊川曰：退之作琴操，有曰「臣罪當誅兮，天王聖明」，道文王意中事，前後之人道不到此。徐仲車言：退之拘幽操謂文王因羑里作，乃云「臣罪當誅兮，天王聖明」，可謂知文王之用心矣。凱風七子之母，猶不能安其室，而云「母氏聖善，我無令人」，重自責也。

按：劉會孟評此詩，謂其極形容之苦，不可謂非怒者。然小雅怨誹而不亂，亦人情也。況此詩唯歸咎於己，怨且無之，又何怒焉？

岐山操

周公爲大王作。〔一〕

我家于豳〔二〕，自我先公。伊我承序〔三〕，敢有不同？今狄之人，將土我疆。民爲我戰，誰使死傷？彼岐有岨〔四〕，我往獨處。爾莫余追，無思我悲。

〔一〕琴操：大王居邠，狄人攻之。策杖而去之，邑乎岐山，喟然歎息，援琴而歌之，其詞曰：「狄戎侵兮土地遷，移邦邑兮適於岐山。烝民不憂兮誰者知？嗟嗟奈何兮予命遭斯？」

〔二〕家于豳：詩：「篤公劉，于豳斯館。」括地志云：豳州新平縣，即漢漆沮縣。詩豳國，公劉所邑之地也。

〔三〕承序：序，一作「緒」。方云：商書：丕承基緒。朱子曰：序謂傳授次第，漢書多云「朕承天序」是也。緒猶言統系，二字義雖不同，然用之於此，似亦兩通。

〔四〕岐有岨：岨，與阻同。方云：「岨」與「阻」同。楚詞、漢書多用「岨」字。今以平聲讀之，非也。按：詩天作：「彼徂矣岐。」朱子訓爲險僻之意，與古注不同，是本於此。

履霜操

尹吉甫子伯奇無罪，爲後母譖而見逐，自傷作。〔一〕

父兮兒寒，母兮兒飢。兒罪當笞〔二〕，逐兒何爲？兒在中野〔三〕，以宿以處。四無人聲，誰與兒語？兒寒何衣，兒飢何食？兒行于野，履霜以足〔四〕。母生衆兒，有母憐之。獨無母憐〔五〕，兒寧不悲。

〔一〕琴操：伯奇見逐，乃集芰荷以爲衣，採楟花（楟，山梨也，見上林賦注）以爲食，晨朝履霜，自傷見放，於是援琴鼓之，而作此操，其詞曰：「朝履霜兮採晨寒，考不明其心兮聽讒言。孤恩別離兮摧肺肝，何辜皇天兮遭斯愆。痛没不同兮恩有偏，誰能流顧兮知我冤？」

〔二〕當笞：漢書車千秋傳：子弄父兵，罪當笞。

〔三〕中野：曹植詩：「中野何蕭條。」

〔四〕履霜：易坤卦：初六：履霜，堅冰至。

〔五〕無母：唐汝詢曰：上文兼呼其母，此以獨無母憐悟其父，雖不敢明言後母之譖，而失愛之由隱然見矣。昌黎善體古人之心哉！

劉會孟曰：不怨，非情也，乃怨也，此乃小弁之志歟？飢寒履霜，反覆感切，真可以泣鬼神矣。此所以爲琴操也。

按：十操不容優劣，然拘幽、履霜二首，尤能使純臣孝子之心千載若揭。蓋其遭際，有以感發之也。

雉朝飛操

牧犢子七十無妻，見雉雙飛，感之而作。〔一〕

雉之飛，于朝日。群雌孤雄〔二〕，意氣横出。當東而西，當啄而飛。隨飛隨啄〔三〕，群雌粥粥〔四〕。嗟我雖人，曾不如彼雉雞。生身七十年，無一妾與妃〔五〕。

〔一〕古今注：雉朝飛者，牧犢所作也。齊處士，湣宣時人，年五十（當作七十），無妻。出薪于野，意動心悲，乃作雉朝飛之操，以自傷焉，其聲中絶。魏武帝宫人有盧女者，故冠軍將軍陰叔之妹。年七歲，入漢宫，學鼓琴，善爲新聲，能傳此曲。吴兢樂府古題要解：舊説齊宣王時，牧犢子年七十無妻，出薪于野，見雉雌雄相隨，意動心怨。乃仰天歎曰：「聖王在上，恩及草木鳥獸，而我獨不獲。」因援琴而歌以自傷，其詞曰：「雉朝飛兮鳴相和，雌雄群游兮山阿，我獨何命兮未有家？時將暮兮可奈何！嗟嗟暮兮可奈何！」

〔二〕群雌孤雄：莊子應帝王篇：衆雌而無雄，而又奚卵焉？劉孝威詩：「單雄雜寡雌。」

〔三〕啄：莊子養生主篇：澤雉十步一啄，百步一飲。

〔四〕粥粥：魏云：記曰：粥若無能。或謂當作「喌」。説文：喌喌，呼雞，重言之。蔣云：按禮記：「儒行粥粥，若無能也。」注：「卑謙貌。」則正洽雌從飛啄之意，更不必換字强釋矣。

〔五〕妃：按：妃字古人通用。説文云：「妃，匹也。」秦國策「貞女工巧，天下願以爲妃」是也。後世乃獨稱王妃耳。舊注馬大年云：别本「彼」作「此」，無「雞」字。妃，音媲，與雉協。蓋由避妃字不用，而不顧音節之不諧也。

别鵠操

商陵穆子娶妻五年無子，父母欲其改娶。其妻聞之，中夜悲嘯。穆子感之而作〔一〕。

雄鵠銜枝來，雌鵠啄泥歸。巢成不生子，大義當乖離〔二〕。江漢水之大，鵠身鳥之微。更無相逢日，且可繞樹相隨飛〔三〕。

〔一〕古今注：别鶴操，商陵牧子所作也。娶妻五年而無子，父兄將爲之改娶。妻聞之，中夜起，倚户而悲嘯。牧子聞之，愴然而悲，乃歌曰：「將乖比翼隔天端，山川悠遠路漫漫，攬衾不寐食忘餐。」後因爲樂章焉。按：西京雜記：「齊人劉道疆善彈琴，能作單鵠寡鳧之弄，聽者皆悲，不能自攝。」疑即此操也。

〔二〕大義：賈充與妻李氏聯句：「歎息亦何爲，但恐大義虧。」

〔三〕繞樹：魏武帝短歌行：「繞樹三匝，無枝可依。」相隨飛：方云：李陵詩：「長當爲此别，且復立斯須。」又古樂府：「與子如黄鵠，將别復徘徊。」亦此意也。

殘形操

曾子夢見一狸，不見其首作〔一〕。

有獸維狸兮，我夢得之。其身孔明兮〔二〕，而頭不知。吉凶何爲兮？覺坐而思。巫咸上天兮〔三〕，識者其誰？

〔一〕王云：事出琴録，其詳未聞。曾子，一作魯子。□云：按大周正樂記：曾子鼓琴，崔子立户外而聽之。曲終入曰：「善哉！鼓琴乎，身已成矣，而惜未得其首也。」曾子曰：「吾晝卧，夢見一狸，但見其身不見其頭，起而爲之絃歌也。」

〔二〕孔明：詩：「祀事孔明。」

〔三〕巫咸：屈原離騷：「巫咸將夕降兮，懷椒糈而要之。」蔣云：劉須溪論十操，惟此最古意，以其不著跡也。余謂其詞尚欠歸宿，不如楊維楨擬此操精悍典雅。按：劉評固未當，蔣尤謬。維楨作淺俚可笑，有目者皆能別之。

滄浪詩話：退之琴操極高古，正是本色，非唐賢所及。

唐庚曰：琴操非古詩，非騷詞，惟退之爲得體。退之琴操，柳子厚不能作也。

別趙子〔一〕

我還於揭陽〔二〕，君先揭陽居。揭陽去京華，其里萬有餘〔三〕。不謂小郭中，有子可與娛〔四〕。心平而行高〔五〕，兩通詩與書。婆娑海水南〔六〕，簸弄明月珠〔七〕。及我遷宜春〔八〕，意欲攜以俱。擺頭笑且言，我豈不足歟？又奚爲於北，往來以紛如？海中諸山中，幽子頗不無〔九〕。相期風濤觀，已久不可渝。又嘗疑龍鰕〔一〇〕，果誰雄牙鬚？蚌蠃魚鱉蟲〔一一〕，瞿瞿以狙狙〔一二〕。識一已忘十，大同細自殊。欲一窮究之，時歲屢謝除〔一三〕。今子南且北，豈非亦有圖？人心未嘗同，不可一理區。宜各從所務，未用相賢愚。

〔一〕□云：趙子，名德。公爲潮州刺史時，攝海陽尉，督州學生徒者。東坡所謂「潮人初未知學，公命趙德爲之師」，即其人也。公自潮移袁，詩以別之。德，潮人，公欲與之俱而不可耳。

〔二〕揭陽：漢書地理志：揭陽縣，屬南海郡。按：公集黄陵廟碑云：元和十四年，余以言事得罪，黜爲潮州刺史，其地于漢南海之揭陽。

〔三〕萬有餘：木華海賦：「經途瀴溟，萬萬有餘。」

〔四〕可與娛：詩出其東門：「聊可與娛。」

〔五〕行高：漢書宣元六王傳：韋玄成經明行高。

〔六〕婆娑：詩：「婆娑其下。」

〔七〕明月珠：史記李斯傳：垂明月之珠。

〔八〕遷宜春：王云：元和十四年七月己丑，憲宗上尊號，大赦天下。十二月二十四日，公自潮州量移袁州。袁州即宜春郡也。

〔九〕幽子：王云：隱士也。

〔一〇〕龍鰕：漢書息夫躬傳：「撫神龍兮攬其鬚。」爾雅釋魚：鰝，大鰕。注：大者出海中，長二三丈，鬚長數尺。王隱交廣記：或語廣州刺史滕修，鰕鬚長一丈，修不信。其人後至東海，取鰕鬚長四丈封以示修，修乃服。

〔一一〕蚌蠃：蠃，音螺。易說卦傳：離爲鱉爲蟹，爲蠃爲蚌。

〔一二〕瞿瞿：瞿，音衢，又音屨。詩東方未明：「狂夫瞿瞿。」狙狙：史記留侯世家：良與客狙。索隱曰：狙，犬伺也，謂狙之伺物，必伏而候之。故今云狙候是也。

〔一三〕謝除：楚辭大招：「青春受謝，白日昭只。」詩蟋蟀：「今我不樂，日月其除。」

按：此詩首叙遷謫潮州，喜於得趙。及移袁州，欲與偕而不可，有不得不别者矣。乃復述趙之言，以爲海南有以樂，且物理細大，不可究詰，人生去往，亦豈可强同，此所以不相從也。截然便住，彼此之意各盡，不作一惜别語。於此歎格之奇，而亦可想見趙立品之高，不煩語及俗情也。

韶州留別張端公使君〔一〕

來往再逢梅柳新〔二〕，別離一醉綺羅春〔三〕。久欽江總文才妙，自歎虞翻骨相屯〔四〕。鳴笛急吹爭落日，清歌緩送款行人〔五〕。已知奏課當徵拜，那復淹留詠白蘋〔六〕？

〔一〕按：以下十五年作，是年春至袁州任，九月召拜國子祭酒，冬暮至京師。

〔二〕梅柳新：孫云：公元和十四年正月，以論佛骨貶潮州。三月至潮州，十月量移袁州。十五年正月至袁州。其往來上下於韶，皆梅柳新時也。

〔三〕綺羅春：按：指韶州宴别時事。

〔四〕江總、虞翻：南史江總傳：總，字總持，幼聰敏，及長，篤學有文辭。南陽劉之遴等，並高才碩學，總時年少有名，之遴嘗酬總詩，深相欽挹。梁元帝徵爲始興内史，不行，流寓嶺南積歲。陳天嘉中徵還，累遷太子詹事。尤工五言七言，多爲豔詩，好事者相傳諷翫。吴志虞翻傳：翻，字仲翔，孫權以爲騎都尉，數犯顔諫爭，權不能悦。又性不協俗，多見謗毁，坐徙丹陽涇縣，吕蒙請以自隨。因此令翻得釋。翻性疏直，數有酒失。權與張昭論及神仙。翻指昭曰：「彼皆死人，而語神仙，世豈有仙人也？」權積怒非一，遂徙翻交州。按：碧溪詩話謂：「虞翻剛褊方拙，凌突權勢，出於天性，雅宜文公喜用。江總乃敗國姦回，陳主欲以爲太子詹事。孔奂奏總文華之人，宜求敦重之才。是詩恐有所譏。」楊慎云：「以忠直自比，而以姦佞比人，非聖賢謙己恕人之意。而宋人乃學之，以爲占地步，深爲不是。殊不知詳考二人本末，及是詩引用之意。夫總之文才，唐人或以自比，或以比人，不論其行也。況又嘗徵爲始興内史。韶州即始興，故以比張端公。翻以論神仙，徙交州，公以論佛骨貶潮州，皆黜外教，皆放南方，故以自比。其用事精切如此，説詩者何可妄議？且所謂占地步者，尤可怪，其弊起自宋人，奈何歸咎於公耶？」二説以升庵爲是。升庵所謂唐人或以自比，或以比人，如杜甫「遠愧梁江總，還家尚黑頭」，自比也。李義山詠杜司勳「前身應是梁江總，名總還應字總持」，比人也。此類甚多，碧談謬矣。

〔五〕款行人：諸本「爭」作「催」，「款」作「感」，方從唐本。李云：二宋評此詩，小宋疑「感」字誤，大宋初不以爲然。後得善本始信。

〔六〕白蘋：白居易白蘋洲五亭記：湖州城東南二百步，抵霅溪，連汀洲，一名白蘋。梁吴興守柳惲於此賦詩云「汀洲採白蘋」，因以爲名也。

和席八十二韻 原注：席夔，諱行録：席夔行八，貞元十年進士。〔一〕

絳闕銀河曙〔二〕，東風右掖春。官隨名共美〔三〕，花與思俱新〔四〕。綺陌朝游間〔五〕，綾衾夜直頻〔六〕。橫門開日月〔七〕，高閣切星辰。庭變寒前草，天銷霽後塵。溝聲通苑急，柳色壓城勻。綸綍謀猷盛〔八〕，丹青步武親〔九〕。芳菲含斧藻〔一〇〕，光景暢形神。傍砌看紅藥〔一一〕，巡池詠白蘋。多情懷酒伴〔一二〕，餘事作詩人〔一三〕。倚玉難藏拙〔一四〕，吹竽久混真〔一五〕。坐慚空自老〔一六〕，江海未還身。

〔一〕按：席八見長慶集中，此詩未定爲何年所作。然以落句觀之，蓋元和十五年春在袁州遥和之詩也。曰「江海」，則宜在南方，而陽山時不得云「老」。曰「未還身」，則自在量移之後，而在潮州未嘗遇春，且曰「吹竽久混真」，蓋指十一年爲中書舍人時，則其爲袁州時無疑矣。席八是時想亦以中書舍人知制誥，舊與之周旋，因其詩來而和之。

〔二〕絳闕：傅休奕北都賦：「巍巍絳闕。」

〔三〕名共美：按：玉篇：「戞，俗夔字。」虞廷有夔龍，後世往往以美在朝之官。席八名與之同，而又在中書，故云。

〔四〕思俱新：按：班固答賓戲：「摛藻如春華。」今當新年花發之時，而覽席贈篇，其詩思與花俱新也。

〔五〕綺陌：按：即紫陌也。閒：去聲。

〔六〕綾衾：漢書典職儀：尚書郎入直，供青縑白綾被。

〔七〕横門：三輔黄圖：長安北出西頭第一門曰横門。漢書：虒上小女陳持弓走入光門。即此門也。

〔八〕綸綍：記緇衣：王言如綸，其出如綍。

〔九〕丹青：按：張衡西京賦：「青瑣丹墀。」善曰：「以青畫户邊鏤中，以丹漆地。」戞掌綸誥，翱翔禁中，故曰「丹青步武親」也。步武親：公亦嘗知制誥，大抵舊同官也。

〔一〇〕斧藻：法言：「吾未見斧藻其德若斧藻其楶者。」斧與黼同。

〔一一〕紅藥：謝朓直中書省詩：「紅藥當階翻，青苔依砌上。」

〔一二〕酒伴：按：此句謂平日同游宴也。

〔一三〕餘事：六一詩話：退之筆力無施不可，而嘗以詩爲文章末事，故曰「多情懷酒伴，餘事作詩人」。然其資談笑，助諧謔，叙人情，狀物態，一寓於詩，而曲盡其妙。按：杜甫詩「文章一小技，於道未爲尊」，即此「餘事」之謂也。

〔一四〕倚玉：世説：魏明帝使后弟毛曾與夏侯太初共坐，時人謂蒹葭倚玉樹。

〔一五〕吹竽：韓非内儲説：齊宣王使人吹竽，必三百人。南郭處士請爲王吹竽。宣王死，湣王好一一聽之，處士逃。

〔一六〕空自老：荀濟詩：「年來空自老，歲去不知春。」

除官赴闕至江州寄鄂岳李大夫原注：謂李程。〔一〕

盆城去鄂渚〔二〕，風便一日耳。不枉故人書，無因帆江水〔三〕。故人辭禮闈〔四〕，旌節鎮江圻〔五〕。而我竄逐者，龍鍾初得歸。别來已三歲，望望長迢遞。咫尺不相聞，平生那可計？

我齒落且盡，君鬢白幾何？年皆過半百〔六〕，來日苦無多。少年樂新知〔七〕，衰暮思故友。譬如親骨肉，寧免相可不〔八〕。我昔實愚惷，不能降色辭〔九〕。子犯亦有言〔一〇〕，臣猶自知之。公其務貰過〔一一〕，我亦請改事〔一二〕。桑榆儻可收〔一三〕，願寄相思字〔一四〕。

〔一〕□云：元和十五年九月，公自袁州召拜國子祭酒，行次湓城作。顧嗣立曰：顔師古漢書注：除者，除去故官就新官。新唐書地理志：江州潯陽郡、鄂州江夏郡、岳州巴陵郡，皆屬江南西道。按：以下皆袁州赴京途次之作。

〔二〕湓城：廬山記：江州有青湓山，故其城曰湓城。新唐書地理志：潯陽，本湓城。鄂渚：屈原九章：「乘鄂渚而反顧兮，款秋冬之緒風。」□云：鄂渚，今鄂州。

〔三〕帆：去聲。諸本作「泛」。方云：帆，去聲。杜甫詩：「浦帆晨初發。」

〔四〕辭禮闈：任昉王文憲集序：出入禮闈，朝夕舊館。舊唐書李程傳：程，字表臣。元和十三年四月，拜禮部侍郎。六月，出爲鄂州刺史、鄂岳觀察使。

〔五〕江圻：水經：江之右岸，有鄂縣故城。注：鄂，今武昌也。江中有節度石，是西陽、武昌界，分江於斯石。江浦東逕五磯，北有五山，庾仲雍謂之五圻。

〔六〕過半百：杜甫詩：「年過半百不稱意。」

〔七〕新知：屈原九歌：「樂莫樂兮新相知。」

〔八〕不：音否。

〔九〕降色辭：碧溪詩話：張籍嘗移責退之與人商論，不能下氣。公亦有云：「我昔寔愚惷，不能降色辭。」余謂此乃書生常態。按：元和十三年，鄭餘慶爲詳定禮樂，使公與李程爲副。或議論有所不合也。

〔一〇〕子犯言：左傳：子犯以璧授公子，曰：「臣負羈紲，從君巡于天下，臣之罪甚多矣。臣猶知之，而況君乎？」

〔一一〕貰過：貰，音世。漢書尹賞傳：願自改者，皆貰其罪。

〔一二〕改事：左傳：楚子圍鄭，鄭伯肉袒牽羊以迎，曰：「使改事君，夷于九縣。君之惠也，孤之願也。」樊云：反復詩語，若與李嘗有隙。至是因謝之，故舊無大故，則不棄。此公所以思之，且請改事也。

〔一三〕桑榆收：後漢書馮異傳：可謂失之東隅，收之桑榆。

〔一四〕相思字：古詩十九首：「客從遠方來，移我一書札。上言長相思，下言久離別。置書懷袖中，三歲字不滅。」

次石頭驛寄江西王十中丞閣老原注：仲舒。〔一〕

憑高試迴首，一望豫章城〔二〕。人由戀德泣，馬亦別群鳴。寒日夕始照，風江遠漸平。默然都不語，應識此時情。

〔一〕豫章古今記：石頭津在郡江之西岸，一名沈書浦。殷羡爲豫章太守，臨去，有附書百封，羡將至石頭，擲之水中，故名焉。水經注：贛水逕豫章郡北，爲津步。水之西岸有盤石，謂之石頭，津步之處也。新唐書王仲舒傳：仲舒，字弘中。穆宗立，自蘇州刺史召拜中書舍人。既至，視同列率新進少年，居不樂，曰：「豈可復治筆研於其間哉！吾久棄外，周知俗病利，得治之，不自愧。」宰相聞之，除江西觀察使，卒於官。

〔二〕豫章城：左傳：令尹子蕩師于豫章。豫章古今記：豫章之境，南接五嶺，北帶九江。春秋時爲楚之東境，至漢高五年，灌嬰定江南，始立爲郡。郡城即灌嬰所築。新唐書地理志：洪州豫章郡，屬江南西道。

游西林寺題蕭二兄郎中舊堂自注：蕭兄有女出家。〔一〕

中郎有女能傳業〔二〕，伯道無兒可保家〔三〕。偶到匡山曾住處〔四〕，幾行衰淚落烟霞〔五〕。

〔一〕蓮社高賢傳：西林法師慧永初至潯陽，刺史陶範留築廬山，舍宅爲西林。遠師之來龍泉，桓伊爲立東林。方云：蕭二，存也。存少與韓會、梁肅友善，惡裴延齡之爲人，棄官歸廬山。廬山今猶有蕭存、魏弘、李渤同游大林題名。新唐書蕭穎士傳：穎士子存，字伯誠，亮直有父風，能文辭，與韓會等善。浙西觀察使李栖筠表常熟主簿。顔真卿在湖州，與存及陸鴻漸等討摭古今韻字所原，作書數百篇。建中初，遷殿中侍御史，四遷比部郎中。疾裴延齡之姦，去官，風痺卒。韓愈少爲存所知，自袁州還，過存廬山故居，而諸子前死，唯一女在，爲經贍其家。

〔二〕中郎有女：後漢書列女傳：陳留董祀妻者，蔡邕之女也。名琰，字文姬，博學有才辨。興平中，天下喪亂，爲胡騎所獲。曹操素與邕善，痛其無嗣，乃遣使者以金璧贖之，而嫁於祀。操因問曰：「聞夫人先多墳籍，猶能憶識之不？」文姬曰：「昔亡父賜書四千餘卷，流離塗炭，罔有存者。今所誦憶，裁四百餘篇，乞給紙筆，真草唯命。」於是繕書送之，文無遺誤。傳業：後漢書崔瑗傳：鋭志好學，盡能傳其父業。

〔三〕伯道無兒：晉書鄧攸傳：攸，字伯道。永嘉末，没於石勒。步走，擔其兒及其弟子綏而逃。度不能兩全，乃謂其妻曰：「吾弟早亡，唯有一息，理不可絶，祇應自棄我兒耳。幸而得存，我後當有子。」妻泣而從之。棄子之後，卒以無嗣。時人義而哀之，爲之語曰：「天道無知，使鄧伯道無兒。」保家：左傳：印段賦蟋蟀，趙孟曰：「善哉保家之主也！吾有望矣。」

〔四〕匡山：水經注：廬山，彭澤之山也。山四方，周四百餘里，疊鄣之巖萬仞，懷靈抱異，苞諸仙跡。遠法師廬山記曰：殷、周之際，匡俗先生游此山。時人謂其所止爲神仙之廬，因以名山矣。

〔五〕烟霞：因話録作「今日匡山過舊隱，定將哀淚對烟霞」。

自袁州還京行次安陸先寄隨州周員外〔一〕

行行指漢東〔二〕，暫喜笑言同。雨雪離江上，蒹葭出夢中〔三〕。面猶含瘴色，眼已帶華風〔四〕。歲暮難相值〔五〕，酣歌未可終。

〔一〕水經注：隨水出隨郡西，南至安陸縣故城西，故鄖城也。新唐書地理志：安州安陸郡中都督府，有雲夢縣，中有神山，屬淮南道。隨州漢東郡，屬山南東道。方云：周員外，周君巢也，時爲隨州刺史。

〔二〕漢東：左傳：漢東之國，隨爲大。

〔三〕夢中：按：書禹貢：「荆及衡陽維荆州，雲土夢作乂。」左傳：「邧夫人使棄諸夢中。」杜預注：「夢，澤名，在江夏安陸縣城東南。」是則言夢而不言雲。又：「楚子濟江入于雲中。」是則言雲而不言夢。史記秦始皇紀：東巡至雲夢。索隱曰：雲、夢二澤名，人以二澤相近，故合稱雲夢耳。

〔四〕華風：陳書高祖紀：高冠厚履，希復華風。

〔五〕歲暮：按：言暮年也。

寄隨州周員外

陸孟丘楊久作塵〔一〕，同時存者更誰人？金丹别後知傳得〔二〕，乞取刀圭救病身〔三〕。

〔一〕陸孟丘楊：方云：公與陸長源、孟叔度、丘潁、楊凝及周君巢同爲董晉幕客。

〔二〕金丹：抱朴子：金丹燒之愈久，變化愈妙，令人不老不死。孫云：周好金丹服餌之術，柳子厚集中有答周君巢論餌藥久壽書，是也。

〔三〕刀圭：庾信詩：「成丹須竹節，量藥用刀圭。」本草：凡散藥有云刀圭者，十分方寸匕之一，準如梧桐子大也。方寸匕者，作匕正方一寸，抄散取不落爲度。

題廣昌館〔一〕

白水龍飛已幾春〔二〕，偶逢遺跡問耕人。丘墳發掘當官路，何處南陽有近親〔三〕？

〔一〕□云：館在隨州棗陽縣南。

〔二〕白水龍飛：張衡東京賦：「我世祖忿之，乃龍飛白水，鳳翔參墟。」

〔三〕南陽近親：後漢書劉隆傳：時天下墾田多不以實，帝見陳留吏牘上有書云：潁川、弘農可問，河南、南陽不可問。帝詰吏由，不肯服。時顯宗爲東海公，年十二，曰：「河南帝城多近臣，南陽帝鄉多近親，田宅踰制，不可爲準。」帝詰問吏，吏乃實首服。如顯宗對。

酒中留上襄陽李相公原注：謂逢吉也。〔一〕

濁水汙泥清路塵〔二〕，還曾同制掌絲綸〔三〕。眼穿長訝雙魚斷，耳熱何辭數爵頻〔四〕。銀燭未銷窗送曙，金釵半醉座添春〔五〕。知公不久歸鈞軸〔六〕，應許閑官寄病身。

〔一〕舊唐書李逢吉傳：憲宗罷逢吉政事，出爲劍南東川節度使。穆宗即位，移襄州刺史、山南東道節度使。

〔二〕濁水泥：曹植九愁賦：「寧作清水之沉泥，不爲濁路之飛塵。」按：首句七字全用此二句義。濁謂己，清謂逢吉，下句「同」字承之。

〔三〕同制：□云：公元和十一年正月爲中書舍人，而逢吉以其年四月自中書舍人拜相，故云。

〔四〕耳熱：楊惲報孫會宗書：酒後耳熱。

〔五〕銀燭、金釵：陳子昂詩：「銀燭吐青烟，金尊對綺筵。」梁武帝詩：「頭上金釵十二行。」許彦周詩話：退之此語殊不類其爲人，乃知賦梅花不獨宋廣平也。

〔六〕歸鈞軸：按：公生平不合於逢吉，此非諂譽之也。逢吉險譎多端，意豈能須臾忘勢位哉？於穆宗有講侍舊恩，即位之初，移鎮襄陽，固有必入之勢矣。長慶二年，召爲兵部尚書，遂排裴度而奪其位。此人得志，其恩怨報復，豈徒然哉？故逆揣其將然而云「閑官寄病身」，以示處不爭之地。蓋欲釋憾於小人，非以自託也。儉德避難，不可榮以禄，自全之道，固宜然耳。

去歲自刑部侍郎以罪貶潮州刺史乘驛赴任其後家亦譴逐小女道死殯之層峰驛旁山下蒙恩還朝過其墓留題驛梁〔一〕

數條藤束木皮棺〔二〕，草殯荒山白骨寒〔三〕。驚恐入心身已病，扶舁沿路衆知難〔四〕。繞墳不暇號三帀〔五〕，設祭惟聞飯一盤〔六〕。致汝無辜由我罪，百年慚痛淚闌干〔七〕。

〔一〕公集女挐壙銘：「女挐，韓愈第四女也。愈爲少秋官，斥之潮州。女挐年十二，病在席，既驚痛與其父訣，又輿致走道，撼頓失食飲節，死於商南層峰驛。即瘞道南山下。五年，愈爲京兆，始令易棺衾，歸女挐之骨於河陽韓氏墓。」女挐死當元和十四年二月二日。

〔二〕藤束：墨子節葬篇：堯葬蛩山之陰，衣衾三領，穀木之棺，葛以緘之。釋名：棺束曰緘。緘，函也，古者棺不釘也。庾信傷心賦：「藤緘轊櫝。」木皮：晁錯言急務書：木皮三寸。

〔三〕草殯：後漢書馬援傳：「藁葬而已。」白骨：吴語：「緊起死人而肉白骨也。」

〔四〕舁：音輿。

〔五〕號三帀：記檀弓：「延陵季子適齊，于其反也，其長子死，葬于嬴、博之間。既封，左袒，右旋其封且號者三，曰：『骨肉復歸于土，命也！若魂氣則無不之也，無不之也。』而遂行。」

〔六〕飯一盤：按：舊注云：荆楚歲時記：「祭子推文：『黍飯一盤。』」今本歲時記無此語。

〔七〕闌干：左思吴都賦：「珠琲闌干。」

詠燈花同侯十一 原注：侯十一，喜也。〔一〕

今夕知何夕〔二〕？花然錦帳中〔三〕。自能當雪暖，那肯待春紅。黄裏排金粟，釵頭綴玉蟲〔四〕。更煩將喜事〔五〕，來報主人公〔六〕。

〔一〕一作「同侯十一詠燈花」。按：公以冬暮至京師，此乃初至京師之作。

〔二〕今夕：詩：「今夕何夕，見此邂逅。」

〔三〕花然：梁元帝玄覽賦：「燈花開而夜然。」

〔四〕金粟、玉蟲：方云：何遜詩：「金粟裹搔頭。」蜀人史彦升曰：黄裏排金，謂額間花鈿也。按：古人裝飾有額黄，史所説也。此「釵頭」、「玉蟲」乃謂叢雜釵上之金珠，以比形似，史説非。

〔五〕喜事：西京雜記：陸賈曰：目瞤得酒食，燈花華得錢財，乾鵲噪而行人至，蜘蛛集而百事喜。

〔六〕主人公：史記范睢傳：主人翁習知之。

送侯喜〔一〕

已作龍鍾後時者，懶於街裏踏塵埃。如今便別長官去，直到新年衙日來〔二〕。

〔一〕□云：公長慶元年有雨中寄張博士籍侯主簿喜之什，此豈同時作歟？喜時爲國子主簿，公爲祭酒，故曰「長官」也。按：長官之説是也。按詩云「直到新年衙日來」，乃猶十五年冬作，不得與雨中作概謂長慶元年。

〔二〕新年衙日：按：此蓋歲杪時休假而歸，故至新年坐衙之日復來謁也。容齋三筆：今監司、郡守初上事，既受官吏參謁，至晡時，僚屬復同於客次胥吏列立廷下通刺曰衙，以聽進退之命。如是者三日，如主人免此禮，則翌旦又通謝刺。韓詩曰：「如今便別長官去，直到新年衙日來。」疑是謂月二日也。

杏園送張徹[一]

東風花樹下，送爾出京城。久抱傷春意，新添惜別情。歸來身已病[二]，相見眼還明。更遣將詩酒，誰家逐後生[三]？

〔一〕一本有「侍御歸使」四字，杏園在長安城南。方云：徹時以幽州判官趨朝，半道有詔還之。仍遷侍御史，從張弘靖之請也。其實徹已抵京，但未朝見耳。舊書張弘靖傳云「續有張徹自遠使歸」，是也。按：公爲張徹墓誌云：「徹以進士累官至范陽府監察御史。長慶元年，今牛宰相爲御史中丞，奏徹名蹟中御史選。詔即以爲御史，其府惜不敢留，遣之。而密奏：臣始至孤怯，須强佐乃濟。發半道，有詔以徹還之，仍遷殿中侍御史，加賜朱衣銀魚。至數日，軍亂，殺府從事而囚其帥。相約張御史長者，無庸殺，置之帥所。居月餘，推門求出，罵賊，死。贈給事中。」方崧卿據此爲說，其於「侍御歸使」則當矣。但詩云「東風花樹下」，是春閒所作。弘靖以長慶元年三月出鎮，至七月軍亂，則杏園之送，在初赴幽州之時，未嘗爲侍御，亦不得云「歸使」也。志既云「半道還之」，則抵京未朝，出於何據？方蓋惑於「侍御歸使」而强爲之説耳！此四字係後人妄加，竟當删去。以下皆長慶元年作，是年七月轉兵部侍郎。

〔二〕歸來：按：自叙其竄逐而歸，喜得見徹，而又有此別也。

〔三〕逐後生：按：言徹既去，誰可與詩酒留連者。身老矣，不能復追逐後生。猶送温處士序云「資二生以待老，今皆爲有力者奪之」之意也。

奉和兵部張侍郎酬鄆州馬尚書祗召途中見寄開緘之日馬帥已再領鄆州之作〔一〕

來朝當路日〔二〕，承詔改轅時〔三〕。再領須句國〔四〕，仍遷少昊司〔五〕。暖風抽宿麥〔六〕，清雨卷歸旗。賴寄新珠玉〔七〕，長吟慰我思。

〔一〕張賈、馬總見第十卷。按：公爲馬總作鄆州溪堂詩序云：憲宗之十四年，始定東平，三分其地。以華州刺史、禮部尚書兼御史大夫扶風馬公爲鄆曹濮節度觀察等使，鎮其地。既一年，褒其軍，號曰天平軍。上即位之二年，召公入，且將用之，以其人之安公也，復歸之鎮。按：新唐書總傳：「長慶初，劉總上幽鎮地，詔徙天平。而召馬總還，將大用之。會劉總卒，穆宗以鄆人附賴總，復詔還鎮。」長慶元年春也。

〔二〕當路：按：當道，猶言在道也。時劉總已棄官爲僧，不受旌節，亦尋卒。馬總蓋中路奉詔而還，賈與公俱不及面也。

〔三〕改轅：左傳：令尹南轅返旆，王告令尹改乘轅而北之。

〔四〕須句國：句：音劬。左傳：邾人滅須句。注：須句在東平須昌縣西北。新唐書地理志：鄆州東平郡須昌縣，屬河南道。

〔五〕少昊司：韓云：秋帝少昊，蓋主刑，而總加檢校刑部尚書，故云。按：舊唐書馬總傳：「元和十四年，遷檢校刑部尚書、鄆州刺史。」今猶仍其舊也。

〔六〕宿麥：董仲舒乞種麥限田章：使關中民益種宿麥，令毋後時。

〔七〕珠玉：陸雲答兄平原書：敢投桃李，以報珠玉。石林詩話：蔡天啓言：嘗與張文潛論韓、柳五字警句，文潛舉退之「暖風抽宿麥，清雨卷歸旗」，子厚「壁空殘月曙，門掩候蟲秋」，皆集中第一。

奉酬天平馬十二僕射暇日言懷見寄之作〔一〕

天平篇什外〔二〕，政事亦無雙。威令加徐土，儒風被魯邦〔三〕。清爲公論重，寬得士心降。歲晏偏相憶，長謠坐北窗〔四〕。

〔一〕按：鄆州溪堂詩序：「總以長慶二年爲尚書右僕射，封扶風縣開國伯。新書總傳則云：二年，檢校尚書左僕射，入爲户部尚書。」此書稱僕射，是二年之作。而云「歲晏偏相憶」，則來詩在元年冬，奉酬或二年也。

〔二〕篇什：按：毛詩凡一題爲一篇，二雅繁多，每十篇爲一什，後人概以稱詩，如鍾嶸詩品云：永嘉篇什，理過其辭，梁簡文帝答湘東王書「裴氏乃是良史之才，了無篇什之美」是也。

〔三〕徐土、魯邦：詩：「省此徐土。」又：「魯邦是常。」王云：劉夢得天平軍節度使廳壁記：「惟鄆在春秋爲須句之國。宣精在上，奎爲文宿。畫野在下，魯爲儒邦。」禹貢：「海岱及淮惟徐州。」前漢以徐隸臨淮，則徐亦魯也。

〔四〕長謡：劉琨詩：「引領長謡。」

雨中寄張博士籍侯主簿喜〔一〕

放朝還不報〔二〕，半路蹋泥歸。雨慣曾無節，雷頻自失威。見牆生菌遍〔三〕，憂麥作蛾飛〔四〕。歲晚偏蕭索〔五〕，誰當救晉饑〔六〕？

〔一〕按：公爲國子祭酒時，有薦張籍狀云：登仕郎守秘書省校書郎張籍，學有法師，文多古風。臣當司見闕國子監博士一員，乞授此官。又張籍祭退之詩云：「我官麟臺中，公爲大司成。念此委末秩，不能力自揚。特狀爲博士，始獲升朝行。」公初爲祭酒，在元和十五年冬，而此詩所云「雷雨菌麥」，則似夏景。蓋長慶元年作也。

〔二〕不報：朱子曰：疑以雨放朝，而有司失於關報，行至半路，乃得報而歸也。

〔三〕生菌：爾雅釋草：中馗，菌，小者菌。

〔四〕麥蛾：述異記：晉永嘉中，梁州雨七旬，麥化爲飛蛾。

〔五〕歲晚：按：雷雨云云，非歲晚之景，大抵猶言暮齒耳。如鮑照詩：「沈吟芳歲晚，徘徊韶景移。」又：「早寒逼晚歲，衰恨滿秋容。」皆非歲杪之謂也。

〔六〕晉饑：左傳：晉饑，秦輸之粟。

南山有高樹行贈李宗閔〔一〕

南山有高樹，花葉何衰衰〔二〕。上有鳳凰巢，鳳皇乳且棲。四旁多長枝，群鳥所託依〔三〕。黄鵠據其高，衆鳥接其卑。不知何山鳥，羽毛有光輝。飛飛擇所處，正得衆所希〔四〕。上承鳳皇恩，自期永不衰。中與黄鵠群，不自隱其私。下視衆鳥群，汝徒竟何爲？不知挾丸子〔五〕，心默有所規〔六〕。彈汝枝葉閒，汝翅不覺摧。或言由黄鵠，黄鵠豈有之〔七〕？慎勿猜衆鳥，衆鳥不足猜〔八〕。無人語鳳皇，汝屈安得知？黄鵠得汝去，婆娑弄毛衣〔九〕。前汝下視鳥，各議汝瑕疵。汝豈無朋匹？有口莫肯開。汝落蒿艾閒，幾時復能飛？哀哀故山友，中夜思汝悲。路遠翅翎短，不得持汝歸〔一〇〕。

〔一〕舊唐書穆宗紀：長慶元年三月，貶禮部侍郎錢徽江州刺史，中書舍人李宗閔劍州刺史。新唐書宗閔傳：穆宗即位，進中書舍人。長慶初，錢徽典貢舉，宗閔託所親於徽。而李德裕、李紳、元稹共白徽取士不以實，宗閔坐貶劍州刺史。由是嫌怨顯結，樹黨相磨軋，凡四十年，搢紳之禍不能解。又：宗閔性機警，始有當世令名，既寖貴，喜權勢，初爲裴度引拔，後度薦德裕可爲相，宗閔遂與爲怨。韓愈作南山、猛虎行規之，而宗閔崇私黨，薰熾中外，卒以是敗。按：此蓋長慶初作，度薦德裕在公殁後五年，史誤矣。苕溪詩話亦以退之無恙時，宗閔纔爲中書舍人，牛李憾結，至其爲相，則退之死久矣。二説皆是，但餘論各有非是者，今有箋詳明，載之詩後。

〔二〕衰衰：音榱。方云：當作「蓑蓑」。張衡南都賦：「布緑葉之萋萋，敷華蕊之衰衰。」按：説文：「衰，艸雨衣，象形。」公从古字，不必加草也。其義則如方説。

〔三〕群鳥：漢書宣帝紀：地節三年，鳳皇集魯郡，群鳥從之。

〔四〕衆所希：按：中書舍人爲唐美地，衆所希望，而宗閔以駕部郎中得之，宜其爲衆所側目也。

〔五〕挾丸子：楚國策：黄雀不知夫公子王孫，左挾彈，右攝丸，將加己乎十仞之上。

〔六〕有所規：方云：規，圖也。東坡五禽言「去年麥不熟，挾彈規我肉」，本公語也。

〔七〕豈有之：按：豈有者，言得毋有之也。文昌之意本不在宗閔，特因怒徽而并及之耳。然云「黄鵠得汝去，婆娑弄毛衣」，則固喜其去矣。故此言非爲黄鵠解也。

〔八〕不足猜：□云：蜀本以「猜」不入韻，校作「疑」。按：公此詩視古用韻，古音齊與灰皆通支用。如詩「維葉萋萋，黄鳥于飛」，又「則不我遺」、「先祖于摧」，又「天子是毗，俾民不迷」，是也。按：紳本怨徽，德裕與宗閔則修吉甫之憾，至王起、白居易則承宰相風旨，不足深論也。

〔九〕毛衣：漢書五行志：雌雞化爲雄，毛衣變化而不鳴。

〔一〇〕持汝歸：按：此猶古樂府飛來雙白鵠篇所云「吾欲銜汝去，口噤不能開。吾欲負汝去，毛羽何摧頹」也。

按：此爲宗閔貶劍州刺史作也。長慶元年，禮部侍郎錢徽知貢舉，宗閔壻蘇巢及第。宰相段文昌言禮部不公。元微之、李紳、李德裕相繼和之，宗閔遂坐貶劍州。詩中鳳皇喻君上也；黄鵠比宰相，喻段文昌；衆鳥比散官，喻元微之、李紳、李德裕。「不知何山鳥，羽毛有光輝」，謂宗閔也。「上承鳳凰恩」六語，謂其爲中書舍人，自信得君，俯視一切。「不知挾丸子」四語，言爲諸人所中傷也。「或言由黄鵠，黄鵠豈有之」，謂中傷之言，本段文昌。「豈有者」猶言將無有之也。「無人語鳳凰，汝屈安得知」，惜當時無人爲之申理也。「前汝下視鳥，各議汝瑕疵」，謂李紳、德裕、微之輩繼文昌而言者也。「汝豈無朋匹，有口莫肯開」，謂錢徽不奏文昌、李紳，私書也。「汝落蒿艾閒，幾時復能飛」，正傷其貶劍州也。「哀哀故山友，中夜思汝悲」四語，公自叙其友朋之情也。詳玩詩語，一則曰汝屈，再則曰思汝。公於宗閔大有不平之鳴，絶無規諷之意。新書謂裴度薦李德裕，宗閔遂與爲怨，公作此詩規之，不知何所據而云然。大抵後人以宗閔太和閒樹黨修怨，晚節謬悠，遂並其初服誣之。又以韓公正人，贈詩自應規諷，無稽臆度，附會曲成。不知宗閔早年對策，甚有峭直之聲，即與公同爲裴度幕官，以及長慶初年立朝，皆未嘗有傾險敗行。逮至太和以後，黨跡始張，而韓公歿已久矣，何從而預知其非，先爲規諷之詩乎？苕溪漁隱詩話明知黨事在後，而以爲何其明驗，此疑鬼疑神之逆詐，億不信者，甚可笑也。韓醇説詩，不知理會通章文氣，而以鳳凰爲指裴，未知黄鵠又作何解？此韓詩歷來晦昧之篇，故詳論之。

猛虎行〔一〕

猛虎雖云惡，亦各有匹儕。群行深谷間，百獸望風低〔二〕。身食黄熊父〔三〕，子食赤豹麛〔四〕。擇肉於熊豹，肯視兔與狸。正晝當谷眠，眼有百步威。自矜無當對，氣性縱以乖。朝怒殺其子，暮還食其妃。匹儕四散走，猛虎還孤棲。狐鳴門兩旁，烏鵲從噪之。出逐猴入居〔五〕，虎不知所歸。誰云猛虎惡？中路正悲啼。豹來銜其尾，熊來攫其頤。猛虎死不辭，但慚前所爲。虎坐無助死，況如汝細微。故當結以信，親當結以私。親故且不保，人誰信汝爲？

〔一〕諸本有「贈李宗閔」字。方云：蜀本總題，誤以上題「贈李宗閔」四字綴「猛虎行」之上，後人因之。其實後詩不爲宗閔作也。猛虎行樂府舊題，非前詩類也。新史又謂裴度薦李德裕，宗閔怨之，爲作此詩。薦事在太和三年，公殁久矣，不可據。按：此詩不爲宗閔，方崧卿辨之甚明。然亦有爲而作。所云「獷暴好殺，滅絶天倫」，非泛泛擬古也。

〔二〕百獸：楚國策：虎求百獸而食之，得狐。狐曰：「天帝使我長百獸，吾爲子先行，子隨我後，觀百獸之見我而敢不走乎。」虎以爲然，不知獸畏己而走也。

〔三〕黄熊：張衡南都賦：「虎豹黄熊游其下。」善曰：六韜云：「散宜生得黄熊而獻之紂」。按：今六韜無此語，唯淮南道應訓云：「散宜生求黄羆①、青犴、白虎、文皮以獻於紂。」非黄熊也。

〔四〕赤豹：詩：「赤豹黄羆。」

〔五〕出逐：朱子曰：詩意蓋謂狐鳴鵲噪於外，虎出逐之，猴乃入居其穴，而虎不知所歸耳。

按：新書亦謂此詩規李宗閔，方崧卿已辨其非。然不知爲何人作，又作於何時。以詩推之，大抵爲殘忍暴虐不恤將士諸節度作。其人非一人，其文非一事也。歷考唐書，如貞元閒宣武劉士寧、横海程懷直，元和閒魏博田季安、振武李進賢，或淫虐游畋，或殺戮無度，後皆爲將士所逐，奪其兵柄，故詩以猛虎比之。「群行山谷閒」以下，寫其殘忍暴虐之狀也。「出逐猴入居，虎不知所歸」以下，寫其爲將士所逐，或奔京師，或奔他軍，或死於將士之手也。故當結以私，爲大衆説法也。此詩無時可考，姑依舊編列高樹行後，俟有識者詳訂。

【校記】

①「羆」，原作「熊」，據淮南鴻烈解改。

詠雪贈張籍〔一〕

只見縱橫落，寧知遠近來。飄颻還自弄，歷亂竟誰催？座暖銷那怪，池清失可猜。坳中初蓋底，垤處遂成堆〔二〕。慢有先居後，輕多去卻迴。度前鋪瓦隴，發本積牆隈。穿細時雙透，乘危忽半摧。舞深逢坎井〔三〕，集早值層臺。砧練終宜擣，階紈未暇裁。城寒裝睥睨〔四〕，樹凍裹莓苔〔五〕。片片勻如翦，紛紛碎若挼〔六〕。定非燖鵠鷺〔七〕，真是屑瓊瑰〔八〕。緯繣觀朝萼〔九〕，冥茫矚晚埃。當窗恒凜凜，出户即皚皚。壓野榮芝菌，傾都委貨財〔一〇〕。娥嬉華蕩漾，胥怒浪崔嵬〔一一〕。磧迴疑浮地〔一二〕，雲平想輾雷。隨車翻縞帶，逐馬散銀杯〔一三〕。萬屋漫汗合，千株照耀開。松篁遭挫抑，糞壤獲饒培。隔絶門庭遽，擠排陛級纔〔一四〕。豈堪裨嶽鎮？强欲效鹽梅〔一五〕。隱匿瑕疵盡，包羅委瑣該〔一六〕。誤雞宵呃喔〔一七〕，驚雀暗徘徊。浩浩過三暮〔一八〕，悠悠帀九垓〔一九〕。鯨鯢陸死骨〔二〇〕，玉石火炎灰〔二一〕。厚慮填溟壑，高愁撥斗魁〔二二〕。日輪埋欲側，坤軸壓將頹〔二三〕。岸類長蛇攪〔二四〕，陵猶巨象豗〔二五〕。水官夸傑黠〔二六〕，木氣積胚胎〔二七〕。著地無由卷，連天不易推〔二八〕。龍魚冷蟄苦〔二九〕，虎豹餓號哀。巧借奢豪便，專繩困約灾。威貪陵布被〔三〇〕，光肯離金罍〔三一〕。賞玩捐他事，歌謡放我才〔三二〕。狂教詩硉矹，興與酒陪鰓〔三三〕。惟子能諳耳，諸人得語哉！助留風作黨，勸坐火爲媒。雕刻文刀利〔三四〕，搜求智網恢〔三五〕。莫煩相屬和〔三六〕，傳示及提孩。

〔一〕方云：「松篁遭挫抑」云云，公時以柳澗事下遷，疑寄意於時宰也。樊云：或云此詩自「松篁遭挫抑」以下，專譏時相。終以意示張籍曰：「惟子能諳耳，諸人得語哉！」又曰：「莫煩相屬和，傳示及提孩。」其有所譏也審矣。按：公以柳澗事下遷，在元和初年。時宰相爲鄭餘慶、武元衡，與詩所譏者不類。此乃爲皇甫鎛、程异、王播諸人入相而作。鎛、异之相，在元和十三年九月，播之相在長慶元年十月，三人皆以聚斂之臣，驟登宰執，故因詠雪以刺之。詩中所云，皆鎛之罪案。然三人一體，故睹鎛之已往，而深懼播之將來也。觀「慢有先居後，輕多去卻迴」，則知其爲播而發矣。餘詳詩後長箋。

〔二〕坳中、垤處：莊子逍遥游篇：覆杯水於坳堂之上。詩：「鸛鳴于垤。」劉貢父詩話：歐陽永叔與江鄰幾論此詩，以「隨車翻縞帶，逐馬散銀杯」爲不工，而以「坳中初蓋底，垤處遂成堆」爲勝，未知得韓意否也。

〔三〕坎井：莊子秋水篇：埳井之鼃。玉篇：埳，陷也，亦與坎同。

〔四〕睥睨：釋名：城上垣曰睥睨，言于其孔中睥睨非常也。

〔五〕莓苔：孫綽天台山賦：「踐莓苔之滑石。」按：睥睨、莓苔、硉矹、陪鰓，皆疊韻也。

〔六〕挼：素回切。南史王志傳：志取庭樹葉挼服之。按：此字在歌韻，則乃禾切，摩也。在灰韻，則素回切，擊也。音異而義亦不同。舊本於讀東方朔雜事及此詩，概音乃禾切，誤也。

〔七〕燖鵠鷺：按：鵠、鷺，毛皆白。水經注：温水其熱可以燖雞。

〔八〕瓊瑰：詩：「瓊瑰玉佩。」王氏塵史：説文以瓊爲赤玉，比見人詠白物，多用之。韓愈雪詩「真是屑瓊瑰」，又「今朝踏作瓊瑶跡」，别有所稽耶？豈用之不審也？

〔九〕緯繣：音輝畫。屈原離騷：「忽緯繣其難遷。」

〔一〇〕傾都：魏文帝曹蒼舒誄：傾都蕩邑，爰迄爾居。

〔一一〕娥嬉、胥怒：姮娥亦謂之素娥，故雪詩用之。「胥怒浪崔嵬」，即春雪詩所謂「江浪迎濤日」也。浪崔嵬：郭璞江賦：「長波浹渫，峻湍崔嵬。」

〔一二〕磧：新唐書地理志：西州交河郡中都督，有天山軍，礌石磧，銀山磧。又：北庭大都護府，有瀚海軍，大漠小磧，屬隴右道。

〔一三〕縞帶銀杯：左傳：與之縞帶。梁簡文帝七勵：「酌玉斗之英麗，照銀杯之輕蟻。」石林詩話：詩禁體物語，此學詩者類能言。歐陽公守汝陰，嘗與客賦詩於聚星堂，舉此令，往往皆閣筆。然此亦是定法，若能者，則出入縱横，何可拘礙。退之兩篇，力欲去此弊。雖冥搜奇譎，亦未免有「縞帶」、「銀杯」之句。杜子美「暗度南樓月，寒生北渚雲」，初不避「雲」、「月」字。若「隨風且開葉，帶雨不成花」，則退之兩篇，工殆無以逾也。按：此自是宋人論詩之語，唐賢何嘗有「白戰體」也。

〔一四〕擠排：史記張湯傳：治淮南獄，排擠莊助。

〔一五〕嶽鎮鹽梅：周禮夏官職方氏：正西曰雍州，其山鎮曰嶽山。書：若作和羹，爾惟鹽梅。梁簡文帝南郊頌：麴蘖王風，鹽梅帝載。按：鹽梅本係梅諸，此乃借用，取其花之白耳。

〔一六〕委瑣：史記司馬相如傳：豈特委瑣握齱。

〔一七〕呃喔：呃，於隔切。喔，於角切。潘岳射雉賦：「良游呃喔。」

〔一八〕三暮：史記天官書：白帝行德，畢昴爲之圍。圍三暮，德乃成。

〔一九〕九垓：楚語：觀射父曰：天子之田九畡，以食兆民。

〔二〇〕鯨鯢：左傳：取其鯨鯢而封之，以爲大戮。陸死：木華海賦：「魚則橫海之鯨，陸死鹽田。顱骨成嶽，流膏爲淵。」

〔二一〕玉石：書：火炎崐岡，玉石俱焚。

〔二二〕揿斗魁：揿，音致。漢書揚雄傳：揿北極之嶟嶟。應劭曰：揿，至也。史記天官書：北斗七星，魁枕參首。正義曰：魁，斗第一星也。

〔二三〕坤軸：梁簡文帝大法頌：坤軸傾斜，積冰發坼。

〔二四〕長蛇：左傳：吴爲封豕長蛇，以薦食上國。

〔二五〕巨象阨：南山經：禱過之山多象。木華海賦：「磊匒匌而相阨。」善曰：相阨，相擊也。

〔二六〕水官：左傳：蔡墨曰：五行之官是爲五官，水官棄矣，故龍不生得。桀黠：史記貨殖傳：桀黠奴，人之所患也。

〔二七〕木氣：記月令：某日立春，盛德在木。淮南天文訓：甲乙寅卯，木也。壬癸亥子，水也。水生木。胚胎：胚，音丕。爾雅釋詁：胎，始也。注：胚胎，未成物之始。按：怯胚胎，言積雪凝寒，木氣無以發生也。

〔二八〕推：他回切。

〔二九〕龍魚：韓詩外傳：水淵深廣，則龍魚生之。

〔三〇〕布被：史記公孫弘傳：弘位在三公，然爲布被。

〔三一〕離：去聲。

〔三二〕歌謡：詩：「我歌且謡。」

〔三三〕陪鰓：鰓，蘇來切。潘岳射雉賦：「敷藻翰之陪鰓。」

〔三四〕文刀利：按：文心雕龍云：「筆鋭干將，墨含淳酖。」蓋極言文人筆鋒不可犯也。公詩云「雕刻文刀利，搜求智網恢」，蓋亦自詡其形容刻入，抉摘無遺矣。

〔三五〕智網恢：老子：天網恢恢，疏而不失。

〔三六〕屬和：宋玉對楚王問：國中屬而和者，不過數人而已。

按：此爲王播入相而作也。元和、長慶間，宰相之言利者，皇甫鎛、程异、王播三人入相，雖有後先，其實相爲終始。方憲宗六年，播爲諸道鹽鐵轉運使，引异自副。异先坐王叔文黨貶黜，李巽薦之，棄瑕録用。至是播令异治賦江淮，諷有土者以饒羨入貢，經費頗贏。播又薦皇甫鎛，及鎛用事，更排播而進异，播出爲西川節度使，而鎛與異遂同平章事。詔下之日，物情駭異，裴度、崔群力諫不從，以致罷相。异未幾而卒，鎛遂引用姦邪，中傷善類。穆宗即位，鎛始敗，而播遂求還，賄賂權倖，以取相位。朝政不綱，復失河北。憲宗中興之業，一旦隳壞。然則三人之進退，有唐中葉興衰治亂之關也。公不敢顯言，故託之詠雪。篇首數句，言其位望之輕，而出入後先之異。「當窗恒凜凜」以下，言其漸有氣勢，而進羡餘，行賄賂，狼藉之甚也。「松篁遭挫抑」以下，言小人道長，君子道消，不惟節鉞可邀，抑且台階可躋，包藏隱慝，擾亂蒸民，刑戮横加，賢愚莫辨。禍已烈矣，然猶未已也。彼其溪壑難填，崇高莫極，必將使乾坤震動，陵谷貿遷，善氣無以導迎，陰邪爲之錮蔽，含生皆失其所，困約尤受其灾，而後極焉。爲害至此，不可勝言矣。然其詞甚刻，而其意甚顯。傳之人口，誰不知之？此所以戒其屬和也。

韓昌黎詩集編年箋注卷十二

卷十二凡二十九首，起長慶二年，爲兵部侍郎，奉使鎮州，還朝轉吏部侍郎，拜京兆尹兼御史大夫，改兵部侍郎，復爲吏部侍郎作。病中贈張十八以下，四年所作。

早春與張十八博士籍游楊尚書林亭寄第三閣老兼呈白馮二閣老〔一〕

牆下春渠入禁溝，渠冰初破滿渠浮。鳳池近日長先暖，流到池時更不流。

〔一〕方云：白居易、馮宿也。第三閣老，楊於陵之子嗣復也。白和詩只作「楊舍人林池」。舊唐書楊於陵傳：於陵，字達夫，元和初爲嶺南節度使。穆宗立，遷户部尚書，子四人。又嗣復傳：嗣復，字繼之，進士擢第。長慶元年十月，以庫部郎中知制誥，正拜中書舍人。按：於陵子四人：景復、嗣復、紹復、師復。今曰嗣復，則應稱第二而曰第三，非其行次，乃閣中第三廳之中書也。翫下朱子説甚明。亦或紹復行次。考紹復進士擢第，亦中書舍人。白居易、馮宿見鄖城晚飲詩。

朱子曰：王沂公言行録記楊大年呼沂公爲第四廳舍人。疑前世遺俗自有此等稱呼。□云：閣老二字，按新唐書楊綰傳：故事，中書舍人年久者爲閣老云。按：以下諸詩，長慶二年爲兵部侍郎作，是年奉使鎮州，還朝轉吏部侍郎。

同水部張員外曲江春游寄白二十二舍人〔一〕

漠漠輕陰晚自開，青天白日映樓臺。曲江水滿花千樹，有底忙時不肯來。

〔一〕舊唐書張籍傳：累授國子博士、水部員外郎，轉水部郎中，卒，世謂之張水部云。按：新書籍傳：愈薦爲國子博士，歷水部員外郎、主客郎中，終國子司業，非終於水部也。□云：白樂天集有和篇，後世傳韓、白無往來之詩，非也。

賀張十八秘書得裴司空馬〔一〕

司空遠寄養初成，毛色桃花眼鏡明〔二〕。落日已曾交轡語，春風還擬並鞍行。長令奴僕知飢渴，須著賢良待性情。旦夕公歸伸拜謝〔三〕，免勞騎去逐雙旌〔四〕。

〔一〕新唐書裴度傳：度爲河東節度使，穆宗即位，進檢校司空。朱克融、王庭湊亂河朔，加度鎮州行營招討使，俄兼押北山諸蕃使。元稹求執政，憚度復當國，以度守司空、平章事，東都留守。按：籍此時已爲水部員外，前詩題已稱之，此稱秘書猶仍其舊耶？抑或傳寫有誤耳。

〔二〕毛色：水經注：陸遜於襄陽石穴得馬數十匹，蜀使至，識其馬毛色，云其父所乘馬。桃花：爾雅釋畜：馬黄白雜色，駓。注：今之桃花馬。梁簡文帝西齋行馬詩：「晨風白金絡，桃花紫玉珂。」眼鏡明：顔延之赭白馬賦：「雙瞳夾鏡。」

〔三〕公歸：按：度爲元稹所忌，沮敗其功，又罷其兵柄。諫官交章極論，未之省，會中人使幽鎮還，言軍中謂度在朝，而兩河諸侯忠者懷，强者畏。今居東，人人失望。帝悟，詔度，由太原朝京師，即是年春也。

〔四〕雙旌：新唐書百官志：符寶郎掌國之符節，凡命將遣使皆請旌節。旌以顓賞，節以顓殺。方云：裴詩有「他日著鞭能顧我」之句，故公云爾。

奉使常山早次太原呈副使吴郎中〔一〕

朗朗聞街鼓，晨起似朝時。翻翻走驛馬〔二〕，春盡是歸期〔三〕。地失嘉禾處〔四〕，風存蟋蟀辭〔五〕。暮齒良多感〔六〕，無事涕垂頤。

〔一〕舊唐書穆宗紀：長慶元年七月，鎮州軍亂，節度使田弘正遇害，推衙將王庭湊爲留後。二年二月癸亥朔甲子，詔雪王庭湊，仍令兵部侍郎韓愈往彼宣諭。新唐書地理志：鎮州常山郡大都督府，本恒州恒山郡，治石邑。武德四年，徙治真定。元和十五年，避穆宗更名。屬河北道。又：太原府太原郡，本并州，開元十一年爲府，屬河東道。方云：公使鎮州，吴丹以駕部郎中副行。按：以下皆使鎮州作。

〔二〕朗朗、翻翻：按：馬曰翻翻，似乎好奇，然廣雅釋訓：「翩翩、翻翻，飛也。」馬行如飛，則可以曰翩翩，亦可以曰翻翻矣。此聯詩體隔句對，與送李員外分司東都同調。

〔三〕春盡：按：去時方二月初，此乃逆計歸期也。

〔四〕嘉禾：書序：唐叔得禾，異畝同穎，獻諸天子。王命唐叔歸周公于東，作歸禾。漢書地理志：太原郡晉陽，故詩唐國，周成王封弟叔虞。按：唐叔得禾又見史記魯世家，與此略同。

〔五〕蟋蟀：詩序：蟋蟀，刺晉僖公也。此晉也，而謂之唐，本其風俗，憂深思遠，儉而用禮，乃有堯之遺風焉。

〔六〕暮齒：江總詩：「暮齒逼桑榆。」

□云：唐子西曰：公孫弘以董仲舒相膠西，梁冀以張綱守廣陵，盧杞以顔魯公使李希烈，李逢吉以韓愈使鎮州，其用意正相類。然考之史，公出使在二月，而逢吉三月始召爲兵部尚書，六月始代裴度爲相，子西云爾，何也？抑豈逢吉憸邪，遂以公此行爲其所中歟？「君子惡居下流，天下之惡皆歸焉」。此之謂也。

按：皇甫湜韓文公墓誌銘：「王庭湊反，圍牛元翼於深，救兵十萬，望不敢前。詔擇庭臣往諭，衆慄縮，先生勇行。元稹言於上曰：『韓愈可惜。』穆宗悔，馳詔無徑入。先生曰：『止，君之仁。死，臣之義。』遂至賊營，麾其衆責之。賊恇汗伏地，乃出元翼。春秋美臧孫辰告糴於齊，以爲急病。校其難易，孰爲宜褒？嗚呼！先生真所謂古大臣者耶！」據此則此行出於公之本意，不必以論逢吉也。

夕次壽陽驛題吴郎中詩後〔一〕

風光欲動别長安，春半邊城特地寒。不見園花兼巷柳，馬頭惟有月團團〔二〕。

〔一〕新唐書地理志：太原府太原郡壽陽，畿，本受陽。武德六年徙受州來治，又以遼州之石艾、樂平隸之。貞觀八年，州廢，縣皆來屬。十一年，更名。

〔二〕團團：謝朓詩：「泱泱日照溪，團團雲去嶺。」

條山蒼〔一〕

條山蒼，河水黄。浪波沄沄去〔二〕，松柏在山岡。

〔一〕歐本注云：中條山在黄河之曲，今蒲中也。新唐書地理志：絳州聞喜縣，引中條山水於南城下，西流經六十里，溉涑陰田，屬河東道。

〔二〕浪波：一作「波浪」。沄沄：爾雅釋言：沄，沆也。王逸九思：「窺見兮溪澗，流水兮沄沄。」按：此首疑有脱文，作詩之指歸安在耶？大抵一詩之起。

奉使鎮州行次承天行營奉酬裴司空〔一〕

竄逐三年海上歸〔二〕，逢公復此著征衣。旋吟佳句還鞭馬，恨不身先去鳥飛。

〔一〕按：度是時爲鎮州行營招討使，故公就行營見之。

〔二〕三年：按：公以元和十四年正月貶潮州。是年四月，度罷相爲河東節度，至此三年矣。公還朝以來未嘗見度也。

鎮州路上謹酬裴司空相公重見寄

銜命山東撫亂師，日馳三百自嫌遲。風霜滿面無人識，何處如今更有詩？

鎮州初歸

別來楊柳街頭樹，擺弄春風只欲飛。還有小園桃李在，留花不發待郎歸。

□云：唐語林云：退之二侍妾名柳枝、絳桃。初使王庭湊，至壽陽驛，絶句云云。邵氏聞見録：孫子陽爲余言：近時壽陽驛發地得二詩石。唐人跋云：退之有倩桃、風柳二妓，歸途聞風柳已去，故云云。後張籍祭退之詩云「乃出二侍女」，非此二人耶！

蔣云：唐語林云云，其説甚不足信。退之固是偉人，豈獨殷殷于婢妾？假使思之，亦何必切名致意若此？况所云「發地得石」，則當時必韓自立，他人豈便以去妾爲言？詩意不過感慨故園景色，如東山詩「有敦瓜苦，烝在栗薪。自我不見，于今三年」同旨。其説宜不攻而自破也。

按：蔣持論甚是，詩語不過言去時風光未動，還時桃李猶存，以見其使事畢而來歸疾也。

送桂州嚴大夫自注：同用南字。原注：嚴，謨也。〔一〕

蒼蒼森八桂〔二〕，兹地在湘南。江作青羅帶〔三〕，山如碧玉篸〔四〕。户多輸翠羽，家自種黄甘〔五〕。遠勝登仙去，飛鸞不假驂。

〔一〕新唐書地理志：桂州始安郡中都督府，屬嶺南道。舊唐書穆宗紀：長慶二年四月丁亥，以秘書監嚴謩爲桂管觀察使。按：以下諸詩自鎮州歸後，至九月拜吏部侍郎時作。

〔二〕八桂：海内南經：桂林八樹在番禺東。注：八樹而成林，言其大也。

〔三〕青羅帶：史記高祖功臣侯年表：使長河如帶。淮南泰族訓：視天都若蓋，江河若帶。詩話：退之詩：「江作青羅帶。」子厚詩：「海上群山似劍鋩。」子瞻爲之對曰：「繫懣豈無羅帶水，割愁還有劍鋩山。」

〔四〕碧玉篸：篸，祖含切，與「簪」同。梁元帝賦：「麾靈琚之左轉，光玳簪而右篸。」劉孝威詩：「玉篸久落鬢。」

〔五〕翠羽、黄甘：漢書南粤傳：尉佗因使者獻翠鳥千，生翠四十雙。新唐書地理志：嶺南道，厥貢金銀孔翠犀象綵藤竹布。司馬相如上林賦：「黄柑橙榛。」南方草木狀：柑乃橘之屬，滋味甘美特異者也。有黄者，有赬者，赬者謂之壺柑。

鄆州溪堂詩〔一〕

帝奠九壥〔二〕，有葉有年〔三〕。有荒不條〔四〕，河岱之間〔五〕。及我憲考，一收正之。視邦選侯，以公來尸。公來尸之〔六〕，人始未信。公不飲食〔七〕，以訓以徇。孰飢無食，孰呻孰歎？孰冤不問，不得分願〔八〕？孰爲邦蟊〔九〕，節根之螟〔一〇〕？羊狠狼貪〔一一〕，以口覆城〔一二〕。吹之煦之，摩手拊之〔一三〕。箴之石之〔一四〕，膊而磔之〔一五〕。凡公四封，既富以强。謂公我父，孰違公令〔一六〕？可以師征〔一七〕，不寧守邦〔一八〕。公作溪堂，播播流水〔一九〕。淺有蒲蓮，深有葭葦。公以賓燕，其鼓駭駭〔二〇〕。公燕溪堂，賓校醉飽。流有跳魚〔二一〕，岸有集鳥。既歌以舞，其鼓考考〔二二〕。公在溪堂，公御琴瑟。公暨賓贊〔二三〕，稽經諏律〔二四〕。施用不差，人用不屈〔二五〕。溪有蕢苽〔二六〕，有龜有魚。公在中流，右詩左書〔二七〕。無我斁遺〔二八〕，此邦是庥〔二九〕。

〔一〕公序云：「上之三年」，公爲政于鄆曹濮也。適四年矣。治成制定，衆志大固。天子以公爲尚書右僕射，封扶風縣開國伯以褒嘉之。公亦樂衆之和，知人之悦，而侈上之賜也。爲堂于其居之西北隅，號曰溪堂。以饗士大夫，通上下之志。其從事陳曾謂：噫無詩歌，是不考公德，而接邦人於道也。乃使來請，其詞云云。按：「上之三年」，穆宗長慶二年也。總即以是年十二月召入爲户部尚書。

〔二〕九壥：壥同廛。江淹詩：「履籍鑑都壥。」玉篇：壥同廛。□云：九壥，九州也。

〔三〕葉年：按：唐有天下，至穆宗十一世十二帝，二百餘年矣。

〔四〕不條：按：廣韻：「條，貫也，教也。」不條，言不奉詔條也。

〔五〕河岱：按：鄆屬淄青，當云海岱。然公祭馬總文亦有「岱定河安惟公之韙」句。孫云：河岱，兖鄆之境也。

〔六〕尸之：詩：「誰其尸之？」

〔七〕不飲食：按：猶書無逸篇言「自朝至于日中昃，不遑暇食」也。

〔八〕分：去聲。

〔九〕邦蟊：詩：「天降罪罟，蟊賊内訌。」

〔一〇〕節根：爾雅釋蟲：食苗心，螟；食葉，蟘；食節，賊；食根，蟊。注：分别蟲啖食禾所在之名耳。

〔一一〕羊狠狼貪：史記項羽紀：宋義下令軍中曰：猛如虎，狠如羊，貪如狼，强不可使者，皆斬之。

〔一二〕覆城：按：新唐書李師道傳：「亡命少年爲師道計，燒河陰敖庫，募壯士劫洛陽宫闕，以解蔡圍。又説李師道爲袁盎事，殺武元衡，傷裴度，斷建陵門戟。及李光顔破凌雲栅，始大懼，遣使歸順，而又負約，私奴婢媪爭言先司徒土地，奈何一旦割之，遂抗命，致諸君進討，傳首京師。」皆所謂「以口覆城」者也。

〔一三〕吹呴、摩、拊：王褒聖主得賢臣頌：「呴嘘呼吸得喬松。」按：吹呴，以氣温之也。拊摩，以手循之也。皆喻恩澤。此承「孰飢無食」四句。

〔一四〕箴：古鍼字，俗作針。

〔一五〕膊磔：左傳：殺而膊諸城上。注：膊，磔也。按：箴石以治之，膊磔以刑之，此承「邦蟊」四句言，分别罪之重輕以爲威令也。

〔一六〕令：平聲叶。

〔一七〕師征：石本作「師征」，朱子曰：平淮西碑云：「屢興師征。」作「師」爲是。

〔一八〕邦：叶。

〔一九〕播播：按：蓋流動之貌。

〔二〇〕駭駭：駭，上聲叶。穀梁傳：既戒鼓而駭衆。方云：此詩十一章以令叶强，以駭叶水，皆古音也。淮南繆稱訓：「勿驚勿駭，萬物將自理；勿撓勿攖，萬物將自清。」駭，古音自與理叶也。

〔二一〕跳：音條。

〔二二〕考考：詩：「子有鐘鼓，弗鼓弗考。」

〔二三〕賓贊：按：贊，助也，猶言賓僚也。

〔二四〕稽諏：記儒行：今人與居，古人與稽。詩：「周爰咨諏。」

〔二五〕不屈：賈誼治安策：然而天下不屈者殆未有也。

〔二六〕蕢苽：説文：蕢，大蓱也。苽，雕苽，一名蔣。

〔二七〕右詩左書：梁元帝玄覽賦：「聊右書而左琴，且繼踵於華陰。」

〔二八〕斁遺：斁，徒故切，又音亦。按：猶言厭棄也。

〔二九〕庥：叶。爾雅釋詁：庇、庥，廕也。注：今俗語呼樹蔭爲庥。

□云：長安薛氏有皇甫湜手帖云：「鄆塘特高古風，敢樹降旗。而作者之下何人能及矣。崔侍御前日稱歎終席，滿座不覺繼燭。我唐有國，退之文宗一人，不任欽慰之極。湜上侍郎宗伯。」鄆塘，正謂此鄆州溪堂也。曰宗伯者，文章宗伯也。

珊瑚鉤詩話：退之南山詩類杜甫之北征，進學解同於子雲之解嘲，鄆州溪堂詩依於國風，平淮西之文近于小雅。

奉和僕射裴相公感恩言志〔一〕

文武成功後，居爲百辟師。林園窮勝事，鐘鼓樂清時。擺落遺高論〔二〕，雕鐫出小詩〔三〕。自然無不可〔四〕，范蠡爾其誰〔五〕？

〔一〕新唐書裴度傳：是時，徐州王智興逐崔群，諸軍盤互河北，進退未一。議者交口請相度，乃以守司徒、淮南節度使兼中書侍郎、平章事。權佞側目，謂李逢吉險賊善謀，可以構度，諷帝自襄陽召還，拜兵部尚書。度居位，再閱月，果爲逢吉所間，罷爲左僕射。按：宰相表：度以三月戊午相，六月甲子罷，是日李逢吉遂同平章事。

〔二〕擺落：陶潛詩：「擺落悠悠談，請從余所之。」

〔三〕雕鐫：庾信枯樹賦：「雕鐫始就，剞劂仍加。」

〔四〕自然：莊子應帝王篇：順物自然而無容心焉。

〔五〕范蠡：史記越世家：范蠡事越王，既苦身戮力，與句踐深謀二十餘年，竟滅吴，報會稽之恥。句踐以霸，而范蠡稱上將軍。以爲大名之下，難以久居，乃裝其輕寶珠玉，乘舟浮海以行，終不返。按：詩話：「慶曆中，西師未解，晏元獻爲樞密使。會大雪，置酒于西園。歐陽永叔賦詩云：『須憐鐵甲冷徹骨，四十餘萬屯邊兵。』晏曰：昔韓愈亦能作言語，赴裴度會，但云：『林園窮勝事，鐘鼓樂清時。』不曾如此作鬧。」余見二者各有所當，晏語未可爲定論。蓋晏殊方秉樞，裴度已罷相，錯置則兩失，易地則皆然。

和僕射相公朝迴見寄

盡瘁年將久〔一〕，公今始暫閑。事隨憂共減，詩與酒俱還。放意機衡外〔二〕，收身矢石間〔三〕。秋臺風日迥，正好看前山〔四〕。

〔一〕盡瘁：詩：「或燕燕居息，或盡瘁事國。」

〔二〕機衡：書：在璿璣玉衡，以齊七政。

〔三〕矢石：左傳：荀偃、士匄攻偪陽，親受矢石。

〔四〕前山：庚溪詩話：退之和裴晉公詩云：「秋臺風日迥，正好看前山。」東坡和陶詩云：「前山正可數，後騎且莫驅。」此語雖不同，而寄情物外夷曠優游之意則同也。

和裴僕射相公假山十一韻

公乎真愛山，看山旦連夕。猶嫌山在眼，不得著脚歷。枉語山中人，丐我澗側石。有來應公須，歸必載金帛。當軒乍駢羅，隨勢忽開坼。有洞若神剜，有巖類天劃〔一〕。終朝巖洞閒，歌鼓燕賓戚〔二〕。孰謂衡霍期〔三〕，近在王侯宅〔四〕。傅氏築已卑〔五〕，磻溪釣何激〔六〕？逍遥功德下，不與事相摭。樂我盛明朝，於焉傲今昔。

〔一〕神剜、天劃：按：言其制作之奇，若神功鬼斧也。

〔二〕歌鼓：爾雅釋樂：徒歌謂之謡，徒擊鼓謂之咢。

〔三〕衡霍期：謝靈運詩：「游當羅浮行，息必廬霍期。」

〔四〕王侯宅：古詩十九首：「王侯多第宅。」

〔五〕傅氏築：書：説築傅巖之野，惟肖。

〔六〕磻溪釣：阮籍勸晉王箋：吕尚，磻溪之漁者，一朝指麾，乃封營丘。水經注：磻溪中有泉，即太公釣處。今謂之凡谷泉。南隅有石室，蓋太公所居。水次盤石釣處，即太公垂釣之所。其投竿跪餌兩膝，遺跡猶存，是磻溪之稱也。

奉和李相公題蕭家林亭原注：逢吉。〔一〕

山公自是林園主〔二〕，歎惜前賢造作時。巖洞幽深門盡鎖，不因丞相幾人知？

〔一〕樊云：蕭氏在唐最盛，瑀、嵩、華、復、俛、寘、倣、遘，凡八葉宰相。嵩第在城南永樂坊，見長安志。餘無所見。

〔二〕山公：水經注：襄陽湖水入侍中襄陽侯習郁魚池，都依范蠡養魚法，作大陂，限以高堤，楸竹夾植，蓮芡覆水，是游晏之名處也。山季倫之鎮襄陽，每臨此池，未嘗不大醉而還。恒言此是我高陽池。故時人爲之歌曰：「山公出何去，往至高陽池。日暮倒載歸，酩酊無所知。」按：語意乃諷李逢吉也。蕭氏以八葉宰相，而林亭今亦冷落。逢吉之傾人貪位者何爲耶？若與和裴度女几山絶句「暫攜諸吏上崢嶸」一例看，則非。

早春呈水部張十八員外二首〔一〕

天街小雨潤如酥〔二〕，草色遥看近卻無。最是一年春好處，絶勝花柳滿皇都〔三〕。

莫道官忙身老大，即無年少逐春心。憑君先到江頭看，柳色如今深未深。

〔一〕按：「官忙身老大」，應是爲吏部侍郎時。以下諸詩長慶三年作。

〔二〕酥：玉篇：酥，酪也。

〔三〕花：一作「烟」。

和水部张員外宣政衙賜百官櫻桃詩〔一〕

漢家舊種明光殿〔二〕，炎帝還書本草經〔三〕。豈似滿朝承雨露，共看傳賜出青冥。香隨翠籠擎初到〔四〕，色映銀盤寫未停〔五〕。食罷自知無所報，空然慚汗仰皇扃。

〔一〕舊唐書地理志：京師東内正門曰丹鳳，正殿曰含元，含元之後曰宣政。宣政左右有中書、門下二省。高宗以後天子常居東内。唐李綽歲時紀：四月一日，内園薦櫻桃寢廟。薦訖，班賜各有差。

〔二〕明光殿：三輔黄圖：明光宫，武帝太初四年秋起，在長樂宫後。洛陽宫殿簿：漢有明光殿。

〔三〕本草經：神農本草：櫻桃味甘益脾胃。

〔四〕翠籠：籠，去聲。王云：竹籠。

〔五〕銀盤：按：「銀盤」疑作「瑛盤」。東觀漢記：「明帝晏群臣大官，進櫻桃，以赤瑛盤賜群臣。月下視之，盤與櫻桃同色。群臣皆笑云：『是空盤。』」今云「銀盤」或紀當時實事，又取紅白相映之意。寫：記曲禮：御食于君，君賜餘器之溉者不寫，其餘皆寫。注：謂傳之器中。

潛溪詩眼：老杜櫻桃詩云：「西蜀櫻桃也自紅，野人相送滿筠籠。數回細寫愁仍破，萬顆勻圓訝許同。」直書目前所見，平易委曲，得人心所同然。至于「憶昨賜霑門下省，退朝擎出大明宮。金盤玉筯無消息，此日嘗新任轉蓬。」其感興皆出于自然，故終篇遒麗。韓退之詩蓋學老杜，然搜求事跡，排比對偶，其言出於勉强，所以相去甚遠。然若非老杜在前，人亦安敢輕議。

送鄭尚書赴南海〔一〕

番禺軍府盛〔二〕，欲説暫停杯。蓋海旂幢出，連天觀閣開。衙時龍户集〔三〕，上日馬人來〔四〕。風靜鶢鶋去〔五〕，官廉蚌蛤迴〔六〕。貨通師子國〔七〕，樂奏武王臺〔八〕。事事皆殊異，無嫌屈大才〔九〕。

〔一〕公送鄭尚書序云：嶺之南，其州七十，其二十二隸嶺南節度府。長慶三年四月，以工部尚書鄭公爲刑部尚書兼御史大夫，往踐其任。將行，公卿大夫士咸相率爲詩，韻必以來字者，祝公成政而來歸疾也。新唐書鄭權傳：權，汴州開封人。擢進士第。穆宗立，遷工部尚書，用度豪侈，乃結權倖求鎮守，於是檢校尚書左僕射、嶺南節度使，多裒貲珍，使吏輸送。凡帝左右助力者，皆有納焉。

〔二〕番禺：音潘愚。史記南越傳：番禺負山險，阻南海，東西數千里，此亦一州之主也。漢書地理志：粤地，今之蒼梧、鬱林、合浦、交趾、九真、南海、日南，皆越分，番禺其一都會也。南越志：番禺縣有番、禺二山，因以爲名。新唐書地理志：廣州南海郡中都督府，有府二，曰綏南、番禺。

〔三〕龍户：韓云：南部新書：有龍户，見水色則知有龍，或引出，但鰍魚而已。□云：龍户，採珠户也。南海亦謂之蜑户。

〔四〕馬人：新唐書南蠻傳：環王，本林邑也。直交州南，海行三千里，其南大浦，有五銅柱，漢馬援所植也。又有西屠夷，蓋援還，留不去者，才十户。隋末孳衍至三百，皆姓馬。俗以其寓，故號「馬留人」，與林邑分唐南境。

〔五〕鶢鶋去：魯語：海鳥曰爰居，止于魯東門之外。展禽曰：今兹海其有灾乎？夫廣川之鳥獸，恒知而避其灾也。是歲也，海多大風。

〔六〕蚌蛤迴：後漢書孟嘗傳：嘗遷合浦太守，郡不産穀食，而海出珠寶。與交阯北境。先時宰守並多貪穢，詭人採求，不知紀極，珠遂漸徙於交趾郡界。嘗到郡，曾未踰歲，去珠復還。

〔七〕師子國：南史海南諸國傳：師子國，天竺旁國也。其國舊無人，止有鬼神及龍居之。諸國商賈來共市易，鬼神不見其形，但出珍寶，顯其所堪價，商人依價取之。諸國人聞此土樂，因此競至，或有住者，遂成大國。新唐書西域傳：師子居西南海中，延袤二千餘里，有稜伽山，多奇寶。以寶置洲上，商舶償直輒取去。能馴養師子，因以名國。國史補：南海舶，外國舶也。每歲至安南、廣州，師子國舶最大，梯而上下數丈，皆積寶貨。至則本道奏報，郡邑爲之喧闐。

〔八〕武王臺：史記南越傳：尉佗自立爲南越武王。水經注：高帝定天下，使陸賈就立趙佗爲趙王，剖符通使。佗因岡作臺，北面朝漢，圓基千步，直峭百丈，頂上三畝，復道回環，逶迤曲折。朔望升拜，名曰朝臺。前後刺史郡守，遷除新至，未嘗不乘車升履，於焉逍遥。在州城東北三十里。蔣云：在今廣州府城内越秀山。

〔九〕大才：世説：太傅府有三才，劉慶孫長才，潘陽仲大才，裴景升清才。

嘲魯連子〔一〕

魯連細而黠〔二〕，有似黄鷂子〔三〕。田巴兀老蒼〔四〕，憐汝矜爪觜。開端要驚人〔五〕，雄跨吾厭矣。高拱禪鴻聲，若輟一杯水〔六〕。獨稱唐虞賢〔七〕，顧未知之耳。

〔一〕史記魯仲連傳：魯仲連者，齊人也。好奇偉俶儻之畫策。韓云：魯連，太史亦有取焉。公嘲之之意，不悉其安在？　意必有所諷於當時，後世有不得而窺者。按：讀東方朔雜事、嘲魯連子非譏弄古人，皆有所爲而作。此詩譏爭名相軋者，而云「雄跨吾厭矣」、「高拱禪鴻聲」，有不屑與爭之意，大抵爲京兆尹與李紳爭臺參時作。香山詩中稱紳爲「短李」，此詩「細而」注又作「兒」，亦與「短李」合。考漢人史游急就章有「細兒」字。

〔二〕魯連：魯連子：齊之辯士田巴辯于徂丘，議于稷下，一日而服十人。有徐劫者，其弟子也。魯連謂劫曰：「臣願得當田子，使之必不復談，可乎？」徐劫言之巴。魯連得見曰：「今楚軍南陽，趙伐高唐，燕人十萬在聊，國亡在旦夕。先生將奈何？」田巴曰：「無奈何！」魯連曰：「危不能爲安，亡不能爲存，無貴士矣。如先生之言有似梟鳴出聲，人皆惡之。願先生弗復談也。」田巴曰：「謹受教。」于是杜口爲業，終身不談也。　而：方作「兒」。

〔三〕黄鷂子：古樂府企由谷歌：「郎非黄鷂子，那得雲中雀？」

〔四〕老蒼：陸機歎逝詩：「鴉髮老成蒼。」按：爭臺參時公年五十六矣，故以田巴老蒼自比。

〔五〕開端：漢書淮陽王傳：既開端緒，願卒成之。　驚卜：史記滑稽傳：此鳥不鳴則已，一鳴驚人。

〔六〕輟：一作「啜」。　一杯水：按：言淡而無味，輟之不足惜也。「輟」字爲切，不當作「啜」。

〔七〕唐虞：按虞書：「稷契夔龍，師師相讓。」引此以明不屑與爭之意。

和侯協律詠筍原注：侯喜。

竹亭人不到，新筍滿前軒。乍出真堪賞，初多未覺煩。成行齊婢僕〔一〕，環立比兒孫〔二〕。驗長常攜尺，愁乾屢側盆。對吟忘膳飲，偶坐變朝昏。滯雨膏腴濕〔三〕，驕陽氣候温。得時方張王〔四〕，挾勢欲騰騫〔五〕。見角牛羊没，看皮虎豹存。攢生猶有隙，散布忽無垠。詎可持籌筭，誰能以理言？縱横公占地〔六〕，羅列暗連根。狂劇時穿壁，群强幾觸藩〔七〕。深潛如避逐，遠去若追奔。始訝妨人路〔八〕，還驚入藥園〔九〕。萌牙防寖大，覆載莫偏恩。已復侵危砌，非徒出短垣。身寧虞瓦礫，計擬揜蘭蓀〔一〇〕。且歎高無數，庸知上幾番？短長終不校，先後竟誰論？外恨苞藏密〔一一〕，中仍節目繁〔一二〕。暫須迴步履，要取助盤飧〔一三〕。穰穰疑翻地，森森競塞門。戈矛頭戢戢，蛇虺首掀掀。婦懦資料揀〔一四〕，兒癡謁盡髠。侯生來慰我，詩句讀驚魂。屬和才將竭，呻吟至日暾〔一五〕。

〔一〕成行：古樂府豔歌何嘗行：「十十五五，羅列成行。」

〔二〕比兒孫：杜甫詩：「諸峰羅列似兒孫。」

〔三〕膏腴：賈誼治安策：割膏腴之地。

〔四〕張王：王，並去聲。方云：莊子所謂「王長其間」是也。並去聲讀。公與劉夢得蒲萄詩皆用「張王」字。

〔五〕騰騫：容齋五筆：騫、騫二字音義訓釋不同，以字書正之。騫，去乾切。注云：「馬腹縶，又虧也。」今列於禮部韻略下平聲二仙中。騫，虛言切。注云：「飛貌。」今列於上平聲二十二元中。文人相承，以騫騰之騫爲軒昂掀舉之義，非也。其字之下从馬，馬豈能掀舉哉？其下从鳥，則於掀飛之訓爲得。東坡、山谷亦皆押騫字入元字。唯韓公和侯協律詠筍詩「得時方張王，挾勢欲騰騫」乃爲得之。此固小學瑣瑣，尤可以見公之不苟于下筆也。

〔六〕占：去聲。

〔七〕觸藩：易：羝羊觸藩，羸其角。

〔八〕妨人路：列女傳：樊姬曰：虞丘相楚十餘年，蔽君而妨賢路。

〔九〕入藥園：案：藥園，芍藥圃也。

〔一〇〕蘭蓀：沈約詩：「今守馥蘭蓀。」

〔一一〕苞藏：宋書顏竣傳：庾徽之奏曰：懷挾姦數，苞藏隱慝。

〔一二〕節目：記學記：先其易者，後其節目。

〔一三〕盤飧：方云：盤飧寘璧，本左氏語。

〔一四〕料揀：料，音聊。方云：料，量也。張湛列子序：且共料簡世所希有者。

〔一五〕日暾：方云：楚辭九歎：「日暾暾其西舍。」亦可以日入言也。

按：此與李紳爭臺參罷官時作。貞元十八年，權德輿知貢舉，公薦士於陸祠部，稱李紳文行出群，則紳早年本受知於公，故曰「乍出真堪賞」也。「得時方張王」以下，謂其初爲御史中丞，已咄咄逼人也。「縱横公占地」，謂其肆行。「羅列暗連根」，謂其樹黨也。「身寧虞瓦礫」，謂墮逢吉之術而不知。「計擬揜蘭蓀」，謂遂欲駕乎公之上也。「短長終不較，先後竟誰論」，謂朝廷不論曲直而兩罷之也。玩「侯生來慰我」句，可知是慰失官，不然，詠筍無所謂慰。

枯樹〔一〕

老樹無枝葉，風霜不復侵。腹穿人可過，皮剥蟻還尋〔二〕。寄託惟朝菌〔三〕，依投絶暮禽〔四〕。猶堪持改火〔五〕，未肯但空心〔六〕。

〔一〕按：此詩亦當是爭臺參時作。

〔二〕皮剥：按：此喻小人乘其隙而中之也。

〔三〕朝菌：莊子：朝菌不知晦朔。

〔四〕依投：古樂府石城樂：「城中諸少年，出入見依投。」

〔五〕改火：樊云：論語：鑽燧改火。馬融曰：周書月令有改火之文。春取榆柳之火，夏取棗杏之火，季夏取桑柘之火，秋取柞楢之火，冬取槐檀之火。一年之中鑽火各異木，故曰改火也。

〔六〕空心：庾信枯樹賦：「火入空心，膏流斷節。」

送諸葛覺往隨州讀書 原注：李繁時爲隨州刺史。〔一〕

鄴侯家多書〔二〕，插架三萬軸。一一懸牙籤〔三〕，新若手未觸〔四〕。爲人强記覽〔五〕，過眼不再讀。偉哉群聖文，磊落載其腹〔六〕。行年餘五十，出守數已六〔七〕。京邑有舊廬〔八〕，不容久食宿。臺閣多官員，無地寄一足。我雖官在朝，氣勢日局縮。屢爲丞相言，雖懇不見録。送行過滻水，東望不轉目。今子從之游，學問得所欲。入海觀龍魚〔九〕，矯翮逐黄鵠〔一〇〕。勉爲新詩章，月寄三四幅。

〔一〕舊唐書李泌傳：泌，字長源，貞元三年拜中書侍郎、同中書門下平章事。子繁，少聰警，有才名，無行義。積年委棄，後爲太常博士、太常卿。權德輿奏斥之，除河南府士曹參軍。泌之故人爲宰相，左右援拯，後得累居郡守，而力學不倦。罷隨州刺史，歸京師，久不承恩，敬宗誕日，詔入殿中抗浮圖道士講論。除大理少卿，出爲亳州刺史，以濫殺無辜賜死。時人冤之。按：繁爲隨州，年月無所考。然元和十五年，公爲國子祭酒時，曾爲處州刺史李繁作孔子廟碑。是詩云「出守數已六」，應又在處州之後。史第云「累居郡守」，蓋略之也。繁罷隨州之後，即接敬宗之事，其爲隨州，大抵在穆宗時。又云「我雖官在朝，氣勢日局縮」，疑自京兆尹罷爲兵部侍郎作。

〔二〕鄴侯：按：泌封鄴侯，而公孔子廟碑云：「處州刺史鄴侯李繁。」蓋或繁襲封也。

〔三〕牙籤：唐六典：集賢所寫書有四部。舊唐書經籍志：甲爲經，乙爲史，丙爲子，丁爲集，分四庫，經庫鈿白牙軸紅牙籤，史庫鈿青牙軸緑牙籤，子庫雕紫檀軸碧牙籤，集庫緑牙軸白牙籤，已爲分別。

〔四〕手未觸：莊子：手之所觸。按：此非美其書之新，正言其性之敏，不俟再讀耳。

〔五〕强記覽：記曲禮：博聞强識而讓。

〔六〕磊落：崔瑗張平子碑：磊落焕炳，與神合契。

〔七〕出守：顔延之詩：「一麾乃出守。」

〔八〕京邑：新唐書李泌傳：泌，魏柱國弼六世孫，徙居京兆。舊廬：漢書疏廣傳：吾自有舊田廬。

〔九〕龍魚：海外西經：龍魚陵居，狀如貍，神聖乘此以行九野。

〔一〇〕矯翮：吴越春秋：烏鳶歌：「矯翮兮雲閒，任厥性兮往還。」黄鵠：屈原卜居：「寧與黄鵠比翼乎？將與雞鶩爭食乎？」

病中贈張十八〔一〕

中虛得暴下〔二〕，避冷臥北窗〔三〕。不蹋曉鼓朝〔四〕，安眠聽逢逢〔五〕。籍也處閭里，抱能未施邦。文章自娛戲，金石日擊撞〔六〕。龍文百斛鼎〔七〕，筆力可獨扛〔八〕。談舌久不掉〔九〕，非君亮誰雙？扶几導之言，曲節初摐摐〔一〇〕。半塗喜開鑿，派別失大江。吾欲盈其氣，不令見麾幢。牛羊滿田野〔一一〕，解旆束空杠。傾樽與斟酌，四壁堆罌缸。玄帷隔雪風，照鑪釘明釭〔一二〕。夜闌縱捭闔〔一三〕，哆口疏眉厖〔一四〕。勢侔高陽翁〔一五〕，坐約齊横降〔一六〕。連日挾所有，形軀頓胮肛〔一七〕。將歸乃徐謂，子言得無哤〔一八〕。迴軍與角逐，斫樹收窮龐〔一九〕。雌聲吐欵要〔二〇〕，酒壺綴羊腔〔二一〕。君乃崑崙渠〔二二〕，籍乃嶺頭瀧。譬如蟻垤微，詎可陵崆峴〔二三〕。幸願終賜之，斬拔枿與樁。從此識歸處〔二四〕，東流水淙淙〔二五〕。

〔一〕按：以下長慶四年爲吏部侍郎，以病在告作。

〔二〕中虛：史記倉公傳：病者即泄注，腹中虛。

〔三〕臥北窗：陶潛與子儼等疏：嘗言五六月中，北窗下臥，遇涼風暫至，自謂羲皇上人。

〔四〕蹋鼓：顧嗣立曰：魏志楊阜傳：曹洪置酒大會，令女倡著羅縠之衣蹋鼓。按：魏志「蹋鼓」當與此不同，此乃乘曉鼓而入朝，如蹋月蹋星之類耳。

〔五〕逢逢：逢，音龐。詩：「鼉鼓逢逢。」

〔六〕金石：世説：「君試擲地，應作金石聲。」

〔七〕龍文鼎：班固寶鼎詩：「煥其炳兮被龍文。」

〔八〕獨扛：史記項羽紀：力能扛鼎。

〔九〕舌掉：漢書蒯通傳：酈生掉三寸舌，下齊七十餘城。

〔一〇〕摐摐：音窗。司馬相如子虛賦：「摐金鼓。」

〔一一〕牛羊滿野：漢書匈奴傳：漢使人陽爲賣馬邑地以誘單于。單于乃以十萬騎入武州塞，未至馬邑城百餘里，見畜布野而無人牧者，怪之，乃引兵還。

〔一二〕釘：音定，又音訂。明釭：釭，音江。按：舊注引漢書外戚傳「壁帶往往爲黄金釭」。

〔一三〕捭闔：捭，音擺。鬼谷子捭闔篇：捭之者，料其情也。闔之者，結其識也。

〔一四〕哆口：哆，昌者切。詩：「哆兮侈兮。」疏眉厖：漢書劉寵傳：有五六老叟，厖眉皓髮。王云：厖，多毛貌。

〔一五〕高陽翁：史記酈食其傳：酈生食其者，高陽人也。

〔一六〕約降：史記田儋傳：田横定齊三年，漢王使酈生往説下齊王廣及其相國横，横以爲然，解其歷下軍。

〔一七〕胮肛：胮，匹江切；肛，許江切。廣韻釋詁：胮肛，腫也。

〔一八〕哤：音厖。齊語：四民雜處，則其言哤。

〔一九〕斫樹：史記孫武傳：魏將龐涓去韓而歸，孫子度其行，暮當至馬陵。乃斫大樹，白而書之，曰：「龐涓死此樹下。」涓夜至，讀書未畢，萬弩俱發，乃自剄。

〔二〇〕雌聲：世説：桓温得劉琨妓，曰：「公甚似劉司空。」温大悦，詢之。婢云：「聲甚似，恨雌。」

〔二一〕羊腔：顧嗣立曰：左傳：「楚子克鄭，鄭伯肉袒牽羊以迎。」公意用此。按：玉篇：「腔，羊腔。」開河記：「麻叔謀每食，殺羊羔，同杏酪、五味蒸之，置其腔盤中，自以手臠劈而食之。」此「羊腔」字之所出也。

〔二二〕崑崙渠：爾雅釋水：河出崑崙墟，色白，所渠並千七百一川，色黄。

〔二三〕崆峣：崆，苦江切。峣，五江切。張衡南都賦：「其山則崆峣嶱嵑。」

〔二四〕識歸處：韓云：籍即爲公所敗，乃自以爲領頭之瀧不足以方崑崙之渠，蟻垤之微不足以陵崆峣之山。顧終受教於公，而公於是導其所歸也。

〔二五〕水淙淙：淙，士江切。郭璞江賦：「出信陽而長邁，淙大壑與沃焦。」廣韻：淙水，流貌。按：管輅别傳：諸葛原遷新興太守，輅往餞之，大有高談之客。原先與輅共論，輅遂開張戰地，示以不同，藏匿孤虚，以待來攻。原軍師摧衄，自言覩卿旌旗，城池已壞也。其欲戰之士，於此鳴鼓角，舉雲梯，弓弩大起，牙旗雨集，然後登城曜威，開門受敵。言者收聲，莫不心服，皆欲面縛銜璧，求束手於軍鼓之下。詩意實本於此。然公以師道自任，而談諧求勝於門下士，殊不得其意所在。得毋張籍以公好游戲博塞，嘗有書規箴，公性倔强，有所不受耶？石鼎聯句以軒轅彌明自寓，而求勝於劉、侯二子，亦可爲此詩證也。

與張十八同效阮步兵一日復一夕〔一〕

一日復一日，一朝復一朝。祇見有不如，不見有所超。食作前日味，事作前日調。不知久不死，憫憫尚誰要〔二〕？富貴自縶拘，貧賤亦煎焦。俯仰未得所，一世已解鑣〔三〕。譬如籠中鶴，六翮無所摇〔四〕。譬如兔得蹄〔五〕，安用東西跳〔六〕？還看古人書，復舉前人瓢。未知所究竟，且作新詩謡。

〔一〕晉書阮籍傳：籍，字嗣宗，陳留尉氏人，爲步兵校尉。能屬文，作詠懷詩八十餘篇。方云：阮嗣宗詠懷詩近百篇，其一六韻曰：「一日復一夕，一夕復一朝。顔色改平常，精神自損消。」其一七韻曰：「一日復一朝，一昏復一晨。容色改平常，精魂自飄淪。」公詩效其體，而又繹之曰：「一日復一日，一朝復一朝。」然其題實自效「一日復一夕」始也。按：此自病中滿百日假時所作。張籍所作，其集中不載。

〔二〕要：平聲。

〔三〕解鑣：按：猶言脱去轡銜也。

〔四〕六翮：楚國策：奮其六翮而凌清風。

〔五〕兔得蹄：莊子外物篇：筌者，所以在魚，得魚而忘筌。蹄者所以在兔，得兔而忘蹄。

〔六〕東西跳：莊子逍遥游篇：東西跳梁，不避高下。

南溪始泛三首〔一〕

榜舟南山下〔二〕，上上不得返〔三〕。幽事隨去多，孰能量近遠？陰沈過連樹，昂藏抵横坂。石粗肆磨礪，波惡厭牽挽。或倚偏岸漁，竟就平洲飯。點點暮雨飄，梢梢新月偃〔四〕。餘年懍無幾，休日愴已晚〔五〕。自是病使然，非由取高蹇〔六〕。

南溪亦清駛〔七〕，而無楫與舟。山農驚見之，隨我觀不休。不惟兒童輩，或有杖白頭。饋我籠中瓜，勸我此淹留。我云以病歸，此已頗自由。幸有用餘俸，置居在西疇〔八〕。囷倉米穀滿，未有旦夕憂。上去無得得，下來亦悠悠。但恐煩里閭，時有緩急投〔九〕。願爲同社人，雞豚燕春秋。

足弱不能步〔一〇〕，自宜收朝跡〔一一〕。嬴形可輿致〔一二〕，佳觀安可擲〔一三〕。即此南坂下，久聞有水石。拕舟入其間〔一四〕，溪流正清激。隨波吾未能，峻瀨乍可刺〔一五〕。鷺起若導吾，前飛數十尺。亭亭柳帶沙〔一六〕，團團松冠壁。歸時還盡夜，誰謂非事役？

〔一〕□云：此詩在告時作，殆絶筆于此矣。魯直最愛公此詩，以爲有詩人句律之深意。

〔二〕南山下：按：城南莊蓋即在南山之下。此溪即山下之小溪也。

〔三〕上上：按：上上者，逆流而上，屢上而不已也。

〔四〕梢梢：廣雅釋訓：梢梢，小也。

〔五〕休日：按：休告之日也。

〔六〕蹇：一作「謇」。蔣云：寫得真率，不用雕琢。

〔七〕清駛：謝靈運詩：「活活夕流駛。」

〔八〕西疇：陶潛歸去來辭：「農人告余以春及，將有事乎西疇。」

〔九〕緩急：史記游俠傳：且緩急，人所時有也。蔣云：即物寫心，愈朴而愈切，柳柳州於此派尤近。

〔一〇〕足弱：左傳：孟縶之足不良，弱行，史朝曰：「弱足者居。」

〔一一〕收朝跡：梁簡文帝答湘東王慶州牧書：必欲卷緩避賢，辭病收跡。

〔一二〕嬴形：張衡西京賦：「始徐進而嬴形，似不任乎羅綺。」輿致：晉書陶潛傳：刺史王弘要之還州，問其所乘，答云：「素有脚疾，因乘藍輿，亦足自反。」

〔一三〕佳觀：史記秦始皇紀：從臣嘉觀。

〔一四〕拕舟：拕，仝拖。漢書嚴助傳：拕舟而入水。

〔一五〕刺：七跡切。

〔一六〕亭亭：釋名：亭亭然孤立，傍無所依也。

按：後山詩話云：「韓詩如秋懷、别元協律、南溪始泛皆佳作也。」陳無己不喜韓詩，故所取僅如此。諸作固佳，然在昌黎集中自是别調。以此論韓，舍百牢而染指一臠矣。又按：「隨波吾未能，峻瀨乍可刺」，是倔强人到老氣概，世間脂韋人，加之衰邁，定無此千秋生氣，著作等身，狐貉亦啖盡矣。

翫月喜張十八員外以王六秘書至原注：王六，王建也。〔一〕

前夕雖十五，月長未滿規〔二〕。君來晤我時，風露渺無涯。浮雲散白石，天宇開青池〔三〕。孤質不自憚，中天爲君施。翫翫夜遂久，亭亭曙將披。況當今夕圓，又以嘉客隨〔四〕。惜無酒食樂，但用歌嘲爲。

〔一〕「以」，或作「與」。方云：「以」、「與」義通。朱子曰：「以」字或取能左右之之義。

〔二〕長未滿規：長，上聲。梁簡文帝詩：「緑潭倒雲氣，青山銜月規。」

〔三〕天宇：陶潛詩：「昭昭天宇闊，皛皛川上平。」

〔四〕嘉客：詩：「所謂伊人，于焉嘉客。」蔣云：寫得淡宕。

按：舊人皆以南溪始泛爲絶筆，然張籍祭退之詩云：「去夏公請告，養疾城南莊。籍時官罷休，兩月同游翔。」後云：「中秋十六夜，魄圓天差晴。公既相邀留，坐語於階楹。」「顧我數來過，是夜涼難忘。」下便接云：「公疾浸日加，孺人視藥湯。來候不得宿，出門每迴遑。」則與籍泛南溪，乃在夏時，病尚未篤。自此翫月之後，病始寖加，足知此作爲絶筆矣。

附舊辨贋詩今訂真三首

嘲鼾睡二首

澹師晝睡時，聲氣一何猥。頑飈吹肥脂，坑谷相嵬磊。雄哮乍咽絶，每發壯益倍。有如阿鼻尸，長喚忍衆罪。馬牛驚不食，百鬼聚相待。木枕十字裂，鏡面生痱㿔。鐵佛聞皺眉，石人戰摇腿。孰云天地仁？吾欲責真宰。幽尋蝨搜耳，猛作濤翻海。太陽不忍明，飛御皆惰怠。乍如彭與黥，呼冤受葅醢。又如圈中虎，號瘡兼吼餒。雖令伶倫吹，苦韻難可改。雖令巫咸招，魂爽難復在。何山有靈藥？療此願與採。

澮公坐卧時，長睡無不穩。吾嘗聞其聲，慮深五藏損。黄河弄濆瀑，梗澀連拙鯀。南帝初奮槌，一竅泄混沌。迴然忽長引，萬丈不可忖。謂言絶于斯，繼出方衮衮。幽幽寸喉中，草木森莽蕁。盜賊雖狡獪，亡魂敢窺闞。鴻蒙總合雜，詭譎騁戾狠。乍如鬭呶呶，忽若怨懇懇。賦形苦不同，無路尋根本。何能堙其源？惟有土一畚。

洪云：李希聲家有退之遺詩數十篇。希聲云：皆非也，獨嘲鼾睡一篇似之，録於末。顧嗣立曰：按周紫芝竹坡詩話：退之遺文中載嘲鼾睡二詩，語極怪譎。退之平日未嘗用佛家語作詩，今云：「有如阿鼻尸，長唤忍衆罪。」其非退之作決矣。又如「鐵佛聞皺眉，石人戰搖腿」之句，大似鄙陋，退之何嘗作是語？小兒輩亂真如此者甚衆，烏可不辨。

辭唱歌

抑逼教唱歌，不解看豔詞。坐中把酒人，豈有歡樂姿？幸有伶者婦，腰身如柳枝。但令送君酒，如醉如憨癡。聲自肉中出，使人能逶隨。復遣慳怯者，贈金不皺眉。豈有長直夫？喉中聲雌雌。君心豈無恥，君豈是女兒？君教發直言，大聲無休時。君教哭古恨，不肯復吞悲。乍可阻君意，豔歌難可爲。

王云：諸本注云：此篇恐非公作。今姑存之。

按：以上三首惟辭唱歌爲王伯大所疑是也。嘲鼾睡二首，周紫芝以用佛語辨之，是則拘墟之見。朱子詩中有晨起讀佛經五古，未嘗去之，不從其道而偶舉其事文，於義無失，況嘲僧用之。即其所知以爲言，有何不可？專指鄙俚，則近似之。然鄙俚中文詞博奥，筆力峭折，未必非昌黎游戲所及。昌黎外誰能之耶？李漢不編，亦方隅之耳目。後人非之，則爲聾瞶。余今辨其所辨，以爲奇奇怪怪不主故常者存一疑。按：亡友何義門常喜余破俗之論，安得九京可作耶！

附今辨贋詩二首

和李相公攝事南郊覽物興懷呈一二知舊〔一〕

燦燦辰角曙，亭亭寒露朝。川原共澄映，雲日還浮飄。上宰嚴祀事，清途振華鑣。圓丘峻且坦，前對南山標。村樹黄復緑，中田稼何饒。顧瞻想巖谷，興歎倦塵囂。惟彼顛暝者〔二〕，去公豈不遼？爲仁朝自治，用静兵以銷。勿憚吐捉勤，可歌風雨調。聖賢相遇少，功德今宣昭。

〔一〕李逢吉也。
〔二〕暝：武延切。

奉和杜相公太清宫紀事陳誠上李相公十六韻原注：杜謂元穎也。〔一〕

耒耜興姬國，輴欙建夏家〔二〕。在功誠可尚，於道詎爲華。象帝威容大，仙宗寶歷賒。衛門羅戟槊，圖壁雜龍蛇。禮樂追尊盛，乾坤降福遐。四真皆齒列，二聖亦肩差。陽月時之首，陰泉氣未牙。殿階鋪水碧，庭炬坼金葩。紫極觀忘倦，青詞奏不譁。嚌咗宫夜闢〔三〕，嘈囋鼓晨撾〔四〕。褻味陳奚取，名香薦孔嘉。垂祥紛可録，俾壽浩無涯。貴相山瞻峻，清文玉絶瑕。代工聲問遠，攝事敬恭加。皎潔當天月，葳蕤捧日霞。唱妍酬亦麗，俛仰但稱嗟。

〔一〕新唐書杜如晦傳：如晦五世孫元穎，貞元末進士第，又擢宏詞，爲翰林學士。敏文辭，憲宗特所賞歎。吴元濟平，論書詔勤，遷司勳員外郎，知制誥。穆宗以元穎多識朝章，尤被寵，拜中書舍人、户部侍郎，爲學士承旨，以本官同平章事。自帝即位，不閲歲至宰相，縉紳駭異。甫再朞，出爲劍南西川節度使。又穆宗紀：長慶元年二月，段文昌罷，杜元穎同平章事。三年十月，元穎罷。

〔二〕輴：丑倫切。欙：力追切。

〔三〕噌吰：音曾宏。

〔四〕𡁻：才曷切。

按：二詩必非韓作，大抵二相屬和，不得已而假手代之。李漢不審，漫以編録耳。按：杜元穎之爲相，雖爲人情駭異，而史稱敏於文辭，多識朝章，和詩以爲清文無瑕可也。其頌太清者，則令人可駭可愕。伯禹、后稷之功，遂不及玄元皇帝之道耶？公一生學術具在原道，其論二氏者，道其所道，非吾之所謂道也，何獨於此而易其説。本朝固當尊崇，立言自有適可。如杜甫詩：「世家遺舊史，道德付今王。」何等熨貼！曉人不當如是耶！若以爲此是譏諷，則又非臣子之道。君子素位，何敢違時？大抵不學無術者爲之代言，而公以末暮之年，倦於筆墨，遂未加推敲耳。其爲贋作，此其一也。按：李逢吉之爲相，昔在憲宗朝，恐裴度成功，密沮討蔡，已與昌黎上言力言可滅立異。今在穆宗朝又擠排裴度不安於朝，且使李紳與公相爭臺參成隙，其爲孔壬先後一轍，和詩中可云「爲仁朝自治，用静兵以銷」乎！又云「惟彼顛瞑者，去公豈不遼」，不知意指何人。然一時之段文昌、杜元穎、微之、王播，雖非淳人，恐不若逢吉顛瞑之甚也。二詩之謬，一論道而貶三代，一附託而若八關。昌黎爲人何至於是？此二詩之所以必爲贋也。余於集外之嘲鼾睡者，違衆進之於正編。之此二首獨斷退之，一以文詞收，一以義理黜，世多明眼，當不河漢予言。

附録

一　章學誠韓詩編年箋注書後

桐城方世舉扶南氏撰韓昌黎詩集編年箋注十二卷，每卷之首標列篇目，篇目之下標明出處時世，觀者但考十二篇目，而洪氏年譜辯證、程氏歷官之記，皆可列眉而指數焉。德州盧氏見曾爲之訂正復舛而刻以行世，是亦攻韓集者不可不備之書也。

唐人詩集宜編年者莫若杜、韓，杜之編年多矣，韓則僅見於此，是固論世知人之學，實亦可見。詩文之集，固爲一人之史，學者不可不知此意。爲詩文者篇題苟皆自注歲月，則後人一隅三反，藉以考證時事，當不止於小補而已。按周紫芝辨韓詩嘲鼾睡二首，以爲退之平日未嘗用佛家語，且「鐵佛皺眉」之類語近鄙俚，此詩非韓作，真瞽説也。方氏據朱子集中有晨起讀佛經解之，似矣。顧韓詩中尚有東野失子，大用涅槃經語，何嘗以佛經爲詫；月蝕詩中「杷沙腳手」、「婪酣大肚」等語，何嘗以鄙俚爲嫌。顧俠君號爲通博，乃取此等悠謬議論，殊不可解。近聞有説詩者，於廬江小吏焦仲卿妻一篇，極詆焦仲卿之溺愛忘親，自謂有補風教，此等真是村荒學究見識，以此論文，最爲誤事。惜方氏闢之猶未暢厥指也。

大抵學人之詩、才人之詩、文人之詩，各有所長，亦各有其流弊，但要醞釀於中，有其自得而不襲於形貌，不矜持於聲名，即其所以不朽之質。是以漢志區詩賦爲五種，而賦家者流又分屈原、荀況、陸賈以下别爲三家之學。惜劉、班當日但分其類，而未嘗明著其説，而後世家學流别之義又無有能通之者，是以各就己之所近，浸淫入之，以爲詩賦之道一而已矣。苟有不爲其説，不同其道而稱詩賦者，即不勝其入主出奴，憤若不共戴天。苟有識者通其源流，奚足當吹劍之一吷乎？主風教者貴有操持之實，極言是也，婉言亦是也，無其實而僨於遒人之鐸，無謂也。徵學術者貴有懷抱之志，侈言是也，約言是也，無其志而勞於書肆之估，無謂也。性靈，詩之質也，魂夢於虚無飄緲，豈有質乎？音節，詩之文也，桎梏於平反雙單，豈成文乎？三百之旨，五種之流，三家之學，虚實侈約，平奇雅俗，何者非從六義中出？但問胸懷志趣有得否耳。而世人論詩，紛紛攘攘，昧原逐流，離跂攘臂於醯缶之間，以謂詩人别有懷抱。嗚呼！詩千萬，一言以蔽之，曰：惑而已矣。

——録自章學誠遺書卷十三，文物出版社一九八五年版

二　王鳴盛蛾術編韓昌黎

余家藏朱文公校昌黎先生集四十卷，蓋宋坊間所刻，合晦庵先生考異、留耕王先生音釋一書。留耕

名伯大，前有姓氏一紙。又有昌黎先生外集十卷，末附新書本傳及敘。書後廟碑各一篇。魏仲舉五百家注音辯昌黎先生文集四十卷，前有諸儒名氏五百家者，約略云爾，非其實也。東雅堂昌黎先生集四十卷，每卷有「東吴徐氏刻梓家塾」篆字印，後有遺文一卷，宋版無。惟傳敘、書後、廟碑及外集與宋版同。顧嗣立昌黎先生詩集注十一卷。以上四種，詩皆李漢所編，顛倒錯亂，全無次序。最後方世舉箋注十二卷，編年爲次，最有條理。顧氏始創旁行年譜。今以詩編年，可不用年譜，且指摘「南山有高樹」、「行刺李宗閔」等之非。今以方本爲主。

迮鶴壽：按：新唐書本傳云：「性明鋭，不詭隨。與人交，始終不少變。成就後進士，往往知名。經愈指授，皆稱『韓門弟子』。愈官顯，稍謝遣。凡内外親若交友無後者，爲嫁遺孤女而恤其家。嫂鄭喪，爲服朞以報。每言文章，自漢司馬相如、太史公、劉向、揚雄後，作者不世出，故愈深探本原，卓然樹立，成一家言。原道、原性、師説等數十篇，皆奥衍閎深，與孟軻、揚雄相表里，而佐佑六經云。至它文造端置辭，要爲不襲蹈前人者。」史稱公之行誼文章如此。其詩集，自李漢編次以下，考證詳明，則以方扶南爲最。

——録自王鳴盛蛾術編卷七十六，商務印書館一九五八年版

三　韓昌黎詩集編年箋注提要

國朝方世舉撰，凡二十卷，詩四百八首，附詩五首，則舊僞而今訂爲真者三首，舊真而今辨僞者二首也。前有自撰序例，並乾隆二十三年盧見曾序。書即見曾刻。注韓詩者自宋人五百家注，至清顧嗣立於箋皆有未詳。嗣立增訂諸家年譜，舛僞亦時有。世舉乃考之史，證之集，參之他書，勒爲是編。見曾又於其注之重復者、習見者、以詩注復以賦注者、不須注者、訛舛者加以删正。惟凡例稱並新、舊二史本傳，亦不必列，而此乃載舊書本傳，當繫見曾增入。考歙徐寶善壹園尺牘上黄鉞書云「方注以詩繫年，考證精確，如以記夢作之爲鄭絪，遣虐鬼之爲李逢吉，東方雜事之爲刺張宿，南山有高樹之爲李宗閔，詠雪之爲王播入相，皆其大者。其援據賅備似出顧注右。顧亦有未諦者，如以和李相公攝事南郊、杜相公太清宫二詩爲僞，以逢吉僉壬，而詩中措語乖方，愈必不爲此謟諛，至謂以未耜興周、輴摞建夏比玄元皇帝爲非。愈平日論二氏之旨，則未免膠柱鼓瑟。一王之制，臣下敢不凜遵？即頌揚豈害道害意？此作未見其僞，特非愈佳製耳。至以嘲酣睡二作爲真，且云『鄙俚中文詞博奥』，夫博則非鄙，奥則非俚，未容一視。善謂此二章乃愈所云，無理只取鬧者，即夫子亦定爲非」云云。則其短長亦互見也。

——録自續修四庫全書總目提要三十五册，齊魯書社一九九七年版

四　錢仲聯韓昌黎詩繫年集釋前言

方氏詩注，創爲編年，增補注釋，附會史事，互有得失，但未及從事版本校訂。清代學者，出其治學緒餘，旁治韓集，成績遠出宋、明人之上。

——録自韓昌黎詩繫年集釋，上海古籍版社一九九八年版